H/02/22

LA NOUVELLE ARCHE

Julie de Lestrange est une auteure française, qui a également écrit pour l'événementiel et le théâtre. *Hier encore, c'était l'été* et *Danser, encore* ont déjà conquis le cœur de plus de 500 000 lecteurs.

Paru au Livre de Poche :

Danser, encore
Hier encore, c'était l'été

JULIE DE LESTRANGE

La Nouvelle Arche

LE LIVRE DE POCHE

Les deux premières parties de *La Nouvelle Arche*
ont précédemment paru aux Éditions Michel Lafon
et ont été révisées pour cette publication.
La troisième partie est inédite.

Couverture : Studio LGF. © Olga Prokopeva /
STILLFX / Ulimi / VikiVector / iStock.

© Librairie Générale Française, 2022.
ISBN : 978-2-253-10377-6 – 1re publication LGF

À ma mère.

PREMIÈRE PARTIE

Le crime de penser n'entraîne pas la mort.
George ORWELL, 1984

Salle 12

Avant, je baignais dans la lumière ou l'obscurité.
Désormais, je sais qu'il existe autre chose. J'en suis sûr. Même si j'en ignore la nature. Je sais seulement que j'ai peur. Tout mon être me le crie.

Froid, aussi. Mais d'un froid qui provient de l'intérieur. Qui me vrille les entrailles, les tord, les essore pour en extraire le jus. Cela me prend dès que j'entends du bruit. Car j'entends, oui.

Avant, la mélodie me rassurait. J'en connaissais les nuances, les vibratos qui se propageaient jusqu'à mes extrémités. Tout cela m'était familier. Je n'étais pas inquiet. À présent, la moindre improvisation m'effraie. Si le son se fait trop fort, trop proche…

J'ai sans cesse l'impression que la chose va revenir. Qu'elle va surgir du flou pour me saisir. Dès que s'ouvrent mes paupières, je guette autour de moi. Je tourne, m'agite. Mais pour voir quoi ?

Je ne pressens qu'une vérité : quoi que ce puisse être, je suis à sa merci.

Alors je me débats, tire, secoue. J'arrache, je frappe. Je m'épuise…
En vain.

Jusqu'à ce que…
Enfin ! Un foudroiement.
Une substance inconnue se répand. Elle pénètre ma bouche sans que je puisse l'en empêcher. Je déteste son goût. Pourtant, j'avale.
J'ai froid, chaud, peur.
Si je le pouvais, je crierais.

Sortez-moi de là… SORTEZ-MOI DE LÀ !

1

Les yeux ouverts. Fixés, sans pouvoir s'en détacher, à l'auréole brune du plafond, vestige d'une vieille inondation. Même dans les sous-sols les mieux isolés, il arrivait que l'eau parvienne à s'infiltrer.

Mathilde remit ses habits de la veille abandonnés au pied du lit. Sans bruit, elle ouvrit la porte de la chambre, éteignit la lumière et écouta le silence. Tout dormait. Tant mieux. À choisir, elle préférait ne pas croiser Basile et Chloé. Elle gravit l'escalier sur la pointe des pieds jusqu'à la surface. La pièce qui servait à la fois de salon et de salle à manger était plongée dans la pénombre. À travers la fenêtre, dont le linteau n'était pas loin de céder, on apercevait les maisons des nouveaux quartiers, modernes et identiques, implantées de part et d'autre d'une voie que nul n'empruntait jamais, hormis les blindés de l'armée.

Dans quelques heures, tout changerait.

Depuis minuit, sa boîte crânienne semblait abriter un minuteur. Aurait-elle eu le pouvoir d'arrêter le temps ou de l'accélérer qu'elle n'aurait su quoi faire. Ses émotions étaient confuses. De la hâte, de l'appréhension, beaucoup d'excitation. Elle se glissa au-dehors.

C'était la fin de la saison sèche. Après des mois de canicule, il redevenait possible de sortir à l'air libre, à la nuit tombée et au petit matin. Pour cette raison essentiellement, cette période de l'année était sa préférée. Heureuse, elle décida qu'elle finirait le trajet à pied et gagna la gare souterraine.

À l'intérieur, une marée humaine l'engloutit. Elle, qui vivait habituellement à l'écart de la Communauté et avait grandi dans la solitude, ne parvenait toujours pas à s'accoutumer à la foule. Baissant le front, elle se hâta de rejoindre la longue file d'attente qui débouchait sur le quai. Devant elle, une femme à la taille épaisse observait d'un œil terne les nouvelles du matin que diffusait l'Information Générale depuis l'ondophone de la gare. À grand renfort d'expressions dramatiques, une présentatrice commentait la dernière attaque de la nuit. L'attentat avait visé un élevage d'insectes en répandant parmi les orthoptères un gaz toxique. La production comme le matériel étaient à jeter. Les images de la catastrophe avaient envahi tout le hall.

— Vous vous rendez compte ! s'exclama la voisine de Mathilde d'un air indigné. S'attaquer à la nourriture, à la viande… Déjà que nous en manquons !

Mathilde feignit de ne pas avoir entendu et se concentra sur le discours de la présentatrice. Pour ce qui était des coupables, précisait cette dernière, ils avaient regagné la frontière par voie aérienne, à l'exception de deux d'entre eux, piégés dans un sas de l'usine. Le reportage en trois dimensions retraçait leur arrestation par les forces armées. Il s'interrompit une minute plus tard sur ces mêmes individus étendus à terre, le crâne baignant dans une flaque de sang. Morts, à l'évidence. Des cris de joie retentirent et la présentatrice rappela, pour la cinquième fois depuis le début de son intervention, les traditionnelles règles de sécurité. *Rester dans les secteurs surveillés. Ne sortir à la surface qu'en cas d'absolue nécessité. Signaler tout comportement suspect.*

Puis, l'Information Générale bascula dans un tunnel de publicités, et la file avança. Au portique chargé de drainer le flux de voyageurs, Mathilde passa l'ondophone qu'elle portait au poignet et monta dans le train. Après que les harnais de sécurité se furent abattus sur les usagers, il démarra à la vitesse de l'éclair.

Lorsqu'il s'immobilisa, deux stations avant la fin de la ligne, les wagons s'étaient vidés et Mathilde se retrouva presque seule sur le quai. Ici commençait le désert, loin de la ville, et à cet arrêt ne descendaient que les employés des exploitations agricoles situées à proximité. Jamais le personnel du Centre, qui poursuivait jusqu'au terminus. Vêtus d'une combinaison lourde et sale, les cultivateurs portaient des lunettes teintées et un masque censé les protéger de la poussière. Les épaules voûtées par la fatigue, ils s'ébranlaient comme un seul homme.

Mathilde consulta son ondophone. Bientôt six heures. L'aube était proche. À gauche, l'entrée du complexe de production alimentaire dans lequel s'apprêtaient à pénétrer les travailleurs ; à droite, la terre aride, qui s'étendait à perte de vue jusqu'à toucher l'horizon encore sombre. Elle s'élança.

Marcher seule dans le petit matin constituait à ses yeux l'un des plus grands plaisirs de l'existence. Ce n'était pas grand-chose, cela tenait à presque rien, mais ces rares échappées lui procuraient un intense sentiment de liberté.

Elle atteignit plus tard le point culminant de la route, où elle s'arrêta pour reposer sa jambe. Avec le temps, elle avait appris à apprivoiser son corps. Elle aimait ses yeux verts, clairs comme du quartz, et ses longs cheveux bruns qui retombaient en pagaille entre ses omoplates. Sa taille était correcte, dans la moyenne haute, mais elle tenait de Chloé une malformation de la hanche que la chirurgie n'avait pas totalement corrigée. Il arrivait qu'elle en souffre terriblement. Du moins juste avant que l'implant greffé sous la peau de sa cuisse ne diffuse des calmants. Tout en comprimant son bassin, elle ralentit son souffle et contempla le ciel qui pâlissait.

De cet emplacement, elle dominait toute la vallée. À l'occident, une ancienne chaîne de volcans divisait le territoire du Nord au Sud. Dans leurs contreforts apparaissaient les mines de thorium, précieux métal dont la Communauté tirait sa richesse et son énergie. Par-delà les cratères endormis, gommés par la brume matinale, on devinait les corniches des hauts plateaux et le tracé sinueux des canyons.

Mathilde suivit des yeux le chapelet montagneux qui s'échouait dans son dos au pied de dunes monumentales. Le désert constituait une zone impénétrable. La Communauté avait bien tenté d'y implanter des relais de communication, mais les bâtiments avaient toujours fini par disparaître, avalés par le sable. Mathilde s'y était aventurée une fois, lorsque Basile avait voulu glisser avec elle sur les pentes dorées. Elle en gardait un souvenir mitigé. La désagréable brûlure du soleil sur sa peau et une lassitude vite arrivée.

Elle se retourna. À l'opposé, au loin, se dessinait une forme irrégulière, une masse inégale : la décharge. Un lieu où la vie s'était arrêtée, un enfer d'immondices accumulées au fil des générations et que l'ennemi avait rejetées ici, ne songeant pas qu'un jour la population de réfugiés dont Mathilde descendait viendrait s'y installer. En d'autres circonstances, le dégoût que lui inspirait cette plaie à ciel ouvert lui aurait commandé de détourner le regard, mais l'ironie voulait qu'en cet endroit précis le soleil percerait. C'était ainsi, le levant venait toujours de l'ennemi. Car avec la décharge commençait aussi le territoire interdit, l'infranchissable ligne qui séparait la Communauté du pays qu'elle avait fui.

Une main en visière, Mathilde tenta de distinguer la frontière, mais ses yeux ne rencontrèrent qu'une lumière de plus en plus crue, et la plaine parsemée d'épineux et de serres souterraines. Dans ces immenses cylindres dont on ne voyait que le sommet, poussaient des milliers de fruits, de légumes, de racines et de champignons sous une lumière et une hygrométrie artificielles. Coulés dans l'acier et le béton armé, à l'abri des intempéries, ces silos étaient les garde-mangers de la Communauté.

Le feulement de chats sauvages se fit entendre quand le soleil parut. Mathilde demeura encore un instant à observer le territoire, si vaste dans le jour naissant, puis elle se souvint qu'il augurait pour elle de grands bouleversements, et elle se remit en route.

2

Dressé comme un phare au milieu de nulle part, perdu dans l'immensité désertique, le Centre était un gigantesque camp fortifié. Du fait de l'importance de son activité, il exigeait un dispositif de sécurité ultraperfectionné. Des scanners juchés sur des mâts balayaient les environs sur un rayon d'un kilomètre. Venaient ensuite une ceinture bétonnée et une large bande de terre plane, toutes deux coiffées de barbelés électrifiés. Enfin, le rempart principal. Pour accéder à ce bastion imprenable, une seule voie gardée jour et nuit par une escouade de militaires chevronnés. Derrière la grille, ces derniers affichaient une attitude impassible, mais Mathilde les savait attentifs à l'excès.

Comme chaque fois qu'elle se trouvait en leur présence, son pouls accéléra. Elle avait beau n'avoir rien à se reprocher, les soldats avaient la singulière faculté de lui faire perdre son assurance. Un mirador surplombait l'ensemble, et elle sut qu'on l'épiait derrière les vitres teintées.

À son approche, les caméras pivotèrent, propulsant la silhouette d'un hôte d'accueil aussi souriant que virtuel. Mathilde fut heureuse de le revoir. C'était la première fois depuis de longs mois car, au plus fort de la saison sèche et tout au long de celle des pluies, elle ne s'aventurait jamais hors des réseaux souterrains. Le personnage, en revanche, récita sa litanie sans exprimer d'émotion particulière.

— Bonjour, dit-il d'un ton monocorde. Bienvenue au Centre de génération. Veuillez procéder à votre identification.

Mathilde apposa son bracelet contre l'appareil. Au bout de quelques secondes où furent également scannées sa morphologie et ses empreintes, la grille s'ébranla. Elle s'apprêtait à repartir lorsqu'une voix l'interpella :

— Halte !

Elle se figea. Un militaire accourait vers elle. Il affichait une coupe de cheveux plus anarchique que sa fonction ne l'autorisait, et un regard candide qui détonnait avec la rigueur de son uniforme. Elle leva vers lui un visage fermé.

— Où allez-vous ? lança-t-il quand il fut à sa hauteur.

— À votre avis ?

— Vous travaillez ici ?

— Je suis doctorante. Vous devriez le savoir depuis le temps.

— Je ne suis pas là tous les jours. Vous avez eu une permission de sortie ?

— Bien sûr.

Ils se jaugèrent, déterminés, l'un comme l'autre, à ne pas fléchir.

— Pourquoi venez-vous si tôt ? poursuivit le soldat. Les laboratoires n'ouvrent pas avant huit heures.

Elle leva les yeux au ciel.

— Croyez-vous que l'ondophone m'aurait cédé le passage si je n'étais pas habilitée ?

— Aucune machine n'est infaillible. Votre comportement est suspect.

C'était la chose la plus absurde qu'elle ait jamais entendue.

— Personne ne vient à pied, renchérit le soldat. Suivez-moi.

Mathilde poussa un soupir irrité, mais obtempéra. Il la conduisit dans le mirador. Quand la porte fut refermée, elle le fusilla du regard.

— Ça t'amuse ?! lança-t-elle, tandis que, face à elle, Matthew retrouvait son sourire insolent.

— Beaucoup ! s'esclaffa-t-il.

Elle le dévisagea. Ce genre de facétie était typique de son meilleur ami. C'était plus fort que lui. La témérité parfois gratuite dont il faisait preuve était le seul défaut qu'il ne parvenait pas à faire oublier à sa hiérarchie et, pour une fois, elle partageait cet avis. Elle n'était pas d'humeur à se laisser distraire. Toute la nuit, elle avait eu hâte d'arriver au Centre. Matthew jouait les trouble-fêtes.

— C'est dangereux, ton petit jeu, fit-elle d'un air mécontent. Imagine que tes collègues s'en soient mêlés.

Le jeune homme haussa les épaules.

— Je ne risque rien. Tout le monde sait que nous sommes amis.

Sur ce point, elle ne pouvait le contredire. Ils se connaissaient depuis toujours. Issus de la même génération, ils ne s'étaient pas quittés durant les dix années de leur formation primaire. Avec Marc et Marie, qui constituaient l'autre partie du quatuor, ils avaient tout appris de concert. Des concepts les plus simples comme marcher, parler ou s'alimenter, jusqu'aux cours portant sur la sécurité, la vie pratique, la gestion des ressources énergétiques, sans oublier les entraînements quotidiens qui les avaient formés au combat. Ce n'était que depuis cinq ans, au moment de faire le choix d'une spécialisation, qu'ils s'étaient un peu séparés. Elle avait opté pour la recherche, Marie pour la psychologie, Marc pour l'informatique, et Matthew pour l'armée.

— D'où viens-tu comme ça ? reprit ce dernier avec curiosité.

— J'ai passé la nuit chez Basile et Chloé.

— Ah, c'est vrai. C'est le grand jour. Qu'avez-vous fait ?

— Rien. Je suis partie avant qu'ils ne se réveillent.

Matthew lui lança un regard perplexe, mais choisit prudemment de se taire. Il était mal placé pour juger des relations familiales. De son côté, personne ne l'avait contacté. Il n'en était ni déçu ni étonné. Son géniteur ne lui avait pas donné de nouvelles depuis des années, quant à sa mère, il ne l'avait jamais connue. Une étoile filante dans la galaxie des conquêtes paternelles.

— Tu es venue à pied ?

— Depuis la gare.

Il afficha un air effaré.

— Tu es folle ! dit-il. Tu ne t'entraînes pas assez dans la journée ? Tu rêves de te faire bombarder ? Et puis ta hanche... Et cette chaleur !

— J'imagine que monter la garde pendant des heures est un passe-temps plus excitant, répliqua Mathilde, la mine maussade.

Matthew sourit.

— Ne te vexe pas. Contrairement à toi, je n'ai pas eu le choix. Sinon, tu peux me croire, je serais resté dans mon lit. Bien au frais... Mais je ne t'aurais pas vue.

Il enroula un bras autour de ses épaules.

— Je t'offre un café ?

— Merci, mais j'ai quelque chose d'urgent à faire ce matin.

— Déjà ? Les cours n'ont même pas encore commencé.

Comme elle ne répondait pas, il insista :

— Que vas-tu faire ?

— Je ne peux pas te le dire.

Il rit devant son air important.

— Tu as des secrets, maintenant ? Bon. De toute façon, je sais ce que tu as en tête.

— Vraiment ?

— Oui. Je sais aussi que tu n'as pas le droit d'y aller seule. Pas encore. Je me demande comment tu vas t'y prendre...

— Je comptais en parler à Henri, avoua Mathilde en rougissant.

— Tu vois, je te connais par cœur. Tu fais bien de t'adresser à lui. Le pauvre vieux n'a jamais rien su te refuser.

Il poursuivit, songeur :

— J'ai toujours bien aimé Whiter. On dirait qu'il en connaît plus sur la vie que nous n'en saurons jamais.

— C'est normal, il est beaucoup plus âgé que nous.

— Je ne te parle pas de ça. Parfois, il donne l'impression d'appartenir à un monde différent. Un monde que nous ne connaîtrons jamais.

Soudain, il devint sérieux, comme cela lui ressemblait peu. Mathilde le regarda avec étonnement.

— Tout va bien ?

— Oui, je manque de sommeil, c'est tout.

— Dans ce cas, je m'en vais.

Elle lui envoya un baiser qu'il saisit au vol. Il l'interpella une dernière fois avant qu'elle ne sorte.

— Attends ! On se voit toujours, ce soir ?

De nouveau, cette expression inquiète.

— Évidemment.

Matthew parut soulagé, et elle quitta le mirador.

3

Derrière l'épais rempart, le campus s'étendait sur une centaine d'hectares. Il comprenait plusieurs édifices, un quadrillage de routes et, tout au fond, un stade. Le terrain, exploitable seulement deux mois par an du fait des conditions climatiques, était remplacé le reste du temps par des gymnases en sous-sol. Ils servaient aux élèves, mais aussi au personnel qui devait s'entraîner au minimum une heure par jour. La règle s'appliquait à toute la Communauté. Seuls les vieillards pouvaient en être dispensés, sur demande officielle et à leur propre péril. Que ces quelques cas décèdent de mort naturelle ou sous les coups de l'ennemi ne changeait pas grand-chose, du moins du point de vue de l'opinion publique, et on les laissait en paix.

Mathilde regarda les bâtiments. Tous étaient enterrés, sauf celui qui abritait les parties communes. Il regroupait les bureaux d'accueil, des salles de réunion et un immense réfectoire dont les baies vitrées renvoyaient un intense reflet bleuté. Derrière cette construction, une allée desservait une dizaine d'autres blocs n'excédant pas trois mètres de hauteur, mais dont les fondations plongeaient bien plus profondément sous terre. Leurs toits, tapissés de panneaux solaires, étaient percés de grandes bouches d'aération. On distinguait les bâtiments consacrés aux salles de génération et aux laboratoires, dans lesquels Mathilde étudiait, ceux réservés à l'enseignement et à l'hébergement des élèves, et, enfin, à l'extrême droite, les casernes où vivaient les militaires chargés de protéger le Centre.

Mathilde se dirigea vers l'entrée menant aux salles de génération où seuls les étudiants de dernier cycle avaient accès. Depuis quelques heures elle appartenait à cette catégorie. Mais la première visite officielle n'était programmée que la semaine suivante. Tant pis. Elle prenait un peu d'avance. Nerveuse, elle présenta son poignet au scanner de l'ascenseur qui lui ouvrit ses portes. Permission accordée. Elle poussa un soupir. Les services techniques avaient déjà mis à jour son appareil. Une fois dans la cabine, elle l'éteignit. C'était la première fois qu'elle faisait cela. Moins d'une semaine s'était écoulée depuis qu'on lui avait posé ce nouveau modèle au poignet. Il avait été démontré à la création du programme que les ondes pouvaient endommager la précieuse production du Centre, en provoquant, chez les unités concernées, des lésions neurologiques. À l'époque, la publication avait fait scandale, au point qu'on avait envisagé d'abandonner l'appareil. Mais une telle révolution s'était révélée impossible. L'ondophone servait à la fois de pièce d'identité, de moyen de paiement et de communication, de média… On ne pouvait s'en passer. Relié à un bracelet inamovible que l'on apposait au bras de chaque individu, il était le lien entre tous, et permettait de maintenir une certaine sûreté au sein de la Communauté.

Toutefois, comme il était impensable que l'on affecte l'activité du Centre, les autorités avaient pris la décision de concevoir pour le personnel en charge des salles, et celui-ci uniquement, un modèle pouvant être ponctuellement désactivé. Pour le peu d'élus qui y étaient admis, on avait renforcé le système de reconnaissance physionomique. Le procédé était plus coûteux, mais aussi plus fiable, et Mathilde était fière de ce privilège qui la distinguait désormais de ses pairs. S'assurant que son bracelet était bien éteint, elle descendit au trente-huitième sous-sol.

Les portes de l'ascenseur s'ouvrirent sur un tunnel en aluminium, éclairé par une gouttière lumineuse encastrée dans le plafond. Elle n'avait pas choisi cet horaire au hasard. Les équipes de nuit étaient parties, et celles de jour déjà occupées à leur tâche. Si tout se déroulait comme prévu, sa présence passerait inaperçue.

Elle se remémora les plans appris en cours. Elle dépassa plusieurs portes closes, emprunta un second corridor, marcha encore une dizaine de minutes et atteignit le poste de contrôle. À l'intérieur, Henri Whiter consultait plusieurs moniteurs en même temps, déplaçant des images dans l'espace, les faisant circuler autour de lui à une vitesse inouïe. Lorsqu'il se tourna pour en rattraper une qui lui échappait, il remarqua qu'on l'observait. Mathilde toqua à la vitre.

— Tu peux faire demi-tour, lança-t-il sans se retourner.

Elle ne répondit pas.

— As-tu entendu ce que j'ai dit ?

Mathilde ne bougea pas d'un pouce. Plusieurs minutes s'écoulèrent pendant lesquelles ils firent tous deux semblant d'ignorer la présence de l'autre. Henri Whiter finit par s'agacer. Il éteignit les images d'un geste vif et la rejoignit.

Henri avait quatre-vingt-six ans, mais son visage creusé de lassitude en paraissait bien plus. Il conservait une belle chevelure argentée, coiffée avec soin, un corps charpenté pour quelqu'un de sa génération et, surtout, un regard incroyablement expressif. D'un bleu profond, perçant sous des sourcils broussailleux, ses yeux semblaient voir au travers des choses. Mathilde l'avait rencontré alors qu'il était responsable de la formation primaire des élèves et, pour une raison inconnue, il avait toujours nourri à son égard une attention particulière. Par la suite, il avait été affecté au service de maintenance des salles, et elle n'avait plus eu autant de contacts avec lui. Pourtant, le vieil homme ne cessait de l'impressionner. Lorsqu'elle était à ses côtés, elle éprouvait toujours la sensation de se trouver devant un sage ou un juge. Peut-être les deux.

— Bonjour, Henri, débuta-t-elle d'une petite voix.

— Bonjour, Mathilde.

— Je voulais savoir si…

— La réponse est non. Je te l'ai déjà dit. Tu perds ton temps.

— Vous ne savez même pas ce que j'allais demander.

Il soupira.

— Allons, donc ! Ce n'est pas difficile à deviner. Je te connais.

— Vous vous trompez, se défendit-elle. Hier, je me suis aperçue que le numéro 804 de la salle 3 avait un problème. C'est moi qui suis chargée de suivre son développement. Je ne comprends pas ce qu'il lui arrive. Je dois à tout prix vérifier.

— Hum... le contraire m'aurait étonné.

— Je vous assure que c'est vrai.

— Quel numéro, dis-tu ?

— 804.

Il retourna un instant dans la tour.

— Le moniteur signale une anomalie, dit-il en revenant sur ses pas.

— Vous voyez ? S'il vous plaît, Henri. Si le 804 a un problème, on me reprochera de ne pas m'en être occupée. Vous savez qu'en ce moment nous sommes évalués. Si je rate mes examens...

Henri Whiter n'ignorait pas ce que les études représentaient pour sa jeune protégée, surtout à l'heure où elle s'apprêtait à intégrer le dernier cycle. Dès qu'il s'agissait de son avenir, de sa volonté de faire carrière au Centre, Mathilde était animée d'une volonté peu commune. Parmi les élèves dont il avait suivi l'évolution, elle était de loin la plus prometteuse. Sa détermination n'était pas pour lui déplaire.

— Que veux-tu que je te dise ? reprit-il au terme de quelques secondes. Tu ne me laisses pas le choix. Si c'est pour le bon développement du numéro 804...

Il présentait un air indulgent qui la rassura.

— Merci, Henri ! Ça ne prendra que quelques minutes.

— J'espère. Si tes professeurs apprennent que tu es allée dans une salle sans eux… Dépêchons-nous tant que le sommeil artificiel est activé. Les équipes techniques sont à l'œuvre, mais elles auront bientôt terminé.

Mathilde acquiesça d'un air assuré. Ce n'était pas le moment d'afficher la moindre hésitation.

Henri la guida jusqu'à l'entrée des vestiaires en indiquant qu'il la retrouverait après. Elle pénétra dans une salle immaculée dans laquelle était installée une série de grandes cabines en verre poli. Elle retira ses habits, les rangea dans un casier et entra nue dans un compartiment. Ce dernier ressemblait en tout point à une douche classique, à la différence qu'il diffusait une solution antiseptique. Les bras en croix, Mathilde poussa un cri. La vapeur avait envahi la cabine et provoquait sur sa peau des picotements très désagréables. Elle commença à éternuer de manière compulsive jusqu'à ce que l'appareil s'éteigne et qu'une plate-forme descende du plafond avec, dessus, une combinaison élastique. Elle l'endossa. Rien ne dépassait. Les mains étaient gantées, les pieds chaussés de semelles de silicone, le reste du corps disparaissant sous une seconde peau qui recouvrait jusqu'à la racine des cheveux.

— Tout s'est bien passé ? demanda Henri quand il la vit arriver.

— La peau me brûle, répondit-elle en grimaçant.

— Ne t'inquiète pas, c'est passager.

Il l'entraîna dans le labyrinthe d'acier et s'arrêta bientôt devant un sas de sécurité.

— Nous y sommes. Tu es prête ?

Mathilde se sentit vaciller. Elle n'en revenait pas de toucher au but, après tant d'années d'attente. Tremblante, elle hocha la tête.

Henri pénétra dans le sas, où son identité fut validée. Mathilde avança à son tour. Le stress contractait chacun de ses muscles. Mais contrairement à ce qu'elle redoutait, ses empreintes furent acceptées. La cloison dans son dos se referma, tandis que glissait celle de devant. Elle rejoignit Henri avec une impression de flottement. À quelques heures près... Elle ne réalisait toujours pas.

Pourtant, son rêve était là.

4

L'estrade sur laquelle se trouvaient Mathilde et Henri surplombait une pièce gigantesque. Les murs cirés créaient une impression de propreté froide. D'étroits filets de lumière descendaient du plafond jusqu'à de grands quadrilatères implantés verticalement dans le sol, le long d'allées parallèles. Hauts de quatre mètres, identiques en apparence, ces objets étaient appelés des « stèles ». C'était la première fois que Mathilde les voyait dans leur véritable configuration. L'ensemble pouvait bien rassembler cinq cents à un millier d'unités, on ne pouvait s'en rendre compte tant l'éclairage était réduit et noyait le fond de la salle dans les ténèbres. Le silence était maître des lieux.

Ils empruntèrent une allée et s'arrêtèrent devant le numéro 804. Mathilde sentait son sang battre dans ses tempes. Henri posa la main sur le scanner et la grande cloison noire coulissa.

Mathilde fut saisie par le contraste qui régnait à l'intérieur. C'était la pleine obscurité, à l'exception d'un éclat blanc orangé qui irradiait du centre de la stèle. Elle s'y dirigea à tâtons, comme hypnotisée. Enfin, elle atteignait l'aboutissement du programme. Le cœur du mystère. Un quadrilatère plus petit que la stèle elle-même, dans lequel se produisait un prodige. Derrière les parois de verre, baignant dans un liquide transparent, inconscient qu'on l'épiait, un spécimen dormait. Le front incliné, les paupières closes, les traits graciles ; il était tranquille. De fines boucles caressaient l'arrondi du visage. Mathilde était subjuguée. Combien de personnes pouvaient se vanter d'avoir assisté à un tel spectacle ? Henri la rejoignit.

— Tu peux toucher, si tu veux, dit-il doucement.

Comme elle n'osait pas, il l'encouragea.

— Vas-y, n'aie pas peur. Il ne se rendra compte de rien.

Elle posa le bout des doigts sur la paroi de l'utérus artificiel. Celle-ci était tiède, tapissée à l'intérieur de plusieurs couches d'une matière spongieuse et translucide. Les membres soutenus par des sangles en silicone, le spécimen flottait dans le liquide amniotique, isolé de la dureté du verre.

Il achevait sa cinquième année de gestation. Mathilde le trouvait parfait. Pétri d'une esthétique rare. Particulièrement la peau, si fine qu'elle laissait apercevoir une partie des veines et des artères.

— C'est incroyable, murmura-t-elle. Je les ai étudiés pendant mes cours, mais ce n'est pas du tout la même chose. C'est comme s'ils devenaient réels.

Henri acquiesça, ému de la voir si éblouie.

— Finalement, ce problème tombait bien, dit-il avec un sourire entendu.

— Oui, en quelque sorte.

Elle dévisagea de nouveau le spécimen.

— La zone motrice du cerveau présente une déficience affectant l'un des membres inférieurs, indiqua-t-elle. A-t-il effectué sa dernière séance d'exercices ?

Henri consulta le moniteur fixé au toit de l'utérus dont le rôle consistait à réguler les fonctions vitales du spécimen. L'appareil mesurait le rythme cardiaque, la température corporelle, la tension, l'activité cérébrale, mais aussi le niveau des globules blancs, rouges, et approvisionnait le sujet en nourriture. Il transmettait les informations au poste de contrôle de sorte que si l'unité se comportait anormalement, si elle présentait une carence, ou si l'utérus lui-même était endommagé, les équipes étaient aussitôt alertées. Henri interrogea le relevé de données.

— Oui, assura-t-il. En même temps que les autres.

Il scruta à son tour.

— Attends un peu… Regarde, le dispositif est sur le point de céder, là, derrière la cheville.

Il désignait l'une des sangles, qui retenait la jambe droite du spécimen.

Mathilde colla son nez à la vitre. Le lien ne tenait plus qu'à un fil.

Bien que cette histoire d'anomalie fût un prétexte pour découvrir une salle de génération avant l'heure, elle ressentit un grand soulagement. La veille, elle avait craint un dérèglement neurologique, ce qui aurait été plus préoccupant. Malgré les progrès de la technologie, il arrivait encore que des spécimens s'échouent.

— Nous avons bien fait de venir, dit-elle. Pensez-vous que l'on puisse remplacer cela rapidement ?

— Dès la nuit prochaine. Aujourd'hui, il sera au repos.

— Cela ne devrait pas affecter son développement, estima-t-elle d'un air docte. Il suffira de lui prescrire une séance supplémentaire demain.

— Très bien.

Elle fit le tour de l'utérus en suivant des yeux le cordon ombilical qui reliait le spécimen à la muqueuse artificielle. Par cette voie, le corps recevait les nutriments nécessaires à sa croissance.

— Je dois vous avouer quelque chose, souffla-t-elle à l'intention d'Henri. J'ai toujours trouvé ce tuyau très étrange. Surtout son emplacement. Directement dans le ventre…

Sa remarque fit rire le technicien.

— Pourtant, tu en portes toi-même la cicatrice. Mais ne t'inquiète pas. Sa disparition viendra avec l'évolution de l'espèce. Il en a toujours été ainsi. Tu as vu cela en cours de civilisation.

Elle hocha la tête.

— Oui, bien sûr. Je me demande simplement si, à terme, on ne pourrait pas le remplacer par des implants.

— Tu veux dire, comme ceux qu'on nous pose pour les médicaments ? Pourquoi pas. Ce serait une solution à étudier.

Elle eut un sourire discret.

— C'est dans mes projets.

En quittant la salle, ils croisèrent un groupe d'individus qui franchissaient le sas en sens inverse. Mathilde fronça les sourcils. Ces gens n'avaient pas l'air de techniciens ni de chercheurs, et étaient bien trop âgés pour être des étudiants. Une fois dans le couloir, elle interrogea Henri Whiter.

— Ce sont les parents des spécimens, expliqua-t-il. Même si la majorité ne s'est jamais déplacée, quelques-uns ont encore le mérite de rendre visite à leur enfant.

Mathilde partit spontanément d'un grand éclat de rire.

— Leur enfant ?! s'exclama-t-elle. Voyons, Henri, les enfants n'existent plus depuis longtemps !

Henri Whiter poussa un soupir désabusé. Sans rien ignorer des différences qui l'opposaient à la jeune génération, il ne pouvait s'empêcher d'en être régulièrement bouleversé.

— Lorsqu'ils naîtront, rétorqua-t-il, leur corps sera peut-être parvenu à maturité, mais leur esprit demeurera aussi inexpérimenté que celui d'un nourrisson. Nous n'avons pas d'autre âge que celui de notre expérience. Crois-moi, la physique n'est pour rien là-dedans.

Sa réponse réduisit Mathilde au silence. Elle ne comprenait pas le vieil homme et c'était, il fallait l'avouer, l'une des failles de la Communauté. La population regroupait deux types de personnes. Celles issues des anciennes générations, de conception dite « originelle », dont Henri faisait partie, et celles créées par le programme, comme elle. Bien qu'elle ait appris ce qu'était autrefois un enfant, le concept lui échappait totalement, jusqu'au mot qui demeurait étranger à son vocabulaire. Sur ce point, elle était forcée de rejoindre son interlocuteur. Elle manquait cruellement d'expérience et, comme cette dernière n'existait plus, il y avait peu de chances que tous deux s'entendent un jour dessus. Chaque jour, le Centre développait des milliers de spécimens afin qu'ils deviennent des adultes, épargnés par bon nombre de dangers et de maladies, prêts à intégrer la Communauté et la faire prospérer. C'était le savoir qu'elle possédait, sa réalité depuis son plus jeune âge. Elle s'apprêtait à répliquer lorsque, brusquement, des cris les firent tressaillir.

5

— Mademoiselle Simon ! Mademoiselle Simon !
Le buste engoncé dans un tailleur étriqué, Irène Davies, l'assistante personnelle du Doyen, trottait vers Mathilde en s'époumonant. Chaque cri qu'elle poussait donnait l'impression que sa poitrine allait jaillir de sa veste.
— Mademoiselle Simon ! Votre ondophone ! glapit-elle, à bout de souffle, en arrivant à sa hauteur. Ne voyez-vous pas que l'on vous attend ? Le Doyen vous réclame depuis un quart d'heure ! C'est très urgent ! Il se passe des choses graves !
Elle se tourna vers Henri, le regard plein de condescendance.
— Vous aussi, Whiter.
Mathilde réactiva son ondophone. Le visage du professeur Blake surgit au-dessus de son avant-bras. Il avait l'air calme, mais elle ne s'y trompait pas. Il fulminait. Paniquée, elle s'échappa dans le couloir.

À peine eut-elle pénétré dans la salle de réunion que le professeur Blake lui barra le passage. Son regard, qu'une cataracte rendait un peu opaque, était plus sombre que jamais.

— Vous êtes en retard, lâcha-t-il d'un ton austère. Cela fait vingt minutes que je vous cherche...

L'homme qui se dressait devant elle comptait parmi les fondateurs du programme. Figure légendaire du Centre, il n'avait pas trente ans lorsque les recherches en développement humain avaient débuté. Par la suite, il s'était tant investi dans le projet, il avait tant travaillé à son succès, qu'il avait rapidement été considéré comme l'un des plus brillants chercheurs de son époque. À la suite du décès de son mentor, vingt ans auparavant, il avait accédé à la plus haute fonction de l'administration et dirigeait d'une main de fer l'ensemble du programme. Christopher Blake, qui jouissait du titre honorifique de Doyen, était la tête pensante du Centre. L'étendue de son pouvoir inspirait un profond respect, mais aussi une certaine crainte.

— Votre petite visite impromptue vous aura ralentie, poursuivit-il, glacial. Je regrette que l'on ne m'ait pas informé de cette initiative. Vous savez comme je suis attaché au respect du protocole. Il faut croire que je ne le répéterai jamais assez...

Prise sur le fait, Mathilde maudit sa négligence. Comment avait-elle pu espérer que son incursion passerait inaperçue aux yeux du Doyen ? D'une manière ou d'une autre, il l'avait vue. Elle songea à Matthew qui l'avait retardée et surtout fait remarquer. Les autres militaires auraient signalé sa présence trop matinale et, de là, les caméras n'auraient pas eu de mal à la suivre jusqu'à son entrée en salle de génération. Quelle idiote ! Elle qui n'avait plus eu à déplorer de différends avec la direction depuis son adolescence. Depuis cinq ans, elle travaillait d'arrache-pied dans l'espoir d'être titularisée. Ses enseignants saluaient son professionnalisme. On la considérait comme l'un des grands espoirs du programme. Elle bafouilla des excuses inaudibles.

— Je… pardon… J'ai relevé une anomalie hier sur un spécimen avant de partir, alors je…

Le Doyen laissa passer de longues secondes puis, peu à peu, il changea d'expression.

— Allons, dit-il en posant une main rude sur son épaule, n'ayez pas peur. En tant que responsable, je me dois de vous rappeler à l'ordre lorsque vous commettez une erreur. Cela ne m'étonne guère de la part de Whiter, le pauvre n'a jamais rien compris au fonctionnement du Centre. Mais vous…

Disant cela, il jeta un regard méprisant au technicien qui pénétrait à son tour dans la pièce. Le Doyen se décala à peine pour le laisser passer.

— Enfin, n'en parlons plus. Je ne cherche qu'à vous aider, vous le savez bien.

Le ton était de nouveau paternaliste, ce qui rassura Mathilde. Elle alla s'asseoir avec la plus grande discrétion.

Elle remarqua qu'une trentaine d'étudiants, figurant parmi les meilleurs éléments de sa promotion, étaient présents. Le reste de l'assemblée comptait les représentants de différents services : recherche, maintenance technique et suivi médical. Ce dernier comptait un responsable pour chaque cycle de croissance traversé par les spécimens. Depuis la naissance de Mathilde, le Centre lançait une génération tous les cinq ans. Quatre étaient en cours.

Linda, qui s'occupait des spécimens durant leur première année, était le genre de personne qui intriguait. C'était une grande femme maigre, au crâne rasé, et dont les mains, quand elle ne les gardait pas serrées contre sa poitrine, ne cessaient de trembler. À vrai dire, tout comme ses mains, Linda était constamment sur le qui-vive, donnant l'impression de n'avoir pas dormi depuis des décennies. Elle parlait très vite et passait le plus clair de son temps à se ronger les ongles.

À sa droite se trouvait Aïcha, une superbe quinquagénaire à la chevelure brune et au sourire enjôleur, chargée des spécimens de quatre à cinq ans, puis Nathaniel, un ami d'Henri Whiter, qui s'occupait des unités âgées de neuf à dix ans. Et enfin Robert, un homme à la stature massive, au parler franc, souvent grossier, responsable des spécimens âgés de quatorze à quinze ans. Les prochains à naître. Ces quatre personnages s'asseyaient toujours côte à côte. Pour l'heure, leurs visages étaient graves, surtout celui de Linda, dont elle essayait à grand-peine de contenir les tics nerveux, lesquels resurgissaient aux commissures des lèvres et des paupières. Mathilde était occupée à les guetter lorsque le professeur Blake s'avança au milieu d'eux.

— Bonjour à tous, dit-il d'une voix solennelle, comme s'il s'apprêtait à annoncer une nouvelle attaque ennemie. Chacun de vous se demande pourquoi je vous ai convoqués de manière extraordinaire. Il est vrai que ce n'est guère protocolaire. Et je ne l'aurais fait si la raison n'était pas d'une extrême importance.

Il toussa.

— Il y a deux jours, un incident s'est produit dans une salle de génération. La 12, pour être exact, qui abrite des spécimens de deuxième génération. En fin de journée, les équipes techniques se sont aperçues qu'elle avait subi une panne d'alimentation électrique. Nous avons déjà eu des précédents, le système n'est pas infaillible, mais cette fois-ci, l'avarie s'est propagée jusqu'aux circuits secondaire et tertiaire, privant les utérus d'énergie pendant trois heures.

Des exclamations indignées résonnèrent dans l'assistance et Mathilde fut choquée de voir certains regards s'appesantir sur les épaules d'Henri Whiter.

— Sait-on ce qui a provoqué la panne ? demanda la responsable d'un laboratoire.

— Non, malheureusement. Nous étudions le problème afin qu'il ne se répète pas mais, pour l'instant, ce sont surtout les conséquences que nous avons à gérer. Cinquante unités touchées. Cinquante spécimens, vous entendez ? Qui présentent un comportement jamais constaté auparavant. Robert, si vous voulez bien nous résumer le phénomène…

Robert se leva, fier et concentré, flatté que le Doyen sollicite publiquement son expertise.

— Il est déjà arrivé que certains utérus soient privés d'énergie, dit-il d'un air grandiloquent. Généralement, nous observons une baisse de température, quelques carences passagères, mais rien de plus. Les spécimens sont robustes à cet âge, ils supportent bien les rares problèmes que nous rencontrons. Mais là, c'est différent ! Depuis l'incident, ils sont très nerveux.

— Nerveux ? reprit la dirigeante de laboratoire. Qu'entendez-vous par là ?

— Outre une tension élevée, que nous constatons chez des unités prédisposées, ils sont très agités. Le numéro 32 est parvenu à briser les bras mécaniques de son utérus. Sans parler du sommeil artificiel. Dix y résistent !

Un murmure parcourut l'assemblée. Jusqu'à l'âge de dix ans, les corps en gestation étaient soutenus par des sangles en silicone. Mais lorsque la puberté débutait, le dispositif était remplacé par des bras plus solides dont la fiabilité n'avait encore jamais fait défaut.

— Vous avez consulté leur terrain génétique ? demanda un autre chercheur.

— Naturellement. C'est la première chose que nous avons faite.

— Et ?

— Rien, professeur. Pas un de ces spécimens ne déclare de sensibilité particulière. Avant la panne, ils étaient parfaitement normaux. De toute façon, un terrain favorable n'a jamais eu de tels effets. Je rappelle qu'ils résistent au sommeil…

— Comment les traitez-vous ? reprit le chercheur d'un ton affecté.

— Pour l'instant, nous agissons sur le cerveau. Nous inhibons la zone concernée. Mais ce n'est pas une solution à long terme. La production doit naître dans deux mois. Et en parfait état !

— Asseyez-vous, Robert. Nous avons compris.

Le Doyen reprit la parole.

— Pour ma part, je vous rappellerai ceci : nous avons beaucoup travaillé pour que cette deuxième génération connaisse un taux d'échec quasiment nul. La Communauté est déjà fragile. Les dirigeants comptent sur nous. Nous ne pouvons nous permettre de perdre ces unités. Suis-je clair ?

Les têtes s'inclinèrent.

— Il est hors de question, poursuivit le Doyen, que la technologie échoue là où l'espèce humaine s'adapte de mieux en mieux. Nous allons rétablir ces spécimens !

Il se dirigea vers l'ondophone de la pièce et demanda que s'affiche le plan d'action qu'il avait préparé. Un organigramme en trois dimensions se déploya dans l'espace.

— Voici comment j'entends procéder : les équipes techniques vont s'attacher à découvrir la cause de l'incident. Les laboratoires sont réquisitionnés jusqu'à nouvel ordre pour réviser l'historique de chaque spécimen et trouver le remède adéquat. Peut-être sommes-nous passés à côté de quelque chose. Enfin, je crée un groupe de travail dédié, composé uniquement des meilleurs étudiants en génétique.

Ces derniers échangèrent des regards surpris.

— Il est temps de vous responsabiliser, justifia le Doyen en fixant Mathilde. Vous voulez devenir chercheurs ? C'est le moment de le démontrer ! Après tout, vous êtes la preuve vivante de notre succès. Le premier test réussi. Même si vous n'aviez que dix ans au moment de votre naissance, vous avez vécu cette expérience. Vous avez été dans ces utérus. Votre point de vue sera sans doute différent du nôtre et, je l'espère, pertinent. Je vous invite à travailler sans relâche. Le premier qui trouvera la solution se verra offrir un poste dans l'unité de son choix.

Mathilde sentit son ventre se contracter. L'assurance d'exercer au Centre. Le rêve ultime. Elle s'y voyait déjà.

— Nous devons réussir, conclut le Doyen. C'est notre priorité absolue. Mettez tout le reste de côté, et déléguez !

Ils acquiescèrent avec vigueur. En quelques minutes, l'atmosphère était devenue électrique. Personne ne voulait décevoir la direction, encore moins renoncer à ses ambitions. Seul Henri Whiter semblait échapper à cette fièvre. Mathilde savait qu'il avait été confronté à de nombreux défis au cours de sa carrière. Si bien que des succès, il en avait connu, et des échecs aussi, surtout au début. Il lui en avait parlé un jour. Certes, il ne comptait pas parmi les figures les plus respectées du Centre, il ne faisait pas partie des cadors, mais il connaissait le Doyen. L'âge progressant, ce dernier faisait de l'objectif du zéro échec sa priorité, et Henri devinait qu'il désirait, avant de mourir, voir l'œuvre de sa vie aboutir. Pour cette raison, l'homme redevenait à ses yeux plus humain, et beaucoup moins intimidant. Elle réfléchissait à cela lorsqu'elle croisa le regard du technicien. À son grand étonnement, il lui adressa un signe de tête, l'invitant à le retrouver au-dehors.

— Peux-tu venir me voir, cette nuit ? chuchota-t-il en l'entraînant à l'écart afin que personne ne les entende. Il faut que je te dise quelque chose.

— Cette nuit ?

— Oui. C'est à propos des spécimens.

Il jeta un œil inquiet à Robert et Linda qui venaient dans leur direction.

— Je n'ai pas tout dit au comité, reprit-il. Mais puisque tu vas travailler sur le cas, peut-être que, toi, tu comprendras.

— Je préférerais savoir maintenant.

— Je ne peux pas, répondit Henri d'un ton ferme.

Elle résolut de ne pas le laisser s'échapper mais, avant qu'elle ait le temps de réagir, il apostropha le professeur Blake qui s'apprêtait à quitter les lieux et s'éloigna en sa compagnie.

6

Mathilde quitta le Centre à dix-neuf heures. La mission qui lui incombait la préoccupait tant qu'elle avait presque oublié combien ce jour était particulier. Quand elle y songea dans le train, le vertige la saisit.

Considéré comme une cité au cœur de la cité elle-même, le Centre de vie était un formidable complexe commercial dans lequel on trouvait absolument tout et tout le monde. Desservie par un vaste réseau souterrain, tant ferroviaire que routier, se distribuant sur trois étages, dont le dernier aérien, la fourmilière était bâtie à flanc de montagne et dominait la ville. Mathilde arriva par le niveau le plus enterré, réservé à l'Information Générale.

Cette institution avait vu le jour après le Grand Exil, lorsque les migrants avaient posé leurs vies et bagages sur le territoire. Initialement conçue comme un moyen de communication ultrarapide pour prévenir les civils à l'approche d'attaques ennemies, elle était devenue au fil du temps un média pluridisciplinaire et omniprésent. Mathilde pénétra dans le hall. L'espace, très haut de plafond, était divisé en trois unités. Le pôle *Témoignages* permettait au public de venir faire une déposition sur n'importe quelle situation suspecte tandis que le département des *Réclamations* laissait à chacun la possibilité d'exprimer sa contrariété vis-à-vis des instances dirigeantes. La plupart du temps, les protestations tombaient dans l'oubli, mais si une majorité pesait dans le même sens, le gouvernement finissait par en tenir compte.

Le troisième pôle était le plus bruyant. Consacré au divertissement, inondé de lumière, il comportait plusieurs salles semblables à des bulles de verre dans lesquelles les visiteurs flânaient, boissons et friandises en main, à la recherche d'une programmation susceptible de les intéresser. Le pôle devait son succès au fait d'être le seul endroit où la population pouvait partager des loisirs en toute sécurité. Peu de temps avant la naissance de Mathilde, le territoire avait connu une recrudescence d'attentats qui avaient banni toute réunion dépassant la centaine de personnes. Le sport, la musique et le cinéma figuraient parmi les disciplines les plus touchées, jusqu'à ce que l'Information Générale ait l'idée lucrative de diffuser dans ses locaux des événements enregistrés en l'absence de public. L'engouement avait été immédiat et au mécontentement des supporters et groupies les plus fervents avait succédé la joie d'assister au concert de sa vedette préférée sans se mettre en danger.

Mathilde consulta la programmation à venir et acheta quatre billets pour les Victorious Heads, un groupe de rock créé par cinq garçons de sa promotion, dont la notoriété dépassait désormais le périmètre du Centre.

Satisfaite, elle se dirigea vers les tapis roulants qui conduisaient au niveau supérieur, l'étage de l'« Être », dévolu à la mode et au paraître.

Il y régnait une incroyable effervescence. Les enseignes de mode, d'esthétique et de prêt-à-porter s'égrenaient le long d'une allée interminable. Fendant la foule, Mathilde remonta le courant en faisant son possible pour ignorer les multiples artifices qui, chaque fois qu'elle dépassait une boutique, tentaient de l'attirer à l'intérieur. Quelques minutes plus tard, elle arrivait à destination.

À cette heure, la verrière du dernier étage baignait dans une atmosphère ouatée. L'immense dôme laissait filtrer les rayons du soleil couchant, éclairant d'une teinte orangée un espace central meublé de fauteuils arrondis où rêvassaient des visiteurs alanguis. Quelques-uns portaient à la ceinture une poche alimentaire dont ils aspiraient le contenu à l'aide d'une paille. Mathilde soupira d'aise en imaginant le dîner qu'on lui servirait bientôt et se dirigea vers le restaurant où elle avait rendez-vous.

Outre son décor épuré, son parquet en imitation bois et son subtil parfum ambiant citronné, Biothic était réputé pour ses produits frais et son service incarné. Mathilde avait toujours rêvé d'y aller. Parce que rare, et donc coûteux, l'accueil humain était l'apanage du luxe.

La femme qui la reçut la guida jusqu'à la grande baie vitrée qui bordait des tables nappées de blanc et indiqua que les autres convives n'étaient pas arrivés. Quand elle s'éloigna, Mathilde pivota sur son siège et plongea dans l'incroyable panorama que le restaurant offrait sur la ville.

Le vieux quartier, en contrebas du pic rocheux, était son préféré. On pouvait encore y admirer les habitations séculaires construites par les premiers occupants du territoire. Des marginaux, partis en quête d'un eldorado, sans se douter qu'ils seraient rejoints des années plus tard par la population de réfugiés dont Mathilde descendait. Forcées de cohabiter, les deux communautés avaient fusionné, et même si les fondateurs avaient depuis longtemps disparu, il demeurait quelques-unes de leurs maisons. Contrairement aux nouveaux logements dont les espaces se concentraient en sous-sol (à l'exception des pièces à vivre comme le salon et la salle à manger), les anciens habitats, eux, atteignaient plusieurs mètres de hauteur. Pour protéger leur singularité, on avait érigé autour de chacun une enceinte bétonnée. L'effet était relativement curieux, et pas toujours des plus élégants, mais les propriétaires s'en servaient souvent comme d'un mur d'expression qu'ils peignaient dans des tons chatoyants. Un contraste d'autant plus saisissant que le reste de la cité s'étendait en une suite de toits gris similaires, tapissés de panneaux solaires.

Mathilde eut une pensée pour Basile et Chloé, qui possédaient l'une de ces anciennes bâtisses. Elle culpabilisa de s'être enfuie sans leur dire au revoir. C'était plus fort qu'elle. Elle se sentait si peu à l'aise en leur présence, si peu à sa place. Il lui semblait que leur relation était artificielle. Elle se demanda comment faisaient les autres. Elle ne pouvait prendre exemple sur aucun de ses amis. Marc n'avait plus ses parents, Matthew connaissait à peine son père, quant à Marie… certes, elle adorait sa mère, mais elle n'avait jamais rencontré son géniteur, qui s'était volatilisé avant sa naissance. Mathilde n'enviait aucune de ces situations. Elle décida de faire un effort et d'appeler Chloé. Le visage de sa mère se matérialisa au-dessus de son poignet.

— Ma chérie ! s'exclama-t-elle avec emphase. Je suis désolée de t'avoir manquée ce matin. J'aurais voulu…

Mathilde n'aimait pas que Chloé la surnomme « ma chérie ». Cela sonnait faux.

— Ne t'en fais pas, coupa-t-elle. Je dîne chez Biothic.
— Ah… très bien. C'est une excellente idée.

Malgré les efforts de Chloé, Mathilde percevait sa déception.

— Peut-être pourrais-je revenir chez vous, un soir prochain…, proposa-t-elle d'une voix hésitante.

Chloé se fit extatique.

— Bien sûr ! Avec joie ! Quand es-tu disponible ?
— Je ne sais pas. Dans dix jours ?

Sa mère marqua une pause pendant laquelle Mathilde devinait qu'elle enregistrait l'information sur son ondophone domestique.

— C'est parfait. J'espère que ton père sera là.
— As-tu besoin de quelque chose ?
— De toi. C'est tout.

Mathilde fut gênée.

— Très bien. À bientôt, alors.

— Bonne soirée, ma chérie. Amuse-toi bien. Je suis contente, tu sais.

Mathilde émit un léger grognement puis raccrocha. En fin de compte, l'exercice n'avait pas été si difficile. Elle se sentait mieux. Et Chloé aussi. C'était le principal.

S'enfonçant dans son siège, elle laissa son regard se perdre dans la lumière du soir. La cité ressemblait à un gigantesque kaléidoscope. Le verre des panneaux solaires mêlé aux fresques des vieux quartiers, et jusqu'aux toits lointains des serres, par-delà les limites de la ville…

Soudain, l'idée la frappa que, de son poste, elle pourrait apercevoir la frontière.

7

— Tu perds ton temps !

Mathilde fit volte-face. Marc et Matthew l'observaient avec un grand sourire.

— Moi aussi, j'ai essayé, reprit Matthew sur le ton de la confidence. Mais même quand le ciel est dégagé, on ne voit rien. C'est trop loin !

Il lui fit un clin d'œil.

— Tu meurs d'envie d'y aller, pas vrai ?

Marc lui tapa dans le dos.

— Parle plus fort, tant que tu y es !

— Pas besoin de paniquer, personne n'écoute…

Marc embrassa Mathilde. Elle lui trouva le teint pâle. Surtout à côté de Matthew qui avait la peau bronzée à force de monter la garde en plein air. Elle se fit la réflexion que les deux hommes n'avaient décidément rien en commun, sinon la profonde amitié qui les unissait. Marc avait les cheveux châtains, à la limite du blond vénitien, des yeux bleu-gris, une musculature fine, tandis que Matthew avait le regard noir et un profil plus massif. L'un était le contraire de l'autre, le premier se montrant aussi innocent et rassurant que le second était incontrôlable et facétieux.

Matthew était inconscient. Évoquer la frontière, et plus encore l'idée de s'y rendre, pouvait attirer des ennuis. Les autorités étaient extrêmement sensibles à ce sujet. Elle le regarda d'un air réprobateur mais, comme toujours, Matthew ne parut pas regretter sa question. Il attendait qu'elle réponde, ce qu'elle ne ferait évidemment pas. Elle savait rester prudente.

Depuis leur naissance, on n'avait cessé de leur répéter qu'approcher la frontière constituait un délit des plus répréhensibles. Et pour cause, une telle escapade risquait de mettre l'adversaire en appétit, de provoquer de nouveaux conflits, sans aucun doute meurtriers. Or, la Communauté avait déjà trop de morts à pleurer. Lorsqu'il arrivait que des déséquilibrés se hasardent dans la zone interdite, ils étaient tués par l'ennemi ou rattrapés in extremis par l'armée, mais dans ce cas immédiatement incarcérés. L'Information Générale relayait au moins une fois par an ce type d'événement. Quant à comprendre ce qu'était le clan adverse… On savait seulement que la guerre avait éclaté des dizaines d'années auparavant, lorsqu'une partie de la population avait fui les persécutions dont elle était victime dans son pays d'origine. Les femmes, en particulier, étaient visées. Un virus sexuellement transmissible, probablement venu du territoire frontalier, était apparu, provoquant une malformation de l'utérus qui les empêchait de mener une grossesse à terme. Touchant au début une petite partie de la population, le mal avait rapidement progressé sans que l'on soit en mesure de l'endiguer. Si bien que, avant la naissance de Mathilde, son taux d'incidence avoisinait les quatre-vingts pour cent.

Depuis, la Communauté s'attachait à survivre. D'où la mise en place du Centre et son programme de gestation artificielle.

Malgré tout, Mathilde ressentait l'envie inavouable d'aller explorer, un jour, le territoire ennemi. Elle se tourna vers Matthew, dont les yeux se perdaient au loin. Une curiosité semblable les animait.

Bientôt, Marie arriva et les serra tour à tour dans ses bras. Ses cheveux bouclés formaient autour de son visage une crinière mordorée qui chatouillait quiconque l'embrassait. Ils retrouvèrent le sourire. Après tout, il s'agissait d'un jour spécial qu'ils ne pouvaient partager avec personne d'autre. Ils avaient tant vécu ensemble. Quinze années de folles équipées, d'apprentissages, d'amour, d'amitié… Désormais, leurs chemins se dissociaient. Ils trinquèrent d'un air solennel.

— Joyeux anniversaire ! lancèrent-ils en chœur. À nos vingt-cinq ans !

Mathilde sentit sa gorge se nouer. Des sentiments contradictoires la submergèrent. D'un côté, la liberté tant attendue, synonyme de tous les possibles, et de l'autre, le grand inconnu.

Quinze ans qu'ils vivaient au Centre. Dans un mois, au plus tard, hormis Matthew qui habitait l'une des casernes, ils devraient le quitter. Une nouvelle génération arrivait et il fallait faire place. Apprendre à devenir de vrais citoyens avec un travail, une vie de couple, des responsabilités…

Marc était très excité à cette idée. Il avait toujours eu un temps d'avance sur les autres, toujours saisi les choses pratiques avec facilité. Des quatre, il était celui qui avait le plus attendu ce moment. Contrairement à Matthew qui n'en concevait pas une grande différence. Pour lui, la voie était tracée. Soldat il était, soldat il resterait. Habitué à obéir aux ordres, pris en charge par l'armée, il se reposait sur une logistique bien huilée. Le gîte et le couvert lui étaient assurés, c'était tout ce qu'il demandait. Marie, de son côté, s'inquiétait surtout de n'avoir personne dans sa vie. Elle était passée maîtresse dans l'art de voir des signes partout, même là où il n'y en avait pas. Mathilde, enfin, craignait d'être livrée à elle-même. Elle aurait voulu rester au Centre indéfiniment. Elle s'y sentait chez elle. Bien plus que chez Basile et Chloé, où, faute d'alternative, elle irait vivre dans les premiers temps. Cette perspective la faisait frémir. Non que ses parents fussent malveillants, au contraire, ils lui témoignaient une affection sincère, mais elle se trouvait chez eux comme une étrangère. Elle aimait peu leur maison, vieille et inconfortable. L'excentricité de Chloé l'embarrassait. Quant au caractère bourru de Basile... Non, décidément, elle ne voyait aucune raison de se réjouir.

Elle chassa ces pensées et revint à ses amis. Avec eux, elle était en bonne compagnie. Ils étaient sa famille. La seule qu'elle reconnaissait. Au point de rebaptiser ainsi leur petit groupe : la famille. Cet amour inconditionnel dont Basile et Chloé lui avaient si souvent parlé, c'était à eux qu'elle l'avait accordé.

Marie reprit la parole.

— Alors ? interrogea-t-elle avec une curiosité toute juvénile. Vous avez trouvé votre stage ? J'ai entendu dire que certains n'avaient rien. Et le Centre refuse de les garder. Je me demande où ils vont aller...

Marie, bien que ce ne fût pas très professionnel de sa part, adorait colporter les malheurs des autres. Elle faisait allusion à l'obligation, passé la cinquième année d'instruction, de mettre en pratique l'enseignement dispensé. Pendant deux ans, chaque étudiant irait achever sa formation auprès d'un futur employeur.

— Alors ! Vous avez trouvé, oui ou non ?

— Ce que tu peux être curieuse ! fit Matthew. Pourquoi tu ne nous dis pas, toi ?

C'était tout ce qu'elle attendait.

— Très bien. Ça risque de vous surprendre, mais je reste au Centre !

— Pour y faire quoi ?

Marie était étudiante en psychologie. Une discipline certes populaire auprès de certains membres de la Communauté, mais qui demeurait une ineptie pour les éminences scientifiques. Que le professeur Blake ait pu en engager semblait une hérésie. Marie, qui connaissait fort bien l'opinion que l'on avait de sa spécialité, s'expliqua :

— Rassurez-vous, nous ne sommes pas là pour le personnel ou les élèves. En revanche, quand les spécimens de deuxième génération seront nés, nous pourrions avoir une utilité. Rappelez-vous, après notre naissance, certains étaient déboussolés. Je dirais même un peu attardés...

— C'est toujours le cas ! lancèrent Marc et Matthew en se désignant mutuellement.

Matthew saisit son verre.

— Bravo, une de casée !

Ils burent au succès de Marie.

— À toi ! dit-elle en se tournant vers Mathilde avec entrain.

Cette dernière sourit d'un air gêné en se remémorant l'épisode du jour. La crise qui agitait le Centre. La convocation d'Henri Whiter dans la nuit. Si elle réussissait, nul doute qu'un avenir brillant l'attendait. Mais si elle échouait... Si ses concurrents la devançaient... Elle grimaça.

— Je ferai tout pour rester au Centre, dit-elle. Mais c'est très difficile.

— Tu es la meilleure dans la plupart des secteurs, fit Marc pour la réconforter. Il n'y a aucune raison pour qu'ils ne te gardent pas. Au pire, tu pourras travailler en agence de santé.

— Ou à l'hôpital ! compléta Marie avec enthousiasme.

Mathilde hocha la tête sans conviction.

— On verra bien.

Elle regarda Matthew, espérant détourner l'attention.

— Et toi ? Tu restes aussi, je suppose ?

Son ami opina.

— Finalement, personne ne part, dit-il dans un sourire. C'est le monde à l'envers.

— Moi, si, intervint Marc. Si ça intéresse quelqu'un...

Depuis le début de la soirée, il bouillait de parler.

— Premièrement, annonça-t-il, j'ai décroché un stage à l'Information Générale.

Ses amis le félicitèrent. Travailler à l'Information Générale était un rêve que Marc poursuivait depuis la réalisation de son premier circuit informatique, à l'âge de quinze ans. Sans surprise, il atteignait son but. Dans son domaine, il était un génie.

— Et puis, continua-t-il d'un ton nerveux, j'ai décidé de reprendre la maison de mes pa… parents. Je m'y installe dès ce soir.

Matthew, Mathilde et Marie échangèrent un regard consterné. Douze ans auparavant, les parents de Marc avaient été assassinés alors qu'ils dînaient chez des amis. Pour une raison inexpliquée, l'alarme signalant l'approche des bombardiers n'avait pas fonctionné et les convives s'étaient fait surprendre en plein repas, sans avoir le temps de se réfugier sous terre. Marc avait treize ans au moment des faits. À peine était-il né qu'il devait déjà dire adieu à ses géniteurs. Il en gardait une blessure qu'il n'évoquait jamais, mais dont ses amis savaient qu'elle n'était pas cicatrisée. Contrairement à Mathilde ou Matthew, il avait entretenu une relation intime avec ses parents. Dès le début, ces derniers l'avaient adoré. Durant sa période de gestation, ils s'étaient rendus chaque jour au Centre pour le voir. Fait rare, déjà à l'époque. À la naissance, ils s'étaient empressés de multiplier les permissions de sortie, de choyer celui qu'ils appelaient leur « petit ». Mathilde se souvenait d'eux, mais aussi de la réaction de Marc au moment de l'attentat, qu'elle n'avait pas comprise tant elle différait de ce qu'elle éprouvait. À l'annonce du décès, il était d'abord resté prostré, rejetant la réalité. Ensuite étaient venus les pleurs incontrôlables et les cris de dément. Et puis, en dernier lieu, des semaines après le drame, le bégaiement. Un dysfonctionnement auquel aucun traitement n'avait su remédier. Depuis, Marc avait toujours refusé de remettre les pieds chez ses parents, comme de vendre la maison dont il avait hérité. Le lieu demeurait un sanctuaire où rien n'avait bougé. Les objets, le linge, les couverts, les gravures meublaient le mausolée, mais pas le silence. Il était arrivé à Mathilde d'imaginer les habits de la mère de Marc encore suspendus dans l'armoire, peut-être jetés au sol, prêts à être lavés.

— Et puisque c'est notre anniversaire, poursuivit son compagnon sans remarquer sa réaction, comme cadeau, je vvvv… je vvvv… je vvvv…

Il s'interrompit, exaspéré. À force de séances d'orthophonie, Marc était parvenu à dompter son handicap. Il fallait que l'émotion soit forte pour que ce dernier resurgisse. Mathilde posa une main sur son bras.

— Calme-toi. Prends ton temps.

Il se redressa.

— Puisque c'est notre anniversaire, lança-t-il en regardant droit devant lui, en guise de cadeau, je voulais te prrr… prrrr… proposer d'habiter avec moi.

Enfin ! Il l'avait dit. Il observa Mathilde d'un air anxieux.

— Que… qu'en penses-tu ?

Marie applaudit. Sentant les regards posés sur elle, Mathilde réfléchit à toute vitesse.

Depuis quelques heures, elle avait vingt-cinq ans. Avec Marc, ils formaient un couple depuis deux ans. Se mettre en ménage était fortement encouragé par la Communauté. Dans un futur proche, elle recevrait de la documentation sur la nécessité de procréer afin de confier son embryon au Centre et fournir ainsi de nouvelles générations. Comme Basile et Chloé l'avaient fait avant elle. Bientôt, elle aurait cette place dans la société. Légitime, officielle. Tout était pour le mieux. Oui, mais vivre avec Marc ? Dans cette maison marquée par le deuil ?

L'absence de choix la décida. Un refus de sa part, ne serait-ce qu'une réticence, plongerait Marc dans le plus grand désarroi. Il ne pourrait s'empêcher d'assimiler sa réaction à un rejet, quand il s'agissait avant tout d'une peur irrationnelle. Marc était quelqu'un de valeur. L'exemple de Marie, en cela, était utile. Trouver la bonne personne n'était pas facile. Tous deux se complétaient bien, et hormis quelques crises de jalousie imputables à son manque de confiance en lui, ils tombaient souvent d'accord. Sur les études, les individus, la Communauté…

Marc attendait désespérément une réponse. Ses ongles cisaillaient le bord de la table. Tâchant de faire preuve d'assurance, elle hocha la tête.

— Oui, répondit-elle, la voix malgré tout un peu étranglée. C'est une bonne idée.

Trop heureux, il la serra dans ses bras. Matthew remplit de nouveau les verres.

— Il fallait prévenir qu'on célébrait aussi un mariage, fit-il avec ironie.

Mathilde braqua sur lui des yeux assassins.

— Nous allons juste vivre ensemble.

— Je plaisantais.

Mais elle riait jaune. Se gardant de croiser le regard de ses amis, elle but jusqu'à la lie.

8

Mathilde retourna au Centre à la nuit tombée. Pour ne pas éveiller les soupçons de Marc qui désirait qu'ils dorment dans leur nouveau logement, elle prétexta avoir du travail à finir. Marc n'émit aucune protestation. Il savait qu'il était risqué de faire pression sur elle. Au pire, elle se fermait complètement, au mieux il obtenait l'effet inverse à celui escompté.

Mathilde et Henri Whiter se retrouvèrent dans la salle de repos des techniciens. Quand ce dernier eut verrouillé la porte, il déposa un petit paquet devant elle.

— Je n'avais pas oublié, dit-il avec un sourire discret, mais tu m'as pris au dépourvu ce matin.

Mathilde lui lança un regard sombre.

— Alors, vous aussi…

— De mon temps, on disait merci.

— Pardon. Merci, Henri. Je ne comprends simplement pas pourquoi tout doit changer maintenant.

Il haussa les épaules.

— Il faut bien grandir un jour. Ouvre.

La boîte contenait un objet étrange, rond et cuivré.

— C'est une boussole, expliqua Henri. Mon père me l'a offerte quand j'avais ton âge.

— À quoi ça sert ?

— À se repérer quand on est perdu, répondit-il dans un clin d'œil. Même s'il s'agit plutôt d'une antiquité.

Bien qu'ignorant la façon de l'utiliser, Mathilde apprécia son cadeau. Le mouvement de l'aiguille l'intriguait.

— Merci beaucoup, Henri.

— De rien. Il y a longtemps que je désirais la léguer à quelqu'un.

Elle acquiesça, touchée par la place qu'elle occupait dans le cœur du vieil homme. Elle sourit en le regardant.

— Dites-moi, quelle est cette chose dont vous vouliez me parler, si secrète qu'elle nécessite de se voir en pleine nuit ?

Elle le taquinait, mais Henri se montra soudain soucieux. Avant de répondre, il jeta un coup d'œil alentour pour vérifier qu'ils étaient seuls.

— Il y a certaines informations que je n'ai pas mentionnées lors de la réunion, avoua-t-il. J'avais peur que l'on me prenne pour un fou. Mais, à toi, je vais le dire. On ne sait jamais. Te souviens-tu que le spécimen 32 a cassé l'un des bras mécaniques qui le soutenaient ?

— Bien sûr.

— J'ai également remarqué que son utérus était fissuré et laissait échapper du flux placentaire.

— Vous voulez dire que le spécimen aurait fracturé son utérus ? Ce serait une première !

Henri parut embarrassé.

— Oui, en effet… Mais ce n'est pas exactement là où je voulais en venir. J'ai découvert que les circuits électriques de cet appareil, en particulier, étaient grillés. D'un point de vue pratique, ce constat conduit à deux hypothèses. La plus vraisemblable est qu'une panne a eu lieu, qui a affecté les spécimens, particulièrement le numéro 32. Au point que celui-ci a brisé un bras mécanique, fissuré la stèle, et que du liquide s'en est échappé, détériorant ensuite la machine.

Mathilde retenait son souffle.

— Ou…, reprit-il d'un ton prudent, le spécimen s'est agité de manière inhabituelle jusqu'à fendre son utérus, occasionnant ainsi une fuite à l'origine du court-circuit général.

— Vous voulez dire que le mal du spécimen serait antérieur à la panne ? Et, plus que ça, qu'il en serait la cause ?

Henri Whiter était ennuyé.

— Je sais que cela paraît fou. Mais je devais t'en parler. Cette affaire est plus complexe que celles que nous avons l'habitude de traiter.

Mathilde s'adossa au mur.

— Vous ne m'aidez pas… En admettant que ce soit possible, il faudrait identifier l'anomalie qui, en premier lieu, a provoqué l'agitation du spécimen.

— C'est vrai. Pour l'instant, nous n'avons rien trouvé. Nous continuons de chercher.

— Pourquoi ne pas en avoir parlé lors de la réunion ?

— Parce que ce n'est qu'une idée. Une telle chose ne s'est jamais produite. Mais comme tu travailles désormais sur le dossier, il ne faudrait pas que tu passes à côté d'un élément, si improbable soit-il.

— Merci, Henri. Je note l'hypothèse, même si je ne vous cache pas qu'elle me paraît absurde. Si le spécimen avait présenté des troubles psychomoteurs ou une sensibilité particulière, les équipes médicales l'auraient signalé.

— Oui. Tout cela est très étrange. Je suis certain que nous trouverons la solution.

Il gagna la porte.

— Je dois te laisser, mon service va commencer.

— Bon courage, Henri. Et merci.

Il lui renvoya un sourire fatigué et disparut dans les couloirs.

Mathilde se rendit dans la salle d'étude et s'installa à son ordinateur. La journée avait été dense. De l'aube au crépuscule, elle n'avait connu aucun répit. La tête dans les mains, elle réfléchit. La priorité consistait à examiner l'impensable éventualité que le comportement du spécimen 32 soit à l'origine du court-circuit, et non l'inverse. Elle ouvrit le dossier concerné.

La fiche identitaire se déclinait en quatre parties : les références de création du spécimen, ses caractéristiques physiques externes, internes, et, enfin, une série de prévisions à plus ou moins long terme. En général, elle s'attardait peu sur ces dernières informations, celles-ci servant surtout au spécimen après sa naissance. On entrait ces données sur son ondophone, lesquelles constituaient ensuite une base de travail pour les médecins. Ainsi, la traçabilité était complète.

Elle agrandit le document qui commençait comme suit :

> Génération : 2[e]
> Salle : 12
> Numéro de stèle : 32
> Sexe : Masculin
> Nom des géniteurs : Whitam

Venaient ensuite les courbes d'évolution du poids et de l'âge, les mensurations, la typologie de peau et de cheveux, le tout illustré par des images correspondant à chaque année de gestation.

Elle poursuivit sa lecture. Elle arrivait à la troisième partie du document, qui présentait la composition interne du spécimen. Son empreinte génétique, la structure des systèmes nerveux, lymphatique et sanguin, et diverses coupes du cerveau et des organes vitaux. Les équipes médicales actualisaient ces informations une fois par semaine. Si un changement se déclarait, le dossier le stipulait automatiquement. Dans le cas présent, rien d'anormal n'apparaissait.

Elle consulta les prévisions d'évolution du spécimen après sa gestation. Mais, là non plus, elle ne trouva rien d'alarmant. Le spécimen 32 présentait jusqu'au jour de la panne un développement sain et régulier. Elle referma le dossier, satisfaite d'avoir eu raison de la théorie d'Henri, et cependant dépitée de n'avoir débusqué aucun indice susceptible d'orienter ses recherches.

Lasse, elle se rendit au réfectoire où elle acheta des poches alimentaires parfumées à la pomme qu'elle but d'un trait. Par-delà le rempart, l'aurore s'annonçait.

— Mathilde ? Mathilde ! Réveille-toi !

Elle ouvrit les paupières. Le visage de Mila, une camarade de sa promotion, était penché sur le sien.

— Tu m'as fait peur ! s'exclama-t-elle dans un sursaut.

— Toi aussi ! riposta la jeune femme à la peau d'ébène. Cela fait cinq minutes que je te secoue ! J'ai cru que tu faisais un malaise. Tu as dormi ici ?

— Non, j'ai travaillé toute la nuit. J'ai dû m'assoupir.

Mila fronça les sourcils.

— Hum, c'est strictement déconseillé par les agences de santé. Il faut dormir au moins sept heures par nuit. Tu en as parlé lors de ton dernier bilan ?

— Mon problème n'est pas médical. Je ne cesse de penser aux spécimens.

Mila soupira.

— Moi aussi. J'ai apporté du café. Tu en veux ?

Mathilde saisit la tasse sur laquelle elle réchauffa ses mains. Mila l'observait d'un air préoccupé.

— Tu ne devrais pas travailler autant. La résolution de ce cas risque de durer un certain temps.

— Je n'y peux rien, c'est plus fort que moi.

— Ce sera sans doute plus rapide si nous nous y mettons à deux.

Mathilde considéra la proposition. En tout, ils étaient une trentaine d'étudiants élus par le professeur Blake pour résoudre l'énigme de la salle 12. La compétition serait rude. Mila était minutieuse, d'un caractère conciliant, et s'investissait pleinement dans un projet lorsque c'était nécessaire. Elle accepta en songeant qu'il serait toujours temps de s'entendre en cas de récompense.

— Le Doyen ne tolérera aucun échec, lança-t-elle cependant en guise d'avertissement.

Mila lui renvoya un regard serein.

— Ne t'inquiète pas, nous allons réussir. C'est mathématique. La panne a agi sur l'une de leurs facultés physiques. Reste à trouver laquelle.

Mathilde fut rassurée par sa détermination. Elle demanda des nouvelles d'Antoine, son compagnon. Elle avait appris que le couple s'était fiancé.

— Tu es gentille de poser la question, fit Mila en affichant un sourire radieux. Je ne réalise pas encore. J'ai l'impression que nous nous sommes rencontrés hier. Le mariage aura lieu en fin d'année. Tu es invitée, bien sûr.

— Merci.

— Et vous ? Quels sont vos projets avec Marc ? Vous comptez vous marier ?

Comme la veille au soir, Mathilde fut de nouveau assaillie par le doute.

— Oui et non, répondit-elle avec embarras. Rien ne presse. Pour l'instant, nous emménageons ensemble.

— Félicitations !

— Merci. En vérité, ce n'est pas un très grand changement. Nous nous connaissons trop pour qu'il y ait des surprises.

Mila la regardait avec perplexité. Comment pouvait-elle comprendre ? Elle n'avait rencontré son fiancé que quelques mois auparavant. Mais pour elle et

Marc, l'histoire avait été différente. Ils se connaissaient depuis toujours. Au point que, si Marc n'avait pas fait le premier pas, ils n'auraient peut-être jamais dépassé le stade de l'amitié. Son dévouement à son égard avait joué un rôle déterminant. À force d'attentions répétées, de lui témoigner son affection, elle avait fini par céder et ils ne s'étaient plus quittés. Ils entretenaient une vraie complicité. Auprès de lui, elle se savait soutenue et protégée. Et bien que la passion leur fût étrangère, elle l'aimait sincèrement.

— Ne te méprends pas, dit-elle en fixant Mila. Je suis fière d'être avec Marc.

— Bien sûr, répondit sa camarade en baissant les yeux. Je ne pensais pas le contraire…

Mila mit fin à la conversation en se tournant vers son ordinateur.

— On devrait se mettre au travail.

Elle fit mine de se concentrer et Mathilde ne tarda pas à l'imiter.

9

Mathilde ne quitta pas son poste de la journée et, hormis sa responsable, personne ne vint la déranger. Cette dernière souhaitait s'enquérir de l'avancée des travaux afin d'en référer au Doyen. Mathilde s'efforça de se montrer sûre d'elle, maîtrisant les éléments avec professionnalisme et sang-froid. La façade fit illusion. En début de soirée, elle gagna l'un des gymnases du Centre pour y pratiquer son heure d'exercice quotidienne. Sans hésiter, elle opta pour le punching-ball. Comme toujours, le premier coup fut le plus pénible. Le poing s'écrasa contre le sac en lui arrachant un râle de douleur. Elle enchaîna sur un deuxième, puis plusieurs. Bientôt, le geste fut si mécanique qu'elle en oublia la sensation. Mille pensées l'assaillaient. Les récentes remontrances du Doyen à son égard, le lourd défi qu'elle devait relever… Aurait-elle les épaules assez larges ? L'instinct assez fin ? L'esprit suffisamment lucide ? Et cette nouvelle vie qui débutait hors du Centre. Sa cohabitation avec Marc. Ce dernier serait-il aussi prompt à proposer le mariage ? Songeait-il déjà à l'étape suivante ? Il avait l'air si sûr de lui. Était-il normal qu'elle ne le fût pas autant ? Quant à Basile et Chloé, il faudrait leur annoncer qu'elle n'irait pas vivre chez eux. Ils seraient déçus, certainement. Vingt-cinq ans qu'ils attendaient ce moment. Comment leur dire sans les blesser ?

La douleur la fit revenir à elle. Une grosse tache de sang perçait au niveau des phalanges. Elle retira les bandages qui les recouvraient. Ses mains étaient meurtries. D'ordinaire, elle savait se ménager. D'ailleurs, à bien réfléchir, elle savait se brider en toutes choses. Pourquoi, aujourd'hui, son esprit grondait-il ? Pourquoi n'arrivait-elle pas à s'épuiser ?

Elle s'obligea à arrêter, n'ayant aucune envie de finir en agence de santé. Matthew choisit justement cet instant pour la contacter. Tout d'un coup, son visage apparut, la faisant sursauter.

— Tu pourrais prévenir quand tu appelles, dit-elle en s'essuyant le front.

— Sûrement pas ! C'est le privilège de l'accès libre que j'ai sur ton ondophone. Qu'est-ce que tu fais ?

— Du sport. Je viens de finir.

— Et après ?

— Je pensais rentrer.

— Chez Marc ?

— Chez nous.

Matthew fit la moue.

— Tu as bien le temps de prendre un verre ?

— Tu sais que nous nous sommes vus hier ?

— Beaucoup de choses ont pu changer depuis.

Son ton mystérieux l'amusa.

— D'accord. Mais pas trop tard. La journée a été longue.

Au demeurant, elle n'était pas pressée de rejoindre ce qui constituait désormais une sorte de domicile conjugal. Elle se détesta de concevoir les choses ainsi. Marc ne méritait pas un tel déni.

— Des problèmes avec l'administration ? s'enquit Matthew.

— Pas seulement.

— Dans ce cas, je crois que nous avons tous les deux besoin d'un remontant. Rendez-vous au Cave dans une demi-heure.

Il mit fin à la communication et disparut aussi vite qu'il était apparu.

Le Cave était un bar peu fréquenté du centre-ville dans lequel Matthew frayait déjà depuis plusieurs années, bien que ce genre d'établissements fût interdit aux mineurs. Il avait été initié par ses aînés, des militaires peu scrupuleux mais soucieux de garder le secret. Contrairement à la législation en vigueur, on pouvait y consommer plus d'un verre, mais si on se faisait arrêter, il était hors de question de dénoncer l'endroit. Quelques exceptions à la règle avaient bien entendu provoqué le débarquement inopiné des forces de l'ordre, mais le propriétaire, habile dans ses manœuvres, comptait parmi ses habitués quelques hommes politiques haut placés.

Les deux amis empruntèrent un ascenseur qui les déposa cent mètres sous terre devant l'entrée. L'hôtesse qui les accueillit avait la voix grésillante. L'ondophone accusait une certaine vétusté.

Après avoir décliné leur identité, ils pénétrèrent dans la salle. Contrairement à la plupart des espaces publics de la Communauté, les lieux étaient plongés dans la pénombre. Un éclairage carmin se reflétait sur des tables et des tabourets en fer. Derrière le bar, un homme à l'allure impeccable, vêtu d'un tablier et d'un nœud papillon, veillait au confort des clients comme à la préparation de leur commande. Selon Matthew, le personnage n'avait pas changé depuis l'inauguration du Cave. Ils s'attablèrent.

Deux heures plus tard, alors que le barman venait de leur servir pour la quatrième fois consécutive le cocktail star de la maison, et que Mathilde eut raconté son histoire, Matthew entrechoqua son verre avec le sien.

— Aux nouvelles responsabilités ! s'exclama-t-il.

— Absolument ! répondit-elle, au bord de l'épuisement. À mon avenir au sein du programme !

Matthew la regarda d'un air énigmatique.

— Hé, il ne s'agit pas que de toi… Moi aussi, je vais devoir relever un défi.

Elle leva un sourcil.

— Je vais partir. Pour la frontière.

Elle lâcha son verre.

— Mais… enfin… C'est impossible… Ils n'ont pas le droit. On n'envoie jamais de jeunes recrues. C'est trop dangereux, c'est…

Matthew gardait les yeux baissés. Depuis qu'il avait appris la nouvelle de sa mutation, l'angoisse lui grignotait le ventre. Mathilde avait raison. D'ordinaire, seuls les soldats chevronnés étaient affectés à la frontière. Ceux qui avaient triomphé des conditions les plus difficiles, sur tous les terrains. Mais à quoi bon contester les ordres ? En choisissant l'armée, il savait à quoi il s'engageait. Jamais cependant il n'aurait cru l'échéance si proche.

— Pourquoi n'envoient-ils pas plutôt des drones ? renchérit Mathilde. Je pensais que c'étaient eux qu'on mettait en première ligne. C'est pour ça qu'on les fabrique, non ?

Matthew secoua la tête.

— Ce sont de simples boucliers. On me donne un poste de commandement. Dans les faits, c'est une sacrée promotion. En réalité, je crois qu'ils veulent me tester.

— Mais... pourquoi ?

— Me faire payer mon insolence.

C'était pour lui la seule explication plausible. Elle murmura :

— Ils te punissent ?

L'émotion était trop forte. Matthew passa une main sur son front.

— Tu veux que l'on sorte ? proposa-t-il.

— Comme si j'allais sortir dans cet état.

— Il faudra bien partir.

— Ne change pas de sujet.

Elle l'observait du fond de son siège. Deux billes sombres braquées sur lui comme le canon d'un revolver.

— Quand ? demanda-t-elle.

Il esquiva son regard. Son assurance commençait à se volatiliser. Avec les autres, il réussissait toujours à se défiler. Mais quand il était auprès de Mathilde, toute échappatoire devenait impossible. Elle le connaissait si bien. Elle savait ses dérobades, ses vraies souffrances et fausses joies, les choses qui le faisaient rire, celles qui le révoltaient, ce qu'il pensait des autres, du monde, d'elle. Et par-dessus tout, même s'ils n'en avaient plus reparlé depuis que Marc partageait sa vie, elle savait qu'il l'aimait. Elle le savait depuis toujours et il s'en trouvait totalement démuni. Elle avait choisi Marc. Son meilleur ami. Échec qui l'avait décidé à assumer son destin. Puisque sa vie privée était condamnée à n'être qu'une suite d'aventures sans lendemain, au moins pourrait-il se rendre utile auprès de la société qui l'avait fait naître. Conforté dans l'idée d'avoir fait le bon choix, il se pencha sur la table.

— Je serai parti dans trois mois, au plus tard, dit-il sans oser la regarder. Je commence une formation demain.

Mathilde le dévisagea sans rien dire.

— Ne t'inquiète pas. Je reviendrai.

— Évidemment, répliqua-t-elle d'une voix blanche.

Puis, comme il n'ajoutait rien, qu'il ne faisait pas ses plaisanteries habituelles, elle se sentit perdue. Les vapeurs lui donnaient le tournis et elle percevait, au fond de sa gorge, comme une vague qui montait peu à peu. Elle se couvrit les yeux.

— Excuse-moi. Je suis bête de réagir comme ça. C'est l'alcool. Je comprends que le gouvernement interdise d'en avoir chez soi. J'ai l'impression de ne plus rien contrôler…

Elle releva le menton.

— Trois mois, c'est court. Autant dire demain.

Elle était au bord des larmes. Tous deux savaient que Matthew pouvait ne jamais rentrer de cette mission. Tant d'autres en étaient revenus à l'état de cendres.

Ils se regardèrent tandis qu'un vieil air retentissait dans le bar, désormais vidé de ses clients. Mathilde indiqua que les portes allaient bientôt fermer et qu'il valait mieux qu'ils s'en aillent. Ils se levèrent dans un silence de mort.

Dans le parking, Matthew releva son col.
— Je te ramène ?
— Merci, c'est gentil, mais je vais prendre le train.
— Ne dis pas n'importe quoi. Tu as vu l'heure ? Les patrouilles rôdent et, si tu te fais arrêter, elles ne mettront pas trente secondes à s'apercevoir que tu as bu au-delà de toute réglementation. Avec moi, tu ne risques rien. Et puis, au moins, avec ça, on peut rouler à l'extérieur.

Il désignait sa moto de service. Un véhicule massif, enveloppé de titane, capable d'appréhender n'importe quel terrain. Mathilde n'était pas contre l'idée de circuler hors des tunnels. Elle avait besoin d'air.
— D'accord.
Ils firent le trajet sans prononcer un mot. De sa position légèrement surélevée, Mathilde pouvait voir la piste, les habitations alignées le long des grandes travées, tout autant que les étoiles et les nuages qui défilaient à une vitesse vertigineuse au-dessus de sa tête. Elle ressentait chaque vrombissement de la machine. Ce qui la fascinait surtout c'était la souplesse avec laquelle l'engin évitait les obstacles, comme un danseur aux hanches élastiques. Un instant, elle

imagina que le guidage se trompe et que le bolide s'écrase contre un mur. Mais chaque trajectoire était calculée au millimètre près, et les accidents n'arrivaient jamais. Pourtant, elle aimait croire à ce risque, si minime fût-il.

Quand la moto freina, Matthew sentit le corps de Mathilde peser sur lui. Ils s'immobilisèrent devant la maison de Marc. L'enveloppe protectrice s'affaissa pour les libérer et Mathilde sauta au sol. Sauf la lueur de quelques réverbères, la nuit engloutissait la rue. Les salles de séjour étaient éteintes, les panneaux solaires ne renvoyaient plus aucun reflet, les gens dormaient. Mathilde observa sa nouvelle demeure et fut soulagée de constater que Marc ne l'avait pas attendue. Se tournant de nouveau, elle eut un mouvement de recul. Matthew était tout près. Plantant son regard dans le sien, il parla d'une traite.

— Écoute, dit-il d'un air douloureux, je sais très bien que, dès demain, toi et moi ferons comme si cette soirée n'avait jamais existé. Je sais que tu passeras me voir avec ta bonne ou ta mauvaise humeur habituelle. Que je trouverai toujours les mots pour te faire rire. Je sais que tu critiqueras ces hommes avec qui je travaille, que tu les mépriseras comme si je n'étais pas l'un des leurs. Que nous parlerons encore de Marie et de Marc, de tes recherches qui n'avancent pas, des dernières nouvelles et du dernier repas. Je sais tout ça. Je sais ce que sont nos vies. Mais ce soir, tu ne peux pas faire comme si de rien n'était. La vérité, c'est que tu es triste et que moi, je suis dévasté.

Elle le regardait sans rien dire, les yeux plissés par le vent. Ils brillaient plus que d'habitude. Il l'attira à lui. Troublée, elle le repoussa.

Alors, dans la nuit qui les couvrait, il articula des syllabes muettes. Des mots qu'elle lut sur ses lèvres et qui disaient sur un air de regret : toi aussi, tu vas me manquer.

10

L'emménagement avec Marc s'avéra un changement moins éprouvant que prévu. Travaillant désormais en des endroits différents, Mathilde et lui passaient moins de temps ensemble. Le manque offrait un second souffle à leur relation et, lorsqu'ils se retrouvaient le soir, ils pouvaient discuter de choses que l'autre n'avait pas vécues. Pour Mathilde, c'était très revigorant. Depuis l'affaire des spécimens malades, elle dormait difficilement. La présence de Marc la rassurait. Elle se sentait moins seule.

D'un point de vue pratique, la maison avait plutôt bien supporté le passage des ans. En partie grâce à Marc qui s'était lancé dans un grand ménage avant que Mathilde n'en franchisse le seuil. Sans doute avait-il deviné ses craintes. Mais elle n'avait plus rien à reprocher à l'endroit, sinon qu'il n'était pas le sien. Dormir dans le lit de ses défunts beaux-parents la bouleversait. Il lui semblait que la fatalité allait s'accrocher à elle comme un poison funeste. Marc refusa pourtant de s'en séparer. Son attachement à ce qui restait de ses parents relevait de l'obsession. Chaque bibelot devenait une relique. Mathilde espérait qu'avec le temps il accepterait l'irréparable.

La seule chose qu'elle imposa fut de changer l'hôte numérique de l'ondophone domestique. Elle refusait de continuer à discuter avec la vieille gouvernante sèche et désagréable que les précédents propriétaires avaient configurée. Ils choisirent un personnage masculin d'une trentaine d'années, qu'ils prénommèrent Édouard, doté d'un sourire jovial et d'un bon sens de l'initiative. Sa mission consistait à organiser leurs emplois du temps, à accueillir les invités, à gérer les robots ménagers et le courrier. Édouard était malin, avenant et peu envahissant. C'était tout ce que Mathilde demandait.

Lorsqu'un soir, justement, l'intelligence artificielle lui rappela qu'ils étaient conviés le lendemain chez Basile et Chloé, elle poussa un soupir de lassitude. Elle aurait volontiers annulé pour continuer à travailler.

Mais Marc ne l'entendit pas ainsi. Lui qui n'avait plus la chance d'avoir une famille encourageait Mathilde à entretenir des liens avec la sienne. Ils quittèrent donc leur domicile le jour d'après et gagnèrent le centre-ville, où vivaient les parents de Mathilde.

Basile et Chloé habitaient une vieille bâtisse aux murs de pierre fissurés et au toit pentu, dont ils avaient condamné le premier étage et le grenier, conformément aux règles de sécurité en vigueur. Chloé y remisait une partie de son matériel ainsi que la majorité de ses œuvres, dont elle se désintéressait sitôt qu'elles étaient achevées. Ayant été déclarée inapte au travail lorsque Mathilde était encore en gestation, elle occupait ses journées à peindre, à l'abri des regards, cachée dans l'atelier clandestin que son mari avait creusé au deuxième sous-sol de la maison. Se moquant du caractère illégal de l'entreprise, Basile protégeait son épouse. Car Chloé dérangeait. Elle s'habillait toujours avec des costumes flamboyants, aux coupes amples et hors mode, qu'elle concevait elle-même et qui volaient à tout vent en s'emmêlant à ses longs cheveux gris. À soixante-cinq ans, la mère de Mathilde était très belle. Sa fine silhouette se mouvait avec grâce, comme si elle marchait sur un nuage. Ses yeux verts éclairaient son visage, et sa peau, contrairement à celle des autres femmes, demeurait diaphane tant elle détestait les salons de bronzage. Parfois, au cours d'une conversation, elle fixait son interlocuteur, le regard brillant d'un éclat inquiétant, et son esprit en profitait pour vagabonder ailleurs. Les voisins retenaient d'elle l'image d'un personnage fantasque, une gentille folle, certes bizarre, mais guère nuisible. On lui reconnaissait surtout son talent pour le dessin qui, depuis le mur d'enceinte de sa maison, contribuait à la bonne réputation du quartier. Incrustée de minuscules éclats de verre et de miroir, teintée d'indigo, la fresque faisait la fierté de Chloé qui expliquait, lorsqu'on le lui demandait, qu'elle avait essayé de reproduire la mer sous un ciel de beau temps. Mais parce qu'elle était inaccessible, tapie derrière l'interminable désert, personne ne savait conceptualiser la mer. L'Information Générale décrivait une abstraction polluée, dangereuse et inutile. Quant à sa magnificence, elle était aussi peu fondée que l'image qu'en donnait la peinture de Chloé. Néanmoins, quand le soleil assommait la cité, la maison aux murs bleus se voyait de très loin, étincelante comme un diamant solitaire au milieu de l'immensité grise.

Plus jeune, Mathilde avait été fascinée par l'histoire de cette mer dont Chloé certifiait la beauté, et l'avait interrogée à ce sujet. Trop heureuse de représenter pour sa fille une source d'intérêt, Chloé ne s'était pas fait prier. Elle conservait dans son atelier, à l'insu de la Communauté, ce qu'elle nommait des « livres ». À l'écouter, il s'agissait de véritables trésors, car ils appartenaient, disait-elle, à un monde révolu. Elle en possédait cinq. Cinq lourds volumes hérités de sa mère, qui elle-même les tenait de la sienne. Jamais au Centre Mathilde n'avait vu pareils objets, pas plus qu'elle n'en avait entendu parler dans ses cours de civilisation. Chloé avait expliqué qu'il en existait d'autres, mais en très faible quantité, et que tous étaient détenus par le département des Archives, où était leur place. Même si, pour sa part, elle ne s'était jamais résignée à confier les siens. Ils constituaient son héritage, la seule chose qui demeurait de ses ancêtres, et, un jour, ils appartiendraient à Mathilde. Cette dernière s'était immédiatement passionnée pour ces curiosités que Chloé traduisait du mieux qu'elle pouvait. Au cours des rares permissions de sortie de Mathilde, la mère et la fille s'enfermaient dans l'atelier et Chloé décrivait la mer, les montagnes enneigées, les animaux vivant sous des cieux qu'on appelait « tropiques », ceux qui venaient de contrées froides, et beaucoup d'autres images échappées d'un univers fantastique.

Mathilde avait fini par poser des questions. La plus récurrente étant de savoir s'il subsistait, quelque part, des vestiges de cet eldorado. Cette éventualité l'obsédait. Mais à cette interrogation, sa mère avait toujours réagi de la même façon. Elle se montrait mal à l'aise et changeait de sujet. Une fois cependant, Chloé avait bougonné que le monde avait évolué, que c'était normal, et qu'il ne fallait rien regretter. Avec un regard lourd de soupçons, Mathilde avait demandé si, pour sa part, elle y croyait encore. À la condition de ne plus jamais en reparler, Chloé avait acquiescé.

Mathilde ignorait que sa mère se protégeait. Dans le passé, ses convictions l'avaient livrée plus d'une fois aux instituts de raison, et l'éventualité d'y retourner la terrifiait. Anciennement centres pénitentiaires, ces établissements accueillaient les individus déclarés déraisonnables par les médecins ou les policiers. On s'occupait d'eux selon des conditions allant de la semi-liberté à l'incarcération la plus totale, en leur réapprenant à vivre au sein de la Communauté. Chloé en était sortie au terme de nombreux examens, épuisée et meurtrie. Non pour cause de mauvais traitements (au contraire, on avait pris grand soin de sa personne), mais pour être revenue sur ses propos et sur ses convictions. Désormais, elle taisait ses pensées les plus intimes. Le seul écart de prudence avait été pour sa fille, ce qu'elle avait amèrement regretté.

Mathilde, un jour, avait divulgué l'existence des livres à ses camarades de classe en espérant qu'eux aussi en auraient entendu parler. Et si, à sa demande, Marie, Marc et Matthew s'étaient tus, les autres élèves n'avaient pas résisté à la tentation de faire circuler l'information, de sorte que, deux jours plus tard, toute la promotion connaissait le secret de Chloé. En plus d'avoir été moquée, Mathilde avait été convoquée par le professeur Blake. Face à lui, elle avait bien essayé de prouver qu'elle avait vraiment vu ces images, mais le Doyen avait balayé sa crédibilité. D'un air contrit, il avait confié que Chloé avait été déclarée inapte à travailler à cause d'un état psychique déficient. Elle vivait dans un monde imaginaire, au point qu'il avait été plusieurs fois question de l'interner définitivement, mais les autorités y avaient renoncé, considérant que la pauvre femme ne présentait de danger pour personne, sinon pour elle-même.

— Il ne faudrait pas cependant que ces théories rocambolesques altèrent ton éducation, avait-il conclu. Il serait dommage qu'à force de te voir répandre de fausses rumeurs dans le Centre, nous soyons contraints de te renvoyer…

La sentence avait résonné en Mathilde comme une condamnation. Après un court silence, elle s'était redressée et avait assuré qu'un tel incident ne se reproduirait plus. Le directeur avait paru satisfait.

À compter de ce jour, elle s'en était remise entièrement au Centre, le seul guide qu'elle reconnaissait, et elle avait cessé de rendre visite régulièrement à ses parents.

11

Quand l'hôte domestique annonça l'arrivée du jeune couple, Chloé se précipita dans l'escalier et rata une marche, manquant de se casser une jambe.

— Ma chérie ! s'exclama-t-elle en se jetant dans les bras de Mathilde. Comme je suis heureuse de te voir !

Elle se ressaisit.

— Vous aussi, Marc, ajouta-t-elle, craignant de commettre un impair. La dernière fois, nous nous sommes croisés.

— Merci. Vous avez l'air d'aller bien.

— Toujours, lorsque Mathilde est là. Basile est en train de jardiner dans la cour. Je le préviens tout de suite !

Elle s'éloigna vers le fond de la maison. Marc embrassa Mathilde dans le cou.

— Détends-toi…

— Je suis très calme. Juste un peu déstabilisée par son enthousiasme débordant.

Il la poussa dans la pièce principale. Chloé revint bientôt, suivie de Basile, dont Marc trouva qu'il avait le pas plus lourd que la fois précédente. Ils vieillissent, songea-t-il. Ils vieillissent, et elle ne s'en rend pas compte.

Le père de Mathilde avait soixante-neuf ans. Dans sa jeunesse, il avait été un géant, mais sa taille accusait désormais le poids des années. Tout au long de sa vie, son métier de cultivateur l'avait obligé à se courber pour soigner les plantes, et ses épaules auparavant larges et charpentées penchaient désormais vers le sol. Son front un peu plus clairsemé chaque année le vieillissait encore. Heureusement, sa passion pour le jardinage l'exposait régulièrement à l'air libre, si bien qu'il avait un teint radieux.

Il se dirigea vers sa fille en traînant des pieds dans sa combinaison d'ouvrier, mais avant qu'il ait pu l'étreindre, Mathilde posa une main distante sur son bras.

— Comment vas-tu, Basile ? lança-t-elle en forçant le ton.

Surpris, son père reprit rapidement contenance.

— Très bien. Et toi ?

— Fatiguée. J'ai beaucoup de travail en ce moment.

— Tu vas nous raconter.

Il avança le fauteuil le plus confortable.

— Tiens, assieds-toi.

Ils prirent place pendant que Chloé disposait un plateau sur la table basse. À la vue des fruits posés dessus, Marc se réjouit.

— Des fraises ! s'exclama-t-il. Je ne savais pas que la banque alimentaire en distribuait cette semaine. C'est tellement rare.

— Elles ne viennent pas de la banque alimentaire, fit Chloé en jubilant.

Marc lui lança un regard incrédule.

— Disons qu'elles proviennent de ma petite réserve personnelle, poursuivit Chloé avec malice. Je vous en donnerai, si vous les trouvez bonnes.

Elle expliqua qu'elle faisait pousser des fruits dans son atelier avec du matériel que Basile avait récupéré sur son lieu de travail. Mathilde se rembrunit.

— Tu continues tes cultures sauvages ? Décidément, tes excentricités ne finiront jamais…

Chloé se tordit les mains en un mouvement coupable.

— Je suis désolée. Je pensais que cela vous ferait plaisir…

— Et tu as raison ! coupa Basile en jetant un regard sévère à sa fille.

Mais Mathilde s'emporta de plus belle.

— Mais enfin, c'est inconscient ! Ce type de pratique est illégal, vous le savez très bien. S'il existe une banque alimentaire, ce n'est pas pour rien. Vous risquez d'avoir des ennuis. On pourrait témoigner contre vous. On vous accuserait de vous livrer à du marché noir… vous pourriez…

— Quoi ? Avoir une amende ?

Son père avait parlé doucement.

— Par exemple.

— Et après ?

Mathilde pensa aux précédents internements de sa mère.

— Après, c'est votre problème, bien sûr, répondit-elle en baissant les yeux.

— En effet. D'autre part, il ne faut pas tout confondre. Chloé a fait cela pour te faire plaisir. Rien ne sortira d'ici. Ce n'est pas toi qui vas nous dénoncer ?

Elle n'osa pas riposter.

— Alors profite de ce minuscule bonheur tant qu'il est là, et cesse de te tourmenter pour des conséquences aussi absurdes qu'improbables. Parce que même si nous étions poursuivis, je ne regretterais pas une seconde d'avoir mangé ces fruits !

Sur ces mots, il attrapa une fraise dans laquelle il croqua à pleines dents. Marc fit de même et, devant le regard impérieux qu'il lança à Mathilde, elle l'imita à contrecœur.

Soucieuse d'alléger l'atmosphère, Chloé demanda comment se passait la vie au Centre. Mathilde se prêta à l'exercice, même si, à cet instant, ses études étaient la dernière chose dont elle souhaitait parler. Elle évoqua le problème auquel elle était confrontée.

— De quoi souffrent les spécimens ? s'enquit son père d'un air affecté.

— Pour l'instant, d'une extrême nervosité. Au point que certains opposent une résistance aux appareils de croissance. D'autres au sommeil artificiel. C'est très préoccupant.

— Leurs parents doivent être fous d'inquiétude, intervint Chloé d'un ton désolé.

Mathilde la regarda avec étonnement.

— Ils ne les connaissent pas, objecta-t-elle. Ils se contentent d'observer des corps inconscients à travers une vitre. De toute façon, ils ne sont pas au courant. Les visites sont suspendues jusqu'à nouvel ordre. Raison technique.

— Si tu permets, ce n'est pas tout à fait ainsi que les choses se passent, rétorqua Basile. Pendant ta gestation, nous venions te voir tous les jours. Et même si nous ne pouvions te parler, nous t'aimions déjà. Tu as été notre enfant à la seconde où ton cœur s'est mis à battre…

Ils s'aventuraient sur un terrain glissant. Maintes fois le sujet avait été évoqué, et jamais Mathilde n'était parvenue à comprendre leur position, pas plus qu'eux la sienne. Au plus profond de son être, elle trouvait très incongru d'éprouver de l'affection pour un corps étranger. Mais Basile et Chloé lui rappelaient systématiquement l'existence d'un amour inné, inexplicable, antérieur à la naissance. Tous deux avaient toujours eu une âme romantique, surtout sa mère, tandis qu'elle considérait son activité sous un jour exclusivement scientifique. Elle s'en tenait aux faits.

— Quoi qu'il en soit, reprit-elle, très peu de géniteurs… enfin, de parents, viennent au Centre. Ce n'est plus comme à votre époque où ma génération attirait les foules par la prouesse technologique qu'elle incarnait.

Elle regarda sa mère.

— Ne t'inquiète pas pour ces gens, Chloé. Si on compte un millier de visiteurs sur les quatre générations en cours, c'est un maximum. Les autres ont déserté depuis longtemps, et la majorité n'est même jamais venue. Ils se manifesteront après la naissance.

— Je suppose qu'avant l'intérêt est limité, fit Basile avec amertume.

— Tout dépend du point de vue. En attendant, ce n'est pas ce qui va m'aider à résoudre mon problème. Mon avenir est en jeu. Le Doyen nous met une pression terrible.

— Ne te laisse pas déstabiliser, dit Marc. Tu vas y arriver.

— Absolument ! approuva Chloé en apportant la suite du repas.

Le dîner se poursuivit sans heurt, mais sans grande animation non plus. Ils parlèrent du métier de Basile qui devenait de plus en plus pénible à mesure que la population croissait, de l'eau qui manquait durant la saison sèche et de celle qui débordait à la saison des pluies. Chloé leur montra ses dernières créations. Quand ils revinrent dans le salon, Basile avait disposé sur la table des tasses et une cafetière fumante. Chloé demanda des nouvelles de leurs amis. Marc s'apprêtait à répondre que tout allait pour le mieux lorsque Mathilde le devança.

— Matthew part pour la frontière, lança-t-elle sans préavis.

Basile se redressa.

— Quand ?

— Il ne sait pas exactement. Il a commencé une formation.

Marc l'apostropha :

— Tu... tu ne m'as rien dit ! Depuis quand le sais-tu ?

— Nous avons pris un verre la semaine dernière.

Marc affichait une mine perplexe. Basile et Chloé étaient inquiets. Mathilde décida de briser le seul tabou qu'elle leur connaissait.

— Savez-vous ce qu'il va y faire ? osa-t-elle d'une voix hésitante.

Chloé lança un regard anxieux à son mari.

— Tu sais très bien ce qu'il va y faire, répondit Basile en fixant le mur. Il va défendre la Communauté.

— Oui, bien sûr. J'espérais simplement que vous auriez plus d'informations à me donner. Après tout, vos grands-parents l'ont passée, cette frontière.

Mathilde remarqua que les mains de son père s'étaient mises à trembler.

— Nous n'étions pas nés, maugréa-t-il. Et bien trop jeunes ensuite pour nous souvenir de leurs récits.

Il observa le fond de sa tasse.

— Tout ce que je sais, tu le sais aussi, ma petite fille. Toute ma famille y est passée. Mon père, ma mère, mes tantes… tous ! Je n'étais pas là quand ils ont attaqué le quartier. J'étais à l'hôpital. J'avais des problèmes respiratoires.

Il eut un rictus triste.

— En fin de compte, c'est ce qui m'a sauvé. La seule chose que je sais, c'est que les soldats nous défendent contre ces fous.

Il soupira.

— C'est bien ce que fait Matthew… Courageux, le gamin.

Il se tut un instant puis reprit la parole comme si de rien n'était.

— Je suis content de vous avoir vus, dit-il en se levant.

Il épousseta sa combinaison.

— J'ai du travail à finir dans la cour. J'ai peu de temps libre et j'ai promis à Chloé de lui faire pousser des fleurs.

Marc se leva à son tour, heureux que son beau-père offre l'échappatoire qu'il cherchait depuis quelques minutes. Il répliqua d'une voix enrouée :

— Nous ne voulons pas vous retenir.

Il se tourna vers Chloé avec un sourire de marionnette.

— Le repas était délicieux !

Elle répondit par un signe de tête.

— Cela m'a fait plaisir de vous revoir, Marc. Vous êtes le bienvenu ici.

Prise de court, Mathilde embrassa maladroitement son père puis fit de même avec sa mère. Chloé était nerveuse. À défaut de l'enlacer, elle étreignit ses épaules d'un geste peu naturel.

Dans le train du retour, le silence s'installa entre Marc et Mathilde. La plupart des passagers étaient occupés à rejouer la scène du dernier attentat. Absorbés par leur ondophone où les images se succédaient à un rythme infernal, ils poussaient des cris de victoire chaque fois que leur personnage numérique abattait un terroriste du clan ennemi. Mathilde ne se sentait pas l'envie de jouer, pas plus que de tirer Marc de son humeur maussade. Lorsqu'ils arrivèrent chez eux, il se tourna vers elle, l'air rancunier.

— Qu… qu… quand comptais-tu me le dire ? lança-t-il d'un ton accusateur.

— De quoi parles-tu ?

— Qu… Quand comptais-tu m'avertir du départ de Matthew ?

Elle recula face à son agressivité.

— Je ne sais pas. J'étais tellement inquiète que j'ai fait abstraction. J'attendais la bonne occasion.

— Et je su… su… suppose qu'un dîner chez tes parents con… constituait l'opportunité rêvée ?!

— Je leur ai donné les nouvelles qu'ils demandaient. Si tu m'avais posé la question…

— J'ai le droit de savoir, mais je ne peux pas deviner !

Mathilde le regarda d'un air offensé.

— Qu'est-ce qui te dérange le plus ? répliqua-t-elle. Le fait que Matthew parte pour la frontière ou que je l'aie vu sans toi ?

Marc s'énerva davantage.

— Ssss… sss… son départ, bien sûr ! Matthew est mon meilleur ami !

— Ce n'est pas ma faute s'il ne t'en a pas lui-même parlé plus tôt. Il le ferait certainement si tu lui en laissais le temps. Ou si tu l'appelais, ton meilleur ami…

Marc enrageait. Il la toisa, l'œil débordant de reproches, puis alla se réfugier dans la chambre, dont il claqua la porte. Mathilde hésita à le rejoindre, comme elle avait coutume de le faire chaque fois qu'ils se disputaient, mais elle manquait d'énergie. Elle gagna le séjour. Marc remonta une heure plus tard.

— Je n'aime pas qu… que tu le voies sans moi, concéda-t-il au bout de quelques secondes.

Il se tenait sur le seuil, le visage dans l'ombre. C'était toujours la même inquiétude qui s'interposait, régulièrement, entre eux.

— Tu n'as rien à craindre, dit-elle avec douceur quand il vint s'asseoir à ses côtés.

— Je sais, soupira-t-il. C'est plus f… f… fort que moi. J'ai peur de Matthew et de son humour. Parfois, quand je vous observe, je me dis qu… que vous vous entendez mieux que nous ne le ferons jamais.

— Tu te trompes.

Il fit la moue.

— Si, je t'assure. Matthew est un chien fou. Je n'ai pas besoin de ça. Je veux quelqu'un qui ait la tête sur les épaules.

Il la prit dans ses bras.

— Pardon. Je n'aurais p… p… pas dû m'emporter. La simple idée de te perdre me met dans tous mes états. Je me suis t… tellement battu pour toi…

— Il serait temps d'arrêter, répondit Mathilde en l'étreignant. Tu as gagné. Quant à Matthew, je crois que tu devrais le voir. Il est terrifié.

Marc l'embrassa sur le front.

— Moi aussi, souffla-t-il. Moi aussi.

12

Les jours qui suivirent, Mathilde et Mila travaillèrent sans relâche. Il fallait trouver le moyen de soigner les spécimens sans intervenir chirurgicalement. Pour ajouter à leur peine, personne n'avait encore déterminé l'origine de la panne ni sa corrélation avec la maladie. C'était la première fois que le Centre était confronté à un défi de cette envergure, et l'attitude du Doyen ne faisait qu'envenimer une situation déjà tendue. Chaque jour, il convoquait ses collaborateurs et, face à la lenteur des avancées, il se murait dans un silence accablant. À la fin de la semaine, la pression était telle que Mathilde avait perdu du poids et s'était disputée à plusieurs reprises avec Marc. Aussi, lorsque Mila l'accueillit un matin les bras ouverts, elle crut son épreuve terminée.

— Ça y est ! claironna sa partenaire avec un grand sourire.

— Tu as trouvé ?

— Pas tout à fait. Mais nous avons reçu les nouveaux bilans médicaux.

— Ah, fit Mathilde, déçue. Ton enthousiasme fait plaisir à voir. Tu as déjà tout regardé ?

— Pas encore. J'ai juste eu le temps d'ouvrir les documents.

Mathilde la remercia et s'assit à son poste. D'un geste las, elle sélectionna les fichiers des spécimens sains. Les équipes médicales avaient consigné leur évolution sur de savants schémas. Étudier chaque dossier constituerait l'affaire de plusieurs jours. Il y en avait des centaines. Elle se focalisa sur la note de synthèse.

Le rapport était concis et, par endroits, très attendu. Ces spécimens étaient en bonne santé et, comme cela avait été rappelé lors de la réunion, ils ne présentaient pas de défaillances particulières, du moins pas plus après la panne qu'avant.

De nouveau, elle fut saisie par cette question qui la hantait depuis plusieurs jours. Pourquoi seule une cinquantaine d'unités était touchée ? Pourquoi le mal ne s'était-il pas propagé à toutes les stèles ?

Elle appela Mila.

— Rien à signaler de ce côté, indiqua-t-elle. Les agents ont sans doute déjà tout passé au peigne fin. Pour les spécimens malades, je propose qu'on se partage le travail. Tu t'occupes des vingt-cinq premiers cas et moi des autres. Nous pourrions faire un point dans deux heures, qu'en dis-tu ?

Mila acquiesça et vint s'installer près d'elle. Bientôt, il régna dans la pièce un silence appliqué.

Le document stipulait que, depuis la panne, pas un seul spécimen ne se développait de manière cohérente. Mathilde accéda au dossier du numéro 32 avec appréhension. Il avait été le premier à s'agiter de façon inhabituelle, jusqu'à endommager la paroi de son utérus. Malheureusement, le rapport ne faisait mention d'aucune amélioration. Au contraire, le spécimen présentait toujours un rythme cardiaque et une tension élevés, un taux d'adrénaline très au-dessus de la normale, une tétanie de plus en plus fréquente, et, comme d'autres, une résistance au sommeil artificiel. Les agents, ayant déjà constaté un ralentissement de l'activité rénale, craignaient l'apparition de lésions internes. Elle interrompit sa lecture. Faute de mieux, on administrait aux spécimens de puissants anesthésiants. Mais le remède n'était pas sans risque. Il était susceptible d'occasionner des séquelles sur le système nerveux, lesquelles conduiraient immanquablement à l'arrêt du programme. Elle songea que le professeur Blake ne pardonnerait jamais un tel fiasco.

— Ce qui m'étonne, dit-elle à l'intention de Mila, c'est que même la panne réparée, leur état continue de se dégrader. Techniquement, tout va bien, et pourtant, on ne constate aucun progrès. Une simple détérioration progressive et collective !

— Oui. C'est inexplicable.

Quelque temps après, Mathilde quitta la salle pour se rendre au réfectoire, dont elle revint les mains chargées de boissons énergisantes. Mila lui agrippa le bras.

— Viens voir ! lança-t-elle d'une voix tendue. Là...

Elle pointait du doigt le cliché d'un spécimen. Plus particulièrement l'articulation du coude, qui présentait dans sa pliure une grosse tache brune. Mathilde plissa les yeux.

— Qu'est-ce que c'est ?

— Les agents l'ont remarquée hier. Mais ça date peut-être de plus longtemps. Difficile de savoir à cet emplacement. Une autre se développe sous le genou.

Mila zooma sur les jambes jusqu'à distinguer une imperfection plus large que la précédente, également plus rouge, mais sans relief.

— Ce n'est peut-être que la marque des bras mécaniques, indiqua Mathilde.

— Impossible. Tu as vu l'ampleur de la lésion ?

— À quoi penses-tu ?

Mila souligna une phrase que Mathilde lut par-dessus son épaule.

— Un psoriasis ?

— Selon le rapport, il s'agit d'une affection de la peau qui ne touche que des individus déjà nés.

Mathilde lui lança un regard ahuri.

— Des personnes comme toi et moi ? Jamais des spécimens ?

— Non.

Elle s'écarta du bureau, déboussolée.

— Très bien, dit-elle au bout de quelques secondes. Dans ce cas, il faut que nous trouvions un médecin spécialiste de cette maladie. Quelqu'un qui pourra nous expliquer son origine et le moyen de la soigner. En toute discrétion. Inutile de mettre nos concurrents au courant.

— J'ai déjà cherché, répondit Mila. Ce sont les docteurs en psychologie, les mieux placés.

Mathilde sourit. Une psychologue, elle en connaissait une. Et même très bien.

— Je reviens !

Un quart d'heure après, elle entrait à toute volée dans le bureau de Marie.

— Mathilde ! fit celle-ci dans un sursaut, avant d'éteindre la conférence qu'elle était en train de visionner. Que t'arrive-t-il ?

Tout en reprenant son souffle, Mathilde promena son regard dans la pièce.

— Eh, bien ! C'est minuscule, ici !

— Je ne suis que stagiaire, soupira Marie. Sans compter que, pour l'instant, je n'ai aucun patient. Difficile de réclamer le moindre investissement.

Mathilde se laissa tomber sur la première chaise venue.

— Tu ne t'ennuies pas trop ?

— Non, je révise. Enfin, je révisais, avant que toi et ta tête ne fassiez irruption.

— Qu'est-ce qu'elle a, ma tête ?

— Elle n'est pas terrible pour être honnête.

Mathilde soupira.

— C'est parce que je suis venue à pied, ces derniers jours. Mais c'est fini. Le temps change.

— Tu ne devrais pas faire ça. Tu sais combien il est dangereux de marcher à découvert. Sans parler des brûlures du soleil…

Mathilde eut un sourire en coin. Marie se montrait toujours très raisonnable, à la limite de la couardise.

— Je ne suis pas venue pour me faire sermonner. J'ai quelque chose à te demander.

— Je t'écoute.

Mathilde raconta son histoire. La réunion, l'état des spécimens, la découverte du psoriasis. Marie réfléchit.

— Vous avez consulté les archives pour voir si ce type d'incidents s'était déjà produit avec notre génération ? demanda-t-elle.

— Bien sûr. Mais nous n'avons rien trouvé. Aucune prédisposition génétique non plus. Le fait que les spécimens présentent une telle nervosité, à un tel degré, est une nouveauté. Sans parler de ces lésions.

— Et tu es certaine qu'il y a un lien entre leur comportement et la panne ?

— Tout se passait très bien avant.

— S'agit-il réellement de psoriasis ?

— Les prélèvements sont formels. Comment l'expliques-tu ?

Marie prit sa tête entre ses mains.

— Je n'en sais rien. Il faut que j'étudie la question. As-tu des images à me montrer ?

Mathilde actionna son ondophone qui projeta aussitôt les clichés demandés.

— Tu aurais pu me les envoyer. La qualité n'est pas optimale là-dessus.

— Je préfère qu'il n'y ait pas trace de ces documents dans ton service.

Marie souleva un sourcil.

— Pourquoi viens-tu me voir, alors ?

— Parce que je te fais confiance.

Marie grimaça.

— S'il te plaît, insista Mathilde. Le Doyen contrôle tout ce que nous faisons. S'il s'aperçoit que je suis allée consulter l'unité de suivi psychologique pour soigner les spécimens, il risque de se poser des questions.

— Moi aussi, pour tout te dire. Je ne vois pas très bien comment je peux t'aider.

— Commence par m'expliquer ce qu'est le psoriasis. C'est un champignon ?

— Non. C'est une maladie de la peau qui peut, entre autres, être déclenchée par le stress, ou par un choc émotionnel.

— Sauf que les spécimens n'ont pas d'émotions. Pas avant la naissance.

— En effet.

— Un événement extérieur, alors ?

— Pourquoi pas.

— La panne pourrait constituer un choc suffisant ?

Marie secoua la tête.

— Ça m'étonnerait. Il y a déjà eu des précédents. Et puis, si c'était le cas, tous les spécimens seraient atteints.

Les deux amies se regardèrent, déçues que leurs compétences ne puissent résoudre l'énigme à laquelle Mathilde était confrontée. Marie reprit d'une voix hésitante :

— Vous avez envisagé la piste... criminelle ?

— Hein ?

Marie se mordit la lèvre.

— Oublie ce que je viens de dire.

Mais Mathilde s'était redressée.

— Cette hypothèse ne m'a même pas effleurée !

Elle réfléchit avant de se raviser.

— Non, c'est absurde. Cela supposerait que quelqu'un se soit attaqué aux spécimens en infiltrant un virus ou une bactérie dans les utérus. Ou en agissant sur leurs cerveaux. Or, le Centre est très bien protégé.

— Quelle autre option te reste-t-il ?

— Aucune. Enfin, si. Continuer de chercher.

Marie se pencha vers elle.

— Nos ennemis sont fourbes, tu sais.

— Très bien, mais pourquoi eux ? Pourquoi s'en tenir à cinquante unités quand on peut décimer toute une génération ?

— Je l'ignore, mais ça vaut la peine de l'envisager. Surtout si, pour l'instant, tu n'as rien d'autre.

— Vu sous cet angle... Je vais en parler aux services techniques. Je ne maîtrise pas le système de sécurité des salles.

Elle lança à Marie un regard navré.

— Je t'ai dérangée pour rien.

— Non, puisque tu as une deuxième piste.

— C'est vrai.

— Ne te décourage pas.

Mathilde l'embrassa et sortit.

— Merci pour ton aide.

13

Henri Whiter somnolait dans la salle du personnel lorsque Mathilde arriva.

— Bonjour, dit-elle en toquant à la vitre.

Il s'assit sur sa couchette et remarqua qu'elle tenait le haut de sa jambe. Ses joues présentaient une rougeur anormale.

— Tu as couru ? demanda-t-il. Je croyais que ta hanche ne te le permettait pas.

Il avait raison, elle n'aurait pas dû se presser ainsi. Au commencement, c'était comme une pointe au creux de l'aine, une minuscule épingle, mais progressivement, la douleur s'intensifiait et gagnait tout le corps. Henri se leva pour lui céder sa place.

— Ce n'est pas d'un très grand confort, mais ça te reposera.

Il offrit son bras pour l'aider à marcher, ce qu'elle déclina.

— Je dois me débrouiller seule, expliqua-t-elle en claudiquant.

— Comme tu voudras. Que puis-je pour toi ?

— La question va vous paraître insensée.

— Dis toujours…

Elle s'installa sur le lit.

— Pensez-vous que quelqu'un ait pu s'introduire dans la salle, le jour de la panne ?

Henri fronça les sourcils.

— Beaucoup de personnes vont et viennent, tout au long de la journée.

— Je veux dire de manière illégale.

— Tu es sérieuse ?

— Peut-être. Répondez-moi, s'il vous plaît.

Il haussa les épaules.

— Pas à ma connaissance. Chaque passage est validé par le scanner, tu le sais bien. Nous aurions remarqué une intrusion. D'où te vient cette idée ?

— J'essaie de tout envisager. Depuis le début, nous sommes focalisés sur cette panne. Mais peut-être que la véritable cause n'est pas là. J'ai pensé que des criminels auraient pu…

Henri laissa échapper un rire qui la vexa.

— Voyons, dit-il. Le Centre est l'endroit le mieux protégé de la Communauté. Avant que l'ennemi ne parvienne à l'infiltrer, il se passera un certain temps.

— C'est vous qui m'avez conseillé de n'exclure aucune hypothèse.

Elle sauta de la couchette, s'apprêtant à quitter la salle, mais Henri la rattrapa.

— Excuse-moi, dit-il. Tu as raison. Allons revoir le déroulé de cette journée.

Une fois dans la tour de contrôle, il alluma les moniteurs et lut à haute voix tandis que défilaient les prises de vues du sas d'entrée.

— Minuit, annonça-t-il. Le jour de l'accident. Les constantes des spécimens sont stables. Le sommeil artificiel est activé. Les équipes de nuit se mettent en place.

Les images montrèrent les membres du personnel qui s'identifiaient auprès du scanner. Mathilde connaissait la plupart d'entre eux.

— Sept heures, poursuivit Henri. Fin de garde des équipes de nuit. Passation au personnel de jour. Aucune anomalie révélée chez les spécimens. Rapport technique : la jauge de la stèle 59 présente un déficit en magnésium. Les bras articulés des numéros 5 et 210 fonctionnent difficilement, un signalement est adressé au service des stocks afin de les remplacer au plus vite. Huit heures : visite des géniteurs.

— Attendez ! coupa Mathilde en pointant un couple qui traversait le sas. Qui est-ce ?

— Eh bien, les géniteurs, les parents, je viens de le dire.

D'autres individus leur emboîtaient le pas.

— Est-on sûr de leur identité ?

— Je dois mal comprendre…

— Sont-ils fiables ? Connaît-on leur passé, leurs intentions ?

Henri eut l'air outré.

— Comment peux-tu imaginer que des parents veuillent nuire à leur enfant ? répliqua-t-il avec véhémence.

— J'étudie toutes les possibilités, répondit Mathilde en soutenant son regard. Communiquez-moi leur identité, s'il vous plaît.

Henri était choqué. D'une voix éteinte, il demanda à l'ordinateur d'émettre la liste des géniteurs présents le jour de la panne. Il les énuméra un par un.

— Élisabeth Bessire : génitrice du spécimen 46. David Helton : géniteur du spécimen 472. Agnès et Tom Nicol : géniteurs du spécimen 838. Ema et Sam Whitam : géniteurs du spécimen 32…

Mathilde bondit.

— Ils étaient là ! s'écria-t-elle. Ils étaient là !

Henri s'interrompit, commençant à comprendre.

— Je n'ai effectivement pas fait de parallèle entre les parents présents le jour de la panne et les spécimens malades, admit-il, le regard brouillé.

La liste recensait quatre-vingts visiteurs dont Mathilde constata que tous étaient les géniteurs de spécimens déclarés instables depuis.

— Ces gens viennent depuis quatorze ans, reprit Henri Whiter d'une voix subitement très fatiguée. S'ils avaient voulu mal agir, ils l'auraient fait plus tôt. Lorsque les équipes médicales sont passées à leur suite, elles n'ont rien remarqué d'anormal. Sans oublier les unités dont les parents étaient absents.

— Une seule personne peut très bien dégrader plusieurs stèles, rétorqua Mathilde, au comble de l'énervement. S'il n'y en a pas eu davantage, c'est qu'ils n'ont pas eu le temps ! Je sais qu'ils viennent depuis le début. Justement, c'est bien pensé ! Qui les aurait soupçonnés ? Puisque vous-même n'y avez pas songé…

Henri ne bougeait plus.

— Nous subissons régulièrement des attaques, renchérit-elle. Le Centre restait le dernier bastion. Mais ils ont réussi à l'infiltrer !

— Tu dis n'importe quoi !

Henri la transperçait de ce regard qui l'avait si souvent impressionnée mais, pour la première fois, elle n'en tremblait plus. Il s'était montré si négligent ! Son inattention menaçait non seulement l'avenir des spécimens, mais aussi le sien. En proie à la révolte, elle quitta la salle sans le saluer, en se promettant de se comporter désormais avec lui comme n'importe quel étudiant, sans plus aucune familiarité.

14

Bien décidée à les faire avouer, Mathilde partit à la rencontre des géniteurs. Leur fiche de renseignements précisait qu'à cette heure elle ne pourrait trouver à leur domicile que Mmes Bessire et Whitam.

Élisabeth Bessire vivait seule depuis la mort de son mari, disparu dix ans plus tôt lors d'un bombardement à la frontière où il exerçait comme médecin. Tombée en dépression depuis le tragique événement, incapable de travailler, la veuve occupait son temps à visiter les individus réputés dangereux des instituts de raison. Son dossier stipulait qu'elle venait au Centre quotidiennement.

Ces informations en tête, Mathilde prit le train et éteignit son ondophone. En temps normal, ç'aurait été risqué, mais dans le contexte actuel, personne ne trouverait suspect qu'elle passe plusieurs heures dans une salle de génération. Lorsqu'elle atteignit la rue où vivait Élisabeth Bessire, elle fut stupéfaite de constater qu'elle abritait une succession d'habitations délabrées. La plupart des murs d'enceinte étaient décrépits, voire pour certains à moitié écroulés. Celui d'Élisabeth Bessire en faisait partie. Mathilde approcha de l'ondophone, qui, comme le reste, était en piteux état. Il s'agissait d'un modèle obsolète que l'on ne fabriquait plus depuis des années, et qui exigeait que le visiteur signale lui-même son arrivée. Elle effleura le bouton d'appel et attendit. Rien ne se produisit. Elle réitéra son geste, mais l'appareil ne renvoya qu'un silence persistant. Elle eut alors l'idée, puisque l'état du mur le permettait, de guetter la présence de quelqu'un à l'intérieur. Se hissant sur la pointe des pieds, elle distingua derrière la baie du salon le profil d'une femme, assise sur un fauteuil. Après s'être assurée que personne ne l'épiait, elle escalada l'enceinte et sauta de l'autre côté.

Ne connaissant d'arrière-cour que celle que Basile entretenait avec soin, elle marqua un temps d'arrêt. Le sol était jonché d'éclats de verre et de morceaux de béton descellés du mur. Les panneaux solaires gisaient à terre, privant l'habitat d'une précieuse énergie. Elle slaloma parmi les débris jusqu'à atteindre le perron et frappa à la porte. N'obtenant aucune réponse, elle vint se poster au-dessous du séjour et appela. Après trois essais infructueux, elle était prête à renoncer, de peur d'alerter le voisinage, lorsque la porte s'ouvrit. Une seconde plus tard, elle faisait connaissance avec Élisabeth Bessire.

Comme l'indiquait sa fiche descriptive, la propriétaire des lieux avait cinquante-cinq ans, mais on lui aurait sans peine donné le double. Son corps androgyne était enveloppé dans une longue tunique noire qui le faisait paraître grand et squelettique. La peau du visage était cireuse, et tirée en arrière par un minuscule chignon au travers duquel on apercevait le cuir chevelu. Hormis les sourcils, fins et arqués, qui traduisaient une sorte d'étonnement naïf, la face était sans expression. Mathilde ne s'était pas attendue à une telle rencontre.

— Madame Bessire ? débuta-t-elle d'une voix timide.

N'obtenant aucune réaction, elle répéta plus fort :

— Madame Bessire ! Je suis désolée de vous déranger au milieu de vos activités, mais je souhaiterais m'entretenir avec vous.

La femme demeura impassible.

— Je m'appelle Mathilde Simon. Je suis étudiante au Centre. Je m'occupe du spécimen 46.

— Mon fils, murmura Élisabeth Bessire comme si, tout d'un coup, quelqu'un l'avait pincée.

— Heu, oui. C'est cela, votre fils. Puis-je entrer ? C'est très important.

— Bien sûr. J'attendais votre visite.

Mathilde lui lança un regard surpris, mais ne répliqua pas. En traversant l'habitat, elle constata que si le terrain était insalubre, l'intérieur l'était tout autant. Pour ne rien arranger, contrairement à l'usage qui voulait que l'on reçoive dans la partie la plus lumineuse de la maison, Élisabeth Bessire la conduisit dans la cuisine, en sous-sol.

— Puis-je vous offrir quelque chose à boire ? demanda-t-elle d'une voix éraillée. Il doit me rester un peu de ProActiv…

Plébiscité pour ses effets stimulants, le breuvage en question n'était vendu qu'après approbation médicale, essentiellement aux grands sportifs et aux militaires.

— Mon mari est médecin, dit la veuve à Mathilde qui la regardait avec perplexité. C'est lui qui en a acheté pour Adam. Les jeunes adorent ça.

Mathilde en déduisit que le produit ne devait plus avoir aucune vertu sinon celle de faire vomir, et déclina poliment. Elle se focalisa sur le motif de sa venue.

— Je voudrais vous parler de votre spécimen.

— Ce n'est pas trop tôt, répondit Élisabeth Bessire d'un air soudainement mécontent. Cela fait trois semaines que l'on m'interdit de lui rendre visite. J'ai appelé le Centre, mais personne ne veut me renseigner.

Mathilde la dévisagea. Son étonnement semblait parfaitement sincère.

— Vous ignorez vraiment la raison pour laquelle vous ne pouvez plus le voir ? demanda-t-elle d'un ton soupçonneux.

Élisabeth Bessire se contenta de secouer la tête.

— La dernière fois que vous êtes venue, le spécimen 46 était dans son état normal ?

— De qui parlez-vous ?

— D'Adam, répondit Mathilde, décontenancée. Je vous parle d'Adam ! Tout était normal ?

Elle commençait à perdre patience. Elle s'était préparée à la résistance, au mensonge, mais pas à la déraison ou à la faiblesse. Son hôtesse la regardait d'un air effrayé. Acculée, elle balbutia :

— Tout était normal... Bien sûr, tout était normal. Adam est normal, il n'a pas de problème. Il est comme son père. Il n'a pas de problème. N'est-ce pas qu'il n'a pas de problème ? Il a un problème... ?

Disant cela, elle se mit à tourner sur elle-même comme une toupie, semblant avoir perdu le sens de l'orientation dans sa propre cuisine. Mathilde comprit qu'elle ne tirerait rien de cet entretien. Tout, dans cette maison, était brisé, jusqu'à son occupante. Elle eut pitié d'elle.

— Tout va bien, assura-t-elle d'un ton radouci. Nous déplorons simplement un problème technique. C'est la raison pour laquelle vous n'avez pas pu visiter votre spécimen dernièrement. Je veux dire, Adam. Nous attendons que tout soit réparé, vous comprenez ?

Élisabeth Bessire parut rassérénée.

— Oui, fit-elle d'une voix lointaine. J'espère que vous trouverez rapidement une solution. Mon fils me manque…

À peine eut-elle expiré ces mots qu'il sembla à Mathilde que son esprit repartait. Comme s'il avait suffi de le consoler pour qu'il retrouve sa cachette habituelle. Toute animation se retira peu à peu du visage, ne laissant au milieu de celui-ci qu'un gouffre terrifiant. Une pensée inédite traversa Mathilde. Qu'adviendrait-il de cet être esseulé si, par manque de chance, le Centre ne parvenait pas à rétablir le spécimen 46 ?

Élisabeth Bessire ne remarqua pas l'air troublé de sa visiteuse. Elle regagna son fauteuil et commença à se balancer en poussant des gémissements lancinants. Mathilde se dirigea vers la sortie. Au moment où elle s'apprêtait à passer la porte, elle s'entendit dire à la veuve, s'étonnant elle-même, qu'elle ferait tout pour guérir son fils.

15

Selon les informations dont Mathilde disposait, Ema Whitam encadrait l'équipe d'infirmières de nuit de l'hôpital, tandis que son époux était contremaître dans une usine de drones. Leur maison ressemblait à une forteresse. On avait peint de gris l'enceinte bétonnée, comme s'il avait fallu la rendre encore plus hermétique, et ce, au mépris de toute considération esthétique. Mathilde se présenta devant l'ondophone, à côté du portail. Fait rare, elle fut accueillie par un hôte d'une cinquantaine d'années, au faciès peu aimable, qui lui intima l'ordre de décliner son identité sans aucune formule de politesse. Il disparut dès qu'elle se fut exécutée et une voix féminine lui succéda, qui la cloua sur place.

— Que voulez-vous ?

— Madame Whitam ?

— Je vous ai posé une question, répliqua la voix sèchement.

— Je travaille au Centre, répondit Mathilde, déstabilisée. Je viens vous expliquer les raisons pour lesquelles les droits de visite ont été suspendus.

La voix ne baissa pas la garde pour autant.

— C'est bien la première fois que le Centre se soucie de nous, grinça-t-elle. Je vous ouvre.

Mathilde prit une grande inspiration. Dix mètres plus loin, Ema Whitam l'attendait sur le perron. C'était une femme de taille moyenne, aux cheveux bruns coupés au carré. Elle portait une jupe droite sous un chemisier gris, et des talons si hauts qu'ils paraissaient la ficher dans le sol. Mathilde se fit la réflexion qu'elle avait une allure irréprochable, mais sans beauté ni rayonnement. Quand elle l'eut rejoint, l'antipathique personnage tendit la main. L'étau se resserra lorsque Mathilde y plaça la sienne.

— Entrez, dit Ema Whitam sans sourire. J'espère que ce ne sera pas long. Mon mari va bientôt rentrer.

— Je serai brève.

À peine eurent-elles pénétré dans le séjour qu'Ema Whitam se posta dos au mur, les bras croisés. Comprenant qu'elle n'obtiendrait aucune confidence par la ruse, Mathilde opta pour l'attaque frontale. Elle annonça que le spécimen 32 souffrait d'une pathologie très préoccupante.

Le roc s'ébranla aussitôt. Ema Whitam chancela sur ses talons et se laissa tomber sur le canapé. La réaction parut si naturelle qu'elle surprit Mathilde.

— La situation n'est pas encore désespérée, ajouta-t-elle. Mais le Centre me missionne pour vous interroger. La salle de génération de votre spécimen a subi une panne, aux conséquences inédites. Nous cherchons à savoir comment et pourquoi.

— C'est Blake qui vous envoie ?

La voix, caverneuse, provenait de l'entrée. Mathilde pivota. Un homme pénétrait dans la pièce d'un pas énergique.

— Sam ! s'exclama Ema Whitam, soulagée.

Mathilde eut la nette impression d'être prise au piège.

— Je ne suis pas venue vous ennuyer, dit-elle d'un ton calme. Je veux simplement comprendre ce qu'il arrive au spécimen 32.

— Asseyez-vous, ordonna Sam Whitam.

Mathilde obéit. Le comportement de son interlocuteur l'inquiétait. Elle se reprocha de ne pas s'être mieux renseignée à son sujet.

— Alors ? reprit-il d'une voix de stentor. Le Centre nous envoie des émissaires, maintenant ?

— Je ne comprends pas...

— Vraiment ? Voilà près de quinze ans que mon épouse et moi venons voir notre fils. Quinze ans que les responsables du programme nous ignorent ! Pas une fois, depuis le début du développement de Ben, quelqu'un n'a prêté attention à nous. Personne n'a daigné répondre à nos questions sur son état de santé, sa croissance, sa naissance...

Son débit de parole était saccadé. Mathilde tenta d'adopter une attitude posée. Voyant qu'elle ne disait mot, Sam Whitam se mit à arpenter la pièce.

— Quinze ans ! Vous trouvez ça normal ?! Le seul droit que nous avons est de venir en visite et de nous taire !

— Vous avez eu tous les renseignements nécessaires lorsque le programme a été initié, répondit Mathilde.

Sam Whitam se fendit d'un sourire sarcastique.

— Oh, tout va bien, alors ! De quoi se plaint-on ? Depuis le début, nous vivons avec un schéma qui s'applique à tout le monde. Voyez-vous, mademoiselle, je me moque des grands principes du programme. Ce que je veux, c'est savoir comment va mon fils !

— Si nous passions notre temps à répondre aux questions de chacun, on ne pourrait pas s'occuper des spécimens.

Il lui lança un regard excédé. Sa femme tenta de le calmer, mais il la repoussa férocement.

— Arrête ! Ça fait tellement longtemps que j'attends ce moment. Pour une fois que l'on veut bien nous écouter !

Mathilde prit peur. Cet homme était hors de lui et elle était seule face à sa rancœur. Elle se souvint que personne ne savait où elle était et que son ondophone était éteint. Sam Whitam poursuivit avec une agressivité croissante.

— Je ne vous demande pas de nous donner quotidiennement de ses nouvelles, renchérit-il. Mais, de temps en temps… Je ne crois pas que cela ferait chuter la production. Car c'est bien de cela qu'il s'agit, n'est-ce pas ?

Mathilde cherchait mentalement le moyen de s'extraire de cette situation, tout en sachant qu'en vérité elle était coincée.

— Vous dites que nous avons eu toutes les informations au lancement du programme. Sur ce point, je ne peux vous contredire ! Vos collègues étaient plus courtois lorsqu'ils ont prélevé notre embryon. Là, tout le monde était aimable ! Remarquez, nous n'avions pas le choix. C'était ça ou prendre le risque que ma femme fasse une fausse couche. Finalement, le Centre n'a pas eu besoin d'user de beaucoup de persuasion. Nous vous avons confié Ben en pensant que ce serait la meilleure solution. Si j'avais su…

— Sam, ne dis pas n'importe quoi. Maîtrise-toi !

— Mon épouse n'est pas d'accord avec moi, poursuivit-il en scrutant Mathilde. Pourtant, ai-je tort ? Pouvez-vous m'expliquer l'intérêt d'avoir un enfant si on ne peut ni lui parler ni avoir d'échange avec lui ?

« Nous y venons », pensa Mathilde.

— Vous ne pouvez pas comprendre, reprit Sam Whitam avec amertume. Vous faites partie de la première génération. C'est tout ce que vous connaissez. Peut-être que je ne suis qu'un vieux réactionnaire… Peut-être…

La colère l'avait essoufflé. Lorsqu'il se tut enfin, Mathilde osa le regarder en face. Et subitement, alors qu'à la seconde précédente elle tremblait de peur, elle eut la sensation que c'était lui la bête traquée, et non pas elle. Elle examina le couple, leurs yeux pleins de désarroi, et admit en son for intérieur que, pour une raison qui lui échappait, certains géniteurs souffraient de ne pas avoir de contact avec leur spécimen. Elle décida d'aborder le problème sous un autre angle.

— Monsieur Whitam, vous êtes habitués à un mode de procréation qui n'existe plus. Si nous élevons les spécimens pendant quinze ans en milieu artificiel, c'est pour leur sécurité. Dehors, ils seraient à la merci de nos ennemis.

Les mains sur les épaules de son épouse, Sam Whitam l'observait sans rien dire.

— De plus, il est primordial qu'ils restent isolés, comme ils le seraient dans un utérus naturel. Nous essayons de recréer les conditions d'origine afin de ne pas perturber leur évolution. Malheureusement, certaines personnes, comme c'est votre cas, s'attachent à eux avant la naissance. Cela pose un problème lorsque nous sommes obligés de stopper le programme de certaines unités.

Le couple écoutait, mais Mathilde sentait que Sam Whitam était loin d'être calmé.

— Justement, coupa-t-il, la croissance de ces spécimens est interrompue, sans que les parents soient consultés.

Mathilde lui opposa un air inflexible.

— Bien sûr. Nous y sommes contraints lorsque les déficiences sont trop importantes. Pensez-vous qu'il est de notre intérêt d'arrêter leur développement ? Songez aux anciens. Combien se sont fait massacrer ? C'est votre instinct de survie qui a créé le programme, ne l'oubliez pas.

Sam Whitam lança un regard désespéré à sa femme, qui reprit la parole.

— Mademoiselle, je crois que nous ne tomberons jamais d'accord là-dessus. Pour nous, Ben n'est pas un spécimen comme les autres. Il est notre fils. Voilà pourquoi je souhaiterais revenir à lui. Vous avez dit qu'il avait un problème. Que se passe-t-il ?

— Oui, venons-en au fait, approuva Mathilde. Le spécimen 32…

— Ben, coupa Sam Whitam.

— Pardon. « Ben » souffre d'une grande nervosité et de plusieurs autres pathologies.

Ema Whitam se troubla.

— Je ne vois pas comment nous pouvons vous aider, dit-elle. Il est de votre ressort de le soigner, pas du nôtre. Comme l'a dit mon mari, nous n'avons aucun droit. Le seul contact que nous avons avec notre fils se fait à travers une vitre de cinq centimètres d'épaisseur.

— Je cherche à savoir si vous n'avez rien remarqué d'anormal lors de votre dernière visite. Si vous n'êtes pas intervenus d'une manière ou d'une autre sur l'utérus. La moindre information serait cruciale pour les équipes médicales.

Sam Whitam marcha vers elle.

— Nous ne sommes responsables de rien, si c'est ce que vous insinuez, lâcha-t-il d'un air menaçant.

Mathilde était confuse. Le ton était trop agressif pour être honnête, et cependant, le couple semblait accorder une importance capitale à la santé du spécimen 32. Elle aurait voulu poursuivre ses investigations, mais Sam Whitam la poussa vers la sortie.

— Tenez-nous au courant de l'évolution de la situation, dit-il en actionnant l'ouverture de la porte. Nous avons été trop longtemps mis à l'écart. Vous le ferez ?

Il avait posé la question en lui attrapant l'épaule. L'étreinte, ferme, témoignait de sa détermination. Mathilde acquiesça.

— Merci. J'espère que je peux compter sur vous. Vous n'êtes peut-être pas comme les autres…

Mathilde ne répondit pas mais, au moment de quitter la propriété, alors qu'Ema Whitam demeurait dans l'ombre de son mari, elle abattit sa dernière carte.

— Je suis contente d'avoir fait votre connaissance, dit-elle en la fixant. J'apprécie la confiance que vous m'accordez. C'est pourquoi je vais être honnête avec vous. Pour l'instant, nous sommes incapables d'expliquer ce qui est arrivé à votre fils.

Elle avait insisté sur ce dernier mot comme si elle eût usé d'un poignard.

— Nous ferons tout pour le guérir, mais il se peut que nous n'y parvenions pas. Si tel était le cas, le comité d'éthique arrêterait le développement de Ben.

Le couple échangea un regard pétrifié. Feignant d'ignorer leur réaction, Mathilde fit un pas en avant. Ema Whitam lui saisit le bras.

— Je suis désolée, murmura Mathilde. Les accidents de parcours peuvent survenir jusqu'au dernier moment.

16

Jamais Mathilde n'avait été aussi heureuse de rentrer chez elle. Marc vint à sa rencontre.

— Où étais-tu ? lança-t-il, affolé. Ça fait une heure qu... qu... que j'essaie de te joindre !

— Je travaillais en salle de génération. J'ai éteint mon ondophone.

Mentir la rebutait, mais il valait mieux garder le secret de son escapade.

— Toujours ces sss... spécimens... Tu vas finir par y perdre la santé !

Il prit son visage entre ses mains.

— Tu as l'air épuisée...

C'était la vérité. Mais il était là. Il s'inquiétait pour elle, l'avait attendue. Il avait dressé le couvert et allumé des bougies. Le tableau acheva de la décourager. Elle faillit fondre en larmes. Marc en fut perplexe. Jamais en sa présence elle n'avait affiché la moindre fragilité. Tout au plus avait-il constaté au cours de leurs disputes un regard humide de colère ou de rage. Mais de dénuement, jamais. D'ordinaire, c'était lui qui s'effondrait.

— Excuse-moi, dit-elle d'une voix sévère, comme pour se punir elle-même. Je ne sais pas ce qu'il m'arrive.

— Tu souffres sss... sss... sûrement d'un déséquilibre hormonal, tenta Marc. Tu... tu devrais en parler lors de ton prochain bilan médical.

Déçu, il considéra la table joliment dressée.

— Je suppose que tu ne veux pas dîner. Je p... p... peux débarrasser ce que j'ai préparé.

Elle se ressaisit.

— Mais non ! s'exclama-t-elle en ravalant un sanglot. C'est magnifique ce que tu as fait !

Ravi, il descendit en cuisine et revint bientôt, un gratin dans les mains, qu'il déposa devant elle.

— J'espère que ce n'est pas trop cuit. J'ai acheté tes cham... champignons préférés.

Elle se réjouit. Mais en approchant sa fourchette de l'assiette, elle fut prise d'une irrépressible envie de vomir.

— Tu as raison, gémit-elle en palpant son abdomen. Il doit y avoir un dérèglement quelque part.

— Tu m'inquiètes. Nous d... d... devrions aller à l'hôpital.

— Non. Ce n'est pas la peine. J'ai besoin de me reposer. Je vais me coucher.

— Je t'accompagne.

— Profite plutôt de ta soirée. Je ne suis pas de très bonne compagnie.

— Tu es sss... sûre que tu ne veux pas aller à l'hôpital ?

— Certaine.

Elle l'embrassa et gagna l'étage inférieur. Une fois dans la chambre, elle se glissa sous la couverture thermorégulatrice, qui épousa la forme de son corps, et s'endormit instantanément.

— Mathilde ? Mathilde... ?

Elle refusait d'écouter. Perdue dans les chimères, elle était bien. Elle avait réussi à guérir les spécimens et le professeur Blake la félicitait devant tout le personnel du Centre. Mila était là. Marie aussi, dans le fond de salle. On l'applaudissait. Ses concurrents l'enviaient. Elle se sentait de nouveau invincible. Jusqu'à ce que la foule s'évanouisse dans un lent tourbillon et qu'elle ait de plus en plus de mal à distinguer les visages. Les mots du Doyen se brouillèrent...

— Mathilde !

Marc la secouait. Elle s'assit, hagarde.

— Que se passe-t-il ?

— Nous avons de la vi... vi... visite.

— À cette heure ? Qui ?

— Aucune idée. Ils sont deux. Édouard pré... prétend qu'ils veulent te voir, mais je serais plutôt d'avis de pré... pré... prévenir la police.

— Tu les as laissés dehors ?

— Évidemment !

— Ce doit être les Whitam, fit-elle, soucieuse.

— Qui ?

— Les Whitam. Ce sont les géniteurs d'un spécimen. Je suis sûre qu'ils sont impliqués dans ce qui arrive.

— J'appelle la sss... sécurité !

— Non !

Ils gagnèrent le rez-de-chaussée à pas de loup. Les Whitam faisaient bel et bien les cent pas devant chez eux. Mathilde activa l'ondophone.

— Que voulez-vous ? lança-t-elle, nerveusement.

— Vous voir, répondit Ema Whitam, dont le regard s'était allumé.

— Vous n'avez pas le droit d'être ici. Je devrais vous faire arrêter.

— Ne faites pas cela.

Son visage s'était contracté sous le coup de la menace.

— C'est à propos du spécimen 32 ? reprit Mathilde.

— De Ben, oui.

En temps normal, elle n'aurait jamais ouvert la porte à des intrus, en pleine nuit, surtout s'agissant des principaux suspects dans l'affaire qui l'occupait. Pourtant, ce fut précisément en songeant à cela qu'elle résolut de les accueillir. Son instinct lui soufflait que les Whitam étaient là pour apporter la solution à son problème.

— Entrez, dit-elle d'un ton mal assuré.

Lorsque Ema Whitam fut à sa hauteur, Mathilde reconnut à peine la femme pleine de suffisance rencontrée quelques heures plus tôt.

— Je viens de pleurer, expliqua cette dernière, penaude.

— Que voulez-vous ? demanda Mathilde.

— Vous parler.

— Je n'ai pas d'autres informations à vous communiquer.

— Vous m'avez mal comprise. C'est nous qui ne vous avons pas tout dit.

Elle était sur le point de défaillir. Son mari était réduit au silence.

— Allons dans la cuisine.

Marc passa devant eux en les bousculant.

125

— Qu... qu... qu'est-ce que c'est que cette histoire ? chuchota-t-il à l'oreille de Mathilde.

Elle posa une main sur sa joue.

— Je t'expliquerai, je te le promets. Mais pour l'instant, il vaut mieux que tu nous laisses.

— Hors de question ! Je rrr... reste avec vous. Ils ne m'inspirent pas confiance.

— S'il te plaît. Ta présence pourrait les inhiber.

Il tenta de protester, mais elle affichait une volonté de fer. Il tourna les talons non sans lui faire jurer de l'appeler à la rescousse en cas de danger.

Une fois dans la cuisine, Mathilde constata qu'au sein du couple les rôles s'étaient inversés. Sam Whitam gardait le front baissé tandis que son épouse s'était au contraire redressée.

— Nous nous sommes mépris sur votre compte, débuta Ema Whitam d'un air décidé. Vous semblez attacher de l'importance à notre enfant et cet intérêt vous classe d'ores et déjà dans une catégorie à part. Je ne suis pas fière de la manière dont nous vous avons reçue. Nous sommes tellement tenus à l'écart du Centre, depuis si longtemps, que nous avons fini par nous comporter comme des animaux envers tout ce qui peut en provenir. Si nous avions saisi l'ampleur du problème, nous vous aurions tout dit.

— Nous devions être prudents, intervint Sam Whitam sans oser regarder Mathilde. Mais puisqu'il s'agit de la santé de Ben, tant pis. Il n'y a pas d'autre priorité.

Il se tourna vers Mathilde.

— C'est la première fois que nous faisons cela. La dernière aussi, quand vous nous aurez dénoncés.

Ses yeux trahissaient une peur irrationnelle.

— Je vous écoute.

Ema Whitam prit son courage à deux mains.

— Comme d'habitude, nous sommes arrivés en avance ce jour-là. Nous venons toujours tôt pour être certains de ne pas perdre une minute de notre temps de visite. Sur place, nous étions environ quatre-vingts personnes. Nous nous connaissons bien. Durant les premières années, nous étions plus nombreux. Puis, d'un millier, nous sommes passés à quelques centaines, et enfin à des dizaines. Il faut dire que certains spécimens n'ont pas survécu. Quelques parents en ont été affectés, d'autres moins. Pour ceux qui restent, c'est la lassitude qui l'a emporté. Je sais que c'est difficile à comprendre, mais assister au développement de son enfant sans avoir d'échange avec lui est une chose impossible à vivre. Nous n'avons pas été élevés ainsi. Personnellement, j'ai bien connu ma mère. Nous étions seules, voyez-vous, nous nous serrions les coudes…

— Pardonnez-moi, coupa Mathilde, mais je voudrais savoir ce qu'il s'est passé en salle de génération.

— J'y viens, mademoiselle. Mais nos actes sont rarement dissociables de notre histoire. Si je vous raconte cela, c'est parce que je garde l'espoir que vous comprendrez notre geste. Je poursuis… Nous sommes donc arrivés en avance. Le responsable nous a ouvert, et nous nous sommes identifiés. Sauf que, cette fois-ci, nous avions prévu de réveiller les spécimens.

— Vous aviez prévu quoi ?

— De les réveiller, répéta Ema Whitam avec une assurance diminuée. En piratant le système informatique.

Le silence s'installa. Elle posa une main tremblante sur l'épaule de Mathilde.

— Je vous en prie, dites quelque chose.

— Vous les avez... réveillés ?

Le couple hocha la tête. Peu à peu, Mathilde retrouva ses esprits.

— Vous rendez-vous compte des conséquences de votre acte ?! s'écria-t-elle. Tous les spécimens ont souffert de la panne. Vous auriez pu les tuer !

En prononçant ces mots fatidiques, elle sentit les larmes revenir.

— Pourquoi... ?

Les Whitam l'observaient avec impuissance. Elle ne comprenait plus. Ou trop bien. Tant de travaux réduits à néant par ignorance. Car elle réalisait que leur démarche n'avait pas été criminelle. Elle avait simplement été bête et inconsciente. Et à quel prix !

— Comment avez-vous fait ? demanda-t-elle, sidérée. Comment est-ce possible ?

— Là n'est pas la question, répondit Sam Whitam. Nous préparons cette action depuis des années. Nous n'avions pas prévu...

— ... que Ben en souffrirait ? Que son programme serait interrompu ? À cause de vous ?

Ema Whitam se leva.

— Vous allez trop loin ! glapit-elle. Nous ne savions pas !

— Mais pourquoi ?

— Pour toutes les raisons évoquées tout à l'heure, gémit son interlocutrice. Nous nous demandions si nous représenterions quelque chose pour Ben à sa naissance. Nous ignorons tout de ses pensées, de ce qu'il ressent…

— C'est un spécimen, il ne ressent rien.

Sam Whitam la toisa.

— Vraiment ? Comment expliquez-vous, dans ce cas, que son réveil l'ait perturbé ?

Mathilde fut à court d'arguments.

— Je ne sais pas, avoua-t-elle, abattue.

— Nous non plus, reprit Ema Whitam. Mais c'est en train de tuer notre fils.

De grosses larmes coulaient sur ses joues. Mathilde serra sa main dans la sienne. À son contact, Ema Whitam sursauta, mais se laissa faire.

— Vous n'êtes vraiment pas comme les autres, murmura-t-elle.

— Ensuite, poursuivit son mari, nous avons réussi l'irréalisable. Dans la stèle, notre fils a ouvert les yeux.

— Ils sont verts, ajouta Ema Whitam en hoquetant. Comme ceux de son père.

— Nous étions tellement émus. Même si nous savions qu'il ne pouvait nous entendre, nous sommes entrés en contact avec lui. J'ai posé ma main sur mon front, puis je lui ai montré le sien. Il m'a imité. Ensuite, j'ai désigné mon nez, ma bouche, mes épaules… Nous avons parcouru nos deux corps en même temps. C'était très émouvant. Il a compris que nous étions liés. Peut-être qu'il n'est pas capable de parler, mais je peux vous assurer que mon fils m'a reconnu !

Mathilde lui lança un regard navré.

— Il l'aurait fait deux mois plus tard. Pourquoi ne pas avoir attendu ?

— Nous voulions être certains qu'il irait bien. Que ce n'était pas un monstre. Avant de partir, nous avons réenclenché le sommeil artificiel. Jamais nous n'aurions pensé qu'une interruption si courte les rendrait malades.

Il considéra Mathilde, espérant une réponse de sa part. Mais elle était incapable d'en formuler une. Elle bredouilla qu'il lui fallait réfléchir. Elle se sentait si faible.

— Il faut que vous partiez, dit-elle à voix basse.

— Vous allez nous dénoncer ?

La peur imprégnait le regard de Sam Whitam.

— Je ne sais pas.

— Vous allez le sauver ?

C'était elle qui avait parlé. Mathilde secoua la tête.

— Je vais tout faire pour que le développement de Ben continue. Mais je ne suis qu'étudiante. Je ne décide rien.

Ils remontèrent dans l'entrée. Mathilde demanda à Édouard d'ouvrir la porte.

— Une chose me gêne, ajouta-t-elle, tandis qu'ils étaient encore sur les marches. Certains géniteurs de spécimens atteints étaient absents le jour de la panne. Vous êtes intervenus sur d'autres stèles ?

Sam Whitam prononça un non si massif qu'elle sut qu'il mentait.

— Vous n'avez pas agi seuls, n'est-ce pas ? renchérit-elle. Une telle opération nécessite énormément de préparation. J'ignorais même que ce fût possible…

— Tout est possible avec le temps, répondit Sam Whitam. Et quatorze ans, c'est beaucoup de temps…

17

Quand Mathilde s'éveilla le lendemain matin, Marc était assis au bord du lit.

— Comment te sens-tu ? demanda-t-il, anxieux.

Elle se frotta les yeux mais, malgré ses efforts, la pièce demeura étrangement sombre.

— Peux-tu allumer, s'il te plaît ?

— C'est fait. Il ne manquait plus qu... que ça... Tu dois aller à l'hôpital !

— Inutile, je vais très bien.

— Vraiment ? Tu as d... d... déliré toute la nuit. Tu n'as pas cessé de geindre, de crier...

— J'ai fait un mauvais rêve, c'est tout.

Il posa la main sur son front.

— Tu es brûlante. Qu... que se passe-t-il ? Ton implant est défectueux ? D'habitude, tu n'es jamais malade. « Nous » ne sommes jamais malades.

Il avait peut-être raison. Ses paupières étaient trop lourdes, ses pensées trop confuses, ses membres courbatus. Furieuse de ne pas savoir maîtriser les caprices de son corps, elle rejeta le drap sous lequel elle suffoquait et lança à Marc un regard démissionnaire.

— D'accord, tu as gagné.

Avec les agences de santé, l'hôpital composait l'ensemble du département médical. Les premières s'occupaient du suivi de chaque citoyen grâce à des bilans réguliers, tandis que le second gérait les dégradations inopinées de l'organisme et l'accompagnement des vieillards en fin de vie. Ces derniers constituaient la majorité de la clientèle. Ils venaient quand le corps n'était plus qu'usure, pour mourir dans le calme et la dignité, et s'ils n'y parvenaient pas seuls au bout de quelques jours, le personnel les y aidait. De sorte que le roulement était permanent et que l'établissement ne manquait jamais de lits.

À son arrivée, Mathilde se rendit au niveau – 6 du bâtiment, où on lui attribua une salle d'examen. Elle se plaça au centre de la pièce. Des milliers de faisceaux laser, plus fins qu'un cheveu, jaillirent des murs et la radiographièrent de la tête aux pieds. Elle laissa échapper un rire nerveux. La chaleur dégagée par les rayons chatouillait un peu. Quand ce fut terminé, elle préleva elle-même quelques gouttes de son sang à l'aide d'un stylet et sortit recueillir son diagnostic. Un consultant l'accueillit à l'un des multiples comptoirs du service de médecine générale. Son teint excessivement bronzé jurait avec la blancheur de sa blouse.

— Vous souriez, dit-il lorsqu'elle approcha.

— Si j'avais eu quelque chose de grave, ce n'est pas à vous que l'on m'aurait adressée.

— En effet, vous n'avez rien.

— Rien du tout ?

— Non. Une simple baisse de tension due à la fatigue. J'ai d'abord songé à un début de grossesse (Mathilde présenta une mine horrifiée qui fit froncer les sourcils à son interlocuteur), mais ce n'est pas le cas. Votre implant fonctionne, et le niveau de contraceptifs y est tout à fait normal.

— J'avais de la fièvre, ce matin.

— Vous en avez toujours. Mais hormis cette surchauffe passagère, tout va très bien.

— Mon corps est en surchauffe ?

— Mais oui, comme une machine. Vous devriez savoir qu'il ne faut pas en abuser.

Il lui lança un regard inquisiteur.

— Dormez-vous le nombre d'heures réglementaire ? Prenez-vous les nutriments nécessaires ?

Elle leva les yeux au ciel.

— Docteur, je travaille au Centre. Je m'occupe de spécimens toute la journée. Croyez-moi, je suis bien placée pour entretenir « la machine ».

— Pardonnez-moi. On croise encore trop de personnes qui ne respectent pas les consignes sanitaires. Même si c'est surtout vrai pour les anciennes générations. Quoi qu'il en soit, reposez-vous.

— Pas d'erreur possible ?

— Vous savez que non. Rien ne nous échappe.

Elle le regarda encore un instant, puis s'excusa de lui avoir fait perdre son temps et s'en alla.

En prenant place dans le train, elle s'aperçut que sa visite à l'hôpital ne l'avait pas apaisée. À choisir, elle aurait préféré avoir contracté un mal particulier pour lequel on aurait prescrit le remède adéquat.

Une fois rentrée, elle appela Marc pour le tenir informé, puis gagna son lit avec la ferme intention de dormir. En vain. Elle changea vingt fois de position. Même seule, il lui était impossible de trouver la paix. Fixant le plafond, elle se remémora les événements de la veille. Elle se souvint de sa rencontre avec les Whitam, de leurs aveux. « Nous l'avons réveillé. »

Elle songea à l'hypothèse d'Henri Whiter selon laquelle le spécimen 32 était à l'origine de la panne et non l'inverse, comme tout le monde l'avait naturellement supposé. Au moins, sur ce point, les faits étaient clairs. Après avoir été réveillé par ses géniteurs, ce dernier avait fendu son utérus et provoqué le court-circuit. Mais pourquoi avait-il réagi ainsi ?

Depuis l'accident, certaines unités étaient atteintes d'une affection de la peau qui ne touchait d'ordinaire que les individus déjà nés. Comment, du fond de leur stèle, ces spécimens pouvaient-ils souffrir de tels troubles ? Car il ne s'agissait pas d'un virus ou d'une bactérie, comme elle l'avait espéré en premier lieu. Non, ils avaient bel et bien subi un choc émotionnel. Mais d'émotions, les spécimens n'étaient pas capables. C'était ce qu'on lui avait enseigné.

Elle se replia sur elle-même, en position fœtale. Avant la naissance, le spécimen n'était rien. De fait, on ne le nommait pas, on le numérotait. Il s'agissait d'un corps parmi d'autres, en construction, dépourvu de sentiments. Jusqu'à ce qu'il quitte l'utérus, et que l'air emplisse ses bronches. Alors se produisait quelque chose d'extraordinaire, lui donnant vie et personnalité. Mais de la nature précise de ce phénomène, hormis l'accès à l'air libre, cette respiration autonome, elle ne savait rien et ne s'était jamais posé la question. Pourtant, le cerveau était le même. Et le spécimen alternait, tout au long de sa croissance, des phases de sommeil et d'éveil. Ce n'était donc pas cela qui l'avait bouleversé. Qu'est-ce qui changeait ?

Depuis la veille au soir, elle se sentait dériver. Elle, la scientifique, la rationnelle, qui n'avait jamais vacillé, qui suivait la voie sacrée, était en train de douter.

— Qu'est-ce qui change ? répéta-t-elle à voix haute. Qu'est-ce qui a fait que je suis moi-même passée d'un corps vide à la personne que je suis aujourd'hui ?

Elle ressassait ces questions, les mêlant aux mots que les Whitam avaient prononcés, à ceux de Basile et Chloé aussi, sans qu'elle sache pourquoi, lorsque l'évidence la frappa. Ce que l'on présentait comme un prodige n'était en réalité rien d'autre que la rencontre. Elle n'était elle que parce que les autres existaient. Elle ne prenait de dimension que par opposition au reste du monde. Et voici ce qui se passait, sûrement, à la naissance. Étonnamment, rien de physique. Le corps développé pendant quinze années dans une totale solitude se trouvait tout d'un coup confronté au reste de l'humanité. Il prenait conscience de sa propre individualité et, à partir de là, il naissait.

Les yeux révulsés, elle se dirigea vers le miroir accroché au mur de la chambre. À présent, tout était clair. Le spécimen 32, Ben, ne s'était pas seulement réveillé. Il avait aperçu son père et sa mère et, à leur contact, il était né. Prématuré. Les spécimens étaient capables de ressenti. Aptes à éprouver le moindre incident sur leur corps. Simplement, ils ne pouvaient l'analyser, encore moins l'exprimer. Dans le miroir, ses traits se figèrent. Les spécimens étaient aussi humains qu'elle et le prodige de la naissance, aussi artificiel que leur stèle.

Elle tomba à la renverse sur le matelas et récapitula les faits.

La Communauté connaissait la pire pandémie de son histoire. Pour contrer les fausses couches spontanées des femmes, le Centre prélevait l'embryon dans son premier mois de vie et l'élevait durant quinze années. Parfois, après évaluation du comité d'éthique, le programme s'arrêtait pour les unités jugées à risques et dont les troubles induisaient plus de pertes que de bénéfices. La faille était là. Les spécimens n'avaient pas de statut, de droits, ou même d'identité. On ne leur en reconnaissait pas. Seul le Centre avait des prérogatives sur eux.

Il fallait à tout prix prévenir le professeur Blake. Le programme ne pouvait plus fonctionner comme il le faisait depuis vingt-cinq ans. Il fallait changer de méthode. Et vite !

Lorsque Marc revint dans la soirée, elle était toujours couchée, mais avait le teint plus frais qu'au matin.

— Tu vas mieux, jugea-t-il d'un air satisfait.

Elle hocha la tête.

— Tu me rejoins ?

Il s'allongea à ses côtés.

— J'ai invité la famille, demain, à dîner.

— Matthew et Marie ?
— Oui.
Elle ferma les yeux.
— Tu es parfait, murmura-t-elle.
Marc sourit. Tout rentrait dans l'ordre.

18

Mathilde brûlait de trouver le Doyen pour lui faire part de sa découverte. Elle culpabilisait de ne pas avoir prévenu Mila, mais l'urgence de la situation l'excusait. Après s'être présentée à l'accueil, elle fut admise à l'aube dans le bureau du directeur. Penché sur un écran, Christopher Blake suivait d'un œil distrait l'entraînement sportif de quelques élèves.

— Alors ! s'exclama-t-il en mettant fin à la retransmission. J'espère que vous m'apportez de bonnes nouvelles !

— Oui, professeur, répondit-elle avec fierté. Autant vous prévenir, les faits sont surprenants.

— Vous avez toute mon attention.

— Merci. J'irai droit au but. Le jour de l'accident, le sommeil des spécimens a été interrompu.

Il y eut un moment de flottement.

— Que dites-vous ?

— Je sais que cela paraît fou, mais le générateur est bel et bien tombé en panne.

Jusqu'à nouvel ordre, elle avait décidé de ne pas dénoncer les Whitam. Il serait toujours temps de le faire plus tard. Le Doyen se crispa.

— Je ne peux le croire, dit-il en passant la main sur son crâne dégarni. Le rapport technique ne mentionne rien de tel.

— Il faut étudier les relevés avec beaucoup de précautions, insista Mathilde. Les outils de mesure ont pâti du court-circuit.

— Ce que vous prétendez est absurde. Votre théorie repose sur des suppositions.

Il la toisait avec un air de supériorité qui déplut fortement à Mathilde. Elle trouva le courage de le contredire.

— Les géniteurs présents ce jour-là l'ont confirmé.

Pieux mensonge, car elle savait que, pour le principal, les Whitam avaient dit vrai. L'expression de suffisance du Doyen disparut aussitôt.

— Si cela est avéré, dit-il d'une voix où perçait malgré tout un léger scepticisme, pourquoi n'ont-ils rien dit ?

— Mettez-vous à leur place, professeur, répondit-elle avec aplomb. Ils sont dépassés par nos technologies. Pourquoi se seraient-ils méfiés ? Et puis, ils étaient trop heureux de voir leur spécimen. Ils n'ont pas voulu alerter la sécurité.

Le Doyen fixait le coin de son bureau d'un air anxieux.

— Ce n'est pas tout, poursuivit-elle. Ce dysfonctionnement a prouvé autre chose, à quoi je n'aurais jamais pensé.

Elle se pencha pour chercher son regard.

— L'interaction entre les spécimens et leurs géniteurs a provoqué sur eux un choc sans précédent. En apercevant d'autres êtres humains, ils ont pris conscience d'eux-mêmes et, d'une certaine manière, ils sont nés.

Elle s'attendait à recevoir les honneurs, mais le Doyen affichait une attitude distante.

— Vous ne savez pas de quoi vous parlez, dit-il après un court silence.

— Vous ne comprenez pas, insista-t-elle. Les spécimens ressentent tout. Nous devons les faire naître maintenant. C'est possible : moi-même, je suis née à l'âge de dix ans.

Christopher Blake laissa échapper un rire sarcastique.

— Vous plaisantez, j'espère ! Comment une étudiante aussi brillante que vous peut-elle tenir de tels propos ? Votre génération constituait un test, pas l'aboutissement du programme ! À dix ans, vous étiez encore faibles, votre musculature n'avait pas atteint sa pleine maturité. Au regard de l'ennemi, vous étiez vulnérables.

Mathilde était sans voix. Elle qui pensait conduire une révolution... Son supérieur l'accusait d'ignorance, de folie. Pire, d'incompétence.

— Très bien, balbutia-t-elle. Mais, dans la situation présente, quelques semaines ne feront aucune différence.

— Vous voulez que je perturbe tout le système pour faire naître avant terme une cinquantaine d'unités dont nous n'avons même pas l'assurance qu'elles souffrent bien du mal que vous évoquez ? Nous ne faisons pas dans le sentiment, ici ! Nous ne travaillons pas avec des « peut-être » ! Nous avons des objectifs de rentabilité. Le programme ne tolère aucune improvisation !

Mathilde se souvint qu'elle-même avait prôné ces idées.

— Je comprends, dit-elle à mi-voix, admettant que sa requête n'avait aucune chance d'être entendue. Dans ce cas, peut-être pourrions-nous les plonger dans un coma artificiel ?

Le Doyen secoua la tête.

— Cela risquerait d'endommager leur cerveau. Et à leur réveil, nous retrouverions les mêmes ennuis. Je vais débuter une enquête.

— Je suis certaine que les laboratoires peuvent trouver une solution en quelques jours. Si nous voulons éviter de nouveaux échecs…

Elle le suppliait du regard. Le Doyen la considéra avec étonnement.

— Pourquoi êtes-vous si attachée à ces spécimens ? demanda-t-il, l'air suspicieux.

— Je ne fais que mon travail.

Il soupira :

— Voilà ce que nous allons faire, dit-il. Je vais exposer votre position au comité d'éthique, qui décidera de la conduite à suivre.

— Mais…

— Assez. C'est plus que je ne devrais faire.

Il ajouta :

— Prenez votre journée. J'ai eu vent de votre récent séjour à l'hôpital. C'est ma faute. Je n'aurais pas dû confier une telle mission à de simples étudiants. Vous n'avez pas les épaules assez solides. Et trop peu d'expérience.

Elle ne put s'empêcher d'associer la recommandation à une éviction. C'était bien la première fois que le Doyen encourageait l'un de ses subalternes à s'absenter. Lui qui d'ordinaire ne tolérait pas le moindre retard.

— Reposez-vous. C'est un ordre.

19

Dehors, la pluie commençait à tomber, obligeant Mathilde à emprunter les tunnels, ce qui accrut sa morosité. Elle gagna la station de train d'un air absent, indifférente aux saluts que lui adressaient les quelques connaissances croisées en chemin. Elle supposait que le Doyen ne pouvait proposer de meilleure solution, mais celle-ci lui semblait une alternative misérable face au drame que sa découverte avait soulevé.

Dans la rame qui filait à toute allure, elle réalisa que cet après-midi chômé tombait à propos. Ces derniers temps, diverses pensées l'avaient assaillie sans qu'elle soit en mesure de les organiser. Elle ressentait un malaise profond. Quelques jours plus tôt, à ses yeux, les spécimens n'étaient rien. Désormais, elle se sentait responsable d'eux comme Chloé et Basile prétendaient répondre d'elle. Le dédain du professeur Blake lui était insupportable. Comment lutter ? Comment être certaine que la décision serait prise de soigner correctement Ben et Adam ?

Elle appela Marie.

— Oui, je ne t'ai pas encore répondu, mais je serai là ce soir, lança son amie en décrochant.

Mathilde esquissa un sourire.

— Évidemment. Ce n'était pas une proposition, mais une obligation.

— Ah. Que veux-tu, alors ?

— J'aimerais que tu te renseignes sur le comité d'éthique qui va avoir lieu dans les prochains jours, s'il te plaît. Que, d'une manière générale, tu restes aux aguets.

— Aux aguets de quoi ?

— Tout ce que tu pourras entendre au sujet des spécimens malades.

— Je peux savoir pour quelle raison ?

Mathilde fit la moue. Il était prévisible que Marie pose des questions.

— Je ne peux pas te le dire, répondit-elle. Je te demande juste de me faire confiance. Je sais que ta directrice est très active dans ce comité.

— Dans ce cas, je te rejoins et tu m'expliques.

— Impossible. Je rentre chez moi.

— Chez toi, chez Marc ?

— Oui, chez nous. Qu'est-ce que vous avez tous avec ça, à la fin ?

— Rien. Tu es malade ?

— Pas du tout.

— Tu es amoureuse ?

— Quoi ? Mais non !

Elle se reprit instantanément.

— Enfin, si. Mais ça n'a rien à voir. J'ai simplement besoin de repos.

— Parce que c'est dans tes habitudes, répliqua Marie avec ironie. Très bien, je vais faire semblant de te croire. En revanche, ce soir, tu n'échapperas pas à l'interrogatoire.

— Je t'attends…

— Veux-tu que j'apporte quelque chose pour le dîner ?

— Rien d'autre que des renseignements.

Marie soupira.

— Tu es têtue, tu sais ?

— Tu es froussarde, tu sais ?

Marie leva les yeux au ciel en maugréant.

— Je vais voir ce que je peux faire.

— Merci, c'est très important.

— Je me demande ce qui ne l'est pas. Je dois te laisser, à présent. Tout le monde ne peut pas se payer le luxe de se reposer.

Mathilde sourit.

— J'ai hâte de te voir. Cela me fait du bien de te parler.

— Moi aussi. À tout à l'heure.

Rassurée d'avoir trouvé le soutien qu'elle cherchait, Mathilde se réjouit de recevoir ses amis et se dépêcha de rentrer préparer le repas. Elle n'avait jamais cuisiné de sa vie, faute d'avoir appris, mais avait envie de faire pour sa « famille » ce que Basile et Chloé faisaient quelquefois pour elle lorsqu'elle leur rendait visite. Arrivée à son domicile, elle convoqua Édouard afin qu'il lui présente les articles disponibles à la banque alimentaire. Comme d'habitude, les prix des produits frais étaient prohibitifs. Après avoir consulté les recettes de la semaine, elle commanda des pommes de terre, un potiron, des graines céréalières et les minuscules sauterelles dont Marc raffolait. Elle opta pour une livraison immédiate. La communication se termina tandis qu'Édouard indiquait que son compte bancaire venait d'être débité.

— Heureusement que je ne cuisine pas tous les jours, fit-elle, tout haut, à son intention.

Mais si intelligent qu'il fût, l'être numérique demeura insensible à la remarque et elle gagna la cuisine en haussant les épaules.

20

Matthew et Marie arrivèrent peu avant la nuit. Mathilde avait disposé le long des baies vitrées quantité de bougies dont la flamme se reflétait au sol, créant ainsi, en plus de celui qui s'étendait au-dessus de leurs têtes, un ciel d'étoiles scintillantes. Ses amis la complimentèrent pour la décoration. Au fil des jours, elle s'était approprié les lieux en aménageant un espace de vie chaleureux et confortable. Tout en servant à chacun un verre de jus de fruits, elle interrogea Marie :

— As-tu entendu quelque chose sur le comité d'éthique ? lança-t-elle sans préambule.

— C'est ce qui s'appelle ne pas perdre de temps. J'ai le droit de boire, avant ?

— Excuse-moi, mais je suis si inquiète…

— Justement, dit Marie en sirotant son verre. Peut-être pourrais-tu nous expliquer pourquoi c'est si important… ?

Elle se tourna vers Matthew.

— Qu'en penses-tu ?

— J'ignore de quoi vous parlez, mais, par principe, je suis d'accord. En revanche, pas sans être au complet. Marc ? Marc !

Quittant la cuisine, ce dernier parut en haut de l'escalier.

— Monsieur a sonné ?

— Mathilde s'apprête à raconter sa vie. Tu viens ?

Les deux hommes s'embrassèrent.

— Je suis content de te voir !

— Moi aussi.

Lorsqu'ils se réunissaient, les quatre amis avaient pour habitude de faire, tour à tour, un point sur leur existence. Un rituel hérité de leur scolarité. Deux règles devaient être respectées : on s'interdisait d'interrompre l'orateur, comme il était proscrit de porter de jugement trop hâtif sur une quelconque situation, sauf demande expresse de la part du principal concerné. Mathilde rapporta sa mésaventure. Quand elle eut fini, elle se tourna vers Marie. Mais celle-ci hésitait.

— À la réflexion, je ne suis pas sûre de devoir jouer les espions, objecta-t-elle, le front soucieux.

— Tu ne peux pas me faire faux bond…

— C'est risqué, Mathilde. Si le Doyen avait voulu que tu saches ce qui allait se passer pendant le comité, il te l'aurait dit.

— Je pense surtout qu'il cherche à m'écarter.

— Il a ses raisons.

Mathilde la regarda de nouveau.

— Attends, une minute ! Tu as dit « ce qui allait se passer ». Il a déjà eu lieu ?

— Quoi donc ? demanda Matthew qui avait perdu le fil de la conversation.

— Le comité d'éthique, expliqua Marie. Oui, cet après-midi. Il semblerait que le Doyen ait voulu accélérer les choses.

— Qu'ont-ils décidé ?

Marie marmonna une phrase inaudible.

— Si tu pouvais répéter, je n'entends pas encore les ultrasons, tenta Matthew avec humour.

Mais Mathilde avait blêmi.

— Ils arrêtent le programme ?

— Oui.

— Mais pourquoi ?

— Apparemment, le Doyen n'a pas présenté le problème de la même manière que toi. Il aurait rapporté l'état désastreux des spécimens en faisant valoir que le Centre avait déjà perdu trop de temps à essayer de les rétablir. D'après ma directrice, il a insisté sur le fait que certaines unités étaient incontrôlables. Le comité a statué sur un délai de trois jours, au bout duquel leur développement sera interrompu si leur condition ne s'améliore pas.

Mathilde prit sa tête entre ses mains.

— C'est impossible, murmura-t-elle. Il n'a pas pu faire ça. Ils sont presque à terme. Ils ne sont pas déficients, ils ont juste besoin d'être soignés.

Marc s'accroupit à ses pieds.

— Ce sont des choses qui arrivent, dit-il avec douceur. Il y a déjà eu des arrêts de pro... programme, dans le passé. Je sais que tu détestes les échecs, mais tu dois te raisonner. Personne n'est infaillible.

Elle le regarda d'un air distant, stupéfaite de constater combien leur incompréhension était grande.

— Vous ne saisissez pas, dit-elle d'une voix blanche. Il ne s'agit pas simplement de l'arrêt du programme. Il s'agit de spécimens qui souffrent. Nous les avons élevés pendant quinze ans et, à présent, on veut interrompre leur croissance. D'ailleurs, nous ne devons plus parler de spécimens. Ce sont des êtres humains. Imaginez, si ç'avait été nous, à leur place ?

— Personnellement, je n'ai aucun souvenir de ma gestation, osa Matthew.

— Évidemment, rétorqua Mathilde avec humeur. Tu n'as jamais eu de problèmes de santé, tu n'as subi aucune panne, pas d'incident. Il n'y a aucune raison que tu te souviennes d'un traumatisme, puisqu'il n'y en a pas eu ! Le programme est tellement entré dans les mœurs que personne ne songe à le remettre en cause. Personne ne pense à ces spécimens ! La seule chose qui importe, c'est l'objectif, la rentabilité.

— Il y a encore une semaine, tu ne le critiquais pas non plus, coupa Marie avec sérieux.

Mathilde lui renvoya un regard désespéré.

— Je sais. Mais nous ne pouvons pas ignorer la découverte que j'ai faite. Elle est primordiale, non ?

Ses amis acquiescèrent. Même s'ils ne comprenaient pas exactement la situation, ils lui témoignaient une solidarité indéfectible.

— Je ne peux pas les laisser faire, résolut-elle. Il faut que j'en aie le cœur net. Demain, j'irai trouver le Doyen.

Marc et Marie n'osaient plus la contredire. Matthew se porta volontaire.

— Arrête un peu, dit-il d'un ton calme. Tu ne vas pas affronter Blake sur ce terrain. Cela fait plus de trente ans qu'il travaille pour le programme. Tu veux te faire renvoyer ?

— Ce qu'il fait est inhumain.

— Tu n'as pas l'impression d'exagérer ? Tu accuses l'homme le plus puissant du Centre sans savoir ce qu'il s'est passé. Il dispose peut-être d'informations que tu ignores. Si, à défaut, ce que tu nous as raconté est vrai…

— C'est vrai.

— Alors, c'est effectivement très dérangeant, mais tu n'es qu'étudiante. Réfléchis. Fais attention. L'indiscipline et la rébellion sont des comportements que le Doyen ne pardonne pas. Parle-lui avant de t'emporter. Peut-être que Marie s'est trompée…

— Peut-être, concéda Mathilde. Mais, dans le cas contraire, je ne me laisserai pas faire.

— Jusqu'à sacrifier ta carrière ?

Elle eut un temps d'hésitation avant de répondre un « oui » catégorique. C'était la première fois qu'une de leur réunion prenait un tel tour. Jamais Mathilde n'avait imaginé construire son avenir en dehors du Centre. L'atmosphère était tendue. Marie osait à peine la regarder et Matthew fixait le plafond avec une indifférence dont lui seul avait le secret.

— Que diriez-vous de pa… passer à table ? suggéra Marc, d'un ton mal assuré.

— Proposition adoptée ! approuva Matthew. J'ai faim ! Qui a cuisiné ?

Marc tenta un regard complice vers Mathilde qui l'esquiva. Matthew se fendit d'un sourire moqueur.

— Mathilde ? Ce serait une première ! Vous avez prévu une option de secours ?

Il entraîna tout le monde vers la salle à manger. Marc déposa devant chacun une assiette remplie d'un liquide orangé. Matthew considéra le breuvage d'un air méfiant.

— C'est de la soupe de potiron, idiot, ironisa Marie. Que vous sert-on à l'armée ? Uniquement des barres protéinées, je parie !

— Pas du tout. Il nous arrive aussi d'avoir des légumes. Il faut bien motiver les troupes.

— Pour être plusieurs à ne rien faire ? Je te vois dans ta guérite, tu sais.

— Oh, mais on s'enhardit du côté des psychologues… Tu peux rire, va. Il se pourrait que je change d'affectation.

Mathilde releva brusquement la tête.

— Ça y est ? Tu sais ? demanda-t-elle d'un ton qui trahissait son émotion.

Mais Matthew éluda sa question.

— Hum, délicieux, souffla-t-il en portant la cuillère à sa bouche. Tu fais des progrès, Mathilde. Où as-tu acheté ça ?

Devant son air réprobateur, il changea de cible.

— Marc, c'est ton tour ! lança-t-il à la cantonade.

21

Matthew refusait d'évoquer le sujet de sa prochaine affectation, message reçu. Mais tandis que Marc racontait les difficultés qu'il rencontrait sur un nouveau programme informatique, Mathilde n'écoutait plus. Sa colère s'était envolée dès lors que Matthew avait confirmé son départ. C'était désormais une certitude, une échéance concrète.

Elle le regardait qui dégustait sa soupe en exprimant une plénitude grotesque. Elle guettait ses yeux pétillants de vie, ses doigts qui tapotaient la table, incapable qu'il était de rester en place, d'être vraiment tranquille, serein. Elle aurait juré le connaître par cœur mais certains détails lui échappaient encore. Une fossette sous la pommette, la couleur nuancée d'une mèche de cheveux, la veine du cou qui enflait au rythme des pulsations cardiaques, la cicatrice presque invisible qui traversait le lobe de l'oreille droite et qu'elle lui avait causée, un jour, lors d'un entraînement…

S'apercevant qu'elle le dévisageait, Matthew lui sourit avec tendresse.

— Alors, lança-t-il, soucieux de ne pas s'appesantir sur son cas, comment se passe la vie à deux ? Tu trouves tes marques ? Tu es heureuse, ici ?

Le regard de Mathilde se voila. Elle réalisa qu'elle ne se posait jamais la question. En tout cas, elle n'était pas malheureuse. Le rouge lui monta aux joues et elle balbutia quelque chose qui ressemblait à une affirmation. Puis elle saisit le bol de sauterelles grillées, qu'elle tendit à Marie.

— À toi ! dit-elle. Quelles sont les dernières nouvelles ?

Marie baissa les yeux.

— Je passe mon tour, fit-elle d'un air mélancolique. Il ne s'est rien produit récemment dans ma vie qui vaille la peine d'être raconté.

Matthew lui sauta dessus.

— Eh bien, que t'arrive-t-il ? fit-il, faussement navré. D'habitude, tu n'es jamais à court d'histoires. Tu pourrais au moins nous rapporter les dernières anecdotes du Centre. Faire « la gazette ».

— Désolée, pas cette fois. J'en ai assez de raconter les problèmes de cœur des autres. Je préférerais qu'on s'intéresse à moi.

— On s'intéresse à toi.

— Pas au point de sortir avec moi.

Matthew lança un regard gêné à Marc qui haussa les épaules.

— Excusez-moi, fit Marie en se cachant les yeux. Je suis désolée de réagir ainsi.

— Nous sommes là pour t'aider, dit Mathilde en lui prenant la main.

— C'est gentil mais je ne vois pas très bien comment. Sauf si vous connaissez un homme capable de...

Elle s'interrompit, puis ajouta tristement :

— Peut-être que je suis trop fade pour attirer l'attention.

— Moi, je connais quelqu'un, intervint Matthew.

Marie en eut le souffle coupé.

— Que... comment ? Enfin, qui ? bafouilla-t-elle, ne sachant si elle devait rire ou pleurer.

— Quelqu'un de mon unité, répondit Matthew, énigmatique. Je ne voulais pas t'en parler, car je pensais que tu te moquais éperdument des types dans son genre. En plus, il m'a fait jurer de ne rien dire.

— Oh, je t'en prie... Et je te raconterai toutes les histoires que tu veux !

— Ah, tu retrouves le sens des affaires. Je préfère ! Je vais peut-être me laisser fléchir. Mais avant, j'aimerais goûter au dessert. J'espère que Marc ne va pas faillir à sa réputation.

— Mais...

— Rien du tout, Mathilde. Je veux bien croire que tu as cuisiné cette soupe mais, pour le reste, ne me prends pas pour un imbécile. Tu es incapable de faire un gâteau !

Marc rit avant de descendre à l'étage inférieur. Marie trépignait.

— Alors ? Dis-moi, je ne tiens plus !

— Tu es infernale ! J'ai dit que je ne divulguerais rien avant le dessert. Tout aveu doit trouver sa contrepartie !

Marie lança un regard exaspéré à Mathilde qui rit de bon cœur. Quelques secondes plus tard, Marc disposa sur la table un plateau de verrines.

— Qu'est-ce que c'est ? demanda Matthew, perplexe.

— Goûte.

— Hon ! Ça fond...

— C'est de la mousse à la glace carbonique.

— Ch'est délicieux, fit Matthew, dubitatif.

Il reposa aussitôt son couvert.

— Bon ! Ma chère Marie, es-tu prête à rencontrer l'homme de ta vie ?

— Que tu es bête. Je ne le connais même pas.

— Ce n'est que provisoire. Il s'appelle Owen. Il doit mesurer deux mètres, ce qui me paraît bien pour toi. Il a les cheveux roux...

— Tu parles comme un vendeur d'ondophones, se moqua Mathilde.

— Si j'ai besoin de ton aide, je te ferai signe. Donc, je disais... Ah oui ! Il a les cheveux roux, de beaux yeux verts... Je crois que tu n'es pas insensible à ça... Je ne l'ai jamais vu en dehors de nos heures de garde donc je ne connais pas son style dans le civil. Je ne peux pas te dire s'il porte des shorts unis ou à rayures, mais tu es trop intelligente pour t'arrêter à ce genre de détails.

— Et les détails concernant son caractère, ce qu'il a dans la tête, tu penses que je devrais m'en passer ?

— Voilà votre problème, à vous, les femmes ! Vous voulez toujours savoir ce que l'on a dans le crâne. Mais on s'en fiche ! Quand on s'embrasse, ce n'est pas important !

— Eh, parle pour toi, coupa Marc.

— Tu as toujours eu l'esprit fermé sur ce point.

Il se tourna vers Marie en se frottant les mains.

— Reprenons. Je ne connais pas encore très bien Owen. Malgré tout, je peux te dire qu'il m'a l'air d'un garçon gentil, passionné par son métier… Oui, je sais, c'est le côté négatif. Il fait de la moto, comme moi, et part régulièrement en virée. C'est à peu près tout ce que je sais de lui.

— Et il s'intéresse à moi ?
— Oui.
— Comment le sais-tu ?
— Parce qu'il me l'a dit ! Un jour où nous étions en poste, sur les miradors. Tu as traversé le campus sous nos yeux.

Marie était rouge d'émotion. Elle tenta de contenir sa joie mais sa voix suraiguë la trahit.

— Qu'a-t-il dit, exactement ?
— Qu'il te trouvait ravissante, qu'il avait entendu parler de toi, et qu'il aimerait beaucoup t'inviter à sortir. Mais qu'il était trop timide pour le faire. Voilà.

— Je vais aller le voir ! s'exclama Marie avec une assurance peu coutumière.

Matthew la considéra d'un air circonspect.

— Je ne suis pas certain que ce soit une bonne idée. Il se doutera que je t'ai parlé et cela risque de le gêner. Ce serait dommage de le faire fuir, ce pauvre Owen. Je vais le convaincre de t'inviter, d'accord ?

— S'il refuse ?
— Ne t'inquiète pas, il le fera. Je vais m'arranger pour faire mes prochaines gardes avec lui. Mais il faut que tu me laisses opérer en douceur. Tu sais, la psychologie des militaires, eh bien… il faut la laisser aux militaires.

— D'accord, répondit Marie, déçue. Tu me tiendras au courant ?

— Promis. Je vais essayer de t'obtenir un rendez-vous rapidement. Le plus tôt sera le mieux, d'après ce que j'ai compris.

— Oui, enfin, je ne suis pas désespérée non plus.

Ils gagnèrent le salon à la fin du repas. Marie n'était plus triste du tout, s'imaginant déjà dans les bras d'Owen. Mathilde et Marc se tenaient enlacés sur le canapé. Allongé sur la seconde banquette, Matthew demanda à Édouard de mettre de la musique. La plainte chaude d'un saxophone emplit la pièce. Ils se laissèrent bercer par la mélodie, hypnotisés par le spectacle des bougies qui se consumaient lentement, savourant le plaisir simple d'être ensemble.

Ils furent tirés de leurs rêveries par la brusque intervention d'Édouard qui annonça l'imminence d'un flash d'information. Matthew consulta l'heure.

— Il est trop tard pour les bonnes nouvelles, fit-il, préoccupé.

L'hôtesse de l'Information Générale ne lui laissa pas l'occasion de poursuivre.

— Bonsoir, dit-elle d'un ton dramatique en éclipsant l'hôte domestique. Un raid a eu lieu cet après-midi sur une agence de santé du district est.

Les images d'un avion en plein vol apparurent dans son dos. C'était un appareil élégant, à la ligne fuselée, recouvert d'acier. Il filait à une vitesse vertigineuse, ne laissant dans son sillage qu'un lacet de fumée noire.

— L'établissement a été touché au moment où un groupe de patients rentraient chez eux. La bombe est tombée sur l'entrée de la gare.

L'avion se tint en suspension au-dessus de l'agence et une ogive sortit de son ventre. La caméra prit du recul, offrant une vue plongeante sur l'immense tourbillon de gaz qui résultait de l'impact. Les flammes léchaient l'écran. En quelques secondes, le salon de Marc et Mathilde se transforma en champ de bataille. Les images se succédaient, insoutenables. Tantôt des morceaux de béton roulant à leurs pieds, tantôt l'incendie titanesque... Le pire était les corps, ou ce qu'il en restait, éparpillés dans un magma rouge et noir.

Bien qu'habituée à ce genre de scènes, Mathilde se détourna lorsque les caméras s'attardèrent sur le visage d'une femme. Jeune, comme eux. Quelqu'un de leur génération. Sa face était fendue et du sang séché traçait des lignes sinueuses sur les joues. Les yeux avaient disparu, le haut du crâne emporté par le souffle de l'explosion.

— Les militaires se sont rendus sur place pour sauver les civils qui pouvaient l'être...

Les hommes se déployèrent à vive allure. La sueur perlait sur la seule bande de peau laissée à découvert par leur uniforme d'intervention.

— Le premier bilan fait état de vingt morts...

Des images de cadavres encore, des blessés évacués par les unités d'urgence. Puis, brusquement, l'hôtesse parut au premier plan et son ton changea. Il se fit plus exalté.

— Quelques instants après l'attaque, nos troupes d'élite ont abattu l'avion.

L'appareil revint au cœur du film pour peu de temps. Une torpille vint le frapper au flanc gauche, l'aile prit feu et il fut précipité au sol. Marie poussa un cri de victoire auquel Marc répondit par un sourire. Mais le sentiment de soulagement fut bref. Le ton de la présentatrice changea de nouveau.

— Malheureusement, le pilote a pu s'éjecter de l'habitacle…

Les images cette fois étaient floues, sans doute à cause de la pluie qui s'était faite plus drue. On voyait à peine le corps fondant dans l'air.

— Le gouvernement requiert toute votre attention, car le criminel n'a pas été retrouvé. Il est possible qu'il ait survécu. Les mauvaises conditions climatiques ont ralenti les militaires dans leurs recherches…

Les débris de l'avion étaient à moitié immergés dans une mare de boue. Les soldats s'enfonçaient jusqu'aux genoux.

— Nous demandons à chacun d'être prudent. Ne vous aventurez pas dans les terres et soyez attentifs. Si un individu vous paraît suspect, avertissez aussitôt l'Information Générale.

Mathilde jeta à Marc un regard ennuyé. Comme toujours dans ces cas-là, le département des Témoignages serait saturé de dénonciations, dont la plupart calomnieuses. L'hôtesse continua d'alerter la population pendant une dizaine de minutes puis le flash se termina. Les images disparurent et le salon redevint aussi calme que précédemment. Le saxophone se remit à jouer.

Ils restèrent prostrés. Marie avait rassemblé ses jambes contre sa poitrine, tandis que Matthew fixait d'un œil morne le mur opposé. Alors qu'il n'avait toujours pas dit un mot, et qu'entre-temps Marc était allé chercher du café, Mathilde s'adressa à lui.

— À quoi penses-tu ?

Il mit quelques secondes avant de répondre.

— Moi ? À rien ! fit-il en se levant. Je me disais que j'allais raccompagner Marie. Cela vaut mieux avec ce fou dehors !

Cette dernière fit la moue.

— Il est certainement mort. Personne ne survivrait à un tel impact. Ils ne vont pas tarder à retrouver son cadavre.

Le regard de Matthew se brouilla.

— Tu crois ? Tu crois, vraiment ?! Moi, je suis sûr qu'il est dans la nature ! Pourquoi recevons-nous la nouvelle maintenant ? Le bombardement a eu lieu à dix-huit heures. Il est près de minuit ! En temps normal, nous obtenons les informations en direct !

Mathilde et Marie l'observaient sans rien dire. Marc était réapparu sur le seuil du salon en l'entendant crier. Mais Matthew parlait tout seul.

— La vérité, c'est qu'ils cherchent le corps depuis des heures et qu'ils ne l'ont pas trouvé. Parce que le type s'est sauvé ! C'est pour ça qu'ils ont attendu pour diffuser l'information. Ce n'est pas brillant de la part de nos militaires. Et maintenant, ils alertent la population !

Il attrapa sa combinaison de conduite et fit un signe à Marie. Marc et Mathilde échangèrent un regard inquiet.

Une minute plus tard, ils s'étaient tous rapidement embrassés. Alors que Matthew franchissait le seuil de la maison, Mathilde le retint.

— Attends ! Qu'est-ce qui te prend ?

— Ce qui me prend ? répéta-t-il, désorienté. J'ai peur. Voilà ce que j'ai.

Mathilde sentit que Marc resserrait l'étreinte sur sa hanche. Elle dévisagea Matthew qui soutint son regard.

— Quand ? demanda-t-elle.

— Deux semaines.

Sur ces mots, il saisit la main de Marie et l'entraîna à l'extérieur.

22

Mathilde demeura éveillée longtemps cette nuit-là en songeant à Matthew. À cette peur qu'il avait avouée sans détour et que tous comprenaient, qu'ils éprouvaient presque. Après son départ, elle et Marc avaient observé un silence triste. Son compagnon avait ensuite débarrassé la table sur un fond de musique bruyante avant de descendre se coucher sans plus évoquer la nouvelle. À deux heures, elle l'avait senti pleurer sur son poignet et avait fait semblant de dormir. À force, elle s'était assoupie.

Sombrant dans un sommeil profond, elle avait rêvé qu'elle rencontrait le professeur Blake. Ce dernier la conduisait dans un fabuleux jardin qu'elle reconnaissait pour être celui de Basile, sauf qu'en lieu et place du pauvre tertre habituel elle découvrait une terre luxuriante, semée de végétaux inconnus. D'immenses plantes grasses aux fleurs bleu et or retombaient comme des cloches au-dessus de leurs têtes. Dansant parmi elles, Chloé riait à gorge déployée, et, fait étrange, Mathilde ne s'en agaçait pas. Au contraire, elle avait envie de la rejoindre. Elle se sentait à son aise dans cet univers extraordinaire. Après quelques pas, le Doyen lui demandait comment elle avait triomphé du cas des spécimens malades. Fière, elle racontait mais, tandis qu'elle énonçait un récit au début très construit, elle perdait en progressant toute assurance. Les arguments s'évaporaient, ne laissant dans son esprit qu'une grande confusion. Elle finissait par hurler d'impuissance. Basile et Chloé pleuraient. Le Doyen ne les regardait pas. Lorsqu'elle fut sur le point d'étouffer, elle aperçut Élisabeth Bessire. La veuve se tenait en équilibre sur la margelle d'un puits, les yeux plus luisants que l'eau qui y dormait. Elle sourit une dernière fois avant de sauter.

Au petit matin, Christopher Blake était assis à son bureau quand Mathilde entra.

— Il va falloir perdre cette habitude de s'introduire dans mes quartiers sans y être invitée, dit-il froidement avant de se tourner vers son secrétaire numérique qui vociférait à l'entrée de la pièce que Mathilde ne s'était pas enregistrée.

Il la somma de respecter au moins ce protocole-là. De mauvaise grâce, elle s'exécuta et, revenant sur ses pas, elle nota qu'il n'activait pas la fermeture des portes. Elle se demanda si elle lui faisait peur.

— Je sais que le comité d'éthique a eu lieu, lança-t-elle sur le ton du défi.

Le Doyen lui rendit son regard en pleine lumière.

— Cela n'a jamais été un secret, dit il posément. Je vous avais dit que je l'organiserais au plus tôt. C'est pour cette raison que vous me dérangez ?

— Seul le verdict du comité motive ma visite. En tant que participante au projet…

— Ex-participante.

— Vous n'avez pas le droit ! Je suis sûre que nous pouvons soigner ces spécimens.

Le Doyen lui opposait un visage fermé, d'où avait disparu toute marque de sympathie.

— Je n'aime pas le ton que vous employez à mon égard, dit-il. Vous osez m'accuser de négligence alors que je ne fais que pallier votre manque de rigueur.

Abasourdie, elle se tut. Il reprit :

— Vous n'avez même pas vérifié votre source d'information. Il m'a fallu à peine deux heures pour défaire votre théorie déjà branlante. Car celle-ci repose bel et bien sur le faux témoignage de civils.

Le doute effleura Mathilde, mais elle n'en montra rien.

— Vous êtes-vous seulement renseignée sur ces individus ? renchérit le Doyen. Laissez-moi vous apprendre quelque chose. Sam et Ema Whitam…

Mathilde vacilla.

— Oui, je sais que ce sont eux que vous êtes allée voir. Il a suffi d'interroger les géniteurs présents dans la salle le jour de l'accident. Quatre-vingts personnes, cela n'a pas été long. Nos deux intéressés ont d'ailleurs remarquablement bien joué la comédie. Ils ont assuré que vous étiez venue leur donner des nouvelles de leur spécimen. Admettez qu'ils n'étaient pas durs à démasquer.

Il poursuivit, grandiloquent :

— Les Whitam appartiennent à un mouvement radical, créé en même temps que le programme qui, à l'époque, se présentait comme son principal opposant.

Ses militants réclamaient l'arrêt de nos activités au motif qu'elles étaient contre nature. Pour eux, la durée de gestation aurait dû être de neuf mois, comme aux origines. Mais nous avons tenu bon, et l'intérêt général l'a emporté. Lorsque les premiers essais ont été couronnés de succès, leur groupe s'est trouvé privé d'arguments. Le nombre d'adhérents a considérablement chuté. Il a ensuite été dissous par les autorités avec menace pour ses membres d'être internés en institut de raison. Section carcérale.

Le Doyen ne boudait pas son plaisir. L'œil vif, il évaluait l'impact de l'attaque. Mais Mathilde répugnait à avouer la moindre faiblesse. Intérieurement, elle luttait pour qu'aucune émotion ne transparaisse, devinant que ses sentiments étaient des armes pouvant se retourner contre elle. Il monta une nouvelle fois à l'assaut.

— Suite à ces événements, les Whitam ont conservé envers le Centre une véritable animosité. Avec quelle crédibilité, cependant, puisque eux-mêmes ont fini par nous confier leur embryon ! Et à présent que leur spécimen est menacé, ils ne le supportent pas. Ils ont l'impression d'avoir été floués. Mais nous n'avons jamais offert de garanties. Ils inventent donc n'importe quoi, comme cette défaillance du sommeil artificiel, pour nous nuire. Et vous, dit-il en portant sur elle un regard lourd d'accusations, leur avez donné l'occasion rêvée de s'immiscer dans nos affaires. J'espère qu'ils ne vont pas reformer leur mouvement…

Mathilde était déstabilisée. Elle songea aux Whitam et admit que leur hostilité à l'égard du Centre les desservait. Pourtant, même si elle doutait encore en partie de la véracité de leurs aveux, elle savait que, pour l'essentiel, ils n'avaient pas menti. Elle en était intimement convaincue. Enfin, elle pensa à sa conversation avec Marie.

— Les pathologies dont souffrent les spécimens sont réputées « psychologiques ». Normalement, celles-ci n'affectent que les personnes déjà nées.

— Je suppose que vous parlez de la prétendue conscience des unités…

— Mais ce sont des êtres humains ! Bien avant de naître !

Le Doyen se leva et fit lentement le tour de son bureau.

— Quelle idée touchante…, siffla-t-il. Sauf qu'un être humain ne se résume pas à une conscience. Il est la somme de beaucoup d'autres paramètres comme le langage, la position sociale, les préférences pour telle ou telle couleur, les expériences vécues, que sais-je ? J'admets que la panne les a perturbés, mais de là à acquérir une personnalité… Ils ne connaissent rien de l'existence ! En outre, vous manquez de logique élémentaire. Si ces spécimens souffrent, comme vous semblez le penser, il vaut mieux que nous arrêtions leur développement au plus vite.

Mathilde fut prise de vertige.

— Nous pourrions les faire naître…

Il la dévisagea avec une expression désolée.

— Si vous voulez avoir une chance de devenir chercheuse, il va falloir apprendre à conserver une certaine distance vis-à-vis de votre profession. La seule raison d'être du Centre est de tenir un objectif de productivité. Et de qualité. Nous élevons des embryons afin qu'ils constituent des citoyens viables. Notre devoir est de ne pas surinvestir sur les échecs. Ce serait une perte de temps que la Communauté ne peut se permettre.

Il retourna à son fauteuil, calme et sûr de lui. Dans l'ensemble, les pensées de Mathilde étaient floues, sauf une. Elle comprenait que, pour le moment, il était inutile de lutter. Le Doyen détenait le pouvoir. Il reprit d'une voix doucereuse :

— Vous êtes talentueuse, Mathilde. Mais j'ai toujours craint que vous ne vous fourvoyiez un jour par excès d'orgueil. Vous devez accepter la défaite. C'est la condition sine qua non du progrès. Par ailleurs, je vous conseille de reprendre des cours de première année.

— Mais…

— Oui, je sais. Vous êtes major de votre promotion dans la plupart des matières. Néanmoins, cette malheureuse expérience traduit des lacunes qu'il faut s'empresser de combler. Je vous suggère également de vous reposer. Vous êtes surmenée et la fatigue altère votre jugement. Je vous suspends durant un mois. Mettez de l'ordre dans vos affaires et quittez le Centre dès ce soir.

Il la regarda d'un air navré.

— Ne soyez pas abattue. C'est une faveur que je vous accorde. En théorie, je devrais vous renvoyer sans autre forme de procès. Mais je crois en vous.

Il avait prononcé ces derniers mots d'une voix si chaude que Mathilde eut peur de s'y brûler. Elle hocha la tête et s'enfuit vers la sortie.

Dehors, une pluie fine arrosait le Centre. Elle gagna le stade et s'assit sur un banc, à l'abri d'une caserne. Les militaires l'apercevraient mais ne diraient rien. Elle avait le droit d'être là. La pluie poursuivait son œuvre et, comme sa chevelure ne pouvait plus rien absorber, les gouttes ruisselaient dans sa nuque, jusque sous ses vêtements. La sensation n'était pas désagréable. Il lui semblait voir plus clair dans le trouble qui l'habitait. Elle reprit mentalement l'entretien qui venait d'avoir lieu.

Le Doyen avait rappelé que le programme avait connu beaucoup d'échecs depuis sa création, que celui-ci ne serait pas le dernier, et il avait raison. Elle repensa aux spécimens dont elle avait suivi l'arrêt du développement de nombreuses fois au cours de ses études. De leur anatomie ou leur origine, elle ne se rappelait rien. Pouvait-elle garantir que le numéro 32 naîtrait en bonne santé ? La logique dictait qu'elle agisse comme elle l'avait toujours fait. Mais cela lui était désormais impossible.

Elle fit quelques pas dans la boue. Autour d'elle, le Centre, qu'elle considéra avec attention. Les allées détrempées, la partie émergente des bâtiments, les panneaux solaires rabattus par le vent, le terrain de sport et, enfin, l'enceinte. Ce décor qu'elle connaissait depuis toujours, théâtre de sa vie. Si effrayante que l'évidence lui apparût, elle sut qu'elle n'y reviendrait plus. L'humanité s'était immiscée dans la vision qu'elle avait de son métier et c'en était fini des objectifs de rentabilité. Regardant une dernière fois les bâtiments qui l'encerclaient, elle les grava dans sa mémoire et s'élança sur la piste inondée. Elle courut aussi vite qu'elle le put. Jusqu'à se donner le tournis. Jusqu'à torturer sa hanche. Jusqu'à vider son corps de toute énergie. Complètement.

23

Mathilde retourna en salle d'étude. La priorité était de trouver un moyen pour que le programme des spécimens ne soit pas interrompu. Peu importait ce qu'avait dit le professeur Blake au comité. Celui-ci avait rendu sa décision, ne laissant que trois jours pour mettre une solution en application. À peine une journée, si on prenait en compte le fait qu'elle quittait les lieux le soir même. Elle réfléchit. Les spécimens devaient être plongés dans un coma de premier degré de sorte qu'ils ne s'agitent plus, mais puissent encore répondre aux stimuli. Un tel protocole comportait des risques. Il fallait calculer l'exacte dose de sédatifs afin qu'aucun ne sombre dans une léthargie plus profonde. L'historique du programme rapportait que la méthode avait déjà été appliquée, mais sur des laps de temps plus courts, le plus souvent pour opérer le spécimen sans le déstabiliser. Certains ne l'avaient pas supporté. Qu'adviendrait-il sur une plus longue durée ? Il devait encore s'écouler un mois avant leur naissance.

Préoccupée, elle réalisa qu'un autre problème l'attendait. Qui, en son absence, dispenserait le traitement ? Une telle manipulation était illégale et passible d'internement. Marie ne l'avait jamais laissée en difficulté, mais pouvait-elle lui faire courir ce risque ? Elle songea que sa meilleure amie, en tout état de cause, n'avait pas accès aux salles de génération.

Une seule personne était en mesure de l'aider. Celle-là même à qui elle avait fait appel de nombreuses fois et qui, pour une raison étrange, n'avait jamais failli. C'était plutôt elle qui s'en était détournée. Elle attendit la nuit tombée.

— Bonsoir, Henri…

Elle se tenait dans l'encadrement de la porte, n'osant entrer.

Indifférent à sa présence, Henri Whiter continua de s'affairer auprès des moniteurs du poste de contrôle. La honte submergeait Mathilde. Elle se rappela la colère à laquelle elle avait laissé libre cours. Le mépris affiché sans rougir. Elle aurait voulu lui présenter des excuses, mais la distance inhibait son assurance. En outre, l'enjeu n'était pas là. Elle pourrait faire amende honorable, obtenir le pardon du vieil homme ne serait pas chose facile. À ses yeux, désormais, elle était transparente. Un sentiment amer la traversa. Et si l'estime qu'il lui portait autrefois ne revenait pas ?

— Je suis désolée de vous déranger, prononça-t-elle d'une voix qui trahissait son remords.

— Que voulez-vous ?

Elle nota qu'il la vouvoyait.

— Je viens vous dire au revoir, dit-elle tristement. Je pars en congé.

— J'ai entendu cela.

— Les nouvelles vont vite...
— C'est tout ?

Elle espérait qu'il se retourne, mais il n'en fit rien.

— Non. Je dois vous dire autre chose. Vous aviez raison. Les géniteurs ne sont pas des terroristes. En revanche, sans le vouloir, ils ont agi de manière criminelle.

Elle remarqua qu'il ne regardait plus les moniteurs.

— Ils ont interrompu le sommeil des spécimens et, pour la première fois, ces derniers ont pu voir un corps étranger au leur. Ils ont été confrontés à d'autres êtres humains. Par cette simple opération, ils sont nés. J'existe parce que vous existez. Vous saisissez ?

Henri hocha la tête.

— Le problème ne s'arrête pas là. Les spécimens sont capables de ressentir, donc de souffrir.

— C'est ce que vous avez dit au Doyen ?

— Le professeur Blake n'adhère pas à ce principe. Pour lui, un individu n'est rien avant de naître.

— Je ne suis pas surpris. Cette théorie mettrait en péril toute son entreprise. Mais en quoi suis-je concerné ? Vous n'avez pas pris le risque de me raconter tout cela sans raison...

Mathilde faillit dire que si, elle aurait pu se confier à lui par simple amitié.

— J'ai besoin de vous, expliqua-t-elle. Le comité d'éthique a statué sur un délai de trois jours au cours duquel l'état des spécimens devra s'améliorer. Faute de quoi...

— ... le programme sera arrêté, compléta Henri en se tournant vers elle. Pourquoi moi ?

— Parce que j'ai confiance en vous. Je sais que vous pouvez me dénoncer, mais je crois que vous ne le ferez pas. Malgré mon impardonnable attitude. Vous êtes le seul à qui je peux demander cela.

Elle saisit son poignet et transféra d'un ondophone à l'autre le protocole qu'elle avait mis au point. Il la regarda faire avec une surprise contenue.

— Ce sont mes consignes pour les faire tenir jusqu'à la naissance. Il s'agit principalement de sédatifs à administrer selon une cadence précise. Il leur faut une forte dose au départ, c'est-à-dire dès cette nuit pour les calmer, puis diminuer progressivement. Il faudra également neutraliser certaines zones du cerveau, notamment pendant les visites. Tout est scrupuleusement détaillé, vous ne pouvez pas vous tromper.

Henri Whiter demeura de marbre. Découragée, elle gagna la porte.

— Vous ferez ce que vous voudrez. Mais il fallait que je passe le relais. Merci de m'avoir écoutée. Bonne nuit, Henri.

Revenue dans la salle d'étude, qui s'était vidée de ses occupants, elle acheva de ranger ses affaires et de mettre en ordre ses dossiers. Toute la journée, elle s'était concentrée sur les spécimens, faisant abstraction du grand bouleversement qui la concernait personnellement. Elle n'aurait pas cru le phénomène si douloureux. Sa vie, elle se l'était imaginée ici. Les murs, l'éclairage, le matériel, le mobilier lui étaient familiers. Elle avait l'impression qu'on la chassait de sa maison. Ses camarades de promotion étaient des frères qui la reniaient. Le Doyen, un père indigne et cruel. Le sentiment d'abandon était anxiogène. Elle n'avait nulle part où aller. Et quelle place trouver dans la Communauté ? À l'heure où ses amis ancraient leur vie, s'attachaient à concrétiser un projet, elle détruisait le sien. Se sentant sur le point de s'effondrer, elle activa son ondophone.

— C'est moi, dit-elle d'une voix tremblante quand Matthew décrocha.

— Je ne m'attendais pas à te voir de sitôt. Tout va bien ?

— Je ne suis pas sûre.

— Comment s'est passé ton entretien avec le Doyen ?

— Difficile de résumer. Tu es au Centre ? Tu as dîné ?

— Pas encore. C'est une invitation ?

— J'en ai l'impression.

— Dans ta salle d'étude ?

— Oui. Mais fais vite. J'ai peu de temps.

— Pourquoi ?

— Parce que je pars ce soir.

Il y eut un moment de latence.

— Tu prends des vacances ? questionna Matthew, étonné.

— Viens, et je te raconte.

— Très bien. Si tu savais comme j'ai hâte de dîner entre ton ordinateur et tes éprouvettes. Comme repas d'adieu, on aurait pu faire mieux.

— Ne dis pas de bêtises.

— Désolé. Je passe au réfectoire chercher ce qui ressemble à de la nourriture, et j'arrive.

Un quart d'heure plus tard, il entrait dans le laboratoire.

— C'est mortel, ici !

Sa voix se répercuta sur les étagères en fer et la précieuse robotique qui dormait dessus.

— Il est plus de vingt et une heures. Les gens ont une vie après le Centre.

— Grand bien leur fasse...

Il déposa son butin sur un coin de table.

— Qu'est-ce que c'est ?

— Des galettes de pommes de terre. J'ai aussi une surprise...

Il brandit un sachet de tomates.

— Oh, merci ! Je ne savais pas qu'il y en avait aujourd'hui.

— Théoriquement, pas avant demain, répliqua Matthew, fièrement. J'ai soudoyé le type qui gère les stocks. Il était en train de ranger la marchandise quand je suis passé. Je lui ai dit que je partais pour la frontière et que je ne reviendrais probablement jamais. Ça a marché du tonnerre ! Si j'avais su, je me serais servi de cet argument avec les filles.

Mathilde lui lança un regard noir.

— Arrête, ce n'est pas drôle.

— Mais si, c'est drôle ! Il faut rire de tout. Si je prenais mon départ au sérieux, ne serait-ce qu'une seconde, je m'enfuirais je ne sais où. Tu comprends ?

Elle opina d'un air peu convaincu.

— Raconte-moi plutôt cette histoire de vacances, reprit Matthew.

Elle soupira.

— L'entretien avec le Doyen ne s'est pas déroulé comme je l'espérais. Pour lui, les spécimens ne sont rien. Pour moi, ce sont des êtres humains en devenir, qu'on ne peut plus maltraiter impunément. Et comme je suis seule à penser ainsi, on m'offre un congé.

Se penchant vers lui, de peur d'être entendue, elle ajouta :

— Sauf que je ne reviendrai pas.

Matthew éclata de rire.

— Tu n'es pas croyable ! Tu démissionnes ?

— Oui, j'abandonne. Je ne peux pas travailler dans ces conditions. Ma conscience ne me le pardonnerait pas.

— Mais... que vas-tu faire ? Le Centre, c'est toute ta vie.

— C'était. On a le droit de changer, non ?

Elle esquissa un sourire triste.

— Je n'ai aucune idée de ce que je ferai ensuite.

— Fais attention à toi, dit-il d'un air sombre.

— Que veux-tu dire ?

— Tu m'as très bien compris. Je te connais. Tu ne vas pas t'arrêter là. J'ignore où tu vas aller fouiner, mais sois prudente.

— Promis.

— C'est dommage, reprit-il en grignotant une galette de pommes de terre. J'avais espéré que le jour où tu serais officiellement chercheuse, tu m'emmènerais en salle de génération.

Elle manifesta sa surprise. C'était bien la première fois qu'il émettait ce souhait.

— Depuis quand t'intéresses-tu au programme ? Je croyais que ça t'ennuyait.

— C'est vrai. Mais j'ai toujours rêvé de retourner à l'endroit où je suis né. Découvrir ce qu'il se passe avant, savoir d'où nous venons.

Il haussa les épaules.

— À présent, entre mon départ et le tien, c'est fichu.

— De toute façon, avec ou sans moi, tu ne serais pas autorisé à y entrer. Seuls les chercheurs y ont droit. À moins que…

— Oui… ?

— Suis-moi ! lança-t-elle, subitement.

24

— Où allons-nous ? demanda Matthew, tandis qu'ils se dirigeaient à vive allure vers l'étage inférieur.

— Dans le local des moniteurs, répondit Mathilde. Entre nous, on l'appelle « la salle de spectacle ». C'est là que sont centralisées les caméras des salles de génération. Les étudiants de ma section y ont un accès illimité. Cela nous permet d'avoir vue en temps réel sur les spécimens sans nous déplacer ou les déranger.

— Tu penses que je vais pouvoir entrer ?

— J'espère. Hormis dans les salles elles-mêmes, les militaires sont supposés pouvoir intervenir n'importe où.

Ils arrivèrent devant le sas. Matthew prit une grande inspiration.

— Et si l'ouverture m'est refusée ?

— Tu as peur ? lança-t-elle pour le taquiner.

— Et toi ?

Ils échangèrent un regard complice. Si une chose les rapprochait, c'était leur audace.

— C'est maintenant ou jamais, dit Mathilde en désignant le scanner.

D'un geste décidé, Matthew présenta son bracelet et son visage face au laser. Ils retinrent leur souffle. Instantanément, la porte du sas coulissa.

— Tu vois ? fit Mathilde dans un sourire. On trouve toujours des solutions.

Elle entra à son tour et se dirigea vers les moniteurs.

— Ce ne sera jamais pareil que de les voir réellement, mais c'est mieux que rien.

Elle effleura l'écran et l'hologramme d'un utérus apparut au centre de la pièce. Un spécimen flottait à l'intérieur.

Matthew écarquilla les yeux.

— Ils suivent un rythme assez naturel, expliqua Mathilde à voix basse. Éveillés le jour, sauf pendant les visites et les interventions techniques, et assoupis la nuit. Celui-ci appartient à la quatrième génération. Il achève sa cinquième année de croissance.

Ils étaient en présence d'un spécimen de sexe féminin, aux cheveux blonds et à la peau si fine que, par endroits, elle semblait translucide.

Matthew avait l'air béat.

— On dirait un personnage numérique, dit-il, n'osant s'approcher.

— Qu'est-ce que tu racontes ? Ils n'ont rien de virtuel.

— Je sais, mais la peau n'est pas du tout ridée. Elle est complètement lisse. C'est très déroutant.

Mathilde posa une main sur son épaule.

— Regarde, dit-elle. Tu vois ces petits plis de part et d'autre des yeux ? Ces sillons presque imperceptibles sur le front ?

Il acquiesça.

— Ce spécimen est encore jeune, mais il n'en est pas moins vivant. En scrutant bien, on s'aperçoit qu'il est déjà marqué par ses mouvements. Et ses émotions…

Elle s'interrompit, car un bruit avait résonné à l'extérieur.

— Tu as entendu ?

Mais Matthew était trop absorbé par le spectacle. Dehors, pourtant, le son se réitéra.

— Matthew, répéta-t-elle d'une voix nerveuse. Il y a quelqu'un !

— Tu as rêvé…

— Je te dis que non !

Ils inspectèrent la salle mais ne virent rien.

— Je préfère que l'on s'en aille, dit Mathilde, anxieuse.

— Déjà ?

— Tu n'as pas le droit d'être ici, et moi, je devrais déjà être partie.

Matthew hocha la tête à contrecœur. Elle mit fin à la diffusion et l'utérus disparut. Elle se dirigea vers la sortie à pas de velours.

— Tu es paranoïaque, ma parole, chuchota Matthew. Tu devrais rejoindre l'armée.

Elle se présenta devant le scanner. Lorsqu'elle apposa son bracelet, l'appareil demeura muet. Elle recommença, mais le dispositif ne fonctionna pas davantage. Sur le côté, une lumière rouge vif se mit à clignoter. Ses paumes devinrent moites. Bientôt, l'alarme retentirait dans tout le bâtiment.

— Ça ne marche pas ! s'écria-t-elle.

Matthew lui lança un regard affolé.

— Impossible ! Essaie encore !

Elle s'apprêtait à recommencer lorsqu'une porte s'ouvrit dans le fond de la pièce. Ils firent volte-face.

Une ombre se tenait devant eux à contre-jour, leur barrant le passage de ce qui constituait désormais leur seule issue. Mathilde plissa les yeux. La lumière projetait au sol une silhouette gigantesque, aux extrémités étirées comme celles d'une araignée. À cette heure, il pouvait aussi bien s'agir d'un professeur que du Doyen. Pétrifiée, elle se colla à Matthew. L'intrus brisa le silence en premier.

— Vous avez besoin d'aide ? lança-t-il avec une ironie cinglante.

Mathilde laissa échapper un juron.

— Vous nous avez fait peur ! s'exclama-t-elle d'un ton accusateur.

L'ombre avança et le visage d'Henri Whiter apparut dans un rai de lumière.

— Que faites-vous ici ? questionna-t-il, la mine austère.

Mathilde l'examina, cherchant à deviner quelles étaient ses intentions. Se rangerait-il une nouvelle fois de leur côté ? Il conservait un œil si impénétrable qu'elle préféra rester prudente.

— Je souhaitais voir les spécimens une dernière fois, prétexta-t-elle d'une voix claire.

Henri Whiter s'approcha.

— Le professeur Blake, rétorqua-t-il, est venu en personne m'informer que, désormais, l'accès à tous les bâtiments vous était interdit. Je viens à l'instant d'exécuter son ordre.

Voilà pourquoi le scanner ne la reconnaissait plus. Le Doyen avait pris toutes les précautions. Henri poursuivit d'un ton glacial :

— Je vais faire en sorte, articula-t-il lentement, de revenir sur cet ordre. Après tout, votre renvoi ne me concerne pas. En revanche, je vous interdis, malgré mon âge avancé, de me prendre pour un imbécile. Qu'est-ce que Matthew fait ici ?

Ce dernier fit un pas vers lui.

— Bonsoir, Henri. Mathilde n'y est pour rien. Je vais vous expliquer...

— Bonsoir, Matthew, répondit le technicien sans le regarder. Si tu permets, c'est à elle que j'ai posé la question.

— Nous ne faisions rien de mal, se défendit Mathilde. Matthew va partir pour la frontière. Son rêve était de voir une salle de génération.

— Au mépris de toute règle ?

— Oui. Matthew est mon ami.

Henri Whiter les regarda l'un après l'autre d'un air sceptique, puis, progressivement, un sourire familier éclaira son visage.

— Venez avec moi, dit-il. Je veux vous montrer quelque chose. Ici, vous n'êtes pas en sécurité. Les équipes de nuit pourraient vous trouver.

Il entra dans le sas et activa le scanner. Au grand soulagement des deux amis, la porte s'ouvrit, et ils se retrouvèrent dans le couloir. Matthew lança à Mathilde un regard inquiet mais elle était de nouveau sereine. Elle savait qu'Henri lui avait pardonné.

— Où va-t-on ? demanda-t-elle tandis que ce dernier les précédait d'un pas rapide.
— Là où on ne nous dérangera pas.
Et sans plus d'explications, il les entraîna dans les profondeurs du Centre.

25

Henri Whiter filait droit devant lui. Bientôt, ils dépassèrent le bâtiment des élèves et celui de l'administration, pour s'arrêter en plein milieu d'un boyau, dans un coude mal éclairé. S'étant assuré que personne ne les avait suivis, le technicien s'approcha de la paroi rocheuse.

— Qu'est-ce que...

D'un air sévère, il leur intima l'ordre de se taire. Puis il laissa courir sa main le long du mur. Mathilde remarqua qu'il comptait à voix basse.

— Nous y sommes ! dit-il. Écartez-vous !

Un faisceau jaillit de l'obscurité. Le laser semblait être dissimulé dans la pierre elle-même. Henri Whiter y exposa sa pupille.

— Même en plein jour, on ne verrait rien, expliqua-t-il. L'appareil adopte la couleur et la texture du mur. Ce n'est qu'au toucher qu'il s'active. À partir de cette faille, il faut compter une certaine distance. Je connais cela par cœur.

Mathilde voulut le questionner, mais n'en eut pas le temps. Un pan s'était détaché, libérant un passage étroit.

— Suivez-moi. En file indienne.

La crevasse, déjà exiguë, se resserrait en goulot en s'enfonçant dans les entrailles de la Terre. Des gouttes de condensation suintaient du plafond. Henri, qui les précédait dans l'escalier, leur recommanda de se tenir fermement au cordeau de sécurité. L'étonnement de Mathilde allait croissant. Jamais elle n'avait entendu parler de cette caverne. Même l'atelier clandestin de sa mère semblait banal comparé à l'endroit qu'ils visitaient.

— Mais où sommes-nous ?

Sa question demeura sans réponse. Parvenu en bas des marches, Henri Whiter appela un ascenseur encastré dans la roche. Ils l'empruntèrent, descendirent à nouveau de plusieurs mètres et débarquèrent dans un couloir dépourvu d'indications, qui desservait trois portes. Henri ouvrit la première. C'était un vestiaire de stérilisation, similaire aux autres.

— Vous ne voulez vraiment pas nous dire où nous sommes ? répéta Mathilde, interloquée.

— À l'entrée d'une salle de génération, répondit Henri Whiter.

— Dont j'ignorais l'existence ?

Il fit la moue.

— Vous ne savez pas ou vous ne voulez pas me le dire ?

— Un peu des deux. Je vous fais confiance. J'espère que vous ne me décevrez pas.

Décontenancée, elle hocha la tête et, après avoir revêtu tous trois l'uniforme réglementaire, ils sortirent du vestiaire par une porte dérobée qui débouchait sur un sas rutilant. Mathilde n'en croyait pas ses yeux. S'identifiant, le technicien leur demanda de déposer leurs empreintes en expliquant que, de la sorte, ils pourraient ressortir sans difficulté. Il s'occuperait ultérieurement d'effacer les traces de leur venue. La cloison vitrée coulissa pour les laisser passer. Henri les arrêta.

— Je dois partir, à présent. Vous pouvez rester ici trente minutes. Au-delà, je ferai une visite de contrôle et je ne serai pas seul. Trente minutes, vous entendez ? Vous pouvez tout regarder. Mais ne touchez à rien. Cela me causerait beaucoup de tort.

Il leur sourit avec bienveillance.

— J'espère que tu mettras ton congé à profit, Mathilde. Tu es trop jeune pour te reposer.

Sur ces mots, il s'éloigna, laissant les deux complices consternés.

— Qu'est-ce que c'est que cette histoire ? reprit Matthew quand Henri fut parti. Tu connaissais cet endroit ?

— Pas du tout.

— On doit être au point le plus enfoui du Centre, non ?

— Sûrement.

— Que fait-on, alors ?

— Tu voulais voir des spécimens, c'est l'occasion rêvée.

Elle scruta l'espace.

— Cette salle ne ressemble pas aux autres... Elle est beaucoup plus petite. À vue d'œil, elle ne doit pas compter plus d'une centaine de stèles. Je me demande pourquoi.

Abandonnant Matthew à sa propre exploration, elle s'engagea dans une allée où elle ne tarda pas à remarquer que, contrairement à l'usage, les stèles ne portaient aucun numéro de série. Elle pénétra dans l'une d'elles. À première vue, rien d'anormal. Elle fit le tour de l'utérus. Le spécimen était de sexe masculin et âgé d'une dizaine d'années. Cependant, elle ne pouvait fonder son estimation que sur sa physionomie, car la qualité de l'ossature était semblable à celle d'un individu plus développé. Après un examen minutieux, elle dut avouer que jamais elle n'avait observé de cas similaire. Le spécimen était différent. Outre ses muscles saillants, sa peau plus épaisse que de coutume, le faciès présentait des traits très réguliers. Elle prit du recul. Quelque chose la dérangeait sans qu'elle sache exactement quoi. À mesure qu'elle cherchait à débusquer coûte que coûte une erreur, elle se fit la réflexion que le spécimen était en réalité incroyablement beau. Trop. Elle se remémora l'impression de Matthew, une heure plus tôt, et songea que l'unité qu'elle contemplait ressemblait bel et bien à un être virtuel. On aurait dit Édouard, ou l'un de ses congénères. Avec cette même absence d'imperfections, ce manque criant de réalisme.

Elle sortit de la stèle. Matthew était un peu plus loin. En arrivant à sa hauteur, elle vit que lui aussi était perturbé.

— Quelque chose ne va pas ? s'enquit-elle en le dévisageant.

— C'est le moins que l'on puisse dire ! répondit-il. Je voudrais que l'on s'en aille. C'est trop bizarre, ici !

— Ce n'est pas ton genre d'avoir peur…

Il lui prit violemment le bras et la poussa à l'intérieur d'une stèle.

— Aïe, tu me fais mal !
— Et ça ? Qu'est-ce que c'est ?

Mathilde le foudroya du regard et se dirigea avec précaution vers l'utérus. Le spécimen lui tournait le dos mais, à ses courbes, on pouvait déterminer qu'il était de sexe féminin et probablement âgé d'une quinzaine d'années. Matthew reprenait son souffle à l'entrée de la pièce.

— C'est incroyable, chuchota-t-elle. J'ai l'impression de la connaître.
— Non, vraiment ? Tu plaisantes ou quoi ?

Ignorant la remarque, elle contourna l'utérus et fit face au spécimen. Elle lâcha aussitôt un cri d'effroi. Elle fit quelques pas en arrière et se cogna la tête à la paroi de la stèle. Le décor se brouilla.

— Qu'est-ce que…, balbutia-t-elle, affolée.

Matthew fut tout de suite à ses côtés. Elle fixait l'utérus d'un air perdu, espérant que l'atroce vision ne soit qu'un mauvais rêve.

— Mais… c'est moi…
— Ne dis pas n'importe quoi, fit Matthew en passant un bras sous sa nuque. Elle te ressemble beaucoup, c'est tout.

Comme elle ne répondait pas, il répéta avec plus de force :

— Ce n'est pas toi ! Il y a de nombreuses différences entre vous. Regarde, elle est plus grande alors que sa croissance n'est pas terminée.

Mathilde revint à l'utérus et plaqua ses mains sur le verre. Elle aurait donné n'importe quoi pour toucher le corps inerte.

— Sérieusement, Matthew, qu'est-ce que c'est ?

Il écarta les bras, impuissant.

— C'est toi, la chercheuse. Quelqu'un de ta famille, peut-être ?

— Impossible. Mes parents n'ont que moi.

— Un clone, dans ce cas ?

— La pratique est interdite, tu le sais bien.

— Parce que l'existence de cette salle est légale, selon toi ?

Sans quitter le spécimen des yeux, Mathilde revint s'adosser à la paroi.

— Non, tu as raison. Mais souviens-toi de tes cours de civilisation. Dans le passé, toutes les tentatives de clonage ont abouti à des êtres dégénérés. Or, ceux-ci ont l'air parfaits.

Elle baissa le menton vers son ventre.

— D'ailleurs, pourquoi me cloner ? Je suis loin d'être la personne la plus fiable du programme.

Matthew lui renvoya un regard étonné et elle désigna sa hanche. Il haussa les épaules.

— Donc nous sommes simplement en présence d'un spécimen qui te ressemble ?

Elle hocha la tête. Pour l'heure, elle préférait se raccrocher à cette hypothèse plutôt que d'en échafauder d'autres, bien plus cauchemardesques. Une extrême fatigue commençait à l'envahir. Elle voulut quitter la stèle. Matthew ne se fit pas prier.

— Si ça se trouve, nous avons rencontré ton sosie, fit-il tandis qu'ils marchaient côte à côte. C'est une chance, finalement. Quand elle sera née, vous pourrez être amies.

Mathilde lui lança un regard exaspéré.

— Plus tard, si tu veux bien. Pour l'instant, je suis face à mon double et le phénomène est plus déstabilisant qu'amusant !

— C'est vrai qu'elle te ressemble beaucoup. Enfin, quand tu avais quinze ans.

— Exactement. C'est moi, mais en plus jeune.

— En mieux faite aussi, malgré tout le respect que je te porte.

Elle lui asséna un coup de coude.

— Aïe ! Vas-y, casse-moi une côte, tant que tu y es…

— Tu l'as mérité. Allez, sortons de là.

Ainsi qu'Henri l'avait prédit, ils n'eurent aucun mal à quitter la salle. Très vite, ils se retrouvèrent dans le souterrain. Matthew voulut raccompagner Mathilde, mais elle lui rappela qu'il valait mieux que personne ne les voie ensemble.

— Il ne peut rien m'arriver, dit-elle en l'embrassant sur la joue.

— Je sais. C'était un prétexte pour rester un peu plus longtemps avec toi. J'espère que nous nous reverrons…

Elle lui adressa un regard irrité.

— Évidemment, quelle question !

Elle lui envoya un dernier baiser et se dépêcha de gagner la station de train.

26

De nombreuses questions hantaient Mathilde, dont la principale concernait l'identité du mystérieux spécimen. Matthew avait bien réussi la prouesse de relativiser la gravité de cette rencontre mais, une fois qu'elle avait été seule, elle en avait subi toute la violence. Qui était cette jeune fille qui lui ressemblait tant ? Elle s'était endormie avec la thèse du sosie, mais au matin, celle-ci était balayée, et elle n'y croyait plus.

Elle quitta la chambre en prenant garde de ne pas faire de bruit et accéda au salon. Dehors, l'obscurité se dissipait, laissant apparaître un ciel vierge de nuages. Comme elle arpentait le séjour en ressassant toujours les mêmes interrogations, elle finit par se rendre à l'évidence. Elle ne possédait pas le moindre élément de réponse. Sa seule certitude reposait sur le fait qu'Henri avait cherché à lui montrer quelque chose. Mais à quelle fin ? Elle réveilla Édouard.

— Le Centre, s'il te plaît. L'accueil général.

La réceptionniste apparut dans le salon.

— Bonjour et bienvenue au Centre de génération. Que puis-je pour vous ?

— Bonjour, je souhaiterais parler à Henri Whiter, s'il vous plaît.

— Un instant, je vous prie... M. Whiter ne travaille pas aujourd'hui.

Mathilde soupira. Henri avait été de garde toute la nuit. Peut-être n'était-il même pas encore rentré chez lui.

— Ce n'est pas grave, répondit-elle en masquant sa déception. Je le joindrai ultérieurement.

— Très bien, mademoiselle Simon. Bonne journée.

Mathilde fit signe à Édouard de couper la communication et s'assit sur le canapé, l'air préoccupée. Il fallait retrouver Henri au plus vite. Elle partit réveiller Marc.

— Tu es rentrée tard, murmura-t-il, en guise de salut.

Des explications auraient été légitimes, mais elle ne s'en sentait pas la force. Soit que Marc avait toujours été étranger à son métier, soit qu'elle ignorait encore quelles conclusions tirer de ses récentes découvertes. Elle alla à l'essentiel.

— J'ai été renvoyée du Centre, avoua-t-elle de but en blanc.

Contrairement à ce qu'elle aurait cru, il ne manifesta pas de surprise. Glissant vers elle, il posa la main sur son ventre. Elle trouva la sensation rassurante. D'une certaine manière, il la retenait de tomber.

— Tu... tu veux en parler ? demanda-t-il.

— Non. C'est trop compliqué.

Ils demeurèrent silencieux un instant, puis elle reprit la parole.

— J'ai besoin de ton aide. Je voudrais que tu me donnes les coordonnées d'Henri Whiter.

— Ce que tu me demandes est illégal.

— Je sais.

Transgresser la loi, trahir la charte de confidentialité de l'Information Générale pouvait coûter à Marc son poste et sa liberté. Mais Mathilde avait toujours eu sur lui un puissant ascendant. Il poussa un soupir résigné.

— Quand veux-tu ces renseignements ?

— Aujourd'hui, si possible.

— Je vais voir ce que je peux faire. Je t'enverrai un message codé dans la matinée. J'espère que je ne risque rien.

Elle n'ignorait pas le sacrifice moral qu'une telle décision représentait pour lui et lui renvoya un sourire plein de gratitude.

— Merci, dit-elle en l'embrassant.

— De rien. Je ne devrais sans doute pas te le dire, mais je suis con... content que tu restes là. Depuis que nous avons emménagé, j'ai l'impression de te voir moins que lorsque nous vivions au Centre.

— J'ai beaucoup travaillé.

— Ce n'était pas un rrr... reproche. Mais tu es angoissée, fragile... Cela ne te ressemble pas.

Le sentiment la traversa que l'homme qu'il était en train de devenir ne lui était plus si familier non plus.

— Tu as raison, concéda-t-elle. J'ai besoin de me reposer.

Rassuré, Marc l'embrassa, et elle ne tarda pas à se rendormir.

Édouard la réveilla en fin de matinée. Aussitôt, elle prit connaissance du message que Marc lui avait envoyé et découvrit avec stupéfaction qu'Henri Whiter vivait à l'extérieur de la cité, dans la région des canyons, qu'elle ne pensait pas habitée. Autre fait curieux, cette partie du territoire se trouvait à l'opposé du Centre, à plus de deux cents kilomètres à l'ouest. Elle décida d'emprunter l'ancien véhicule des parents de Marc qui prenait la poussière dans le garage.

Elle quitta la ville en milieu d'après-midi. Depuis le matin, le ciel s'était considérablement chargé. Une lumière bleu-vert se faufilait au travers de puits éphémères et la couverture nuageuse changeait chaque instant de mouvement.

Après avoir traversé une immense plaine, le véhicule s'engagea sur les pentes abruptes d'une montagne. Parvenu au sommet, il bascula sur un plateau, à plusieurs centaines de mètres d'altitude. Le ciel paraissait plus bas que jamais. Pendant une seconde, Mathilde s'imagina dominer le monde, jusqu'à ce que, sans préavis, la machine s'immobilise brutalement. Le pilote automatique indiquait que la piste s'achevait là.

— Comment suis-je censée continuer ? lança-t-elle à l'appareil.

Mais celui-ci resta muet, les roues à l'arrêt devant un monticule de terre qu'il se refusait à franchir. Pourtant, l'ondophone recommandait de poursuivre.

Dépitée, elle dressa un bref état des lieux. De toute part s'imposait la roche ruisselante, sans aucun signe de présence humaine. Le jour commençait à décliner. Elle se souvint du dernier attentat et hésita à rebrousser chemin. Les risques de tomber sur le criminel en fuite étant relativement ténues, elle abandonna finalement le véhicule et se mit en route, les yeux rivés à son bracelet. Il restait encore une heure de marche avant d'atteindre son objectif.

Plusieurs fois elle faillit faire demi-tour. Mais à l'approche du grand canyon, elle ne regretta pas son audace. Creusée par la pluie et le temps, la crevasse plongeait à pic dans les profondeurs terrestres. Face à ce géant, elle se sentit aussi insignifiante qu'un grain de sable. Elle se pencha au-dessus du vide avant de se redresser, le cœur battant.

Ce fut à cet instant qu'elle aperçut, à travers les brouillards, une habitation posée en équilibre sur une corniche et dont les contours semblaient disparaître avec le soleil. Cette maison ne ressemblait à rien de ce qu'elle connaissait. Montée sur pilotis à un mètre du sol, elle ne comportait qu'un seul niveau et était dépourvue de mur d'enceinte.

Ayant perçu de la lumière à l'intérieur, elle contourna le bâtiment et arriva devant une terrasse qui avançait sur le vide. Assis sur un fauteuil à bascule, Henri Whiter s'y balançait tranquillement.

27

— Je ne doutais pas que tu arriverais jusqu'ici, fit Henri dès qu'il aperçut Mathilde.
— Vous m'attendiez ?
Il lui lança un regard plein de malice.
— Je savais que tu trouverais mon adresse. Ne reste donc pas debout. Viens profiter de la vue avec moi.
Elle accepta la proposition et s'installa au fond de la terrasse. L'extraordinaire faille rocheuse s'étendait à leurs pieds. Courant le long des parois, les derniers rayons du soleil embrasaient le canyon.
— Quel endroit merveilleux, commenta Mathilde avec émotion. Comment avez-vous atterri là ? C'est si…
— Coupé de tout ?
Elle opina.
— Avant, j'habitais en ville, expliqua Henri. Quand ma femme est morte…
Elle haussa les sourcils.
— Oui, j'ai été marié. Quand elle est partie, je n'ai plus supporté le bruit ni les gens. Elle était ma seule compagnie, tu comprends. Et elle était irremplaçable. Du jour au lendemain, je me suis retrouvé privé de

l'unique personne à qui j'avais envie de parler. La situation est devenue intenable. Je suis allé chercher la tranquillité là où je pouvais la trouver. Ici, je suis bien. Je suis loin de tout, et des hommes surtout.

Il étendit la main vers le couchant.

— Et puis, regarde ! Je ne suis entouré que de beauté. Même les jours de très mauvais temps. Si tu voyais les orages qu'il peut y avoir. Ils sont tout simplement splendides.

— Je comprends. C'est magnifique.

Elle se tourna vers la maison.

— En revanche, je suis étonnée que des entreprises aient accepté de venir travailler ici…

Henri se mit à rire.

— Je ne le leur ai pas demandé ! J'ai tout construit moi-même.

— Vraiment ?

— Mais oui.

Elle était partagée entre la stupeur, la curiosité, et une forme d'admiration.

— Je ne pensais pas que c'était possible. Cela explique pourquoi votre maison est si… différente. Il n'y a qu'un seul niveau ?

— Absolument.

— Rien en sous-sol ?

— Non.

— Pourquoi ?

— Parce que je préfère la lumière du jour à celle des tunnels. Je passe suffisamment de temps sous terre lorsque je travaille pour ne pas m'infliger ce traitement chez moi.

Elle entendait cet argument.

— Et pour les attaques ? Vous n'avez pas de mur d'enceinte. Que faites-vous pour vous protéger ?

— Rien. S'ils veulent me tuer, ils le feront. Cela m'ennuierait, bien sûr, j'aime vivre, mais plutôt mourir que de construire mon quotidien autour de la peur. Je suis peut-être vulnérable là où je suis, mais au moins je suis bien. Et plus libre que n'importe qui.

Mathilde le regardait comme une bête curieuse, ce qui semblait beaucoup l'amuser. Ses yeux rieurs et son sourire le rajeunissaient de trente ans. Jamais auparavant, bien qu'elle l'ait toujours considéré comme un être à part, elle ne l'avait vu sous un tel jour. Sous les lueurs du soir, il était heureux.

— Vous êtes différent, confia-t-elle en le dévisageant.

— C'est vrai. Lorsque je travaille, j'obéis aux codes de mon employeur. C'est la règle. En revanche, ici, je fais ce que je veux. Les militaires préféreraient que j'agisse comme tout le monde mais, avec le temps, ils ont compris que je ne ferais pas marche arrière. Alors, ils viennent de moins en moins. Ils ne veulent plus s'aventurer sur le plateau pour un pauvre fou inoffensif.

Il lui adressa un regard entendu et se tourna vers l'horizon. Pendant quelques instants, ils observèrent un silence absolu. Mathilde apprivoisait le chant du vent, les parfums gorgés de pluie. La condition d'Henri lui fit envie.

Bientôt, les ondophones rompirent leur quiétude. S'animant de concert, ils projetèrent une série d'images bruyantes et violentes.

— Flash spécial, flash spécial ! tonitrua le présentateur. Le terroriste qui avait réchappé du crash de son avion a été repéré par les militaires du Centre à proximité de ce dernier.

La silhouette du fugitif se matérialisa dans l'air, poursuivie par les phares de surveillance. Pour l'avoir appris auprès de Matthew, Mathilde savait qu'ils avaient une portée de deux kilomètres. Elle retint son souffle et entendit qu'Henri faisait de même. Au-dessus de leurs poignets, le criminel se sauvait comme du gibier. Lorsqu'il trébucha dans la boue, les caméras captèrent un visage pétri d'épouvante. L'horrible vision ne dura qu'une seconde, car il reprit sa course de plus belle, pourchassé par le faisceau lumineux. Dans son dos, une meute d'hommes, certains à pied, d'autres à bord de blindés. Le film se termina sur le discours d'un général de l'armée qui exhortait la population à la plus grande vigilance. En particulier, précisait-il, pour les gens travaillant au Centre. Il lança un appel à témoin avant de s'éclipser.

— J'espère qu'ils vont l'arrêter, dit Mathilde en frémissant lorsque les ondophones s'éteignirent. Vous avez vu son regard ? Je ne sais pas comment vous faites pour vivre seul. Vous êtes une cible privilégiée.

Henri se montra insensible à l'avertissement.

— Il est à l'opposé de chez moi, répondit-il d'une voix tranquille. Je ne crains rien. Il tente sûrement de gagner la décharge.

— La décharge ? À sa place, j'aurais essayé de rejoindre directement la frontière plutôt que de traverser ce... ce...

— Cet enfer ?

Elle haussa les épaules.

— Il ne peut pas, objecta Henri. Il sait qu'on l'y attend. Tandis que s'il parvient à la décharge, il pourra s'y cacher, peut-être même passer de l'autre côté. C'est justement parce que personne ne veut s'y aventurer que ce coin est moins surveillé. C'est aussi le seul endroit où il pourra dénicher de quoi se nourrir. On trouve de tout là-bas. Même des rats.

Elle afficha une expression dégoûtée qui le fit rire.

— Allons bon, on voit bien que tu n'y es jamais allée ! Vous, les jeunes, ignorez décidément tout du monde dans lequel nous sommes arrivés.

Il avait dans les yeux quelque chose qui relevait du défi.

— Je l'ai traversée cette décharge ! Je n'étais qu'un bébé, mais mes parents m'ont raconté.

Son regard sombra dans la nuit noire.

— Beaucoup y ont perdu la vie. Moi, c'est l'attention de ma mère qui m'a sauvé. Enfin, peut-être qu'en passant par la décharge il s'en sortira. Peut-être qu'il arrivera à rejoindre la frontière…

— Vous parlez comme si vous souhaitiez qu'il s'échappe, dit Mathilde, choquée.

— Non, bien sûr que non. Mais je me dis que cela changerait. Tu vois, à force d'être isolé, je deviens effectivement un peu fou.

Il soupira.

— Rentrons. Il commence à faire froid.

Elle le suivit à l'intérieur. Le logement comprenait trois pièces : un salon, une chambre que l'on devinait derrière une porte entrebâillée et, sur le côté gauche, une petite cuisine. Aucun meuble ne pouvait s'apparenter, de près ou de loin, à ceux que l'on trouvait en boutique. Mathilde avait déjà noté l'aspect peu commun des chaises de la terrasse, mais elle remarquait que ces dernières appartenaient à un ensemble. La table basse était constituée de fagots de branchages séchés, reliés entre eux par des cordons bruns sur le point de se défaire. Un banc et deux fauteuils l'encadraient, taillés dans une pierre à peine polie. Dans le fond de la pièce, une série d'étagères, avec dessus de petites sculptures d'argile représentant des personnages, des constructions et des animaux qu'elle ne reconnaissait pas.

— Je n'ai jamais vu une maison comme la vôtre, lança-t-elle à Henri qui s'affairait en cuisine.

— Je m'en doute. Ça te plaît ?

— C'est étrange.

— Tu n'aimes pas..., dit-il en apportant une assiette pleine de biscuits. Rien de plus naturel. On n'apprécie que ce que l'on connaît. J'ai fabriqué moi-même la plupart des meubles avec des matériaux ou des objets que j'ai récupérés. Sauf les figurines, bien sûr.

— Elles sont intéressantes..., répondit Mathilde en se déplaçant de l'une à l'autre.

Elle se retourna.

— Pour les sculptures, je peux comprendre. En revanche, pour les meubles... Ceux que l'on achète dans le commerce sont très bien, et plus...

Elle avait envie de dire « confortables », mais se retint.

— ... fonctionnels.

Henri s'assit.

— Peut-être, admit-il, mais je n'agis pas ainsi sans raison. Cela me permet de créer. De sorte que je ne m'ennuie jamais. C'est fatigant, parfois, mais au moins je me distrais. Et ceux qui viennent me voir aussi.

Elle fit la moue.

— Vous recevez beaucoup de visiteurs ?

— Non, justement ! répondit-il en riant. Depuis le temps que j'attendais de pouvoir offrir ces gâteaux. Tiens, dis-moi ce que tu en penses.

Il lui tendit une assiette.

— C'est une recette de mes ancêtres. Tu n'en trouveras nulle part ailleurs.

— C'est délicieux, dit-elle en faisant tomber quelques miettes.

— Laisse. Je nettoierai plus tard. Je suis content qu'ils te plaisent.

Il se pencha vers elle.

— Alors ? reprit-il d'un ton soudainement redevenu sérieux. Comment s'est déroulée votre petite escapade nocturne ?

Mathilde déposa son morceau de gâteau. Pour un peu, elle en aurait oublié le but de sa venue.

— Vous saviez ce que j'allais trouver, n'est-ce pas ?

— Qu'as-tu trouvé ? demanda Henri d'un air ingénu.

— Je veux bien ne pas vous prendre pour un imbécile, mais il faut me rendre la pareille.

— Je me permets simplement d'être détaché.

— Détaché ? C'est vous qui nous avez conduits dans cette salle ! Sans cela, je serais encore sereine à l'heure qu'il est.

— Ignorante.

— Pardon ?

— Tu serais ignorante, et non pas sereine. Tu ne l'étais déjà plus lorsque je vous ai surpris avec Matthew. Je te rappelle que tu as été renvoyée. Non sans raison. C'est toi qui as commencé à douter. Je n'ai fait que te montrer une autre voie.

— Parlons-en ! Imaginez ma réaction…

— Je reconnais que le choc a dû être brutal. Mais nous avions peu de temps. Tu devais partir et, moi, je devais rejoindre les équipes.

Le regard de Mathilde se perdit dans le vague.

— Qui est-ce ?

Gêné, il remua sur son fauteuil.

— Je ne sais pas, avoua-t-il. Je ne connais l'existence de cette salle que depuis quelques années. Et, comme tu as pu le constater, aucun des spécimens n'est identifié. Le Doyen m'en a confié la responsabilité après que son principal collaborateur est décédé.

— Le professeur Hoffman ?

— Exactement. À sa mort, le professeur Blake a estimé que j'étais le plus qualifié pour reprendre ce poste.

Mathilde lui renvoya un regard ennuyé.

— C'est curieux car, sans vouloir vous offenser, je ne crois pas que le Doyen ait une excellente opinion de vous.

— Tu as raison ! répliqua Henri dans un sourire. Il me considère comme très inférieur à lui. Néanmoins, il a confiance en moi. Il me prend pour un bon bougre. Ce que je suis.

Mathilde acquiesça. Il poursuivit :

— Au début, je n'ai rien remarqué d'anormal. Ce n'est que dernièrement, lorsque les spécimens ont commencé à prendre leur corps d'adulte, que j'ai vu les ressemblances. Il n'y a pas que toi. Pour l'instant, j'ai identifié quatre doublons. Mais sans certitude…

— Pourquoi ne pas en avoir parlé plus tôt ?

— Quel poids aurait ma parole contre celle du Doyen ? J'ignore ce qui se trame dans cette salle et je n'avais personne à qui me confier. Jusqu'à ce que tu doutes, toi aussi.

Elle était à la fois touchée et déçue.

— Vous ignorez donc tout de leurs origines ?

— Malheureusement, oui. Mais tu es compétente, tu es la meilleure étudiante de ta promotion. Je suis certain que tu vas trouver !

— Je ne vois pas comment.

— Avec les échantillons que je vais te donner !

Mathilde le regarda d'un air interdit.

— Je pense, reprit-il avec un large sourire, qu'avec ça tu n'auras aucun mal à analyser le génome de ce spécimen. Je me trompe ?

Elle réfléchit. Certes, l'entreprise ne serait pas difficile. Elle avait chez elle le matériel nécessaire. Mais il s'agissait d'un nouveau défi à relever, une énigme qu'elle n'était pas sûre de vouloir démêler. Il y avait déjà tant à faire avec les spécimens malades. Mais comment oublier ce qu'elle avait vu ? Soudain, elle eut la nausée.

— Attends, dit Henri. J'ai ce qu'il te faut.

Il se dirigea vers une étagère qu'il déplaça en prenant garde de ne pas faire tomber les figurines exposées dessus. Il la replaça quelques secondes plus tard avec la même précaution et revint avec une carafe. Il posa deux verres sur la table, qu'il remplit soigneusement.

— Bois, ça te fera du bien.

Elle approcha les lèvres du liquide translucide.

— Mais… c'est de l'alcool !

— Tu n'en veux pas ?

— Comment en avez-vous eu ?

— Je l'ai distillé moi-même.

— J'aurais dû m'en douter… Vous êtes pire que ma mère.

— J'accepte le compliment ! De mémoire, c'était une femme charmante.

— Vous connaissez Basile et Chloé ?

— Bien sûr ! Quand Jeanne et moi habitions en ville, nous étions voisins. Ils ne te l'ont pas dit ?

— Jamais.

Il parut amusé.

— C'est la raison pour laquelle j'ai suivi de près ton éducation. Je me sentais responsable de toi.

Mathilde se demanda combien de secrets ses parents et Henri conservaient encore à son insu.

— Nous avons dîné plusieurs fois ensemble, ajouta-t-il. J'en garde un très bon souvenir. Alors ! Tu bois, oui ou non ?

Elle regarda autour d'elle. Ce lieu étrange, hors du commun, à l'image du personnage qui l'habitait. Elle s'y sentait bien, peut-être mieux que chez elle. En temps normal, elle aurait essayé de reprendre le contrôle de la situation mais, depuis peu, le cours de son existence déviait sans son consentement.

— Je vous propose un marché, dit-elle dans un soupir résigné. Je veux bien goûter à votre poison, au risque d'y perdre la santé, à condition que vous me racontiez votre histoire.

Henri la regardait sans comprendre.

— Votre vie avec Jeanne…

La requête le surprit. Il l'observa quelques secondes, puis, au moment où elle se demandait si elle n'était pas allée trop loin, son sourire revint.

— J'espère que tu as faim, dit-il en trinquant avec elle.

28

Mathilde quitta la cabane d'Henri à une heure avancée. Il avait raconté sa vie avec tant de passion qu'elle en avait oublié ses obligations. Au fil du récit, il lui avait semblé découvrir l'existence sous un autre angle.

Henri avait rencontré sa femme par hasard, un jour où il était tombé en panne au cours d'un exercice d'évacuation, non loin du Centre. Il pleuvait beaucoup et, le véhicule s'étant embourbé, il l'avait abandonné pour rejoindre une station de train. Il courait sous l'averse, braquant un œil vigilant vers un ciel doublement menaçant, lorsqu'un véhicule s'était arrêté à sa hauteur. Trempé jusqu'aux os, trop heureux d'être secouru, il s'était glissé dans l'habitacle sans se préoccuper de l'identité du conducteur. Ce n'avait été qu'à la minute suivante, alors que ses yeux rencontraient ceux de Jeanne, qu'il avait compris à quel point il était sauvé.

En revivant ce moment, son regard s'était éclairé d'une flamme inextinguible, pareille à celle qui animait Basile et Chloé. Mathilde l'avait prié de continuer. De nombreuses questions lui brûlaient les lèvres. Comment avait-il su ? D'où provenait cette sérénité ? Avait-il des regrets ?

Touché par son innocence, Henri avait pris le temps de réfléchir. Finalement, il avait confié que, selon lui, l'amour constituait le principal enjeu de la vie. « Le reste n'est qu'accessoire et finit par passer. » Lui-même n'avait pas décidé de son attachement pour Jeanne. L'évidence s'était imposée à eux. Tout avait été facile dès la première seconde. « Nous étions à la fois époux, amants et amis. Nous exprimions nos idées librement, partagions les mêmes envies, une vision semblable du monde. »

Mathilde avait demandé ce qu'il serait advenu si, un jour, ils n'avaient plus évolué en symbiose. « Nous nous serions séparés, je suppose. Mais ce n'est jamais arrivé. Jeanne n'est jamais devenue une habitude. »

Cette conversation perturba Mathilde. Sur le trajet du retour, elle songea aux impressions qui l'avaient effleurée, dernièrement, au sujet de Marc. Elle repensa à Marie, à sa hâte de mener une vie à deux. La plupart de leurs connaissances étaient en couple par conformisme, pour prendre place dans la Communauté, ou, s'agissant de Matthew, pour satisfaire un désir éphémère. Mais pouvait-on en dire autant de Jeanne et Henri, de Basile et Chloé ?

Tandis que le véhicule la reconduisait chez elle, la tristesse l'envahit. Depuis quelque temps, elle assistait, impuissante, au délitement de sa vie. Une vie qu'elle s'était donné beaucoup de mal à construire, et sur laquelle une société entière avait investi. Henri, Basile et Chloé ne jouissaient pas d'une position sociale remarquable. Ils vivaient au ban de la Communauté. Mais ils étaient heureux.

« L'important, avait préconisé Henri, est de ne pas avoir de regrets. » De cela elle ne pouvait encore juger.

Marc était dans le salon lorsqu'elle franchit la porte d'entrée. Elle ne le vit pas tout de suite, car il était allongé sur le sol dans un noir absolu.

— Je pensais qu... que l'on dînerait ensemble, lança-t-il, déçu.

Elle s'était attendue à le trouver énervé, comme souvent quand elle lui échappait, mais sa voix n'exprimait que sa peine.

— Je suis désolée, dit-elle en le rejoignant. J'étais avec Henri. Je n'ai pas vu le temps passer.

— Moi, si.

— Écoute, Marc...

— Vous avez discuté de ton renvoi ?

— Oui. Un peu.

Il se dressa sur ses coudes. La nuit voilait son expression.

— À moi, tu ne p... parles pas. Pourtant je suis là, je vis avec toi, je peux comprendre.

— Bien sûr.

— Dans ce cas, pourquoi ne p... p... partages-tu pas ? Avant, on se disait tout.

— Quand, avant ?

— Avant.

Elle pensa qu'« avant » était une période bien lointaine. « Avant » datait du début de leur relation. Elle se rendit compte que lui aussi savait. Il n'ignorait rien du vide qui les séparait. Simplement, il n'était pas prêt à l'accepter.

Elle s'adossa au canapé.

— Tu savais qu'il avait été marié ?

— Qui ?

— Henri.

— Non.

— Moi non plus. Pourtant, quand il en parle, il devient fascinant.

— Tu es rentrée pour me p… p… parler du mariage de Whiter ?

— Oui.

Il se leva pour allumer et revint vers elle, concentré.

— Je t'écoute, dit-il d'une voix dure.

Elle craignait de commencer. Pouvait-elle vivre sans lui ? Était-il permis d'essayer ? Marc serait toujours prêt à revenir, mais elle refusait de lui infliger pareil mensonge. Elle l'aimait trop pour cela. Et pas assez à la fois.

— Je crois que nous devrions rompre, lâcha-t-elle subitement.

Les mots s'étaient échappés, lui interdisant de se rétracter. Marc tomba sur le sofa.

— Qu… qu… qu'est-ce que tu racontes ? Tu es sérieuse ? C'est à cau… cause de nos disputes ?

Elle réfléchit à la meilleure réponse possible.

— De nos disputes, de l'habitude… J'ai le sentiment que nous méritons mieux.

— Co... comment, mieux ? Je t'aime... Ce n'est pas assez ?

— Tu m'aimes comme une sœur. Tu m'aimes parce que tu n'as connu que moi.

Il l'observait avec une grande détresse.

— Je suis désolée...

Il ne répliqua pas. Son regard errait d'un objet à l'autre.

— Je ne te rends pas heureux, dit-elle en lui prenant la main.

— Tu... tu ne peux pas dire ça... Tu es la femme de ma vie !

— Je ne le pense pas. Pas plus que tu n'es l'homme de la mienne. Nous avons fait semblant de le croire, parce que c'était rassurant. Mais peut-être qu'il existe autre chose.

Soudain, son visage grimaça de manière inquiétante.

— Tu as rencontré quelqu'un ?

Elle lui renvoya un regard ahuri.

— Tu n'as pas compris...

Aveuglé de chagrin, Marc n'écoutait que sa douleur.

— Je vais quitter la maison, ajouta-t-elle d'une voix blanche. J'ai besoin que l'on reste quelque temps l'un sans l'autre. Pour mieux réfléchir et faire un point sur la situation.

— Pour que « tu » fasses le point.

— Si tu veux.

À peine avait-elle achevé sa phrase qu'il se dégagea et s'enfuit dans la chambre. Elle ne se lança pas à sa poursuite. Toute la nuit, elle demeura recluse dans le salon. Au petit matin, il parut dans l'entrée. Elle nota qu'il s'était changé. Il sortit sans un mot, sans la regarder et, quand la porte claqua, à cet instant seulement, elle s'autorisa à pleurer.

29

Après que Marc fut parti, Mathilde ressentit le besoin de fuir à son tour. Elle rassembla ses affaires, essentiellement ses vêtements et instruments de travail, dit au revoir à Édouard et ferma la porte.

Seulement, une fois dans la gare, elle réalisa qu'elle n'avait nulle part où aller. Sa première pensée fut pour Marie, mais elle ne se sentait pas le courage d'épiloguer sur sa rupture avec Marc. Or, sur ce point, son amie ne la laisserait pas en paix. Pas plus que Matthew, qui serait à peine plus discret. Elle comprit que l'onde de choc se propagerait bientôt au groupe entier. Il ne restait plus qu'à espérer qu'ils en sortent indemnes. Pour le moment, mieux valait laisser à chacun le temps d'accepter, et, dans le cas de Marc, de pardonner.

Elle connaissait un hôtel voisin du Centre de vie. L'établissement ne proposait aucun étage supérieur, mais ce désagrément ne représentait rien comparé au fait de se retrouver seule, face à elle-même. Il existait finalement un autre endroit où elle pouvait se réfugier. Un lieu ni inconnu ni tout à fait connu, qui lui inspirait une certaine sécurité et, paradoxalement, une mise en danger. Elle se souvint de la leçon d'Henri sur l'évidence du sentiment, et se sentit prête pour cela. Arrivée à destination, elle scruta le mur d'enceinte et s'élança d'un air décidé vers l'ondophone. Quand le portail bascula, elle entendit quelqu'un qui donnait des coups de pioche dans l'arrière-cour. Elle contourna le bâtiment sur la pointe des pieds. Mais, déjà, de l'autre côté, on l'avait aperçue, et Chloé souriait.

Contrairement à ce que Mathilde redoutait, sa mère ne posa aucune question. Elle la conduisit jusqu'à la chambre jadis aménagée pour elle, au moment de sa naissance, puis la laissa seule.

Bien qu'elle ne l'ait jamais occupée, la pièce demeurait inchangée. Comme si ses parents en avaient condamné l'accès, s'en privant par la même occasion. Ou, plus probable, avaient-ils espéré qu'elle s'établirait chez eux à sa sortie du Centre, comme elle le prévoyait avant que Marc lui propose d'emménager avec lui.

Elle s'assit sur le lit. Ses parents n'avaient jamais accordé d'importance à la qualité du mobilier, ou à sa modernité, et avaient équipé la pièce comme le reste de la maison. Sommairement. Avec ce qu'ils avaient trouvé de pratique et de peu coûteux. Ils n'avaient pas manqué, cependant, de personnaliser les lieux. Le plus remarquable était les murs peints par Chloé dans un dégradé de couleurs chaudes, lesquels, dans son idée, devaient représenter un coucher de soleil permanent. Le variateur de lumière participait au réalisme de l'œuvre.

Mathilde alluma. La chambre devint nettement plus chaleureuse. Vraiment, rien n'avait changé.

Chloé veillait à conserver un désordre méticuleusement organisé. Le dressing en constituait un bon exemple. Derrière les battants étaient suspendues quantité de tenues bariolées que Chloé avait cousues pour elle, bien qu'elle ait toujours refusé de les porter. Face au dressing se trouvait un bureau, sur lequel trônait l'ordinateur que ses parents avaient acheté quand elle avait commencé ses études. À côté, un projecteur faisait office de cadre photo. Une dizaine de prises de vues s'y succédaient qui la représentaient, au Centre, de ses dix à quinze ans. Elle agrandit les clichés. Basile figurait sur l'un d'eux. Rajeuni, souriant. Volontairement ou non, elle avait oublié son regard, l'allure qu'il avait alors. Émue, elle éteignit la projection et entreprit de ranger ses affaires. Elle ne quitta sa tanière que le soir venu.

— J'étais sûre qu'il ne fallait pas jeter ces tuniques ! s'écria Chloé en l'apercevant.

Mathilde eut un sourire timide. Elle avait revêtu l'une des combinaisons confectionnées par sa mère, dont la teinte vert d'eau rappelait la couleur de ses yeux.

— Tu aurais dû les prendre, répondit-elle.
— Jamais ! Je les ai faites pour toi.
— Bonjour, ma fille.

Son père s'était approché sans oser la toucher. Elle l'embrassa. Un geste qu'elle n'avait jamais exécuté de manière spontanée, c'était la première fois, si bien que Basile en fut bouche bée.

— Je peux vous aider à faire quelque chose ? demanda-t-elle d'un ton enjoué.

— À la bonne heure ! s'exclama son père. J'ai rapporté des légumes et une portion de champignons. Il faut les consommer rapidement.

Dubitative, elle examina la marchandise.

— Que va-t-on en faire ?

— À ton avis ? taquina Basile. On ne vous enseigne décidément rien d'utile, au Centre ?

Elle se rembrunit.

— Ne te vexe pas. Je me doute que tes études ne te laissent guère le temps de t'intéresser à ce genre de choses.

— Laissaient…

Chloé releva la tête du caisson de cuisson qu'elle était en train de régler et tous deux la considérèrent d'un air ahuri.

— Je vous expliquerai, dit-elle. Disons simplement que, si vous êtes d'accord, je souhaiterais rester quelques jours ici. Le temps de trouver un logement.

— Tu vas bien, ma fille ? interrogea Basile d'une voix anxieuse.

— Oui, pourquoi ?

— Eh bien, je ne sais pas. Mets-toi à notre place. Tu emménages chez nous alors que, habituellement, c'est à peine si tu viens dîner deux fois par an. Tu ne souffles pas mot sur Marc, tu sous-entends que tu cherches une nouvelle maison, que tu n'étudies plus au Centre, et tu portes une tenue que tu détestais encore il n'y a pas si longtemps…

La gorge de Mathilde se noua. Soudain, à ses yeux, ils n'étaient plus Basile et Chloé, avec qui elle s'était disputée de nombreuses fois et avait rencontré plus d'incompréhensions que d'échanges. Ils incarnaient ce couple uni, qui ne faisait rien d'autre que lui témoigner un attachement sincère et gratuit.

— Pardon, ma chérie, dit Chloé en percevant son trouble. Nous ne voulions pas t'ennuyer. Tes histoires ne nous concernent pas. Tu es ici chez toi. N'est-ce pas, Basile ?

— Bien sûr. Et puis, peut-être pourrais-je t'apprendre les rudiments de la cuisine.

Il cherchait son regard, mais Mathilde, gênée, détournait le sien.

— Nous ne dirons plus rien, c'est promis.

— Non. Vous avez le droit de savoir. Laissez-moi juste un peu de temps. Je me sens tellement perdue.

Basile lui renvoya un sourire indulgent.

— Suis ton instinct et tout ira bien, dit-il. D'ailleurs, tu as commencé à le faire. Tu es venue ici alors que c'est le dernier endroit où la Mathilde d'avant aurait souhaité être. Mais ce n'est pas un hasard. Tu sais que tu es en sécurité. Je me trompe ?

— Non.

— Eh bien, tu vois, c'est un début !

30

Chloé avait laissé un message à l'hôte domestique indiquant qu'elle s'absentait pour la matinée et mettait son atelier à la disposition de Mathilde. Cette dernière en fut touchée. La pièce constituait un refuge pour Chloé qui s'y enfermait pour peindre, et nul, pas même Basile, n'était autorisé à y entrer.

Sautant du lit, elle effectua ses exercices quotidiens puis s'introduisit dans la cuisine, affamée. Elle ne doutait pas que Chloé eût laissé, là aussi, quelque chose à son intention. Deux brioches rondes, à la croûte lisse et craquante, l'attendaient sur la table. Mordant dans la première, elle enfourna la seconde dans sa poche et redescendit au deuxième sous-sol.

Comme pour sa chambre, elle n'eut à aucun moment l'impression d'entrer en intruse. L'air emplissait ses narines d'un parfum familier. L'étage servait d'entrepôt à Basile et Chloé qui y entassaient aussi bien des outils de jardinage, de bricolage, que du matériel de peinture. Il restait encore, dans un coin, des réserves de nourriture impérissable et des articles de survie. Dans un coffre dûment verrouillé, des armes. Sans hésiter, elle marcha vers une série d'étagères qui ployaient sous une impressionnante collection de pigments. Elle compta les vingt premiers pots, qu'elle écarta. Fermant les yeux, elle se concentra, puis tendit la main. Le scanner reconnut aussitôt son empreinte. Elle remit les récipients en place et se dirigea vers le mur opposé. Au sol, une dalle s'était descellée, découvrant un petit escalier pentu. Quelques secondes plus tard, elle accédait à l'atelier.

Elle n'y était pas revenue depuis que le scandale des livres s'était interposé entre elle et sa mère, et trouva l'endroit plus exigu que dans son souvenir. Pourtant, Chloé avait fait du rangement.

Le coffre, tout d'abord, où elle avait l'habitude de mettre ses livres à l'abri, avait disparu. La partie droite de la pièce était occupée par des bacs dans lesquels s'épanouissaient ses cultures personnelles, sous de vieilles lampes à rayons ultraviolets que Basile avait rapportées de son lieu de travail. Les ampoules grésillaient dangereusement au-dessus des jeunes pousses. Enfin, deux armoires, remplies d'étoffes et de matériel de couture, sur le point d'exploser. Des bandes de tissu multicolores dépassaient des battants.

La moitié gauche de l'atelier avait été fraîchement débarrassée. Mathilde songea que ses parents avaient dû se lever tôt pour tout nettoyer. Sans perdre une seconde, elle alla chercher ses affaires et passa la matinée à s'installer.

Vers treize heures, elle entendit quelqu'un tousser dans son dos.

— Je peux entrer ? demanda timidement Chloé.
— Bien sûr.

Sa mère fit un pas.

— Oh, dit-elle d'un air gai quand elle vit que Mathilde avait investi le lieu. Je ne pensais pas que tu apporterais tant de choses. C'est un véritable laboratoire ! Tu as besoin de plus d'espace, je vais enlever mes affaires.

— Surtout pas. J'ai plus de place que nécessaire. Et puis, j'aime bien être entourée de tes objets.

Chloé rougit jusqu'aux oreilles.

— Dans ce cas…

Elle tourna encore un peu dans la pièce, manqua dire quelque chose, mais se retint. Mathilde l'interpella avant qu'elle ne parte.

— Chloé ?

— Oui ?

Le visage de sa mère était tapi dans l'ombre de l'escalier.

— Merci.

— De rien, ma chérie.

En fin de journée, Mathilde quitta la maison de ses parents pour rejoindre un centre commercial situé dans l'ouest de la ville. Elle n'avait pas d'achat particulier à effectuer, mais un rendez-vous l'y attendait. Une rencontre si cruciale qu'elle requérait la plus grande discrétion.

Une fois sur place, elle gagna l'étage de l'Information Générale. Les cellules de divertissement étaient bondées et des files d'attente s'étaient formées devant la plupart d'entre elles. Elle constata que la sienne, « la troisième en partant de la droite », avait-il indiqué, disposait encore de places libres. Elle se demanda quelle en était la programmation. À peine entrée, elle maudit celui qu'elle devait y rejoindre.

La cellule diffusait un concert de percussions assourdissant. Les hologrammes des musiciens gesticulaient au-dessus de la foule qui sautait en rythme à chaque renfort de tambour. La chaleur était suffocante, autant que l'odeur de transpiration. Remarquant un renfoncement, Mathilde s'y replia en priant que son rendez-vous ne tarde pas. Elle patienta de longues minutes dans l'obscurité, régulièrement saisie par les flashs du spectacle. Enfin, une silhouette connue se découpa dans le faisceau des projecteurs. Mathilde fondit sur elle.

— Vous auriez pu trouver un autre endroit ! s'écria-t-elle, les mains en porte-voix. C'est insupportable, ici !

Henri Whiter semblait ravi.

— Tu n'aimes pas ? dit-il en considérant la rediffusion. Personnellement, j'adore ! Ça me rappelle ma jeunesse !

Elle grimaça, ce qui le fit rire.

— Venons-en aux faits, dit-elle, pressée de sortir.

Henri Whiter devint sérieux.

— Ça a marché, dit-il. Tout fonctionne comme prévu.

Subitement, elle ne prêta plus attention aux danseurs qui la bousculaient sans ménagement. Seuls comptaient les mots qu'Henri venait de prononcer.

— Merci, murmura-t-elle avec émotion.

Il lut sur ses lèvres et opina.

— Il faut les surveiller sur le long terme mais, pour l'instant, les équipes médicales n'y ont vu que du feu. Elles ont rapporté au comité que les spécimens allaient mieux. On devrait pouvoir les sauver. Au moins pour cette fois.

La joie de Mathilde était incommensurable. Trois jours s'étaient écoulés depuis son départ du Centre, durant lesquels elle n'avait rien su de l'état de santé des spécimens. Trois jours pendant lesquels leur destin s'était scellé. La supercherie avait réussi.

— S'il y a le moindre changement, je te tiendrai au courant, ajouta Henri.

Elle hocha la tête.

— Je suis chez mes parents.

Il lui jeta un regard surpris.

— Entendu. Je m'y rendrai si besoin.

Elle fit signe qu'elle allait repartir.

— Déjà ? lança Henri avec ironie. Tu es sûre que tu ne veux pas rester ?

— Plutôt mourir !

Il éclata de rire et elle lui pressa la main en guise d'au revoir.

31

Mathilde quittait rarement l'atelier. La première étape consistait à examiner le génome du spécimen inconnu pour le comparer au sien. Absorbée par ce qu'elle considérait désormais comme une affaire personnelle, elle ne cessait de travailler qu'une fois par jour, au moment du dîner, pour rejoindre ses parents autour de la table à manger.

Au cinquième jour, étant toujours sans nouvelles d'Henri, elle jugea qu'il était temps de rassurer les Whitam sur le sort de leur fils. Le lendemain, elle éteignit donc son ondophone et se mit en route pour l'hôpital dans lequel Ema Whitam travaillait.

Elle arriva par l'entrée de service, gardée par une hôtesse aux yeux violets plus grands que nature. Le personnage indiqua que les civils n'étaient pas autorisés à pénétrer dans l'établissement par cet accès. Mathilde expliqua qu'elle ne venait pas se faire soigner. L'hôtesse rétorqua que, dans ce cas, les livraisons s'effectuaient par le dixième sous-sol. Mathilde répondit que ce n'était pas non plus le but de sa visite. Visiblement mal programmée pour l'improvisation, l'hôtesse parut ennuyée.

— Je dois m'entretenir de toute urgence avec Ema Whitam, dit Mathilde. Son mari a fait un malaise et on m'envoie la prévenir.

— Vous ne pouviez pas le faire par ondophone ?

— Je préfère lui annoncer de vive voix. On ne sait jamais quelle réaction elle pourrait avoir.

L'hôtesse poussa un soupir exaspéré, et disparut. Une minute plus tard, le visage catastrophé d'Ema Whitam la remplaçait. Elle se figea en apercevant Mathilde.

— Que faites-vous ici ?

— Il faut que je vous parle.

— Je vous rejoins tout de suite.

Quand elle fut à ses côtés, elle lança, bouleversée :

— Que se passe-t-il ? Il est arrivé quelque chose à Sam ?

Mathilde l'entraîna à l'écart de l'ondophone où l'hôtesse avait repris son poste et tentait d'écouter leur conversation en faisant mine de se limer les ongles.

— Non, chuchota-t-elle. C'était un prétexte pour vous parler.

Ema Whitam plaqua une main sur sa poitrine.

— Alors, vous venez pour Ben ?

— Oui. Si tout se passe comme je le prévois, il devrait être maintenu en vie jusqu'à sa naissance. Mais je vais avoir besoin de votre aide.

— Que voulez-vous dire ?

— Lorsque le Centre vous informera que son état s'est stabilisé, il ne faudra rien laisser paraître d'autre que votre soulagement. Pas de colère. Aucun scandale. Cela ne ferait qu'attirer l'attention sur lui. Si l'on vous interroge sur son réveil, vous prétendrez que j'ai tout inventé…

— Je ne comprends pas.

— Si tout le monde s'accorde à dire que j'ai menti, y compris vous, on me traitera de folle, on m'accusera de tous les torts, mais on laissera les spécimens tranquilles.

— Je ne sais pas quoi dire… Merci.

Mathilde demeura impassible.

— Je vous confie le soin d'en parler à votre époux.

Elle voulait lui demander d'informer également Élisabeth Bessire, mais il ne fallait prendre aucun risque. Elle sollicita simplement que la veuve fût réconfortée.

— Je dois aussi vous dire que je suis au courant pour votre mouvement, ajouta-t-elle en fixant son interlocutrice.

Ema Whitam tressaillit.

— J'ignore à quoi vous faites allusion.

— Il ne faut pas se leurrer, insista Mathilde. Le Doyen tentera d'étouffer la découverte que j'ai faite. Si votre fils arrive à terme, il vaudrait mieux qu'il n'ait aucun souvenir de sa vie intra-utérine. Dans le cas contraire, il se pourrait qu'on l'empêche de parler.

Ema Whitam faillit s'effondrer.

— Mais… où est la solution alors ?

— Je ne sais pas. Mais nous devons être plusieurs à nous rebeller. On ne renverse pas une institution d'une seule voix. Je suis persuadée que votre groupe existe encore. En témoigne le silence des autres parents présents dans la salle le jour de l'accident.

Votre mouvement n'a jamais été dissous, il est simplement devenu clandestin.

Ema Whitam avait les yeux rivés au sol. Découragée, Mathilde s'éloigna. Une voix pleine d'assurance l'arrêta :

— Nous vous aiderons !

Mathilde prit le temps de savourer ces mots, et tourna les talons.

32

Lorsque Mathilde rentra chez ses parents, Matthew l'attendait dans le salon. Elle réalisa qu'elle l'avait complètement oublié.

— Que fais-tu là ? s'exclama-t-elle en lui sautant au cou.

— Je t'emmène déjeuner. Enfin, si tu es d'accord. Ta mère a eu le temps de me glisser que tu travaillais beaucoup. Elle te protège déjà !

Il souriait, mais quelque chose détonnait dans son expression. Un sombre pressentiment étreignit Mathilde.

— Tu t'en vas ?
— Ce soir.

Son cœur se serra.

— Tu viens ? reprit-il avec un enthousiasme surjoué. Je dois être revenu dans deux heures.

Lorsqu'ils parvinrent au troisième étage du Centre de vie, Matthew eut une réaction inattendue. Ils se dirigeaient tranquillement vers un restaurant quand il tira violemment Mathilde par la manche.

— Ça ne va pas, non ?! s'écria-t-elle en manquant de tomber à la renverse. Qu'est-ce qu'il te prend ?

— J'aurais dû m'en douter...
— De quoi parles-tu ?

Il lui renvoya un sourire énigmatique et désigna la devanture d'un restaurant. Mathilde ne tarda pas à y apercevoir Marie, qui déjeunait avec un illustre inconnu. Tout sourire, leur amie riait à gorge déployée. Elle s'exprimait avec une profusion de gestes et n'avait pas touché à une miette de son plat.

— Quand je pense qu'elle s'est plainte l'autre jour..., dit Mathilde, subjuguée. Qui est-ce ? Tu as vu comme elle le regarde ?

Matthew lui décocha un coup de coude.

— Ça te laisse sans voix, hein ?
— Un peu, oui.

Il l'entraîna plus loin.

— Je t'avais dit qu'il ne fallait pas douter de moi.
— Quoi ?

Elle s'arrêta brusquement, tandis que Matthew éclatait d'un rire sonore.

— Je te présente Owen ! claironna-t-il.
— Owen ? Celui dont tu parlais ?!
— Lui-même !
— Pour un grand timide, il n'a pas mis trop de temps à se décider.
— Je n'ai pas eu de mal à le convaincre. Il était aussi désespéré que Marie. Il a suffi que je lui parle un peu d'elle, de ses qualités, de ses attentes... et, hop ! Ils déjeunent ensemble !

Mathilde posa sur lui un index menaçant.

— Ne me dis pas qu'il ne t'avait jamais parlé d'elle auparavant...

— Quelle importance de savoir ce qui les a rapprochés ? fit Matthew avec malice. L'essentiel, c'est qu'ils se rencontrent. J'espère que mon plan va fonctionner. Marie en a besoin.

Mathilde était sidérée.

— Bravo, concéda-t-elle. Pourvu que tu ne te sois pas trompé de candidat.

— Je crois que non, répliqua Matthew, gonflé d'orgueil.

Mathilde riait encore de la supercherie lorsqu'ils entrèrent dans un fast-food opposé à celui où déjeunait Marie. Après qu'ils eurent passé commande, Matthew quitta son air enjoué.

— En parlant de relation, lança-t-il sans préambule, j'ai vu Marc.

Elle détourna les yeux.

— Il dit qu'il n'a pas de nouvelles, poursuivit Matthew. Que tu es partie.

— C'est vrai.

— Pour de bon ?

— Je crois que oui.

— Tu pourrais me regarder quand je te parle.

Elle releva le menton. Matthew avait l'air plus perturbé que Marc lui-même.

— Que s'est-il passé ? Vous vous êtes disputés ?

— Non.

— Alors quoi ? Je ne comprends pas !

Il pouvait s'énerver, elle répugnait à lui répondre.

— Alors rien, fit-elle d'une voix éteinte. Je choisis ma vie, c'est tout.

Matthew lui renvoya un regard hébété.

— Je choisis ma vie, répéta-t-elle en appuyant chaque syllabe. Pas celle que l'on m'a imposée jusqu'ici, pas celle que, d'une certaine manière, je subis.

— Quel rapport avec Marc ?

— Il n'en fait simplement pas partie.

Il avait l'air perplexe.

— Je ne te suis pas. Ça fait plus de deux ans que vous êtes ensemble. Je croyais que... Vous vous entendez bien, non ?

— Oui.

Elle fit glisser ses doigts sur les contours de son verre.

— Je m'entends très bien avec Marc. Au même titre qu'avec toi, ou Marie. Mais je ne l'admire pas. Et puis, je m'ennuie. J'avais besoin de le quitter. J'étais en train d'étouffer.

— Et tu réalises ça, d'un coup ?

— Non. Je le sais depuis longtemps. Mais je refusais de le voir. Je n'ai jamais été mal avec Marc. Je n'ai jamais été bien, non plus. Je veux dire, vraiment bien.

Elle le fixait, alors il baissa les yeux. Elle devinait sa confusion. Marc était son meilleur ami.

— Personne ne te demande de jouer les intermédiaires, ajouta-t-elle doucement.

— Toi, non. Mais lui... Il est détruit, Mathilde. Je ne l'ai jamais vu comme ça.

Il soupira.

— Le plus paradoxal, c'est que je n'ai jamais rien désiré et craint à la fois autant que cette rupture. J'ai prié pour qu'elle survienne tout en la redoutant...

Il fut interrompu par le tapis roulant qui livrait les plats. Ils s'en saisirent sans entrain.

— Qu'est-ce que je vais lui dire ? fit-il en considérant son assiette d'un œil morne.

— Rien. D'ailleurs, tu t'en vas.

Il repoussa l'assiette.

— Je n'ai pas faim.

Quelques minutes passèrent où ils conservèrent le silence. Mathilde guettait ses réactions. Peu à peu, il se résignait.

— Et tes parents ? reprit-il. Que fais-tu chez eux ?

— Il fallait bien que je dorme quelque part.

— Marie aurait pu t'accueillir.

Elle expliqua que l'enjeu n'était pas là. Son éviction du Centre avait constitué un choc à plusieurs niveaux. Elle se méfiait désormais de l'éducation qu'elle avait reçue, comme de l'influence du Doyen. Leur récente découverte, cette salle où couvaient des spécimens clandestins, achevait de condamner l'institution et son directeur. Pour l'instant, elle trouvait refuge chez Basile et Chloé, en qui elle avait confiance.

Matthew la regardait avec une expression se situant bien au-delà de la surprise. Mathilde n'était plus celle qu'il connaissait, et la transformation s'était opérée si rapidement qu'il peinait à y croire. Il lui fit part de son sentiment tout en affirmant qu'il était fier d'elle. Ils se sourirent.

— Si nous parlions plutôt de toi, proposa-t-elle.

— Rien de neuf. Je pars toujours ce soir.

— Tu sais comment les choses vont se dérouler ?

— Pas vraiment. Mais je suppose que je devrai me passer de conquêtes féminines…

Il se défilait, une fois de plus.
— Il y a plus important, non ?
— Plus important que l'amour ?
— Parce que c'est de l'amour ?
Matthew baissa la tête.
— Non, mais ça m'aiderait à tenir.
Désormais, il était sérieux. Elle lui prit la main.
— Tu peux me raconter.

Il la fixa, hésitant, partagé entre un sentiment de fierté et sa pudeur. Finalement, il se livra. Il avoua la terreur qui le cueillait dans son lit en pleine nuit. Les muscles qui se contractaient douloureusement sous les entraînements. La mâchoire crispée quand il écoutait les récits de ceux qui en étaient revenus, et qui, pour la plupart, y retourneraient. Ces histoires insensées qui rapportaient les secousses dans le soir, les fusées, les tirs, tous ces sons qu'il fallait apprivoiser pour mieux leur échapper. Cette appréhension constante, plus angoissante que l'ennemi lui-même. Craindre l'inconnu, redouter ce qui pourrait se produire, tout en sachant que ce qui adviendra sera forcément terrible.

Il cessa de parler aussi brutalement qu'il avait commencé. C'était trop. Jamais il ne se mettait à nu, encore moins cette facette qui le rendait si vulnérable. Mathilde avait les larmes aux yeux.
— Je suis désolé, fit-il, amer. J'aurais dû me taire.
Elle fit non de la tête.
— Tu sais, poursuivit-il, cherchant un moyen de la consoler, Marc a trafiqué mon ondophone. Pour que nous puissions parler en privé, sans être repérés. Même quand je serai loin.

— Avec moi aussi ? Je veux dire... Il ne m'a pas évincée de ce projet ?

— Bien sûr que non. C'est un vrai généreux.

— Je sais.

Il lui donna une tape amicale sur l'épaule.

— Je préfère quand tu souris, dit-il d'un air faussement enjoué. Ça te va mieux.

Il aperçut l'heure et son visage changea d'expression.

— Il faut que je rentre...

— Déjà ?

— J'ai beaucoup à faire. Je ne devrais même pas être là. S'ils me cherchent...

D'un geste nerveux, il écarta sa chaise. Mathilde admit qu'elle ne pouvait le retarder plus longtemps. Il s'était déplacé jusqu'à elle, c'était déjà beaucoup. À contrecœur, elle se leva et, après avoir appliqué leurs bracelets sur la borne de paiement, ils quittèrent le restaurant.

— Je ne vais pas pouvoir te raccompagner, dit Matthew d'un air grave lorsqu'ils furent dans le parking.

Elle le prit dans ses bras. Il en fut si surpris qu'il se figea comme une statue. Rarement elle s'était approchée de lui aussi intimement. D'ordinaire, ils s'efforçaient toujours de respecter entre eux une distance de sécurité qui les empêchait de se toucher autrement qu'en plaisantant. Paralysé par l'émotion, il demeura les bras raides. Puis, quand elle se blottit davantage, il abandonna ses résistances et l'enlaça. Il la serra doucement d'abord, puis plus fort. Lorsqu'elle leva les yeux, il l'embrassa. Le vertige ne dura qu'un instant, car Mathilde recula aussitôt.

— Il faut que je te pose une question, murmura-t-il, fiévreux. Cette rupture, ton départ... Est-ce que... Est-ce que ça a quelque chose à voir avec moi ?

Elle ferma les paupières.

— Mathilde ?

— Tu sais bien que non.

Il soupira, malheureux, et enfourcha sa moto.

— Dommage, souffla-t-il avant de démarrer. Tu m'aurais donné une bonne raison de déserter.

33

Mathilde était d'une humeur noire. Elle culpabilisait de ne pas éprouver pour Marc ou Matthew un amour égal à celui qu'ils lui vouaient. Au point de se demander si elle était normale. S'adossant au mur de l'atelier, elle se remémora ce qu'elle avait ressenti en quittant le domicile de Marc. Une sensation de liberté inédite. Désormais, elle trouvait cet espace bien trop grand. Elle désirait connaître un autre destin ? Soit. Mais par où commencer ?

Dans le même temps, elle avait abandonné ses études, son compagnon, et fait irruption chez ses parents. Enfin, cela faisait plusieurs jours qu'elle comparait deux patrimoines génétiques, le sien et celui du spécimen inconnu, sans parvenir à une conclusion probante.

Elle se félicita avec une ironie cinglante. Elle avait tout banni de sa vie précédente, tout détruit, mais n'avait depuis rien reconstruit.

Aussi, lorsque Chloé et Basile l'appelèrent pour dîner, elle décida de leur parler.

— Je vous dois des explications, débuta-t-elle, juste avant le dessert.

Chloé lâcha sa petite cuillère qui rebondit sur la table. Basile croisa les bras dans une attitude d'écoute tranquille. Prenant son courage à deux mains, Mathilde rapporta ses déboires, depuis le jour de l'accident de la salle 12 jusqu'à l'enquête ayant révélé que les spécimens étaient doués de conscience.

— J'ai pensé à vous, dit-elle. À toutes ces fois où nous nous sommes opposés sur ce sujet.

— J'en étais sûre, commenta Chloé avec un mépris qui étonna Mathilde. Mais je passais pour folle lorsque j'en parlais !

Mathilde tendit la main à sa mère, qui la saisit.

— Je suis désolée, Chloé. J'ai tenté de l'expliquer, mais on ne m'a pas crue. Ils ont préféré demander l'arrêt du programme pour les spécimens concernés.

— Qui ? interrogea Basile, le visage fermé.

Elle haussa les épaules.

— Le comité d'éthique, le Doyen, les chercheurs… L'idée dérange.

— Il faut faire quelque chose ! s'exclama son père en appuyant ses paumes calleuses sur la table.

Elle fut heureuse de récolter son soutien. À cet instant, elle ne le trouva plus âgé ni faiblissant, mais au contraire très impressionnant.

— Ne t'inquiète pas, dit-elle. Je me suis arrangée pour les préserver jusqu'à leur naissance. Agir maintenant serait trop risqué. Il ne reste plus que quelques semaines à tenir.

— Tu crois vraiment que c'est le mieux ?

— Oui. Sauf si leur état se dégradait à nouveau. S'il tel était le cas, il faudrait intervenir en urgence, et je ne pense pas que nous serions de taille à lutter. Connaissez-vous Sam et Ema Whitam ?

— Qui ?

— Ce sont les parents du spécimen qui a causé la panne en fracturant son utérus. Ce sont eux qui l'ont réveillé. Le Doyen a laissé entendre qu'ils avaient appartenu à un groupe politique. Au moment du lancement du programme. Ils y étaient opposés. J'ignore le nom de l'organisation…

Chloé fouilla dans sa mémoire.

— Je m'en souviens. À l'époque, on en parlait beaucoup. Ils voulaient que la durée de gestation soit de neuf mois, comme dans la nature. Je crois que le mouvement s'appelait Ethic ou quelque chose comme ça.

Basile acquiesça.

— C'est ça. C'était leur nom. Pourquoi t'y intéresses-tu ?

— Je suis sûre qu'il existe toujours. Les Whitam n'auraient pas pu agir sans que les autres parents présents dans la salle les dénoncent. La femme me l'a d'ailleurs presque confirmé. Nous pourrions peut-être les rejoindre. L'ennui, c'est qu'ils sont terriblement méfiants…

— Comme je les comprends, fit Basile avec amertume. Quand leurs voix portaient encore, avant qu'ils ne soient pour la plupart internés, j'avais à leur égard une certaine compassion, pour ne pas dire adhésion. Ta mère et moi n'avons jamais été complètement convaincus du bien-fondé du programme.

Il appréhendait sa réaction, elle qui était née au Centre et y avait été formée, mais le temps de l'aveuglement était révolu. L'heure était au questionnement.

— Pourquoi, dans ce cas, avoir fait un enfant ? demanda-t-elle.

Ses parents parurent embarrassés. Mathilde leur demandait d'évoquer un passé qu'ils s'étaient donné beaucoup de peine à enterrer. Chloé se plaça derrière Basile.

— Nous te désirions, dit-elle avec émotion. Cette envie était plus forte que le reste.

— Même si vous étiez contre le principe ? Cela ne vous ressemble pas...

— Ma chérie, il est normal que tu ne comprennes pas. Tu n'as rien vécu. Rien, en tout cas, de ce que nous avons vu.

— Si personne ne m'explique, fit-elle, déçue, j'ai peu de chances d'apprendre un jour...

— Tu as raison ! répliqua son père, d'un air déterminé. Tu nous as fait confiance, nous devons faire de même.

Ravie, elle leva les yeux vers lui, mais il resta un moment en suspens, comme s'il cherchait ses mots, et peut-être même ses idées.

— Pourquoi m'avoir conçue si vous n'étiez pas persuadés de l'utilité du programme ? répéta-t-elle pour l'encourager.

— Nous n'avions pas le choix, répondit son père en s'éclaircissant la voix. Nous vivions dans la peur permanente. Les attaques étaient plus fréquentes. Nous n'étions motivés que par la nécessité d'exister. Et puis, lorsque j'ai rencontré ta mère, j'ai tout de suite voulu un enfant. Pour qu'il reste une trace de notre amour. Sans le Centre, Chloé aurait fait une fausse couche.

— Je comprends.

Basile soupira bruyamment, comme si un poids énorme venait de lui tomber des épaules.

— Ce que je ne saisis pas, en revanche, poursuivit Mathilde, c'est la raison pour laquelle il fallait survivre. Pourquoi ont-ils décidé de nous exterminer ?

— Nous ne savons plus, fit Chloé d'une voix désolée. Les premiers de la famille à avoir passé la frontière sont nos grands-parents. Il y a plus de quatre-vingts ans. Nos parents eux-mêmes étaient adolescents. Du peu que l'on nous a transmis, il semble que tout ait commencé par une guerre civile. La population s'est divisée et une petite communauté s'est retrouvée isolée contre la majorité. Elle a fui où elle a pu, c'est-à-dire ici. Par chance, le thorium a été découvert peu de temps après. Son exploitation a permis d'échapper à la précarité. Mais il a quand même fallu apprendre à survivre. Car de l'autre côté, ils étaient décidés à en finir. À entendre ma mère, leur cible prioritaire était les enfants et les femmes enceintes. Ceux qui représentaient l'avenir.

Mathilde posa les yeux sur son père.

— Je suis désolée de faire resurgir ces souvenirs difficiles, murmura-t-elle. Heureusement, maintenant, les attaques sont plus rares et nous nous défendons de mieux en mieux. Je crois que je me demanderai simplement toute ma vie contre quoi.

— Nous aussi, dit Basile. En te confiant au Centre, nous étions certains que tu atteindrais ta majorité. Le programme semblait être la solution.

— Bien sûr.

Chloé semblait soucieuse de sa réaction, mais, dans les faits, elle comprenait vraiment. Jamais elle n'avait considéré les choses de leur point de vue, avec l'histoire qui était la leur. Pour sa part, le danger la menaçait sans la gouverner. Il faisait partie de sa vie. De plus, elle savait se battre à la perfection, et pouvait compter sur la présence constante de l'armée et sur un réseau de sécurité hautement perfectionné. De sorte que le péril guettait, mais de loin. Pour ses parents et ses grands-parents, il en avait été tout autrement.

— Bien sûr, répéta-t-elle avec émotion. À votre place, j'aurais agi de la même manière.

Le soulagement de Chloé lui fit plaisir. Elle en profita pour évoquer ce qui la préoccupait depuis des jours.

— J'ai autre chose à vous demander, dit-elle d'un ton hésitant. Pourrais-je prélever un peu de votre sang ?

Basile sourit.

— Pour savoir si tu es bien notre fille ?

— Pour connaître l'identité de quelqu'un d'autre.

Ils échangèrent un regard inquiet. Elle expliqua :

— Avant de partir du Centre, j'ai fait la rencontre d'un spécimen dont l'existence m'était dissimulée, et qui me ressemble beaucoup.

— Que veux-tu dire ?

Elle se tordit les mains.

— À quelques détails près, elle est ma copie conforme. Pour commencer, elle est plus jeune que moi. Je dirais entre treize et quinze ans. Sa hanche ne souffre pas de la déformation que Chloé et moi partageons. Les proportions de son corps sont plus harmonieuses. Sa constitution est plus solide que la mienne, elle est plus grande...

— Tu es sûre qu'il y a un rapport avec toi ?

— Cela fait une semaine que j'étudie nos patrimoines génétiques.

— C'est ce que tu fais toute la journée, depuis que tu es ici ?

— Oui.

— Nous nous demandions avec Chloé. Et qu'as-tu trouvé ?

— Pour l'instant, rien de concluant. Quelque chose m'échappe. Hormis certains gènes, nos ADN semblent identiques. Je ne comprends pas le lien qu'il y a entre nous. Je pensais que nous n'avions pas de parents dans la Communauté...

— Nous n'en avons pas, répondit Chloé. Tous les membres de la famille ont été décimés ou sont décédés de mort naturelle. Tu es notre seule descendante.

— Pourtant, nous sommes forcément liées.

Basile ne mesurait pas l'importance de cette affaire pour sa fille, ni en quoi cela le concernait, mais il comprenait en revanche qu'elle avait besoin de leur aide. Qu'elle la réclamait enfin, après des années d'indifférence, et que leur devoir était de la satisfaire. Il se leva avec énergie.

— Eh bien ! clama-t-il d'une voix de stentor. Pour ma part, je suis prêt ! Tu viens, Chloé ?

Son épouse le suivit et ils gagnèrent le niveau inférieur.

Après cela, Mathilde resta la plupart du temps enfermée dans l'atelier. Contrairement aux jours précédents, elle n'en sortait même plus pour se nourrir, se contentant de sachets prêts à consommer et de barres protéinées. La situation persista jusqu'au début de la semaine suivante, où Basile crut bon d'intervenir. Depuis quelques jours qu'il croisait Mathilde dans la maison, il lui trouvait un teint épouvantable. Craignant pour sa santé, il se présenta un soir à la porte de l'atelier.

— Je peux entrer ?

Elle sursauta.

— Tu m'as fait peur !

Son père enfonça les poings dans ses poches.

— Ce n'était pas mon intention. Ta mère et moi nous inquiétons pour toi.

Elle tourna vers lui un regard misérable.

— Je suis sur le point de trouver.

— Ah, tant mieux ! C'est une bonne nouvelle.

Comme elle ne répondait rien, il avança à pas de velours.

— C'est bien, non ? Mathilde ?

— Je n'en sais rien. Plus je progresse, et plus je me sens perdue.

Elle se jugeait pitoyable de se laisser aller ainsi en présence de son père. L'absence de repos mettait ses nerfs à rude épreuve. Elle commença à tourner en rond. Basile ne savait pas comment réagir. Il ne l'avait jamais connue désemparée. À un moment pourtant, volontairement ou non, elle se heurta à lui et ne se dégagea pas. Alors, instinctivement, avant qu'elle ne lui échappe une deuxième fois, il la prit dans ses bras. Le contact était inhabituel, maladroit, mais Mathilde se laissa faire. En l'entendant souffler contre sa poitrine, Basile pensa, non sans ironie, qu'il ne se serait jamais imaginé devoir attendre d'être âgé et tremblant pour consoler son enfant. Il caressa sa chevelure d'un geste gauche.

— Je suis désolée…, balbutia Mathilde, honteuse.
— Et de quoi ? Je suis là pour ça aussi, tu sais.

Elle prit une grande inspiration. Les émotions se bousculaient mais, dans l'ensemble, elle se sentait mieux.

— Il faut que je continue. C'est important.
— Tu devrais te reposer…

Elle secoua la tête vigoureusement.

— Viendras-tu au moins dîner, ce soir ? Tu dois te nourrir convenablement. Pas avec ces…

Il désigna les poches vides qui s'amoncelaient sous le bureau.

— … pas avec ces saletés, conclut-il avec dégoût.

Elle répondit par l'affirmative, ce qui le rassura.

Mais trois heures plus tard, lorsqu'il descendit la chercher, il trouva à sa grande surprise l'atelier désert.

34

Dans sa maison du grand canyon, Henri Whiter ne parvenait pas à dormir. Il supportait de moins en moins l'humidité de la saison, qui s'infiltrait partout dans l'habitation. Tant et si bien que ces nuits-là lui faisaient regretter l'ancienne demeure du centre-ville et son confort moderne.

Il était en train de pester à haute voix lorsqu'il fut tiré de sa mauvaise humeur par un bruit venant de l'extérieur. Quelqu'un avait frappé. Se redressant, il consulta l'heure et prit peur. Il était tard. Il ne connaissait personne qui osât s'aventurer sur son territoire en pleine nuit. Pourtant, les coups redoublèrent, excluant la possibilité d'un mauvais rêve. Le cœur battant, il enfila un manteau, attrapa le pistolet qu'il cachait dans le séjour auprès de ses liqueurs et se dirigea vers la fenêtre. Un profil connu se découpa dans le clair de lune.

Surpris, il alla ranger son arme et ouvrit la porte.

— Je ne t'attendais pas de sitôt, dit-il à Mathilde qui passa devant lui comme une furie.

Elle avait l'air d'une folle qui n'aurait pas dormi depuis des jours. Il augmenta l'éclairage. En pleine lumière, elle était déjà moins effrayante. Comme elle ne disait rien, il sortit une bouteille qu'il brandit devant lui en l'interrogeant du regard. Elle déclina d'un mouvement de tête. Il attrapa néanmoins deux verres, s'en servit un et revint auprès d'elle.

— Dis-moi, dit-il calmement. Je t'écoute. Quoi que ce puisse être.

Elle fixait la porte d'un air absent.

— Ce n'est pas mon clone, marmonna-t-elle.

— Bien, répondit Henri, ne sachant quelle réaction elle attendait de lui. Au moins, sur ce point, le code n'est pas enfreint.

En ce qui le concernait, l'hypothèse du clonage ne lui avait jamais paru plausible.

— Pourtant, ce spécimen m'est lié, poursuivit Mathilde comme si elle ne l'avait pas entendu. Nos patrimoines génétiques sont très proches. À vrai dire, l'identité est presque la même. Et, cependant, pas tout à fait. Matthew avait raison…

Henri l'observait avec inquiétude. Il avait déjà rencontré des malades mentaux au cours de sa vie, et sentait Mathilde sur le point de basculer. Il admit qu'elle avait tous les motifs de le faire. Elle n'avait plus aucun repère. Il songea qu'il devait l'aider, sans quoi elle se perdrait pour de bon.

— Matthew avait raison à quel sujet ?

Elle fit un geste évasif de la main.

— À propos du spécimen. Elle est moi, mais en mieux.

— Tu viens de dire que ce n'était pas ton clone.

Elle eut un rire inquiétant, puis le fixa d'un air pénétrant.

— C'est ma sœur jumelle.

Un silence oppressant emplit la pièce.

— Je ne comprends pas…, bredouilla Henri.

— C'est pourtant simple, répliqua Mathilde d'un ton grave. Elle est ma sœur jumelle, dont on a perfectionné le génome. Elle est exactement moi, mais en mieux. En plus jeune aussi. Mais ce n'est qu'un détail.

— Comment est-ce possible ? Tu es sûre de toi ?

Il y eut un temps d'arrêt pendant lequel elle le scruta, sans expression, puis son regard devint glacial.

— Où pensiez-vous que cela nous mènerait ? lança-t-elle avec colère. Vous imaginiez réellement que cette salle n'abritait rien d'anormal ?

Elle fit quelques pas, les mains sur les hanches.

— C'est trop fort ! Vous croyez que j'aurais pu inventer une histoire pareille ? J'étais tranquille avant que vous ne m'entraîniez dans cette salle ! J'étais d'ailleurs beaucoup plus tranquille il y a quelques mois. Je ne me posais pas de questions, tout allait bien.

Bouleversé, le vieil homme réfléchissait.

— Je ne resterai pas seule dans cette impasse, renchérit Mathilde en pointant sur lui un index menaçant. J'ai besoin de réponses, et tout le monde me ment !

D'un coup de pied rageur, elle renversa la bouteille qu'Henri avait laissée au pied du fauteuil. Ils demeurèrent interdits, elle debout et lui assis, à regarder le liquide se répandre sur le sol.

— Excusez-moi, dit-elle en ressaisissant. Mais j'ai l'impression de ne plus connaître la Communauté dans laquelle je suis née. Il faut que vous m'aidiez !

Henri eut un peu honte de lui.

— Bien sûr, assura-t-il en s'éclaircissant la voix. Tu as raison. Je ne pensais pas que tu ferais une telle découverte. Elle me surprend autant que toi. Je savais que quelque chose n'allait pas dans cette salle, mais je n'imaginais pas cela. Que je suis bête. Donc c'est ta sœur ?

Elle acquiesça.

— Quelles sont nos hypothèses ? Tu crois que tes parents sont au courant ?

— Je suis sûre que non.

— Ta mère aurait été enceinte de jumelles, et on ne le lui aurait pas dit quand elle est venue donner son embryon ? Ses embryons, corrigea-t-il. C'est absurde. Pourquoi ?

— Je ne sais pas. Mais j'ai du mal à croire que Chloé et Basile aient pu me cacher l'existence d'un autre enfant.

— Sans oublier que le Doyen et tes parents se haïssent. Ou plus exactement, tes parents le détestent. Le professeur Blake se contente de les ignorer.

Son regard devint flou.

— Le Centre aurait donc agi en secret. Il aurait conservé cet embryon plus longtemps que le tien et l'aurait génétiquement modifié pour le rendre…

— Meilleur ? interrogea Mathilde.

— Ne dis pas de bêtises ! Tu es très bien comme tu es. Je voulais dire, plus résistant, plus solide. Ce serait logique, non ? Améliorer les objectifs du programme…

Mathilde réfléchit. Oui, l'hypothèse était pertinente. Très dérangeante, mais plausible.

— Admettons. Mais pourquoi ma jumelle ? Pourquoi pas n'importe quel autre embryon ?

Henri alla chercher une nouvelle bouteille. Cette fois-ci, Mathilde tendit son verre.

— Tout cela ressemble à un test...
— Un test ?
— Oui. Dont tu serais le témoin. Enfin, l'un des témoins. N'oublions pas qu'il y a d'autres doublons.
— Mais un test de quoi ?
— Je ne sais pas ! De la viabilité d'un spécimen génétiquement modifié par rapport à un qui ne l'est pas. Il est probable que tu serves de point de repère.

Elle eut l'impression de ne valoir guère mieux qu'un vulgaire cobaye, d'être manipulée de la même manière. Jamais elle ne s'était sentie autant trahie.

— Ce n'était pas la vocation du programme, lâcha-t-elle, désemparée.

Sensible à sa détresse, Henri s'estimait coupable. Jusque-là, il s'était posé en observateur, considérant le Centre et son activité comme des curiosités. Des objets d'études tantôt passionnants, tantôt agaçants, mais qui, au fond, ne le concernaient pas. Il appartenait à l'ancienne génération. Il n'allait pas tarder à mourir. Son métier n'était qu'un passe-temps, et sa volonté de faire découvrir à Mathilde la salle clandestine un jeu. Ce n'était rien d'autre, dans son intention, que l'envie de taper dans la fourmilière et d'en ébranler les dirigeants. Ces têtes pensantes qui l'avaient toujours méprisé. Vraiment, tout cela n'était qu'une distraction sans importance. Mais plus maintenant. Dorénavant, on touchait des vies, et celle de Mathilde en particulier. Il tenta de la réconforter.

— Le Doyen est obsédé par la survie de la Communauté, argua-t-il. C'est son combat intime.

— Au point d'enfreindre la loi ? Pour une simple question de rendement ?

— C'est possible.

Elle secoua la tête.

— Si tel était le cas, il se rendrait coupable d'un crime impardonnable.

Henri soupira tristement.

— Je n'en suis pas si sûr. Les gens ont tellement peur. Si le Centre proposait un moyen de nous rendre encore plus forts…

— La Communauté approuverait ?

— Pourquoi pas ? Nous vivons dans la crainte de l'ennemi. Donc dans sa haine aussi. Mais dans les faits, tu as raison. Modifier un code génétique est interdit. Il est étrange que le Doyen prenne un tel risque. À moins que l'âge ne l'ait rendu sénile.

— Ou qu'il ait mis au point ce programme en collaboration avec les autorités.

Henri la toisa avec gravité.

— Fais attention à ce que tu dis.

Après s'être resservi, il attrapa un plaid dont il se couvrit les jambes, et s'enfonça dans son fauteuil. Mathilde l'imita. Beaucoup de choses avaient été évoquées, beaucoup de suppositions qui ne pouvaient se vérifier. La seule certitude de Mathilde résidait dans le fait que le Centre élevait sa jumelle en secret, et que ses gènes avaient été modifiés. Elle se demanda dans quelle mesure toutes deux étaient encore sœurs, mais cette pensée la blessa et elle s'empressa de la chasser. Elle regarda Henri, dont l'expression était de plus en plus contrariée.

— Je n'aime pas la tournure que prennent les événements, avoua-t-il au terme de quelques minutes. Je n'aime pas cela du tout. Que vas-tu faire ? Affronter le Doyen ?

— Il le faut.

Il haussa les épaules.

— Tu es tellement jeune, et lui si puissant. Ses relations sont haut placées. Les autorités seront de son côté.

— Vous avez peur ?

— J'ai peur pour toi.

— Il ne faut pas. J'ai une idée. Dans un premier temps, il faut l'intimider. Lui faire savoir que je suis au courant de ses agissements.

— Tu es folle. Il va te faire enfermer ! Comme ta mère !

L'avertissement claqua avec une triste virulence. Henri jouait son dernier atout.

— Vous savez que j'ai raison, répliqua Mathilde, affectée, mais pas moins déterminée. Aidez-moi, plutôt. Il me faut des preuves de l'existence de cette salle.

— Qu'en feras-tu ?

— Je ne sais pas. Monter un mouvement, les diffuser. Nous trouverons du soutien. Il suffit d'alerter la population. Mon témoignage est crédible.

— Le Doyen te fera arrêter.

— Pas si je me cache. Nous attaquerons par surprise. Il n'aura pas le temps de réagir.

Henri secoua la tête d'un air défaitiste.

— Je suis désolé, Mathilde. Je refuse. S'il t'arrive quoi que ce soit, je ne me le pardonnerai jamais.

— Vous ne pouvez pas vous défausser, rétorqua-t-elle d'un ton sentencieux. Le Centre représente l'avenir de la Communauté. Vous n'avez pas le droit de vous en désintéresser.

Comme il avait l'air complètement abattu, elle renchérit :

— Il ne m'arrivera rien. Je vous le promets.

Il désigna les murs de sa maison.

— Même ici, il te trouverait…

— Dans ce cas, cherchons une autre solution.

Au plus profond de son être, elle savait qu'elle ne se trompait pas. Pour elle aussi, c'était devenu une question de survie. Comprenant qu'elle ne ferait pas marche arrière, Henri rendit les armes. Il était las de lutter.

Mathilde, elle, ne faisait que commencer.

35

De retour chez Basile et Chloé au petit matin, Mathilde s'étonna de trouver la maison déserte. Soudain, elle prit conscience qu'elle avait fui sans prévenir. Elle s'apprêtait à activer son ondophone lorsqu'elle perçut un bruit sourd provenant de l'arrière-cour.

Elle trouva ses parents courbés sous l'averse, occupés à déblayer les goulottes d'évacuation qu'obstruait le sable charrié par la tempête. En saison, l'opération devait être répétée chaque semaine sous peine de voir la rue inondée. Elle demanda si elle pouvait aider. Lâchant ses outils, Basile lui ordonna de rentrer en indiquant qu'ils la rejoindraient bientôt. Elle alla préparer du café auquel elle ajouta beaucoup de sucre. Dehors, le vent sifflait fort, on l'entendait jusqu'au sous-sol. Elle eut une pensée pour Henri en espérant que, dans sa cabane, il n'avait pas trop froid.

Chloé et Basile pénétrèrent peu après dans la cuisine. Son père avait l'air exténué.

— Où étais-tu ? lança-t-il avec une sévérité qui masquait mal son inquiétude. Tu es partie sans rien dire. Nous avons imaginé le pire ! Nous craignions que tu n'aies rencontré le terroriste que tout le monde recherche.

— Il a certainement regagné la frontière, dit-elle, la mine coupable.

— C'est ce qu'ils prétendent, mais qui sait ? Chloé a dû prendre des calmants pour s'endormir. Cela faisait deux ans qu'elle n'avait pas eu à s'en servir !

Mathilde eut de la peine à l'idée de sa mère plongée dans un sommeil chimique et sans rêves.

— Je suis désolée. Je ne voulais pas vous inquiéter.

Basile la toisa, comme pour évaluer la sincérité de ses excuses. Il était très perturbé. Sa réaction toucha Mathilde. De plus en plus, elle comprenait ce qu'ils avaient tenté de lui expliquer depuis sa naissance.

— Merci, dit-elle, émue. Merci d'être là. Malgré les ennuis que je vous cause, malgré… tout ce qui s'est passé.

Son père se fendit d'un sourire emprunté. Chloé saisit sa main avec tendresse.

— Nous étions décidés à nous rendre à l'Information Générale, dit-elle. Nous allions lancer un avis de recherche.

Mathilde se félicita d'être rentrée à temps.

— J'étais avec Henri Whiter. Il faut que je vous parle.

Ils s'assirent, attentifs.

— Lorsque tu es tombée enceinte, Chloé, que vous êtes allés au Centre pour que mon embryon soit prélevé, les agents ont-ils mentionné quelque chose de particulier ?

Sa mère fronça les sourcils. Jamais auparavant Mathilde ne s'était intéressée à sa conception.

— Non, répondit-elle d'un air innocent. Du moins, rien de suffisamment notoire pour que je m'en souvienne.

— Tout s'est passé normalement ?

Sa mère haussa les épaules.

— Je ne peux pas l'attester à cent pour cent. Nous n'y sommes allés qu'une fois. Je me rappelle simplement être restée dans la salle d'opération plus longtemps que les autres femmes.

L'œil de Mathilde s'alluma.

— C'est ce qui t'intéresse ? poursuivit Chloé, sans comprendre où sa fille voulait en venir. Bon… L'extraction a dû être interrompue à cause de ma hanche. La malformation gênait la machine. Peu de temps après, un agent est revenu avec le professeur Blake et ils l'ont reprogrammée. Finalement, tout s'est bien passé. Nous sommes ressortis du Centre deux heures plus tard, sans problème. Comme tu vois, rien de très exceptionnel…

— Il n'a rien dit, rien mentionné ? demanda Mathilde dans un sursaut d'excitation.

— Qui ?

— Blake !

— Non. C'est d'ailleurs l'unique fois où il s'est montré aussi prévenant à notre égard. On ne peut pas dire que cela ait été le cas par la suite…

Basile se balançait nerveusement sur sa chaise.

— Vas-tu nous expliquer ce qui se trame ?!

Elle n'hésita pas longtemps.

— Je n'étais pas seule dans ton utérus, Chloé. Nous étions deux.

— Pardon ?

— Nous étions deux, répéta-t-elle en les fixant.

Son père se précipita dans le déni.

— C'est impossible, dit-il d'une voix blanche. Si tu avais un frère ou une sœur, nous serions au courant…

— Une sœur.

Les yeux de Basile roulaient dans leurs orbites. Ils allaient de Mathilde à Chloé, puis de Chloé à Mathilde, cherchant auprès de l'une ou l'autre la garantie que ce qu'il venait d'entendre n'était qu'absurdité. Chloé, en revanche, restait étrangement stoïque.

— Je suppose qu'il s'agit du spécimen qui te ressemble, fit-elle froidement.

Mathilde hocha la tête.

— Elle est ma sœur jumelle. À deux exceptions près. Premièrement, elle n'a pas le même âge que moi. Le programme a conservé son embryon plus longtemps que le mien avant de lancer son développement. Deuxièmement, je me suis aperçue, en étudiant notre capital génétique, que le sien avait été modifié.

Chloé ne montra, là non plus, aucun signe de déstabilisation. Une simple expression contrariée vint lui barrer le visage.

— Je ne comprends pas, dit-elle. Elle n'est plus notre fille ?

— Si, bien sûr. Nous le serons toujours. Seulement, on a supprimé certaines déficiences de son génome. Par exemple, elle ne souffre pas de la hanche, comme toi et moi.

Avachi sur sa chaise, Basile fixait le plafond. Chloé en était déjà à l'étape suivante. Probablement réfléchissait-elle au moyen de sortir d'un dédale qu'ils avaient pénétré vingt-cinq ans auparavant. Au bout de quelques minutes, elle secoua la tête d'un air méprisant.

— Nous sommes des idiots, grinça-t-elle. Le Centre se moque de nous depuis le début. Je ne pensais pas qu'ils joueraient ainsi avec nos vies. Jamais nous n'aurions dû te confier à eux.

Cette dernière phrase eut le mérite de réveiller Basile.

— Qu'est-ce que tu racontes ? dit-il, choqué. Nous n'avions pas le choix. Autrement, Mathilde n'existerait pas.

Mais Chloé entrait dans une rage froide. Ses pupilles n'étaient plus que deux fentes noires.

— Nous aurions dû fuir, renchérit-elle. Poursuivre la route que les anciens avaient tracée. Au lieu de ça, j'ai été internée, on nous a menti... Et aujourd'hui, que reste-t-il ? Une fille que nous connaissons à peine, et l'autre pas du tout !

Mathilde eut un pincement au cœur. Chloé disait vrai. Elle et ses parents se connaissaient peu. Mais depuis quelque temps qu'elle vivait chez eux, ils n'étaient plus des étrangers.

— Tu as le droit d'être furieuse, dit-elle d'un ton compatissant. Mais il est trop tard pour corriger le passé. C'est maintenant que nous devons agir.

Sa mère eut un rire cynique qu'elle ne lui avait jamais entendu auparavant.

— Qui ? Nous trois ? Que veux-tu que nous fassions ? Ton père est fatigué, et moi, on me croit folle ! Et d'après ce que j'ai compris, tu n'es plus dans les faveurs du Centre, non plus.

Mathilde fut une nouvelle fois blessée. Elle se consola en pensant que ce n'était pas Chloé qui parlait à cet instant, mais sa souffrance. Basile caressa la main de son épouse.

— Calme-toi, dit-il d'une voix douce. Mathilde a raison. Nous devons faire quelque chose. Notre fille est prisonnière de cette machine infernale. Il faut l'en sortir.

Chloé lui jeta un regard farouche, puis, brusquement, elle fondit en larmes et tomba contre sa poitrine. Basile ne bougea pas. Mathilde fut touchée de les voir si solidaires. Quand sa mère eut fini de pleurer, elle le leur dit. Chloé sourit.

— Excusez-moi, murmura-t-elle. J'ai simplement le sentiment que nous ne serons jamais heureux. J'étais loin d'imaginer cela quand j'étais jeune.

Mathilde se mordit la lèvre. Elle-même n'aurait jamais pensé que sa vie prendrait pareille tournure. Et il ne s'agissait que d'elle, personne d'autre n'entrait en ligne de compte. Bien que... elle se découvrait une sœur.

— Basile a raison ! s'exclama-t-elle. Il faut sauver Céleste !

— Céleste ?

Elle rougit.

— C'est le premier nom qui m'est venu à l'esprit. Je sais, c'est étrange. D'autant qu'elle n'est pas encore née. Mais j'avais besoin de lui donner une identité.

Basile eut l'air attendri.

— Moi, ça me plaît. Céleste… Comme tombée du ciel.

— Il se peut que nous ne soyons pas seuls à lutter, reprit Mathilde. Vous vous souvenez des Whitam ? Je comptais les inviter ici pour les convaincre de nous rejoindre.

— Pourquoi voudraient-ils nous aider ?

— Parce que leur fils est en danger.

De la fierté passa dans le regard de Basile.

— J'ai l'impression de me voir au même âge. Cette fougue, cette révolte… Tu es bien ma fille.

Il riait à moitié. Chloé était toujours sous le choc. Mathilde était gênée. Des deux côtés, l'émotion était lourde à porter.

— Il n'est en effet peut-être pas trop tard pour renverser la situation, estima Basile. Après tout, le Centre n'a pas quarante ans d'existence.

— Sais-tu comment t'y prendre ? demanda Chloé, le visage soucieux.

— Nous y avons réfléchi avec Henri.

— Quand comptes-tu nous exposer ton plan ?

— Demain. J'espère que les Whitam viendront.

36

— C'est… joli chez vos parents, fit Sam Whitam en pénétrant dans la maison de Basile et Chloé.

Mathilde ne put s'empêcher de sourire à cette politesse forcée.

— Merci. Ma mère a tout décoré elle-même. Vous devriez le lui dire, cela lui fera plaisir.

Elle les engagea à la suivre. Lorsqu'ils entrèrent dans la cuisine, Basile était en train de décortiquer les minuscules insectes que Chloé avait achetés en guise d'apéritif. Les hexapodes glissaient entre ses doigts nerveux. Mathilde présenta le couple à ses parents et les pria de s'asseoir. Basile servit à boire. L'atmosphère était tendue. Chacun restait sur ses gardes. Mathilde n'attendit pas plus longtemps pour s'exprimer. Elle résuma ses dernières mésaventures, et expliqua que Ben et Céleste étaient captifs d'une institution gangrenée, et qu'il était de leur devoir de les en libérer. Elle conclut en demandant directement leur aide aux Whitam.

— Sans vous, nous ne pouvons rien, dit-elle d'un ton persuasif.

— Ma femme m'a dit que vous étiez venue la voir sur son lieu de travail.

— C'est exact. Je suis certaine que votre mouvement existe encore.

Il ignora le regard appuyé que son épouse lui adressait.

— Je vous en prie, insista Mathilde. Je sais que vous avez été internés, que vous avez souffert...

L'expression de Sam Whitam se voila.

— Ma mère aussi est passée par là. De longs mois. Votre prudence est légitime mais, sans vous, la lutte serait inégale. Songez à Ben...

À l'évocation de son fils, Sam Whitam ne broncha pas. Ses mains s'accrochaient au rebord de la table. Ema Whitam attendait, consciente que le verdict de son mari serait le sien. Elle braquait sur lui des yeux inquiets. Au terme de longues minutes où Mathilde respirait en apnée, il se tourna vers elle.

— Comment comptez-vous procéder ? demanda-t-il.

Elle reprit son souffle.

— Tout d'abord, il faut que nous sachions de quels moyens nous disposons, dit-elle. Combien êtes-vous ?

— Malheureusement, plus beaucoup. À peine mille.

Elle ne cacha pas sa déception. Ema Whitam intervint :

— Au plus fort du mouvement, nous étions plus de cinquante mille.

— Vous croyez que ces gens pourraient revenir ?

— Pas tous, c'est certain. Beaucoup ont une peur bleue d'être internés. Nous avons été menacés.

— Je suis désolée.

— Vous n'y êtes pour rien. Il ne faut pas oublier qu'à l'époque nous n'avions aucune preuve. Aujourd'hui, c'est différent, n'est-ce pas ?

L'appel, plein d'espérance, toucha Mathilde. Elle s'apprêtait à conduire une révolte, et cette responsabilité l'exaltait autant qu'elle l'étourdissait. À vingt-cinq ans, on lui prêtait la carrure d'un géant.

— C'est vrai, répondit-elle néanmoins avec assurance. Nous avons non seulement des preuves, mais aussi un plan !

Ema Whitam parut ravie.

— Henri Whiter et moi avons enregistré mon témoignage. J'y expose tout ce que je sais. Nous y avons ajouté quelques relevés techniques, ainsi que des films et des photos.

Elle précisa que ce document était une bombe nécessitant d'être manipulée avec le plus grand soin.

— Nous le diffuserons auprès de la population. Autant que nous le pourrons.

— Que se passera-t-il si Christopher Blake met au jour nos intentions ? lança Sam Whitam. S'il détruit votre témoignage ?

— Vous en aurez chacun une copie. Henri Whiter aussi. Ainsi qu'une personne de confiance qu'il ira trouver de ma part dès demain.

— Qui ?

— Marc.

La contrariété de Basile et Chloé n'échappa pas aux Whitam.

— Qui est Marc ? demandèrent-ils.

Elle leur renvoya un regard franc.

— Mon meilleur ami. Il cachera le document de manière sûre. Je ne connais personne de plus qualifié pour le faire. De sorte que si aucun de vous ne pouvait plus agir, Marc pourrait encore le diffuser via l'Information Générale.

Sam Whitam haussa les épaules.

— Personne ne prendrait ce risque.

— Marc, si.

Il ne répliqua pas. Basile avait l'air de plus en plus anxieux. Mathilde avait remarqué que, plusieurs fois, il avait failli intervenir. Au bout du compte, il n'y tint plus.

— Que se passera-t-il si le Doyen tente d'effacer les traces de son forfait ? fit-il, crispé. S'il supprime la salle clandestine, et les spécimens qui sont à l'intérieur ? S'il s'en prend à ceux de la salle 12 pour les empêcher de témoigner ?

— Quel intérêt aurait-il à attirer l'attention sur lui alors que nous détenons déjà les preuves ? On ne s'attaque pas aux spécimens impunément. En faisant cela, il risquerait la peine capitale.

— Et s'il nous fait enfermer, s'il parvient à détruire toutes les copies ? renchérit Sam Whitam. Y compris celle de votre ami ?

— Vous imaginez le pire.

— Cet homme est dangereux.

Il était sérieux, et elle se rendit compte que Basile et Chloé partageaient son avis.

— Le Doyen ne pourra jamais supprimer toutes les preuves, dit-elle au bout de quelques secondes.

Il ne pourra pas m'éliminer, moi. Je suis le meilleur gage qui puisse exister.

— Vous êtes naïve. C'est précisément pour cette raison que vous serez la première pourchassée. Blake possède un pouvoir immense. Il tient entre ses mains l'avenir de la Communauté. Il connaît toutes les personnalités. Il a des appuis, qu'à mon avis nous ne soupçonnons pas. Il est inattaquable.

Mathilde frissonna.

— Faites-moi confiance, répliqua-t-elle d'une voix mal assurée. Je ferai en sorte qu'il ne puisse pas me trouver. Nous aurons le temps de communiquer la vérité au public.

— La majorité de la population n'est pas prête à désacraliser le Centre.

— Je n'ai pas dit que ce serait facile.

Le silence s'installa de nouveau. Basile se pencha vers elle.

— Tu comptes te cacher ? demanda-t-il, soucieux.

Elle acquiesça.

— Où ?

— Il vaut mieux que vous ne le sachiez pas.

— Mathilde…

— Je n'ai pas d'autre solution. Acceptez-vous de m'aider ?

L'angoisse qui les habitait déteignait sur elle.

— Répondez-moi, s'il vous plaît.

Basile et Chloé ne détachaient pas leur regard d'elle, pas plus qu'Ema Whitam de son mari. Mathilde savait que ses parents la soutiendraient, si bien que, curieusement, son destin se trouvait suspendu à la seule volonté de Sam Whitam. Mais ce dernier ne disait rien. Elle répéta sa question en s'adressant directement à lui. Un peu surpris, il opéra un bref tour de table et saisit son verre, qu'il vida d'un trait. Il le reposa brutalement.

— Je vous suis, dit-il. Pour Ben. Pour votre sœur. Pour l'avenir de nos enfants.

— Merci, répondit Mathilde, la voix tremblante.

— Je vous en prie. C'est à mon fils que je le dois.

Elle se tourna vers son père.

— Basile ?

— Mes deux filles sont impliquées, soupira ce dernier, tourmenté. Je n'ai pas le choix. Ce qui me désespère, c'est qu'en sauvant l'une, je risque de condamner l'autre.

Mathilde n'y avait pas songé. Basile poursuivit :

— Je veux bien m'engager, dit-il, mais à la condition que Chloé reste en dehors de tout cela. Elle a déjà été internée deux fois. La prochaine, elle ne sortira pas.

— Il n'en est pas question !

Chloé, qui n'avait rien dit depuis le début de la conversation, quittait sa réserve.

— Il n'en est pas question, répéta-t-elle, inflexible. Je me moque d'être arrêtée. Ces gens-là n'auront pas raison de moi. Je veux participer à ce combat. Je l'attends depuis trop longtemps.

Basile lui caressa la joue.

— Je ne pourrais pas me passer de toi, dit-il tristement.

Chloé lui rendit un regard plein d'affection.

— Nous ferons attention. Je te le promets. Mais tu ne peux pas me bâillonner, Basile. Ce n'est pas dans cette idée que tu m'as épousée.

— De toute façon, si tu l'as décidé…

Mathilde les observait, amoureux. Elle les envia un peu.

37

Avant de partir travailler, Basile convint avec Mathilde qu'elle irait rejoindre Henri Whiter de toute urgence afin de finaliser le document dont ils confieraient ensuite une copie à tous, et en premier lieu à Marc. De son côté, Chloé devait se rendre à son bilan médical et effectuer quelques achats au Centre de vie. Ils résolurent de se retrouver en famille, à la nuit tombée.

Lorsque, le soir venu, Basile et Chloé passèrent le seuil de leur maison, il leur fut impossible d'ignorer plus longtemps le sujet qui les tourmentait. Chacun, tout au long de la journée, avait essayé d'oublier. Basile en s'acharnant au travail, Chloé en se perdant dans les allées commerciales, en vain. Maintenant qu'ils se faisaient face, aucun n'était dupe des sentiments de l'autre. Ils avaient besoin de réponses, de dissiper leur inquiétude.

— Je vais la chercher ! annonça Basile, impatient, en descendant à l'étage inférieur.

Demeurée seule, Chloé réfléchit aux derniers événements. Tout s'était déroulé si vite.

Un mois auparavant, elle et Basile menaient une vie tranquille. Vide de toute substance, mais paisible, en quasi-autarcie. Faute d'avoir su se rendre nécessaires auprès des autres, ils se suffisaient à eux-mêmes.

Elle avait fini par s'y habituer. Elle avait depuis longtemps laissé s'endormir la révolte et son dégoût pour cette vie qui l'avait trahie. Résignée, elle s'était assoupie. Et voilà que, d'un séisme à la fois terrifiant et magnifique, son sang se réveillait, ses pensées refluaient. En quelques semaines, elle avait renoué avec sa fille alors qu'elle la croyait perdue, en avait gagné une seconde qu'il lui fallait sauver, et puis… Elle reconnaissait cette colère qui refleurissait, plus vivace que jamais. Elle retrouvait le goût de s'attaquer aux causes désespérées, ou considérées par nombre de ses contemporains comme simplement superflues. Elle identifiait très bien ce sentiment. Tout son passé le lui rappelait. Mathilde lui ressemblait.

Elle se dirigea vers le fond de la pièce. Elle ne buvait que très rarement, parfois pour accompagner son mari mais, à cet instant, elle en avait envie, seule. L'alcool lui brûla la langue. Elle aima la sensation. Elle n'avait pas si peur. Du moins pas pour elle. Au contraire, elle retrouvait une raison d'exister. Cela faisait des années qu'elle était interdite de travail, qu'on la considérait comme un personnage singulier, distrayant, inutile… Plus le temps avait passé, plus elle avait acquis le réflexe de s'enfermer dans son atelier pour se soustraire à ces regards qu'elle dérangeait. Mais l'heure était venue de revoir le jour. Enfin !

Elle but la dernière goutte et explosa d'un rire incontrôlable. Un ultime rire de folle. Jusqu'à ce que Basile paraisse sur le seuil du salon et, alors, elle se tut sur-le-champ.

— Elle est partie…, murmura-t-il.

Chloé lâcha son verre, qui éclata sur le sol dans un grand fracas.

38

Là où elle marchait, les couleurs n'existaient plus.

Le rouge, le jaune et le bleu s'étaient dilués dans un gris qui avait tout englouti. Ce qui l'avait poussée à affûter son jugement pour distinguer les matières. Le fer qui coupait, l'acier qui glissait, les champignons qui prenaient le pouvoir sur les choses. Certaines étaient là depuis des siècles.

Henri l'avait déposée en plein désert, loin derrière les serres, à l'abri des regards. Son premier geste avait été d'éteindre son ondophone. Pour s'orienter, elle s'en remettait désormais à ce seul petit objet, cadeau de son dernier anniversaire. La boussole avait indiqué la direction nord-est, et elle avait rectifié son pas.

Henri lui avait prêté des vêtements résistant à la pluie, et au soleil qui finirait par revenir. Il lui avait également donné un grand sac imperméable pour ranger son matériel. Une arme à feu, plusieurs couteaux, afin qu'elle puisse se nourrir ou se battre en cas de besoin. Des poches nutritives, des compléments alimentaires et des médicaments en quantité. Un bidon pour stocker l'eau de pluie, il lui faudrait s'organiser. Il lui avait recommandé de se préparer à connaître l'enfer, et elle avait souri. S'il en était sorti, elle y arriverait aussi.

La décharge constituait un royaume très étendu, gouverné par une population grouillante de quadrupèdes, arthropodes et autres rampants qui cohabitaient selon la loi du plus fort. Ce chaos primitif lui était apparu dès le premier soir, au crépuscule. Marchant en quête d'un abri, munie d'une lampe de poche dont elle étouffait le faisceau à chaque bruit suspect, elle s'était dirigée vers le point culminant d'une butte et s'était mise à creuser. Un trou suffisamment grand pour y loger son corps fatigué, qu'elle avait ensuite couvert d'une bâche afin de s'isoler du vent. Malgré l'odeur pestilentielle, elle avait fini par s'endormir. Deux heures plus tard, elle s'était réveillée en hurlant et avait sauté d'un bond hors de sa cachette.

À l'emplacement où ses pieds reposaient une seconde plus tôt, cinq énormes rats se disputaient les miettes d'un biscuit à travers la toile percée de son sac de survie. Courageuse, elle les avait chassés avant de redescendre au bas de la butte où elle avait attendu l'aube, recroquevillée, la bâche remontée sur la tête. C'était la première nuit.

Au matin, elle était décidée à mieux s'organiser. Si les événements se déroulaient comme elle le prévoyait, elle devrait rester au moins un mois dans la décharge. Le temps pour les Whitam, Henri et ses parents d'orchestrer la révolte. Un mois... Cela paraissait l'éternité.

La priorité était de se construire un refuge. Elle trouva d'abord un grand caisson métallique, trop lourd pour être déplacé, mais à l'intérieur duquel elle pourrait se tenir. Elle le bascula sur des plots à trente centimètres du sol, et fabriqua une porte avec un panneau en plastique. L'ensemble était précaire, mais elle dormirait au sec.

La deuxième nuit fut moins difficile. La troisième aussi. Les rats auraient pu l'encercler qu'elle ne l'aurait pas remarqué. La vie dans la décharge l'éreintait. Elle était arrivée avec une volonté de fer, qu'elle pensait à toute épreuve, mais quarante-huit heures plus tard, elle était déjà beaucoup moins déterminée. Jamais elle n'aurait cru être si attachée à son confort. Disposer d'un toit, de nourriture variée, être en sécurité… Tout lui manquait.

Sa principale inquiétude concernait Basile et Chloé. Elle songeait à eux constamment. Ne les avait-elle pas abandonnés ? L'existence de sa sœur lui revenait aussi régulièrement à l'esprit, bien qu'elle soit incapable de définir les sentiments éprouvés à son sujet.

Au quatrième jour, elle entreprit de ramasser des insectes. Il lui suffisait de soulever n'importe quel objet pour débusquer une colonie. Coléoptères, larves, chenilles et même fourmis, bien que ces dernières soient plus difficiles à capturer. Elle revint au campement avec une belle récolte qu'elle s'empressa de faire griller avant que la pluie ne s'abatte de nouveau sur la décharge.

Le feu crépitait doucement lorsqu'elle entendit du bruit. Elle se demanda si c'était le fait des carapaces qui explosaient sous l'effet de la chaleur. Elle se pencha pour vérifier. Un choc extrêmement violent la plaqua au sol. Le visage en sang, collée à terre, elle perçut un souffle court, une haleine nauséabonde. Elle poussa un cri, mais son assaillant, après avoir appuyé un genou sur son dos, passa le bras autour de sa gorge pour l'étrangler. Mathilde fut si surprise qu'elle ne réagit pas. Mais lorsque l'étreinte se resserra, elle comprit que, si elle ne se défendait pas tout de suite, elle allait mourir. Son instinct refit surface. Elle savait se battre. Elle s'était entraînée des années à cela. Elle dégagea son poignet et agrippa la main qui la paralysait. Elle y enfonça ses ongles et tira de toutes ses forces pour desserrer l'étau. Déstabilisé, son agresseur tomba sur le côté. Se redressant, il tenta une nouvelle fois de la renverser. Mais elle tint bon et le repoussa. Il brandit un couteau. En un clin d'œil, Mathilde évalua la distance qui la séparait de son sac. Elle n'aurait pas le temps de l'atteindre. Fondant sur son adversaire, elle lui décocha un puissant coup de pied au menton, puis un second dans le ventre, qui le fit chuter. Elle lui écrasa les doigts jusqu'à ce qu'il lâche son arme et lui entailla le bras. Il poussa un hurlement. Le sang coula. Mathilde approcha, le cœur battant. Se plaçant derrière lui, elle lui asséna un coup sur la nuque et empoigna son bras meurtri qu'elle maintint haut dans son dos. Elle appuya la lame sur son cou.

— Vous ne savez pas vous battre, lâcha-t-elle, essoufflée.

Plusieurs heures après avoir été maîtrisé, son agresseur n'avait pas bougé. À peine avait-il gémi lorsqu'elle l'avait entraîné de force jusqu'à son sac afin de récupérer son pistolet. Maintenant, elle le tenait en joue.

Bien que son état se fût considérablement dégradé, elle le reconnaissait. Le terroriste était beaucoup plus maigre que sur son avis de recherche. Son visage s'était encore creusé. Les joues, surtout, donnaient l'impression d'être mangées de l'intérieur. Il avait le teint jaune, typique d'un ictère, et ses cheveux hirsutes formaient avec la barbe une crinière répugnante. Mais c'était lui. Il haletait comme un chien et elle remarqua par la déchirure de son pantalon qu'il était également blessé à la cheville. La plaie, mal cicatrisée, suintait. Elle se demanda par quel prodige il avait réussi à l'attaquer. L'effort avait dû lui coûter toute son énergie.

— Pourquoi m'avoir agressée ? lança-t-elle en pointant son revolver sur lui. Vous pensiez vraiment avoir une chance de me tuer ?

Il s'entêtait à ne pas la regarder.

— Qu'espériez-vous ? insista-t-elle.

— À votre avis ?

Elle fut surprise qu'il réponde.

— Si j'avais voulu vous tuer, reprit-il d'une voix faible, je l'aurais fait bien plus tôt. Cela fait trois jours que je vous suis. Mais vous dormez toujours accrochée à votre sac.

Une quinte de toux l'interrompit.

— Remarquez, je vous comprends. C'est ce qui m'intéressait.

— Que faites-vous ici ?

Il était recherché par toute la Communauté. L'idée effleura Mathilde qu'elle pourrait le tuer elle-même.

Personne ne le lui reprocherait. Au contraire, on l'acclamerait.

— Je préfère mourir dans cette décharge plutôt que d'être torturé par des monstres, répondit-il, comme s'il devinait ses pensées.

Elle le gifla.

— Comment osez-vous ? Vous avez tué des innocents ! Vous les avez…

L'émotion l'empêcha de continuer. Elle revit le film du drame. Le visage de cette jeune femme, fendu en deux.

— C'est vous qui êtes un monstre, dit-elle avec mépris.

Elle désirait autant étrangler cet homme qu'obtenir des réponses de sa part.

— Pourquoi ? cracha-t-elle avec colère.

Il la fixa d'un air hésitant puis se décomposa.

— Je n'ai tué personne, dit-il, à bout de forces.

Elle faillit le frapper une nouvelle fois.

— Ils m'avaient promis la liberté. Ils m'ont trahi.

— Vos amis, je suppose ?

Il ignora la provocation.

— Vous ne savez pas de quoi vous parlez, dit-il après un moment. C'est terrible.

Mathilde était décontenancée.

— Je vais vous tuer, lança-t-elle, à court d'arguments.

Elle s'attendait qu'il manifeste de la peur, qu'il tente de riposter, mais il répliqua avec lassitude :

— Allez-y. Quelle importance ? Je suis perdu. Je vais mourir ici. Que ce soit à cause de vous ou de faim ne changera rien.

Sa réponse la surprit. Fallait-il qu'il ait été endoctriné pour accepter ainsi, sans rechigner, sa propre fin ? Elle l'examina avec attention. La vérité était qu'elle ne se sentait pas le courage de le tuer, pas plus qu'elle était en mesure de le livrer aux autorités. Sa présence était un fardeau. Faute de solution, elle le ligota solidement et l'attacha au caisson, puis partit se retrancher sur la butte d'en face, la lampe braquée sur lui.

39

Mathilde ne put fermer l'œil de la nuit. Qu'allait-elle faire de son prisonnier ? Il ne faisait aucun doute qu'à la moindre inattention de sa part il essaierait une nouvelle fois de l'attaquer. L'abandonner, peut-être ? Il mourrait vite. De faim, d'infection... Mais un tel acte lui répugnait. Il lui donnerait le sentiment de ne valoir guère mieux que son agresseur.

Tout en le regardant dormir, elle repensait à leur conversation. La résignation qu'il affichait la laissait perplexe. Ce n'était pas le comportement d'un forcené. Certes, il l'avait attaquée, mais il prétendait que c'était pour se nourrir et, au vu de son état de santé, c'était plausible. D'ailleurs, sitôt qu'elle l'avait maîtrisé, il n'avait plus fait preuve d'hostilité à son encontre.

Restait à déterminer dans quelle mesure il la manipulait. Il avait suggéré qu'elle se trompait, qu'on l'avait trompée. Un discours difficile à entendre. Mais s'il disait vrai ?

Toute sa vie, elle avait voulu savoir ce qui se cachait de l'autre côté de la frontière. Les réponses étaient peut-être là, à sa portée.

Le prisonnier gémit. Dans son sommeil, il s'était appuyé sur son bras et la blessure le faisait souffrir. Mathilde fit semblant de dormir. Derrière ses paupières entrouvertes, elle guettait ses réactions. Elle aurait parié qu'il essaierait de desserrer ses liens pour s'enfuir, mais ce ne fut pas le cas. Il tenta simplement de se rendormir. Elle attendit encore un peu et se leva. Lorsqu'elle fut près de lui, il rouvrit les yeux. Elle en profita pour le libérer, sans baisser son arme pour autant. Il s'assit en tailleur et massa son épaule.

— Que faites-vous ici ? lança-t-elle d'une voix sûre. Pourquoi n'êtes-vous pas rentré chez vous ?

Le prisonnier se montra moins coopératif que la veille. Son regard trahissait une grande fatigue, mais également une forme de renoncement.

Elle réitéra ses questions, qui n'eurent pas plus d'écho. Elle attrapa alors son sac, dont elle sortit deux poches qu'elle lui tendit. Sans rien dire, il s'en saisit et, après s'être assuré qu'elle ne lui tirerait pas dessus, les vida avec avidité. Quand il eut fini, il appuya son dos contre une butte et poussa un soupir.

— Je vous en donnerai d'autres, dit Mathilde en ramassant les poches. Je peux également vous soigner. Je possède les médicaments nécessaires.

Il fronça les sourcils.

— Pourquoi feriez-vous cela ?
— En échange, je veux la vérité.

Elle alla chercher de quoi désinfecter ses plaies et commença à appliquer le produit. Il serra les dents au contact du liquide.

— Hier, reprit-elle en ignorant sa douleur, vous avez dit que je ne savais pas de quoi je parlais. Que c'était terrible. Qu'est-ce que ça signifie ?

Elle lui jeta un coup d'œil en biais.

— Ils m'ont mis dans cet engin de malheur, déclara-t-il. Je ne contrôlais rien. Quelqu'un pilotait à distance.

Il s'interrompit, bouleversé, comme s'il revivait le drame.

— J'ai cru ma dernière heure venue. Tout était prévu pour que l'appareil se crashe avec moi à bord. S'il n'avait été victime d'une avarie, je ne serais pas là pour en parler.

— Mais qui vous a mis dans cet avion ? Les autorités de votre pays ?

Il secoua la tête.

— Non. Celles du vôtre.

Elle recula. Elle s'était juré de rester calme, mais elle ne pouvait entendre ces accusations sans réagir.

— Vous mentez, dit-elle, révoltée.

Le désespoir se lut dans le regard du terroriste.

— Je dis la vérité. Je ne me doutais pas que…

— Arrêtez. Je ne vous crois pas.

— Comment le pourriez-vous ? Tout est fait pour que vous ne réfléchissiez pas.

L'argument atteignit Mathilde dans son orgueil. Elle respira profondément.

— Pourquoi les autorités vous auraient-elles forcé à commettre un attentat ? reprit-elle. Cela n'a aucun sens.

— C'est pourtant simple, répliqua l'homme d'un air plein de défi. Votre gouvernement maintient la population dans la peur pour la garder sous contrôle. Cela s'appelle de la désinformation. C'est une pratique très courante dans les dictatures.

— Les dictatures... ? répéta Mathilde, abasourdie. Vous dites n'importe quoi.

Mais il ne l'écoutait plus.

— Si vous saviez d'où je viens..., dit-il en se parlant à lui-même.

Elle se rapprocha.

— De l'autre côté, n'est-ce pas ? répondit-elle à mi-voix.

Il hocha la tête.

— Je n'ai jamais voulu attaquer votre Communauté, plaida-t-il. Il faut me croire. Je suis une victime, moi aussi.

Mathilde sentait que son désarroi n'était pas feint. Désarçonnée, elle lui donna de l'eau et but après lui. Elle souhaitait réfléchir, mais tout se mélangeait.

— Je m'appelle Jack, dit-il avec un sourire reconnaissant.

Elle passa la matinée à errer dans la décharge. Quand elle revint vers Jack, il s'était de nouveau endormi. Elle le réveilla. Oubliant où il était, il eut un mouvement de frayeur avant de l'apercevoir, et de se calmer. Elle le détacha et il se frotta le visage. Il avait l'air épuisé. Inquiet, il attendait son verdict, le sort qu'elle lui réserverait. Elle s'assit face à lui.

— Si je continue de vous soigner et de vous nourrir, dit-elle sérieusement, serez-vous capable de regagner votre territoire ?

Il la regardait sans comprendre.

— Je vous propose un marché, poursuivit-elle. Je vous aide à vous rétablir, à rentrer chez vous, contre la promesse qu'une fois la frontière franchie vous garantissiez ma sécurité de l'autre côté.

Jack avait l'air ahuri.

— Vous... vous voulez venir avec moi ? balbutia-t-il.

Elle n'était sûre de rien. Elle suivait son instinct. Au moment où elle acquiesçait lentement, Jack plongea le visage dans ses mains.

— C'est de la folie..., murmura-t-il.

DEUXIÈME PARTIE

*L'homme est fou.
Il adore un Dieu invisible
et détruit une nature visible,
inconscient que la nature qu'il détruit
est le Dieu qu'il vénère.*

Anonyme

1

C'est un homme qui est venu.

Ses traits me rappellent vaguement quelqu'un. J'éprouve pour lui, sinon de la sympathie, du moins une confiance timide. Je n'ai guère le choix. Je suis clouée au lit. Enfin, au lit... Je couche sur une vieille couverture posée à même le sol. Une seconde sert à me tenir chaud. Mais ce n'est pas suffisant. J'ai froid, souvent.

Près de ma tête, à portée de main : une lampe à huile. L'homme m'a appris comment l'utiliser. Il a également précisé qu'il fallait l'économiser. Alors, la plupart du temps, je reste dans le noir. Je m'évade en pensée. Je songe à mes amis. Comme dans un film, je revois les images de mon existence passée. Les visages de Matthew, Marie, Marc, Henri. Ceux de mes parents, Basile et Chloé. À force de concentration, je réussis à faire revivre le parfum de la pluie, celui de mon ancienne maison en ville, les solvants qu'utilisait ma mère pour peindre, et jusqu'à l'odeur du Centre et des laboratoires, trop propre et entêtante, imprégnant la peau pendant des jours, y compris après plusieurs douches. Oui, avec beaucoup de ténacité, je retrouve des sensations lointaines et qui m'ont traversée. Le cerveau est un outil fantastique. Il permet des distractions inespérées. Car ici... Ici... Mais, qu'est-ce ?

Je ne me souviens de rien, sauf d'avoir été transportée, déplacée, cachée. On entrouvrait mes lèvres pour me donner à boire. J'entends encore les voix, masculines et graves. Mais peut-être l'ai-je rêvé. Mon corps en témoigne, le parcours n'a pas dû être aisé. J'ai mal partout. Je suis sans forces. Mes os, pour certains brisés, envoient des signaux de détresse aux muscles qui se tétanisent sans prévenir. Souvent, après de tels sursauts, je m'endors d'épuisement. On a rasé mes cheveux sur toute la partie gauche de mon crâne. À leur place se trouve un bandage imbibé de sang séché. Je n'ose le soulever. Le frôler seulement provoque une douleur semblable à une décharge électrique. L'homme m'a formellement défendu de m'agiter. J'obéis. Que pourrais-je faire d'autre ?

Je suis au centre d'une minuscule pièce carrée fermée par trois murs et un rideau de fer que mon visiteur redescend avec précaution chaque fois qu'il repart. Heureusement, il manque tout en bas une latte métallique qui permet à l'air de passer. C'est suffisant pour respirer, bien que l'odeur soit nauséabonde. Chargée de moisissures, de particules volatiles... J'en déduis que je me trouve dans une cave.

Si je n'ai pas de distractions, j'ai en revanche de la compagnie. L'ai-je dit ? C'est qu'au début j'étais sur mes gardes. Elle se nomme Kyla. Mon gardien l'a amenée afin qu'elle demeure à mon côté. Pour me protéger, a-t-il précisé. De quel danger ? Je n'ai pas osé le demander. Kyla ne me quitte que pour aller chasser. C'est une louve magnifique au caractère sauvage, bien qu'elle soit apprivoisée. Elle a les yeux dorés et le port altier, un museau finement découpé. Son pelage est d'une douceur consolatrice et tranche avec la dureté des crocs que ses babines découvrent au moindre bruit suspect, tandis que remonte du fond de sa gorge un grognement très dissuasif. Dans les premiers temps, elle ne se laissait pas approcher. Y compris par moi, qui suis à terre, si vulnérable, qui ne saurais lui faire de mal. Mais depuis peu, peut-être parce que j'ai partagé le morceau de viande faisandée que mon visiteur a apporté, Kyla m'autorise à la caresser. Jamais longtemps, mais je patienterai. J'ai le sentiment que nous sommes liées pour un moment. Quand le désespoir m'envahit, quand les regrets m'assaillent, je me couche contre son ventre chaud. Je me pelotonne dans sa fourrure et rêve de m'endormir pour toujours.

Comment suis-je arrivée là ? Et depuis combien de temps ?

2

Jack quitta son repaire au milieu de la nuit, cinq heures après le début du couvre-feu. Il s'agissait de l'horaire le plus sûr. Mis à part ceux que l'on avait sommés de monter la garde et de conduire les maraudes, la plupart des militaires ainsi que la racaille dormaient, vaincus par les ténèbres. Mais pas tous. Comme lui, certains veillaient. Tapis dans quelque endroit d'où ils pouvaient surgir à n'importe quel instant. Restaient aussi les loups qui, passé minuit, s'aventuraient dans les banlieues pour se nourrir, traquant rongeurs et canidés, ou à défaut tout humain qui croiserait leur route.

Jack n'était pas serein. Raison pour laquelle il emmenait toujours Diego avec lui, comptant sur son statut de mâle dominant pour écarter ses semblables. Fidèle, le loup l'escortait à une distance qui ne se réduisait jamais, même au terme de deux années de compagnonnage. À force, ils se mouvaient avec la même souplesse, la même discrétion et, l'ombre aidant, on n'aurait su distinguer l'homme de l'animal.

Une heure plus tard, ils atteignirent une tour désaffectée dont la construction, comme tant d'autres, restait inachevée. Des derniers étages, à peine ébauchés et battus par les vents, dépassaient encore les fers à béton. Les échafaudages avaient disparu, volés depuis longtemps. Après s'être assuré que personne ne les avait suivis, Jack entra dans le bâtiment et laissa le loup en poste au rez-de-chaussée. Diego connaissait sa mission. Prévenir, attaquer. Périr, s'il le fallait.

Jack se dirigea vers la rampe menant au parking souterrain. Mais avant de s'y aventurer, il guetta une dernière fois le silence. Rassuré, il alluma la torche. La graisse qui recouvrait le tissu s'enflamma, dégageant une forte odeur de suif. Tandis qu'il s'enfonçait dans les sous-sols, la condition de sa protégée lui revint à l'esprit.

À son sujet, il ne savait plus quoi décider. Plus les jours passaient, plus la situation devenait critique. Depuis que ses amis et lui l'avaient mise à l'abri, il lui portait régulièrement des vivres. L'entreprise n'était pas sans risque. D'autres priorités l'attendaient, bien plus cruciales. Mais l'abandonner à son sort lui faisait honte. Elle avait fait beaucoup pour lui. Sans elle, jamais il ne serait revenu de son exil. Il serait mort dans la décharge, seul et misérable.

Le plus préoccupant était que, depuis qu'il l'avait déposée là, trois mois auparavant, il savait peu de son état. Sinon qu'elle était blessée à la tête et souffrait probablement de plusieurs fractures. À la cheville, pour commencer, au regard de l'hématome qui s'était formé autour de la malléole et qui maintenant s'était résorbé. Mais sans doute y en avait-il d'autres. Il ne pouvait se fier qu'à son intuition. Mathilde ne l'aidait pas. Mutique depuis l'accident, elle paraissait ne se souvenir de rien. À chacune de ses venues, elle l'observait comme une bête curieuse, et jamais elle ne prononçait un mot. Son seul mode d'expression consistait en quelques gestes sommaires traduisant ses besoins primaires. Manger, boire, dormir. Les émotions, en revanche, se lisaient sur son visage. La tristesse étant la plus récurrente.

De toutes ses forces, il essayait d'y rester indifférent. Il se cantonnait à sa tâche. Faire en sorte qu'elle aille mieux afin qu'il puisse, enfin, retourner à ses obligations.

Lorsqu'il atteignit le vingtième et dernier sous-sol, il nota avec satisfaction que la lumière était éteinte. Au moins comprenait-elle les consignes. Il s'adressa à Kyla qui s'était cambrée, prête à bondir.

— Ne crains rien, ma belle, dit-il en jetant la dépouille d'un lapin que la louve attrapa au vol. Ce n'est que moi.

Les puissantes mâchoires broyèrent les cartilages aussi aisément que des noix. Jack accrocha la torche au mur, souleva le rideau qui gardait l'entrée du box et alluma la lampe. Mathilde ouvrit les yeux.

— Je t'ai apporté plusieurs choses, annonça-t-il en se délestant de son sac. De quoi manger, boire, mais aussi te soigner. Et de l'argile à appliquer sur ton crâne. Comme la dernière fois. Tu te souviens ?

Il déballa un paquet de terre amollie.

— Ça activera la cicatrisation.

Il sortit ensuite des vivres, ainsi que deux bouteilles.

— Pour nettoyer, indiqua-t-il en désignant la première.

Puis il brandit la seconde.

— Celle-ci contient une infusion de graines de pavot. C'est efficace contre la douleur.

Il ignorait si elle le comprenait, mais comme elle ne montrait aucun signe d'agitation, il en déduisit qu'il pouvait approcher. Lentement, il vint se placer derrière sa tête et inclina la lampe. Il défit le bandage avec précaution. Mathilde frémit lorsqu'il retira la dernière épaisseur. La blessure n'était pas belle. Elle l'était de moins en moins. Une poche de pus s'était formée sous la peau. Ce constat acheva de contrarier Jack. Tôt ou tard, elle devrait sortir. Il appliqua de l'huile de millepertuis et de l'argile verte, puis refit un pansement avec un linge propre. Mathilde se laissa faire. Après avoir contrôlé sa cheville, qui semblait maintenant guérie, il s'assit près d'elle et lui tendit une bouteille.

— Bientôt, il faudra s'en aller, dit-il tandis qu'elle buvait à petites gorgées. Ici, tu n'es pas en sécurité. Quelqu'un pourrait venir. Et ton état exige désormais des compétences supérieures aux miennes. Le peu que je connais en botanique ne suffit plus. Tu as besoin de médicaments.

Il se mordit la lèvre, soucieux.

— Enfin, ce n'est pas pour tout de suite. Mais je préfère t'avertir. Tu dois recommencer à bouger, à parler. À t'exercer.

Elle l'observait, les yeux écarquillés.

— Je viens aussi souvent que possible, poursuivit Jack. Mais je ne pourrai pas le faire indéfiniment. Il te faut réapprendre à vivre seule. Tu comprends ?

Elle hocha la tête.

— Bien. Dans ce cas, je m'en vais. Tu trouveras dans le sac deux autres bouteilles d'eau potable. À alterner avec la tisane. Ne confonds pas avec le bidon bleu qui doit servir à te laver. Si tu y arrives. Sinon, je reviendrai le faire.

La pudeur lui fit baisser les yeux. Jusque-là, par nécessité, c'était lui qui avait procédé à sa toilette. Non sans gêne. Mathilde avait un corps parfait. Aucun homme n'y serait resté insensible. Mais c'était fini. Il fallait qu'elle réussisse seule. De son autonomie dépendait sa survie.

3

L'homme est revenu. Les racines qu'il m'a apportées étaient délicieuses. Leur goût acidulé m'a procuré un bonheur simple, mais immense. Je les ai savourées lentement en gardant un morceau pour plus tard, lorsque je serai, comme c'est souvent, en proie au désespoir.

Lorsque mon bienfaiteur s'est adressé à moi, je suis demeurée muette. Pourtant, contrairement au reste, je n'ai rien oublié du langage. Mais je ne voulais pas entamer de conversation. J'ai trop peur de ce que je pourrais apprendre. Mon amnésie dissimule une vérité insupportable. Je le sens. Comment expliquer, sinon, cette absence ? Ce frisson qui m'agite sans que je puisse le saisir ni mettre un nom dessus ?

Mon bienfaiteur est prévenant, son aide est providentielle, mais le lieu où il me tient, l'anxiété qui transpire de son attitude n'augurent rien de bon. C'est la première fois que je ressens chez lui de l'empressement. Malgré ses efforts pour cacher son trouble lorsqu'il a remplacé le pansement, j'ai compris. Je ne suis pas idiote. Je sens la boursouflure sous la cicatrice, je sens la brûlure. Il a raison. Je dois sortir. En serai-je capable ?

D'abord, m'appuyer sur mon coude. Je le fais souvent pour changer de position. Voilà. Comme ça. Mon corps ne trahit pas. Il suit. Je me redresse doucement, puis, peu à peu, je prends appui sur mes pieds. Le point d'équilibre est fragile, mais moins que ce que j'imaginais. Ma cheville va mieux. Comparée au reste, la déformation dont je souffre à la hanche depuis ma naissance est un moindre mal. L'implant que je porte sous la peau est désormais vide de tout calmant, mais cela n'aggrave pas mon handicap. Le manque d'exercice est ce qui m'affecte le plus. Mes muscles ont fondu. Il me faut tenir une minute. Cinq. Pour l'instant, c'est assez. Ce soir, je recommencerai. J'essaierai de marcher. Il le faut. Comme je dois absolument retrouver ce que mon cerveau s'acharne à me cacher.

Ma dernière impression remonte à l'instant où j'ai pénétré dans la décharge. De cela, je me souviens très bien. Comme des événements qui ont précédé. Ma vie au Centre, mes études, les spécimens malades, leur état de conscience, ma rébellion, mon renvoi.

Je me rappelle aussi cette salle clandestine, avec ma sœur à l'intérieur. Comme il est étrange de penser à elle. À son sujet, seul m'anime un désir de justice et de vérité. Son destin repose désormais entre les mains de nos parents. Et des Whitam. De ce mouvement que nous avons initié. Henri, Basile, Chloé... Je me remémore chaque détail. La réunion où nous avons décidé de la façon de nous organiser, mes derniers jours dans la Communauté, le dîner au Centre de vie avec Matthew, son départ pour la frontière…

La frontière… Matthew.

Ce nom. C'est le sien.

Ça y est. Tout me revient.

Trois mois plus tôt

4

Il était là.
Celui que l'on évoquait en sous-sol, dans l'espace clos des chambres et des cuisines, sans jamais s'appesantir et toujours à mi-voix. Ce monstre qui nourrissait les cauchemars des plus téméraires, se laissant imaginer mais rarement apercevoir. Sauf par quelques-uns. Et ceux-là ne s'en vantaient jamais.
Enfin, le mur était là, excluant la possibilité d'un mirage.
Le jour, on aurait pu croire la bête assoupie, oubliée de ses bâtisseurs, mais, à la nuit tombée, un souffle invisible la réveillait. Des phares s'allumaient sur sa crête comme des yeux diaboliques, visant tour à tour le ciel, la décharge en contrebas, le rempart lui-même. Lorsqu'un char empruntait le chemin de ronde pour relier un poste à un autre, les chenilles broyaient la pierre si fort qu'elles faisaient trembler la terre. Souvent, des détonations éclataient au hasard, sans que l'on puisse en déterminer l'origine, et finissaient aspirées par le néant, étouffées dans l'épaisseur de l'air. Malgré cela, s'il existait une chance de dompter le danger, c'était maintenant. Les fortes précipitations composaient dès le milieu de la nuit, particulièrement

au-dessus de la décharge, à cause des marais qui s'y étaient formés, des bancs de brouillard que même les phares peinaient à percer.

Mathilde avait l'intuition que son futur l'attendait de l'autre côté. Elle s'en convainquait. Au début, elle n'avait songé qu'à se cacher, mais sa rencontre avec Jack avait tout bouleversé. Derrière la frontière, l'horizon continuait. Décidée à partir, elle mettrait tout en œuvre pour y parvenir. Il fallait faire vite. Leurs provisions ne leur permettraient pas de subsister longtemps.

Alors qu'elle réfléchissait à la façon de quitter les lieux, elle interrogea Jack sur la manière dont il avait franchi la frontière.

— J'ai creusé un tunnel, expliqua-t-il. Mais il est inutile d'y songer. Après m'avoir capturé, l'armée s'est empressée de le combler.

— Comment les soldats vous ont-ils trouvé ?

— Je suis sorti de terre au milieu du désert. J'ai tout de suite été repéré. Si j'avais su que cette décharge existait, j'aurais agi différemment.

— Vous voulez dire que vous avez creusé au hasard ? Je ne peux pas le croire !

— Comment étions-nous supposés deviner ?

— Nous ?

Il ne répondit pas. Une lueur s'alluma dans le regard de Mathilde.

— Quelles que soient les personnes dont vous parlez, dit-elle, elles vous attendent de l'autre côté. Peut-être pourraient-elles nous aider ?

Jack ne releva pas sa remarque, mais ses traits se crispèrent.

— Nous pourrions les contacter, renchérit Mathilde. Vous devez certainement avoir un outil de communication, quelque chose qui ressemblerait à mon ondophone. Peut-être pourrions-nous même essayer avec le mien… ?

Il secoua la tête.

— Les ondes ne traversent pas la frontière. L'armée les brouille. Dans votre territoire comme dans le mien.

— Il doit exister un moyen. Le mur s'arrête obligatoirement quelque part ! Il ne peut pas s'étendre indéfiniment. Nous devons trouver la sortie.

Jack haussa les épaules.

— Pour nous faire tirer dessus, à bout portant ?

Elle s'assit, découragée. Il lui était impossible d'accepter d'avoir parcouru tant de chemin pour rien. Un instant, elle s'imagina creuser un nouveau tunnel, mais, en tout état de cause, cela prendrait des semaines. Qu'en était-il des airs ?

— Cet avion n'était pas le mien, fit Jack alors qu'elle réfléchissait à haute voix. Je vous l'ai répété cent fois. On m'y a installé contre mon gré.

— Peut-être pourrions-nous en voler un ?

Elle fit la moue, ne croyant pas elle-même à sa proposition. Chaque scénario se révélait irréalisable. Désespérée, elle songea à revenir en arrière. Mais quel sort lui réserverait-on, une fois rentrée ?

Les mains appuyées sur les tempes à s'en comprimer la cervelle, elle fixait le rempart quand, tout d'un coup, la solution lui vint à l'esprit.

5

Quand Matthew décrocha, Mathilde sursauta. Jusqu'au dernier moment, elle avait craint que le subterfuge mis au point par Marc ne rencontre un problème technique qui les empêcherait de communiquer en vase clos, à l'insu des autorités.

— Matthew, tu es là ? lança-t-elle dans le vide, inquiète de ne pas voir apparaître son visage comme c'était le cas habituellement.

Elle entendit des bruits de froissement suivis d'un claquement de porte, comme s'il s'éloignait à pas rapides.

— Mathilde ? C'est bien toi ?

Il était hors d'haleine.

— Oui, mais mon ondophone doit être cassé, je n'ai pas d'image.

— C'est normal, la rassura Matthew. Il ne faut pas que quelqu'un t'aperçoive. Marc a pensé à tout. Quand j'ai compris que c'était toi, je me suis éclipsé.

Il fit une pause avant de reprendre d'un ton vif :

— Où es-tu ? Cela fait des jours que tu as disparu. Avec Marc et Marie, nous étions fous d'inquiétude.

— Je suis désolée, ce n'était pas mon intention. Tout est allé si vite. Je devais me cacher.

— Où ?

— Dans la décharge.

Matthew mit une seconde à réagir.

— C'est une blague ? Tu n'es pas réellement là-bas ?

— Si.

— C'est impossible... Quelle mouche t'a piquée ?!

— J'ai témoigné contre le Centre et le Doyen. Je devais absolument partir.

— Mais... jusqu'à quand ?

— Je l'ignore.

— Et tu ne pouvais pas trouver mieux ? Comme aller, je ne sais pas, moi, chez Whiter ?

— À l'heure qu'il est, Henri est peut-être en danger.

Ils se turent en songeant à lui. De tout cœur, Mathilde espérait se tromper.

— Tu ne peux pas rester indéfiniment dans la décharge, jugea Matthew.

— Je le sais. Jusqu'à présent, j'ai réussi à me débrouiller. Mais je n'ai presque plus de provisions. J'ai besoin de toi.

— Que veux-tu ? répliqua Matthew, non sans méfiance.

— Je voudrais que tu m'aides à passer de l'autre côté.

— Je ne suis pas sûr de comprendre...

— Je cherche à rejoindre le territoire adverse, annonça-t-elle, coupant court à toute ambiguïté.

Elle observait le rempart, comme si, par magie, elle pouvait l'y apercevoir.

— Allô ? Matthew ? Tu m'as entendue ?

— Rien que ça... C'est tout ce que tu as trouvé ?
— J'ai mes raisons.
— Qui sont ?
— Je ne peux pas te les expliquer. Tu dois me faire confiance.

Il eut un rire ironique. Elle renchérit :
— Si je fais marche arrière, je serai internée.
— Cela vaudrait mieux.
— Et si je reste ici, je risque de mourir de faim.
— Eh bien, rentre !
— Jamais.

Matthew se tut. Il connaissait Mathilde mieux que personne. Ce qu'elle avait décidé était définitif. Il secoua la tête, perdu et contrarié. Il détestait être mis au pied du mur. Ce qu'elle demandait était aberrant, impossible, trop dangereux. Franchir la frontière ? Mais c'était impensable ! Personne ne l'avait jamais fait. Personne, surtout, ne l'avait jamais désiré. Une colère froide s'empara de lui. Car, bien sûr, il l'aiderait. Au nom de cette maudite amitié.

— Et comment imagines-tu que je t'aide à passer ? reprit-il, durement.

— J'espérais que tu aurais une idée.

— Ben voyons.

Le silence revint.

— Je vais réfléchir, fit Matthew après plusieurs secondes. Je me garde la possibilité de refuser.

— Avec ou sans toi, je ferai tout pour parvenir à mes fins.

Il poussa un juron et raccrocha. Ça aussi, malheureusement, il le savait.

Pendant trois jours, Mathilde n'eut aucune nouvelle de lui. Elle craignit que, pour la première fois, il ne l'abandonnât. Quand il la recontacta deux jours plus tard, sa voix était sèche, et son débit anormalement rapide.

— J'ai peut-être trouvé un moyen, déclara-t-il, lorsque la communication s'établit.

Elle retint son souffle. Plus tôt, elle s'était montrée pleine d'assurance mais, en réalité, sans son concours, elle n'avait aucune chance de réussir.

— Il existe le long de la frontière des plateformes que nous utilisons pour entretenir le mur ou descendre au sol lorsque c'est nécessaire, expliqua Matthew. Il suffirait d'en faire déplacer une jusqu'ici. Je dois également changer d'affectation. Si tout va bien, je serais muté demain au poste de surveillance de la décharge.

— Déjà ? Mais comment as-tu fait ?

— J'ai joué l'imbécile. L'armée n'envoie à cet endroit que les incapables. La plupart du temps, il n'y a rien à y faire.

Elle comprit qu'il sabordait volontairement sa carrière pour lui venir en aide. L'état-major ne plaisantait pas avec les fortes têtes. D'autant que Matthew n'avait déjà pas les faveurs de son commandement. Son offre la toucha au point de remettre son plan en question.

— Je suis désolée, dit-elle en regrettant son égoïsme. Je n'avais pas réfléchi, je…

Il lui coupa la parole.

— Moi, si. Et plutôt deux fois qu'une. Un peu de changement me fera du bien.

— Je ne comprends pas.

— Disons que, depuis que je suis arrivé ici, je me sens à l'étroit. On ne me laisse jamais seul. Donc, si on m'envoie passer quelques nuits dehors, à faire le pied de grue entre deux miradors... Pourquoi pas ? J'ai besoin d'air ! Si, en plus, ça peut t'empêcher de mourir de faim dans la décharge...

Mathilde sourit. Comme toujours, leur amitié l'emportait sur le reste. À sa place, elle aurait agi pareillement. S'il s'était trouvé en danger, elle serait allée le chercher n'importe où. Elle le remercia mille fois, devinant qu'à l'autre bout de la ligne Matthew hochait la tête pour signifier « Ça, tu peux le dire ».

— Passons aux choses sérieuses ! reprit-il après un court instant. Il me faut au moins deux jours pour repérer les lieux. Où es-tu, exactement ?

— À côté d'un grand marais.

— Le plus grand ?

— Il me semble, oui.

— Très bien. Il faut donc que je fasse descendre la plateforme à cet endroit. Si l'on m'interroge, je prétexterai avoir aperçu quelque chose. Nous agirons de nuit. Seulement...

— Oui ?

— Il reste la question des caméras.

— J'y ai pensé. Peut-être qu'avec le brouillard et l'obscurité...

— Et les caméras thermiques ?

— Il y en a partout ?

— Non, mais tôt ou tard, nous serons repérés. Dans tous les cas, nous devrons faire vite.

— Que se passera-t-il si les soldats arrivent avant que j'aie pu redescendre de l'autre côté ?

— Pas le choix. Tu devras sauter.

— Hein ?

Matthew éclata de rire.

— La bonne nouvelle, rétorqua-t-il, c'est que tu atterriras dans l'eau !

— Il y a des marais aussi de l'autre côté ?

— Un fleuve, plutôt. Pendant la saison des pluies, c'est comme une frontière naturelle entre nous et l'ennemi. J'espère que tu sais nager.

Mathilde imagina un tel scénario. Matthew jouait finement. Évidemment, elle ne savait pas nager. Où aurait-elle appris ? Leur Communauté était installée en plein désert !

— Tu peux encore renoncer, ajouta Matthew d'un ton innocent.

— Hors de question. Ensuite ?

— C'est déjà pas mal. Il serait surprenant que tout se déroule sans accroc. Tu peux être blessée. J'espère que tu en as conscience.

Elle ferma les yeux. La menace semblait irréelle. Plusieurs fois, il était arrivé que le danger la frôle. Jamais il ne l'avait atteinte. Elle répondit par l'affirmative. Au milieu de cette sombre perspective, une chose la rassurait. Le plus grand risque était pour elle et Jack, non pour Matthew. Son statut de soldat le protégeait. Les militaires ne feraient pas feu sur l'un des leurs. Cette pensée acheva de la décider.

— J'espère que tout se passera bien, dit Matthew, faisant écho à ses doutes.

— J'ai confiance, assura-t-elle.

— Tant mieux. Ça fait au moins un de nous deux. Je dois te laisser à présent. On m'attend. Je te rappellerai plus tard.
— D'accord. Fais attention à toi.
— Toi aussi.

6

Il pleuvait, comme tous les soirs depuis des semaines. Il n'était plus question de faire marche arrière. Mathilde avait peu dormi. De savoir que l'évasion se précisait, qu'elle affronterait bientôt le danger…

Elle accordait à Jack une confiance intuitive, à l'opposé de ce qu'on lui avait enseigné. Un tel pari n'empêchait cependant nullement l'appréhension. Celle de se faire capturer, en premier lieu. Que ce soit par sa Communauté ou par l'ennemi.

Jack se réfugiait dans le silence, ce qui augmentait son inquiétude. Qu'y avait-il à redouter de pire que ce qu'ils connaissaient ?

Elle avait bien tenté de l'interroger sur son pays, de lui soutirer quelques informations, mais il résistait. De lui, elle ne retenait que ces mots, prononcés quelques jours plus tôt lorsqu'elle avait évoqué son envie de le suivre. « C'est de la folie », avait-il prévenu.

Ce soir-là, comme Matthew l'avait conseillé, ils attendirent la nuit pour traverser le marais, abandonnant sur la rive la majeure partie de leur matériel. Ils ne gardaient que leurs vêtements, le peu de compléments alimentaires qu'il restait et deux armes chacun. Enfoncés dans le marécage, de l'eau jusqu'à la taille, ils s'arrêtèrent au pied du rempart, les yeux fixés sur les hauteurs d'où Matthew devait arriver. Une nappe de brouillard bouchait la vision à trois mètres, mais Mathilde savait que la plateforme était là. La veille, elle l'avait vue coulisser jusqu'au point de rendez-vous. Quel mensonge Matthew avait-il inventé pour faire déplacer la machine ? Mystère. La seule chose qui la rassurait était que son destin reposait entre ses mains. Matthew était habile et rusé. Elle n'aurait pu rêver meilleur allié.

Bientôt, un grondement se fit entendre qui lui souleva la poitrine. Instinctivement, elle saisit le poignet de Jack qui ne la repoussa pas. Ils guettèrent l'obscurité, cernés par le bruit des chaînes qui glissaient dans les poulies, s'amplifiant chaque seconde. Tout d'un coup, comme crachée d'un nuage, la passerelle apparut. Ses quatre coins se signalaient par des diodes qui clignotaient en rouge et blanc. Mathilde et Jack se tenaient prêts à fuir en sens inverse si l'accueil n'était pas celui espéré. Lorsque la plateforme s'immobilisa, ils respiraient à peine dans l'eau glacée. Une lumière spectrale plongea sur l'onde. Pétrifiée et éblouie, Mathilde se protégea les yeux.

— Matthew ? C'est... c'est toi ?

Elle entendit le claquement de bottes sur le métal. Une voix rompit le silence.

— D'où sort-il, celui-là ?!

Elle poussa un soupir de soulagement.

— Jack est un ami ! s'exclama-t-elle. Il est là pour m'aider.

— À d'autres ! ricana Matthew. Je connais tous tes amis.

Le projecteur bascula sur le côté et Mathilde aperçut enfin la silhouette familière, les épaules larges et les jambes un peu arquées.

— Tu t'es bien gardée de me parler de lui, ajouta Matthew d'un ton mécontent. Montez !

Il tendit le bras pour les aider. Lorsqu'il fut face à Jack, il le dévisagea d'un air méfiant. Nerveux, ce dernier baissa le front. Matthew ne parut pas le reconnaître. Il se contenta d'adresser à Mathilde un regard furieux avant d'actionner la remontée de la plateforme.

— Dépêchons-nous ! dit-il d'un ton sec.

La machine s'éleva dans les airs et le brouillard se referma sur eux.

— Une fois en haut, nous aurons très peu de temps pour traverser et redescendre de l'autre côté. Le chemin de ronde fait une dizaine de mètres de largeur.

Disant cela, il jeta un regard interrogatif à Jack qui répondit d'un hochement de tête. Puis il leva les yeux vers le parapet qui se rapprochait.

— À partir de maintenant, silence.

Après un ultime sursaut, la passerelle s'immobilisa. Matthew sauta le premier sur le chemin de ronde. Les deux voies de circulation, balisées par des lumières blanches, conduisaient de part et d'autre aux postes de contrôle. Après avoir jeté un œil de chaque côté pour s'assurer qu'aucun soldat ne patrouillait à proximité, Matthew leur fit signe. Le corps plié en deux, ils traversèrent prudemment la chaussée. Ils atteignirent rapidement le muret opposé, indemnes, étonnés d'avoir réussi avec tant de facilité. Tandis qu'ils s'apprêtaient à gagner la seconde plateforme, qui les ferait descendre en territoire ennemi, Mathilde osa un regard en direction du mirador le plus proche. Avec le brouillard, on en distinguait seulement la cabine intérieure et la clarté qui s'en dégageait, ainsi que le phare qui tournoyait sur le toit. Elle observa un instant le mouvement de celui-ci quand, soudain, il pivota. Surprise, elle ne comprit pas tout de suite qu'elle se trouvait sur sa trajectoire. Mais la seconde suivante, une sirène retentit, qui déchira le silence. Mathilde se figea. Elle entendit Matthew l'appeler, mais ses muscles étaient paralysés. Elle crut voir la porte du mirador s'ouvrir et les militaires accourir. L'un de ses compagnons lui saisit le bras.

— Qu'est-ce que tu fabriques, bon sang ?! hurla Matthew. La plateforme ! Vite !

Il la poussa vers Jack qui l'aida à enjamber le parapet, puis il sauta à son tour. Il épaula son fusil.

— Ils arrivent ! lança-t-il en actionnant la descente de l'appareil.

Le front en sueur, les mâchoires serrées, il continuait de pointer son arme vers le ciel. De son côté, Jack essayait de détruire les diodes de la passerelle en tapant dessus de toutes ses forces. Mathilde vint l'aider. Ils s'écorchèrent les mains en vain. La plateforme était désormais à une dizaine de mètres du sommet. Sous leurs pieds, le brouillard s'étirait en bandes épaisses. Plus que quelques mètres et ils seraient hors de vue. Il sembla à Mathilde que s'écoulaient les minutes les plus longues de sa vie. La passerelle accusait une lenteur terrible. Les soldats gagnaient du terrain. Leurs pas résonnaient de plus en plus fort sur le chemin de ronde. Mathilde, Matthew et Jack perçurent les ordres aboyés dans la nuit.

— Augmentez l'éclairage ! L'éclairage !

Au moment où ils allaient disparaître dans le brouillard, une ombre se pencha entre deux créneaux et poussa un cri.

— Par ici ! Appelez des renforts !

Mathilde eut l'impression que sa tête allait exploser. Muni de son pistolet, Jack vint se poster à côté de Matthew. À son tour, elle chercha son arme, mais la crosse lui glissa entre les doigts. Tremblante, elle se mit à quatre pattes pour la retrouver. Quand elle posa enfin la main sur le canon, un coup de feu retentit, tiré depuis les hauteurs. Elle se coucha par réflexe. Réalisant très vite qu'elle n'avait pas été touchée, elle se releva. À l'instant où elle s'apprêtait à viser, un nuage avala la plateforme.

Soudain, ils ne virent plus rien. Un vide opaque succéda à l'éblouissement du phare, au vacarme de la poudre, aux cris. Mathilde entendait son sang battre dans ses oreilles. Le danger pouvait surgir de partout. Au-dessus, sur les côtés, en dessous…

Les doigts crispés sur la détente de son fusil, Matthew restait en état d'alerte maximum. Mathilde remarqua que ses bras tremblaient.

Soudain, la plateforme s'arrêta brutalement.

— Que se passe-t-il ? lança Jack, paniqué, car ils étaient encore loin de la terre ferme.

Avant que Matthew n'ait le temps de répliquer, la plateforme s'ébranla de nouveau, en sens inverse.

— On remonte ! s'écria-t-il.

Il se précipita sur la commande, mais celle-ci ne répondait plus. Bientôt, ils quitteraient le nuage et seraient à découvert. L'angoisse les saisit. Matthew se jeta sur Mathilde.

— Saute ! rugit-il.

— Quoi ?

— Saute !

Elle regarda Jack qui escaladait déjà le garde-fou. Elle se tourna vers Matthew, l'air paniquée.

— Et toi ?

Il se détourna.

— Et toi ??? hurla-t-elle.

Il la saisit par les épaules.

— Jamais ils ne tireront sur moi. Tu m'entends ? Jamais !

La plateforme continuait de monter. Il était impossible de prédire à quel moment elle sortirait du brouillard. Poussée par Matthew, Mathilde franchit à son tour la barrière. Elle l'agrippa par le col.

— Viens avec moi !

Il hésita.

— Viens !

Au même moment, la passerelle quitta le nuage et les tirs reprirent de plus belle. Une salve les manqua de peu. Matthew s'extirpa de la main de Mathilde et se remit en joue. Il fit feu contre son camp.

— Matthew, non !

À peine eut-elle crié ces mots que Jack la précipita dans le vide avec lui. Matthew s'effondra sous la riposte.

7

Un hurlement.
La sensation de plonger dans un fleuve tumultueux et glacé.
Au dernier moment, sortir la tête de l'eau.
Haletante, le corps secoué de spasmes.

Se rattraper du bout des ongles à la réalité.
Sentir la sueur. La douleur.
C'est une blessure qui saigne abondamment.
Trembler, de plus en plus intensément.

Se rappeler l'inacceptable.
Ce qui empêche de respirer.
Vomir la vérité.
Encore. Et encore.
Matthew est mort.
Mort. Par sa faute…

8

— Bonjour, Jack.

Surpris, il se cogna la tête au rideau métallique.

— Tu... tu te souviens de mon prénom ? fit-il en massant sa crinière hirsute.

Elle le fixait d'une manière étrange. Comme si, soudain, elle avait la capacité de voir en lui.

— Je me souviens de tout, répondit-elle d'une voix atone.

— Je n'osais plus l'espérer.

Il la regarda de la tête aux pieds.

— Tu tiens aussi debout. Je ne savais pas si ta cheville te le permettrait.

— Je m'entraîne autant que possible. Ça fait mal, mais j'arrive à marcher.

— C'est une bonne nouvelle.

— Vous croyez ?

Le ton était désincarné. Ses pupilles le transperçaient. Jack comprit qu'elle était lucide. Ce moment, il l'avait attendu et redouté. Celui où elle redeviendrait elle-même. Recouvrant sa force, sa vivacité, mais aussi ses faiblesses et son passé.

— Je t'ai apporté à manger, dit-il, ne sachant comment l'aborder.

Il ouvrit son sac dont il retira des champignons, qu'elle refusa.

— Tu dois te nourrir.

— Pour quoi faire ?

Il fut pris au dépourvu. Il craignait, en l'interrogeant, de raviver les souvenirs que son subconscient avait préféré effacer.

— Te rappelles-tu ce qu'il s'est produit, le soir où nous avons franchi la frontière ? demanda-t-il d'un ton mal assuré.

— Oui. Matthew est mort.

Il fronça les sourcils. Même si, comme elle, il avait vu son ami tomber, il répugnait à statuer de manière aussi catégorique. Matthew pouvait n'être que blessé. L'hypothèse était plausible. D'autant que l'armée avait tout intérêt à le garder en vie. Pour le bien de Mathilde, il soutint la thèse inverse. Elle était déjà faible, si elle refusait de s'alimenter, il ne donnait pas cher de sa survie.

— Comment le sais-tu ? lança-t-il d'un air en apparence peu affecté. Crois-tu vraiment que les militaires abattraient l'un des leurs ?

Elle le regardait avec méfiance.

— Ils vont l'interroger, renchérit-il. Matthew est une précieuse source d'information. On ne supprime jamais une source.

Il pensa « Sauf quand il n'y a plus rien à en tirer », mais s'abstint. Mathilde était blême. Depuis son réveil, une seule chose l'obsédait : le décès de Matthew. À aucun moment elle n'était parvenue à se concentrer sur autre chose. Mais si Matthew était vivant, cela changeait tout ! Elle imagina ses conditions de détention. Elle se le figura blessé au fond d'une cellule, privé des soins élémentaires, soumis au sort que l'on réserve aux traîtres.

— Je dois y retourner ! s'écria-t-elle, en proie à la fièvre.

— De quoi parles-tu ?

— Je dois me dénoncer. Il faut que je le sorte de là.

Elle se jeta sur son ondophone pour tenter de contacter Matthew. Ou Marie, ou Marc. N'importe qui susceptible de l'aider. Mais elle ne parvint pas à l'allumer. L'ondophone n'émettait plus de son ni d'image. Elle lança à Jack un regard désespéré.

— Il a dû se casser dans ta chute, commenta celui-ci, impuissant.

Malgré l'évidence, elle persista pendant plusieurs secondes à essayer d'activer l'appareil.

— Ce n'est pas possible… Pas maintenant !

Elle dut pourtant s'avouer vaincue.

— Pourriez-vous le réparer ? demanda-t-elle, en ultime recours, à Jack.

Il examina son poignet.

— Je crains malheureusement d'en être incapable. Je n'ai jamais vu un tel objet. Et de toute façon, même s'il fonctionnait, il faudrait retourner chez toi pour que les ondes aient une chance de passer. Tu n'es pas en état. Tu dois reprendre des forces. Je vais me renseigner pour trouver des personnes qui pourraient réparer cette machine.

C'était un pieux mensonge mais, compte tenu des circonstances, cela valait mieux que la vérité. Plus que tout, Mathilde avait besoin de motivation. De fait, la sollicitude que Jack lui témoignait la réconforta. Elle se détendit un peu.

— Merci, dit-elle.

Il esquissa un sourire. À force de la côtoyer, il la trouvait de plus en plus touchante. Très différente de l'inconnue avec qui il s'était battu sauvagement dans la décharge. Il éprouvait l'envie de la protéger. Comme il l'aurait fait pour un membre de son clan.

Il lui donna un champignon qu'à son grand soulagement elle commença à mastiquer.

— Racontez-moi ce qu'il s'est passé après notre chute, dit-elle, peu après.

— Je croyais que tu te souvenais de tout, fit Jack, surpris.

— Pas exactement. Je me rappelle être tombée à l'eau. J'ai essayé de nager, mais le courant était fort. J'aurais dû me noyer.

— C'est vrai. Nous avons eu beaucoup de chance. Tu as été rejetée sur le rivage. Je t'ai retrouvée au petit matin. Inconsciente, mais en vie. Ensuite, je t'ai conduite jusqu'ici.

Jack omettait de dire qu'il avait fait appel à des complices pour la transporter en lieu sûr. Elle se souvenait nettement de leurs voix, de leurs intonations, et même de quelques ordres murmurés à son sujet. Pourquoi Jack n'en parlait-il pas ? Que cachait-il ?

— Cela explique les douleurs que je ressens un peu partout, soupira-t-elle. Particulièrement à la tête. Qu'est-ce que j'ai ?

— Une mauvaise blessure. Elle est infectée.

— C'est vous qui m'avez rasé les cheveux ?

— Oui.

À son ton, elle saisit la gravité de sa situation. Elle s'étonna qu'il ne l'ait pas emmenée à l'hôpital.

— Ç'aurait été beaucoup trop dangereux, rétorqua-t-il.

— Pour qui ?

Il ignora la question.

— Je ne comprends pas, poursuivit-elle, car elle commençait à craindre sérieusement pour sa santé. Vous avez dit vous-même que je devais me soigner.

— Je connais quelqu'un qui pourra t'aider. Elle s'appelle Doris. Je l'ai contactée.

— Elle est médecin ?

— Non. Elle est malade.

Mathilde poussa un soupir découragé. Son destin reposait entièrement entre les mains de Jack. Ex-ennemi dont elle ne savait rien. Pas même sa véritable identité. Elle qui était habituée à mener son existence avec détermination et perspicacité n'avait d'autre choix que de se laisser guider. Elle lui lança un regard anxieux.

— Pouvez-vous me dire, au moins, où nous sommes ?

— Dans le parking d'un immeuble désaffecté.

— Donc je me trouve dans un bâtiment abandonné. Seule ?

— Pour l'instant. Mais d'autres individus pourraient venir.

— Qui ?

— Des gens malintentionnés.

Les aveux étaient minces, mais c'était mieux que rien.

— Je sais que la situation est perturbante, fit Jack avec une assurance inédite. Tu dois comprendre que les choses sont différentes, ici. Il va falloir t'adapter. Je vais te conduire chez Doris dès que possible. Te sens-tu capable de marcher sur une longue distance ?

— Je m'entraîne depuis plusieurs jours. Ma cheville est moins douloureuse, mais j'ai mal à la hanche.

Jack réfléchit.

— Tu dois t'exercer encore, jugea-t-il. Manger, boire. Nous ne devons prendre aucun risque. En cas de danger, il faudra courir. Si tu ne le peux pas, je serai forcé de t'abandonner. En attendant mon retour, continue de faire des cataplasmes avec l'argile. Essaie de te déplacer le plus possible. Mais ne sors pas seule de cet endroit, compris ?

Mathilde opina.

— Si quelqu'un vient, tu pourras compter sur Kyla.

Comme si elle avait saisi que l'on parlait d'elle, la louve releva le museau et les regarda d'un air doux. Sa présence rassura Mathilde.

Dès que Jack fut parti, elle reprit ses entraînements.

9

Les bras croisés derrière la tête, Mathilde étirait son dos dans un lent mouvement de balancier. Elle était à peu près sûre de s'être brisé au moins une côte, voire plusieurs, et même si la fracture était maintenant consolidée, elle conservait une gêne à la droite du thorax. Il en allait de même pour sa hanche. En revanche, à force de la faire travailler, sa cheville gagnait en souplesse. Elle ne souffrait presque plus en s'appuyant dessus.

Sa plus grande préoccupation concernait sa blessure au crâne. Elle aurait voulu posséder un miroir pour en mesurer l'étendue, mais peut-être cela n'aurait-il fait qu'atteindre davantage son moral. Une certitude : elle devait sortir. Si Jack ne réapparaissait pas rapidement, elle était résolue à le faire seule. Malgré ses avertissements.

Désormais, elle dormait toujours avec Kyla. Depuis que la louve la laissait faire, elle calait ses genoux contre son flanc, les doigts perdus dans la fourrure ventrale, en position fœtale. Quand elles reposaient ainsi, il semblait à Mathilde que la louve était sa plus précieuse alliée. Kyla ne se redressa pas lorsque Jack arriva, malgré la présence de Diego à son côté. Elle se contenta d'ouvrir les yeux, calmement.

— Tu es prête ? lança Jack.

Mathilde se leva dans un élan décidé. Il lui confia quelques vêtements qu'elle enfila. Il brandit aussi un foulard identique à celui qu'il portait et le noua autour de son cou.

— Ne l'enlève jamais, dit-il d'un ton sérieux. Sauf si tu es seule.

— Pourquoi ?

— Obéis, c'est tout.

Elle fut surprise par son ton.

— Je te conseille aussi de retirer ton bracelet. Personne ne possède ce genre d'instrument, ici.

Elle secoua la tête.

— Impossible. Il est inamovible. Seules les entreprises certifiées disposent d'une clef spéciale pour l'ouvrir.

— Alors cache-le.

Elle tira sur sa manche pour recouvrir son ondophone tandis qu'il rabattait la capuche sur ses cheveux. Il la toisa un instant avant de hocher la tête.

— N'emporte que ton couteau et ton pistolet. Le reste te ralentirait. Je reviendrai chercher la couverture et la lampe.

Il la poussa hors du box et referma le rideau métallique.

— Allons-y. Il va faire nuit.

Ils gravirent un à un les niveaux du parking. Mathilde était sur ses gardes. Hormis le halo que formait la torche autour d'eux, comme une bulle protectrice, les ténèbres régnaient sur les lieux.

Lorsqu'ils atteignirent le rez-de-chaussée, elle découvrit un sol inondé. Ils se trouvaient sur un immense plateau, percé d'ouvertures qui auraient pu être des portes, ou des fenêtres, mais n'étaient plus que des trous béants. Elle mit quelques secondes à s'accoutumer à la lumière qui filtrait de l'extérieur. Depuis combien de temps n'avait-elle pas vu le jour ? Elle en éprouva une grande excitation. Comme une prisonnière sur le point de recouvrer la liberté. Elle rejoignit Jack qui s'était réfugié contre un mur. Il lui intima l'ordre de se taire et passa la tête au-dehors.

— C'est bon, chuchota-t-il après quelques secondes.

Nerveux, il se tourna vers elle.

— Suis-moi, sans un bruit. Fais exactement ce que je fais. Nous devons absolument arriver avant l'aube.

Une fois dans la rue, Mathilde marqua un temps d'arrêt. Ils étaient cernés de tours monumentales qui formaient un cirque autour d'eux. Devant, derrière, au loin, à gauche comme à droite, les édifices découpaient le ciel en bandes étroites, perdant leurs sommets dans les nuages. Pour elle, qui était plutôt habituée à vivre sous terre, atteindre une telle altitude relevait du prodige. Les monolithes étaient d'autant plus inquiétants qu'ils paraissaient inertes. Aucun ne disposait de vitres, d'ornements ou de signalétique. Les escaliers de secours, brisés par endroits, pendaient dans le vide comme des bras désarticulés. Les cages d'ascenseur étaient des colonnes creuses. Et pas un souffle, hormis la bise, pour animer ces carcasses. Jack longeait les murs sans s'étonner de ce décor de fin du monde. Elle s'en étourdissait. Tout en le suivant, elle arrêtait les yeux sur chaque détail, qu'elle mémorisait comme une information précieuse. Entre chaque rangée d'habitations, des voies de circulation désertes. Le bitume était criblé de crevasses, défoncé par la terre qui ne demandait qu'à se libérer. Elle remarqua que les deux premiers étages des tours étaient noircis par l'humidité. Chez elle, jamais l'eau n'atteignait un tel niveau. Les autorités avaient mis au point un réseau d'évacuation efficace. Pourquoi n'était-ce pas le cas, ici ? Et pourquoi investir dans des constructions laissées à l'abandon ?

Elle aurait voulu questionner Jack, mais celui-ci était trop concentré. Ils tournèrent deux blocs plus loin et pénétrèrent dans un bâtiment qu'ils traversèrent de part en part. Mathilde remarqua que Jack scrutait chaque pilier, probablement pour s'assurer qu'il ne dissimulait rien. Tout aussi à l'affût, Diego et Kyla fermaient la marche. Ils quittèrent l'édifice par une rue semblable à la précédente. Sur combien de kilomètres la ville s'étendait-elle ainsi ? Combien d'immeubles vides, alignés les uns derrière les autres ? Ou pour certains écroulés, comme celui qui leur faisait face ? Elle remarqua, sur le côté, une construction différente, moins haute que ses voisines.

— C'est là que nous allons, indiqua Jack.

Ils s'engagèrent dans le bâtiment par une ouverture latérale. L'intérieur ressemblait à une carapace ronde et creuse. Une rampe en colimaçon permettait d'accéder aux étages. Au sommet, une structure métallique avait dû autrefois soutenir un dôme de verre dont il ne restait désormais plus aucun carreau.

Le vent s'y engouffrait par bourrasques. Mathilde demanda où ils se trouvaient.

— Dans un centre commercial, répondit Jack d'une voix à peine audible.

Elle ouvrit des yeux stupéfaits. Des cases plus ou moins vastes, qui auraient pu être des boutiques, s'égrenaient le long des galeries. Mais ces dernières étaient dépourvues d'étals et de produits. Les niches creusées dans les piliers, et dans lesquelles auraient dû briller des panneaux publicitaires, étaient vides. Quelques câbles pendaient encore du mur pour témoigner de leur fonction initiale. Où étaient les vendeurs, les badauds, les clients ?

Jack lui lança un regard courroucé qui coupa court à ses interrogations. Il n'y avait pas de temps à perdre. Il l'entraîna dans un couloir où ils s'engagèrent dans un tourniquet que les loups franchirent d'un bond. Ensuite, ils descendirent plusieurs escaliers et s'enfoncèrent à nouveau sous terre. Les parois de faïence étaient mangées par la moisissure. Ils débouchèrent sur un quai. C'était une station de train, similaire à celle que Mathilde avait coutume d'emprunter. Sauf qu'il n'y avait plus aucun éclairage. Seulement la torche de Jack. Il sauta sur la voie.

— Suis-moi, ordonna-t-il, car il avait perçu sa réticence.

Elle s'exécuta, non sans jeter un œil anxieux par-dessus son épaule.

— Ne t'inquiète pas. Ça fait longtemps qu'il n'y a plus aucun métro.

— Métro ?

— Train, si tu préfères. Il n'y a même plus de rails. Tout ce qui pouvait être récupéré l'a été. Il ne reste plus que des courants d'air.

Quand ils atteignirent le tunnel, il se tourna vers elle.

— À partir de maintenant, vigilance absolue.

Mathilde sentit ses mâchoires se contracter. Venir jusque-là n'avait pas été une partie de plaisir. Elle empoigna le manche de son couteau.

— Depuis qu'il est hors service, poursuivit Jack à mi-voix, le métro est devenu un bon réseau pour se déplacer discrètement dans la ville. L'armée en bouche régulièrement les accès, mais on finit toujours par les rouvrir.

— Qui… « on » ?

Il lui renvoya un regard énigmatique.

— Tu n'imagines quand même pas que nous sommes seuls à emprunter ces tunnels ? Autant te prévenir, ceux que l'on peut croiser ici ne sont pas des anges. Selon le nombre, il faudra se battre. Ou courir.

Il reprit la marche, puis s'arrêta encore.

— L'eau peut également monter rapidement. Dans ce cas, le mieux est de grimper sur le quai et de se réfugier dans les escaliers, aussi haut que possible.

Mathilde eut l'air horrifiée.

— C'était ça ou les égouts, conclut-il, indifférent.

10

Mathilde n'aurait su dire depuis combien de temps avait débuté leur périple souterrain. Elle apprenait la patience. Jack avait raison. Elle devait s'adapter. Sa hanche lui faisait mal et son crâne la démangeait terriblement.

Jack se retournait rarement sur elle. Il ne trébuchait jamais. Elle, continuellement. L'odeur ne devait pas beaucoup différer de celle des égouts. Heureusement, à chaque station, on respirait mieux. Le tunnel finissait, le plafond prenait de la hauteur et donnait l'impression d'un sas de décompression. Mais tout de suite après, il fallait replonger. Tandis que la lampe de Jack projetait leurs ombres sur les quais, Mathilde aperçut les restes d'une fresque dessinée sur le mur. Elle représentait un personnage aux cheveux blancs tombant sur les épaules, mêlés à une barbe de même longueur. La blouse dont il était vêtu ressemblait à celle qu'elle portait au laboratoire, quand elle était chercheuse. Le visage et la partie supérieure du corps avaient été vandalisés par des coups de pioche, mais il restait un grand soleil à l'arrière-plan et au-dessus, en arc de cercle,

une inscription que Mathilde déchiffra à voix basse :
Voici venir le jour de trop.

Lorsqu'ils parvinrent aux abords de la quarantième station (Mathilde avait consciencieusement compté, afin de retrouver son chemin en cas de besoin), elle comprit qu'elle était habitée. De la lumière pénétrait dans le tunnel, accompagnée d'une rumeur. Jack posa son bras sur le sien et dissimula la torche dans son dos. Ils s'arrêtèrent quelques mètres avant la sortie. Une trentaine de personnes occupaient le quai, dont elle remarqua qu'il s'agissait exclusivement d'hommes. Dispersés par grappes, certains dormaient par terre, la plupart torse nu, tandis que d'autres étaient avachis contre le mur, les yeux perdus dans le vague. Les plus vaillants semblaient souffrants et les plus faibles inconscients. Au milieu du quai, un petit groupe discutait autour d'un fût métallique dans lequel un feu crépitait. Jack et Mathilde ne pouvaient entendre leur conversation, mais ils percevaient en revanche très bien les rires gras qui la ponctuaient. Le plus grand de la troupe, un colosse au crâne rasé et à la nuque tatouée, dont la carrure dominait de loin celle de ses acolytes, leur tournait le dos. À voir la manière dont les autres le regardaient, ils supposèrent qu'il était leur chef. Il tenait une tige de fer sur laquelle rôtissait une brochette de rats. Soudain, un individu qui était couché près du fût se mit à tousser violemment, expulsant un crachat immonde qui atteignit le pantalon du géant. Il riposta aussitôt d'un coup de pied dans le ventre du malheureux qui se traîna plus loin en gémissant. Mathilde supplia Jack de faire demi-tour, mais il refusa. Il l'avait mise en garde. Elle devait s'attendre à ce genre de rencontres. Cependant, tout en affirmant cela, il n'avait pas l'air plus rassuré qu'elle.

— Ne t'inquiète pas, dit-il d'un ton qui signifiait l'inverse. Je vais emprunter le quai pour attirer leur attention. Pendant ce temps, tu traverseras par en dessous afin de ne pas te faire remarquer. Il ne faut surtout pas qu'ils te voient.

Il rabattit un peu plus la capuche sur ses yeux.

— Ils ne doivent pas te voir, répéta-t-il. S'ils te capturent, Dieu sait ce qu'ils feront de toi. Je prends Kyla et Diego avec moi. Cela les tiendra à distance.

Il lui lança un dernier regard et grimpa sur le quai, les loups à ses côtés. Il passa devant des individus assoupis qui ne remarquèrent pas sa présence. Ceux qui étaient assis, en revanche, se levèrent pour l'escorter jusqu'à leur chef. Quand celui-ci se retourna, Mathilde vit qu'une cicatrice lui barrait le visage. Elle choisit ce moment pour s'élancer à son tour et se mit à ramper sous la ligne du quai. Elle se remémora les consignes des formateurs qui l'avaient entraînée lorsqu'elle étudiait au Centre. Devenir invisible aux yeux de l'ennemi. Une voix dans sa tête lui répétait qu'elle en était capable. Sa capuche entravait sa vue et l'empêchait de percevoir le bruit qu'elle produisait elle-même. C'était terriblement handicapant, mais elle n'osait pas la retirer. Jack s'était montré suffisamment dissuasif. Lorsqu'elle parvint au milieu de la station, elle l'entendit réclamer un droit de passage. Le colosse répondit par un rire tonitruant qui se répercuta sur les parois.

— Tu ne devrais pas te déplacer seul ! s'esclaffa-t-il.

Ses sbires partirent d'un ricanement qui glaça le sang de Mathilde. Mais Jack ne se laissa pas impressionner. Il répliqua qu'il était accompagné et Mathilde devina qu'il caressait en même temps le dos de Diego et de Kyla, car elle les entendit grogner.

— Tu peux passer, rétorqua froidement le chef du groupe. À condition d'avoir de quoi payer.

Jack fit une réponse qu'elle ne comprit pas. Elle ne lui avait jamais vu d'argent et doutait qu'il en possédât. Elle se focalisa sur son objectif. Atteindre le tunnel le plus vite possible. Vingt mètres plus loin, elle y serait. Elle y était presque. Dix. Cinq. Trois… Enfin, elle toucha au but. Le cœur battant, elle se replia dans l'obscurité afin de reprendre son souffle. Elle tremblait de peur et de fièvre. Que faire si Jack ne réussissait pas à la rejoindre ? Se penchant, elle vit que le chef était en train d'inspecter quelque chose à la lueur du feu. Elle était trop loin pour distinguer de quoi il s'agissait, mais elle supposa que c'était ce que Jack avait proposé à la négociation. L'autre semblait y prêter une grande attention. Il fit tourner l'objet sous ses yeux avant de hocher la tête. Sur son ordre, ses acolytes s'écartèrent et Mathilde poussa un soupir de soulagement. Jack était sauf. Elle s'enfonça de nouveau dans l'ombre. Quand il l'eut rejointe, elle lui sauta au cou.

— J'ai eu si peur ! glissa-t-elle à son oreille.

Il sourit, gêné.

— Il ne fallait pas. Je connais cette racaille. Il n'y a qu'une chose qui les intéresse.

Elle brûlait de demander quoi, mais n'osa pas. Elle avoua être à bout de forces. Elle transpirait beaucoup et son corps était perclus de courbatures. Jack brandit une gourde ainsi qu'une betterave.

— Tiens. Cela te donnera de l'énergie.

Elle mordit dans la chair sucrée. Au moment où elle s'apprêtait à boire, ils entendirent quelqu'un héler Jack.

— Hé, toi ! Attends un peu !

L'un des hommes avait accédé au bout du quai. De près, son torse enfoncé paraissait difforme. Mathilde ne réalisa pas que la torche de Jack l'éclairait, si bien que leurs yeux se croisèrent. L'individu fronça les sourcils un instant, ses traits se figèrent, puis sa cage thoracique se creusa davantage.

— Chef ! vociféra-t-il d'une voix de crécelle. Il y a une fille avec lui ! Il y a une fille !

Jack jeta à Mathilde un regard affolé.

— Cours !

Il sembla à Mathilde que son cœur s'arrêtait. Mais, poussée par Jack, elle se mit à courir droit devant elle. Dans son dos, elle entendit le tumulte des brutes qui se lançaient à leurs trousses. Leurs pas précipités et les ordres que leur chef aboyait. Elle trébucha sur une pierre et se rattrapa de justesse. Jack la dépassa. Dans l'obscurité, la torche tanguait. Paniquée, elle riva ses yeux à la flamme. Rapidement, elle fut à bout de souffle. Jack allait plus vite qu'elle. Si elle se laissait distancer, il l'abandonnerait. Il l'avait prévenue. Où étaient les loups ? Un regard par-dessus son épaule et elle crut que l'écart avec ses poursuivants se réduisait. La plupart étaient plus faibles qu'elle, mais cela ne les empêchait pas de la pourchasser comme une meute affamée. Son pouls accéléra. Encore une imprudence et elle tomberait entre leurs griffes. La terreur agit comme un moteur. Ignorant la douleur à sa hanche, sa cheville, son crâne, elle redoubla d'efforts et rejoignit Jack. Mais leurs adversaires n'abandonnaient pas. Au contraire, la traque semblait les exciter. Leurs cris résonnaient dans le tunnel, se propageaient autour d'eux en les prenant dans leur filet. Bientôt, ils atteignirent une station et furent de nouveau à découvert. Ils coururent de plus belle pour se réfugier dans l'obscurité. Ils filèrent jusqu'à la station suivante. Puis jusqu'au tunnel d'après. Et encore après. À un moment, Jack avisa un renfoncement dans la paroi et y attira Mathilde. La serrant contre lui, il plongea la torche dans une flaque d'eau. Le noir les engloutit. Mathilde avait du mal à respirer. Sa tête était lourde, ses oreilles bourdonnaient. Peu à peu, les cris s'espacèrent, et cessèrent. Ils attendirent de longues minutes. Puis Jack se dégagea et se pencha dans le tunnel en direction de la station précédente. Au loin, les hommes faisaient demi-tour. Leur chef avait battu le rappel. La chasse était finie. Il poussa un soupir exténué.

— Nous sommes sauvés.

Il ajouta :

— Nous devons continuer. Sans lumière, cela ne va pas être facile, mais nous pouvons nous diriger à tâtons. Je vais nous relier par la taille afin qu'on ne se perde pas.

Il forma un nœud autour d'elle avec son foulard.

— Où sont Kyla et Diego ?

— Ils ne doivent pas être loin. Ils nous retrouveront.

Au moment où ils allaient repartir, une clarté jaillit de l'obscurité et Mathilde sentit une main lui agripper le poignet.

— Pas si vite, beauté…

Elle poussa un cri d'épouvante. Face à elle, le colosse souriait à pleines dents.

— Ce serait dommage de nous fausser compagnie, souffla-t-il d'un air sadique.

Elle se débattit, mais il lui tordit le bras et la plaqua contre lui. Elle sentit son haleine contre sa joue. L'odeur âcre de sa sueur. Sans réfléchir, elle saisit son couteau et l'enfonça dans le ventre de son assaillant. Il la lâcha et tomba à genoux en suffoquant. Il tenta de sortir une arme à feu, mais Jack, qui avait perçu un grognement familier, appela avec force :

— Diego ! Kyla ! À l'attaque !

Un hurlement lui répondit et les loups se jetèrent de tout leur poids sur l'ignoble personnage. Diego referma la gueule sur son visage tandis que Kyla plantait les crocs dans sa jambe. L'homme lança un cri si bestial que ses complices l'entendirent et accoururent dans leur direction. Jack récupéra la lampe qui avait roulé sur le côté. Ils reprirent leur course effrénée, poursuivis par les rugissements de la racaille qui, telle une cohorte de misérables, volait au secours de son chef en criant vengeance.

11

Jack connaissait une ancienne porte de secours qui débouchait à l'abri d'une arrière-cour, après un long couloir et un escalier en coude. L'issue avait échappé à l'armée qui ne l'avait pas condamnée. Quand ils furent dehors, il laissa éclater son soulagement.

— Nous avons eu de la chance ! s'exclama-t-il en tombant à genoux.

Mathilde lui lança un regard interloqué.

— De la chance ?

Oubliait-il qu'elle venait de poignarder un homme pour la première fois de sa vie ?

— Bah, fit Jack, sans se préoccuper de ses états d'âme. Ces pauvres types sont dépendants à la Délivrance. Ils n'auraient jamais tenu sur une longue distance.

— La Délivrance ?

— C'est une drogue à accoutumance. Une expérience dont on ne revient pas.

Mathilde repensa aux faciès de leurs agresseurs, à leurs gestes imprécis, leurs foulées insuffisantes pour les rattraper.

— Tu as fait ce qu'il fallait, poursuivit Jack. Tu t'es défendue.

À son tour, Mathilde se laissa glisser à terre. Ses jambes la portaient à peine, et sa fièvre était encore montée de quelques degrés. La course-poursuite l'avait traumatisée. Elle qui s'était inquiétée de ne pas rencontrer davantage de ses semblables n'était pas pressée de reconduire l'expérience. Ce qu'elle découvrait de ce monde l'horrifiait. Elle demanda à Jack si elle devait s'attendre à fuir et à se battre continuellement.

— Pas en permanence, répondit-il. Mais la plupart du temps, oui. Ce genre d'incidents est ma routine.

Mathilde accusa le coup.

— Que font-ils dans le métro ? Ils y habitent ?

— Ils s'y cachent. Ce sont des mercenaires. Seuls, ils ne seraient bons à rien, donc ils se déplacent toujours en bande. Ils vivent de leurs larcins. Agressions, vols… Pour leur propre compte ou celui de particuliers. Ils sont sans foi ni loi.

Mathilde prit sa tête entre ses mains. En décidant d'accompagner Jack, elle ne s'était bercée d'aucune illusion, mais la réalité outrepassait l'idée, même vague, qu'elle s'était faite de leur expédition. Tout ce qu'elle désirait désormais, c'était se faire soigner afin de se porter au secours de Matthew. Elle songea qu'elle n'y arriverait peut-être pas. Son état de santé empirait d'heure en heure et le danger était omniprésent. Elle interrogea Jack sur la suite des événements.

— Nous devons attendre Kyla et Diego. Je vais les attacher ici, jusqu'à mon retour. Les loups ne peuvent pas entrer en centre-ville. Ils seraient abattus sur-le-champ.

Mathilde en profita pour se reposer. Lorsque, plus tard, les animaux les eurent rejoints, ils reprirent leur route.

Le ciel pâlissait. L'éclairage public avait dû exister un jour, mais tous les poteaux avaient été arrachés. Jack longeait les murs avec la souplesse d'un félin. Régulièrement, il se plaquait contre l'arête d'un bâtiment, se cachait derrière un pilier ou un escalier. Mathilde faisait de son mieux pour l'imiter. Elle nota que les immeubles n'étaient pas que des tours. Certains étaient plus bas, plus anciens. Taillés dans une pierre grise. L'un d'eux, en particulier, retint son attention. Sa corniche finement sculptée était soutenue par une ribambelle de femmes au teint d'albâtre qui se tenaient la main. Leurs hanches étaient rondes, leurs épaules délicates, leurs seins nus. Elle n'avait jamais rien vu de tel.

— Cariatides, commenta Jack. Elles ont presque toutes disparu.

Mathilde mémorisa le mot qu'elle accola, dans sa tête, aux somptueuses statues. Cariatides. Il y avait donc, ici encore, un peu de beauté. C'était anecdotique, cependant, au regard du reste. Chaque immeuble était protégé par des grilles et portait les mêmes marques d'inondations que ceux de banlieue. Des immondices s'amoncelaient à proximité des portails, en telle quantité qu'elles semblaient être constitutives du décor. Mathilde ne comprenait pas qu'on pût laisser les déchets se décomposer ainsi à l'air libre. L'odeur qui s'en dégageait était insupportable. Au moment où ils s'apprêtaient à traverser une ruelle, Jack l'arrêta.

— Ne bouge pas, murmura-t-il en désignant le fond de l'impasse.

Un loup était en train de dépecer une charogne.

— Doucement, fit Jack. Tout doucement.

Saisissant sa main, il commença à traverser. Occupé à dévorer sa proie, le loup ne les remarqua pas. Jusqu'à ce que Jack marche sur du gravier. La bête releva la tête. Ils se figèrent. Le loup, haletant, les fixa de ses pupilles noires, puis, lentement, d'un air indifférent, retourna à ses agapes. Il arracha un morceau de carcasse qui se révéla être un bras humain. Mathilde poussa un cri d'effroi.

Jack la tira vers lui. Quand ils eurent atteint le trottoir opposé, elle vomit dans le caniveau. Jack lui donna à boire. Elle était aussi blanche que le ciel.

— Je... Je croyais que les loups ne s'aventuraient pas dans le centre..., dit-elle, exsangue.

— Sauf quand ils n'ont pas trouvé de nourriture ailleurs.

Ils poursuivirent jusqu'à un édifice dont la grille, comme les autres, était cadenassée. Choquée et épuisée, Mathilde se retint aux barreaux pour ne pas s'effondrer.

— Comment allons-nous faire pour entrer ? dit-elle, pantelante.

— C'est bientôt la fin du couvre-feu, estima Jack. Les gens vont sortir.

Ils s'accroupirent derrière un local qui servait à stocker des poubelles et patientèrent, immobiles, tandis que la ville s'éveillait autour d'eux.

Cela débuta par du bruit. À mesure que la lumière augmentait, les immeubles s'animèrent d'une rumeur balbutiante. Au-dessus d'eux, une fenêtre s'ouvrit et laissa échapper un jet de vapeur. Puis une autre, qui se referma rapidement. Puis ce fut au tour de la grande porte du rez-de-chaussée de faire tournoyer ses battants. Deux hommes armés sortirent déverrouiller la grille, avant de remonter sur le perron. Mathilde comprit qu'ils n'appartenaient pas à la même espèce que les brutes qui les avaient pourchassés Jack et elle dans le métro. Leurs visages n'exprimaient aucune haine. Plutôt de la vigilance, de l'inquiétude, et ce qu'elle interpréta comme de la mélancolie. Le plus grand, d'une cinquantaine d'années, aurait eu l'air sympathique s'il n'avait pas conservé les sourcils froncés. Comme s'il se concentrait pour assumer sa tâche. L'autre avait de l'embonpoint et boitait. Le duo qu'ils formaient n'était pas très menaçant. Néanmoins, ils se tenaient droits et paraissaient investis dans leur mission.

— Allons-y, dit Jack.

Elle ressentit une pointe d'appréhension.

— Maintenant ?

Il s'était élancé. Elle demeura quelques mètres derrière lui, prête à se sauver. Les deux hommes se redressèrent à leur approche.

— Salut, Jack, lança le plus âgé.

— Salut, Dennis.

Ils se serrèrent la main tandis que le gardien scrutait Mathilde d'un air suspicieux.

— Elle est avec moi, expliqua Jack.

Il observa les alentours et se pencha vers son interlocuteur en ouvrant son manteau pour lui en montrer la doublure.

— Je suis certain que nous allons trouver un arrangement.

Dennis jeta un coup d'œil embarrassé à son collègue qui semblait tout aussi déstabilisé.

— Nous allons chez Doris, poursuivit Jack. Nous serons discrets.

Les deux gardiens échangèrent encore un regard, puis Dennis reprit à voix basse :

— C'est bon. Mais faites vite.

Il se décala et Mathilde s'engouffra dans l'immeuble. Jack la rejoignit une seconde plus tard, après avoir glissé quelque chose dans la poche de Dennis.

— Qu'est-ce que c'est ? demanda-t-elle.

— Notre laissez-passer.

Elle aurait voulu en savoir plus, mais la priorité était de se mettre en sécurité. Ils empruntèrent la cage d'escalier, qui était d'une saleté repoussante et atteignirent le quinzième étage, où ils s'arrêtèrent. Mathilde ne sentait plus sa cheville.

— Nous sommes arrivés ? lança-t-elle, alors que sa vue commençait à se brouiller.

Jack plaqua un index sur sa bouche et se dirigea vers une porte à laquelle il frappa cinq coups. Un volet s'ouvrit au milieu du panneau et un œil apparut. Quand le vantail se referma, ils entendirent le cliquetis de verrous que l'on actionnait l'un après l'autre. L'opération dura longtemps. Mathilde était nerveuse. À tout moment, quelqu'un pouvait surgir d'un appartement voisin. Enfin, la porte s'entrebâilla, et ils se glissèrent à l'intérieur.

Ils se trouvaient dans le vestibule d'un minuscule logement dont la propriétaire, sans leur jeter de regard ni prononcer un mot, s'appliqua aussitôt à replacer la quinzaine de loquets qui assuraient sa sécurité. Lorsqu'elle se retourna, Mathilde eut un mouvement de recul. Leur hôtesse avait les yeux gris et vitreux, et d'autant plus globuleux qu'ils perçaient derrière d'épaisses lunettes. Le visage était bouffi, posé sur un corps dont les attaches semblaient absentes. Pas de chevilles, de poignets, ni de cou. Des plis de chair, uniquement. La femme était petite. Mathilde lui arrivait au-dessus du crâne, qu'elle avait chauve, à l'exception de quelques cheveux épars. On aurait dit l'un de ces énormes crapauds qui revenaient chaque année à la saison des pluies et qui, certains soirs, envahissaient la ville. Elle baissa les yeux de peur de trahir son sentiment.

— Bonjour, Doris, fit Jack avec une bienveillance qui tranchait avec le dégoût qu'inspirait celle à qui ces mots étaient destinés. Voici la jeune femme dont je vous ai parlé.

Pour toute réponse, Doris passa devant eux pour atteindre un fauteuil sur lequel elle se laissa tomber lourdement. Mathilde lança un regard interrogateur à Jack qui haussa les épaules avant de pénétrer à son tour dans l'appartement. Celui-ci ne comportait qu'une seule pièce dans laquelle régnait un désordre effroyable. En comparaison, même l'atelier de Chloé paraissait vide et rangé. D'une quinzaine de mètres carrés, l'espace était découpé en plusieurs sections. Contre le mur droit était disposé un lit dont le matelas disparaissait sous un monceau de vieilles couvertures. Son cadre jouxtait une grande armoire aux battants branlants, peinant à retenir toutes les affaires qui y étaient amoncelées. Au fond, la lumière filtrait par l'unique fenêtre des lieux, tandis que sur la gauche était installé un coin cuisine comportant un évier et une série d'étagères garnies de casseroles, de poêles et de bocaux. Juste à côté s'entassaient des seaux et des bidons de toutes tailles et, accolé à cette pyramide improbable, le fauteuil dans lequel Doris était assise. Enfin, partout sur les murs étaient accrochés des objets du quotidien. Parapluie, manteau, écharpes, mais aussi Caddie, roue et cadres s'enchevêtraient dans un ordre échappant à toute logique. Au centre de ce bric-à-brac, à l'écart sur une table ronde, des livres étaient disposés en piles égales et ordonnées. Mathilde n'en crut pas ses yeux. Des livres ! Identiques à ceux que sa mère possédait en secret. Par leur seule présence, ils conféraient à la tanière un caractère rassurant. Jack la prit par l'épaule.

— Je m'en vais, annonça-t-il. Le jour est levé et je ne peux pas laisser Kyla et Diego trop longtemps sans surveillance. Doris va t'aider. N'est-ce pas, Doris ?

Cette dernière émit un grognement. Jack se pencha vers elle et exhiba deux sachets qu'il glissa dans sa main. Le poing se referma aussitôt dessus.

— Je suis sûr que vous allez bien vous entendre, fit Jack en se dirigeant vers la porte.

Mathilde le rattrapa.

— Vous me laissez seule avec elle ?
— Je suis régulièrement en contact avec Doris. S'il y a le moindre problème, je serai au courant.

Il actionna les verrous et sortit sur le palier. Juste avant de fermer la porte, il lui adressa un dernier clin d'œil.

— Elle n'est pas méchante, ajouta-t-il à voix basse. Elle souffre beaucoup, c'est tout.

12

Pour Mathilde, la perspective de demeurer enfermée dans un minuscule appartement en compagnie d'une femme malade et revêche constituait l'épreuve de trop. Plus les événements se succédaient, moins elle entrevoyait de solutions. Elle doutait que Doris puisse lui venir en aide. Jack l'avait dit lui-même : elle n'était pas médecin. Elle était épuisée. Sitôt Jack parti, elle demanda à s'asseoir. Doris désigna son lit.

— Fais attention. Le matelas est défoncé. Certains jours, je n'arrive pas à me relever.

C'était la première fois que Mathilde entendait le son de sa voix. Le ton n'était pas particulièrement aimable, mais pas agressif non plus. Elle retira sa veste et son foulard, puis défit ses chaussures. Une odeur désagréable se répandit dans la pièce. Elle se demanda si c'était le résultat de sa transpiration ou de ses plaies qui commençaient à se nécroser. Du fond de son fauteuil, Doris scrutait chacun de ses gestes.

— Tu es dans un piteux état, jugea-t-elle alors que Mathilde s'apprêtait à soigner sa blessure au crâne.

— Auriez-vous un miroir et de l'eau, s'il vous plaît ?

— Il y a une glace au-dessus de l'évier. Quant à l'eau, il ne m'en reste plus beaucoup.

Mathilde remercia et traversa la pièce en claudiquant. Délicatement, elle décolla le pansement. La plaie était très infectée. Ce qui expliquait sa fièvre. Et l'odeur, en partie.

— Je dois absolument me rendre à l'hôpital, dit-elle, effondrée. Autrement, je risque la septicémie.

Son hôtesse ne réagit pas. Elle continua de la fixer au travers de ses verres épais. Mathilde en éprouva un sentiment de solitude terrible. Pourquoi Jack l'avait-il emmenée ici ? Quitte à mourir, elle aurait préféré être seule. Il était inutile de la faire se déplacer. Ravalant un sanglot, elle actionna la tête du robinet, mais l'eau n'arriva pas.

— Dans le bidon, sous l'évier, fit Doris en fronçant les sourcils. Pour la faire bouillir, tu trouveras un réchaud sur l'étagère. La bonbonne est pleine.

Mathilde se mit à l'œuvre et, après avoir lavé sa blessure, elle la laissa sécher à l'air libre. Elle revint s'allonger sur le lit. Doris avait désormais les yeux mi-clos, mais Mathilde se doutait que, derrière ses paupières, elle ne relâchait pas sa vigilance. Son attention dériva naturellement sur les livres, qu'elle vit comme un bon moyen d'établir le dialogue.

— Est-ce que je peux en emprunter un ? demanda-t-elle en désignant les ouvrages.

Le regard de Doris s'alluma.

— Tu sais lire ?

— Pas ce langage, malheureusement. C'est un ancien code, n'est-ce pas ? D'après ce que ma mère m'a expliqué. Elle en possède aussi. Quand j'étais plus jeune, j'adorais les parcourir avec elle.

Doris s'était complètement redressée. Son attitude traduisait enfin de l'intérêt.

— Peut-être pourriez-vous m'apprendre ? reprit Mathilde. Lorsque je serai guérie.

— Je crains de ne pas avoir le temps, répliqua Doris. Mais si tu le souhaites, tu peux les feuilleter.

Mathilde se pencha sur la table. Plusieurs piles s'y côtoyaient, chacune comportant une trentaine d'ouvrages. Elle en sélectionna quelques-uns au hasard et les posa à côté d'elle, sur le lit. Elle commença à les consulter. Doris la regarda faire d'un air apaisé et ne tarda pas à s'endormir. Mathilde suivit peu après.

Lorsqu'elle se réveilla, Doris n'était plus là. La lumière avait considérablement baissé. Combien de temps s'était-elle assoupie ? Elle avait toujours de la fièvre et était affamée. Elle sortit de sa poche le morceau de betterave qu'il lui restait et le suça. Doris revint dix minutes plus tard. Elle passa la porte en traînant derrière elle un gros bidon. Mathilde vint l'aider. Pendant que Doris refermait les verrous, elle alla entreposer le bidon à côté des autres.

— J'étais au dernier étage, expliqua Doris, essoufflée, en retournant à son fauteuil. L'immeuble dispose d'un conteneur sur le toit pour recueillir la pluie. Chaque logement a droit à un jerrican par jour. Cela permet d'être autonomes pendant quelques mois. L'armée prend le relais pendant la saison sèche. C'est elle qui distribue l'eau à la population.

Elle fixa Mathilde.

— Pardon, ajouta-t-elle. Je radote. Tu sais cela par cœur, bien sûr.

— Oui, mentit Mathilde.

Doris secoua la tête d'un air réprobateur.

— Tsss... Pourquoi, dans ce cas, as-tu tenté d'ouvrir le robinet ? Cela fait des années que plus rien n'en coule.

Prise au piège, Mathilde baissa les yeux.

— Je m'en doutais, fit Doris à mi-voix. À quel groupe appartiens-tu ?

Elle ignorait de quoi Doris parlait et fut saisie de sueurs froides.

— Ne t'inquiète pas, renchérit Doris à qui rien n'échappait. Tu n'es pas obligée de me répondre. C'était une simple question. Veux-tu que je te dise comment je le sais ?

Mathilde conserva le silence.

— Ton cou. C'est ta première erreur. J'ai tout de suite vu que tu n'étais pas pucée.

Mathilde se souvint des consignes de Jack. Ne jamais enlever son foulard. Sauf quand elle était seule. Elle le remit aussitôt en place, sous le regard satisfait de son interlocutrice.

— Pucée ?

— Oui. Comme ça !

Doris souleva les plis de son double menton. Sous l'oreille, la peau présentait un renflement de forme carrée. Semblable à l'implant médical que Mathilde portait à la cuisse.

— C'est ainsi qu'ils nous fichent, expliqua Doris. Tu devrais le savoir. Certains arrivent à s'en débarrasser, mais c'est une opération très risquée. Ce n'est pas pour rien qu'ils l'ont placée à côté de la carotide.

Mathilde songea à la barbe de Jack, qu'il ne rasait jamais. L'idée la traversa qu'elle dissimulait peut-être une cicatrice.

— Et ma deuxième erreur ? demanda-t-elle.

Doris eut un léger sourire.

— Tu regardes chaque chose comme si c'était une nouveauté. On dirait un oiseau tombé du nid. Si tu veux rester libre, il va falloir changer.

— Comment ?

— Je vais t'apprendre.

— Pourquoi feriez-vous cela ? répliqua Mathilde avec méfiance.

— À la bonne heure ! s'exclama Doris. Je préfère cette attitude. Jack et moi avons un arrangement. C'est un échange de bons procédés. Sans mentionner le fait que, dans une vie précédente, j'ai été professeure.

Mathilde fut touchée par la confidence. La franchise de Doris lui inspirait confiance.

— Nous ferions mieux de commencer. Le temps presse. Tu veux aller à l'hôpital ? C'est entendu. Mais d'abord, il va falloir trouver le moyen d'y pénétrer. Que proposes-tu ?

Mathilde fut déconcertée.

— Tu n'as pas la moindre idée de ce qui t'attend, n'est-ce pas ? renchérit Doris. Laisse-moi t'expliquer. Bien que l'hôpital soit devenu une vraie passoire, il demeure tout de même, à l'entrée, un portail de sécurité. Sans puce, il va être compliqué de le franchir. Et inutile d'essayer de le forcer, tu serais aussitôt arrêtée.

Mathilde baissa la tête.

— Alors, tout est perdu... Il n'y a aucun espoir.

— Jack ne t'aurait jamais laissée sans solution, répliqua Doris d'un air énigmatique. Il m'a donné une puce pour toi. S'il en avait eu les moyens, il te l'aurait greffée directement sous la peau. Mais tu es déjà faible, et les puces sont rares et chères. Quand tu auras fini, il faudra rendre celle-ci. En attendant, je vais la coudre dans ton foulard. Ainsi, tu passeras inaperçue. Mais ne le retire jamais, tu entends ?

— Très bien. Mais... pour qui vais-je passer ?

— Cela ne te regarde pas. Ta fausse identité sera plausible. Ce n'est pas ce qui te trahira. En revanche, tu dois à tout prix modifier ton comportement. Tu ne dois jamais te montrer étonnée. Agis comme si tu te moquais de tout. À commencer par ta propre existence. Si tu ne sais pas comment faire, tu n'as qu'à m'imiter. Je suis un bon exemple.

L'autodérision dont Doris faisait preuve fit penser à Mathilde que, derrière son apparente indifférence, elle n'avait peut-être pas complètement renoncé.

— L'hôpital n'est pas loin, ajouta-t-elle. Je t'y accompagnerai. Mais je n'entrerai pas. Malgré ce qu'ils disent, il y a longtemps que les médecins ne peuvent plus rien pour moi.

La nature du mal dont souffrait Doris était secondaire. Seule importait la douleur, qui était grande. Mathilde n'osa pas dire qu'elle aussi l'avait immédiatement remarqué.

Quand le soir tomba, Doris grimpa sur un escabeau pour atteindre un vieux plafonnier qui se mit à grésiller.

— Nous ferions mieux de dîner rapidement, dit-elle en repliant l'escabeau.

— Pourquoi ?

— Cesse de tout le temps poser des questions ! répliqua-t-elle, agacée. Je t'ai dit que rien ne devait t'étonner !

— Oui, mais, avec vous, je peux.

Doris lui renvoya un regard indulgent.

— Hum. C'est vrai. Nous devons nous dépêcher, car bientôt ce sera le couvre-feu.

— Et alors ?

— Comment, et alors ? Tu veux dîner dans le noir ?

Elle se dirigea vers les étagères qui bordaient l'évier, et prit deux assiettes et des bocaux. Déplaçant quelques livres, elle posa le tout sur la table. Il y avait des champignons, une boîte de conserve et des insectes. Tandis qu'elle s'affairait, la curiosité de Mathilde s'attisait.

— Que faites-vous quand la lumière s'éteint ? s'enquit-elle.

— Rien. La plupart des gens s'ennuient et donc dorment. Pas moi. La douleur m'en empêche.

— Vous n'avez aucune distraction ? Pas de restaurants ? De spectacles ? De centres commerciaux ?

Doris la considéra d'un air perplexe.

— Mais qui t'a parlé de ça ? demanda-t-elle. Où l'as-tu entendu ?

Mathilde ne comprit pas le sens de la question. Devant son embarras, Doris n'insista pas.

— Le seul divertissement que nous ayons est la télévision, poursuivit-elle. Quand il y a de l'électricité, elle diffuse quelques programmes, essentiellement sportifs. Des séries aussi, mais le scénario soutient toujours les mêmes idées. Généralement, celles du Parti. C'est un peu lassant à la longue.

Elle jeta un regard étrange à Mathilde, comme si elle la défiait, comme si, disant cela, elle prenait un risque énorme. Mathilde ne cilla pas. Doris poursuivit :

— Il y a une salle au rez-de-chaussée. Tu ne l'as pas vue en entrant ?

— Non.

— C'est une grande pièce avec des chaises disposées en rangs, devant un écran. Cela permet aux habitants de se retrouver et de passer leurs nerfs sur quelque chose. Ensuite, c'est le couvre-feu, et chacun rentre chez soi.

— Et c'est pareil partout ? Il n'y a d'électricité nulle part ?

Doris l'observait d'un air de plus en plus stupéfait.

— Mais d'où viens-tu ? dit-elle d'un ton légèrement amusé. Ils t'ont enfermée dans une cave pendant vingt ans ?

Mathilde baissa une nouvelle fois les yeux.

— L'armée se garde toujours un peu d'électricité, dit Doris. Sinon, les soldats ne pourraient pas patrouiller. Ils sont censés nous protéger des criminels, mais ils ne sont pas assez nombreux. C'est la raison pour laquelle nous avons été contraints de nous rassembler dans le centre. Chaque immeuble fonctionne à sa manière. Dans celui-ci, chaque habitant a un jour de garde attribué. Sauf moi. Les voisins m'ont dispensée. Je n'aurais pas été d'une grande utilité.

Elle lança un regard interrogateur à Mathilde, pour s'assurer qu'elle comprenait ses propos, mais malgré son air volontaire, cela ne semblait pas être le cas. Leur rencontre perturbait Doris. Jack n'avait rien précisé au sujet de Mathilde. Il lui avait demandé de l'aide et, selon l'accord qui les liait, elle avait accepté. Mais Mathilde avait quelque chose de différent. Une candeur qu'il lui serait très difficile de déguiser.

— Mange, dit-elle, préoccupée. Tu dois reprendre des forces.

13

Mathilde se réveilla aux premières lueurs de l'aube. Le ciel était bas, il avait plu toute la nuit. Elle regarda Doris qui dormait, enfoncée dans son matelas, la poitrine se soulevant à peine sous les couvertures. Ses sentiments à l'égard de cette femme oscillaient entre la pitié et la défiance. Elles s'étaient quittées la veille sur un curieux incident. Après le dîner, Doris avait sorti l'un des sachets que Jack lui avait confiés et en avait extrait une puce qu'elle avait cousue dans le foulard de Mathilde. Puis elle était allée se coucher avant le début du couvre-feu et, tout en enlevant sa veste, s'était saisie du second sachet qui contenait des comprimés de couleur brune. Elle en avait avalé deux d'une traite.

— Qu'est-ce que c'est ? avait aussitôt demandé Mathilde.

— La seule chose qui atténue ma douleur, avait répondu Doris, fatiguée.

Mathilde aurait dû s'en tenir là. Mais elle était aussi mal en point que son hôtesse, sinon plus, et la nuit s'annonçait difficile. Elle n'avait pas résisté à la tentation de tendre la main.

— Ne touche jamais à ça ! s'était écriée Doris en la repoussant méchamment.

Puis elle s'était tournée vers le mur en maugréant. Peu après, le plafonnier avait cessé de grésiller, plongeant l'appartement dans la pénombre et Mathilde dans la perplexité.

Résultat, elle avait peu dormi. Au-delà de la douleur qu'elle ressentait, la réaction de Doris l'avait choquée et, au matin, une seule idée l'obsédait : partir. Elle approcha de la chaise où Doris avait déposé sa veste et glissa la main dans la poche. Il restait encore une trentaine de comprimés dans le sachet. Elle ignorait quelles étaient leurs vertus, mais une chose était sûre, ils étaient efficaces. Doris, qui s'était plainte de trop souffrir pour dormir, ronflait à plein volume, la bouche grande ouverte. À supposer qu'elle ne parvienne pas jusqu'à l'hôpital, au moins aurait-elle de quoi soulager sa douleur. Elle prit quelques comprimés et remit le sachet à sa place. Elle se dépêcha d'aller s'asseoir dans le fauteuil. Peu après, Doris sortit de sa torpeur. Quittant son lit, elle lui jeta un regard sombre et se dirigea vers la cuisine, où elle attrapa un seau dans lequel elle urina à gros bouillons. Quand elle eut fini, elle vida le contenu par la bonde de l'évier en y ajoutant un peu d'eau.

— Il y a des toilettes sur le palier, lança-t-elle à Mathilde qui s'était détournée. Mais je te préviens, ce n'est pas mieux.

Mathilde sortit. L'absence de pudeur de Doris lui répugnait. Le confort de sa maison lui manquait cruellement. Comment une civilisation, qu'elle pensait avancée, pouvait-elle accuser un tel déficit de modernité ?

Elle revint dans l'appartement, plus que jamais résolue à quitter cet endroit de misère. Elle en informa Doris qui, entre-temps, s'était habillée.

— Très bien, fit celle-ci sans la regarder. Plus tôt nous serons parties, mieux ce sera. Tu passeras inaperçue dans l'agitation matinale. Mets ton manteau, et n'oublie pas le foulard.

Elle décrocha du mur un Caddie, puis s'empara d'un bocal dissimulé sous une pile de vêtements. Elle en retira quelques jetons qu'elle recompta soigneusement avant de les enfouir dans son soutien-gorge.

— Tickets de rationnement, maugréa-t-elle à l'intention de Mathilde qui l'observait d'un air intrigué. J'en profiterai pour me rendre au grand magasin. Je n'ai plus rien à manger.

L'averse avait inondé la chaussée. Les eaux usées débordaient des caniveaux. Les deux femmes longèrent le seul tronçon du trottoir qui soit encore sec. Accrochée au bras de Mathilde, Doris se pressait. Elles parcoururent une première rue, puis une deuxième. À un moment, Mathilde remarqua, encaissé entre deux immeubles, un bâtiment beaucoup moins haut que les autres et flanqué de deux tourelles dont les toitures étaient effondrées. Au milieu, l'entrée, qui avait dû abriter un jour un portail, ouvrait sur un monceau de ruines. Le frontispice était la seule partie encore debout de l'édifice, bien que les statues dont il était orné soient toutes décapitées.

— Qu'est-ce que c'est ? demanda-t-elle, en désignant l'étrange construction.

Doris leva les yeux au ciel.

— Ah... l'église... Il est vrai que tu n'as pas dû en voir souvent.

— En effet. Je n'ai jamais vu de maison pareille.

— Ce n'en est pas une. Continuons à marcher. Inutile d'attirer l'attention.

Comme Mathilde l'observait avec insistance, elle enchaîna :

— C'est une longue histoire. De nos jours, ce genre de bâtiment a presque entièrement disparu. Celui-ci a brûlé pendant la guerre. Mais autrefois, il s'en trouvait partout.

— Pourquoi ne les a-t-on pas reconstruits ?

— Pour quoi faire ? Plus personne n'en a l'usage. Les gens s'y rassemblaient pour prier Dieu.

— Dieu ?

— Parle moins fort !

Mathilde se tut.

— C'est compliqué à expliquer, reprit Doris à voix basse. Dieu est une entité abstraite. Son invention est née avec les premières civilisations. Comme les hommes ne comprenaient pas le monde qui les entourait, et en particulier les phénomènes naturels, ils ont imaginé toute une galerie de personnages dotés de pouvoirs extraordinaires. Ces premiers dieux agissaient sur leur environnement en fonction de leur humeur. La foudre était le fruit de la colère de l'un, les tempêtes celles d'un autre... À la fin, il y avait des dieux pour tout.

— Mais ils n'existaient pas vraiment ?

— Bien sûr que non. Mais ils permettaient aux hommes d'incarner leurs peurs et de se sentir un peu moins perdus. Plus tard, ces dieux multiples ont été remplacés par un seul. Une sorte de puissance omnisciente, à l'origine de toute chose. Juge bienveillant ou punitif, en fonction du comportement de ses créatures. Longtemps, les êtres humains s'en sont remis à lui pour conduire leur destin. Avant de le destituer, finalement, comme les autres.

— Pourquoi ?

Doris eut un sourire ironique.

— Regarde autour de toi. Qui voudrait d'une vie comme celle-ci ? Nous sommes les seuls coupables de ce qui arrive. Rejeter la responsabilité sur un absent est un peu naïf, tu ne trouves pas ? Comme d'en attendre le moindre secours.

— C'est difficile à comprendre, dit Mathilde, songeuse.

— Très, approuva Doris. Mais cela n'a plus aucune importance. Tout ça appartient au passé. Dieu est mort avec la science. D'une certaine manière, le Guide l'a remplacé.

Mathilde n'osa pas demander qui était le Guide par crainte de provoquer à nouveau le courroux de Doris.

Elles débouchèrent sur un boulevard où elles croisèrent d'autres individus. Beaucoup sortaient des immeubles d'un pas rapide. Une longue file d'attente s'était formée devant un arrêt de bus. Un premier véhicule arriva, projetant de sous ses roues de grandes gerbes d'eau. Un militaire en descendit, arme au poing, et guetta les alentours d'un air hypervigilant. Puis il fit signe aux voyageurs d'avancer. Les uns après les autres, ils dégagèrent leur cou, que le soldat pointa consciencieusement à l'aide d'un petit appareil. À chaque passage, celui-ci émettait un bip aigu. Quand le bus fut complet, le militaire rempocha l'appareil, monta sur le marchepied et ordonna au conducteur de redémarrer. Derrière, un second véhicule attendait. Il s'arrêta devant la file et le manège se répéta.

— Où vont-ils ? s'enquit Mathilde.

— Ce sont les bus de l'armée, répondit Doris. Le matin, ils escortent les travailleurs. Le soir, ils les ramènent. À moins d'être à l'agonie, on n'échappe pas à son devoir. Le problème, c'est que nous sommes de moins en moins nombreux.

Mathilde ne comprenait rien au discours énigmatique de Doris. Elle la soupçonna d'avoir un peu perdu la raison.

— Où se rendent-ils ?

— Certains vont dans les fermes d'État, d'autres dans les usines. D'autres encore enterrent les déchets. Le Parti réquisitionne chacun en fonction de ses besoins.

— Vous voulez dire que personne ne choisit son métier ?

Doris lui jeta un regard désabusé.

— Tout juste.

La majorité des personnes qu'elles rencontraient s'engouffraient dans les bus dont les allées et venues s'espaçaient. Bientôt, hormis un vieillard qui marchait devant elles et les vigiles qui avaient la charge de surveiller l'entrée des immeubles, elles furent à nouveau seules dans la rue.

— Prenons à gauche, indiqua Doris. Vers le grand magasin. Il y aura plus de monde.

Elles atteignirent une artère qui, en effet, comptait plus de passants. Leur allure n'en paraissait pas moins fatiguée. Des non-valides, selon Doris. Munis du même type de Caddie qu'elle, ils convergeaient vers un bâtiment dont la façade exposait une fresque monumentale, en noir et blanc. D'un côté était représenté un ciel sombre, coiffant une terre stérile et détrempée, et de l'autre, des travailleurs courbés vers le sol. L'un d'eux était à genoux dans une rizière. Au centre de la peinture se tenait le même homme que Mathilde avait aperçu dans le métro, et la même inscription. *Voici venir le jour de trop.* Sauf que ce portrait-ci était intact. Le personnage portait toujours une barbe immaculée et des cheveux mi-longs, et la blouse blanche des scientifiques. Il avait le nez aquilin, les lèvres serrées et le regard sérieux. Ses proportions étaient démesurées par rapport au reste du dessin. Mathilde présuma qu'il s'agissait de quelqu'un d'important, peut-être le directeur du magasin. Un attroupement s'était formé devant l'entrée de l'établissement, où un camion venait de se garer. Deux militaires étaient en train de le décharger sous la garde de leurs collègues qui repoussaient la foule en distribuant au hasard des coups avec leurs armes.

— Reculez ! criaient-ils. Reculez !

Mais personne n'écoutait. Par tous les moyens, les gens essayaient de distinguer le contenu de la cargaison. Leurs exclamations couvraient la mêlée.

— C'est tout ce qu'il y a ? protestaient certains. Encore des scorsonères ?

— Et les pommes de terre ? renchérissaient leurs voisins. Quand est-ce qu'on en aura ?

Mathilde remarqua que pas un n'osait briser le cordon de sécurité formé par les militaires. Pourtant, la tension était palpable et leur colère, sincère.

— C'est ici que vous souhaitiez aller ? demanda-t-elle à Doris.

Cette dernière hésita.

— Non. Si j'y vais maintenant, je risque de me faire piétiner.

Elle posa sur la foule un regard méprisant.

— Le désespoir les rend bêtes. Se battre ne changera rien au problème. Pas plus que de s'en prendre aux militaires. Au final, chacun repartira avec la ration à laquelle il a droit. Ni plus ni moins.

Elle se remit en route.

— C'est toujours comme ça ? interrogea Mathilde.

— Il pleut depuis des mois, répondit Doris. Les récoltes sont maigres, fatalement. Mais pas plus que durant la saison sèche. Si tu reviens dans quelques semaines, tu entendras le même refrain.

Elle avait l'air extrêmement fatiguée. Au bout d'une quinzaine de minutes, elle s'arrêta de nouveau.

— Nous y sommes, annonça-t-elle en désignant une tour dressée sur le trottoir opposé. Je parie que tu n'y es jamais allée, n'est-ce pas ?

Mathilde ne répondit pas.

— Écoute-moi attentivement, dit Doris. Le bâtiment est divisé en trois unités, que l'on appelle des terminaux. Les sous-sols et les deux premiers étages sont condamnés à cause des inondations. Le niveau suivant est dédié aux urgences et aux soins courants. C'est là que tu dois te rendre. Juste au-dessus, c'est le terminal 2, qui gère les naissances.

Mathilde lui adressa un regard stupéfait.

— Tu m'as entendue, fit Doris à voix basse. N'y va surtout pas. C'est rempli de soldats.

— Pourquoi ?

— Tu n'as pas compris ? répliqua Doris avec agressivité. Ils recueillent les gamins. À peine sont-ils sortis du ventre de leur mère qu'ils les emmènent.

— Mais… je croyais que les femmes ne pouvaient plus avoir d'enfants…

— C'est vrai pour la plupart. Mais la maladie n'a pas encore touché tout le monde. En l'absence de dépistage, on ne peut jamais savoir à l'avance. C'est la loterie. Celles qui ont la chance de mener une grossesse à terme et qui viennent accoucher à l'hôpital sont les plus intelligentes. Et les plus courageuses. En donnant leurs petits à l'armée, elles les protègent. Ils seront bien traités. Quelle contrepartie pourraient-elles offrir, seules, de leur côté ?

Mal à l'aise, Mathilde ne put s'empêcher d'établir un parallèle entre sa propre histoire et celle des nouveau-nés que l'on arrachait à leur mère. D'une certaine manière, Basile et Chloé n'avaient-ils pas connu la même situation ? Durant ses dix premières années de vie, alors qu'elle n'était encore qu'un spécimen, ils n'avaient eu aucun contact avec elle. Et réciproquement. Ne leur avait-on pas volé une partie de leur existence ?

— Et le terminal 3 ? demanda-t-elle, la gorge nouée.

— Le bien nommé, soupira Doris. C'est ici que l'on vient s'éteindre, comme ils disent. Pourquoi contourner la réalité ? La vérité, c'est qu'on y meurt, tout simplement. Moins douloureusement qu'ailleurs, semblerait-il.

Mathilde se concentra sur son objectif.

— Merci, Doris. Grâce à vos explications, j'ai des chances d'y arriver.

— Je l'espère. L'unique chose à laquelle tu dois faire attention, c'est que personne ne voie ton cou. On te dénoncerait aussitôt. Personne, tu m'entends ?

— Même pas les médecins ?

— Surtout pas. Ils sont à la solde du Parti. Les opposants ont été « réorientés ».

— Et si l'on veut m'examiner ?

Doris afficha un rictus triste.

— Ma pauvre, dit-elle. Les médecins sont si peu nombreux qu'ils vont à l'essentiel. Estime-toi heureuse s'ils prennent ta blessure au sérieux. En espérant qu'ils aient les moyens de la guérir. Cela fait longtemps que l'assistance publique n'est plus une priorité pour le Parti.

Elle s'interrompit et observa les soldats en faction devant l'hôpital.

— Va, dit-elle. Si nous restons ici à discuter, ils vont trouver cela étrange.

La peur au ventre, Mathilde descendit sur la chaussée. Parvenue au milieu, elle jeta un dernier regard à Doris. Derrière ses lunettes, celle-ci suivait sa progression, comme si elle l'escortait en pensée.

— Si jamais tu n'as nulle part où aller, lança-t-elle de sa voix caverneuse, quand ce sera fini, tu peux revenir chez moi.
— Merci, murmura Mathilde.
Doris lut sur ses lèvres et s'éloigna.

14

L'hôpital était gardé par quatre militaires. Mathilde emboîta le pas à une femme qui pénétrait dans le hall au même moment qu'elle et calqua son attitude sur la sienne. Front baissé, visage douloureux. Elles passèrent auprès des soldats qui ne les remarquèrent pas. Leur attention se concentrait sur la rue et les quelques bus qui y circulaient. Mathilde gravit les escaliers jusqu'au premier terminal et considéra le portique de sécurité qui marquait l'entrée du service. Le scanner était situé à gauche, à hauteur de tête. Priant pour que l'implant cousu dans son foulard fonctionne, elle s'engagea dessous en retenant sa respiration. L'appareil lui libéra le passage. Son cœur battait à tout rompre. Elle pénétra dans le couloir. Des chaises y étaient disposées, sur lesquelles attendaient une trentaine de personnes. Évitant de les regarder, Mathilde s'installa en bout de file. Il faisait froid. Comme chez Doris, le chauffage était inexistant. Chaque demi-heure, une femme brune sortait d'une salle et appelait d'une voix forte le patient suivant. Ceux qui avaient été examinés repartaient, d'autres arrivaient.

Mathilde dut attendre le milieu de journée avant de voir son tour arriver. La femme brune la fit pénétrer dans une pièce qui comportait une simple commode et une table d'examen. Elle demanda à Mathilde de s'y allonger.

— Pourquoi venez-vous ? s'enquit-elle d'une voix lasse.

Mathilde retira sa capuche. La femme fronça les sourcils.

— Comment vous êtes-vous fait cela ?

— J'ai été attaquée.

L'explication ne surprit pas son interlocutrice qui hocha la tête d'un air entendu. Elle saisit un scalpel et commença à l'appliquer sur la peau. Mathilde se crispa.

— Vous n'anesthésiez pas ?

— Pour une simple incision ?

Sa réponse sidéra Mathilde, mais elle ne pouvait protester. Elle s'accrocha aux rebords de la table. Elle avait beau être habituée à contrôler ses émotions, elle ne put s'empêcher de crier lorsque la femme ouvrit la plaie.

— Il y a beaucoup de pus, dit-elle sans sourciller. Avec quoi avez-vous été attaquée ?

Terrassée par la douleur, Mathilde ne répondit pas.

— Aucune importance, poursuivit la femme. Je dois m'assurer qu'il ne reste aucun débris. Ensuite, je poserai un drain, avant de refermer.

Les larmes aux yeux, Mathilde prit une profonde inspiration. Jamais elle n'avait été manipulée à vif. Elle ignorait même que ce genre de pratique existât.

Ses doigts se tordirent davantage. La femme désinfecta la plaie. Mathilde souffrit en silence. Ses poumons se soulevaient à un rythme beaucoup trop rapide. Comme si un poids invisible les écrasait. Lorsqu'elle entendit la curette gratter les tissus et résonner dans son crâne, elle eut un haut-le-cœur et s'évanouit.

15

Mathilde se réveilla au son de la détonation. Matthew venait de tomber sous ses yeux. Des nuits qu'il chutait sans fin, dans un linceul de brouillard. Des nuits qu'elle arrivait trop tard.

La sueur la refroidissait. Elle mit un certain temps à réaliser que son environnement avait changé. Elle se trouvait désormais dans une chambre sans fenêtres, aux murs d'une blancheur éblouissante. Sous le grand plafonnier, le carrelage brillait d'un éclat intense. C'était la première fois, depuis son arrivée, qu'elle découvrait un endroit clair, à l'hygiène irréprochable. À l'exception du lit et de deux perches montées sur roulettes, portant chacune une perfusion, la pièce n'était pas meublée. Son corps était endolori. Des cathéters dépassaient de ses mains bandées. Elle poussa un cri de surprise. Son ondophone avait disparu ! Elle palpa son cou et constata que son foulard aussi avait été retiré. À la place, elle découvrit avec horreur qu'on lui avait implanté une puce sous la peau. Affolée, elle souleva le drap pour quitter son lit, mais ses vêtements s'étaient volatilisés, remplacés par une blouse qui lui arrivait aux cuisses. L'angoisse l'étreignit. Quels que soient ceux qui l'avaient dépouillée de ses effets, et opérée contre sa volonté, ils avaient mis au jour son statut irrégulier. Elle bascula les jambes jusqu'au sol et, chancelante, atteignit la porte d'entrée. Celle-ci était close. Son anxiété s'accrut lorsqu'elle constata qu'il n'y avait ni poignée ni code. Elle étudia le chambranle, sans succès. Elle regagna son lit. Où était-elle ?

Son dernier souvenir remontait à la salle d'examen où une femme, peut-être médecin, avait entrepris de la soigner. Portant la main à son crâne, elle fut soulagée d'y trouver un bandage propre et serré. Sa fièvre était tombée. Elle en déduisit qu'elle devait toujours être à l'hôpital. S'était-elle évanouie ? On l'aurait alors évacuée vers un autre service. Peut-être l'avait-on changée de terminal ? Elle résolut de se calmer. On avait pris soin d'elle. Si elle avait couru un danger, il en aurait été autrement. Elle enfonça les épaules dans l'oreiller et, petit à petit, sa respiration ralentit.

Elle sursauta lorsqu'une jeune fille à peine sortie de l'adolescence entra dans la pièce pour changer sa perfusion. Elle avait le visage rond et la bouche semblable à un fruit charnu. Elle portait une combinaison stérile. Quand Mathilde se tourna vers elle, elle lui adressa un salut discret.

— Qui êtes-vous ? murmura Mathilde, hagarde.

— Comment vous sentez-vous ? répondit la jeune fille en feignant de ne pas avoir entendu la question.

— Mieux.

— Vous avez faim ?

Se nourrir. Elle n'y pensait plus. Elle hocha la tête.

— Je vais vous apporter quelque chose.

— Merci.

La jeune fille se pencha sur son crâne pour l'examiner.

— Je changerai le pansement ce soir, indiqua-t-elle. Après votre douche.

Puis elle se dirigea vers le mur adjacent, qu'elle effleura. Un panneau s'en détacha, dévoilant une porte dérobée.

— Il y a là un cabinet de toilette. Si vous n'arrivez pas à vous lever, appelez-moi avec la commande située sur le cadre du lit.

Mathilde se pencha et aperçut, en effet, un petit bouton gris qu'elle n'avait pas remarqué auparavant.

— N'hésitez pas, reprit la jeune fille en s'apprêtant à repartir.

— Attendez ! Où suis-je ? Quand pourrai-je sortir ?

La jeune fille baissa les yeux.

— Quelqu'un va venir, répondit-elle en quittant la chambre.

Quelqu'un va venir...

Mathilde faillit rappeler la jeune fille pour obtenir plus de renseignements, mais elle devinait qu'elle n'aurait pas gain de cause.

Maintenant qu'elle était bien réveillée, le temps lui paraissait long. La chambre n'offrait aucune distraction. Le silence s'imposait de toute part. Le cabinet de toilette était agencé avec la même austérité que le reste. En réalité, qu'elle soit la cible de bonnes ou mauvaises intentions, elle n'en demeurait pas moins prisonnière. Aussi, lorsque la jeune fille revint, elle fut plus vigilante que jamais. Cette dernière entra, un plateau à la main. Un homme l'accompagnait. Mathilde sut tout de suite qu'il n'appartenait pas au personnel hospitalier. Il ne portait pas l'uniforme des soignants, mais un treillis militaire sous un blouson imperméable. Il était brun, grand et plus âgé que la jeune fille. D'une carrure sportive et élancée. Il devait avoir un peu plus d'une trentaine d'années. Il demeura en retrait pendant que la jeune fille déposait le repas sur le lit. Lorsqu'elle revint sur ses pas, il ferma la porte après elle.

— Merci, Amy, dit-il poliment.

Il redevint silencieux. Mathilde aurait voulu qu'Amy reste. L'inconnu l'intimidait. Il émanait de lui un mélange de droiture et de froideur. D'indifférence maîtrisée. Elle nota que ses cheveux étaient fraîchement lavés. Le menton était volontaire, les sourcils parfaitement dessinés, et les joues rasées de près. Elle songea que pour rien au monde elle ne s'exprimerait la première. L'inconnu ne semblait pas plus enclin à le faire. Son regard noir était braqué sur elle, comme s'il pouvait la sonder à distance. Elle le soutint du mieux qu'elle put. Son visiteur donnait l'impression que leur rencontre n'était pour lui qu'une routine, un prélude à un duel qu'il était certain de gagner.

— Vous ne mangez pas ? débuta-t-il d'un ton calme.

Mathilde osa à peine décliner.

— C'est un tort, objecta-t-il. Vous avez besoin de reprendre des forces. Vous n'aurez pas souvent l'opportunité de goûter une nourriture de cette qualité.

Son empathie la déstabilisait. Se trouvait-elle en présence de l'ennemi ou d'un ami ? Il désigna le lit.

— Je peux ?

Elle acquiesça, tout en restant sur ses gardes. Cet homme l'impressionnait beaucoup. Craignant de ne pas savoir lui mentir, elle se concentra.

— Je m'appelle Noah. Et vous ?
— Mathilde.
— Mathilde... C'est moi qui ai demandé que l'on vous transfère ici.
— Merci.
— Vous souvenez-vous de ce qui est arrivé ?
— Non.
— Savez-vous où vous êtes ?
— À l'hôpital.
— L'hôpital serait incapable de vous traiter ainsi, répliqua Noah. Vous êtes au siège des armées. Dans la clinique de l'Oméga.

Mathilde frémit. Bien qu'ignorant ce qu'était l'Oméga, elle comprenait, sans quiproquo possible, qu'elle était passée aux mains de l'ennemi. Même si Noah ne correspondait en rien à l'idée qu'elle s'en était faite.

— N'ayez crainte, dit-il en percevant son malaise. Tant que vous serez sous ma protection, il ne vous arrivera rien.

— Qui êtes-vous ?

Il parut plus étonné qu'elle.

— Je suis responsable du renseignement, indiqua-t-il comme si c'était évident. Vous devriez vous reposer. C'est un privilège d'être ici. Nous réservons ce traitement aux cas exceptionnels.

Son regard était hypnotique. Mathilde aurait payé cher pour l'interpréter.

— Pourquoi moi ? demanda-t-elle, timidement.

— Je compte sur vous pour me le dire.

Il la dévisagea encore un instant, puis se leva.

— Je vous laisse, dit-il en ouvrant la porte. Mais je reviendrai. D'ici là, il serait souhaitable que vous ayez retrouvé la mémoire. J'ai de nombreuses questions à vous poser.

16

Noah n'entra dans ses appartements que pour s'y changer. Après une courte douche, il revêtit un jean, un pull confortable, et descendit au rez-de-chaussée. Il emprunta la galerie circulaire qui bordait l'Oméga, un bâtiment de forme pyramidale qui constituait le siège de l'état-major et le cœur du pouvoir. Malgré l'heure avancée, le dernier étage était encore allumé. Selon son habitude, le Guide dînait dans sa bibliothèque en compagnie de ses plus fidèles généraux. S'il n'était pas rentré si tard, Noah les aurait rejoints. Il détestait ces repas aux allures de conseil, mais son père ne lui laissait pas le choix. C'était le leitmotiv de leurs disputes. Le Guide reprochait à son fils de ne pas assez s'impliquer dans les affaires du Parti, là où Noah considérait qu'en tant que chef du renseignement il en savait déjà assez, en tout cas suffisamment pour ne pas passer ses soirées auprès des militaires qu'il côtoyait en journée. Il fut content de s'être rendu à la clinique avant de rentrer. Au moins, cette mission l'avait dispensé de dîner. Ces derniers temps, il était fatigué. Depuis toujours il ressentait, au plus profond de lui, une lassitude qui le quittait rarement, mais depuis quelques semaines ce sentiment se renforçait. Sans qu'il existât de cause particulière. Plutôt l'accumulation de petites contrariétés qui, à la fin, en composaient une plus lourde. Lui qui d'ordinaire était si matinal rencontrait des difficultés à se lever. Son métier l'intéressait moins qu'auparavant. Les expéditions et les contrôles qu'il menait quotidiennement aboutissaient toujours aux mêmes procédures, mêmes interrogatoires, mêmes arrestations. Il songea à Mathilde, dont la situation différait des autres. Il se félicitait que l'hôpital l'ait appelé après que les médecins s'étaient aperçus qu'une puce était cousue dans la doublure de son foulard. La supercherie, grossière, constituait une nouveauté. Cela l'étonnait de la part de la Résistance. Habituellement, ceux qui tentaient d'usurper une identité se faisaient installer l'implant directement sous la peau. Pourquoi ne pas l'avoir opérée ? Lui avait-on confié la puce dans l'unique but qu'elle accède à l'hôpital ? Il était plus probable qu'elle l'ait volée. Mais, dans ce cas, à qui ? Cela l'interpellait. Comme cet étrange bracelet qu'il avait réussi à lui faire retirer, non sans mal. Et cet autre implant qu'elle portait à la cuisse, et qu'il n'avait jamais vu auparavant. En quinze ans de carrière, c'était une première. Il s'enthousiasmait à l'idée que, pour une fois, l'enquête puisse se dérouler de manière imprévue. Il était résolu à y consacrer le temps nécessaire. Il avait déjà établi un premier contact. Pour le moment, c'était suffisant. Maintenant, il avait besoin de distraction.

Accélérant le pas, il passa près des gardes en faction devant l'ascenseur et accéda au deuxième étage. Les portes s'ouvrirent sur un vaste plateau en marbre blanc, bordé d'une baie vitrée au travers de laquelle on voyait toujours l'Oméga. Tous les appartements des hauts fonctionnaires donnaient dessus. Le séjour de Léana était plongé dans la pénombre. Noah caressa le dos du piano, puis dépassa le petit salon composé d'un mobilier d'imitation ancienne, recouvert de velours rose. Dans la chambre, le lit était défait. Il s'y allongea et entendit le bruit de la douche voisine.

— C'est toi ? lança sa sœur depuis la salle de bains.

— Qui veux-tu que ce soit ? Tu attends de la visite ?

— Et pourquoi pas ? rétorqua Léana. Installe-toi. J'en ai pour une minute.

Noah regarda le plafond. Oui, vraiment, il était fatigué. Était-ce le fait de vieillir ? Il entrait dans sa trente-quatrième année. On exigeait de lui qu'il progresse, mais il avait plutôt l'impression de stagner. Il n'arrivait pas à apprécier les choses, du moins pas autant que ses pairs. Il ne se réjouissait jamais. La joie était pour lui un sentiment inconnu. Éprouver du plaisir, il savait ce que c'était, mais cela se produisait rarement. Comme avec les plats dont il raffolait jadis et qui ne lui faisaient plus aucun effet. Quant aux personnes... De l'une à l'autre, on retrouvait des ambitions similaires. Chacune conduisait son destin en tâchant de se hisser au-dessus de la fange, de surpasser ses congénères... Alors que tout s'éteindrait de la même manière. Sans gloire. Cette certitude ne l'avait jamais quitté. Pourquoi le monde ne pouvait-il se résoudre, comme lui ? La vie en devenait si simple.

Pourquoi certains estimaient-ils encore nécessaire de lutter ? À cet égard, le mode de fonctionnement des résistants lui échappait complètement.

Il repensa à Mathilde. Elle ne lui plaisait pas particulièrement, mais son souvenir persistait. Elle n'avait pas la même blondeur que Léana, la même peau diaphane et sans taches, ni ces longs cils qui se refermaient en minaudant, toujours au bon moment. Avec son teint marqué par le soleil, son air farouche, ses cheveux emmêlés et ses grands yeux verts empruntés aux félins, Mathilde ressemblait à une sauvageonne. Il devait admettre que c'était ce qui piquait en partie son intérêt. Elle le regardait d'une manière inédite, comme si elle ne le reconnaissait pas. Sans cette déférence hypocrite qu'il rencontrait chez la plupart de ses interlocuteurs, avant même qu'il ne s'adresse à eux. Simplement parce qu'il était le fils du Guide. Où était le mérite ?

D'autant qu'il n'était pas dupe de ce que les généraux disaient de lui à son insu. Ils n'étaient qu'à moitié fautifs. En étant le premier à lui manifester du mépris, son père ne faisait rien pour renforcer son crédit. Ce n'était jamais explicite, mais cela s'entendait aisément. À ses soupirs agacés, à ses regards condescendants. Le contraste était d'autant plus saisissant qu'il ne considérait pas Léana de la même façon. Sa fille constituait sa fierté extrême, son prolongement. À côté d'elle, Noah n'était qu'un bâtard.

Léana entra à ce moment-là. Sculpturale dans sa nuisette blanche. Elle se coucha près de lui. Noah posa la tête sur son ventre et se trouva tout de suite mieux. Sa sœur avait ce pouvoir. Elle lui caressa les cheveux. L'Oméga brillait à travers la vitre.

— Tu as vu Père ? demanda-t-elle.

— Non. Je viens de rentrer. Mais j'ai remarqué qu'ils y étaient encore. Et toi ?

— Je me suis éclipsée avant la fin. Le général Halley nous a refait son couplet sur la centrale nucléaire.

— Laquelle ?

— Celle du Nord. Elle fuit encore.

— Qu'est-ce que ça peut faire, de toute façon ?

— C'est exactement ce que j'ai dit. Et toi ? Tu as passé une bonne journée ?

Noah soupira.

— À ce point-là ?

— Non. Mais j'avais hâte qu'elle finisse.

— Tu as toujours été ainsi, répondit sa sœur avec tendresse. Même quand tu étais petit. Dès que tu te disputais avec Père, ou que les orages étaient violents, tu venais te réfugier dans mon lit en pleurant.

— Heureusement, tu étais là.

— Je le suis encore.

Il se redressa et elle enfouit la tête dans son cou. Ses cheveux exhalaient un parfum enivrant. Il embrassa le dos de sa main.

— Tu vas réussir à dormir ? demanda-t-elle.

— J'espère. Je suis exténué. J'ai l'impression d'être déjà vieux.

Léana colla sa bouche à son oreille.

— Ça aussi, tu l'as toujours été, chuchota-t-elle affectueusement.

Ils furent réveillés tôt par la pluie qui cognait contre la baie vitrée. Noah fut hors du lit le premier. Il apporta un café fumant à sa sœur.

— Je ne sais pas comment tu fais pour te lever si vite, dit-elle en frissonnant.

— Je pense à tout ce que j'ai à faire.

Léana fit la moue.

— Tu seras là, ce soir ?

— Aucune idée. J'ai beaucoup de travail et il faut que je retourne voir cette fille.

— Quelle fille ?

— Une résistante que l'on a arrêtée à l'hôpital. Quelque chose détonne dans son profil.

— C'est-à-dire ?

— Il s'agit seulement d'une intuition. Un faisceau d'indices concordants. Elle doit avoir entre vingt-cinq et trente ans. C'est trop pour vivre dans la clandestinité.

— Peut-être qu'elle a été bien cachée.

— Sûrement. Mais, dans ce cas, ce n'est pas une bonne nouvelle. Cela veut dire que les résistants savent s'organiser sur le long terme. Et puis, il y a un autre élément. Elle portait un bracelet électronique que je n'ai jamais vu auparavant. Nous n'arrivons pas encore à le décoder, mais une chose est certaine, c'est de la haute technologie. Comment les résistants ont-ils eu les moyens de construire un tel appareil ?

Léana était pensive.

— Veux-tu que je demande à mes services de l'interroger ? proposa-t-elle. Nos agents sont très performants dans l'art de faire parler les criminels.

— Non, merci. Je préfère m'en charger moi-même. Tu sais que je n'aime pas la méthode forte.

— Parfois, c'est la seule qui marche.

— Peut-être, mais en ce qui me concerne, je fais du renseignement. Chacun son métier.

— Je disais ça pour t'aider.

Vexée, elle se leva et commença à s'habiller.

— Donc on ne te verra pas ce soir, encore ? reprit-elle en enfilant un chemisier transparent. Père ne va pas être content.

— Je ferai le maximum.

— Pourquoi ne vas-tu pas voir la fille ce matin ? Je dois me rendre au centre de détention. Je peux t'accompagner.

— Elle n'est pas là-bas.

Léana lui jeta un regard circonspect.

— Elle était blessée, expliqua Noah en soupirant. Je l'ai fait transférer à la clinique.

— Tu veux dire, la clinique qui nous est réservée ? Pour une résistante ?

Sa sœur ne cachait plus sa contrariété.

— S'il te plaît, Léa, ne commence pas.

— Très bien. C'est ton problème, après tout. Mais ne viens pas te plaindre après que Père soit sans arrêt sur ton dos.

— Je n'avais pas le choix ! Elle devait être soignée. Sinon, je n'aurais jamais pu l'interroger.

Léana ne répondit pas. Elle remonta la fermeture Éclair de sa jupe et se rendit dans la salle de bains. Elle en ressortit quelques instants plus tard, parfaitement coiffée et maquillée. Elle arrangea une dernière mèche blonde devant le miroir de la chambre.

— Si je n'arrive pas à temps pour le dîner, reprit Noah, pourras-tu m'excuser auprès des autres ?

Elle lui lança un regard noir.

— Tu es belle quand tu es en colère.

S'approchant de lui, elle ébouriffa ses cheveux.

— Tu n'es pas mal non plus.

Elle déposa un baiser furtif sur ses lèvres et sortit. Noah la regarda s'éloigner, l'air amusé.

17

Noah réapparut sans prévenir. Quand Mathilde ouvrit les yeux, il se tenait au pied du lit. Sa première pensée fut de s'inquiéter de son apparence, ce qu'elle se reprocha aussitôt. Il affichait un air plus déterminé.

— Je suis content que vous suiviez mes consignes, fit-il, posément. Amy m'a dit que vous aviez recommencé à vous nourrir. Votre blessure est également en voie de guérison. Quant aux fractures, les examens prouvent qu'elles sont désormais consolidées.

Mathilde ressentit un profond soulagement.

— J'en avais beaucoup ?

Il hocha la tête.

— Comment vous êtes-vous fait cela ?

Elle brandit l'argument qu'elle avait préalablement imaginé.

— J'ai été attaquée, prétendit-elle.

— Par qui ?

— Je l'ignore. Ils étaient deux. Un homme et une femme.

— Que voulaient-ils ?

— De la nourriture, je suppose. Lorsqu'ils ont vu que je n'avais rien, ils se sont enfuis.

— Où étiez-vous à ce moment-là ?
— Dans la rue. À un arrêt de bus. C'était juste avant le couvre-feu.
— Vous rentriez chez vous ?
— Oui.
— Où ?
— Dans un immeuble du centre. Près du grand magasin.

La réponse parut satisfaire son interlocuteur. Jusque-là, elle s'en sortait bien.

— C'est curieux, dit-il, car vous n'êtes recensée nulle part. Tous les citoyens le sont. Enfin, ceux qui respectent la loi.

Elle regretta de s'être félicitée un peu trop rapidement.

— N'essayez pas de me mentir, poursuivit Noah en la fixant. Je vous assure, c'est du temps perdu. Je veux connaître votre identité et l'endroit où vous vivez.

Mathilde baissa les yeux. Si elle révélait ses origines, elle deviendrait une prise de choix. Le silence demeurait la meilleure des options.

— Mon avis, reprit Noah en manifestant des signes d'impatience, est que vous avez été blessée au cours d'une rixe entre bandes rivales.

Mathilde ne comprenait pas à quoi il faisait référence, mais se garda bien de le détromper.

— Cette violence me fatigue, renchérit-il. Mon rôle est de faire régner l'ordre, mais vous et vos amis passez votre temps à me compliquer la tâche. J'ignore pourquoi vous vous acharnez ainsi. La fin est inéluctable. Vous n'y échapperez pas.

Il se mit à arpenter la pièce.

— Les résistants se sentent supérieurs à tout le monde, poursuivit-il. Vous prônez de nobles idées, vous pensez être les sauveurs des temps modernes, mais vous n'êtes que des menteurs. Vous vendez de l'espoir à des gens qui n'en ont plus. Et ils y croient, les pauvres. En vérité, vous ne valez pas mieux que cette racaille de mercenaires. Comme eux, vous vous nourrissez de la misère.

Il s'interrompit. Mathilde constata qu'il était écœuré, mais pas hors de lui. Il maîtrisait ses émotions. Elle ne pouvait lui répondre. Il lui imputait des torts auxquels elle n'entendait rien.

Face à son silence, il s'agaça :

— Vous croyez sans doute être au-dessus des lois, reprit-il. Mais nous ne cesserons jamais de lutter. Une fois guérie, vous serez incarcérée.

Mathilde se rebella.

— Pour quelles raisons ? s'écria-t-elle. Je n'appartiens pas à la Résistance. Ni aux mercenaires. Je ne comprends rien à ce dont vous m'accusez !

Noah haussa les épaules.

— Vraiment ? Dans ce cas, comment expliquez-vous le fait que vous n'aviez aucune puce lors de votre arrivée à l'hôpital ?

Il regarda son cou.

— Il ne vous aura pas échappé que nous avons régularisé les choses. Désormais, vous portez un matricule unique, comme tous les clandestins que nous arrêtons.

Il poursuivit, stoïque :

— Les médecins estiment votre âge à un peu moins d'une trentaine d'années. Pour un membre de la Résistance, c'est un record. Comment vos amis ont-ils fait pour vous cacher aussi longtemps ?

Comme Mathilde ne répondait pas, il la fixa.

— Je ne crois pas au hasard, dit-il. Personne ne peut vivre en dehors du système sans être aidé. À quel réseau appartenez-vous ?

Elle était dans l'impasse. Son ignorance jouait contre elle. Les circonstances la désignaient comme la coupable idéale et elle n'avait aucun indice de ce qu'elle devait dire pour se disculper.

— Je finirai par le savoir. Si ce n'est grâce à vous, ce sera avec l'aide du bracelet que nous avons détaché de votre poignet.

L'inquiétude se lut sur le visage de Mathilde.

— Je n'ai jamais vu un tel objet, continua-t-il, admiratif. De même que cet implant que vous portiez à la cuisse.

Mathilde plaqua aussitôt la main sur sa jambe.

— Inutile de le chercher. Les médecins l'ont retiré. Selon eux, il s'agit d'un dispositif destiné à diffuser toutes sortes de substances à l'organisme, dont des analgésiques. Je leur fais confiance. Apparemment, il se fabriquait autrefois des modèles similaires. Je serais curieux de savoir où vous avez déniché le vôtre.

Il fit une pause afin de laisser Mathilde assimiler l'information. Il épiait ses réactions.

Elle détourna le regard. Noah essayait de la déstabiliser, de lui faire peur, et malgré tous ses efforts pour tenir bon, il y parvenait. Qu'adviendrait-il une fois que son ondophone aurait parlé ? Comment Noah interpréterait-il ce qu'il y découvrirait ? Quand il s'apercevrait qu'elle venait du territoire voisin ? Perdue, elle fixa les draps.

— Ce ne sont d'ailleurs pas les seules choses que nous avons trouvées sur vous, reprit-il d'un ton encore plus dur.

Il fouilla dans sa poche et en ressortit les comprimés qu'elle avait subtilisés chez Doris. Il les présenta à plat dans sa paume.

— Ça aussi, vous comptez le nier ?
— Ce n'est pas à moi, se défendit-elle.
— Aucun doute, vous savez résister. Mais à quoi bon ? Seuls les résistants fabriquent cette drogue pour la revendre aux civils. La Délivrance est votre fonds de commerce. Une manière efficace de conserver votre influence. Même si cela tue vos clients à petit feu.

Mathilde secoua la tête.

— Je ne suis pas résistante, répliqua-t-elle d'une voix éteinte. Je ne l'ai jamais été. On me les a donnés.
— Qui ?

Honteuse, elle baissa les yeux. Elle ne pouvait trahir Doris.

— Personne. Je les ai trouvés.
— Si vous vous obstinez… Je n'ai pas que ça à faire. On m'attend pour dîner.

Sur le point de partir, il se tourna vers elle une dernière fois.

— J'allais oublier. La puce que vous avez cousue dans votre foulard pour passer les contrôles est celle d'une militaire prénommée Flora. Tenez, la voici.

Il brandit un petit appareil électronique qui projeta le portrait d'une jeune femme en tenue d'intervention. À peine plus âgée que Mathilde, elle avait l'air sérieuse, mais son regard traduisait un caractère mutin. Une mèche de cheveux bruns dépassait de sa casquette.

— Flora figure parmi nos meilleurs éléments, poursuivit Noah en considérant la photo. Elle est compétente, courageuse et pleine de vie. Elle est très appréciée de ses collègues. L'an dernier, elle s'est mariée avec l'un d'eux. Caleb. Je regrette de ne pas avoir assisté à la noce. Il paraît que c'était une belle fête.

— Pourquoi me racontez-vous cela ? demanda Mathilde, incrédule.

— Parce que Caleb est sans nouvelles de son épouse depuis un mois. Flora a disparu lors d'un raid dans la banlieue ouest. Nos services y avaient repéré une poche de résistants. Les combats ont été menés en sous-sol. Flora n'est jamais remontée à la surface.

Il éteignit la projection.

— Il est peu probable que nous retrouvions son corps. Elle s'est sûrement vidée de son sang au fond d'un parking.

Mathilde était livide.

— Je ne pourrai jamais prouver que vous l'avez tuée. Mais je voulais que vous la regardiez dans les yeux.

Il gagna la sortie, en proie à une colère froide.

Accablée, Mathilde fondit en larmes.

18

Noah avançait dans les couloirs d'un pas rapide, indifférent aux saluts que lui adressaient les soldats qu'il croisait. Il était furieux. Contre Mathilde, mais avant tout contre lui-même. Lui qui se targuait de ne jamais perdre le contrôle d'aucune situation avait laissé libre cours à ses émotions. Il n'aurait pas dû se confronter au visage de Flora. Même s'il ne la connaissait pas, de savoir cette jeune femme assassinée quelque part, loin de son mari, de l'Oméga, cela le rendait malade. Il se sentait complice de sa mort. N'était-ce pas sa propre équipe qui l'avait envoyée dans ce guet-apens ? Certes, il n'était pas le bras armé, mais il était le commanditaire. Il avait demandé à ses services de lui fournir le portrait de Flora et quelques renseignements sur sa vie dans le but de déstabiliser Mathilde. La ruse se retournait contre lui. Parfois, il haïssait son métier. Oui. Il le haïssait.

Tandis que l'ascenseur le menait jusqu'au toit de l'Oméga, il songea qu'il n'allait pas bien. Il n'avait jamais pris goût à la barbarie des hommes mais, encore quelque temps auparavant, il parvenait à la laisser glisser sur lui. Était-ce l'effet retors de l'accumulation ? Pourquoi avait-il l'impression d'être seul à souffrir de ce trouble ? Son père y était insensible. Sa sœur s'occupait toute la journée de faire enfermer les criminels de la pire espèce. Elle était bien plus exposée à la violence que lui. Et rien ne l'empêchait de dormir.

Les portes de l'ascenseur s'ouvrirent sur un corridor, baigné d'une lumière bleue. Arrivé au bout, il respira profondément et attendit quelques secondes avant d'entrer. Là aussi, il lui devenait de plus en plus pénible de franchir ce seuil. Au fil du temps, ces dîners, qui n'étaient au début qu'une contrainte, s'étaient transformés en épreuve. Combien de fois avait-il failli faire demi-tour afin d'aller boire un verre en compagnie d'autres soldats, moins gradés que lui, mais bien plus sympathiques que les fonctionnaires avec qui il partageait ses repas ? Son statut lui interdisait ce genre de divertissement. Les relations avec son père étaient déjà suffisamment tendues. Résigné, il se présenta devant le scanner qui analysa ses empreintes, puis la porte coulissa et il se retrouva dans la bibliothèque de Lamech.

D'aussi loin que Noah s'en souvînt, son père avait toujours collectionné les livres. Il passait la majeure partie de ses journées à les étudier. La meilleure manière, selon lui, de conduire l'avenir en toute clairvoyance. Les livres étaient rares, mais le Guide en possédait des milliers, entreposés sur les rayons de l'immense pièce triangulaire qui chapeautait l'Oméga. Au centre, une grande table sur laquelle Lamech dînait chaque soir. Noah et Léana y siégeaient depuis l'enfance, leur père ayant souhaité les impliquer très tôt dans ses affaires. Devenu adulte, Noah dirigeait le service des renseignements tandis que Léana s'occupait des pénitenciers, en particulier celui du Fort, qui se situait sur une île à plusieurs milliers de kilomètres et accueillait les prisonniers condamnés à perpétuité. Léana s'y rendait au moins une fois par semaine pour y faire son inspection. Noah, lui, n'y était jamais allé.

Il avança au milieu des livres. Les généraux présents ce soir-là étaient au nombre de trois. Le chef de la sécurité, le responsable de la production énergétique et celui du recensement. Léana était assise à côté de ce dernier. Le Guide présidait. Son éternelle veste blanche, portée sur un pantalon de même couleur, était toujours parfaitement repassée. Sa barbe et sa longue chevelure soigneusement coiffées, sensible qu'il était au culte de l'apparence, cultivant rigoureusement son image. Au-delà du scientifique, celle d'un sage, d'un guide... Au point d'en tirer son titre officiel. À l'approche de Noah, les discussions cessèrent et Lamech toisa son fils d'un œil sévère.

— Où étais-tu ? lança-t-il, froidement.

— Je vous prie de m'excuser, répondit Noah en prenant place près de sa sœur. J'interrogeais une résistante.

— À cette heure ?

— Je dois gagner sa confiance. Cela demande du temps.

— Je ne te savais pas aussi perfectionniste.

— Son témoignage pourrait se révéler très intéressant.

Le Guide ne répliqua pas, mais son attitude traduisait son désaveu. Le général Jones, qui était assis en face de Noah, et qui s'occupait de la sécurité, enchaîna :

— A-t-elle commencé à parler ?

— Pas encore. Quand ce sera le cas, vous serez le premier informé.

Ils furent interrompus par l'irruption de sœurs jumelles d'un âge canonique qui, après s'être occupées de l'éducation de Noah et de Léana lorsqu'ils étaient petits, se trouvaient désormais au service du Guide. De leurs mains percluses d'arthrose, elles débarrassèrent les assiettes et apportèrent du café. Un deuxième général interpella Lamech.

— Vous ne m'avez pas dit ce que vous préconisiez pour ce problème d'électricité…

Le Guide croisa les mains sur sa blouse.

— A-t-on les moyens de relancer la centrale ? demanda-t-il.

— Pas vraiment. Cela peut prendre beaucoup de temps. Si c'est faisable.

— Quelles sont les conséquences immédiates ?

— Le Nord sera privé de lumière par intermittence. Nous essaierons de maintenir le chauffage.

— Non, répliqua Lamech. Gardons la lumière et supprimons le chauffage. Il vaut mieux avoir froid plutôt que plonger toute une région dans l'obscurité. Le couvre-feu est déjà long. Et la saison sèche arrive.

— Cela dépendra aussi de l'activité des autres centrales.

— Il faudra dire la vérité à la population. Nous ne devons pas lui mentir.

— Cela pourrait provoquer une révolte, intervint le chef de la sécurité.

— Vous croyez ? Si c'est le cas, nous la maîtriserons. Mais je ne pense pas que cela se produira. Les gens sont préparés. Chaque année apporte son lot de pénuries. Cela a commencé par l'eau, le bois, ensuite la nourriture, les transports, maintenant l'énergie… Nous l'avions prédit. Personne ne sera surpris.

Le général eut l'air dubitatif.

— Les résistants pourraient en profiter pour étendre leur influence, dit-il.

Il se tourna vers Noah.

— Si vous entendez quelque chose à ce sujet, ce pourrait être crucial.

— Comme je l'ai dit, reprit le Guide, s'il y a une révolte, il nous appartient de la contenir. Je l'ai promis.

Tout le monde acquiesça, sauf Noah.

— Et le jour où il n'y aura plus assez de soldats ? objecta-t-il.

Son père fronça les sourcils.

— Nous serons toujours plus nombreux.

— Comment pouvez-vous en être aussi sûr ?

— Je le constate, c'est tout. Toi qui passes ton temps à surveiller les résistants, tu en arrêtes beaucoup ?

Noah soutint le regard de son père. Le Guide n'avait jamais pris la menace de la Résistance au sérieux. Pour lui, les résistants n'étaient qu'un groupe de marginaux sans importance, des intellectuels frustrés qui n'agissaient que par revanche. Leurs ressources étaient maigres, ils ne s'appuyaient sur aucune organisation solide. Ils vivotaient de petits crimes, de cultures sauvages, campaient dans les banlieues abandonnées. Noah n'avait jamais partagé cet avis. Les résistants à qui il avait eu affaire lui avaient toujours paru très lucides et convaincus du bien-fondé de leur lutte. Ils étaient mus par un instinct de survie que même les pires conditions n'avaient pas tari. Ceux que le virus n'avait pas encore contaminés élevaient des enfants dans la clandestinité et leur transmettaient leurs idées. Ils ne renonceraient jamais, jusqu'au dernier. Les plus jeunes pouvaient être convertis. Mais les plus âgés ? Comme cette fille qui attendait à la clinique et qui se montrait aussi butée que ses aînés. Il fallait espérer que le virus décimerait la Résistance avant l'armée. Pour l'instant, c'était le cas. En apparence, du moins. Il ne répondit pas à la provocation de son père. Il profita que le dîner soit terminé pour s'éclipser.

Léana le rattrapa alors qu'il s'apprêtait à entrer dans l'ascenseur.

— Tu me rejoins, plus tard ?
— Non, pas ce soir. Je suis fatigué.

Elle le considéra d'un air préoccupé.

— Ne fais pas attention, dit-elle en lui caressant la joue. Il est de mauvaise humeur. La panne de la centrale l'a contrarié.
— Je sais. Je suis habitué.
— Tu es en colère.
— Je ne suis jamais en colère, répliqua Noah.
— Pourtant, tu l'es.

19

La condescendance avec laquelle son père l'avait traité devant les cadres du Parti blessait Noah. Il supportait de moins en moins ces petites marques de mépris, distillées à faible dose, comme un poison. Léana prétendait être de son côté, mais elle ne prenait pas sa défense pour autant. Face à leur père, elle se taisait. Quant aux généraux, ils n'attendaient que sa disgrâce pour lui voler sa place. Un rang qu'il n'avait jamais demandé à occuper, mais qu'il entendait tenir tant qu'il le faudrait. Au nom du peu d'amour-propre qu'il lui restait. Toute la nuit, il batailla contre son père. Puis, naturellement, ses pensées dérivèrent vers ce qui avait provoqué leur altercation, et il songea à Mathilde.

C'était la première fois qu'il interpellait une résistante ayant vécu tant de temps dans la clandestinité. Mathilde n'avait jamais été arrêtée. Elle avait dû faire preuve d'une grande ingéniosité pour passer au travers des mailles du filet. Pourquoi exposait-elle cet air naïf ? En se rendant à l'hôpital, elle courait un risque évident. Le plus surprenant était qu'elle paraissait ne pas le reconnaître. Soit elle était excellente comédienne, soit quelque chose lui échappait.

Ironiquement, il avait évoqué un record. Plus de vingt ans de clandestinité. C'en était un.

À l'instar du reste de la population, certains résistants pouvaient avoir des enfants, toutes les femmes n'étant pas encore contaminées. Mais jamais jusque-là ils n'étaient parvenus à dissimuler l'un des leurs aussi longtemps. Avec leurs conditions de vie précaires, les petits finissaient toujours par tomber malades. Parfois, les parents réussissaient à les guérir par leurs propres moyens, avec des herbes et des décoctions de leur composition, mais le plus souvent on retrouvait les enfants à la porte de l'hôpital, abandonnés durant la nuit. Noah supposait, même s'il n'en avait jamais eu la preuve, que plusieurs étaient morts dans la clandestinité, au fond d'une cave sans lumière. Il haïssait ces gens. Quel que soit leur engagement, qu'ils soient prêts à sacrifier leur progéniture pour la cause. Alors que d'autres solutions existaient. Que les enfants auraient pu bénéficier d'un toit, d'une éducation, de soins adaptés. Une telle situation lui était inconcevable. Cela expliquait, en partie, son empathie pour Mathilde.

Au petit matin, il entra dans la cellule technologique de l'Oméga, qui employait les meilleurs ingénieurs du territoire. Wendall était l'un d'eux. Compétent et gentil, il avait partagé les mêmes classes que Noah, et ce dernier avait confiance en lui. Raison pour laquelle il n'avait pas hésité à lui remettre le mystérieux bracelet que portait Mathilde lors de son arrestation. Il entraîna Wendall dans une salle attenante, et l'interrogea sur l'avancée des travaux.

— Je suis désolé, soupira l'ingénieur en passant la main sur son crâne. Pour l'instant, ça ne donne rien. Je n'ai jamais étudié ce type de code auparavant.

Noah ne cacha pas son dépit. Comment Mathilde avait-elle pu se procurer un tel outil ? Les résistants avaient à peine les moyens de se nourrir.

— Mais tu vas y arriver ? demanda-t-il, anxieux.

Wendall écarta les bras d'impuissance.

— Je ne peux rien garantir. Si tu me laisses en parler aux autres, peut-être que nous avancerons plus vite. Un peu d'aide ne serait pas superflue.

— Non. Personne ne doit être au courant. Je veux que tu sois le seul à t'en occuper.

— Merci de ta confiance, mais je ne suis pas sûr d'y parvenir.

— Fais au mieux.

— Très bien.

Noah lui donna une tape amicale sur l'épaule et s'en alla. Il prit la direction de la clinique. Il était déçu, mais pas découragé. Au contraire. Le fait que même Wendall n'arrivait pas à décoder le bracelet piquait son intérêt de manière inédite. Une énigme planait autour de Mathilde. Plus le temps passait, plus les événements renforçaient cette impression. Il prouverait à tous, et surtout à lui-même, qu'il pouvait piloter une affaire de cette envergure. La conversation de la veille, lors du dîner, lui avait donné une idée. Susceptible, peut-être, d'amadouer Mathilde et de la faire parler.

Entre-temps, cette dernière s'était ressaisie. Noah avait voulu la fragiliser et y avait partiellement réussi.

Mais après s'être effondrée, après avoir réfléchi au meurtre de cette jeune militaire dont il l'accusait sans vergogne, elle avait conclu n'être responsable de rien. Même par omission. Au moment où elle avait consenti à porter le foulard dans lequel Doris avait cousu la puce, elle ignorait tout de l'organisation à laquelle Jack appartenait. Dorénavant, elle comprenait. Il était résistant. Mais il s'agissait de lui, non d'elle. Elle n'avait rien à voir avec tout cela. Tous deux n'avaient fait que respecter le pacte scellé peu après leur rencontre. Elle l'avait secouru dans la décharge et, en échange, il lui avait sauvé la vie sur son territoire. Le reste n'était pas son combat. Elle devait garder son secret et ne plus se laisser déstabiliser. Employer son énergie à trouver le moyen de fuir.

Aussi, quand Noah entra dans la chambre, elle lui présenta un visage fermé. Il déposa un paquet sur le lit.

— Voici des vêtements neufs, expliqua-t-il. Habillez-vous. Nous partons.

Décontenancée, elle s'exécuta tandis qu'il patientait dans le couloir. Elle le rejoignit peu après.

— Où allons-nous ? demanda-t-elle.

— Vous verrez.

Ils empruntèrent une longue galerie sans croiser personne, et s'éclipsèrent par une porte coupe-feu que Noah actionna en plaçant sa paume sur un scanner. Ils se perdirent ensuite dans un dédale souterrain qui rappela à Mathilde le réseau du Centre. À quelques détails près, elle retrouvait la même odeur, les mêmes canalisations et le même type de signalétique. Ils arrivèrent devant un grand portail qui s'ouvrit sur un parking où des centaines de véhicules étaient stationnés. Quelques-uns circulaient avec des soldats à leur bord. Noah se dirigea vers un engin monté sur d'énormes roues et pria Mathilde de s'installer sur le siège passager.

— Attachez-vous. Ça va secouer.

Ils débouchèrent à la surface au milieu d'un ensemble d'édifices clos par une enceinte. Là encore, la configuration des lieux ressemblait à celle du Centre, mais en beaucoup plus vaste. Plusieurs corps de bâtiments encerclaient une grande pyramide dont le sommet renvoyait l'éclat du soleil. La voiture la contourna puis s'arrêta au poste de contrôle qui permettait d'accéder à l'extérieur. Mathilde nota que Noah ne prenait pas la peine de s'identifier auprès du scanner. Sur un geste de sa part, les militaires levèrent la barrière en lui adressant un salut respectueux. Si Noah était un personnage important, pourquoi s'occupait-il tant d'elle ? À la fois anxieuse et intimidée, elle redoubla de vigilance.

Ils quittèrent l'Oméga et pénétrèrent dans la cité, qu'ils traversèrent à vive allure. Mathilde regardait chaque immeuble, chaque rue, essayant de se repérer. Un instant, elle s'imagina sauter du véhicule en marche, mais y renonça. Noah conduisait si vite qu'elle se serait brisé le cou. Après le centre-ville, ils filèrent à travers la banlieue, le long des tours dépeuplées. Il n'y avait plus un militaire à des kilomètres à la ronde. Mathilde eut peur de rencontrer des mercenaires, peut-être des résistants, mais il n'en fut rien. Au bout d'un moment, les immeubles s'espacèrent, la nature se fit de plus en plus présente, jusqu'à ce qu'ils accostent un désert de pierres. La ville était derrière eux. Le bolide se mit à tanguer et elle se cramponna. Peu après, la roche disparut au profit d'un sol noir et boueux. Envahie par les graminées, la route devint inexistante. Mathilde remarqua, de part et d'autre de la piste, à des distances plus ou moins lointaines, des amoncellements de pierres, abandonnés au gré du paysage. L'un d'eux, en particulier, retint son attention. C'était une maison dont la façade était éventrée.

— La guerre vous intéresse ? lança Noah qui avait relevé son regard insistant.

— Comment ?

— Les ruines… elles vous intéressent ?

— Pas vraiment.

— C'est un tort, répliqua-t-il. Tous ces conflits qui ont marqué notre histoire. Ces pierres en sont les derniers témoins.

Mathilde aurait voulu lui dire que par sa faute, ou celle de ses supérieurs, elle aussi pouvait attester du drame de la guerre. Aucune violence n'était neuve à ses yeux.

Plus tard, ils longèrent des champs délimités par des barbelés. Des hommes et des femmes bêchaient le sol. Leurs visages étaient moroses et leur peine visible. À leurs côtés, des soldats montaient la garde. Mathilde comprit enfin les intentions de Noah. Il l'avait conduite ici pour lui désigner son sort si elle n'obéissait pas.

— Pourquoi m'emmenez-vous auprès de ces prisonniers ? demanda-t-elle, saisie d'inquiétude.

Il sortit de ses pensées.

— De quoi parlez-vous ? s'exclama-t-il. Il s'agit de simples civils qui travaillent, comme chaque jour. Ces mesures de sécurité ne leur sont pas destinées.

— À qui, alors ?

Il stoppa le véhicule. Il avait l'air sincèrement stupéfait. Au point que Mathilde craignit d'avoir commis une grave erreur.

— Vous êtes sérieuse ? Regardez ces soldats. Ils ne sont pas là pour surveiller les ouvriers. Ils les protègent !

Mathilde se renfonça sur son siège.

— De quoi ? fit-elle, sceptique.

— De qui, vous voulez dire ? De vous. Des animaux. Des mercenaires. Comment croyez-vous que la Résistance survit ? En pillant le bien des autres. Vous n'êtes tout de même pas naïve à ce point ? Cela confinerait à la bêtise !

Vexée, Mathilde détourna le regard. Noah redémarra.

— Nous serons bientôt arrivés, conclut-il.

20

Ils roulèrent longtemps encore, dépassèrent de nombreux autres champs. Jusqu'à atteindre les abords d'un complexe qui, bien qu'éloigné de la civilisation, ne manquait pas de protection. Le long de la clôture, des soldats veillaient. Dans leur dos, précédant plusieurs corps de bâtiments, s'étendait un immense praticable avec des agrès. Si bien que Mathilde songea immédiatement à un camp d'entraînement. Le véhicule s'engagea sous le porche et accéda au site sans difficulté. Il sembla à Mathilde que Noah était même particulièrement bien accueilli. Traversant le terrain, ils s'arrêtèrent devant l'édifice principal, haut de deux étages. Elle entra la première dans le hall cerclé de baies vitrées. Il faisait bon. L'humidité, omniprésente à l'extérieur, ne pénétrait pas dans les murs. Celui du fond était recouvert de motifs chatoyants et un grand soleil trônait en son centre. Il se dégageait de l'endroit une atmosphère sereine, à l'opposé du climat oppressant de la ville.

— Où sommes-nous ? demanda-t-elle, intriguée.
— Bienvenue à la Réserve ! Vous pensiez que je vous conduirais en prison ?

Il contourna le mur et s'engagea dans un couloir. Mathilde suivit. De chaque côté, des rideaux occultaient de larges vitres. On percevait des éclats de voix. Noah ouvrit une porte et la rumeur se transforma en brouhaha. Devant eux se tenait un vaste dortoir équipé de lits superposés et, sur chacun d'eux, partout où les yeux de Mathilde se posaient, s'agitaient de minuscules êtres humains. Ses traits se figèrent. Des enfants !

Certains étaient allongés sur le ventre, le menton reposant entre leurs mains, absorbés dans la contemplation d'un trésor, d'autres étaient couchés dans des postures improbables, si près du vide qu'ils risquaient à tout moment de basculer. D'autres, enfin, étaient réunis sur un même matelas et entretenaient de passionnantes conversations. Leurs visages changeaient continuellement d'expression. Ils étaient sérieux, rieurs, rêveurs, tristes, joueurs… Ils étaient blonds, bruns, roux… Leurs voix, surtout… Leurs voix emplissaient tout l'espace. Elles se mêlaient, se chevauchaient, s'entrechoquaient comme des éclats de verre pilé.

Ainsi, c'était cela… Des enfants. Ce qu'elle-même aurait été si elle n'avait pas été conçue dans un pays en guerre, si les femmes de sa Communauté avaient pu mener leur grossesse à terme, si Chloé n'avait pas confié son embryon au Centre. Des enfants… Ce que les spécimens seraient encore si on les sortait de leur utérus artificiel, si on sectionnait leur cordon pour les rendre autonomes… Des enfants. Aussi vivants que des adultes. Parfaitement capables de s'exprimer, ressentir, bouger, évoluer.

Ne remarquant pas qu'elle était bouleversée, Noah mit fin à sa rêverie.

— Comme vous pouvez le constater, dit-il avec une pointe d'exaspération dans la voix, nous arrivons au moment de la sieste. Les plus jeunes sont censés se reposer.

Elle nota que pas un ne dormait. L'effervescence était à son comble.

— Je me demande où sont passés les surveillants, soupira Noah en s'engageant dans une travée.

Ils sortirent par une porte communicante et débouchèrent sur un second dortoir, vide, cette fois-ci.

— Ils doivent être en train de s'entraîner, indiqua Noah.

Une voix le stoppa dans son élan.

— Hé !

Il s'arrêta, interdit, et se pencha vers le lit d'où la voix s'était élevée. Une petite tête malicieuse surgit de sous le sommier.

— Tu pourrais faire attention ! s'exclama la frimousse parsemée de taches de rousseur. T'as failli me marcher dessus !

— Qu'est-ce que tu fais ici, Tommy ?

S'extirpant de sa cachette, le garçonnet sauta d'un bond sur le matelas.

— C'est qui, elle ?

— Tu es bien curieux. C'est une invitée. Tu ne devrais pas être à l'entraînement ?

Le garçon baissa les yeux.

— Si, mais je suis malade. J'ai attrapé froid la semaine dernière.

— C'est vrai, ça ?

— Bien sûr ! s'offusqua Tommy. Le docteur a dit que je devais rester à l'intérieur.

Noah posa la main sur son front. Il la retira en ébouriffant un épi mal coiffé.

— C'est bon pour cette fois. Où est ton instructeur ?

— Dans la cour, avec les autres. Je l'entends donner les ordres. La grande saucisse doit faire quatre tours de piste !

— Ne l'appelle pas comme ça.

— Mais il est tout mou et tout rouge !

Noah leva les yeux au ciel, tandis que Tommy se laissait retomber sur les draps en éclatant de rire.

Noah conduisit Mathilde dans l'arrière-cour. De nombreux enfants s'y ébattaient sous le regard de surveillants en uniforme. Certains faisaient la course, à pied ou à vélo, d'autres sautaient partout, se pourchassaient en criant…

La voix de Noah couvrit le vacarme.

— Savez-vous pourquoi Tommy ne s'amuse pas avec ses camarades ? lança-t-il d'un ton neutre.

Elle secoua la tête.

— C'est à cause de ses poumons. Le gosse a passé les deux premières années de sa vie dans une usine désaffectée qui produisait des substances chimiques. Les gaz lui ont brûlé les bronches. Depuis, dès que la qualité de l'air chute sous un seuil précis, il doit rester enfermé afin que son état n'empire pas.

Il parlait sans laisser transparaître aucune émotion, comme s'il ne faisait que relater des faits banals.

— Lorsque nous l'avons trouvé, Tommy errait dans l'usine, livré à lui-même, s'empoisonnant sans le savoir.

Il prit une grande inspiration.

— Nous hébergeons en moyenne deux cents enfants. Exclusivement des garçons. Les filles sont dans un autre camp, à quelques kilomètres. Il existe plusieurs unités semblables à celles-ci. Même si, avec la chute des naissances, il y en a de moins en moins. Les bébés sont accueillis dans des centres spécialisés. Selon l'état de santé de leur mère, surtout si elle s'est droguée, certains ne survivent pas. À partir de quatre ans, ils intègrent un camp de second degré, comme ici.

— Jusqu'à quel âge ?

Elle n'avait pu réprimer sa curiosité. Noah parut content qu'elle manifeste son intérêt.

— Quinze ans, répondit-il. Au-delà, ils sont trop marqués. S'ils atteignent cette maturité sans se faire tuer, sans mourir de faim, c'est qu'ils ont la carapace épaisse. Et nul ne peut la percer.

Il la dévisagea, comme pour mesurer la portée de ses propos, puis s'écarta au prétexte de devoir s'entretenir avec les instructeurs. Mathilde le regarda s'éloigner d'un air songeur. Noah était insaisissable. Chaque fois qu'elle essayait de prédire son comportement, il la surprenait en adoptant une réaction inverse. Il avait commencé par prendre soin d'elle, puis l'avait menacée, pour finalement la qualifier d'invitée devant un enfant dont il paraissait proche, ou à défaut dont le bien-être lui importait. Il était pétri de contradictions. Quand leurs yeux se croisèrent, elle baissa les siens.

— Les cours vont reprendre, indiqua-t-il en la rejoignant. Finissons-en avant qu'ils ne rentrent.

Il l'entraîna à l'intérieur et lui fit visiter les salles dans lesquelles les élèves étudiaient, puis le réfectoire. Lorsqu'ils revinrent dans le hall, prêts à sortir, il fit une pause.

— Je souhaite vous montrer une dernière chose, dit-il.

Ils empruntèrent l'ascenseur qui les conduisit au premier étage, où se trouvaient les bureaux de l'administration. Noah entra dans l'un d'eux. Deux femmes y travaillaient. Embrassant la plus âgée, il demanda s'il pouvait utiliser son ordinateur. Une seconde plus tard, l'appareil projetait le portrait en trois dimensions d'un tout jeune garçon. Mathilde approcha. L'enfant devait avoir deux ou trois ans. Peut-être moins. Difficile à dire, tant il était maigre. Il avait le teint gris et les cheveux en bataille, les paupières lourdes. Il allait pieds nus et ses vêtements étaient en guenilles. Son cœur se serra. Elle regarda Noah dont les mâchoires s'étaient contractées.

— Vous le reconnaissez ? lança-t-il sans détacher ses yeux du portrait.

— Non.

— C'est Tommy.

Mathilde ouvrit la bouche de surprise. La photo ne ressemblait pas à son modèle. Elle aurait juré qu'il s'agissait de deux personnes différentes.

— C'est impossible...

— Et pourtant, répliqua Noah d'un air douloureux. C'est dans cet état que nous l'avons trouvé.

Il laissa passer quelques secondes, puis éteignit la projection.

— Maintenant, vous savez, dit-il d'un ton sentencieux, comme s'il l'accusait de maltraitances envers le petit Tommy.

Il remercia la femme qui lui avait prêté son poste et quitta la pièce aussi subitement qu'il y était entré. Mathilde sur les talons, il regagna le hall au pas de course. Ils sortirent sans un mot. Quand ils furent montés à bord du véhicule, il démarra en trombe.

21

Le paysage défilait et Noah n'avait toujours pas prononcé un mot. Il restait concentré sur sa conduite, ses gestes étaient nerveux. On aurait dit un volcan sur le point d'exploser. Mathilde pressentait qu'il valait mieux ne pas lui parler. Les yeux rivés sur l'horizon, elle revivait au ralenti les événements de la journée. Les rires des enfants résonnaient encore dans sa tête. Elle leur trouvait un caractère attachant. Quelque chose qui relevait de la spontanéité et d'une certaine forme de liberté. Impression d'autant plus paradoxale que, dans les faits, ils étaient enfermés. Mais ils ne paraissaient pas en avoir conscience. À l'instar des spécimens dont elle s'était occupée, et qui ignoraient tout de leur captivité. Elle détenait désormais la preuve qu'ils étaient doués de sensibilité bien avant le terme de leur naissance. Enfin, sa perspective s'élargissait. Elle songeait à cela lorsque Noah l'apostropha :

— Cette petite excursion vous a plu ? demanda-t-il sur le ton du reproche.

Mathilde le regarda d'un air incrédule.

— Vous êtes des hypocrites, marmonna-t-il. Des lâches, des…

Son expression se durcit. Il arrêta le véhicule et laissa éclater sa colère.

— Sans nous, ces enfants seraient morts à l'heure qu'il est ! s'écria-t-il. À cause de vous !

Le flegme qu'il avait affiché jusqu'ici s'était volatilisé. En quelques secondes, une autre personnalité avait pris place. Une sensibilité à fleur de peau, en proie à une rage terrible. Son teint était cramoisi, ses lèvres tremblaient, tout comme ses poings. Face à ce revirement aussi subit qu'incompréhensible, Mathilde prit peur. Sa main chercha la clenche de la portière, qu'elle ouvrit d'un coup. Elle sauta du véhicule et courut aussi vite que possible. Son geste surprit Noah qui mit un instant à réagir. Mais bientôt, il descendit à son tour et se lança à sa poursuite. Il ne fut pas long à la rattraper. Lorsqu'il la saisit, elle se débattit ardemment.

— Arrêtez ! cria-t-il tandis qu'elle lui donnait des coups dans le ventre. Arrêtez ! Qu'est-ce qu'il vous prend ?

Elle lui jeta un regard apeuré, mais son expression était à nouveau celle qu'elle connaissait. Elle le toisa, interloquée.

— Vous ne survivriez pas deux jours dans le désert !

Il l'entraîna de force vers le véhicule.

— Calmez-vous. Je ne voulais pas vous effrayer.

Il avait l'air torturé, mais sincère. Elle reprit sa place le cœur battant. Progressivement, Noah se calma. Il redémarra.

— Je sais que, d'une certaine manière, vous êtes une victime, vous aussi, dit-il d'un ton moins agressif. Je voudrais que vous compreniez…

Il était en difficulté. Comme s'il luttait contre lui-même.

— Comprendre quoi ?

— Que faire des enfants dans ce monde, sans avoir les moyens de les élever, ce n'est pas une solution. C'est de la maltraitance !

Il s'interrompit un instant.

— J'ai été à la place de Tommy, reprit-il finalement. Si mon père ne m'avait pas recueilli, si l'armée ne m'avait pas nourri, je serais mort depuis longtemps.

Alors qu'à la seconde précédente elle était prête à se battre avec lui, Mathilde eut soudain envie de le réconforter. Elle était touchée qu'il partageât son histoire personnelle tout en se demandant s'il n'inventait pas cela pour la manipuler. Mais il paraissait trop perturbé pour mentir.

— Vous avez été abandonné… ?

— Je ne saurai jamais ce qu'il s'est vraiment passé, souffla-t-il. Heureusement, le Guide m'a adopté. Je lui dois beaucoup.

— Le Guide ?

Le véhicule pila. Leurs têtes faillirent heurter le pare-brise. Noah la considéra d'un air effaré.

— Ne me dites pas que vous ignorez qui est le Guide ? s'exclama-t-il, si choqué que toute trace de colère s'était retirée de son visage.

Mathilde n'osait plus dire un mot.

— Le Guide est le chef du Parti, fit-il, désorienté. Notre maître à tous.

Elle ne répondit pas mais, dans son esprit, les pièces de l'énigme s'assemblaient. Noah était bien plus que responsable du renseignement. Il était l'héritier. La peur la saisit de nouveau.

— On m'a rapporté que mes vrais parents étaient résistants, reprit-il sur le ton de la confidence, comme pour la rassurer. Je le crois volontiers. Les citoyens normaux n'abandonnent pas leurs enfants. Ils les confient directement à l'armée. Ils savent que nous ne sommes pas l'ennemi. Vous avez vu ? Avec nous, les petits ne sont pas malheureux.

Il lui jeta un regard interrogateur.

— Non, concéda Mathilde.

— Dans ce cas, vous comprenez mon point de vue. Nous sommes les seuls à pouvoir leur garantir cette qualité de vie.

— Tout en vous assurant de futurs effectifs.

Elle le défiait, se surprenant elle-même. Noah présentait les choses à sa manière. Il était aisé de comprendre pourquoi la Résistance refusait que l'armée prenne en charge ses enfants. Certes, les militaires répondaient à leurs besoins, mais c'était également pour eux un excellent moyen de renouveler les contingents. Une fois adultes, les enfants étaient acquis à leur cause. Comme Noah. Comme elle, avec le Centre. Elle aurait voulu le lui dire, mais elle craignait sa réaction. Néanmoins, à son expression, elle devina qu'il avait saisi.

— Aussi, admit-il, l'air contrarié.

Ils revinrent à la clinique. Progressivement, l'émotion qui avait submergé Noah se retira en un lieu secret, enfoui en lui. Son visage redevint impassible. Une fois dans la chambre, il crut bon de réaffirmer son autorité.

— Un jour ou l'autre, il faudra parler, dit-il en la fixant. Je ne pourrai pas vous protéger éternellement.

Elle se redressa. Depuis qu'elle avait vu la faille, Noah lui faisait moins peur. Il n'était pas aussi solide qu'il voulait le faire croire. Un lien étrange se tissait entre eux. Comme une fascination mutuelle. Elle le ressentait très bien.

— Me protéger ? Pourquoi feriez-vous cela ?

Il ne répondit pas.

— Qu'attendez-vous de moi ?

— Je vous l'ai dit. Des renseignements. Connaître le réseau auquel vous appartenez. Savoir quel est ce bracelet que l'on a trouvé sur vous. Comprendre comment vous avez pu échapper à mes services aussi longtemps. En échange, vous pourriez travailler à nos côtés.

Mathilde fronça les sourcils. Quand bien même aurait-elle fait partie de la Résistance, elle n'aurait certainement pas dénoncé ses complices. Trahir n'était pas dans ses principes.

— Vous essayez de m'acheter, rétorqua-t-elle.

— Je vous sauve du bagne à perpétuité.

— Je n'ai jamais appartenu à la Résistance.

Noah parut mécontent.

— Vous êtes trop fière. Je vous offre la liberté. Ça n'a pas de prix. Vous pourriez avoir des conditions de vie décentes.

Furieuse, Mathilde le coupa :

— Vous vous croyez libre ?

Ils se scrutèrent.

— Les résistants défendent l'idée d'un monde révolu, rétorqua-t-il avec fermeté. Il serait temps d'ouvrir les yeux. Je vous laisse jusqu'à demain pour réfléchir. C'est votre dernière chance.

22

Il était exceptionnel que Noah perde son sang-froid. D'ordinaire, il savait contrôler son humeur et berner ses interlocuteurs. Hormis Léana, qui lisait en lui à livre ouvert. Mais à part sa sœur, personne n'avait jamais réussi à le toucher de la sorte. Mathilde faisait preuve d'un entêtement déconcertant. Elle posait sur lui un regard sans filtre où transparaissait de la colère, de la peur, mais aussi parfois de la compassion et de la fascination. Cela ne lui avait guère échappé. Elle soulevait des questions qu'il avait jusque-là préféré ignorer. Même s'il trouvait difficile d'apprécier la fonction qu'on lui avait attribuée, et que beaucoup lui enviaient, il devait se montrer reconnaissant envers Lamech. Cet homme qui l'avait élevé comme son fils et sauvé d'une mort assurée. Devait-il considérer avoir été manipulé, comme ces enfants dont le Parti s'occupait ? Avait-on pris soin de lui dans le seul but de le faire adhérer à une idéologie ? Jamais il n'avait envisagé la situation sous cet angle. Lorsque lui-même avait recueilli Tommy, il pensait sincèrement œuvrer pour son bien. Non celui de l'armée.

Il gardait le front collé à la vitre, dans l'obscurité. De multiples questions l'assaillaient. La première étant de comprendre pour quelles raisons le Guide l'avait adopté. Lui qui ne se souciait de personne, sinon de lui-même et de sa fille naturelle, Léana, qu'il considérait comme son trésor absolu. Pourquoi s'était-il penché sur le sort d'un enfant abandonné ? Quelle mouche l'avait piqué ?

L'idée le traversa que, depuis, Lamech avait peut-être regretté son geste. Mais cette pensée le heurta, alors il la chassa. Il se demanda ce qu'il serait advenu s'il était resté auprès de ses vrais parents. Aurait-il été un fervent partisan de la Résistance ? Aurait-il cru en l'avenir ?

Le repas du soir se déroula selon l'ordre habituel. Comme toujours, Lamech attendit que tout le monde soit présent pour faire son entrée. Il arriva par le fond de la pièce, depuis ses appartements, et gagna la table d'un pas feutré. À peine assis, il demanda à Noah s'il avait obtenu de nouvelles informations, Léana lui ayant appris que Mathilde séjournait depuis trois semaines déjà dans la clinique de l'Oméga. Noah en voulut à sa sœur de l'avoir dénoncé.

— Je ne sais rien de plus, avoua-t-il, penaud.

— Évidemment, enchaîna Lamech, contrarié. Pourquoi cette résistante parlerait-elle ? Elle n'a aucune raison de le faire. Elle est nourrie, logée, soignée… Pas la moindre menace ne pèse sur elle. Combien de temps cela va-t-il durer ?

Noah fut forcé d'admettre que son père n'avait pas tort. Mathilde n'avait aucune nécessité de collaborer, puisque lui-même, qui était censé la questionner, la traitait avec trop d'égards.

— Tu me mets dans une position inconfortable, poursuivit Lamech. Si tu ne te décides pas à la faire parler, je m'en chargerai.

Une fois de plus, Noah passait pour un incapable. Il observa sa sœur qui, à sa place, ne se serait jamais laissé amadouer. Elle affichait un air gentiment réprobateur.

Lorsque le dîner fut terminé, tout le monde quitta l'Oméga, sauf Léana qui demeura avec son père. Noah ne s'en inquiéta pas. Il était fréquent que le Guide discute en privé avec sa fille, seule personne auprès de qui il prenait réellement conseil. Ils s'installèrent dans le petit salon, environnés de livres. Lamech alluma un cigare. Léana s'allongea sur le canapé et demanda qu'on lui serve un alcool fort.

— Tiens, fit le Guide en recrachant un cercle de fumée, ce n'est pas dans tes habitudes.

Léana saisit le verre apporté par la vieille femme et trempa ses lèvres dedans. Elle était soucieuse.

— Tout va bien ? s'enquit son père. J'ai l'impression que quelque chose te préoccupe.

Elle haussa les épaules.

— J'ai peur de t'en parler. Cela risquerait de t'énerver.

— Pour quelle raison m'énerverais-je ? fit le Guide d'une voix douce. Nous sommes si bien là, tous les deux…

— Il s'agit de Noah.

— Ah. Encore lui…

— Tu vois, je te l'avais dit.
— Qu'a-t-il fait ?
— Rien, justement. C'est tout le problème.
— Comment ça ?

Léana rassembla son courage.

— Noah ne va pas bien, dit-elle en fixant son père.
— Ton frère n'a jamais été bien.

Elle secoua la tête.

— C'est vrai. Mais, là, c'est différent. Il est anxieux, en colère. D'habitude, rien ne l'atteint.

Elle but son verre d'un trait. Sans être complètement convaincu par sa lecture des événements, le Guide savait que sa fille connaissait Noah mieux que personne.

— C'est ma faute, dit-il en réfléchissant. J'ai été dur avec lui, dernièrement. Je me suis montré trop exigeant.

Léana fit la moue.

— Alors, quoi ? renchérit son père. Que préconises-tu ?

— Nous devons le mettre au courant de nos projets. Il est temps.

L'annonce surprit Lamech. Se repliant dans le fauteuil, il tira une longue bouffée.

— Non. Il est trop tôt.

Mais sa fille était décidée à lui tenir tête.

— Il le faut. Il est complètement démotivé. Et c'est bien normal. Jusqu'à présent, il a été exclu de nos réunions. S'il savait ce que nous préparons, cela lui redonnerait espoir, il aurait envie de nous rejoindre. Nous serions enfin une vraie famille.

— Il n'est pas prêt.

— Peu importe. Nous le devons. C'est urgent.

Léana s'opposait à son père avec la plus grande vigueur, ce qui ne s'était jamais produit. Loin de se formaliser, le Guide lui renvoya un regard intrigué.

— Que t'arrive-t-il, Léa ? demanda-t-il posément.

Elle rougit.

— Rien. Je te fais simplement part de mon sentiment. Noah change. Tu ne t'en rends pas compte, mais moi, je le sais. Il est en train de nous échapper. Je me demande si cela n'a pas quelque chose à voir avec cette résistante, qu'il garde à la clinique.

Le Guide eut un sourire discret. Il saisissait mieux le comportement de sa fille.

— Si c'est pour elle que tu t'inquiètes, dit-il avec tendresse, nous en avons parlé pendant le dîner. Tu étais présente. Ce sera bientôt réglé.

— Je sais. Mais j'ai un mauvais pressentiment. Je vois bien que Noah s'intéresse à elle.

— C'est normal, il en est responsable. Je l'ai un peu sermonné tout à l'heure, mais au fond, il a raison de persister. Elle pourrait nous apporter de précieuses informations.

— Il ne s'agit pas de ça.

— Noah a déjà eu des conquêtes féminines dans le passé, glissa le Guide avec tact.

Léana se troubla.

— Pourquoi me dis-tu cela ?

— Pour rien. Je voulais simplement te rappeler que ces filles n'étaient que de passage. Aux yeux de Noah, elles sont invisibles. Celle-ci n'est pas différente. Jamais elle ne pourra contrecarrer notre projet.

Léana écoutait son père. Elle désirait vraiment le croire.
— Allons, Léa. Noah t'est destiné, tu le sais bien.
Elle le fixa.
— Toi et moi le savons. Lui, non.

23

En entrant dans la chambre, Léana trouva le lit intact. Elle resta sur le seuil, le regard triste. En temps normal, Noah venait presque chaque soir dormir avec elle. Les seules fois où il découchait étaient quand il passait la nuit dans les bras d'une militaire croisée dans les couloirs de l'Oméga. Elle ne s'en était jamais formalisée. Elle savait que son frère, immanquablement, lui reviendrait. Mais aujourd'hui, c'était différent. La jalousie la dévorait. Son père ne l'avait pas prise au sérieux. Il avait tort. Noah ne la considérait plus comme avant. Elle n'était plus l'intouchable, l'admirable qu'elle avait toujours incarnée à ses yeux. À la fois sœur, amie, complice. Quelqu'un d'autre était entré dans son champ de vision et occupait chaque jour plus de place. Devant cette évidence, elle n'hésita pas longtemps. Elle éteignit la lumière et fit demi-tour.

Noah était dans le salon lorsqu'elle pénétra dans ses appartements. Il écoutait de la musique, chose qui n'arrivait jamais, et tenait dans ses mains un verre dont il regardait le fond. Le tableau ne fit qu'accentuer le désarroi de Léana. Elle lui caressa la nuque.

— Tout va bien ? s'enquit-elle d'une voix douce.

Il sursauta.

— Excuse-moi. Je ne voulais pas te faire peur.

Elle avança un fauteuil et s'assit près de lui.

— Parle-moi, Noah. Que se passe-t-il ? Je me fais du souci pour toi.

Il but une gorgée et la fixa.

— C'est cette fille…, murmura-t-il.

Ces quelques mots bouleversèrent Léana, mais elle continua d'afficher un visage impassible.

— Celle de la clinique ?

Il hocha la tête.

— Elle me rend dingue.

Léana reçut l'aveu comme un coup de poignard.

— Elle me cache quelque chose…, poursuivit Noah. Parfois, j'ai l'impression qu'elle est sur le point de parler, mais la seconde d'après, elle se braque et nous n'arrivons plus à communiquer. J'y pense tout le temps. Ça m'obsède.

Léana le regardait comme si elle s'était trouvée en présence d'un étranger. Son frère d'ordinaire si calme, si indifférent au monde. Tout à coup, il exposait une vulnérabilité nouvelle, dont elle n'était pas à l'origine. Elle avala sa salive.

— Tu peux me servir à boire, s'il te plaît ?

Il eut l'air étonné, mais s'exécuta.

— Tu veux tenir toute la nuit ?

— Pourquoi pas ? répliqua-t-elle en trinquant avec lui.

Elle vida son verre et le tendit à nouveau.

— Encore !

Une heure plus tard, ils étaient ivres. La musique s'était tue.

— Je me pose trop de questions, lança Noah alors que sa sœur avait la tête sur son épaule.

— Lesquelles ?

— Parfois, j'ai l'impression d'être prisonnier. De m'être trompé de vie. Tu n'as jamais éprouvé ce sentiment ?

— Non.

— C'est comme si je n'étais pas à ma place.

— Tu veux parler de ton travail ?

— Entre autres. Je vois bien que je ne réponds pas aux attentes de Lamech.

— Tu pourrais l'appeler « Père ».

Il fit la moue.

— Ne te fie pas à son comportement, reprit Léana. Il t'aime beaucoup.

— Je sais.

— Si ton métier ne te rend pas heureux, parle-lui-en. Je suis sûre qu'il comprendra. Il te trouvera un autre emploi, où tu seras plus épanoui.

— Peut-être.

Ils redevinrent silencieux.

— Et c'est tout ? insista Léana. Ce sont les seules questions que tu te poses ?

— Non. Mais je ne sais pas analyser le reste. Je suis triste, sans raison.

Elle avait vu juste. Noah était très perturbé. Non seulement par cette fille qu'il avait arrêtée, mais aussi par autre chose de plus diffus, de moins précis. Une déprime qui s'installait insidieusement. Elle résolut d'en reparler le plus vite possible à leur père.

— Je sais ce qui pourrait te faire aller mieux, dit-elle en saisissant sa main.

Elle se leva et l'entraîna dans la chambre.

Une fois qu'ils furent couchés, elle se blottit contre lui. Elle pouvait sentir le battement de leurs cœurs à l'unisson. Elle avait toujours adoré la peau de Noah. Son odeur qu'elle aurait reconnue entre mille et au nom de laquelle elle lui interdisait de porter le moindre parfum. Tout d'un coup, elle eut l'illusion que tout était possible. Elle l'embrassa. Des baisers appuyés sur les épaules, la nuque, le menton. D'un geste, elle retira sa robe. Noah lui lança un regard interloqué.

— Que fais-tu, Léa ?

Elle descendit la main sous les draps. Il la saisit.

— Qu'est-ce qu'il te prend ?!

— Laisse-moi faire, prononça-t-elle d'une voix mielleuse. Tu iras mieux après. J'en suis sûre.

Perplexe, il ne répondit pas tout de suite. Mais quand sa sœur se coucha sur lui, il la prit par les épaules et la bascula sur le côté.

— Arrête, Léa. Il n'a jamais été question de ça entre nous.

Elle fronça les sourcils.

— Tu sais bien que nous ne sommes pas vraiment frère et sœur, argua-t-elle. Il n'y a rien de mal. S'il te plaît. J'en ai tellement envie…

Il était déboussolé. Certes, il avait toujours trouvé sa sœur attirante, certes, il l'aimait profondément. L'alcool rendait ses idées confuses. La situation échappait à son contrôle. Il réfléchit au moyen de la repousser sans la froisser.

— Ce n'est pas une question d'envie, répliqua-t-il. Mais je suis probablement porteur du virus. Jamais je ne prendrais le risque de te contaminer.

Une brève hésitation traversa le regard de Léana. Elle décida qu'il était temps de lui avouer la vérité.

— Ne t'inquiète pas, susurra-t-elle à son oreille. Je suis immunisée.

— Comment ça, immunisée ?

Elle se demanda si elle n'était pas en train de commettre une erreur. Mais après tout, Noah était son frère, son meilleur ami. Un jour, il serait son mari.

— Je suis vaccinée, dit-elle. Depuis longtemps.

— Je ne comprends pas.

— Cela n'a aucune importance. Fais-moi confiance.

Elle tenta de reprendre leurs ébats, mais Noah se redressa.

— Tu divagues, dit-il. Tu as trop bu. Tu devrais rentrer chez toi.

Elle s'assit sur ses talons, l'air ahurie.

— Tu n'es pas sérieux ?

Voyant qu'il ne répondait pas, elle changea d'expression. Furieuse, elle sauta du lit et courut vers la porte.

— Ta robe, Léa !

Elle lui jeta un regard dédaigneux et sortit à moitié nue.

24

Noah avait un goût amer dans la bouche. Il consulta l'heure. Lui qui souffrait d'insomnies avait dormi toute la matinée. Il fonça sous la douche. De nombreuses obligations l'attendaient. Depuis sa rencontre avec Mathilde, il avait délaissé certains aspects de son métier. Le temps était venu de reprendre ses habitudes et de redorer un peu son image auprès de son père. De plus, il n'était pas contre l'idée de laisser à Mathilde une journée de réflexion. Peut-être que, lorsqu'il retournerait la voir, elle serait enfin décidée à parler.

Il entra dans le quartier général du renseignement et convoqua ses équipiers. Ces derniers ne rapportèrent rien de vraiment notoire. La capture d'un groupe de mercenaires dans le Sud, dix morts, tous dans le clan adverse. Une révolte dans un magasin qui aurait pu mal tourner sans l'intervention de l'armée, une vingtaine d'arrestations. Et une multitude de larcins que l'on ne répertoriait plus, tant ils étaient insolubles et quotidiens. La plupart consistaient en des vols à l'arraché ou des cambriolages. Noah soupira. Le crime était devenu le lot commun et il n'avait plus les moyens d'enquêter sur chacun. Tout le monde se livrait au pillage. Depuis quelques années, les citoyens s'organisaient pour protéger leurs biens. Tours de garde improvisés au pied des immeubles, qui avaient démontré leur efficacité. Sauf lorsqu'une bande de truands jetait son dévolu sur un bâtiment en particulier, dans le but de le saccager. Ils lançaient l'assaut au milieu de la nuit et s'emparaient de tout ce qu'ils pouvaient. Nourriture, vêtements, vies... Le temps que l'armée parvienne sur les lieux, ils étaient partis et les militaires épongeaient un bain de sang. Noah détestait les mercenaires plus encore que les résistants. Contrairement aux seconds, ils ne poursuivaient aucun idéal, ne respectaient aucune morale. Il passa en revue les dernières interpellations pour tenter d'y débusquer la présence éventuelle d'un résistant, mais les rapports ne mentionnaient rien de tel. Depuis quelques semaines, Mathilde était la seule. Il décida de faire avec ses équipes une descente dans les quartiers nord où ils ne s'étaient pas rendus depuis longtemps. La mission n'aurait rien d'une sinécure. Les résistants changeaient régulièrement de retraite. Ils ne répondaient à aucun pouvoir central, se répartissant en plusieurs groupes, diverses factions qui, bien que défendant une cause identique, étaient incapables de se réunir sous un même drapeau.

Ils revinrent tard de leur expédition et, comme redouté, bredouilles. Ils avaient passé plus de cinq heures à explorer des immeubles vides et n'avaient trouvé que des repaires abandonnés. En bons nomades, les résistants transportaient leur univers avec eux.

De retour à l'Oméga, Noah hésita à aller voir Mathilde, avant de renoncer. Le bracelet n'avait toujours pas parlé et il n'avait rien de nouveau à lui dire. Par ailleurs, le Guide l'attendait. Il l'avait appelé dans l'après-midi pour requérir personnellement sa présence le soir venu. Fait rare, il s'était exprimé d'une manière chaleureuse. Noah en était heureux. Que son père le réclamât signifiait que leurs relations n'étaient pas aussi détériorées qu'il le croyait. Pour une fois, il se rendit de bonne grâce dans la bibliothèque.

À sa grande surprise, il ne vit, quand il y pénétra, que Léana et le Guide qui discutaient autour de la table à manger. Ce genre de réunion en comité réduit ne s'était jamais produit. Il demeura un instant interdit.

— Entre ! lança son père du fond de la pièce. Qu'attends-tu ?

Il s'exécuta et s'assit à sa droite, face à Léana. Celle-ci lui sourit et il fut soulagé de constater qu'elle n'était plus fâchée.

— As-tu passé une bonne journée ? s'enquit Lamech en lui servant un verre d'eau.

— Oui.

Son père ne posait jamais ce genre de questions. Que signifiait cet intérêt subit ?

— Ne crains rien, reprit le Guide en percevant sa réticence. Je ne te fais pas peur, tout de même, Noah ?

— Non.

— J'espère. Car c'est la dernière chose que je souhaite. Tu es mon fils et je ne désire que ton bonheur.

Noah était stupéfait. Jamais Lamech ne s'était exprimé de la sorte, pas même durant son enfance. Le Guide saisit sa main et celle de Léana.

— Je ne veux que votre bonheur, à tous les deux, dit-il avec émotion.

Il souriait d'un air attendri. Noah ne savait plus comment se comporter. Lamech fit tinter la petite cloche posée devant lui, donnant le signal aux jumelles qui apportèrent un chariot garni de nourriture. Ils commencèrent à manger.

— J'ai quelque chose à te dire, reprit Lamech d'un ton solennel.

Noah leva les yeux de son assiette, à nouveau sur ses gardes. Allait-il se faire rétrograder ? Ou au contraire être promu ? Comme toujours, son père était insondable.

— Léana m'a fait part de tes récents questionnements, dit-il d'un air affecté.

Noah lança un regard noir à sa sœur, qui l'esquiva.

— J'en suis désolé, poursuivit le Guide. J'ai été trop exigeant envers toi. Je veux que tu saches que je reconnais ton mérite. Il est normal que tu te sentes débordé. Tu as beaucoup à faire. Je t'ai confié une grande responsabilité.

Surpris, Noah sourit humblement.

— Je vais réfléchir à la manière de te décharger de certaines tâches, reprit Lamech. Si tu as besoin d'effectifs supplémentaires, il te suffit de me le demander. Je veux que tu travailles dans de bonnes conditions. Ta mission est essentielle.

— Merci.

— Je t'en prie.

Lamech jeta un regard à Léana qui acquiesça en silence.

— Aussi, reprit-il au bout de quelques secondes, je dois t'annoncer que la résistante que tu as arrêtée récemment est désormais sous la responsabilité de ta sœur.

Noah lâcha ses couverts.

— Comment ?

— Tu as bien entendu. Elle a été transférée cet après-midi au Fort.

Noah sentit la colère monter en lui. Le fait que l'on soit passé outre son autorité, à son insu, le rendait furieux.

— Pourquoi avez-vous fait cela ? demanda-t-il, la gorge serrée.

— Pour les raisons que je viens d'évoquer, répondit le Guide. Tu ne peux pas t'occuper de chaque dossier. Si, encore, elle avait parlé. Mais ce n'est pas le cas. La méthode douce ayant échoué, il est temps d'employer les grands moyens. Et pour toi, de passer à autre chose.

Le Guide faisait de son mieux pour se montrer agréable, mais Noah savait que c'était à la condition de ne pas contester son autorité. Il devait accepter de se faire spolier, humilier, et de ne plus jamais revoir Mathilde. Il regarda sa sœur, la soupçonnant d'être à l'origine de cette décision. Léana baissait les yeux, et il n'aurait su dire si c'était de gêne ou de culpabilité. Plusieurs minutes s'écoulèrent sans que personne s'exprime. Lorsque les desserts arrivèrent, Lamech rompit le silence :

— Il ne faut pas te sentir vexé, Noah. Je ne cherche pas à t'écarter. Au contraire. J'ai de grandes ambitions pour toi.

Il but, l'air inspiré.

— Je t'en ferai part en temps voulu.

Noah leva un sourcil, peu convaincu.

— Tu en doutes ? fit le Guide. Tu as tort. Je vais te prouver à quel point j'ai confiance en toi. Léana m'a dit qu'elle t'avait avoué être vaccinée.

Noah jeta un regard de défiance à sa sœur.

— C'est bien vrai, n'est-ce pas ? reprit Lamech.

— Oui, répondit-il d'un ton hésitant. Je pensais qu'elle divaguait.

— Pas du tout. Léana est bel et bien immunisée contre le virus.

— Je ne comprends pas…

— C'est très simple, expliqua le Guide d'un air docte. Cela fait des années que je conserve un budget à la science. Tu sais que je suis chercheur, à l'origine. C'est ma formation initiale. Que dis-je, ma vocation…

Noah opina. Lamech poursuivit :

— L'histoire de ce virus m'est toujours apparue comme un défi à relever. La question est primordiale si nous voulons maintenir l'ordre jusqu'à la fin. Tu l'as toi-même souligné l'autre jour. Tu craignais que l'armée n'ait bientôt plus assez d'effectifs pour garantir notre sécurité. Sans le savoir, tu te trompais.

Sceptique, Noah n'appréhendait pas la nouvelle à sa juste valeur. Une foule d'interrogations le submergèrent. Il en choisit une, au hasard.

— Qui est vacciné ? demanda-t-il.

— Pour l'instant, très peu de monde. La découverte est récente, et confidentielle. Ta sœur est une pionnière, elle peut être fière.

Léana souriait à son père. En retour, il lui tapota la main.

— C'est aussi la raison pour laquelle tu n'as pas à t'inquiéter de la contaminer, dit-il en la couvant du regard. Léana ne risque rien.

Noah toisa le Guide. Sous-entendait-il qu'il bénissait, voire encourageait l'union de ses enfants ? L'idée le choquait. Il avait toujours considéré Léana comme sa sœur. Que cette volonté vienne de leur père lui semblait encore plus incongru. Il eut l'impression qu'on le mariait de force, d'être manipulé pour servir les intentions du pouvoir. Dans quel but, cependant ?

Un peu sonné, il hocha la tête mécaniquement. Le Guide parut content, ce qui ne fit qu'augmenter son trouble. Il prétexta être fatigué de son excursion et demanda à quitter la table. Léana lui jeta un regard inquiet, mais Lamech acquiesça avec bonhomie.

— Évidemment, dit-il. C'est bien normal. Tu n'as pas chômé aujourd'hui, tu dois te reposer. Nous reparlerons de tout cela prochainement.

Pressé, Noah gagna la porte. Tandis qu'il se dirigeait vers l'ascenseur, il ne put s'empêcher d'imaginer que, derrière lui, son père et sa sœur se serraient la main d'un air satisfait.

25

Ils firent irruption dans sa chambre sans s'être annoncés. Ils étaient quatre, deux femmes et deux hommes qu'elle n'avait jamais vus avant, et qui portaient l'uniforme militaire. Mathilde comprit qu'un changement s'était produit. Le ton sur lequel ils lui ordonnèrent de s'habiller, leurs manières rudes, leurs regards fixes laissaient présager le pire. Ils l'escortèrent dans les couloirs jusqu'au tarmac où les attendait un hélicoptère. Mathilde jeta un œil aux alentours, mais n'aperçut personne hormis le pilote, qui actionna le moteur. Elle se retourna sur ses gardes.

— Où allons-nous ?

L'ignorant, ils l'entraînèrent vers l'appareil dont les pales brassaient déjà l'air. Les deux femmes montèrent à bord avec elle, tandis que les hommes restèrent au sol. Elles ligotèrent Mathilde à son siège et lui menottèrent les mains.

— Répondez-moi, supplia-t-elle, affolée. Où m'emmenez-vous ? Je n'ai rien fait. Je suis innocente.

— Tais-toi ! siffla la plus âgée des femmes.

Elle brandit un sac de toile qu'elle lui enfila sur la tête. Mathilde se débattit.

— Lâchez-moi ! S'il vous plaît ! S'il vous…

Ses cris furent étouffés par le vacarme du décollage. Une des gardiennes lui tordit le bras.

— Si tu continues, je te jette dans le vide !

Mathilde en fut pétrifiée. L'hélicoptère gagna de l'altitude. Noah avait mis ses menaces à exécution. Elle avait cru pouvoir le berner mais, en fin de compte, il remportait la partie. Jamais elle ne s'était sentie autant en danger. Pas même au moment de franchir la frontière.

Elle passa le reste du vol à espérer pouvoir renverser la situation. Si elle se décidait à avouer d'où elle venait, peut-être que Noah changerait d'avis.

Quand l'hélicoptère atterrit enfin, après un trajet long de plusieurs heures, les militaires la détachèrent et la soutinrent par les aisselles pour la faire descendre. Mathilde requit la faveur de parler à Noah en se déclarant prête à lui faire des révélations. Sa gardienne répliqua d'un rire sardonique qui lui glaça le sang.

— Tant mieux pour toi ! s'exclama-t-elle.

Puis elle la poussa et Mathilde s'écroula, face contre terre.

On lui donna des coups de pied pour la forcer à se relever. Puis on la confia à d'autres mains, qui elles-mêmes la transférèrent à d'autres. Elle percevait seulement de brefs échanges. « C'est elle ? Très bien, on va s'en occuper. » Les voix étaient imprégnées de froideur.

Enfin, on retira le sac et elle prit une grande inspiration. Elle marchait dans un corridor sombre. L'air empestait la saleté, le renfermé, le moisi. On la jeta dans une cellule où elle chuta de nouveau. Terrorisée, elle lança un regard à la porte qui se referma sur elle. Lourde et inviolable. Elle se retourna. Les lieux baignaient dans une fraîcheur humide et pénétrante. Elle s'aperçut qu'elle n'était pas seule. Une dizaine d'ombres couchées l'encerclaient. Des femmes dormaient, que son arrivée ne paraissait pas avoir dérangées. Discrètement, elle se traîna contre un mur et enfouit sa tête entre ses genoux.

Alors qu'elle se trouvait sur le point de s'assoupir, une lumière crue la réveilla. La porte s'était rouverte. Une gardienne en uniforme déposa devant chaque détenue une écuelle et de l'eau.

— À table ! aboya-t-elle aux ombres qui s'étaient redressées sur leurs paillasses.

Lentement, elles s'emparèrent de leur repas. Mathilde voulut les imiter, mais une odeur de pourriture lui monta au nez et elle manqua vomir.

— Ce n'est pas assez bon pour toi ? maugréa la gardienne. Tu ferais mieux de t'y faire. Tu n'auras rien d'autre !

Elle récupéra l'assiette et s'en alla. Maintenant, il faisait plus clair dans la cellule. Le jour filtrait au travers d'un soupirail ouvert dans la partie haute de la pièce. Ce devait être le matin. Mathilde voyait mieux ses sœurs de misère. Ces dernières étaient assises sur des morceaux de tissus étendus sur la terre battue. Leurs vêtements étaient en lambeaux. Mathilde posa les yeux sur chacune. Rarement elle avait rencontré des êtres en si mauvaise condition. Ces femmes semblaient avoir vieilli de manière prématurée. Croisant le regard de l'une d'elles, elle baissa le sien, craignant de provoquer une réaction hostile. Les prisonnières ne se parlaient pas. Elle songea que c'était peut-être par manque d'énergie. Pourtant, quand la porte s'ouvrit de nouveau quelques minutes plus tard, elles se levèrent à l'unisson et sortirent en file indienne. Mathilde crut devoir suivre, mais la gardienne la repoussa.

— Non, pas toi.

Et elle referma la porte. Le temps s'égrena lentement. Mathilde n'entendait plus rien. Comme si la prison s'était brusquement vidée de ses occupants. Elle dormit un peu, mal, prête à bondir au moindre danger. Le jour déclina. Quand le soleil fut au plus bas, elle perçut de nouveau du bruit. Elle devina que les femmes revenaient. Les détenues pénétrèrent peu après dans la cellule d'un pas lourd. Elles se couchèrent en poussant des soupirs exténués. Mathilde n'osa pas leur demander ce qu'elles avaient fait durant tout ce temps.

Lorsque le repas du soir fut servi, elle remarqua que le contenu de son assiette différait de celui de ses codétenues. À elle, on réservait une nourriture avariée, tandis que les autres bénéficiaient de produits frais. Écœurée, elle refusa de toucher à son écuelle, malgré la faim qui la tenaillait. Sa geôlière lui lança un regard contrarié.

Le même manège se répéta le lendemain. Toute la journée, Mathilde demeura dans la cellule sans manger. La seule chose qu'elle s'accorda fut de boire un peu d'eau croupie.

Le jour qui suivit, la gardienne resta sur le seuil, les yeux braqués sur elle. Comme Mathilde refusait toujours de se nourrir, elle poussa l'assiette du pied.

— Mange ! ordonna-t-elle.

Mathilde ne bougea pas.

— Es-tu sourde ?!

Les autres prisonnières levèrent le menton. Tout en soutenant le regard de la gardienne, Mathilde donna un coup de pied dans l'écuelle qui fut éjectée sur le côté, répandant son ignoble contenu sur le sol. La gardienne éclata d'une fureur noire.

— Pour qui te prends-tu ?! hurla-t-elle en giflant Mathilde.

Puis elle saisit sa matraque et la roua de coups.

Quand Mathilde rouvrit les yeux, elle était perdue au cœur de ténèbres insondables. La cellule avait disparu et, avec elle, ses codétenues. L'obscurité la submergeait, au point de ne plus distinguer ses propres membres. Privée de repères, elle passa les mains sur son corps. Une douleur atroce irradiait de son crâne jusqu'aux lombaires. Elle essaya de se mettre debout, mais c'était impossible. Pas plus qu'elle ne pouvait s'allonger. L'espace était trop exigu. Elle ne pouvait que se tenir assise, les jambes croisées, ou bien remontées contre la poitrine. Elle cria, mais ses appels demeurèrent sans réponse.

L'humidité de la roche transperçait ses vêtements. À force d'être vide, son estomac était secoué de spasmes. Tâtonnant contre la paroi, elle trouva un filet d'eau qui ruisselait sur le mur. Elle le lapa, comme une chienne.

Des heures ou des jours s'écoulèrent sans que personne vienne la voir. Pas plus qu'on ne lui apporta à manger ou à boire. Cette torture était pire que la mort.

Jusqu'à ce que, jailli de nulle part, le faisceau d'une lampe l'éblouît.

— Dehors ! tonna une voix.

Avant qu'elle saisisse ce qu'il se passait, quelqu'un l'attrapa par le col et la traîna dans les couloirs. Elle était si faible qu'elle ouvrit à peine les yeux. On la jeta à nouveau dans la cellule où elle s'était trouvée plus tôt et on déposa une écuelle sur le seuil.

— J'espère que tu as compris la leçon !

Elle rampa jusqu'à la nourriture qu'elle mangea avec les doigts, malgré son goût infâme. Puis, très éprouvée, elle se roula en boule et s'endormit.

26

Couchée entre deux détenues, Mathilde se réchauffait à leur chaleur corporelle. Leur odeur l'incommodait. À moins que ce ne fût la sienne. Sa dernière douche remontait à plusieurs jours et elle présageait que la prochaine ne serait pas pour tout de suite. À ce rythme, elle ressemblerait rapidement à ses consœurs. Sa voisine de derrière ronflait, l'empêchant de dormir. Celle de devant se taisait. Malgré l'obscurité, Mathilde était persuadée qu'elle l'observait. Elle poussa un soupir pour signaler qu'elle était éveillée. La femme remua sur sa paillasse.

— Comment t'appelles-tu ? murmura-t-elle, peu après, dans le noir.

Le pouls de Mathilde accéléra. Enfin, quelqu'un s'adressait à elle autrement qu'en criant.

— Mathilde.

— Moi, c'est Sylvia.

Mathilde se répéta le prénom dans sa tête, comme un mot doux. Sylvia.

— Ces salauds t'ont mise au cachot, dit-elle. Si tu ne veux pas y retourner, je te conseille de leur obéir.

Mathilde acquiesça. Elle n'avait aucune envie de revivre l'expérience.

— Pourquoi n'ai-je pas droit à la même nourriture que vous ?

— Parce que rien n'est gratuit. Tout se gagne.

— Comment ?

— En travaillant.

— C'est ce que vous faites, quand vous partez, le matin ?

— Oui. C'est pénible, mais cela vaut mieux que de croupir ici, soupira Sylvia. Si tu voyais comment c'est dehors, tu ne le croirais pas.

— Pourquoi m'interdit-on de sortir ?

— Je ne sais pas. Ça dépend de ce qu'ils veulent. Peut-être que si tu avoues, ils t'autoriseront à venir avec nous.

Mathilde osa une question dangereuse.

— Vous n'avez jamais songé à vous évader ? fit-elle d'une voix à peine audible.

Sylvia ricana.

— On voit bien que tu viens d'arriver ! Tous ceux qui ont essayé ont fini noyés !

— Noyés ?

— Dans la mer.

La stupeur réduisit Mathilde au silence. Le seul endroit où elle avait entendu parler de la mer, c'était dans les livres de Chloé. Elle avait cru à une fable. La tentation de voir le jour se fit d'autant plus grande. Elle se demanda ce qu'elle pourrait inventer pour tromper les gardiens. Le plus évident serait d'abonder dans leur sens et de prétendre appartenir à la Résistance.

— Comme tu vois, poursuivit Sylvia, il vaut mieux coopérer. Sinon ils te casseront, comme ils nous ont cassées.

La gorge de Mathilde se noua.

— Je veux parler. Mais, depuis mon arrivée, on ne m'a pas interrogée.

— C'est leur méthode. D'abord, ils t'enferment, te battent... Quand tu commences à perdre espoir, ils te font avouer. Puis travailler, jusqu'à ce que tu n'aies plus de forces.

Elle toussa avant de reprendre :

— Comme tu es nouvelle, je vais te donner un dernier conseil. Fais-toi le plus discrète possible. Ne fais confiance à personne. Méfie-toi des hommes comme des femmes. En apparence, elles semblent plus douces, mais en vérité, elles sont plus pernicieuses.

Mathilde ne retint qu'une information.

— Il y a des hommes aussi ?

— Bien sûr, répondit Sylvia. Qu'est-ce que tu crois ? Le Parti a besoin de bras. Ils sont emprisonnés dans un quartier différent. Lorsque tu iras travailler, fais attention à eux. S'ils te voient passer, jolie comme tu es, nul doute qu'ils essaieront de t'attraper.

Mathilde frissonna.

— J'ai envie de dormir, dit Sylvia, faisant peu de cas du malaise qu'elle avait provoqué.

Mathilde n'insista pas. Elle comprenait que les codes en vigueur dans la société normale s'arrêtaient au seuil de la prison où un second mode de communication débutait. Plus brut, plus animal. Déjà, Sylvia lui avait adressé la parole. C'était beaucoup. Bientôt, ses ronflements se mêlèrent à ceux des autres prisonnières. Mathilde perdit son regard dans le néant.

Les jours qui suivirent, elle respecta les consignes de Sylvia. Elle mangea ce qu'on lui apporta et se fit obéissante. Son changement de comportement porta ses fruits car, à la fin de la semaine, alors que ses codétenues étaient sorties, on vint la chercher. Une gardienne la conduisit à travers les couloirs jusqu'à une petite salle sans fenêtre, pourvue d'un cabinet de toilette et d'un lit. Elle lui demanda de prendre une douche en précisant que quelqu'un viendrait peu après. Trop heureuse de se laver, Mathilde demeura de longues minutes sous le jet d'eau, profitant d'une intimité inespérée. Une fois sortie, elle s'assit par terre, et attendit. Pourquoi, après les privations et les coups, la plaçait-on ici ? Elle se souvint de ses entraînements, lorsqu'elle était au Centre. On lui avait appris à se battre, mais aussi à se défendre, y compris contre le harcèlement psychologique. À toujours conserver un moral d'acier. Elle y parvenait, modérément.

Quelqu'un entra, la tirant de ses pensées. C'était une femme blonde, jeune et élégante. Elle avait un port de tête altier, des yeux d'un brun profond, et des sourcils si bien dessinés qu'ils lui donnaient un air naturellement sévère. Comme les autres, elle portait l'uniforme militaire, mais sa veste était bardée d'insignes. Mathilde se leva. La femme tourna lentement autour d'elle.

— Alors, c'est toi ? lança-t-elle au terme d'un silence pesant.

— Moi ?

— Tu étais à la clinique, n'est-ce pas ?

— C'est exact.

— Comment trouves-tu notre petit changement de politique hospitalière ? Ta cellule est confortable ?

— Oui, répondit Mathilde en s'efforçant de ne commettre aucun faux pas.

— Tant mieux. Tu risques d'y rester longtemps.

— Qu'attendez-vous de moi ?

Son interlocutrice éclata de rire.

— Moi ? Mais rien du tout !

— Je ne comprends pas.

— Il n'y a rien à comprendre. Je me moque éperdument de savoir à quel réseau tu appartiens, où tu vis, ou ce que tu as fait.

Mathilde était déconcertée.

— Dans ce cas, pourquoi me retenir ici ?

La femme s'approcha d'elle jusqu'à ce que leurs visages soient face à face.

— Pour le plaisir de te faire travailler pour moi, susurra-t-elle.

Mathilde eut du mal à soutenir son regard. Elle affrontait un personnage sadique et manipulateur. Au bout de quelques secondes, alors qu'elle n'avait pas cillé, la blonde recula, tout sourire.

— Tu feras moins la fière après une journée aux champs, dit-elle d'un air victorieux. Tu commences demain !

Elle se dirigea vers la porte.

— À présent, je dois te laisser. C'est l'heure de ta visite médicale.

Elle sortit de la pièce et disparut dans le couloir. Mathilde n'eut pas le temps de réfléchir à ce qu'il venait de se produire. Une deuxième personne pénétra dans la salle.

C'était une femme entre deux âges, à l'allure soignée et au regard placide. Elle se présenta comme étant médecin, chargée de l'examiner. Comme Mathilde se montrait méfiante, elle précisa qu'il s'agissait d'une formalité à laquelle chaque nouvelle détenue devait se soumettre, afin que son état de santé, et donc ses aptitudes, soit évalué. Mathilde n'eut d'autre choix que d'obtempérer. On l'étudia sous toutes les coutures. Après l'avoir mesurée et pesée, on lui fit passer un scanner général. On préleva également quelques gouttes de son sang. La consultation dura plus d'une heure. Quand ce fut terminé, une gardienne la raccompagna dans sa cellule.

Le soir même, quand les détenues rentrèrent, Mathilde s'arrangea pour être de nouveau près de Sylvia et lui apprit qu'elle se joindrait à elle le jour suivant.

— Alors, ça y est, fit cette dernière, désabusée. Tu as fini par céder ?

Quand Mathilde expliqua qu'on ne lui avait au contraire rien demandé, Sylvia ouvrit des yeux étonnés.

— C'est très étrange, jugea-t-elle. Qui t'a interrogée ?

— Une femme blonde, jeune… L'air cruel.

Sylvia la coupa.

— Léana…, dit-elle avec effroi.

— Qui est-ce ?
— La pire de toutes. C'est la fille du Guide. La numéro 2 du Parti. Elle dirige le Fort.

Mathilde songea immédiatement à Noah. Jamais il n'avait fait référence à sa sœur.

— Qu'as-tu fait pour qu'elle s'intéresse à toi ? poursuivit Sylvia. Normalement, elle se soucie à peine de nous. Elle passe son temps dans ses appartements, avec les officiers.

— Je n'ai rien fait. Je le jure. Je ne savais même pas qui elle était.

— Tu ferais mieux de te rendre invisible, dit Sylvia. Léana est impitoyable. Si elle décide de s'en prendre à toi, je ne donne pas cher de ta peau.

Mathilde lui jeta un regard désespéré.

— Mais je n'ai rien fait… Elle m'a menacée sans raison. Elle est repartie au moment où commençait ma visite médicale.

Le visage de Sylvia se décomposa.

— La visite médicale… J'ai oublié de te prévenir.

Mathilde sentit son ventre se contracter.

— De quoi parles-tu ?

— Tu n'imagines tout de même pas que les médecins veulent seulement savoir comment tu te portes ?

Mathilde se sentit faiblir. Car si, bien entendu, elle y avait cru.

— Tout dépendra de leur fantaisie du moment, expliqua Sylvia. Comme tu es jeune et en bonne santé, ils vont sans doute se servir de toi pour mener leurs expériences.

— Quelles expériences ?

— Ce qu'il leur passera par la tête. Il y a tout un laboratoire, ici. Bien caché, dans les profondeurs du Fort.

— Quand ils auront fini de jouer avec toi, tu seras opérée, comme nous autres.

— Opérée ? Mais de quoi ?

— Hystérectomie. Ils vont t'enlever l'utérus.

Mathilde lui lança un regard horrifié. Dans l'obscurité, les yeux de Sylvia parurent deux cavités sombres.

— Mais... c'est affreux ! s'écria-t-elle. Je n'ai rien fait !

— Nous non plus, répliqua Sylvia, froidement. Pourtant, nous y sommes toutes passées.

— Mais... pourquoi ?

— Pour que tu sois plus productive. Sans utérus, pas de grossesse possible, donc pas de faiblesse. Pas de saignements ni de douleurs provoqués par le virus. Ensuite, ça les rassure. Leur plus grande crainte est la mutinerie. Il faut dire qu'il y a désormais plus de prisonniers que de militaires, ici. Pour les quelques femmes qui ne seraient pas atteintes, c'est une manière de nous empêcher de nous reproduire.

Mathilde était sans voix. Jamais, dans ses pires cauchemars, elle n'aurait imaginé que l'ennemi pratiquât des méthodes aussi barbares.

— Et puis, cela permet aux soldats de nous violer en toute impunité, conclut Sylvia d'un ton cynique.

Elle lui jeta un regard vide, et se détourna. Mathilde ne chercha pas à la retenir. À force de tortures et de privations, Sylvia avait perdu l'essence de son humanité. Terrifiée autant que choquée, elle résolut de se battre jusqu'à son dernier souffle avec les armes disponibles. Ongles, bras, mains, dents… Tout, plutôt que de se laisser martyriser sans lutter.

27

Le lendemain, Mathilde fut autorisée à quitter la cellule en compagnie des autres détenues. Elle prit place dans la file derrière Sylvia. Encadré par des militaires, le cortège gagna le rez-de-chaussée où il rejoignit un second groupe de prisonniers, masculin cette fois.

Au moment d'accéder à l'extérieur, Mathilde fut éblouie par un franc soleil qui illuminait le ciel. La colonne s'arrêta dans la cour, le temps pour les soldats de recenser les bagnards. Mathilde découvrit un paysage inouï. Adossé à la falaise, le Fort était construit dans une pierre claire, à peine polie, qui renvoyait la lumière. Plusieurs corps de bâtiments se distribuaient autour d'une imposante tour carrée au sommet de laquelle voltigeaient de grands oiseaux blancs qu'elle n'avait jamais vus auparavant. Leurs cris stridents portaient jusque dans la cour.

Le portail du Fort s'ouvrit sur le dôme lointain d'un volcan. Au premier plan, un chemin sillonnait entre des collines verdoyantes. Le cortège se mit en branle. Il atteignit le sentier bordé d'arbres, dont certains présentaient des envergures invraisemblables. Des fleurs sauvages poussaient dans chaque recoin.

Les fourrés en étaient garnis. Mathilde avait le sentiment de faire un rêve éveillé. Les gardes se chargèrent de la ramener à la réalité.

— Avance ! rugit l'un d'eux en s'arrêtant à sa hauteur. Tu te crois en promenade ?

Effrayée, elle riva son regard au dos de Sylvia et cala son pas sur le sien. Le soleil n'était pas encore au zénith, mais il faisait très chaud, ce qui rendait la marche pénible. Le sentier n'était pas goudronné et des cailloux entraient dans ses chaussures. Si bien que lorsqu'ils s'immobilisèrent une heure plus tard, elle souffrait déjà de plusieurs ampoules aux pieds. Ils étaient stationnés en contrebas du volcan, au cœur d'une plaine dans laquelle s'étendaient de nombreuses plantations. Mathilde les observa un instant, émerveillée par une telle profusion. Les militaires attribuèrent à chacun une mission. Sylvia fut orientée vers des vergers qui regorgeaient de fruits. Mathilde fut dévolue au ramassage de patates douces. On lui confia des outils et elle s'engagea dans une allée.

Sous le regard impérieux des surveillants, elle se mit rapidement à l'ouvrage et commença à creuser la terre. Entre deux coups de bêche, elle jetait un œil sur les côtés pour tenter de débusquer une voie par laquelle elle pourrait s'échapper. Elle jugea que les gardes n'étaient pas si nombreux, habitués qu'ils étaient à ne plus rencontrer aucune résistance de la part des bagnards. À midi, ils battirent le rappel. À force de se courber, Mathilde souffrait du dos et ses mains étaient écorchées. Elle alla chercher l'ombre dans un bosquet en compagnie d'autres détenus, et reçut une ration de nourriture. Deux carottes, une betterave et des grillons séchés. Elle avait si faim. Les légumes exhalaient une saveur exceptionnelle, comme elle n'en avait jamais goûté auparavant. Si elle n'avait pas été captive, elle en aurait pleuré de joie. Le panorama était irréel. La beauté était partout, quel que fût l'endroit où elle posait les yeux. Derrière elle, les pentes abruptes du volcan présentaient une végétation très dense. Elle se demanda si elle aurait la capacité de fuir par cet endroit. Si son corps le lui permettrait. Portée par l'espoir d'échapper à ses bourreaux, il lui sembla en avoir l'aptitude. La plupart des soldats étaient plus âgés qu'elle. Étaient-ils aussi bien entraînés ?

Lorsqu'ils ordonnèrent de reprendre le travail, elle réintégra son poste docilement. Mais elle guettait plus les alentours qu'elle ne s'appliquait à sa tâche. Quand elle eut extrait une quantité suffisante de tubercules, elle gagna le début du rang afin de déverser la récolte dans un immense panier prévu à cet effet. Elle nota que les soldats s'étaient regroupés autour d'un arbre, à gauche du champ. Si certains restaient vigilants, d'autres s'étaient assoupis, assommés par la chaleur. Elle contourna le panier qui faisait presque sa taille, et s'agenouilla derrière. Personne ne la remarqua. Une trentaine de mètres la séparaient des gardes. Sur la droite, à distance égale, la pente du volcan commençait. Elle se releva et marcha doucement jusqu'à la rangée d'à côté. Elle dépassa la deuxième allée, puis la troisième. Le stress la faisait transpirer à grosses gouttes. Elle imaginait, dans son dos, les soldats alanguis. Mentalement, elle les conjurait de ne pas se retourner. Au moment où elle se rapprochait dangereusement de la jungle, une voix l'interpella.

— Hé, toi, là-bas ! Où vas-tu ? À ton poste !

Elle sut que l'avertissement était pour elle. Il n'était plus question d'hésiter. Elle s'était suffisamment éloignée pour leur échapper. Elle prit une grande inspiration et s'élança vers son objectif.

Les soldats donnèrent aussitôt l'alerte. Des coups de feu retentirent. Une balle la frôla. Mais elle redoubla d'ardeur et plongea dans la végétation. Elle grimpa plusieurs mètres et changea de trajectoire. À gauche, puis encore à gauche. La pente était très raide, mais elle escaladait bien. Malgré sa hanche qui lui faisait mal, malgré ses pieds blessés. Elle s'agrippait aux lianes, aux branches. Dans son dos, les coups de feu cessèrent. Les soldats organisaient une battue. Elle poursuivit la course longtemps, jusqu'à ce qu'elle ne les entende plus. À la nuit tombée, elle s'accorda une pause entre les racines d'un arbre majestueux. Au-dessus de sa tête, le ciel se parait de teintes violacées. Elle s'épongea le front. Que faire, maintenant ? À tout prix, elle devait gagner le cratère afin d'obtenir une vue globale de l'île. La visibilité était réduite, mais la pleine lune l'aiderait dans sa progression. Assoiffée, elle brisa la branche d'un palmier et ouvrit la feuille dont elle aspira la sève sucrée. Quand elle eut recouvré suffisamment d'énergie, elle repartit. La nuit était désormais complète. La jungle résonnait du chant de milliers d'insectes. Elle se dirigea au hasard, mais toujours vers les hauteurs, de sorte à ne pas se perdre. Elle marcha des heures dans l'obscurité jusqu'à ce qu'elle atteigne un banc de brouillard qui la força à s'arrêter. Elle ne voyait plus rien. L'humidité était trop prégnante. Exténuée, elle s'adossa à la souche d'un arbre. Quand les oiseaux annoncèrent l'imminence de l'aube, elle reprit la route. Ses membres étaient fourbus et sa cheville la lançait de nouveau, mais elle devait continuer, coûte que coûte. Depuis plusieurs heures, elle n'entendait plus les soldats. Leur absence l'inquiétait. L'angoisse s'accrochait à ses pas.

Peu après, les arbres disparurent, découvrant un sol noir et érodé. Se cacher devint plus difficile. Le cratère n'était plus qu'à quelques dizaines de mètres. Elle poursuivit en rampant jusqu'au sommet.

Comme espéré, elle voyait dorénavant une grande partie de l'île. Les champs, les vergers, le Fort, la mer qui encerclait tout. Une étendue d'eau si vaste que le regard ne pouvait la contenir. Elle pensa à Chloé. À l'émotion que sa mère aurait ressentie si elle s'était trouvée à ses côtés. Elle plissa les yeux. Au loin, derrière le Fort, cachées dans une anse à l'abri des rochers, plusieurs constructions apparaissaient. Vu d'en haut, cela ressemblait à un village. Avec des maisons, un port. Elle n'avait jamais appris à naviguer, mais elle était certaine d'y arriver, ayant déjà manipulé nombre de véhicules quand elle était dans sa Communauté. La rade constituait son point de fuite. Elle devait y parvenir au plus vite.

Elle redescendit vers la jungle. Mais alors qu'elle atteignait la lisière, un tonnerre s'éleva des cimes, qui la glaça. Elle se mit à couvert à l'instant où l'hélicoptère apparaissait dans son champ de vision. Elle courut à perdre haleine parmi les arbres et les racines.

Au-dessus de sa tête, l'hélicoptère la pourchassait. Ses pales faisaient ployer la canopée. À un moment, elle glissa sur des feuilles et se tordit la cheville. Elle poussa un cri de douleur, mais se releva. Quand la forêt s'épaissit, l'hélicoptère prit de l'altitude. Elle continua. Mais bientôt, elle perçut d'autres bruits. Des fourrés que l'on fouillait. Des voix d'hommes. Ils étaient devant elle. Une peur panique l'envahit. Elle se retourna en quête d'une issue, mais l'hélicoptère l'attendait plus haut. Prise en tenaille, elle avança le dos courbé, en tentant de se cacher dans la végétation. Les militaires se rapprochaient. Elle les entendait. Jusqu'à ce que, contournant les racines d'un arbre, elle fût face à cinq d'entre eux. Ils étaient armés. Elle se figea. Elle avait essayé, et elle avait échoué.

28

Noah se réfugia dans le travail. Ses insomnies empirèrent. La nuit, il faisait des allers-retours entre les bureaux du renseignement et le bar de la caserne. Lui qui ne buvait qu'occasionnellement le faisait chaque soir depuis qu'avait eu lieu ce dîner chez son père. Le cas de Mathilde se révélait un échec cuisant. En plus d'être humilié, il en retirait une tristesse inexplicable. Comme si on l'avait dépossédé d'un élément vital. C'était absurde, car il l'avait à peine connue. À quoi s'accrochait-il ?

Il se reprochait son amertume. Car en dehors de ce désaveu, son père lui offrait enfin ce qu'il avait toujours désiré. Sa confiance. Jusque-là, seule sa sœur avait pu se targuer de partager les secrets du Guide. Désormais, ils étaient deux. Au lendemain du dîner, Léana s'était envolée pour le Fort. D'instinct, il s'était demandé si c'était pour s'occuper personnellement de Mathilde, mais sa sœur inspectait fréquemment le Fort, lors de missions plus ou moins longues. L'arrivée de Mathilde n'y changeait rien.

Au bout de plusieurs jours, il parvint à la conclusion que tout était pour le mieux. Il accepta la situation. Léana commença à lui manquer. Si elle avait été là, il serait allé dormir avec elle. Il se sentait si déprimé. Peut-être auraient-ils fait l'amour. Tout se déroulerait tel que cela devrait être.

À la fin du mois, il pensait moins à Mathilde. Jusqu'à ce qu'il reçoive un appel déterminant. C'était le service des hautes technologies.

— Wendall ! s'exclama-t-il en décrochant.

— J'ai cru que tu m'avais oublié.

— J'ai été très occupé. As-tu réussi à décoder le bracelet ?

— Oui. Tu ferais mieux de venir. C'est assez inconcevable…

Noah quitta son bureau en trombe.

Quand il entra dans la cellule technologique de l'Oméga, Wendall l'attendait dans une pièce à part.

— Ce gadget m'a donné du fil à retordre, dit-il en l'apercevant. Mais cela valait le coup de persister.

— De quoi s'agit-il ?

— C'est un outil de communication, répondit Wendall, fièrement. Mais pas seulement. Il comporte aussi un terminal de paiement, une caméra et un micro intégrés, une capacité de mémoire infinie, des informations personnelles… Je n'ai pas encore réussi à déchiffrer ce dernier segment. J'ai l'impression qu'il s'agit de données médicales, mais je n'en suis pas certain.

— Et pour le reste ?

Wendall poussa un sifflement d'admiration.

— C'est tout simplement remarquable ! Regarde !

Il ferma les stores du bureau et activa le projecteur de son ordinateur. Aussitôt surgit dans l'espace toute l'existence passée de Mathilde. Des prises de vues, mais aussi les enregistrements de ses conversations téléphoniques, les portraits et les voix de Matthew, Marc, Marie, Basile, Chloé ; le récapitulatif de tous ses achats, les icônes des boutiques qu'elle avait visitées, les trajets qu'elle avait empruntés, les cours suivis au Centre depuis sa naissance, les comptes rendus de ses examens...

Noah arrêta la projection et commença à arpenter la pièce.

— Qu'est-ce que c'est ? fit-il d'un air sidéré.

— Si seulement je le savais.

— D'où cela peut-il provenir ?

Wendall haussa les épaules.

— Deux hypothèses s'offrent à nous, jugea-t-il. Soit ça date d'avant et, dans ce cas, c'est très ancien...

À ces mots, Noah leva les yeux au ciel.

— Soit ça vient d'ailleurs.

— Où ?

— Aucune idée. Les coordonnées sont brouillées. C'est toi, le chef du renseignement.

Noah était désorienté.

— Peux-tu transférer ces informations sur mon ordinateur ?

Wendall sourit.

— C'est déjà fait.

Noah le remercia et s'en alla.

Il gagna la cour de l'Oméga dans un état d'excitation intense. Comment pouvait-il exister, quelque part, une société aussi prospère ?

D'après ce qu'il avait vu, on n'y manquait de rien. Ni d'eau, ni de nourriture, ni d'énergie, ni de loisirs… Les images du Centre de vie passaient en boucle dans sa tête, comme sorties d'un songe. Si une civilisation pareille subsistait, si atypique, si élaborée, où se trouvait-elle ? La plupart des frontières étaient tombées depuis longtemps. Quelques bandes vagabondes erraient encore dans les steppes, mais, à sa connaissance, son territoire était le dernier à être un tant soit peu organisé. Ils étaient les derniers survivants. Après eux, le néant.

Un instant, il entrevit la possibilité d'un monde différent, puis, celui d'après, le fait que tout ceci ne soit qu'un leurre, un canular monté par la Résistance dans le but de le confondre.

Perdu, il déambulait autour de la pyramide. Seule la propriétaire du bracelet pouvait lui fournir les réponses qu'il attendait. Depuis leur première rencontre, il avait senti en Mathilde un caractère singulier. Son regard s'arrêta sur un hélicoptère stationné à proximité. Il devait en avoir le cœur net.

29

Noah ne s'était jamais rendu au Fort auparavant. Sans doute aurait-il pu, s'il en avait émis le souhait, mais il ne s'y était pas intéressé jusque-là. Le Fort était le pré carré de Léana, et elle ne l'avait jamais invité à le visiter. De même qu'il ne lui proposait pas d'assister aux opérations qu'il dirigeait. Chacun respectait le domaine de l'autre. Aussi fut-il surpris d'apprendre que l'île sur laquelle était implanté le bagne se situait très à l'écart des côtes, bien plus qu'il ne l'avait supposé. Un seul convoi de prisonniers devait coûter une fortune. Sans parler du ravitaillement.

Dès qu'on lui annonça que l'appareil était paré à décoller, il prit les commandes. L'hélicoptère atteignit rapidement sa vitesse de croisière. Il quitta le continent pour survoler la haute mer, et le brouillard se dispersa. Le ciel et l'océan s'étendaient à l'infini, comme deux miroirs mis face à face.

Sept heures plus tard, il aperçut un archipel flottant sur l'immensité bleue. Les terres y étaient verdoyantes, les plages d'un blanc éblouissant, et l'eau qui s'y échouait, à la fois turquoise et transparente. Plusieurs atolls et javeaux entouraient l'île principale où culminait le dôme d'un volcan éteint. Plus bas, dans les plaines, s'alignaient des cultures aux teintes brunes et orange. Les reflets des lagunes se confondaient avec le ciel. Noah était éberlué. Virant de bord, il bascula sur l'autre versant où apparurent plusieurs infrastructures. Le Fort, qui abritait le bagne, mais aussi des bâtiments secondaires dont il se demanda quelle était leur fonction. Il amorça la descente. Quand les pales s'immobilisèrent, il sauta sur l'aire d'atterrissage et marqua un temps d'arrêt. Le vent embaumait l'iode, l'humidité et des parfums capiteux dont il ignorait l'origine. Il faisait chaud, beau. Où diable se trouvait-il ? Jamais Léana ni son père n'avaient mentionné cet aspect de l'île. Pour l'opinion publique, et la sienne jusque-là, le site n'était qu'un caillou désertique noyé dans l'océan, exposant ses habitants (des prisonniers condamnés à perpétuité) à des conditions de détention extrêmes. Un enfer dont on ne revenait pas. Il constatait l'inverse. La désillusion était violente. Car si le continent dépérissait, la vie, ici, florissait.

Il gagna l'entrée du Fort d'un pas lent. Tout en marchant, il se rappela le but qu'il s'était fixé. Trouver Mathilde. Si possible avant que Léana n'intervienne. Le temps pressait, car les gardes ne seraient pas longs à l'alerter de son arrivée. Comme il l'espérait, il n'eut aucun mal à franchir le poste de contrôle. Il ne connaissait pas les soldats du Fort, mais comme partout, ces derniers savaient qui il était.

— Je viens interroger une détenue, annonça-t-il en les saluant. Pouvez-vous m'indiquer l'entrée de la prison ?

— À cette heure, les prisonniers sont aux champs, répondit une sentinelle. Ils ne doivent pas rentrer avant deux heures. Allez demander aux hommes, là-bas…

Il pointait du doigt un bâtiment fermé par une lourde grille, gardé par deux soldats. En quelques enjambées, Noah fut près d'eux, décidé, s'il le fallait, à se rendre directement dans les cultures. Lorsqu'il leur communiqua le matricule de Mathilde, ils firent la moue.

— Elle n'est pas aux champs, répondit l'un d'eux d'un air peu avenant. Le moins que l'on puisse dire, c'est qu'elle nous a donné du fil à retordre.

— Je ne comprends pas.

— Elle a tenté de s'enfuir, expliqua le soldat. Nous l'avons rattrapée ce matin.

— Où est-elle ?

— Probablement au cachot. Je vais me renseigner.

Il fit un pas de côté et contacta l'administrateur du pénitencier. Il revint peu après.

— Je me suis trompé, dit-il, étonné. Votre sœur a ordonné qu'on la transfère tout de suite au laboratoire.

Noah fut pris d'un mauvais pressentiment.

— Conduisez-moi, dit-il, pressé.

Le soldat adressa un regard interrogateur à son binôme, qui acquiesça. Il entraîna Noah dans les profondeurs du Fort. Ils traversèrent des corridors dont les murs en pierre brute avaient été passés à la chaux, et croisèrent peu de monde. Ils s'immobilisèrent devant une porte en verre. Au travers du panneau se dessinait un décor que Noah n'avait jamais vu. Une suite de pièces aux parois transparentes, pourvues de matériel scientifique, et dans lesquelles travaillaient plusieurs individus. Ils étaient vêtus d'un uniforme blanc, identique à celui du Guide. Le soldat fit un signe à un scientifique, qui approcha.

— Nous n'avons pas l'autorisation d'entrer, expliqua le militaire en se tournant vers Noah. Seuls les chercheurs et votre sœur ont accès au laboratoire.

S'adressant à eux via un interphone, le scientifique voulut connaître l'objet de leur visite. Quand Noah annonça son identité, il parut très impressionné et ouvrit sur-le-champ. Sa mission accomplie, le soldat retourna à son poste. Noah se retrouva en tête à tête avec le chercheur, qui se dit très honoré de sa présence et demanda en quoi il pouvait lui être utile. Noah voulut voir Mathilde.

— Suivez-moi, dit l'homme. Elle est à la clinique, à l'étage. Nous la préparons pour l'opération.

— L'opération ?

Devant l'air étonné de Noah, son interlocuteur s'interrompit.

— Je vous accompagne, dit-il en le précédant dans un escalier.

Ils débouchèrent sur un nouveau couloir.

— La personne que vous cherchez est ici, indiqua le scientifique en ouvrant une porte.

Il lui serra la main.

— C'est un honneur de vous rencontrer, ajouta-t-il, ému. Je connaissais votre sœur. Je suis ravi de vous accueillir à votre tour.

Noah le remercia, et pénétra dans la pièce. Mais à peine eut-il fait un pas qu'il s'immobilisa.

Mathilde se trouvait au centre de la chambre, le corps sanglé sur un lit et la bouche fermée par un bâillon. Lorsqu'elle l'aperçut, elle se cambra en poussant des gémissements effrayés. Noah se précipita pour la libérer. Il arracha le morceau de tissu qui lui sciait les joues. Mathilde prit une grande inspiration, comme si elle sortait d'une longue apnée, et se mit à pleurer de manière frénétique. Entre deux hoquets, elle ne cessait de répéter son prénom.

— Je veux parler ! Noah... Ne m'opérez pas ! S'il vous plaît ! Noah...

Il eut toutes les peines du monde à la calmer. Elle était terrorisée. Il la serra dans ses bras pour la contenir et, peu à peu, elle s'apaisa. Il la regarda attentivement. Nulle trace de la jeune femme fière et déterminée qu'il avait rencontrée plusieurs semaines auparavant. Le Fort l'avait transformée. Il se sentit coupable.

— Je suis désolé, dit-il, tandis qu'elle l'observait d'un air effaré. Je n'ai jamais ordonné votre incarcération. J'ai été démis de votre dossier.

Elle était sur la défensive.

— J'espère que vous me croyez.

Mathilde hocha la tête, craintive.

— Que s'est-il passé ? demanda-t-il en désignant les sangles qu'il venait tout juste de défaire.

Mathilde le dévisagea. Qu'elle lui accordât ou non sa confiance, Noah représentait sa dernière chance. Même s'il l'avait menacée, il ne l'avait jamais maltraitée.

En balbutiant, elle lui raconta l'atroce secret de Sylvia. L'hystérectomie que l'on faisait subir aux détenues. Mais aussi la nourriture infâme, les coups, le cachot, le travail sous un soleil de plomb, sa tentative d'évasion, la traque dans la jungle. Au fur et à mesure qu'elle se confiait, Noah se décomposait. Mathilde évoquait des méthodes inhumaines. Que l'on fît travailler la population carcérale était une chose, qu'on la torturât en était une autre. Elle lui apprit qu'à son retour au Fort, après son arrestation, Léana était intervenue personnellement pour ordonner qu'on la stérilise au plus vite. Elle s'était débattue, raison pour laquelle on l'avait attachée. L'opération était prévue pour le lendemain. Noah ferma les yeux. Il lui était impossible de croire que sa sœur puisse être la tête pensante d'une telle ignominie.

— Je ferai tout ce qui est en mon pouvoir pour vous sortir d'ici, dit-il en pressant les mains de Mathilde. Mais il faut que vous m'aidiez. J'ai réussi à décrypter votre bracelet. Ces images… d'où viennent-elles ?

Mathilde leva vers lui un regard de vaincue.

— Je vous ai dit que je n'étais pas une résistante, murmura-t-elle.

— Je vous crois.

— Ces images sont celles de ma vie. La Communauté où j'ai grandi.

Le pouls de Noah s'accéléra.

— Où cet endroit se trouve-t-il ? demanda-t-il, impatient.

— De l'autre côté de la frontière.

— Laquelle ?

— Je l'ignore. Je sais simplement qu'un fleuve coule entre votre territoire et le mien.

Noah situait mal cette frontière qui délimitait le sud du pays. Pour lui, il s'agissait d'une impasse. La dernière porte avant la décharge et le désert. C'était ce que le Parti prétendait.

— Combien êtes-vous ? lança-t-il, médusé. D'où venez-vous ?

Mathilde lui renvoya un regard stupéfait. Comment le fils du Guide pouvait-il méconnaître l'existence de sa Communauté, alors même qu'elle était persécutée depuis des années ? Les allégations de Jack lui revinrent en mémoire.

— Nous venons du même pays, dit-elle. Il y a près d'un siècle, une partie de la population s'est réfugiée dans le désert. C'est ce que l'on a appelé le Grand Exil. Vous n'en avez jamais entendu parler ?

— Non, répondit-il, déconcerté.

Elle poursuivit :

— Cela fait des années que nous subissons des attaques. J'ai toujours cru que votre territoire en était responsable.

Il secoua la tête. À sa connaissance, l'armée ne menait plus d'assaut en dehors de son périmètre depuis longtemps. Et pour cause, le Parti n'avait plus les moyens de financer un conflit d'envergure. Au contraire, le pays se repliait sur lui-même. Certes, quelques contingents surveillaient encore les frontières, mais c'était pour repousser les bandes errantes et empêcher les résistants de fuir et de se réunir en d'autres lieux. Il n'était pas suffisamment informé sur le sujet. Le commandement des armées était la responsabilité de son père.

— Je me renseignerai, assura-t-il. Mais, dites-moi, ce territoire, comment est-il ?

Mathilde se rendit compte qu'il n'existait plus de méfiance entre eux, plus de rapport de force. Ils étaient à égalité, comme des amis. Elle s'apprêtait à lui répondre lorsque la porte de la chambre s'ouvrit à toute volée. Noah se leva d'un bond.

— Léa ! s'exclama-t-il, le visage blême.

Sa sœur fondit sur lui.

— Que fais-tu ici ?! lança-t-elle, affolée.

Il se composa une nouvelle expression, et l'attira dans ses bras. Surprise, Léana se laissa faire.

— J'aurais dû te prévenir, fit-il d'un ton désolé. Le département des technologies a décodé le bracelet dont je t'avais parlé. Cet objet a révélé des éléments cruciaux pour la sécurité intérieure.

— C'est toi qui l'as libérée ? répliqua sa sœur avec méfiance en désignant Mathilde.

— Oui, je devais l'interroger. Les soldats m'ont dit qu'elle avait tenté de fuir. Heureusement, vous l'avez rattrapée. En revanche, pourquoi la retenir ici ? Elle devrait être à l'isolement.

Léana s'adoucit.

— Elle doit d'abord subir quelques examens, répondit-elle. Mais ensuite, elle ira au cachot.

Noah opina tout en jetant à Mathilde un regard inflexible.

— Tant mieux. Car cette fille appartient bel et bien à la Résistance. Je suis venu lui soutirer des informations.

— Et tu as réussi ? demanda sa sœur avec une pointe d'appréhension dans la voix.

— Malheureusement, non. Tu avais raison. Tu es meilleure que moi à cet exercice. Je te la laisse.

Léana lui jeta un regard indulgent.

— Lorsque j'ai appris que tu étais ici, dit-elle, j'ai eu peur que quelque chose de grave ne soit arrivé.

— Rien du tout, rassure-toi.

Il lui prit la main.

— Je suis heureux de te voir.

— Moi aussi.

Il l'embrassa et l'étreignit de nouveau, si bien que Léana retrouva peu à peu son assurance. Mathilde se demandait à quoi jouait Noah. Léana la pointa du doigt avec dédain.

— Si tu en as fini avec elle, peut-être pourrions-nous dîner ensemble ?

— Avec plaisir ! approuva Noah. J'ai faim ! Mais avant, j'aimerais que tu m'expliques où nous sommes.

Léana parut gênée.

— Je ne suis pas fâché, assura son frère. Je voudrais simplement comprendre.

Elle lui renvoya un grand sourire.

— Viens, dit-elle avec entrain. Je vais te montrer.

Il se retourna vers Mathilde.

— Et elle ?

— Ne t'inquiète pas. Les médecins vont s'en charger…

30

Dès que Léana et Noah furent revenus dans la cour principale, ce dernier demanda à visiter les terres. Malgré sa fatigue et l'heure avancée, il ne voulait pas perdre une seconde. Chaque instant passé auprès de sa sœur rapprochait Mathilde d'une échéance dramatique. Léana hésita. Noah découvrait le Fort d'une manière imprévue et elle redoutait sa réaction. Mais lui refuser cette faveur ne ferait qu'attiser sa méfiance. Son frère était à fleur de peau. Il fallait manœuvrer finement pour éviter qu'il ne se sente trahi. En théorie, elle aurait dû prévenir leur père de cette initiative, mais ce dernier n'avait jamais été bon diplomate. À elle incombait la mission délicate de ramener Noah dans le droit chemin. S'improviser guide lui permettrait de présenter les choses à sa manière. Ils montèrent à bord d'un véhicule léger et quittèrent le Fort par un sentier, dont Léana indiqua qu'il s'agissait de l'unique voie de circulation de l'île.

— Et pour rejoindre les atolls ? demanda Noah.
— Bateau ! répondit-elle dans un sourire.

Ils gagnèrent le rivage. Léana proposa à son frère de se promener pieds nus sur le sable avant de lui faire goûter une mangue cueillie sur l'arbre. Elle lui montra des infrastructures immergées au large, dont le sommet affleurait la surface, expliquant qu'il s'agissait de fermes sous-marines à l'essai.

Noah était stupéfié. Les questions se succédaient dans sa tête, dont la principale concernait le but de toute cette entreprise. Pour qui et pour quoi avait-on aménagé un territoire aussi exceptionnel ? Quelle vision justifiait un tel investissement ? Et à quoi travaillaient les laboratoires qu'il avait visités ? Il bouillait de curiosité, d'impatience et de révolte. Résolu à obtenir les réponses auxquelles il avait droit, dût-il employer la force.

Pas un instant Léana ne soupçonna son état d'esprit. Elle poursuivit le tour de l'île et lui montra un bâtiment enfoui dans la végétation.

— C'est une usine de désalinisation destinée à approvisionner le réseau d'eau potable, expliqua-t-elle, fièrement.

— Et pour l'énergie ?

— Nous avons recours à la géothermie. Le volcan est endormi, mais nous avons trouvé des poches de magma dans ses profondeurs. Une centrale assure la production d'électricité.

En apparence, il n'y avait rien à objecter. L'exposé semblait parfait. Un seul détail dérangeait Noah. Quand sa sœur disait « nous », elle faisait référence aux prisonniers qui, œuvrant toute la journée à la construction de l'île, ne récoltaient que de la maltraitance en guise de salaire. La plupart étaient coupables, il ne l'oubliait pas, mais le crime valait-il la sentence ? Il décida de réserver ses critiques pour plus tard, lorsqu'il serait en tête à tête avec leur père.

Ils s'enfoncèrent de nouveau dans les terres, et longèrent des champs de maïs, de blé et d'orge dont les plants étaient aussi hauts qu'eux. Dans les vergers et les cultures, les détenus travaillaient en haillons. Au passage de la voiture, certains levèrent les yeux. Noah baissa les siens. Une heure plus tard, ils atteignirent l'extrémité de l'île.

— Voilà, dit Léana d'un air satisfait. Comme tu peux le voir, c'est très petit.

— Mais beau.

— Oui.

Il désigna le volcan.

— Et là-haut ? Qu'y a-t-il ?

— Rien, répondit sa sœur. On ne peut monter qu'à pied. L'ascension prendrait plusieurs heures.

Elle redémarra le véhicule.

— La nuit va bientôt tomber, et les prisonniers vont encombrer la route.

Noah acquiesça d'un air docile.

De retour au Fort, Léana le conduisit au dixième étage de la tour carrée, dans son logement de fonction. Le séjour donnait sur une vaste terrasse qui surplombait la mer. Une jeune femme les accueillit, à qui Léana demanda de préparer le repas.

— Elle s'appelle Ethel, dit-elle à Noah. C'est une ancienne mercenaire. Elle a été déportée l'an passé. Je l'ai prise sous mon aile et, depuis, elle m'est fidèle.

Noah s'accouda à la balustrade. Il avait encore du mal à croire qu'un tel endroit pût exister. Le tonnerre des vagues se fracassant sur la falaise le captivait, comme les gerbes d'écume qui s'élevaient dans l'air comme des geysers. Le ciel s'étirait dans un camaïeu de bleus, si différent de la grisaille sous laquelle il avait grandi. Il suivit des yeux les oiseaux qui planaient sur l'onde avant de plonger, ailes repliées, et de remonter peu après à la surface avec un poisson dans le bec. C'est à cet instant qu'il repéra, derrière le Fort, une sorte de digue, à laquelle des bateaux étaient amarrés. Quelques habitations l'encadraient. Léana posa sa main sur la sienne.

— C'est beau, n'est-ce pas ?

— Tellement que c'en est irréel, répondit-il. Que voit-on, là-bas ?

— Un port, et des maisons. La plupart ne sont pas terminées.

— À qui sont-elles destinées ?

Léana gagna la table et se versa un verre de vin. Noah la rejoignit.

— Léa, depuis quand es-tu au courant ?

Elle le servit à son tour.

— J'ai découvert cet endroit de la même manière que toi, dit-elle. La première fois que j'y suis venue.

— Quand ?

— Lorsque j'en ai pris la direction, il y a dix ans.

— Dix ans ! Pourquoi ne m'as-tu rien dit ?

— Tu m'aurais crue ?

Noah fronça les sourcils. Il se sentait floué.

— Je ne pouvais rien divulguer, poursuivit Léana. J'étais tenue au secret.

— Par qui ?

— Allons, Noah. Tu sais très bien ce que je veux dire. Tu ne me parles pas davantage de ton métier.

— Ce n'est pas comparable. Cette île est la preuve que tout ce que nous croyons est faux !

Il réalisa que ce jugement s'appliquait aussi à elle. Sa propre sœur. Son amie la plus chère. Il la découvrait sous un jour inédit.

— Tu te trompes, répliqua Léana sèchement. Ce qui existe ici n'est pas la vérité, et encore moins une généralité. C'est une exception. Il a fallu des années pour constituer ce que tu vois. Cela ne s'est pas fait sans mal, et c'est très vulnérable.

Noah eut l'air dubitatif.

— Je ne peux pas t'en dire plus, conclut Léana, froissée d'être l'objet de sa rancune. Si tu veux connaître la raison de ce projet, je te suggère d'en parler directement à Père.

— Compte sur moi.

Le silence s'installa. Ethel apporta diverses préparations à base de fruits, de légumes et de céréales. Noah n'avait jamais vu de tels mets. Il s'empressa de les goûter.

— Incroyable…, fit-il, émerveillé.

Léana lui lança un regard adouci avant de mordre à son tour dans une tranche d'ananas. Ils burent un vin délicieux. Noah veillait à ce que le verre de sa sœur ne désemplisse pas. Quand ils eurent terminé, ils se levèrent pour admirer le coucher du soleil. Les derniers rayons incendiaient le ciel. Noah profita de cet instant pour prendre sa sœur dans ses bras. Il l'embrassa dans le cou. Léana semblait aux anges.

— C'est magnifique, dit-il, la mine sincère.

Ils restèrent silencieux, attentifs aux bruits de la nuit, au ressac de la mer, au sifflement des oiseaux.

Quand le soleil eut disparu, Léana l'entraîna dans sa chambre.

— Il n'y a qu'un lit, dit-elle avec un sourire plein de sous-entendus.

— Cela ne nous a jamais dérangés, répondit-il sur le même ton.

Ils se déshabillèrent mutuellement avec une sensualité exacerbée. Léana entra dans un état d'excitation intense. Elle l'attira sous les draps et se coucha sur lui. Ils s'embrassèrent. Lorsque les mains de sa sœur descendirent le long de son abdomen, Noah l'arrêta gentiment.

— Non, Léa. Je te l'ai déjà dit. Nous ne pouvons pas.

Surprise, elle releva la tête.

— Mais, puisque je suis vaccinée…

— Je n'y crois pas. Tu as inventé cette histoire pour qu'il n'y ait plus d'obstacles entre nous. Mais je refuse de te mettre en danger. Je t'aime trop pour ça.

Elle sourit d'un air béat.

— Très bien, dit-elle brusquement. Je vais te montrer.

Ils se rhabillèrent et quittèrent l'appartement. Juste avant que les portes de l'ascenseur ne se ferment sur eux, elle l'embrassa.

— Ce n'est qu'une petite pause, dit-elle, mutine.

Il esquissa un sourire.

Léana parlait fort sans s'en rendre compte. Elle le conduisit à l'entrée du laboratoire.

— Je suis obligée de te donner une permission d'accès, dit-elle en se tournant vers lui. Mais n'en parle à personne. Surtout pas à Père. Il ne doit pas savoir que je t'ai amené ici.

Il fit signe qu'il ne dirait rien. Léana s'identifia, puis demanda à l'ordinateur de prendre les empreintes de Noah. Celui-ci présenta son visage et ses mains devant le scanner, jusqu'à ce que l'appareil indique qu'il était désormais habilité à entrer. Ils pénétrèrent à l'intérieur. Chacune des pièces était dotée d'équipements très perfectionnés. Même la cellule technologique de l'Oméga ne bénéficiait pas d'un tel matériel.

— À quoi cela sert-il ? demanda Noah en désignant une suite d'appareils inconnus.

— C'est ici que nous fabriquons les vaccins, répondit fièrement Léana.

— Qui, « nous » ?

— Les chercheurs, bien sûr. Aucun militaire n'en serait capable.

— Pourquoi ne me l'as-tu pas dit, tout à l'heure ?

— Tu n'étais pas en état.

— Maintenant, je le suis. Où sont-ils, ces prétendus vaccins ?

— Juste là. Regarde.

Elle s'appuyait sur un gros caisson hermétique transparent. S'approchant, Noah constata qu'il contenait une multitude de flacons remplis d'un liquide.

— Il y en a des centaines…, dit-il, stupéfait.

— Tu me crois, à présent ?

Il hocha la tête.

— Tant mieux. Maintenant que tu as vu, nous pouvons repartir. Inutile de s'attarder ici trop longtemps.

Noah acquiesça mais, au moment où il allait la suivre, il fit semblant d'être pris de vertiges. Chancelant, il se retint au plan de travail avant de se laisser tomber au sol. Léana se précipita sur lui.

— Noah, que se passe-t-il ?
— J'ai le tournis. Je…
— Ne bouge pas. Il y a un lavabo de l'autre côté. Je vais chercher de l'eau.

Elle passa dans la pièce attenante. Noah se dépêcha d'ouvrir le caisson. Il en retira une vingtaine d'échantillons qu'il enfouit dans la poche de sa veste. Léana revint peu après avec un verre.

— Bois. Ça va te faire du bien.

Il obéit.

— Rentrons, dit Léana. Tu dois te reposer.

Elle l'aida à se relever et le soutint par la taille jusqu'à ce qu'ils aient atteint son appartement. Ils se couchèrent dans le grand lit. Elle se blottit contre lui et déposa un baiser au creux de son oreille.

— Si nous reprenions là où nous en étions ? souffla-t-elle.

31

Dans le rayon du clair de lune, le visage endormi de Léana apparaissait serein. Se rhabillant, Noah la regardait d'un air coupable. Il avait l'impression d'avoir trahi tout le monde, y compris lui-même. C'était la première fois qu'il ressentait une telle honte. Il avait tout fait pour atteindre son objectif, et n'arrivait pas à se le pardonner complètement. Au plus profond de son être, une voix lui soufflait qu'il avait agi de manière indigne. Triste et perturbé, il sortit sur la terrasse. L'air frais lui fit du bien. Il devait poursuivre, le temps manquait. Il se pencha au-dessus de la balustrade et constata, rassuré, que l'hélicoptère était toujours stationné dans la cour. Il se dirigea vers la cuisine, où il enferma les vaccins dans une boîte hermétique, et quitta l'appartement sur la pointe des pieds. Il dévala les escaliers et parvint peu après devant l'entrée du laboratoire. Tendu, il appliqua ses empreintes contre le scanner. Les portes s'ouvrirent. Il poussa un soupir de soulagement. Pour l'instant, tout se déroulait comme prévu. Sans perdre une seconde, il se rendit à l'étage, dans la chambre où Mathilde était enfermée. La pièce s'éclaira dès qu'il y posa le pied. Mathilde sursauta. Un doigt sur la bouche, il la délivra. Elle lui renvoya un regard anxieux.

— Je pensais que vous m'aviez oubliée, murmura-t-elle.

Noah n'osa pas avouer qu'il n'avait agi que pour son bien au cours des dernières heures.

— Nous partons, dit-il. Suis-moi, sans faux pas. Officiellement, tu es ma prisonnière.

Mathilde nota qu'il la tutoyait. Elle avait confiance en lui. Au point, étonnamment, de remettre son destin entre ses mains. Jusque-là, elle avait toujours cru ne devoir compter que sur elle-même. Hormis Matthew, à qui elle avait demandé le pire, elle ne s'était jamais vraiment appuyée sur quiconque. Mais elle était à bout de forces, et Noah la rassurait. La manière dont il se comportait et l'incroyable constance dont il faisait preuve renforçaient ce sentiment… Elle le suivit, et ils quittèrent le laboratoire. Ils empruntèrent les couloirs déserts jusqu'à la sortie du Fort.

Les gardes de nuit étaient en train de rire dans le poste de contrôle. Ils se turent à leur approche.

— Je ramène cette détenue sur le continent, annonça Noah, sûr de lui, aux soldats qui l'observaient d'un air circonspect. J'ai besoin de son témoignage pour une affaire de sécurité intérieure.

Ils haussèrent les sourcils.

— À cette heure ?

— Vous discutez mes ordres ? rétorqua Noah en foudroyant du regard celui qui avait osé le défier.

Le soldat recula.

— Non, je vous assure, répliqua-t-il avec une obséquiosité exagérée. C'est que la procédure est inhabituelle. D'ordinaire, nous recevons nos consignes de votre sœur.

Noah sentit ses mâchoires se contracter. Si les soldats donnaient l'alerte, ou prenaient la simple précaution de vérifier son alibi, tout était perdu.

— Mon père m'a chargé personnellement de rapatrier cette résistante. Nous sommes sur le point de démanteler le réseau auquel elle appartient. À moins que vous ne souhaitiez le réveiller au milieu de la nuit pour vous le faire confirmer, je vous suggère de m'ouvrir immédiatement.

Le garde ne se le fit pas dire deux fois. Il se pencha fiévreusement sur son ordinateur et la porte bascula.

— Merci, dit Noah aux hommes qui l'observaient en coin.

Les militaires effectuèrent le salut officiel. Noah passa derrière Mathilde et la poussa devant lui.

— Avance !

Elle trébucha.

— Plus vite ! Je n'ai pas que ça à faire !

Elle leva vers lui un regard noir. Les soldats parurent rassurés. Noah continua de la malmener jusqu'à ce qu'ils soient hors du champ de vision des caméras. Il la guida jusqu'à l'hélicoptère et la fit asseoir à l'arrière. Il poussa sous ses pieds la boîte qui contenait les vaccins.

— Attache-toi. Nous partons.

Il lança un ultime regard vers les appartements de sa sœur, dont les lumières étaient toujours éteintes. Un pincement au cœur, il monta dans l'appareil.

Les pales de l'hélicoptère se mirent en mouvement. Croisant les yeux de Mathilde dans le rétroviseur, il y débusqua une marque d'espoir qui le réconforta.

Les conditions de vol furent identiques à celles de l'aller. Noah était extrêmement tendu. Sa conscience lui martelait qu'il était en train de commettre un acte de rébellion ultime, qui aurait sur son avenir des répercussions irréversibles. Lorsque le Guide apprendrait ce qu'il avait fait, sa colère serait terrible. Il était prêt à l'assumer. Il enlevait une prisonnière, et ce pour des motifs pas seulement objectifs. Il le savait. Ses émotions le reliaient à Mathilde sans qu'il puisse faire autrement.

Exténuée, elle s'endormit rapidement. Elle se réveilla alors qu'ils survolaient la cité. Contrairement à ce qu'elle craignait, Noah ne se dirigea pas vers l'Oméga. Il amorça la descente vers le centre-ville. L'appareil perdit progressivement de l'altitude et atterrit sur le toit d'un bâtiment que Mathilde reconnut tout de suite. L'hôpital. Lorsque le moteur s'éteignit, Noah plongea la tête dans ses mains. Il était épuisé et un peu dépassé par la situation. Son plan s'arrêtait là. Sa dernière certitude résidait dans le fait qu'il ne pouvait revenir à l'Oméga en compagnie de Mathilde. On la lui aurait reprise sur-le-champ. Il défit son harnais et passa à l'arrière. Mathilde avait les yeux hagards. Il s'agenouilla face à elle.

— Nous devons faire vite, dit-il. Le temps joue contre nous. Je me suis posé à l'endroit où nous t'avons trouvée. Nous allons en profiter pour faire retirer ta puce. Mais, ensuite…

Il s'interrompit.

— Ensuite ? répéta Mathilde d'une voix faible.

Il avoua :

— Je ne sais pas où t'emmener.

— Je veux rentrer chez moi.

Noah sourit tristement.

— Si je pouvais t'y aider… Mais je n'en ai pas les moyens. Tout le monde va nous chercher, si ce n'est pas déjà le cas. Nous devons trouver un endroit où te cacher.

Mathilde lui renvoya un regard sûr.

— Je sais où aller, dit-elle.

Ils accédèrent à l'hôpital par le dernier étage et descendirent de plusieurs niveaux avant de croiser âme qui vive. Noah appréhendait de rencontrer ses semblables. Mais à cette heure matinale, les militaires étaient occupés à d'autres tâches. Ils pénétrèrent dans le service où Mathilde s'était aventurée des semaines plus tôt. Le souvenir de son arrestation était encore vif et elle en eut des frissons. Ils doublèrent la file d'attente et entrèrent au hasard dans une salle de consultation.

Un médecin était en train d'y ausculter un vieillard.

— Faites-le sortir, ordonna Noah d'une voix ferme.

Le médecin s'exécuta avec crainte.

— Vous voyez cette jeune femme ? reprit Noah. Je veux que vous lui retiriez sa puce et que vous lui donniez tous les médicaments nécessaires à son rétablissement.

— Ce que vous me demandez est illégal, répliqua le médecin, déconcerté. Je n'ai pas le droit de pratiquer ce type d'opération.

Noah braqua son arme sur lui. Mathilde prit peur. C'était la première fois qu'elle le voyait menacer quelqu'un physiquement. Affolé, le médecin fit signe à Mathilde de s'allonger sur la table de consultation.

— Je vais vous anesthésier, dit-il. Ce sera rapide, vous ne sentirez rien.

Noah lui adressa un regard satisfait et se détourna.

32

Doris était en train de somnoler lorsqu'elle entendit que l'on toquait chez elle. Qui pouvait bien la déranger à cette heure ? Elle ne recevait jamais de visite. Elle se leva et ouvrit le petit volet incrusté dans la porte. Aussitôt, elle se hâta d'actionner les verrous. Mathilde se tenait sur le palier, en s'appuyant au mur. Elle avait une mine affreuse.

— Bonjour, Doris, dit-elle d'une voix à peine audible. Vous aviez dit que je pourrais revenir…

La vieille femme remarqua tout de suite son pansement au cou.

— Entre, vite !

Elle la guida jusqu'au lit. Mathilde s'allongea en grimaçant.

— Je suis contente d'être revenue, dit-elle d'un air douloureux.

— Où étais-tu ?

— En prison.

Doris fronça les sourcils. Elle s'apprêtait à l'interroger, mais Mathilde la devança.

— Je voudrais dormir, chuchota-t-elle.

Doris lui renvoya un regard plein de compassion.

— Vas-y, dit-elle d'un ton affectueux. Tu es en sécurité.

Une larme coula sur la joue de Mathilde et elle enfouit le nez sous les couvertures.

33

Lamech et Léana avaient plusieurs fois essayé de joindre Noah, mais celui-ci était resté sourd à leurs appels. Alors que l'hélicoptère se posait sur l'aire d'atterrissage de l'Oméga, son angoisse se fit plus forte. Il n'avait aucune idée de ce qui l'attendait. Il fut surpris de ne pas rencontrer de comité d'accueil. L'atmosphère était aussi paisible que d'habitude. La plupart des militaires avaient déserté les lieux pour assurer leurs missions. Il gagna le poste de pilotage, où un soldat lui indiqua que le Guide avait demandé à le voir en urgence, dès son arrivée. Noah se rendit dans ses appartements, où il cacha la boîte qu'il avait rapportée du Fort, et ressortit aussitôt. Lorsqu'il atteignit le dernier étage de l'Oméga, son père était en train de travailler. Il laissa Noah venir à lui.

— Où est la prisonnière ? lança-t-il sans préambule.

Lamech faisait des efforts pour se maîtriser, mais sa lèvre inférieure tremblait.

— Où est-elle ? répéta-t-il, un ton plus haut.

Noah conserva le silence. Furieux, le Guide jeta le livre qu'il était en train de consulter à travers la pièce.

— Pour qui te prends-tu ? tonna-t-il.

Mais Noah ne répondit pas davantage. Son attitude accrut la colère de Lamech qui avait toujours détesté qu'on lui résistât. S'agissant de son propre fils, l'opposition lui était d'autant plus insupportable qu'il ne pouvait le faire arrêter, comme il avait coutume de l'ordonner pour ses détracteurs. Comprenant qu'il n'obtiendrait rien par la force, il se calma un peu. Il gagna le petit salon et se laissa tomber dans un fauteuil, l'air soudainement abattu.

— Pourquoi fais-tu cela ? dit-il d'une voix éteinte. Pourquoi aller à l'encontre de ma volonté ?

— Cela n'a rien à voir avec vous, répondit Noah en quittant sa réserve.

— Je n'en crois pas un mot, répliqua Lamech. Où est-elle ? Qu'en as-tu fait ?

— Je l'ai libérée.

Lamech en fut pantois.

— Rien que ça... Penses-tu pouvoir disposer des prisonniers comme bon te semble ? Je suis seul à décider de leur sort !

— Elle est innocente. Je n'ai fait que la sauver d'une peine qu'elle ne méritait pas.

Lamech ricana.

— Je ne te savais pas justicier... Dis plutôt qu'elle te plaît !

Noah se détourna. Il cherchait à obtenir des réponses, pas à se faire déstabiliser.

— J'ai découvert l'île, dit-il en fixant son père. Pourquoi m'avoir caché son existence aussi longtemps ?

— Je voulais t'en parler plus tard, dans des circonstances différentes. Tu as bravé mon autorité, contrarié mon programme…

— Ce n'était pas mon intention.

— Assieds-toi.

Noah obéit.

— Personne, hormis ta sœur et quelques-uns de mes plus fidèles collaborateurs, n'est au courant de ce projet, reprit Lamech. Les informations que je vais te livrer sont confidentielles. Tu m'entends ?

Noah hocha la tête. Son père chercha ses mots.

— L'île, poursuivit-il après un temps de réflexion, fait partie d'un plan que j'ai imaginé il y a de nombreuses années. Au début, ce n'était qu'une utopie, mais peu à peu, le rêve est devenu réalité.

Il fit quelques pas.

— Notre monde est condamné, Noah. J'ai été parmi les premiers à le déplorer. Cependant, j'ai toujours gardé l'espoir infime qu'un jour, à condition d'y consacrer les moyens nécessaires, nous pourrions faire renaître une partie de cette planète. Un sanctuaire, en quelque sorte…

— Pourquoi me l'avoir caché ?

— Pour l'heure, l'île doit rester secrète. Personne ne doit savoir. Pas tant que ce n'est pas terminé. Nous sommes en phase d'essai. Tout fonctionne selon un équilibre fragile. Il suffit d'un rien pour que la pyramide s'effondre.

— Et quand les tests seront finis ? Vous appliquerez le même principe ici ?

Son père haussa les épaules.

— J'étais sûr que tu poserais la question. La réponse est non, évidemment. Mon jugement n'a pas changé. Notre civilisation mérite d'être condamnée. Regarde le continent. Il n'y a plus rien. Tu voudrais que je mette mon paradis à la disposition de criminels ?

— Pourquoi l'avoir créé, dans ce cas ?

Le Guide se pencha vers lui.

— Lorsque nous serons sûrs que l'écosystème de l'île est stable, confia-t-il, une poignée d'hommes aura le droit de s'y installer. Des êtres responsables, soucieux de ce qui les entoure. Ils devront appliquer des règles strictes, comme la régulation des naissances. Ils devront également maîtriser des savoirs essentiels sur le fonctionnement de la nature et des énergies. Chacun sera formé, sinon, au moindre écart, la balance sera de nouveau déséquilibrée, et tout ce pour quoi j'aurai œuvré sera voué à l'échec.

Noah n'était pas certain de comprendre.

— De quels êtres humains parlez-vous ?

— De toi, par exemple. De Léana. Et de quelques autres sélectionnés parmi les meilleurs éléments de l'armée. Ta sœur et toi dirigeriez cette petite communauté. Il s'agit d'un privilège, un cadeau que je vous fais. J'ai créé cet endroit pour vous. Afin de vous assurer un futur plus radieux que celui que vous connaîtriez en demeurant ici. Ensemble, vous aurez une vie riche, et fertile.

— Léana et moi…, murmura Noah.

Il essaya d'entrevoir l'avenir que le Guide dépeignait avec ferveur. La perspective de vieillir sur l'île semblait surréaliste. Mais c'était loin d'être l'aspect le plus dérangeant du programme. Car c'en était un, assurément. Une fois de plus, son père prenait des décisions sans son assentiment. Il disposait de sa vie comme s'il s'était agi de la sienne. Il n'avait aucune envie de se lier à Léana. Du moins pas plus qu'il ne l'était déjà. Il se demanda s'il avait été adopté dans cet unique but. Si insensée que l'hypothèse lui apparût, il n'arriva pas à la juger impossible. Lamech avait un don pour la manipulation, que l'exercice du pouvoir n'avait fait qu'affûter. Comment allait-il opérer, pour réserver ce traitement d'exception à une seule partie de la population ? Comment pouvait-il agir au détriment de la majorité, lui qui avait accédé à la plus haute fonction de l'État en se proclamant défenseur du bien commun ? Il lui posa la question.

— Tu es d'une naïveté navrante, répondit le Guide avec condescendance. Je n'ai pas tant investi dans la Réserve pour la mettre au profit d'une bande d'imbéciles qui réduiraient mes efforts à néant. L'humanité a eu sa chance. Elle l'a ruinée, tant pis pour elle.

— C'est oublier vos privilégiés. C'est pour eux que vous avez conçu le vaccin ?

— Naturellement.

Noah eut l'impression d'être en présence d'un fou. Quelqu'un qui vivrait dans une bulle, aveugle à la réalité du monde.

— Un jour ou l'autre, dit-il, l'existence de l'île sera ébruitée. Quand ce sera le cas, les gens feront tout pour y aller.

Lamech leva les yeux au ciel.

— Cela fait plus de cinquante ans que nous travaillons dans la discrétion, répliqua-t-il. C'est la raison pour laquelle n'y sont envoyés que les condamnés à perpétuité. Quant aux militaires qui l'habitent, ils sont tenus au secret. S'ils étaient tentés de le violer, ils finiraient avec les prisonniers qu'ils surveillent toute la journée.

— Vous avez pensé à tout...

— Bien sûr. Un tel projet ne se construit pas au hasard. Lorsqu'il sera l'heure de partir, la fin de notre civilisation n'aura jamais été aussi proche. Les femmes seront bientôt toutes atteintes du syndrome. Le taux de natalité va devenir inexistant.

— Cela ne semble pas vous déranger.

— Cela devrait ? T'es-tu jamais demandé pourquoi ce virus avait muté ? La nature est intelligente. Elle se venge du mal que nous lui avons fait. Quand l'humanité aura disparu, elle ne s'en portera que mieux.

— Et nous serons les élus.

— Oui. Même si je n'aime pas ce mot. Des rescapés, plutôt.

Noah était médusé. La flamme avec laquelle le Guide s'exprimait, l'énergie qu'il avait consacrée à bâtir son projet le fascinaient. Tout en le confortant dans l'idée que c'était l'œuvre d'un fanatique.

Pour lui, une chose était sûre. Si noir que fût l'horizon, il refusait d'abandonner une civilisation, même agonisante, à son destin. Il n'avait jamais eu de goût prononcé pour l'existence. La survie à tout prix lui semblait dénuée de sens. Dans l'histoire du monde, l'avènement de l'Homme n'était qu'un accident. Sa fin le serait tout autant. Pourquoi vouloir changer l'inéluctable ?

Il songea à Mathilde. À son courage, son caractère solide et impétueux. Il aurait souhaité être à ses côtés. Il se leva.

— Où vas-tu ? lança son père, décontenancé.

— Je rentre chez moi.

— Tu es chez toi. Tu ne m'as pas dit ce que tu pensais de notre projet.

Noah se retourna.

— Je refuse d'y participer. Votre offre est très généreuse, mais je préfère la décliner.

Le Guide le retint par le bras.

— Tu la déclines ?! fit-il, rouge de colère. Crois-tu avoir le choix ?

Noah le dévisagea.

— Je ne l'ai pas ?

Lamech se tut, muet de stupéfaction. Se dégageant, Noah progressa vers la sortie. Au moment où il allait quitter la bibliothèque, il entendit le Guide l'interpeller.

— Tu ferais honte à tes parents ! fit-il d'une voix acerbe.

Noah se retourna.

— Je croyais qu'ils étaient morts, répliqua-t-il en essayant à grand-peine de conserver son sang-froid.

— Ils le sont.

Le Guide avança vers lui.

— Ton père était mon bras droit. Nous avons fondé le Parti ensemble. Ainsi que le projet de l'île. C'était son idée de t'y intégrer.

Déstabilisé, Noah ne savait plus où poser les yeux. Ses poings se fermèrent. Il s'en serait fallu de peu qu'il ne frappe le Guide afin de le faire taire.

— Vous disiez m'avoir trouvé…
— Je voulais te protéger.
— De quoi ?
— De la vérité.
Ils étaient tout près l'un de l'autre.
— Tes parents se sont suicidés, chuchota le Guide. Te confier à moi fut leur dernière volonté.

34

Mathilde dormait depuis vingt-quatre heures. Au point que Doris se demanda si elle n'était tout simplement pas venue mourir chez elle. La gamine, comme elle se plaisait à l'appeler, était faible. Elle n'avait pas dit un mot de ce qu'elle avait subi, mais pour les avoir éprouvées dans sa jeunesse, Doris connaissait les méthodes du Parti. Plusieurs fois, elle plaça son index sous les narines de Mathilde pour vérifier qu'elle respirait. Son sommeil était si lourd que son visage n'avait quasiment pas changé d'expression.

En l'observant, Doris réfléchissait. Elle ignorait tout du passé de Mathilde, de ses origines et de son avenir. Tôt ou tard, il faudrait y penser. Elle ne pourrait demeurer chez elle éternellement. Elle devait réintégrer la Résistance.

Quand Mathilde se réveilla enfin, le couvre-feu était proche. Elle était dans un état second. Elles dînèrent rapidement. Doris économisait ses mots. Mathilde lui rendit son lit, ce qu'elle accepta. Le plafonnier s'éteignit et l'obscurité envahit la pièce. Le temps s'allongea de la même façon que lorsque Mathilde était en prison. Enfoncée dans le fauteuil, elle ne trouvait plus le sommeil. Chaque fois qu'un voisin faisait du bruit derrière la cloison, qu'un son montait de la rue, elle tressaillait. Le manque de lumière lui rappelait le cachot. Des images lui revinrent devant les yeux, agressives et saccadées. Son souffle se fit court et sa peau se couvrit de sueur. La voix de Doris se répercuta dans le noir.

— Ne t'inquiète pas. Ça finira par passer.

Mathilde en avait le tournis.

— Vous croyez ? balbutia-t-elle.

— Tu peux me faire confiance. On se remet de tout.

Mathilde se raccrocha à ces mots.

— Doris ?

— Hum ?

— Vous connaissez le Fort ?

La vieille femme mit une seconde à répondre.

— Non, admit-elle. J'y ai échappé de peu. C'est là qu'ils t'ont envoyée ?

— Oui.

— C'est impossible... Personne n'en revient jamais.

— Quelqu'un m'a aidée. Sans lui, je n'aurais jamais pu m'évader.

— Qui ?

— Je ne peux pas le dire.

Désormais incapable de dormir, Doris s'assit sur son lit.

— Une évasion du Fort..., reprit-elle, interloquée. Cela ne s'est jamais vu. Comment as-tu fait ?

Mathilde lui raconta son aventure. Doris écouta religieusement.

— Comment est-ce ? demanda-t-elle au bout d'un moment.

— Atroce.

Elle hésita à poursuivre. Elle ne pouvait garder pour elle ce qu'elle avait vu sur l'île. Des paysages inouïs, tout droit sortis d'un songe. Si éloignés de la ville et du petit appartement crasseux de Doris.

— Et magnifique à la fois, compléta-t-elle.

— Magnifique ? répéta Doris.

Mathilde pensa aux livres et à leurs illustrations anciennes.

— Doris, avez-vous une bougie ?

La vieille femme se hissa hors du lit. Peu après, une flamme jaillit des ténèbres.

— Je vais vous montrer ce que j'ai vu.

Son interlocutrice se baissa pour prendre ses lunettes et vint s'asseoir dans le fauteuil. Mathilde s'agenouilla devant la table basse où s'entassaient les ouvrages. Elle commença à les feuilleter, un par un.

*

Depuis qu'il s'était enfui de la bibliothèque du Guide, Noah restait cloîtré chez lui. Pour la première fois de sa carrière, il désertait ses fonctions. Par deux fois, Léana, rapatriée en urgence du Fort, avait essayé de pénétrer dans ses appartements. Il lui en avait refusé l'accès. Elle n'avait pas insisté. Cela valait mieux. S'il s'était trouvé en face d'elle, qui sait ce qu'il aurait pu faire. Il crevait de rancœur. On lui avait menti sur tant de points. Une partie de sa douleur venait du fait qu'on lui avait caché ses véritables origines. Ses parents n'avaient jamais appartenu à la Résistance, comme il l'avait cru, ce qui d'une certaine manière avait déclenché sa haine à l'égard du mouvement. En réalité, son père et sa mère avaient fait allégeance au Parti, et l'avaient abandonné au lieu de l'élever, eux qui en avaient pourtant les moyens.

L'idée le traversa que la mélancolie qu'il avait toujours ressentie constituait son seul héritage. Ses géniteurs s'étaient suicidés, et il en voulait au monde entier. À eux, qu'il ne connaîtrait jamais, à Lamech qui l'avait maintenu dans l'ignorance pour servir ses intérêts, à Léana qui était forcément au courant. Jamais il ne s'unirait à elle. Jamais il ne prendrait la direction de l'île. En d'autres circonstances, il se serait peut-être enthousiasmé pour le projet, mais fonder une colonie composée d'élites, en laissant le continent dépérir... L'idée le révulsait. Sa colère était telle qu'il songea un instant à prévenir la population afin de mettre à sac les ambitions de Lamech. Mais il se ravisa. Qui le croirait ?

À supposer qu'on l'entende, ce qu'il restait de civilisation basculerait dans l'anarchie. Les gens s'entre-tueraient pour gagner l'eldorado. Les morts se compteraient par milliers. Rien de tout cela ne serait productif. À moins que l'on parvienne à reproduire le modèle de l'île ailleurs, à grande échelle. L'ironie de la situation le fit sourire. Ce genre de pensée s'inscrivait non pas dans le courant du Parti, mais dans celui de la Résistance.

Il crut devenir fou. Rejoindre la Résistance... Quelle absurdité !

En attendant, il devait quitter l'Oméga et prendre le recul nécessaire. Il irait trouver Mathilde. Elle qui, alors qu'elle aurait dû, ne lui avait jamais menti. Elle était issue d'une communauté dont il ignorait tout, mais qui survivait mieux que la sienne. Sans île ni secret. Il irait chercher conseil auprès d'elle.

Il pria pour qu'elle n'ait pas quitté l'endroit où il l'avait déposée, et il prépara ses affaires.

35

Doris et Mathilde passèrent la soirée à feuilleter les livres en s'attardant sur le plus volumineux d'entre eux : une encyclopédie que Doris utilisait du temps où elle enseignait. À plusieurs reprises, la vieille femme se trouva démunie face aux interrogations de Mathilde. Illustrations à l'appui, cette dernière la questionna sur des espèces végétales qu'elle prétendait avoir vues dans l'île, mais qui, pour Doris, avaient disparu. Déjà, dans sa prime jeunesse, le monde était à l'agonie. Ce que Mathilde rapportait la perturbait beaucoup. Jamais elle n'aurait cru que le cours des choses pût être réversible. On était allé trop loin. Mathilde, au contraire, considérait l'île comme un espoir de rédemption. Le défaitisme lui semblait la pire des options.

— Tu me fais penser à mes anciens élèves, fit Doris avec une tendresse inédite, tandis que Mathilde essayait de décrire ce qu'elle avait vu. Certains possédaient un fort esprit de rébellion.

Jusqu'à présent, Doris n'avait jamais évoqué son passé.

— Pourquoi avez-vous arrêté de travailler ? demanda Mathilde.

— Cela t'intéresse ?

Elle acquiesça. Doris baissa les paupières. La flamme de la bougie projetait sur les murs leurs ombres déformées.

— Quand il a accédé au pouvoir à la suite de son prédécesseur, dit-elle, le Guide a organisé des purges. Les intellectuels furent les premiers visés. Professeurs, médecins, artistes. Tous ceux qui refusaient de prôner son discours ont été remerciés. L'université a fermé juste après. À sa place, on a ouvert des écoles militaires. De nos jours, on apprend aux gens à se battre plutôt qu'à réfléchir.

Mathilde songea à l'éducation qu'elle-même avait reçue et qui suivait sensiblement le même modèle. Soudain, un cri venu de la rue la fit sursauter et elle s'empara de la main de Doris.

— Ne t'inquiète pas, dit cette dernière. Ce sont des mercenaires qui s'affrontent.

Mathilde tremblait. Doris avait beau trouver la situation naturelle, elle ne comprenait pas que l'on puisse s'accommoder d'une telle insécurité.

— Doris ?
— Oui ?
— Expliquez-moi, s'il vous plaît.
— Quoi, donc ?
— Comment nous en sommes arrivés là. Qui est le Guide ? Comment a-t-il pris le pouvoir ? Pourquoi les femmes ne peuvent-elles plus avoir d'enfants ? Que s'est-il passé ?

Doris fut touchée.

— Seulement si tu promets que rien ne sortira d'ici, dit-elle. On m'a trop reproché de vouloir éduquer la jeunesse.

Mathilde jura solennellement. Doris regarda devant elle, comme si elle contemplait un paysage lointain.

— Tout a commencé par la Grande Dépression, dit-elle gravement. Le climat s'est dégradé en premier. Les saisons sont devenues incontrôlables. Il faisait trop chaud l'été, trop froid l'hiver. On manquait d'eau ou on en avait trop. Les inondations, les cyclones, les incendies, et les tempêtes se sont faits récurrents. Beaucoup d'animaux ont disparu. Nous avons saccagé les forêts, pollué les océans, tari nos ressources...

Mathilde se rappela les images aperçues pour la première fois dans les livres de sa mère, puis dans ceux de Doris, et enfin de manière réelle sur l'île. Avant qu'elle n'y soit déportée, la forêt n'était qu'un concept flou. Si l'on suivait le discours de l'enseignante, jadis, il s'en était trouvé partout.

— Pendant ce temps, poursuivit Doris, la population a continué de croître. Sans prendre en compte les avertissements que la nature envoyait. Jusqu'à atteindre le point de non-retour. En quelques années, la balance s'est inversée. Le système économique a fait faillite, les gens n'avaient plus les moyens de se nourrir, de se soigner. Des villes entières se sont écroulées. L'eau potable est devenue plus recherchée que n'importe quel métal précieux. Il n'y en avait simplement plus assez pour tout le monde. D'anciennes maladies sont réapparues, de nouvelles sont arrivées. L'humanité a basculé dans le chaos. Les populations les plus touchées ont migré vers celles qui profitaient du peu qu'il restait. Le Sud a tenté de rejoindre le Nord. Mais les frontières étaient closes. Alors, les guerres climatiques ont éclaté.

Plus Doris parlait, plus Mathilde se recroquevillait sur elle-même.

— Dans ce contexte particulièrement instable, une voix s'est imposée. Celle des collapsologues. Ces scientifiques avaient été les premiers à prévenir de l'imminence du danger. Mais à l'époque, personne ne les avait entendus. Aussi, quand il s'est produit exactement ce qu'ils avaient prédit, c'est-à-dire l'effondrement de notre civilisation, ils ont été portés aux nues. Les gens étaient si désemparés qu'ils se sont mis à les considérer comme des visionnaires, des prophètes. Prêts à suivre tout ce qu'ils indiqueraient. De là a découlé le reste.

Elle fit une pause et regarda Mathilde.

— Comme solution, les collapsologues prônaient un retour en arrière. Non seulement au niveau de la consommation, mais aussi à celui de la population. Si l'on voulait avoir une chance de survivre, il fallait arrêter de faire des enfants. Certains avaient déjà commencé, par refus de léguer aux générations futures un monde en perdition, mais leur action était marginale. Après la Grande Dépression, c'est devenu un phénomène de masse. L'humanité a volontairement cessé de se reproduire. Sans compter ceux qui sont morts de famine, de maladie ou dans les conflits. On a appelé cette période la Décroissance.

Elle soupira.

— L'histoire aurait pu s'arrêter là, mais les collapsologues ont pris goût au pouvoir. Au nom du bien collectif, ils se sont mis à persécuter tous ceux qui n'étaient pas d'accord avec eux. Une guerre civile a éclaté entre ceux qui désiraient en finir avec l'humanité et les partisans d'une survie à tout prix.

Mathilde se fit attentive. Cette guerre, on lui en avait parlé. Les pères fondateurs de sa Communauté avaient abandonné leur terre d'origine lors du Grand Exil. Désormais, elle comprenait ce qu'ils avaient fui. Doris lui jeta un regard interrogateur, mais elle la pria de continuer.

— C'est dans ce contexte que le Parti a été fondé par le mentor du Guide, un homme nommé Lehman, et que, à sa mort, il y a une trentaine d'années, le Guide a fait son entrée en politique. Il est issu d'une formation scientifique et s'est toujours prévalu de la collapsologie. Mais il a ajouté une nouvelle dimension à cette philosophie. C'est un homme très érudit, passionné d'histoire et de sociologie. On raconte qu'il possède une bibliothèque garnie de livres du sol au plafond.

— Jusqu'au plafond ?

— C'est ce que l'on dit. Quoi qu'il en soit, pour le Guide, les hommes sont mauvais. Il leur reproche d'avoir adoré pendant des siècles des dieux qu'ils ont eux-mêmes conçus pour se déresponsabiliser, sans se rendre compte qu'ils étaient en train de tuer leur véritable créateur. Ou, devrais-je dire, créatrice. Selon lui, l'humanité a détruit la terre nourricière, et mérite à ce titre de s'éteindre. Le Guide a vu l'apparition du virus comme un argument supplémentaire. Un signe que la nature se vengeait. Quand nous aurons disparu, la Terre mettra des milliers d'années à guérir de notre passage, mais elle y parviendra, comme elle l'a toujours fait.

Elle détourna le regard.

— Voilà pourquoi l'existence de cette île me bouleverse. Je n'aurais jamais imaginé que le Guide tenterait de restaurer la planète de son vivant. Il a dû y consacrer des moyens insensés.

— Sûrement, acquiesça Mathilde. Mais pourquoi, dans ce cas, en faire un mystère ? Cela devrait être une bonne nouvelle. Un exemple à suivre.

Doris secoua la tête.

— Suppose que la population l'apprenne. Ils seraient nombreux à vouloir s'en emparer. Et alors, tous les efforts seraient perdus. Si cet endroit existe tel que tu me l'as présenté, il doit demeurer inviolé.

Mathilde se tut. Doris n'avait pas tort. Pourtant, elle ne pouvait se résigner. L'île constituait la démonstration qu'il était possible de réparer une partie du mal qui avait été fait. À condition d'y travailler de manière réfléchie. Elle se demanda comment elle pourrait faire évoluer les consciences. En premier lieu, celle de sa Communauté, qui s'évertuait chaque jour à dompter un environnement hostile.

Elle remarqua que Doris était épuisée. Ses yeux fixaient la bougie d'un air absent.

— Nous ferions mieux d'éteindre, dit-elle. Je n'aurais pas dû vous tenir éveillée si longtemps.

Doris opina et Mathilde l'aida à gagner son lit. Ensuite, elle souffla la flamme et prit place dans le fauteuil encore chaud. Elle le trouva plus confortable.

36

Le soleil était déjà haut lorsque Doris et Mathilde furent réveillées par quelqu'un qui tambourinait à la porte. Elles échangèrent un regard inquiet. Les coups redoublèrent.

— Mathilde ! Tu es là ?
— Noah ! s'exclama-t-elle en sautant du fauteuil.
— Non, attends !

Mais c'était trop tard. Le temps que Doris parvienne à se lever, Mathilde avait actionné les verrous et ouvert la porte. Noah s'engouffra dans l'appartement.

Ils se firent face un instant et se sourirent d'un air gêné. Noah avait les traits tirés. Il semblait très agité et portait au cou le même pansement qu'elle. Elle l'introduisit auprès de Doris qui leur opposa aussitôt un visage fermé. Elle recula lorsque Noah lui tendit la main.

— Je sais qui vous êtes, lâcha-t-elle d'un ton austère.

Mathilde se pencha vers elle.

— Ne vous inquiétez pas. C'est grâce à lui que j'ai pu m'évader. Sans son intervention, je serais encore au Fort.

— Tu crois vraiment cela ? répliqua Doris avec véhémence.

Elle pointa un index accusateur sur Noah.

— Je connais votre père et ses méthodes. Ses beaux discours n'ont aucun effet sur moi.

— Sur moi non plus, rétorqua Noah.

Doris fut déstabilisée. L'ignorant, Noah s'adressa à Mathilde.

— J'ai fui l'Oméga. Je suis allé à l'hôpital pour y faire retirer ma puce. Je veux t'aider à retourner chez toi, et te suivre. Nous devons témoigner de ce qu'il se passe ici. Je dois chercher du secours.

Ses mots résonnèrent en Mathilde avec une force singulière. Noah exprimait un besoin similaire à celui qui l'avait poussée à quitter sa Communauté et à franchir la frontière, quelques mois plus tôt. Doris, en revanche, ne se laissa pas amadouer. Elle observait Noah d'un air plus soupçonneux que jamais.

— Vous avez fait défection ? fit-elle à son intention.

— Si l'on veut, répliqua Noah. Je suis parti sans prévenir. J'ai appris des choses terribles.

Il regarda Mathilde.

— Tu te souviens de ce que je t'ai dit quand nous sommes allés voir Tommy ? Que nous partagions la même histoire, à quel point je me sentais proche de lui… ?

Elle acquiesça.

— Ce n'était qu'un tissu de mensonges ! On m'a laissé croire que mes vrais parents étaient des résistants. C'est faux. Ils ne m'ont jamais abandonné. Ils se sont suicidés. Mon père était le bras droit du

Guide. Ce dernier ne m'a recueilli que pour m'endoctriner.

Jusqu'à cet instant, Noah s'était montré insensible aux épreuves, mais son masque était en train de fondre. Elle lui prit la main. Doris les observait d'un mauvais œil.

— Le Guide a un plan, poursuivit Noah. L'île n'abrite pas seulement une prison. Il se sert de ce prétexte pour exploiter les bagnards. Quand les travaux seront finis, les meilleurs officiers et généraux du Parti fuiront le continent pour s'y installer. En abandonnant la population.

Doris et Mathilde froncèrent les sourcils. Ce qu'elles avaient pris pour la concrétisation d'une idéologie dissimulait en vérité une intention opportuniste, discriminatoire et criminelle. Doris perdait le peu d'illusions qui lui restait.

— Ce n'est pas tout, renchérit Noah d'un ton dramatique. J'ai découvert que le Parti avait mis au point un vaccin capable de guérir la stérilité des femmes.

Cette fois, Doris fut consternée. Quelques secondes passèrent pendant lesquelles elle demeura bouche bée, avant de retrouver ses esprits, et son scepticisme patenté.

— Impossible, jugea-t-elle. Vous mentez.

Mais Noah semblait sûr de lui.

— Moi non plus, je n'y croyais pas, rétorqua-t-il. C'est pourquoi…

Il retourna près de la porte et rapporta une boîte que Mathilde reconnut instantanément. Il la posa sur la table et l'ouvrit. Elle renfermait une vingtaine d'échantillons.

— Je n'ai pas pu en dérober plus, dit Noah. Il faut les mettre en sécurité. Toute l'armée va se lancer à mes trousses.

Dépassée par les événements, Doris regardait tour à tour Noah, Mathilde et les vaccins.

— Ce n'était pas ce qui était prévu, bredouilla-t-elle. Ce n'est pas ainsi que les choses devaient se passer…

37

Doris était sous le choc. Mathilde était partagée. L'intervention de Noah la déstabilisait. Il assurait avoir déserté, ce qu'elle croyait, mais de là à vouloir la suivre, c'était plus étonnant. Comme il l'avait dit lui-même, il serait poursuivi, donc elle aussi. Cependant, en tant qu'ex-chef du renseignement, numéro 3 du Parti, il connaissait le territoire, ses codes et ses habitants mieux que personne. Elle ne pouvait rêver meilleur allié pour s'évader. Elle n'arrivait pas à se décider. Doris fixait la boîte, désormais refermée, songeant que les vaccins pouvaient aussi bien être des leurres. Mais quel intérêt aurait le fils du Guide à inventer un scénario pareil ? À fabriquer de fausses preuves pour l'induire en erreur, elle qui n'avait aucune influence ?

Pris entre deux feux, Noah plaida sa cause auprès de Mathilde.

— Nous pourrions rejoindre ta Communauté, dit-il d'un ton persuasif. Nous pourrions mener une offensive contre le Parti, nous emparer de l'île… Imagine ce que cela représenterait pour la prochaine génération…

Mathilde peinait à entrevoir le tableau qu'il ébauchait. Du moins, sans se confronter à d'énormes difficultés. Pouvait-elle lui avouer qu'elle ne serait peut-être pas la bienvenue parmi les siens ? Qu'en partant, elle avait laissé derrière elle un désordre considérable ? Qu'elle était à l'origine d'une révolution naissante ? Qu'elle ignorait tout de la manière dont les événements s'étaient déroulés en son absence ?

Elle réalisa que Doris et lui attendaient une réponse concrète alors qu'ils ne détenaient pas toute la vérité. Seule, elle n'arriverait à rien. L'heure était venue de faire confiance à ces deux personnes qu'elle connaissait peu, mais à qui elle devait son salut.

— Il est temps que je vous parle de l'endroit où je suis née et des raisons pour lesquelles je l'ai quitté, dit-elle d'un air grave.

Une fois qu'elle eut tout dit, Doris mit un certain temps à retrouver ses esprits.

— Ainsi, tu n'es pas une résistante, dit-elle, abasourdie. Je comprends mieux d'où te vient cet air naïf.

Elle marqua une pause et réfléchit.

— Longtemps, je me suis demandé ce que ces gens étaient devenus après leur fuite dans le désert...

Noah lui adressa un regard surpris.

— Vous étiez au courant ?

Doris le considéra d'un œil méprisant.

— Jeune homme, la mémoire est mon métier. Même si j'ai manqué de discernement. Lorsque le Parti a commencé à refaire l'Histoire, et prétendu qu'il n'y avait plus rien au-delà des frontières, je n'ai pas remis ce discours en question. Il m'a semblé plausible que la population qui avait fui n'ait pas survécu. Il faut dire que dans de telles conditions…

Elle marmonna :

— Toujours vérifier les faits. Toujours.

Mathilde intervint :

— Vous devez me mettre en contact avec Jack. C'est le seul qui puisse m'aider à rentrer chez moi.

Doris fronça les sourcils. Le code de la Résistance préservait l'anonymat de ses membres. Mais quel choix avait-elle ? Mathilde ne pouvait rester éternellement dans son appartement, encore moins le fils du Guide. Leur présence finirait par lui attirer des ennuis. Un jour ou l'autre, quelqu'un les apercevrait et irait les dénoncer. Elle serait arrêtée, torturée. Elle avait accepté d'aider Jack en échange de la seule drogue qui soulageait ses douleurs. Le piège se refermait sur elle. Mathilde et Noah devaient quitter les lieux. Au plus vite.

— Je veux bien te guider jusqu'à lui, dit-elle à l'intention de Mathilde. Mais cet individu ne doit pas t'accompagner. Si Jack l'aperçoit…

— Qui est Jack ? demanda Noah.

Les deux femmes échangèrent un regard inquiet. Les résistants et lui étaient ennemis jurés. S'ils se trouvaient en présence les uns des autres, qui pouvait prédire ce qu'il se passerait ? À contrecœur, Mathilde réfléchit à la possibilité de se séparer de Noah. Mais il avait trahi, volé des vaccins. Lui aussi courait un grand danger.

— Noah se cachera, dit-elle en fixant Doris.

— S'il le voit, il le tuera.

Noah intervint :

— J'ignore de qui vous parlez, dit-il, mais je peux vous assurer que cela ne se produira pas.

Mathilde hésitait toujours. Noah lui prit la main.

— Fais-moi confiance. Je n'ai pas menti. Je sais ce que je dis.

Elle releva la tête.

— Noah vient avec moi, déclara-t-elle. Tout ce que je souhaite, c'est m'entretenir avec Jack afin qu'il m'indique le moyen de rentrer chez moi.

Doris la regardait d'un air réprobateur.

— J'espère que tu sais ce que tu fais…

— Comment le trouver ?

— Es-tu capable de reprendre le chemin par lequel tu es arrivée jusqu'ici ?

Mathilde songea à sa dramatique expérience dans le métro.

— Oui, dit-elle en frémissant.

— Alors, je vais t'expliquer comment, depuis ce point, tu peux le rejoindre.

38

Avant le départ, Noah restitua à Mathilde son ondophone, que les services techniques de l'Oméga avaient réparé. Son moral s'en trouva renforcé. Même si elle ne pourrait communiquer avec les siens qu'après avoir franchi la frontière, une partie de sa vie lui était rendue. Doris leur confia également un grand sac à dos, dans lequel ils enfouirent la boîte qui contenait les vaccins, des armes, deux bougies, des conserves et un bidon d'eau. Sur le moment, Mathilde refusa les vivres que l'enseignante leur offrait, elle qui en manquait déjà, mais Doris se montra plus têtue qu'elle. Elle insista tant qu'ils cédèrent, avec gratitude. Avant qu'elle ne referme la porte, Mathilde l'enlaça. Si leur relation avait débuté sous de mauvais auspices, elle avait maintenant de la peine à la quitter. Doris lui facilita la tâche en la repoussant d'un air bourru, et lui souhaita bonne chance.

Mathilde n'eut aucune difficulté à retrouver l'issue par laquelle elle était sortie du métro en compagnie de Jack. Mais au moment d'y pénétrer à nouveau, elle eut des sueurs froides. Quand elle confia à Noah sa peur d'affronter les mercenaires, il se montra rassurant. Il était rare, selon lui, que ces derniers demeurent plus de deux soirs au même endroit. Le réseau était vaste. Le métro comportait plus de six cents stations. La probabilité de croiser ses agresseurs était mince. Grâce à lui, elle trouva le courage de poursuivre.

Ils débouchèrent dans le tunnel et remontèrent une soixantaine de stations. Chaque fois, Mathilde s'attendait à tomber sur les mercenaires. Il n'en fut rien. Lorsqu'ils sortirent par l'ancien centre commercial, elle laissa échapper un grand soupir de soulagement.

Noah ne parut pas surpris de l'endroit par lequel ils arrivaient. Il lui apprit qu'il avait déjà visité les lieux, à plusieurs reprises.

— Tu connais toute la ville ? demanda Mathilde, impressionnée.

— Uniquement les points stratégiques, répondit-il en scrutant les galeries. Où va-t-on, maintenant ?

— Par ici.

Ils marchèrent une heure de plus parmi les tours dépeuplées. Mathilde se répétait les consignes de Doris. Une seule inattention de sa part, et ils se perdraient dans le dédale. Enfin, elle remarqua, à un carrefour, un immeuble écroulé et, juste à côté, un édifice cerclé d'une corniche qui présentait une croix sculptée en son milieu. Mathilde reconnut le signe qui marquait l'emplacement du repaire de Jack. Elle demanda à Noah d'aller se cacher. Il se retira dans les étages d'une tour voisine. Quand Mathilde aurait terminé, elle n'aurait qu'à le retrouver là-bas. Elle pénétra dans le bâtiment.

Au début, elle craignit de s'être trompée, car le rez-de-chaussée ainsi que le premier niveau du parking étaient déserts. À l'amorce du deuxième palier, elle dut allumer une bougie. Le troisième sous-sol était tout aussi inhabité. Elle envisageait de faire demi-tour lorsqu'elle perçut du bruit provenant des étages inférieurs. Elle avança sur la pointe des pieds. Au moment où elle s'engageait sur la rampe, un hurlement la tétanisa. Suivi par d'autres. Des loups ! Elle courut en sens inverse, mais les animaux la rattrapèrent en quelques secondes. La flamme de sa bougie s'éteignit. Elle se retrouva dans le noir complet, encerclée de grognements. Les loups étaient très agités. Ils tournaient rapidement autour d'elle, la flairaient.. Elle poussa un cri qui résonna dans tout le parking. Un second hurlement suivit, auquel la meute répondit. Il sembla à Mathilde qu'une lutte s'engageait entre les différents individus. Terrorisée, elle crut sa dernière heure arrivée. Tout à coup, au milieu du bruit, elle entendit des pas. Son cœur s'emballa. Une lumière inonda le parking et des hommes accoururent dans sa direction en rappelant les loups. Mathilde remarqua à cet instant qu'une louve restait campée à ses côtés et tenait les autres en respect.

— Kyla ! s'écria-t-elle en se jetant à son cou.

Un grondement rauque monta de la poitrine de l'animal. Sous les ordres de leurs maîtres, ses congénères reculèrent. L'un des hommes passa une longe à leur encolure et les garda fermement contre lui. Kyla demeura près de Mathilde. Ses babines étaient retroussées et elle grognait toujours. Cinq hommes armés les tenaient en joue.

— Qui êtes-vous ? lança l'un d'eux.
— Je cherche Jack, répondit Mathilde, exsangue.
— Je ne connais aucun Jack.
Elle trouva le courage d'insister.
— Je viens en amie. Jack m'a sauvé la vie. Il faut à tout prix que je le voie.
Les hommes échangèrent un regard dubitatif.
— Vous êtes seule ?
— Oui.
Son interlocuteur fit un signe de tête à son acolyte qui gardait les loups. Il remonta à la surface en compagnie de trois autres hommes. Mathilde pensa à Noah.
— Comment nous avez-vous trouvés ? poursuivit celui qui l'interrogeait.
— Grâce à Doris. Une ancienne enseignante qui habite en ville. Elle est en contact avec Jack.
L'homme plissa les yeux.
— Suivez-moi, dit-il, sans pour autant baisser son arme.
Ils descendirent jusqu'au niveau inférieur, éclairé par des guirlandes faites de bric et de broc, tendues au plafond. De nombreuses personnes investissaient les boxes. Mathilde remarqua que l'un d'eux était grillagé et transformé en chenil. À son passage, les discussions cessèrent. De toute part, on l'observait d'un air méfiant. Si les choses tournaient mal, ce parking serait son tombeau. Kyla ne pourrait rien pour elle. Pas plus que Noah. Lorsqu'elle fut parvenue au milieu, on lui demanda de patienter. La tension était insupportable. Dix minutes plus tard, son accompagnateur réapparut, accompagné d'un autre homme.

— Jack ! s'exclama Mathilde en laissant éclater son soulagement.

Il avait l'air plus sévère que jamais.

— Que fais-tu ici ? s'écria-t-il. Je t'avais défendu de me suivre ! Je t'avais pourtant expliqué !

— Je ne vous ai pas suivi. Doris m'a donné les indications. Je devais absolument vous parler. C'est très important.

— Pour qui ? lança Jack, furieux.

Il la fusillait du regard.

— Je t'accorde cinq minutes. Ensuite, je te conseille de déguerpir.

Ses compagnons s'écartèrent et il entraîna Mathilde plus profondément sous terre. Ils traversèrent plusieurs niveaux, tous habités. Le parking abritait une véritable fourmilière. Jack s'arrêta peu après devant un box plus grand que les autres et tira le rideau métallique. Il se tourna vers elle, le visage agressif.

— Je t'avais dit de ne pas venir, répéta-t-il. Tu nous mets en danger !

— J'ai été prudente. Personne ne m'a suivie.

— Qu'en sais-tu ? Tu ne connais rien de ce pays !

— J'ai fait très attention, assura Mathilde. Moi aussi, je suis en danger.

— Que veux-tu ?

— De l'aide.

Jack secoua la tête.

— J'ai respecté notre contrat, je suis même allé au-delà. Je n'oublie pas ce que tu as fait pour moi dans la décharge, mais nous sommes quittes.

Mathilde baissa les yeux.

— C'est vrai. Mais j'ai des informations cruciales à vous communiquer.

Jack eut un sourire ironique.

— Dis toujours…

— Je sais que vous appartenez à la Résistance, débuta-t-elle, d'un air pénétrant. Je sais aussi que vous produisez de la drogue pour la revendre aux civils. Et d'où provient l'implant que vous avez donné à Doris afin que je passe les contrôles. Il a été prélevé sur une militaire, que vous avez assassinée.

Face à ces accusations, Jack ne cilla pas. Elle continua :

— Je ne vous juge pas. Mais je veux être certaine de trouver en vous un véritable allié. Vos actions ne sont pas à la hauteur des idées que vous prétendez défendre.

Jack ne cacha pas sa stupéfaction. Mathilde ne manquait pas de culot, de venir le provoquer ainsi, jusque chez lui. Elle renchérit :

— Tout ce que j'entends à propos de la Résistance concerne des affaires de basse criminalité. Pour quoi luttez-vous ?

— Pour notre survie, répondit-il en la fixant. As-tu prêté attention au monde qui nous entoure ? Nous refusons de mourir sans agir. Nous préférons croire à la vie, au progrès, au changement.

— Même persécutés ?

— Pourquoi penses-tu que j'ai tenté de fuir ?! Pourquoi ai-je franchi la frontière ? Je cherchais une issue ! J'espérais trouver une terre d'accueil !

— Pourquoi avoir fui de ce côté ? Pourquoi pas n'importe où ailleurs ?

Jack soupira.

— Cette frontière est la plus proche. Jamais nous ne pourrions traverser le territoire sans être arrêtés. D'autres, avant moi, ont tenté leur chance. Ils ne sont jamais revenus. La rumeur prétend qu'ils coulent des jours heureux dans ta Communauté. Mais je sais qu'ils sont morts.

Mathilde ne répliqua pas. Jack et elle partageaient des motivations semblables. Un goût pour les causes désespérées et une soif de liberté à toute épreuve. Il leur fallait trouver un terrain d'entente.

— Aidez-moi à rentrer chez moi, dit-elle d'un ton décidé.

— Pourquoi prendrais-je un tel risque ?

— Vous ignorez certaines choses. Il y a un autre lieu dont les résistants ne reviennent pas. Le Fort.

Jack se fit soudain très attentif. Mathilde lui raconta ce qu'elle avait vécu depuis la dernière fois qu'ils s'étaient vus. Elle omit simplement de mentionner les vaccins qu'elle souhaitait rapporter chez elle, afin que les chercheurs en reproduisent la formule.

— C'est impossible, fit Jack, le teint blême.

— Pourquoi mentirais-je ?

Il semblait désemparé.

— Que suggères-tu ?

— Si vous m'aidez à rentrer chez moi, je pourrai informer ma Communauté de votre condition. Ensemble, nous pourrions faire la guerre au Parti. Renverser le Guide, prendre exemple sur le modèle de l'île...

— Et tout reconstruire ? dit Jack, peu convaincu.

— Vous n'y croyez pas ?

— J'ai déjà du mal à croire à l'existence de cet endroit, tel que tu le décris.

— Vous avez tort.

Il haussa les épaules, l'air de penser que c'était ainsi et qu'elle n'y changerait rien. Son inertie révoltait Mathilde. Elle se leva.

— Vous n'avez pas la carrure pour affronter le Guide, dit-elle avec dédain.

Touché au vif, Jack se leva à son tour.

— Fais attention à ce que tu dis. Tu ne connais rien de notre histoire et de nos combats. Toute révolution a un prix. Les déportés que tu as rencontrés le savent mieux que toi.

Mathilde repensa à Sylvia avec un pincement au cœur.

— J'admire ta bravoure, poursuivit Jack, mais tu sous-estimes le vrai danger. Tu parles de ta Communauté comme si elle allait nous soutenir. Rien ne permet de l'affirmer. Les soldats attaquent quiconque essaie de pénétrer sur ton territoire. Ils ont tenté de me faire passer pour un terroriste.

Mathilde baissa les yeux.

— Je vous crois, dit-elle. Mais je pense aussi que quelque chose nous échappe. Quel intérêt ma Communauté aurait-elle à perpétrer ces crimes ?

— Quand l'ennemi n'existe plus, il faut l'inventer.

Des exclamations interrompirent leur conversation. Jack ouvrit le rideau. Un groupe d'hommes, suivis par quatre loups, marchaient dans leur direction. Ils traînaient derrière eux un individu au visage tuméfié et aux vêtements couverts de sang. Mathilde ne put réfréner un cri.

— Nous l'avons trouvé dans la tour est ! dirent-ils en jetant Noah aux pieds de Jack. Il était bien caché, mais les loups l'ont débusqué ! Il s'est battu comme un diable…

Jack se tourna vers Mathilde, les yeux noirs de colère.

— Traître…, grinça-t-il, en lui assénant une gifle puissante.

39

Mathilde était terrorisée. Elle était enfermée dans un box, gardé par deux résistants qui épiaient ses moindres gestes. Toutes ses pensées allaient vers Noah. On les avait séparés et elle ignorait où il se trouvait. Elle n'osait envisager qu'il fût mort, bien que les sbires de Jack n'aient pas hésité à le défigurer. Au moment où elle avait crié, il avait relevé le front, et leurs regards s'étaient croisés. Ses yeux disaient tout. Son renoncement, son désarroi, son attachement à elle… Elle n'y avait décelé aucune rancune, plutôt de l'apaisement. Le moment n'avait duré qu'une seconde, car les complices de Jack l'avaient aussitôt obligé à baisser la tête, mais elle ne cessait d'y songer. Bien que la situation fût désespérée, elle réfléchissait au moyen de le sauver. La solution ne pourrait venir que de Jack, qu'elle n'avait pas revu. Il fallait à tout prix dissiper ce qui n'était qu'un dramatique malentendu. À deux reprises, elle s'était adressée à ses gardes, mais ils avaient menacé de la frapper si elle ne se taisait pas. Le seul échange qu'elle avait avec eux était quand ils lui apportaient à boire et à manger. Sans jamais lui parler.

Contre toute attente, elle rencontra Jack deux jours après. Il se présenta seul devant sa cellule. Mathilde s'interrogea sur la conduite à adopter, et opta pour la sincérité. Encore fallait-il que Jack la croie. Il était beaucoup plus méfiant qu'auparavant. Elle eut l'impression de retrouver l'homme avec lequel elle s'était battue dans la décharge.

— Je suis désolée, dit-elle quand il entra. Il s'agit d'un quiproquo. Jamais je…

— Tais-toi. À cause de toi, la Résistance est sur le pied de guerre. Certains pensent que tu es une espionne à la solde du Parti. Ils réclament ta tête, mais j'ai réussi à convaincre notre chef de t'échanger contre une rançon.

Elle était horrifiée.

— C'est mérité, dit Jack sans s'émouvoir. Par ta faute, nous allons être obligés de trouver un autre repaire. Nous avons mis des mois à nous organiser. Désormais, on ne peut plus rester. Je veux comprendre. En vertu de ce que nous avons vécu. Pourquoi m'avoir trahi ?

Mathilde leva vers lui un regard abattu.

— Vous connaissez déjà tout, répliqua-t-elle d'une petite voix. Si je n'ai rien dit pour le fils du Guide, c'est parce que je savais que ça le mettrait en danger. Vous n'avez plus rien à craindre de lui. Il a déserté l'Oméga. Il veut m'aider à revenir chez moi, à trouver la vérité, à changer le cours des choses.

Jack souffla d'un air méprisant.

— Te rends-tu compte que ce chien nous traque depuis des années ? Qu'à cause de lui des résistants moisissent dans les geôles du Parti ?

— Je sais. J'y étais. Et c'est précisément Noah qui m'en a sortie. Sans lui, je serais encore au Fort.

Jack s'interrompit, interdit.

— Pourquoi aurait-il fait ça ?

— Il a changé. Il n'était pas au courant des agissements de son père. Il pensait servir une cause juste. Cela ne vous est jamais arrivé de vous tromper ?

— Si. Mais, dans son cas, il est trop tard pour se racheter.

Il laissa passer quelques secondes.

— Tu es naïve. Tout cela fait partie d'un plan. Noah t'a fait croire qu'il se rebellait afin que tu le mènes jusqu'à nous. S'il ressort d'ici, il ira prévenir l'armée et c'en sera fini de la Résistance.

Mathilde lui jeta un regard inquiet. Cette hypothèse ne l'avait même pas effleurée. Le doute s'insinua en elle, avant qu'elle ne le rejette. Elle refusait de croire que Noah se soit servi d'elle.

— Et si vous vous trompiez ? lança-t-elle. S'il avait vraiment fait défection ? Il pourrait vous aider. Noah connaît le Guide, sa manière de travailler, ses projets…

Jack parut sensible à l'argument.

— Renseignez-vous avant de le juger, poursuivit-elle. C'est dans votre intérêt.

Jack partit sans qu'elle ait pu lui soutirer la promesse qu'il essaierait de recueillir plus d'informations sur Noah. Elle passa les heures les plus noires de sa vie. Elle n'avait plus d'appétit, plus de raisons d'espérer. Le temps s'écoulait et personne ne la tenait au courant des derniers événements. Elle ignorait tout de l'évolution de la situation, s'il y en avait une. Jusqu'au jour où Jack revint. Il avait l'air moins sévère que la fois précédente.

— Il semblerait, dit-il, que le fils du Guide se soit bel et bien enfui.

Mathilde eut l'impression de se libérer d'une chape de plomb. Elle soupira.

— Dans ce cas, vous me croyez ?
— Je ne sais pas.

C'était mieux que rien. Elle s'apprêtait à poursuivre lorsqu'il la coupa.

— Les choses ne sont pas si simples, objecta-t-il. L'armée le recherche. Son portrait apparaît partout. Les militaires ont réussi à remonter sa piste jusqu'à Doris.

Mathilde lui lança un regard affolé.

— Comment est-ce possible ? Il ne porte plus de puce.

— Doris aurait été vendue par un voisin qui aurait reconnu Noah lorsqu'il est venu se réfugier chez elle. C'était son tour de surveiller l'immeuble.

— Qu'allez-vous faire ?
— Je dois y aller. Doris nous a aidés parce que je le lui ai demandé.

— Et si l'armée se présente avant vous ?
— Espérons que ce ne sera pas le cas.

Il lui renvoya un regard sentencieux qui sous-entendait que s'il arrivait quelque chose à l'enseignante, il la tiendrait pour responsable. Mais Mathilde y décela aussi la marque d'une grande affliction. Qu'elle partageait entièrement.

40

Jack partit au crépuscule. Pour une fois, il n'emmena pas Diego, de peur d'être repéré. Doris occupait toutes ses pensées. Il l'avait rencontrée sur les bancs de la faculté, lorsqu'il était étudiant et elle, professeure de civilisation. Quand le Parti avait lancé une vague de répression contre l'intelligentsia du pays, Doris l'avait aidé. Au nom des valeurs humanistes qu'elle avait toujours défendues. Liberté de penser, d'agir et de s'exprimer, qu'elle distillait dans ses cours aux élèves venus l'écouter. Une nuit, alors que les combats faisaient rage, et que les soldats abattaient de sang-froid quiconque s'opposait à leur volonté, ils avaient encerclé le campus dans lequel s'était réfugié un petit groupe d'étudiants. Jack était l'un des leaders. Il voulait défendre l'université et sa souveraineté jusqu'au bout, quitte à périr au grand jour. En ce temps-là, aucun d'eux ne craignait la mort. Les militaires n'avaient pas mis longtemps à enfoncer les portes et à se livrer à des arrestations arbitraires. Doris, que Jack pensait partie, l'avait convaincu de la suivre. Elle l'avait emmené dans le réfectoire, au sous-sol, où il s'était caché. Quand l'armée avait incendié l'édifice, il s'était échappé par le conduit du vide-ordures. Un geste qu'il avait par la suite très mal vécu. Se jugeant lâche, un traître qui fuyait pendant que ses camarades se faisaient fusiller. Avec son autorité naturelle, Doris l'avait consolé. À son sens, les convictions ne devaient jamais altérer la raison. Désormais, il devrait employer son existence à résister, en attendant des jours meilleurs. C'est ce qu'il avait fait. Sans lui, la Résistance ne serait pas la même. Certes, il existait toujours plusieurs groupes, diverses factions qui peinaient à se rassembler, mais il consacrait sa vie et tout son temps à la cause. Depuis ce jour historique, il était resté en contact avec Doris. Elle n'était jamais avare de recommandations, riches d'une expérience et d'une érudition qui confinaient à la rareté. Ce qui faisait d'elle, en quelque sorte, la conseillère occulte de la Résistance. Plus tard, lorsqu'elle était tombée malade, il s'était proposé de lui procurer les drogues susceptibles de la soulager.

Il atteignit le centre-ville au petit matin. Le portrait de Noah s'affichait partout, assorti de la promesse d'une forte récompense pour qui le livrerait. Rien d'étonnant, dans ces circonstances, que Doris ait été dénoncée. Il se dépêcha de gagner son domicile. En arrivant, il remarqua un fourgon de l'armée stationné près de la tour. Il s'approcha prudemment. Un soldat s'entretenait avec les vigiles, sur le perron. Puis il les salua, passa à l'arrière du véhicule dans lequel il jeta un œil, avant de faire signe au chauffeur qu'ils repartaient. Le fourgon s'ébranla. Quand il eut disparu au coin de la rue, Jack se précipita. Les civils chargés de surveiller l'immeuble avaient la mine morose. Jack reconnut celui dont il avait l'habitude d'acheter le silence lorsqu'il rendait visite à Doris.

— Dennis ! s'exclama-t-il, essoufflé. Que se passe-t-il ? Que voulaient-ils ?

— Si tu viens pour Doris, tu arrives trop tard, fit son interlocuteur tristement.

Jack se figea.

— Ils l'ont arrêtée..., murmura-t-il, hagard. Où l'ont-ils emmenée ? Je dois la retrouver ! Dennis, réponds-moi...

— Tu ne comprends pas...

Ses yeux dérivèrent sur le côté. Une énorme flaque de sang inondait le béton.

— Ce matin, souffla Dennis. Il faut croire qu'elle savait qu'ils venaient pour elle. Quand elle les a vus débarquer dans la rue, elle n'a pas hésité à sauter.

Jack fut pris d'une tristesse infinie.

— Que vont-ils faire du corps ? demanda-t-il en tremblant.

— Je ne sais pas. Mais il vaut mieux qu'ils s'en chargent. Ce n'était pas beau à voir.

Jack était hébété. Épouvanté par la violence de l'existence. Doris était morte par sa faute. À cause de ses inconséquences. Elle qui l'avait toujours guidé avec bienveillance. Jamais il ne se le pardonnerait. Il s'apprêtait à repartir lorsque Dennis l'interpella :

— Les militaires ont été les premiers surpris, dit-il. Cela n'arrange pas leurs affaires. Ils ne savaient pas quoi faire. Du coup, ils se sont dépêchés d'enlever le cadavre en attendant les instructions. Ils n'ont même pas eu l'idée de fouiller son appartement.

Il jeta à Jack un regard entendu.

— Tu as quelques minutes avant qu'ils ne reviennent.

Jack se rua dans l'escalier.

Il parvint, hors d'haleine, devant le logement de Doris. Pour une fois, la porte n'était pas verrouillée. La clenche était seulement poussée contre le chambranle. Comme si Doris avait prévu sa venue. Il pénétra dans l'appartement comme dans un sanctuaire. La première chose qu'il remarqua fut la fenêtre, dans le fond de la pièce, grande ouverte. Il bondit pour la refermer. N'osant regarder en bas, il se retourna, le cœur serré. Rien n'avait changé. L'appartement était fidèle à ce qu'il avait toujours été, comme si sa propriétaire ne s'était qu'absentée. Une casserole traînait dans l'évier et le lit était défait. Il remarqua les lunettes de Doris à son chevet. Avait-elle été surprise au point d'oublier de les chausser ? Avait-elle été brutalement tirée du sommeil par les sirènes ? Tout portait à croire que son départ avait été précipité, ce qui rendait l'événement encore plus dramatique. Il se mit à genoux devant le matelas et passa la main dessous. Il trouva tout de suite ce qu'il cherchait. Des comprimés de Délivrance, qu'il apportait régulièrement à Doris. Il les enfouit dans sa poche et s'assit par terre, désireux de s'imprégner une dernière fois de cet étrange univers. Ce fut à cet instant qu'il remarqua un détail qui contredisait tous les indices précédents, et révélait que Doris avait préparé sa disparition. Sur la table basse, les livres s'empilaient, comme toujours, dans un ordre précis. Sauf l'un d'eux, qu'elle avait disposé debout, sur la tranche, en évidence devant les autres. Il s'agissait d'une vieille encyclopédie à laquelle elle se référait souvent. Sur la couverture, le nom de Mathilde était inscrit dans une calligraphie soignée. Son ancienne professeure ne se lassait pas de le surprendre, même après sa mort. Il saisit l'imposant volume et sortit de l'appartement. Lorsqu'il eut gagné le rez-de-chaussée, il fit ses adieux à Dennis et s'échappa dans la rue en prenant bien garde de ne pas regarder de côté.

41

En pénétrant dans le box, Jack présentait un air inquiétant. Mathilde fut sur ses gardes. Elle songea à Noah, mais il la détrompa en annonçant brutalement le décès de Doris. Elle le regarda, hébétée.

— Ce n'est pas possible…, murmura-t-elle. Jack…

Il faisait de son mieux pour rester impassible. Surtout ne pas se répandre. Pas devant elle. Mathilde n'avait pas sa force. Elle s'effondra.

— Ce n'est pas possible…, répéta-t-elle en gémissant.

— Elle s'est suicidée.

Mathilde entendit à peine. La perte de Doris était violente. Sous des airs farouches se cachait une femme au grand cœur qui avait pris le risque de la secourir, sans la connaître. Doris était digne, et généreuse. Elle l'avait été jusqu'au bout. Elle se souvint de leur ultime nuit ensemble. Les heures passées à consulter les livres. Malgré la fatigue et la douleur. Des larmes coulèrent sur ses joues.

Jack lui tendit l'encyclopédie. Mathilde recueillit le volume avec émotion. Symboliquement, elle avait l'impression que, depuis l'outre-tombe, Doris lui confiait une mission. Tout en lui témoignant son estime. Peut-être était-ce la raison pour laquelle Jack s'empêchait de déverser son ressentiment sur elle. Elle consulta quelques pages au hasard et reposa l'ouvrage.

— Qu'allez-vous faire de moi ? demanda-t-elle d'une voix étranglée.

Jack semblait en proie à une lutte intérieure.

— Il faut me laisser partir, supplia-t-elle. Me garder prisonnière n'a aucun sens. Si vous me livrez au Parti, ils me tortureront pour me faire avouer ce que je sais de la Résistance et de ma Communauté. Mes actions n'auront servi à rien. Tandis que si je rentre chez moi, j'aurai un rôle à jouer.

Il lui jeta un regard dur.

— Que feras-tu ?

— Je vous l'ai dit. Convaincre ma Communauté de vous aider. Nous pourrions nous allier.

— Tu oublies ce que je t'ai appris sur les attentats.

— Je n'oublie rien. Mais je suis sûre qu'il y a une explication.

Jack avait l'air indécis.

— Je ne peux pas décider seul, maugréa-t-il. Je dois convoquer le conseil. Si nous te libérons, il faudra encore que tu réussisses à franchir la ligne de démarcation.

Il lui jeta un regard signifiant qu'il était hors de question qu'il lui apporte son concours. Mathilde l'avait déjà compris. Raison pour laquelle elle comptait sur Noah. Jack n'avait rien dit à son sujet. Elle tenta le tout pour le tout.

— J'ai besoin que le fils du Guide vienne avec moi, dit-elle d'un air mal assuré. Il est entraîné, il connaît le protocole militaire. Sans compter qu'il me sera plus facile d'être entendue par mon gouvernement en sa présence.

Jack ricana.

— Libérer le fils du Guide ? Mais c'est notre plus belle prise !

Les traits de Mathilde se contractèrent.

— Qu'allez-vous faire de lui ?

— Ça ne te regarde pas.

— C'est moi qui l'ai attiré ici.

— Eh bien, tu n'aurais pas dû.

Jack se montrait inflexible. Elle enfouit le visage dans ses mains.

— Vous allez l'échanger ?

Il ne répondit pas.

— S'il vous confie ce qu'il sait ? reprit-elle avec l'énergie du désespoir. S'il fait tout son possible pour vous aider ?

— Noah ne peut plus se racheter, répliqua Jack. Volontairement ou non, il a fait trop de mal.

— Il croyait faire son devoir. On lui a menti.

Jack s'éloigna. Mathilde le rattrapa avant qu'il ne quitte le box.

— Vous agissez par vengeance, lança-t-elle, à court d'arguments. Au lieu de vous concentrer sur le plus important. Si Noah partait avec moi, tout pourrait basculer...

Une brèche s'ouvrit. Une idée lui vint à l'esprit.

— Et s'il vous prouvait sa bonne foi ? renchérit-elle. S'il vous démontrait, de manière irréfutable, qu'il est désormais de votre côté ?

531

— Je ne vois pas comment.
— Conduisez-moi à lui.

Jack autorisa Mathilde à le suivre. Ils remontèrent à la surface et sortirent dans la rue. Ils dépassèrent plusieurs blocs. Arrivés devant un bâtiment aux murs noircis par des flammes, ils pénétrèrent dans le parking. Contrairement au quartier général de la Résistance, l'endroit était inhabité, bien que chaque palier soit surveillé par des hommes armés.

Au deuxième niveau, Jack héla les sentinelles postées devant un box dont le rideau était tiré. Sur son injonction, ils le relevèrent.

— Allumez, ordonna Jack.

Les gardes enflammèrent une torche dont le halo se réverbéra sur les murs. Noah était recroquevillé contre la paroi du fond. À l'exception de son pantalon maculé de sang, on lui avait confisqué l'intégralité de ses effets personnels. Il était pieds et torse nus, et de nombreuses plaies marquaient son corps. Mathilde fut chavirée de le voir dans cet état. Elle jeta un regard horrifié à Jack qui ne manifesta aucune compassion. Elle s'élança vers Noah. Il tressaillit à son contact.

— Mathilde…, murmura-t-il lorsqu'il la vit.

Ses lèvres étaient gonflées et émaillées de croûtes de sang séché. Elle ne put retenir ses larmes.

— Noah, je suis désolée…
— Ce n'est pas ta faute.

Elle ravala un sanglot.

— Je vais nous sortir de là, dit-elle.

Il esquissa un sourire pour lui faire plaisir. Jack fit un pas vers eux. Mathilde se pencha vers Noah.

— Les vaccins..., dit-elle. Où sont-ils ? Nous devons leur donner. Comme gage de notre bonne foi.

— D'accord.

Mathilde interpella Jack.

— Prévenez le conseil, dit-elle d'un ton impérieux. Nous avons quelque chose à vous montrer.

42

On vint chercher Mathilde le lendemain. Elle quitta sa cellule sous escorte, en laissant intacts les racines et le verre d'eau qu'on lui avait apportés et qu'elle n'avait pu avaler, tant l'angoisse l'habitait. Les gardes la conduisirent quatre niveaux plus haut. L'étage était bondé. Derrière ceux qu'elle supposait être les chefs de la Résistance se tenait une foule hétéroclite. À son arrivée, le brouhaha cessa et des dizaines de regards la fixèrent. Les juges, parmi lesquels Jack siégeait, étaient assis en arc de cercle. Elle prit place au centre de l'arène. Noah arriva peu après, poussé par deux gardes. Lorsqu'il entra dans la lumière, des cris résonnèrent dans la salle.

— À mort ! À mort !

Noah rejoignit Mathilde en claudiquant et tomba à genoux, sans force. Face à eux, trois femmes et trois hommes. L'un d'eux, qui portait un turban autour de la tête, leur demanda de décliner leur identité.

— Je me nomme Mathilde Simon, déclara Mathilde d'une voix claire. Je suis née dans un territoire étranger, voisin de celui-ci.

Un murmure parcourut l'assemblée. Noah s'exprima plus difficilement. Son débit était haché.

— Je m'appelle... Noah, dit-il. J'ignore où je suis né et qui sont... mes parents.

— Menteur ! fit quelqu'un dans la foule.

Noah reprit son souffle.

— J'ai été adopté par le Guide lorsque j'étais... enfant. À ce titre... on me reconnaît comme... son fils.

À ces mots, les visages se réjouirent. Noah gardait les yeux rivés au sol. Il se tenait la poitrine et paraissait souffrir beaucoup. Mais les juges ne semblaient pas pressés de conduire leur interrogatoire.

On les questionna sur leur histoire personnelle. Mathilde défendit ardemment son cas et celui de Noah. Elle fit valoir que leur quête de justice et de vérité comptait plus que n'importe quelle position sociale et, dans le cas de Noah, que le pouvoir. Tous deux s'étaient rencontrés par hasard, mais partageaient un même désir d'équité. On fit semblant de la croire. On multiplia les questions. Le conseil voulait tout savoir de la vie au sein de la Communauté, la manière dont le peuple de Mathilde survivait dans le désert, d'où il puisait sa richesse, mais aussi les raisons pour lesquelles on avait forcé Jack à commettre un attentat. Mathilde fit de son mieux pour répondre, mais, sur ce dernier point, elle ne put donner satisfaction. Elle affirma cependant que si on la laissait retourner chez elle, elle mettrait tout en œuvre pour faire la lumière sur cette affaire. L'homme au turban ricana.

— Que pourrait une jeune femme comme vous contre une armée entière ?

Mathilde réfléchit. Depuis son départ du Centre, elle avait déjà fait et vu plus de choses que n'importe qui. Elle avait découvert deux mondes opposés, deux manières de penser, et plusieurs versions de la vérité. Elle le dit aux juges qui, cette fois-ci, ne la moquèrent pas. Ils reportèrent leur attention sur Noah, qu'ils bombardèrent de questions. Ils l'interrogèrent longuement sur l'île. Mais Noah eut beau affirmer qu'il n'avait découvert l'endroit que récemment, personne ne le crut. Mathilde admirait son courage et son abnégation. À un moment, sa respiration se fit rauque et il se courba en deux. Elle le rattrapa in extremis.

— Par pitié, supplia-t-elle, cet homme ne pourra bientôt plus s'exprimer.

De nombreuses protestations lui répondirent tandis qu'un rictus se dessinait sur les lèvres de Jack. Elle le détesta. Une femme, qui faisait partie du jury mais n'était jusque-là pas intervenue, se leva.

Aussitôt, le silence se fit. Elle s'avança vers Mathilde. Elle devait avoir une soixantaine d'années. Ses yeux sombres étaient très maquillés, et ses longs cheveux noirs étaient emmêlés. Son jupon laissait apparaître ses chevilles entourées de bracelets. Elle dégageait un charme magnétique. Elle avait le port d'une reine qui attendait son avènement. Intimidée, Mathilde baissa les yeux.

— Tu es courageuse, jugea son interlocutrice d'une voix enrouée.

Mathilde se redressa.

— J'ai les moyens de prouver notre bonne foi, murmura-t-elle.

— Que proposes-tu ?
— Le fils du Guide a découvert un secret qui pourrait tous nous sauver. Il s'agit d'un vaccin, qui est aussi un traitement, capable d'immuniser contre le virus et de guérir la stérilité des femmes.

Dans l'assemblée, la rumeur explosa. Les insultes ne tardèrent pas à pleuvoir.

On la traita de tous les noms. La femme brune fronça les sourcils.

— Montre-nous, ordonna-t-elle d'un ton solennel.

Noah était si faible qu'ils furent lents à gagner les étages de la tour voisine. Six hommes les accompagnaient. Parvenu à destination, Noah désigna le panneau du plafond derrière lequel il avait caché les flacons. Mathilde demanda à l'un des gardes de l'aider et se hissa sur ses épaules pour soulever la dalle. Elle tâtonna avant de tomber sur la précieuse boîte. Elle s'en saisit tandis que Noah lui jetait un regard plein d'appréhension. Ils se remirent en route. Lorsqu'ils revinrent au point de départ, les résistants s'écartèrent pour les laisser passer. Bientôt, ils furent de nouveau face aux juges. Tous se tenaient désormais en retrait derrière la femme qui s'était adressée à Mathilde.

Elle présenta le coffret.

— Cette boîte contient le vaccin permettant de prévenir les contaminations mais aussi de soigner le syndrome dont souffrent les femmes, expliqua-t-elle. Le Guide a créé cet antidote afin de servir ses desseins. Quand Noah l'a appris, il en a volé quelques-uns. C'est l'une des raisons pour lesquelles l'armée le recherche.

La femme brune s'approcha de lui et prit son menton entre ses mains.

— Pourquoi avoir fait cela ? demanda-t-elle en plongeant ses yeux dans les siens.

— Je vou… voulais les donner à la Communauté de Mathilde, répondit Noah. Pour le faire dupliquer.

La femme relâcha son emprise.

— Que l'on apporte une seringue ! lança-t-elle. Allez chercher Mona !

Puis elle s'adressa à Mathilde.

— Si le sérum est empoisonné, nous le saurons tout de suite.

Mathilde attendit. Un mouvement se fit dans l'arrière-salle et la foule se fendit pour laisser passer quatre personnes qui soulevaient un brancard de fortune sur lequel une femme enceinte était allongée. Son visage exprimait une grande souffrance. Lorsque les porteurs eurent déposé le lit à terre, la femme brune lui prit la main.

— Mona achève son cinquième mois de grossesse, indiqua-t-elle. Depuis quelques jours, elle saigne. L'utérus considère le bébé comme un corps étranger. La fausse couche est imminente.

Mathilde jeta un regard compatissant à la jeune femme.

— Administre-lui le produit, ordonna la résistante.

Mathilde se mit à trembler. Soudain, elle craignit que le vaccin ne soit qu'un placebo ou, pire, qu'il fût toxique. Après tout, elle ne détenait aucune preuve de son efficacité. Noah non plus. Elle lui jeta un regard inquiet, mais il hocha la tête, l'air serein. Mathilde saisit la seringue et s'approcha de Mona dont l'épaule était découverte. Elle prit une grande inspiration et enfonça l'aiguille dans la chair. Mona bougea à peine.

— Combien de temps, maintenant ? demanda la femme brune, l'air méfiant.

— Je ne sais pas, avoua Mathilde.

— Dans ce cas, nous allons garder Mona sous surveillance. De l'évolution de son état dépendra notre sentence. S'il lui arrive quoi que ce soit, ma colère sera terrible.

— Et si elle guérit ?

Mathilde crut distinguer l'ébauche d'un sourire sur le visage de son interlocutrice.

— Nous verrons…, fit-elle à son intention.

43

Trois jours après le procès, Jack se présenta devant la cellule de Mathilde.

— Prends tes affaires, dit-il. Carmen veut te voir.

— Qui ?

Il ne répondit pas. Mathilde enfouit l'encyclopédie de Doris dans son sac et le suivit. Il la conduisit jusqu'au niveau le plus enterré de la tour, dont elle nota qu'il était aménagé en une sorte de quartier privé. L'entrée en était hautement surveillée et, contrairement aux autres étages, très peu de monde l'occupait. Jack la précéda dans un espace composé de plusieurs boxes dont on avait supprimé les cloisons. Trônant au centre, sur une pile de coussins, Carmen les attendait. Mathilde ne s'étonna pas de revoir la femme qui l'avait interrogée. Elle était vêtue et maquillée de la même façon que lors de son audition. Mais ses yeux semblaient plus sombres encore.

— Assieds-toi, commanda-t-elle d'un air impénétrable.

Jack demeura en retrait. Lorsqu'elles furent face à face, Carmen l'observa longuement.

— Tu n'as pas menti, fit-elle de sa voix grave. Les contractions de Mona se sont interrompues. Elle ne saigne plus.

Mathilde reçut la nouvelle avec un grand sourire.

— Tu peux te réjouir, jugea Carmen avec indulgence. C'est la première fois que nous assistons à un tel prodige. À ce titre, le conseil a décidé de te donner une chance. Tu as gagné le droit de rentrer chez toi.

Mathilde crut que son cœur allait s'arrêter. Enfin, on la disculpait. Elle s'enquit du sort de Noah. Carmen se renfrogna.

— Le fils du Guide reste avec nous, dit-elle fermement.

— Comment ?

— Tu m'as entendue. Tu peux partir, mais pas lui.

Mathilde faillit protester, mais un regard de Jack l'en dissuada.

— Il y a également une contrepartie, poursuivit Carmen.

— Que voulez-vous dire ?

Son interlocutrice changea d'attitude.

— Si tu es réellement celle que tu prétends être, articula-t-elle d'un ton beaucoup moins assuré, si tu es née dans l'autre pays, révèle la vérité à ta Communauté. Dis-leur que nous avons besoin d'aide.

Son expression se fit plus dramatique.

— Tu as vu la manière dont nous vivons. La façon dont nous nous cachons pour fuir les persécutions. Si rien ne change, un jour prochain, la Résistance s'éteindra.

Elle la fixa.

— Je considère notre rencontre comme un signe. Ne nous abandonne pas…

Mathilde était impressionnée. Carmen était en réalité une chef vaincue, à la tête d'une armée en déroute. Elle acquiesça d'un air timide.

— Je ferai de mon mieux…, dit-elle, étourdie par une telle responsabilité.

Carmen parut soulagée. Mathilde s'empara de l'occasion pour plaider à nouveau la cause de Noah.

— Si vous laissez le fils du Guide m'accompagner, renchérit-elle, sa présence facilitera les pourparlers. Il est le mieux placé pour témoigner contre le Parti.

La matriarche ne s'était pas attendue à une telle insistance. Elle se rembrunit.

— Impossible, fit-elle, catégorique. Le fils du Guide est notre otage le plus précieux. Si tu veux le revoir, il te faudra revenir.

— Promettez-moi que vous le traiterez bien, dit Mathilde d'un ton suppliant. Qu'il restera en vie.

— Je n'ai rien à te promettre.

Mathilde trouva le courage de se rebeller.

— Je ne vous aiderai pas sans garantie, s'écria-t-elle.

Le regard de Carmen se fit plus noir que jamais.

— C'est pourtant la condition de ta libération, rétorqua-t-elle. Le fils du Guide n'entre pas dans les négociations.

Elles se toisèrent, refusant chacune de céder à un quelconque ultimatum.

— Comment pourrais-je convaincre ma Communauté ? reprit Mathilde.

— C'est à toi de trouver les arguments.

— Mais je n'ai rien à leur apporter. Aucune preuve !

Carmen échangea un regard avec Jack. Après quelques secondes, elle déclara :

— Par sécurité, tu emporteras une dose du vaccin avec toi. Peut-être que ta Communauté saura le reproduire. Il n'existe pas de meilleure preuve.

Mathilde n'eut d'autre choix que de s'incliner. La chef des résistants ne changerait pas d'avis. Ils entendirent une clameur. Des cris, des détonations. Ils se levèrent, sur le qui-vive.

— Que se passe-t-il ? fit Carmen d'une voix blanche.

Jack sortit son pistolet. Il suivit Carmen qui se précipita vers l'étage supérieur. Apeurée, Mathilde leur emboîta le pas. Elle n'avait aucune arme sur elle. Ils accédèrent au niveau du dessus, où régnait la cohue. Les résistants affluaient des autres étages en criant. Mathilde fut bousculée, et faillit se faire piétiner. Carmen observait ses ouailles sans comprendre. Le vacarme provoqué par la débandade, associé aux coups de feu que l'on tirait plus haut, était assourdissant. Mathilde ne savait plus où donner de la tête.

— Que se passe-t-il ?! lança-t-elle à Jack, sans que celui-ci entende.

La réponse ne se fit pas attendre. Des militaires surgirent au détour de la rampe et ouvrirent le feu sur la foule. Les cris redoublèrent. Des corps tombèrent de tous côtés.

Carmen s'agrippa à Jack.

— L'otage ! hurla-t-elle. Les vaccins !

Elle n'aurait pas dû s'époumoner ainsi. Un soldat la prit aussitôt dans son viseur et l'abattit de deux balles dans la tête. Elle s'effondra dans une mare de sang. Jack se jeta sur Mathilde. Il l'entraîna vers le dernier sous-sol tandis que les gardes de la Résistance ripostaient du mieux qu'ils le pouvaient. Dans sa retraite, Jack en héla trois. Ils gagnèrent ensemble le box de Carmen. Là, Jack s'empara de la boîte de Noah que la résistante dissimulait sous son lit et arracha une tenture qui recouvrait un mur. Un tunnel apparut. Il poussa Mathilde à l'intérieur.

— Vite !

Elle obéit sans réfléchir. Le tunnel était bas de plafond, mais elle s'y déplaça sans mal. Jack était derrière elle. Ses complices suivaient. Elle était hors d'haleine. Dix minutes plus tard, ils débouchèrent sur un second parking. Jack passa devant. Il mena la troupe à un niveau plus enfoui, où ils empruntèrent un deuxième boyau. Puis, quand celui-ci se termina, ils remontèrent de deux niveaux et s'engagèrent dans un autre. Lorsqu'ils en sortirent, ils se mirent aux aguets. Ils entendaient le bruit lointain des détonations qui se réverbéraient dans les sous-sols. Jack fut prompt à reprendre ses esprits.

— L'otage, lança-t-il à ses acolytes.

Ils coururent jusqu'à la cellule où quatre hommes armés surveillaient Noah. Dès qu'ils les virent, ces derniers se raidirent.

— Nous avons été découverts ! annonça Jack, livide. Il faut partir.

Les gardes allèrent chercher Noah. Quand il aperçut Mathilde, il comprit qu'un événement dramatique s'était produit.

— Que se passe-t-il ? murmura-t-il.

Il n'obtint aucune réponse. Les gardes se saisirent de lui et, guidé par Jack, le petit groupe de rescapés se dirigea vers la sortie, jusqu'à l'air libre.

44

Ils étaient tous terriblement tendus. Quand il fut question de sortir dans la rue, Jack mit un moment avant d'en donner l'ordre. Ils étaient tapis derrière la cage d'ascenseur d'un immeuble, au rez-de-chaussée. Bien qu'on les entendît, les blindés de l'armée n'avaient pas l'air d'emprunter cette artère pour gagner le quartier général de la Résistance qu'ils étaient en train de saccager. Mathilde tremblait de tous ses membres. L'image de Carmen s'effondrant à ses pieds la poursuivait. Comme les cris de terreur qui résonnaient sans fin dans sa tête. Hommes, femmes, jeunes et vieux, Mona et son bébé. Avaient-ils tous été massacrés ?

Lorsqu'elle vivait dans sa Communauté, des scènes d'attentat l'avaient déjà marquée, mais elle n'en avait jamais été le témoin direct. Elle n'avait encore jamais senti l'odeur du sang, alors qu'elle en était désormais couverte. Elle s'empêchait de regarder son pantalon. Elle avait couru dans le sang des innocents. Une scène qui la hanterait jusqu'à sa mort. À ses côtés, Jack et les résistants semblaient anesthésiés. Noah ne disait rien. Jack leur ordonna de le suivre. Ils longèrent les murs, se rabattant dès qu'ils le pouvaient dans les immeubles adjacents. Ils dépassèrent de nombreux bâtiments. À un moment, Mathilde réalisa qu'elle n'entendait plus que le vent. Plus de bruits de moteur, plus aucune détonation. Ils poursuivirent. Enfin, ils pénétrèrent dans un édifice où Jack demanda à ses complices de monter la garde et de veiller sur Mathilde et Noah. Ils acquiescèrent d'un air sombre. Puis il gagna le parking. Les minutes s'égrenèrent lentement. Quand il revint, il fit signe qu'ils pouvaient le rejoindre. Ils descendirent en rang serré. Ils arrivèrent sur un plateau, semblable à ceux que Mathilde avait déjà visités. Et comme les autres, des gens l'habitaient. Mais ils étaient beaucoup moins nombreux et il s'agissait uniquement d'hommes. Jack s'entretint avec l'un d'eux en désignant Noah. Son interlocuteur hocha la tête. On les conduisit ensuite chacun dans une cellule séparée où on les laissa attendre sans explications. Mathilde s'assit, dos au mur. Elle était toujours en état de choc.

Jack revint la voir peu après. Il était dévasté.

— Tu dois partir, dit-il d'une voix désincarnée. Tu dois retourner chez toi.

— Comment ? parvint-elle à articuler.

— Je me suis arrangé avec eux.

— Qui ?

— Ces hommes sont des résistants comme nous, mais ils appartiennent à un groupe différent.

Ils se regardèrent, ahuris.

— Jack... que s'est-il passé ?

Il s'essuya le front, l'air désemparé.

— L'armée nous a trouvés... Je ne sais pas comment ils ont fait. Peut-être n'aurais-je pas dû me rendre chez Doris. J'ai pris un risque. Il est possible que des soldats m'aient suivi.

Il avait l'air terriblement coupable. Mathilde aurait voulu le réconforter, mais elle ignorait comment s'y prendre. Les faits étaient si graves. Qu'aurait-elle pu dire qui les aurait atténués ?

— Nous sommes répartis en plusieurs entités, poursuivit Jack. Nous n'avons jamais réussi à nous rassembler. Mais cela doit changer.

Mathilde ne répondit pas. Elle comprenait. Jack n'avait désormais plus personne.

— Je ne sais pas comment m'enfuir..., dit-elle.

Il la regarda.

— Il existe d'autres tunnels, dit-il. Certains ont été abandonnés, quelques-uns se sont écroulés. Mes amis pensent qu'il s'en trouve encore un qui déboucherait dans la décharge.

Elle écarquilla les yeux.

— Et ils accepteraient que... ?

— Nous devons nous entraider, ajouta-t-il, le regard perdu dans le vague. Nous partons ce soir.

Elle ne s'était pas attendue à un délai si court.

— Le plus tôt sera le mieux, reprit Jack. Il y a urgence à sauver la Résistance.

Au-delà des différences qui les opposaient, il comptait toujours sur elle. Elle se sentit soudain toute petite. Tant de gens avaient déjà souffert par sa faute. Tant de drames s'étaient produits. Elle aurait voulu revenir à son existence passée, quand elle se croyait en sécurité, et que l'avenir était tout tracé.

Jack fit un pas vers la sortie. Elle l'interpella.

— Attendez ! Permettez que Noah vienne avec moi. Seule, je ne me sens pas capable d'y arriver.

Il lui jeta un regard sans âme.

— Pourtant, tu le dois. Nous en sommes tous là.

45

En d'autres circonstances, Jack n'aurait jamais accepté cette requête. Mais la mort des siens l'avait précipité dans une telle détresse qu'il ne se sentait plus la volonté de lutter. Du moins pas pour des détails aussi insignifiants. Mathilde allait partir. Le fils du Guide restait. Il pouvait leur accorder de se dire adieu.

Ils atteignirent la cellule où Noah était enfermé. Jack s'entretint avec les gardes postés à l'entrée.

— Deux minutes, dit-il à l'intention de Mathilde.

Elle acquiesça, le cœur lourd. Noah s'était redressé en entendant leurs voix. Elle s'assit près de lui tandis que Jack et les gardes observaient la scène. Peu importait à Mathilde leur présence. Elle avait l'impression de vivre un moment crucial. Rien ne garantissait qu'elle reverrait Noah.

— Je dois partir, annonça-t-elle d'un air coupable.

Il esquissa un sourire triste.

— Alors, tout est bien. Contrairement à moi, tu n'as rien fait qui mérite que tu restes ici.

— Tu ne savais pas.

— J'aurais pu.

Elle secoua la tête.

— Je reviendrai. Je te le promets.

Noah n'osait y croire.

— Prends soin de toi, dit-il. J'aurais voulu t'accompagner.

— Je sais.

Jack toussa. Mathilde le regarda puis se focalisa de nouveau sur Noah. Elle posa la main sur sa joue, et plongea ses yeux dans les siens. Malgré tout ce que la situation avait d'incertain et de critique, elle discernait dans son regard une lueur d'espoir. Il tenta de sourire, mais c'était douloureux.

— Il est temps, intervint Jack.

Mathilde ne voulait pas quitter les lieux. Jack la prit par le bras. Quand ils se furent éloignés, il s'immobilisa.

— Carmen avait raison, dit-il en la fixant d'un air réprobateur.

— À quel sujet ?

— Tu es amoureuse.

46

Ils marchèrent trois nuits durant. Le jour, ils s'arrêtaient pour se reposer derrière des abris de fortune. Des habitations, lorsqu'ils étaient en ville. Mais quand ils la quittèrent, ils furent contraints de trouver d'autres solutions. Rochers, dunes, constructions fortifiées abandonnées aux quatre vents, mais aussi des bosquets, plus rarement. La végétation, plus présente que sur le territoire de Mathilde, demeurait pauvre et fragile. Du fait des pluies abondantes, les arbrisseaux pourrissaient. Certains subsisteraient jusqu'à la saison sèche, qui les assoifferait. Les plus vaillants survivraient à ces régimes extrêmes.

Mathilde n'aurait pas cru la frontière si lointaine. En plus de Jack, six hommes l'accompagnaient. Des gaillards taiseux, experts dans l'art du camouflage. Jamais ils ne lui adressaient la parole, ou seulement pour discuter du chemin à suivre. Jusque-là, ils n'avaient croisé aucune patrouille. Ils progressaient dans une zone marécageuse, annonçant la décharge et le pays de Mathilde. Elle était bien forcée de donner raison à Jack. Des mois plus tôt, elle n'aurait pas pu effectuer ce trajet seule, comme elle l'avait désiré après avoir franchi la frontière, ne songeant alors qu'à secourir Matthew. Ces derniers temps, elle avait moins pensé à lui. Non qu'elle l'oubliât, c'était impossible, mais son destin avait pris une telle tournure, si violente et si imprévisible, que le sort de son ami avait été relégué au second plan. Elle avait vécu tant de choses depuis leur séparation. Plusieurs fois, elle avait échappé à la mort. Si Noah n'était pas venu la secourir… À l'instar de Matthew, penser à lui était douloureux. Elle partait sans lui, sans savoir comment le sauver. L'avenir lui semblait une montagne infranchissable.

Elle marchait dans la perspective de revoir ses proches. De retrouver Matthew, s'il était encore en vie. Elle refusait d'envisager que ce ne fût pas le cas. Elle avançait derrière Jack et sa garde, un pas après l'autre. De son aventure en territoire ennemi, elle rapportait des découvertes inouïes, un vaccin et une encyclopédie. Elle était si heureuse que l'ouvrage n'ait pas disparu lors du massacre ! D'une certaine manière, Doris éclairait son chemin.

À l'aube du quatrième jour, ils établirent un campement près d'un rocher et allumèrent un feu. Les résistants capturèrent un chacal qu'ils firent rôtir au-dessus des flammes. La chair grillée dégageait une odeur délicieuse. Tandis que le bois crépitait, Jack entraîna Mathilde à l'écart.

— Nous aurons atteint la frontière demain matin, dit-il à voix basse.

Les épaules de Mathilde se contractèrent. Muni d'un bâton, Jack traça des lignes sur le sol.

— Voilà comment les choses se présentent, dit-il. De notre côté, il n'y a qu'une simple barrière de barbelés. Les caméras sont pour la plupart hors d'usage.

Mathilde fronça les sourcils.

— Pas de mur ? Pas de rempart ?

— Hormis quelques fortifications disséminées aux points clefs, non.

— Comment faites-vous pour défendre votre territoire ?

— Le Guide a placé des régiments aux endroits stratégiques, mais leur principale fonction reste la dissuasion. Après les barbelés, il y a la rivière. Et ensuite, ta frontière.

— Et le tunnel ?

— Il commence avant. Mais je dois te prévenir, il est abandonné. Ceux qui l'ont creusé ne pensaient pas arriver dans une décharge. Il est probable que certains tronçons soient effondrés. Demain, je te donnerai une pioche et une pelle, que tu attacheras à ton sac, au cas où.

Mathilde lui lança un regard qui en disait long sur son appréhension.

Lorsqu'ils atteignirent la frontière, le paysage se révéla fidèle à la description que Jack en avait faite. Deux simples rangées de barbelés clôturaient le territoire. Une travée les séparait, et au sommet de chaque poteau qui soutenait la structure se trouvaient des caméras. Quelques centaines de mètres derrière, une rivière suivait son cours, tandis que sur la rive opposée, à une distance égale, se dressait le mur tant redouté. Jack, Mathilde et les autres résistants l'observaient de loin, à plat ventre contre une butte. Ils restèrent un long moment à guetter les alentours, à tendre l'oreille en quête d'un bruit suspect. Puis, constatant qu'ils étaient seuls, que personne ne semblait les avoir repérés, Jack battit le rappel. En file indienne, ils se réfugièrent non loin de là, dans un immense trou d'obus, reliquat des guerres passées. Mathilde remarqua que le centre du cratère était recouvert de branchages. Les résistants les retirèrent, faisant apparaître une cavité profonde et étroite : le départ du tunnel. Le cœur battant, elle vint s'accroupir à côté. L'espace était très exigu. Elle jeta à Jack un regard angoissé.

— Ne t'inquiète pas, fit celui-ci en devinant son sentiment. L'ouverture doit être le plus discrète possible. Après ce goulot, le conduit s'élargit.

Sans attendre, il lui tendit une lampe et un masque qu'il l'aida à appliquer sur la bouche et le nez. Puis il lui retira son sac à dos et le jeta dans le tunnel. Il s'écrasa plus bas dans un bruit sourd. Mathilde avait très peur de finir ensevelie. Elle demanda à Jack si elle pourrait faire demi-tour en cas de problème. Il l'en dissuada. Si elle revenait, lui et ses compagnons ne seraient plus là pour la réceptionner. Il accrocha une corde à la taille de ses complices et lui tendit l'autre extrémité. Mathilde la passa plusieurs fois autour d'elle et s'assit sur le rebord du trou. Puis, jetant un dernier regard à ceux qui l'accompagnaient, elle se laissa glisser à l'intérieur.

Elle descendit lentement, par à-coups, à mesure que les résistants déroulaient la corde. Au bout de quelques mètres, elle toucha le sol et se détacha. Elle leva les yeux. L'ouverture était minuscule, et le ciel déjà inaccessible. Jack remonta la corde et replaça les branchages. Mathilde attendit un adieu qui ne vint pas. Elle endossa son sac et alluma la lampe. Le faisceau fendit les ténèbres. Inquiète, elle regarda autour d'elle. Jack avait prédit que le boyau s'agrandirait et, dans une certaine mesure, il n'avait pas menti. Mais l'espace était insuffisant pour se tenir debout. Elle résolut de le parcourir à quatre pattes, laissant ainsi une hauteur raisonnable au-dessus de sa tête. Elle commença la traversée. Si, comme Jack le prétendait, le tunnel débouchait quelque part dans la décharge, soit au moins cinq cents mètres plus loin, ceux qui l'avaient creusé avaient accompli un travail de forçat. Le sol était meuble et la distance importante. La terre évidée était soutenue par un cadre composé de bois, de briques et de parpaings. Elle continua d'avancer. La sueur perlait jusque dans le pli de ses coudes.

Plus tard, elle sut qu'elle passait sous la rivière car les infiltrations d'eau formaient à certains endroits de grandes flaques. Si, par malheur, elle ou son sac à dos venaient à frôler de trop près les parois du tunnel, toute la structure s'effondrerait sur elle. Malgré sa hâte d'en finir, elle ralentit sa progression, jusqu'à ce que la terre paraisse plus sèche. Quand ce fut le cas, elle s'arrêta pour reprendre son souffle. Elle était en nage. Selon ses estimations, elle se trouvait à mi-parcours, probablement à l'emplacement du mur. À la surface, personne ne soupçonnait sa présence. Dans quelques mètres, elle serait de retour chez elle. Elle allait revoir ceux qu'elle aimait. Elle reprit la route en concentrant ses pensées sur eux. Tandis qu'elle progressait tête baissée, son épaule buta contre le fond du boyau. De surprise, elle lâcha la lampe, qui roula sur le côté. Un cul-de-sac ! Désemparée, elle regarda partout sans distinguer aucune issue. Une peur panique la gagna. Elle était piégée ! Elle allait mourir sans que personne ne connaisse jamais son sort, sans revoir le soleil. Enterrée vivante. Passé la première réaction de terreur, elle se souvint que Jack l'avait avertie que le tunnel pouvait être écroulé en partie. Ce n'était peut-être qu'un simple éboulement. Elle décrocha la pioche de son sac et se mit à excaver le sol. Ses gestes étaient rapides. Prise de frénésie, elle arrachait la terre par mottes entières. Ses mains furent très vite en sang. Mais elle continuait de donner des coups avec une énergie folle. Jamais, même lors des entraînements les plus éprouvants qu'elle avait connus au Centre, elle n'avait fourni d'effort pareil. Cela ne pouvait être la fin. Pas maintenant. Au bout d'une heure, alors qu'elle creusait sans faiblir, elle eut l'impression que la terre cédait de l'autre côté. Elle redoubla d'ardeur et, bientôt, la pioche traversa le mur. Pleurant de joie, elle termina de dégager le passage. Quand elle eut fini, elle fit une courte pause, puis saisit la torche pour éclairer la suite. Elle n'avait qu'une priorité en tête : sortir. Sortir au plus vite.

47

Les vautours planaient au-dessus de la décharge. Les ailes déployées, ils tournoyaient dans l'azur, attentifs et lents, à la recherche de nourriture. Enfin, la femelle aperçut, gisant au soleil, le cadavre d'un blaireau dont les chairs cuisaient sous les rayons ardents. Elle poussa un cri pour appeler son petit. Mais ils n'étaient pas les seuls à convoiter le festin. Toute une faune évoluait autour avec appétit. Un coyote solitaire, des renards, des rats, un essaim de guêpes, des mouches, une colonie de cafards. Quand le coyote eut prélevé sa part, les vautours plongèrent et dispersèrent les charognards. De leur bec acéré, ils se jetèrent sur la bête qu'ils déchirèrent jusqu'aux viscères. Tenus à distance, les autres animaux les regardaient dépecer leur repas avec envie. C'était une scène cruelle, mais la chance de faire pareille bombance n'était pas si fréquente. Encore quelques semaines auparavant, l'eau salissait tout. Alors ils patientaient, par ordre d'importance, dussent-ils n'obtenir qu'un minuscule os à ronger.

Soudain, un monticule de détritus se mit à bouger. Les déchets roulèrent sur le sol. La terre se souleva et des mains apparurent. Puis un visage. Et un corps.

Mathilde sortit au jour avec l'impression de renaître. Elle était sale, transpirante, épuisée. Elle avait faim, soif. Mais elle était vivante ! Vivante…

Les bras en croix, elle prit la plus grande inspiration de son existence.

Effrayés, les rapaces s'envolèrent à tire-d'aile et les renards détalèrent. Les insectes furent les seuls à rester. Brusquement, la pyramide s'effondrait. L'ordre des choses s'inversait. Les plus faibles prenaient le pouvoir.

TROISIÈME PARTIE

L'espérance est un risque à courir.
Georges BERNANOS

1

Marcher, toujours. S'arrêter serait mourir. Mathilde se forçait à poursuivre, malgré les courbatures et l'épuisement causés par les privations et les mauvais traitements.

Elle n'avait plus peur. La faim faisait tout oublier. Son emprise était telle qu'elle contrôlait non plus seulement son estomac, mais chacun de ses organes. Tout son être n'était animé que par cette unique pensée : manger. Sa gourde était presque vide. Quelques gouttes, et après...

Elle déambulait, hagarde, à la recherche du sac qu'elle avait laissé avant son départ. Mais comment distinguer une montagne d'ordures d'une autre montagne d'ordures ? Un monde tombé en décrépitude, des miettes de civilisation. Pas encore de la poussière.

Elle s'était mise en route sitôt le jour levé, se repérant grâce au mur. Elle se souvenait de la position qu'elle avait occupée, autrefois, avec Jack. Ils avaient caché le sac dans un caisson métallique qu'ils avaient fermé avec du fil de fer. À moins de faire preuve d'un flair hors du commun, les animaux avaient dû manquer le butin. Elle aperçut les marais. Leur périmètre avait enflé. Elle craignit que l'eau n'ait enseveli ce qu'elle cherchait. Mais à force de fouiller le paysage, de gravir des buttes qui s'écroulaient sous son poids, elle remarqua le morceau d'étoffe jaune que Jack avait attaché au caisson pour signaler son emplacement. Elle courut, affamée, et s'arracha les ongles à retirer les liens. Quand la porte céda, elle glissa la main à l'intérieur et en extirpa l'énorme sac en toile. Elle le secoua au-dessus du sol. Son pistolet et deux couteaux en tombèrent, ainsi que le filtre servant à purifier l'eau. Puis une boule de vêtements, d'une saleté égale à ceux qu'elle portait. Elle défit le tas et ne tarda pas à dénicher la dizaine de poches énergétiques qui y était enfouie. Elles étaient mangées de moisissures. Elle les décapsula et absorba la purée avec avidité. C'était âcre, grumeleux, mais mieux que rien. Quand elle eut fini, elle but l'eau qui lui restait et s'étendit par terre. Elle avait traversé l'enfer. Victoire improbable qui lui procurait, malgré une fatigue extrême, un sentiment d'invincibilité. Hormis la mort, elle pouvait tout surmonter.

Et ce bleu... ce ciel qu'elle avait oublié à force d'être enfermée.

La saison des pluies était terminée. Par endroits, la boue se morcelait déjà. Les marais allaient se rétracter et l'atmosphère se ferait suffocante. Elle se souvint de la boussole qu'Henri Whiter lui avait offerte et la chercha dans le sac. Quand elle mit la main dessus, l'émotion la submergea. Qu'allait-elle retrouver en réintégrant sa Communauté ? Elle mourait d'envie de rallumer son ondophone mais, quel qu'ait été le cours des événements en son absence, elle pressentait qu'ils ne lui avaient pas été favorables. Sa fuite hors du territoire, révélée par ce terrible accident ayant causé la perte de Matthew, était sûrement connue de tous. L'armée avait dû diffuser son portrait sur tous les ondophones de la ville. Au poignet des particuliers, dans les gares, les bureaux, les restaurants, et jusque dans les maisons. Elle songea qu'on ne la reconnaîtrait peut-être pas. Après tout, elle s'était construit une personnalité nouvelle, très différente de la jeune femme qui avait fêté son anniversaire chez Biothic, des mois plus tôt, en compagnie de ses amis. Le regard qu'elle portait sur le monde était plus lucide, plus aiguisé. Même physiquement, elle était métamorphosée. On avait battu son dos, rasé une partie de ses cheveux, incisé son cou. Elle avait perdu du poids, sentait mauvais. Pour compenser les défaillances de sa hanche, à laquelle elle ne prêtait plus attention, elle boitait quand l'effort était trop intense. Elle ne reniait rien. Son corps portait les stigmates des épreuves qu'il avait endurées. Rescapé, d'une guerre qui venait à peine de commencer.

2

C'était une nuit de pleine lune. De sorte qu'il lui était possible de circuler sans utiliser sa lampe. Elle ferait le même trajet qu'à l'aller. Sauf qu'Henri Whiter ne serait pas là, cette fois, pour l'aider. Avec l'eau des marais, qu'elle avait filtrée et stockée dans un bidon, elle aurait de quoi boire durant deux jours environ. Si elle parvenait à capturer des insectes, en plus des poches périmées, elle tiendrait.

Tout le jour, elle traversa la décharge dont elle franchit la limite en début de soirée. À présent, elle cheminait dans le désert en direction des serres agricoles. Elle marchait comme un robot, un pas après l'autre, obsédée par la nécessité d'atteindre son but avant le lever du soleil. Elle se demanda quel statut, désormais, était le sien. Était-elle apatride ou avait-elle gagné au contraire une dimension supplémentaire ? Le souvenir de Noah l'accompagnait. Avant de s'endormir, elle se remémorait sa voix, les mots qu'il avait employés pour la rassurer, même dans les pires circonstances. Elle ferait tout pour réussir.

Elle aperçut les serres tandis que l'aurore s'annonçait. Une demi-heure après, elle atteignait les silos dont les toits affleuraient à la surface. Elle se mit à couvert contre l'un d'eux et appuya son dos au métal froid. La journée serait longue, et l'ombre rare. Mais à tourner au même rythme que le soleil, elle pourrait se reposer.

Quand le soir arriva, le bidon était à moitié vide. Penser que sous ses pieds se trouvaient des fruits et légumes en quantité était un supplice.

Elle attendit la nuit pour se remettre en route et passa à distance de l'entrée de l'exploitation, afin que les ondophones ne la repèrent pas. Elle poursuivit, parallèlement à la ligne de train souterraine qu'elle avait empruntée de multiples fois.

Tandis qu'elle approchait de la civilisation, la frustration et la fatigue firent place à une grande excitation. Elle allait revoir ceux qu'elle aimait. Henri, Marie, Marc, et bien sûr Basile et Chloé. Elle avait décidé de se rendre en priorité chez eux. Elle se réjouissait de ces retrouvailles, désormais toutes proches. Elle les surprendrait pendant les préparatifs du dîner. Sa mère se jetterait dans ses bras en poussant des cris de joie, Basile resterait pantois et bredouillerait des mots maladroits. Ensuite, seulement, elle prendrait le temps de se nourrir, de se laver, et ils passeraient la nuit à se raconter ce qu'ils avaient vécu, chacun de leur côté. Elle avait tellement hâte.

Peu après, le sol changea de nature. La végétation déjà pauvre du désert se fit plus clairsemée, les aiguilles de quelques antennes, signalant la présence de postes de communication, se profilèrent sur le ciel sombre. Une route apparut, recouverte de bitume. Elle atteignait la périphérie de la ville.

Elle se faufila entre les bâtiments, souhaitant à tout prix gagner le vieux quartier avant que le jour ne soit levé. Elle supposait, en raison de leur architecture singulière, qu'il serait plus facile de trouver une cachette parmi les anciennes habitations. Elle se réfugia dans la cour d'un restaurant qui avait été inondé et que l'on s'apprêtait à démolir. Un bulldozer était stationné au milieu des gravats, à l'endroit qu'occupait auparavant le portail. Avisant une niche creusée dans la façade nord, elle s'y recroquevilla. Le jour, elle entendit les ouvriers œuvrer sur le chantier. Elle les observa à la dérobée, qui détruisaient le mur d'enceinte, et ne bougea pas d'un pouce. Le soir venu, lorsqu'elle fut certaine que les voisins étaient rentrés chez eux, elle abandonna le bidon désormais vide et se remit en marche en se baissant régulièrement afin d'éviter l'œil des ondophones qui montaient la garde devant les maisons. Celle de Basile et Chloé n'était plus qu'à quelques mètres. Mathilde n'avait plus aucune provision, et ses jambes la portaient à peine. Aussi, quand elle aperçut la vieille demeure biscornue, les panneaux solaires recouverts de lichen et le fronton du premier étage qui avançait sur la rue, elle pleura d'émotion. Elle s'arrêta près du mur aux reflets bleus et se présenta à l'ondophone. L'hôte domestique la reconnut. S'il avait été de chair et d'os, Mathilde l'aurait serré dans ses bras. Elle entra dans la cour. Le rez-de-chaussée était plongé dans la pénombre. Elle avait vu juste. Fidèles à leur habitude, Basile et Chloé dînaient certainement dans la cuisine, en sous-sol. Elle sauta sur le perron et poussa la porte dont le personnage numérique avait activé l'ouverture. Elle s'arrêta sur le seuil. Il faisait froid, humide. Comme si le chauffage avait cessé de fonctionner et que la maison n'eût pas été ventilée depuis longtemps. Elle fit un pas. Le plafonnier ne s'alluma pas. Elle actionna sa lampe de poche et tendit l'oreille. Pas un bruit. Elle descendit au niveau inférieur.

— Basile ? Chloé ?

Ses pieds écrasèrent un objet inconnu qui crissa sur le carrelage. Surprise, elle éclaira le plancher et ne put réprimer un cri. Il régnait dans la cuisine un désordre effroyable. Tous les placards avaient été arrachés et leur contenu projeté au sol. Les verres, les assiettes étaient brisés en mille morceaux. Les casseroles et les chaises renversées. Le caisson de cuisson défoncé. Elle remarqua, à l'intérieur, un plat en terre qui avait été épargné. Elle en souleva le couvercle, avant de le reposer, en toussant. Quoi qu'ait un jour abrité ce récipient, il était évident que ce n'était plus comestible.

Effrayée, elle recula et empoigna la crosse de son pistolet. Elle se dirigea vers la chambre à coucher de ses parents. Elle y trouva la même scène de désolation. Les luminaires étaient cassés, le matelas éventré, les draps déchirés. Les jolis vêtements de Chloé éparpillés au pied du lit. Une odeur d'humidité stagnante se dégageait de la salle de bains attenante. Elle tenta d'activer la ventilation mais, comme le reste, l'installation refusa de fonctionner. Revenant sur ses pas, elle jeta un œil à sa propre chambre. Son projecteur de photos gisait au sol, la vitre fendillée, comme si quelqu'un l'avait volontairement piétiné.

Soudain, le rêve qu'elle avait échafaudé, le scénario de retrouvailles idylliques volait en éclats. Apeurée, elle remonta à la surface et sortit à l'air libre. Les voisins étaient chez eux. Mais cela ne suffit pas à la rassurer. Tout juste à dominer son envie de se sauver. Elle décida d'explorer les deux niveaux supérieurs. Sans surprise, elle découvrit le salon, la salle à manger et le grenier dans le même état que le reste. Elle descendit au dernier sous-sol. Les outils de Basile jonchaient le carrelage, figés dans de grandes flaques multicolores. Les pots de peinture de Chloé n'avaient pas été épargnés. Pas plus que les conserves, autrefois soigneusement empilées. Elle les inspecta. La plupart étaient cassées, mais elle en trouva une trentaine intacte qu'elle enveloppa avec sa veste. Puis elle se dirigea vers le mur contre lequel reposaient, auparavant, les pots de peinture. Elle ferma les yeux et appliqua la main sur le béton. L'entrée de l'atelier apparut. Elle pressentit que les vandales n'étaient pas arrivés jusque-là. Elle ne s'était pas trompée. Parvenue au bas de l'escalier, elle constata que son ordinateur et tout son matériel scientifique trônaient encore sur le bureau. Les armoires de Chloé, remplies de tissus et de travaux de couture, demeuraient inviolées. Tout comme les bacs de culture, bien que les lampes à UV aient cessé de grésiller. Elle caressa les jeunes pousses, mortes avant d'être arrivées à maturité. Les événements qui avaient précipité ces lieux dans le chaos devaient dater de plusieurs mois.

Plusieurs hypothèses lui vinrent à l'esprit. Basile et Chloé pouvaient aussi bien avoir été enlevés qu'arrêtés. Ils pouvaient également avoir fui. Comment le savoir ? Une idée la traversa et elle se rua au rez-de-chaussée, où elle rappela l'hôte domestique.

— Que s'est-il passé ? lança-t-elle quand ce dernier se matérialisa devant elle. Où sont tes maîtres ?

Le personnage numérique présenta une expression qu'elle ne lui avait jamais vue auparavant. Une absence sincèrement étonnée.

— Je ne sais pas, dit-il, stupéfait de ne pouvoir répondre à une question aussi simple.

— Mais enfin, tu es présent tout le temps ! Tu es un ordinateur ! Tu enregistres tout.

— C'est vrai, admit l'intelligence artificielle. Mais on a limité mes capacités.

— Qui ?

— Je ne sais pas.

— Des gens sont venus ?

— Oui.

— Ce sont eux qui ont coupé tous les circuits ?

— Oui. Il n'y a plus d'énergie.

— Pourquoi ?

— Je ne sais pas.

— Qui étaient-ils ?

— Je ne sais pas.

— C'est pourtant toi qui leur as ouvert.

L'hôte hésita.

— En effet. Sur le moment, je l'ai su. Mais je n'ai plus accès à ces données.

— Et ta mémoire ?

— Effacée.

Mathilde poussa un juron.

— Peux-tu au moins te coordonner aux ondophones de Basile et Chloé ? Ainsi, nous réussirions à les localiser.

Le personnage se concentra. Au bout de quelques secondes, il secoua la tête d'un air dépité.

— Impossible. Je n'arrive plus à me connecter au réseau. Je fonctionne en circuit fermé. Bientôt, ma batterie sera épuisée.

Mathilde réfléchit. Si elle voulait avoir une chance d'aller et venir à sa guise dans la maison, elle devait préserver l'autonomie de l'appareil.

— Tu peux te retirer, dit-elle, le visage défait. Je te recontacterai lorsque j'aurai besoin de toi.

L'hôte inclina la tête et disparut. Mathilde pénétra dans le salon et redressa le canapé. Elle ramassa la bourre des coussins qu'elle garnit à nouveau avant de les disposer à leur place initiale. Elle s'allongea dessus et éteignit la lampe. Les ténèbres qui guettaient l'engloutirent complètement.

3

Grâce au récupérateur d'eau de pluie, elle avait pu se laver soigneusement. Une saison de précipitations avait fait déborder le conteneur, si bien qu'en prenant garde d'éviter tout gaspillage elle aurait de quoi satisfaire ses besoins pendant un certain temps. Avant de partir, elle s'assura qu'aucun voisin n'était en train de regagner son domicile ni ne transitait plus par les bouches souterraines qui desservaient les axes routiers. Elle plia son foulard en plusieurs épaisseurs et le plaqua sur son nez. Le vent du sud s'était levé. Le sable s'apprêtait à envahir la ville.

Elle passa le trajet à répéter le discours qu'elle avait préparé. Mais à mesure qu'elle approchait de son objectif, son assurance diminuait. Lorsqu'elle atteignit les abords de la maison, elle ralentit. Rien n'avait changé. À travers les stores, elle reconnut le sofa au velours tanné, griffé par le chat des anciens propriétaires, qu'elle avait brossé plus d'une fois en espérant en atténuer les marques disgracieuses. Elle aperçut aussi le grand luminaire du vestibule, à l'abat-jour bancal, que personne n'avait pris la peine de redresser après son départ. Elle cessa l'inventaire au moment où Marc entra dans son champ de vision. Il traversa la pièce jusqu'à la table où il se saisit d'un plat qu'il emporta en direction de l'escalier. Elle sourit d'un air attendri. Marc. Le souvenir de leur couple lui paraissait irréel tant il se situait aux antipodes de son existence actuelle. Depuis leur séparation, elle avait vécu mille vies. Elle arrivait au moment escompté. Si tout se déroulait comme prévu, Marc sortirait bientôt pour vérifier que le collecteur d'ordures n'était pas obstrué, comme c'était toujours le cas pendant les tempêtes de sable. Postée contre l'enceinte, elle attendit. Quelques minutes plus tard, il revint dans le salon, mais accompagné. Mathilde chancela. Une femme, dont elle ne distinguait pas le visage, à cause du store, lui tenait le bras. La discussion était animée. L'inconnue rejetait la tête en arrière en se cabrant. Mathilde était incapable de dire si elle était en train de rire ou de pleurer. Elle les épia avec attention jusqu'à ce que Marc se penche sur son invitée et l'embrasse. Un baiser sensuel, appuyé, interminable, comme Mathilde et lui n'en avaient jamais échangé. Choquée, elle se détourna. Plusieurs secondes lui furent nécessaires pour admettre l'évidence. Marc l'avait remplacée. Sa fierté était bafouée. Des mois en arrière, il jurait qu'elle était la femme de sa vie. Pouvait-elle encore lui accorder sa confiance ? Était-il permis de requérir son aide ? Elle eut envie de s'enfuir, mais l'urgence l'en empêcha. Elle ignorait où trouver Marie, et Henri Whiter vivait trop loin pour qu'elle le rejoigne seule et sans protection. Marc était sa dernière chance.

Plus tard, alors que la tempête faiblissait, elle entendit le portail s'ouvrir. La tête cachée sous une capuche, Marc quittait son domicile. Elle n'eut pas besoin de l'interpeller. À peine fit-elle un pas vers lui qu'il sursauta. Les secondes s'espacèrent.

— Tu ne me reconnais pas ? osa-t-elle d'une petite voix.

Le vent faisait claquer les pans de son manteau, mais il était pétrifié, comme une statue.

— Qu... que fais-tu, ici ?
— Je suis revenue.
— Je... je... te croyais mo... morte.

Son ton était cassant, son attitude distante.

— Qu... que fais-tu ici ? répéta-t-il en se concentrant pour stopper le bégaiement.
— J'ai besoin d'aide.

Il jeta un œil inquiet en direction de la maison. Les lumières du salon étaient désormais éteintes.

— Je... je ne peux rien pour toi.

Elle eut la sensation d'être en présence d'un étranger. Lui, avec qui elle avait tant partagé, qui connaissait tout d'elle. Comment pouvait-il la considérer avec une telle froideur ?

— Que t'arrive-t-il ? fit-elle, désarçonnée.
— Je... je ne peux pas te parler.
— À cause d'elle ?

Il lui jeta un regard lapidaire.

— Je suis pr... pressé ! Je dois me rendre quelque part.
— À cette heure ? Où ?
— Ce ne sont p... pas tes affaires.

Il tapa du pied, furieux de ne pas savoir maîtriser son élocution.

— Br... bravo ! lança-t-il. Tu as le don ! Cela faisait des mois que... que ça ne m'était pas arrivé !

Il scruta les alentours.

— Ce... ce n'est pas le moment, redit-il, lentement, en s'appliquant.

— Dans ce cas, retrouve-moi chez Basile et Chloé. Je me cache au sous-sol, dans l'abri que mon père a fabriqué. Tu te souviens ?

Il actionna l'ouverture du garage.

— Marc... je t'en supplie.

— Rentre chez toi. Tu... tu... tu vas nous faire remarquer.

— Tu viendras ?

Elle eut le sentiment qu'il aurait préféré ne jamais la revoir.

— Ne m'abandonne pas, s'il te plaît. Je n'ai que toi.

Sans un mot, il prit place dans le véhicule et démarra. Mathilde se retrouva seule dans la rue.

4

Mathilde était allongée sur un empilement de couvertures et de coussins, la tête reposant sur l'étui qui contenait le vaccin. Chaque soir, elle s'enfermait dans l'atelier de sa mère. Malgré les circonstances, elle dormait bien. En cause, les épreuves harassantes auxquelles son organisme avait été soumis ces derniers temps. Ce n'était pas fini. N'ayant aucune nouvelle de Marc, personne vers qui se tourner, elle avait résolu de se rendre chez Henri Whiter à pied, et de nuit. Mais avant, elle devait étudier le trajet. La journée ne serait pas de trop. Une fois couchée, elle sombra dans un sommeil profond. L'hôte domestique la réveilla.

— Déjà ? s'exclama-t-elle en se dressant sur son matelas de fortune.

Elle s'habilla à la hâte et gravit l'escalier jusqu'au rez-de-chaussée. Dehors, il faisait nuit noire. Elle interpella le personnage numérique dont la silhouette flottait dans l'entrée.

— Pourquoi m'as-tu réveillée ? lança-t-elle avec colère. Je t'avais demandé de ne pas me déranger.

Elle songea que la batterie de l'ondophone faiblissait. La définition de l'image était de moins en moins précise. Elle s'apprêtait à présenter ses excuses à l'hôte lorsqu'il la devança.

— Quelqu'un souhaite entrer, fit le personnage avec flegme. J'ai préféré vous prévenir.

— Comment ? Où ?

— Il est juste derrière la porte.

— Tu lui as ouvert ?

— La dernière fois que j'ai vu cet individu, l'accès lui était autorisé. J'ai pensé...

— Tu n'es pas fait pour penser !

Elle se colla au mur, le cœur battant. Vexé, l'hôte domestique se tut.

— Qui est-ce ? murmura-t-elle.

— Un dénommé Marc. Votre compagnon, si ma mémoire est bonne. C'est du moins à ce titre qu'il apparaît dans ma dernière configuration. Aurais-je manqué une mise à jour ?

Mathilde poussa un soupir de soulagement. Elle avait frôlé la crise cardiaque, mais la visite de Marc était un cadeau inespéré. Elle demanda à l'hôte d'ouvrir la porte. Le visage de Marc se découpa dans la nuit, à la lumière d'un réverbère.

Ils s'installèrent dans la cuisine. Mathilde sortit des bougies de la réserve de Basile, qu'elle posa sur la table. Bien qu'elle ait débarrassé la plus grosse partie des gravats, remisés dans son ancienne chambre, le désordre était toujours prégnant.

— Qu... que s'est-il passé, ici ? débuta Marc, perplexe.

— J'espérais que tu me le dirais, chuchota Mathilde. Basile et Chloé ont disparu. L'hôte domestique ne se souvient de rien. Je ne peux pas prendre le risque d'allumer mon ondophone. Je…

Elle faillit fondre en larmes, mais se retint.

— Je suis très inquiète pour eux. J'ai peur qu'ils aient été arrêtés.

Marc l'observait d'un air étrange, comme s'il essayait de voir au travers d'elle. Comme si elle était devenue méconnaissable.

— Nous avons tous été arrêtés, dit-il d'un ton sentencieux.

Elle accusa le coup.

— Tttt… tu imaginais vraiment que ta fuite passerait inaperçue ? renchérit-il. Que les ca… ca… caméras n'enregistreraient pas ta petite escapade ? Pendant des semaines, ton visage et celui du ffff… fugitif ont été diffusés en boucle. L'armée a promis une récompense à quiconque livrerait des informations à ton sujet. Si tu avais vu la queue que l'on faisait pour toi dans les cellules de témoignages. Une vvvv… vraie star !

Mathilde se doutait qu'elle était recherchée, mais pas un instant elle n'avait soupçonné que la Communauté l'avait déjà condamnée.

— Je n'ai pas fui pour rien, se défendit-elle. Pourquoi ne pas avoir dénoncé les agissements du Centre ?

— Nous n'avons ppp… pp… pas eu le temps ! s'écria Marc. Dès que la nouvelle de ta désertion a été rendue publique, ton entourage a été interpellé. Les sss… soldats m'ont bombardé de questions ! J'ai bien essayé de leur parler de Blake, des spécimens, mais ce n'est pas ce qu'ils veulent entendre. La seule chose qu… qu… qui les intéresse, c'est ta fuite en territoire ennemi. Tu es officiellement traître à la Co… co… communauté !

Il soupira, amer.

— Comme nous tous. À cau… cau… cause de toi, notre vie a basculé. Sauf pour Whiter, bizarrement, qui travaille toujours au Centre. Mais les autres… Sam Whitam est introuvable, Marie et Owen ont été con… contraints de s'installer dans une caserne où l'armée peut garder un œil sur eux.

— Et Basile, Chloé ? Où sont-ils ?

Marc haussa les épaules.

— Jusqu'à au… au… aujourd'hui, je pensais qu'ils avaient été relâchés, comme nous. Je n'ai pas cherché à avoir de con… contact avec eux.

Il la regarda d'un air mauvais.

— Tu nous as tr… tr… trahis. Quand j'ai appris que tu avais passé la frontière, je suis tombé des nues. J'ai dû avouer aux sss… sss… soldats que j'avais découvert les faits en même temps que tout le monde. Ils me demandaient de leur décrire quelqu'un que j'avais l'impression de ne pas connaître ! Je t'ai tellement haïe.

Accablée, Mathilde se mit à bafouiller.

— Explique-toi !

Jamais elle ne l'avait vu dans cet état. Pas même lors de leurs plus violentes disputes.

Elle livra son histoire d'un seul tenant. Cette expérience qui l'avait meurtrie, et dont elle ne savait que faire. Elle fit l'impasse sur Noah. Même si Marc avait quelqu'un dans sa vie, elle n'avait rien oublié de sa jalousie.

Il écouta d'un air impassible.

— Et Matthew ? lança-t-il d'une voix sans faille.

La question eut l'effet d'un couperet.

— Il est tombé sous la mitraille, répondit-elle d'une voix blanche. Juste avant que je ne saute de la passerelle. Je ne l'ai pas revu.

— Dans ce cas, il est mort.

Elle nota qu'il ne bégayait plus.

— Je t'interdis ! suffoqua-t-elle. Les militaires n'auraient eu aucun intérêt à le tuer. Jack me l'a dit. Ils n'ont pas pu tuer Matthew !

— Comment le sais-tu ? Es-tu revenue pour t'en assurer ? As-tu fait ma… ma… marche arrière ?

— Je ne le pouvais pas ! J'étais blessée, j'avais perdu la mémoire. Tu n'imagines pas ce que j'ai vécu.

— Personne ne t'a ob… ob… obligée, répondit Marc, implacable. Si tu n'étais pas partie, tes parents habiteraient encore ce… cette maison, et Matthew serait en vie.

Elle était anéantie. Elle était venue à lui, guidée par son instinct, parce qu'elle n'avait personne vers qui se tourner. Mais Marc réglait ses comptes. Il ravivait des plaies qu'elle mettait toute son énergie à tenter de refermer. Jamais elle n'avait souhaité la mort de Matthew. Ni celle de Doris. Pas plus que la disparition de Basile et Chloé. Crimes dont elle répondait par omission. Tant d'événements s'étaient produits depuis sa démission du Centre, tant de drames imprédictibles qui avaient terni sa fougue et son optimisme. Au point de ne plus concevoir qu'il puisse s'agir de la même existence, avec les mêmes protagonistes. Elle était traquée, sans armes ni alliés. Sans amis. Tout d'un coup, la mort lui parut une délivrance possible. Si tout cessait, à la seconde.

— Tu as raison, dit-elle, le regard flou. Tout est ma faute. Je n'ai semé que le malheur autour de moi.

Marc perçut son trouble. Paupières closes, il laissa les mots pénétrer en lui.

— J'i… j'imagine que tu ne l'as pas fait exprès, dit-il douloureusement.

— Est-ce que ça change quelque chose ?

— Oui. Le pardon.

Il rouvrit les yeux. Les rides qui striaient son front s'estompèrent.

— Tu ne p… p… peux avoir fait tout ça pour rien, reprit-il, plus apaisé. Tu dois p… p… parler.

— À qui ?

— Je dois me renseigner. En attendant…

Il planta son regard dans le sien, hésitant.

— Oui ?

— Viens. J'ai quelque ch… chose à te montrer.

Il souffla les bougies et se leva.

5

Ils montèrent à bord du véhicule de Marc. Mathilde nota que l'intérieur de l'habitacle avait été rénové, les systèmes informatiques changés.

— N'est-ce pas risqué de circuler à cette heure ? demanda-t-elle tandis qu'ils entraient dans un tunnel. On va se faire repérer.

— J'ai désactivé le traceur. Pour une fois, je p… pilote à vue.

Les mains sur le volant, il était concentré et roulait vite. Passé les portes de la ville, ils poursuivirent dans le désert, longtemps après que le béton eut disparu. Régulièrement, Marc contrôlait l'heure. Mathilde n'osait plus l'interroger, mais son inquiétude était grande. Tout portait à croire qu'il la ramenait en direction de la décharge. Lorsqu'elle aperçut les collines de détritus se profiler dans la nuit, elle se demanda s'il ne cherchait pas à se débarrasser d'elle. D'autant qu'il était de plus en plus nerveux.

— Où m'emmènes-tu ?

— Nous arrivons, répondit-il alors qu'ils abordaient les premières langues de déchets.

Il arrêta le véhicule.

— Dépêche-toi.

Il ouvrit le coffre et en sortit un gros sac qu'il balança sur son épaule. Muni d'une lampe de poche, il partit en éclaireur. Mathilde suivit d'un pas hésitant. Un quart d'heure plus tard, il braqua le faisceau de la lampe sur une petite construction, enterrée sous les ordures.

— C'est un ancien p... poste de recyclage, indiqua-t-il. Je l'ai dé... découvert en scannant la zone. Le sous-sol est condamné, mais l'antichambre est toujours accessible.

Ils pénétrèrent dans le réduit.

— Tu as de la visite, lança-t-il en allumant une ampoule suspendue au plafond.

La lumière jaillit, éblouissant Mathilde. Sur une paillasse coincée entre deux murs de parpaings, quelque chose remua. Elle plissa les yeux et faillit tomber à la renverse. Matthew !

Son visage était mangé par une barbe et des cheveux hirsutes, et il avait tant maigri que ses pupilles semblaient deux billes enfoncées dans le crâne, mais elle l'aurait reconnu entre mille.

Ils demeurèrent prostrés, à se regarder en silence. Marc au milieu d'eux. Jusqu'à ce que ce dernier montre des signes d'agitation, et mette fin à la tension qui les figeait.

— Je... Je... ne peux pas rester, dit-il d'un ton saccadé. Ann va b... bientôt se réveiller.

Il jeta le sac à terre.

— J'ai apporté des pro... provisions. J'aurais voulu en prendre pl... plus, mais ça risque d'éveiller les sou... soupçons de la banque alimentaire. Il est déjà difficile de sss... sortir tout ça de la maison sans que… Ann s'en aperçoive. Il faudra vous rationner. Il te r… reste de l'eau ?

Matthew acquiesça.

— J'ai aussi acheté des antalgiques pour ta jjj… jjj… jambe. À ne prendre qu'en cas d'absolue né… nécessité. J'ai dit à l'agence de santé que je souffrais d'affreux maux de tête. Co… comme les examens ne montraient rien, j'ai dû insister. Ils m'ont fait confiance, mais je ne pourrai pas les berner indéfiniment. Si je recommence, ils ne me lâcheront pas. Aucune envie de su… subir un bilan de toxicomanie.

— Compris.

C'était la première fois que Mathilde entendait la voix de Matthew depuis des mois. Elle trouva que son timbre s'était voilé. Il était devenu plus rauque. Comme plus âgé.

Marc se tourna vers elle.

— Donne-moi ton ondophone. Je vais le rrr… reconfigurer. Il faut absolument que l'on puisse communiquer en toute sss… sécurité.

Mathilde lui confia son bracelet.

— Je reviendrai te chercher.

Il les regarda, tour à tour.

— Parlez-vous, fit-il avec une autorité peu coutumière.

Et sur cette injonction, il sortit en les abandonnant dans un état second.

— Tu ne vas pas rester debout, fit Matthew, taciturne, au terme de quelques secondes.

Tel un automate, elle s'assit par terre en tailleur. Quand il se leva, elle nota que la ligne de ses épaules était asymétrique et que la cambrure de sa colonne vertébrale était déformée. À hauteur du diaphragme, la cage thoracique était enfoncée.

— Ne me regarde pas comme ça ! grinça-t-il. On dirait que tu contemples un monstre.

Elle rougit, mais ses yeux ne parvinrent pas à se détacher de sa démarche boiteuse.

— Qu'est-il arrivé à ta jambe ?

— On ne réchappe pas de l'enfer sans en conserver quelques séquelles.

Mathilde baissa la tête d'un air coupable.

— Mais ce n'est pas le pire, poursuivit Matthew en cherchant son regard.

Elle releva le sien, prête à assumer ce qu'il aurait à lui reprocher.

— Depuis mon évasion, je croupis ici, avec les rats.

Il but un peu d'eau et retourna à la paillasse, sur laquelle il s'allongea avec précaution.

— Cela fait combien de temps ?

— J'ai arrêté de compter.

— Que s'est-il passé ?

Le regard de Matthew s'assombrit.

— Ces salauds m'ont opéré, murmura-t-il. Pour que je sois en état de parler. C'est un miracle si je suis encore en vie. Enfin, si je peux m'exprimer ainsi. J'aurais dû mourir le soir de ta fuite.

— Marc m'a dit que c'était le cas. Si tu savais comme je suis heureuse que tu sois vivant.

— Pas moi. J'ai pris six balles. Dont une ici (il désigna son épaule), qu'ils n'ont pas retirée. Une façon de me marquer, j'imagine.

— Tu as avoué ?
— Tu as peur pour toi ou pour moi ?

Elle ferma les yeux. Matthew souffla.

— Je l'aurais fait, s'ils m'avaient torturé. Je n'ai pas l'étoffe d'un héros. Mais je n'ai pas eu l'occasion d'en arriver là. Tu te souviens d'Owen ?

— Bien sûr.

— Il est en couple avec Marie. On peut dire que j'ai eu du flair sur cette affaire. Sans lui, je serais mort.

— C'est lui qui t'a sauvé ?

Il hocha la tête.

— J'étais dans un état comateux, sonné par l'opération, incapable de bouger. Les soldats qui avaient ma garde étaient peu vigilants. Owen en a profité pour m'exfiltrer.

Mathilde poussa un soupir de soulagement. Même si la situation était loin d'être idyllique, elle se sentait un peu moins coupable. Elle s'était tant inquiétée à son sujet.

— Je voudrais te serrer dans mes bras, dit-elle, émue.

— Retiens-toi. Je ne suis plus le même qu'autrefois.

Elle le dévisagea. Matthew était encore Matthew, mais dans une version de lui plus réfractaire, froide et impénétrable. La souffrance avait fait son œuvre. Elle songea qu'ils avaient tous changé.

— Tu comptes me raconter ? lança-t-il avec véhémence. Que je sache au moins si je n'ai pas fait ça pour rien.

Ils parlèrent jusqu'à l'aurore. Mathilde, surtout. Bien qu'il ait enduré de plus grandes épreuves que Marc, Matthew se montra moins rancunier à son égard. Contrairement à son meilleur ami, il avait prévu que les événements tourneraient en leur défaveur. Lorsqu'il avait pris la décision de l'aider à franchir la frontière, il savait à quoi il s'exposait.

— Enfin, jusqu'à un certain point, précisa-t-il. J'avais envisagé les coups, les blessures. J'étais prêt pour la torture. Mais jamais je n'aurais imaginé ça.

Il désigna sa tanière.

— Combien de temps vais-je rester coincé ici ? L'armée pense que je suis passé à l'ennemi. Je ne peux pas rentrer chez moi. Les rares connaissances que j'avais me croient mort. Je ne peux compter que sur Marc. Je dépends entièrement de lui. Mais ça ne durera pas. Il prend trop de risques. Si Ann s'en aperçoit…

— Sa nouvelle compagne ? Je l'ai vue de loin.

Matthew ricana.

— C'est ce qu'il t'a dit ?

— J'ai supposé…

— Ann est sa tutrice. Un joli mot pour dissimuler sa véritable fonction : agent d'État. Elle fait partie des contingents de l'armée. Elle est payée pour vivre avec Marc et l'espionner. Et pour le faire revenir dans le droit chemin en lui rappelant quotidiennement les règles de la Communauté. Un vrai lavage de cerveau !

— Mais… c'est ignoble ! Que reproche-t-on à Marc ?

— Ce n'est pas parce qu'il n'a pas trahi qu'il n'est pas suspect.

— Alors il habite avec cette femme par obligation ?

— C'est toujours mieux que la prison. Au moins, il conserve son train de vie, son emploi. Le jour où les militaires jugeront qu'il ne présente plus de menace pour la Communauté, ils le laisseront tranquille. Ann envoie des rapports réguliers sur la situation.

Il baissa le front, soucieux.

— C'est lui qui a eu l'idée de la séduire pour garder un peu de liberté. Elle est devenue folle de lui. De plus en plus, elle lui fait confiance et relâche sa vigilance. Chaque fois qu'il vient me voir, il la drogue pour qu'elle dorme jusqu'au matin. Mais si l'armée l'apprend…

Ses traits se durcirent.

— Un jour ou l'autre, il faudra en finir.

Il s'interrompit, car Mathilde l'observait fixement.

— J'ai une question importante à te poser, fit-elle, hésitante.

— Vas-y.

— Lorsque tu patrouillais sur la frontière, as-tu été le témoin d'offensives de la part de l'ennemi ? As-tu repéré des engins de guerre ? Des attaques ?

Il fronça les sourcils.

— Pas vraiment, répondit-il. J'ai aperçu des mouvements de troupes. Quelques tirs ont été échangés, mais c'est tout.

— C'est un peu léger, tu ne crois pas, comme menace ?

— Qu'essaies-tu de me dire ?

Elle prit une grande inspiration.

— Jack prétend que son territoire n'a plus attaqué le nôtre depuis longtemps. Que ce sont nos militaires qui l'ont arrêté et l'ont mis aux commandes d'un avion afin qu'il commette cet attentat auquel nous avons assisté le soir où nous avons dîné ensemble. Tu te souviens ?

— Difficile à oublier.

— Jack affirme que l'armée nous ment. Que son pays n'est pas le véritable ennemi.

— Absurde. Dans quel but ?

— Je l'ignore. Mais il est étrange que tu n'aies rien constaté lorsque tu étais en poste.

— Un adversaire n'attaque pas toutes les cinq minutes. Notre présence à la frontière a essentiellement une fonction dissuasive.

— Tu oublies que les attentats sont fréquents.

Elle lui lança un regard interrogateur, mais il se déroba en prétextant être fatigué. Sans lui laisser le loisir d'insister, il lui jeta une couverture qu'elle attrapa au vol et éteignit bientôt la lumière.

Marc revint deux soirs plus tard, alors que Mathilde et Matthew se partageaient une poignée d'insectes.

— Je sais où sont tes ppp… parents ! s'exclama-t-il en pénétrant dans la cabane.

Mathilde tressaillit.

— J'ai pa… passé la journée à faire d… des recherches, expliqua-t-il. L'Information Générale a une telle base de données que ça n'a pas été facile, mais après quelques tâtonnements…

Il s'accouda au mur, le temps de reprendre son souffle.

— Ils ont été arrêtés. Ta m… mère est en institut de raison.

Mathilde eut l'impression de recevoir un coup sur la nuque. La hantise de Chloé, tout ce qu'elle redoutait.

— Tu connais l'adresse ?

— Au sud de la ville. Mais elle est dans la sss… section la plus dure. Les visites sont interdites. Hormis le per… per… personnel soignant, aucun individu n'est autorisé à y pénétrer.

— Et Basile ?

Marc eut l'air embarrassé.

— C'est là que mes com… compétences trouvent leurs limites. Même pour moi, certains renseignements demeurent inaccessibles.

— Je ne comprends pas.

— Secret-défense. Il est juste stipulé que ton père a été incarcéré. Rien n'est men… mentionné sur le lieu ni sur ses con… con… conditions de détention. Encore moins un éventuel motif.

Mathilde se heurtait à un obstacle plus important que tous ceux franchis jusque-là.

— Je croyais que l'armée était là pour nous protéger, dit-elle, atone. Que personne n'était au-dessus des lois.

— L'armée EST la loi, fit Matthew.

Ils échangèrent un regard sombre.

— Moi aussi, je pensais, renchérit-il. Jusqu'à ce que je sois confronté à leurs méthodes. Partout, les militaires tirent les ficelles. La population s'en remet entièrement à eux. Ils ont tout pouvoir.

— Mais qui, « ils » ? Qui commande ? Il y a bien quelqu'un à qui je pourrais m'adresser ?

— Alors, ça…, répliqua Matthew en haussant les épaules. L'armée se plaît à entretenir une certaine opacité sur sa manière de fonctionner. Nous connaissons les principaux porte-parole, mais pour ce qui est des membres de l'état-major, les seconds couteaux…

— Je dois pourtant trouver un moyen de leur parler. Je ne peux pas laisser Basile et Chloé dans cette situation. Ils n'ont rien fait.

— As-tu oublié que tu étais recherchée ?

— Tout juste, répondit-elle d'un air énigmatique.

6

Un oiseau chantait. Bientôt, le soleil darderait ses rayons sur la cité. Marc déposa Mathilde dans le parking du Centre de vie.

— Tu... tu es absolument certaine ? bégaya-t-il, dans l'espoir de l'empêcher de commettre une erreur fatale. On devrait faire de... de... demi-tour !

Mais elle avait le regard assuré.

— Je t'ai déjà causé assez de soucis. C'est la meilleure solution.

— J'ai l'impression d'entendre Matthew.

— Il a raison. Si je ne reviens pas...

— Tu rrr... reviendras !

Elle l'embrassa sur la joue.

— Merci, Marc. Fais attention à toi.

Elle s'écarta du véhicule et il redémarra. Elle le suivit des yeux jusqu'à ce qu'il emprunte la rampe ascendante du parking. D'autres voitures arrivèrent qui comblèrent peu à peu les places de stationnement. Comme chaque jour, une foule nombreuse s'apprêtait à dépenser son argent dans les boutiques du centre commercial. Mathilde se mit en rang derrière un groupe et pénétra dans le complexe.

Sitôt qu'elle eut passé le portique de sécurité, son ondophone émit un signal et une alarme stridente retentit. Elle se couvrit les oreilles tandis que les caméras pivotaient vers elle. Son portrait apparut sur tous les ondophones, assorti d'un pictogramme rouge sang indiquant qu'elle était recherchée. La plupart des personnes présentes se mirent à courir, en se heurtant les unes aux autres. Mathilde ne bougea pas d'un cil.

7

Noah dépérissait au cœur d'une tour désaffectée, dans un parking identique à ceux qu'il avait traversés et par lesquels il transiterait encore. Tous les deux ou trois jours, on le changeait de cellule. Parfois pour ne parcourir que quelques centaines de mètres. La distance était la seule variante de ce quotidien dont les heures s'éternisaient, mélancoliques et monotones. Il n'avait pas revu la lumière naturelle. Pas de ciel autre qu'une voûte bétonnée d'où s'écoulait un filet d'eau saumâtre. Il pleuvait jusque sous terre. Il n'avait pas faim, car on le nourrissait correctement, pas mal, car on ne le maltraitait plus, mais l'inertie le rendait neurasthénique. Les résistants avaient entamé une fuite perpétuelle qui ne finirait que lorsque le Guide les laisserait en paix, c'est-à-dire jamais. Il était convaincu d'avoir un rôle à jouer dans cette guerre d'usure. Mais on ne le tenait informé de rien. Ses gardes se contentaient de le surveiller, sans échanger, y compris entre eux, la moindre parole. La méfiance était le seul mot d'ordre.

Que craignaient-ils ? Il n'était plus que l'ombre de lui-même. Même plus le fils du Guide. Un orphelin, aux origines perdues. Depuis que Lamech lui avait révélé que ses parents n'avaient jamais été résistants, mais des membres du Parti, il se torturait l'esprit à leur sujet. Sur les motivations de leur suicide. Mais, là non plus, il ne possédait aucun indice, rien qui puisse contredire ou étayer cette information. Le Guide était passé virtuose dans l'art de la dissimulation. Il s'était joué de lui pendant des années, et sans doute était-ce le cas encore. Livré à lui-même, privé de contact humain et de perspective d'avenir, Noah craignait de devenir fou. La seule pensée qui l'apaisait était Mathilde. Chaque fois que son souffle se faisait court, que l'angoisse l'oppressait, il convoquait son souvenir et, aussitôt, il se sentait mieux. Lui qui n'avait plus ni liens ni racines avait tout de même un but. Auquel il se raccrochait avec l'espérance d'un damné.

Jack se présenta à lui alors qu'il ne l'attendait plus.

— Cela fait un mois que tes amis nous pourchassent, fit-il en pénétrant dans le box.

Il tenait à la main une lampe à huile et, dans l'autre, une bouteille qu'il posa par terre. Craignant d'envenimer les choses, Noah n'osa pas répondre que les soldats du Parti n'étaient pas ses amis. Jack venait probablement l'avertir de sa prochaine exécution. Bien qu'il ne parût pas particulièrement menaçant. « À bout de forces » fut le sentiment qui traversa Noah en le dévisageant.

— Nous sommes épuisés, avoua Jack, comme s'il lisait dans ses pensées.

Il s'empara de la bouteille et but une gorgée avant de la tendre à Noah. Ce dernier accepta. C'était de l'alcool fort, comme il en prenait parfois au bar de l'Oméga, lorsqu'il revenait d'une mission éprouvante. Celui-ci était frelaté, mais il apprécia les vapeurs qui brûlaient son œsophage, comme un coup de fouet.

— Nous ne pourrons pas tenir indéfiniment, ajouta Jack. Nous avons décidé de te libérer contre une rançon. Beaucoup de résistants sont détenus au Fort. La plupart n'ont fait que défendre leurs idées. Nous allons…

— M'échanger contre eux.

Jack hocha la tête.

— Je comprends, reprit Noah. Mais ne vous y fiez pas. Je connais bien Lamech. Il vous offrira les meilleures garanties, vous promettra la sécurité, mais ce ne sera que pour mieux vous surprendre. Il profitera de l'échange pour vous massacrer, jusqu'au dernier.

— Pas si ta vie est en jeu.

Noah eut un rire glacial qui déconcerta le résistant.

— Vous vous trompez. Le Guide se moque bien que je meure. Au contraire, cela le soulagerait. Il serait assuré de mon silence. Vis-à-vis de l'opinion publique, il ne peut m'exécuter. Mais si je suis tué au cours d'une rixe, c'est le prétexte rêvé.

Jack était perplexe.

— Je n'ai jamais été son fils, renchérit Noah. Seulement l'héritier de ses intérêts. Ce qui l'inquiète n'est pas ce qu'il pourrait m'arriver, mais que je vous révèle ce que je sais.

— Pourquoi ferais-tu cela ?

— Je vous ai tout expliqué lors du conseil, mais vous ne m'avez accordé aucun crédit. Longtemps, j'ai ignoré les agissements du Guide. Je vivais dans son ombre. Quand j'ai su, j'ai fait défection. Peut-être est-ce impossible à accepter, mais je veux vous aider.

Jack demeurait méfiant. La mort de Carmen l'avait propulsé à la tête d'une faction de la Résistance qu'il essayait depuis de fédérer avec un succès très modéré. Ses compagnons et lui étaient aux abois.

— Ce n'est pas en m'échangeant contre une rançon que vous renverserez le pouvoir, fit Noah en percevant ses doutes.

— Si on te garde, nous continuerons à être pourchassés.

— Vous le serez de toute façon.

— Alors, quoi ?

— Libérez-moi. Je vous aiderai.

Jack le regarda, bien obligé de se rendre à l'évidence. Noah était un atout, pas une monnaie d'échange.

Ils vinrent quelques heures plus tard. Ils étaient trois, en plus de Jack. Ils ne se présentèrent pas en pénétrant dans la cellule, mais Noah sut qu'ils incarnaient les dernières instances dirigeantes de la Résistance. Ils baissèrent le rideau de fer. À les voir se serrer les uns contre les autres sur à peine six mètres carrés, Noah pensa qu'ils ressemblaient à des rats pris dans une souricière. Jack lui avait expliqué qu'ils étaient chacun à la tête d'un groupe d'hommes et de femmes qui jusqu'à maintenant ne s'étaient jamais préoccupés de s'allier. Non que l'idée ne les ait pas traversés, mais ils jugeaient simplement la manœuvre inutile. La Résistance, hormis peut-être aux yeux de Jack, ne méritait plus son nom. À peine un rassemblement de survivants qui, à l'instar de la population civile, attendaient la fin. Depuis l'attaque du quartier général et l'assassinat de Carmen, leur esprit de contestation était réduit à néant.

— Parle ! ordonna le plus grand de tous, un homme à la peau grêlée dont le creux des joues était noir de crasse.

Il portait un turban rouge déchiré qui lui tombait sur le front et un tatouage en forme d'étoile sur la pommette. Son regard était fatigué, mais déterminé. Noah se concentra et répéta ce qu'il avait déjà dit à Jack.

— Si je comprends bien, ironisa l'homme au turban, le fils du Guide veut intégrer la Résistance…

Sa remarque fit sourire ses acolytes. Noah haussa les épaules. Appartenir à un mouvement, quel qu'il fût, ne l'avait jamais enthousiasmé. Il revendiquait avant tout sa liberté et, pour tous, la justice. Plus que l'issue du conflit, que personne ne pouvait prédire, il était motivé par la nécessité de ne pas renoncer. L'impunité dont jouissaient le Guide et ses généraux le révoltait.

— Songez à ce que nous pourrions faire ensemble, répliqua-t-il. Je pourrais être un espion à votre solde. Personne n'est mieux placé que moi pour le faire.

— Comment t'y prendrais-tu ? demanda Jack, méthodique.

— Je dois retourner à l'Oméga.

— Tu n'as plus de puce. Aucun scanner ne te reconnaîtra.

— Tout le monde sait qui je suis.

— Soit. Et après ?

— Je me repentirai auprès du Guide.

— Rien que ça… Pourquoi te croirait-il ?

Noah connaissait le Guide mieux que quiconque.

— Lamech ne souffre pas l'insubordination, plaida-t-il. Il préférera penser que je me suis trompé, plutôt que je le trompe.

Les résistants affichèrent une expression dubitative. Mais Noah était convaincu. Oubliant où il était, il multiplia les propositions. Jack le freina dans son élan.

— Tu négliges un élément important, objecta-t-il. Comment comptes-tu réintégrer le pouvoir ? Si le Guide est aveugle, ses généraux ne le sont pas. Personne ne croira que nous t'avons simplement « laissé partir ».

Un sourire tordit la bouche de l'homme au turban.

— S'il n'y a que ça, j'ai une idée…

8

— Ça ira ?

Un chiffon à la main, Jack faisait pression sur l'arcade sourcilière qui saignait abondamment. Noah était méconnaissable. Les résistants avaient déversé leur haine sur lui sans retenue. Son front et sa lèvre étaient fendus, son œil et son nez tuméfiés, deux de ses dents étaient cassées et, à en croire la douleur qui irradiait de sa poitrine chaque fois qu'il respirait, probablement quelques côtes également. Il avait mal partout, sans distinction. Les résistants les avaient déposés, Jack et lui, en pleine nuit, au coin d'une ruelle, non loin de l'hôpital. Jack tamponnait le filet de bave mêlé de sang qui coulait de son menton.

— Laisse, souffla Noah.

Sa tête était insupportablement lourde. Il n'était pas loin de perdre à nouveau connaissance. Il se focalisa sur la nécessité de rester éveillé.

— Le jour va bientôt se lever, indiqua Jack. Tu vas réussir à y aller seul ?

Sous ses paupières gonflées, Noah lui lança un regard noir qui signifiait qu'il n'avait pas le choix.

— Piotr…, fit Jack, embarrassé. Celui avec le turban. Toute sa famille a été arrêtée lors d'une rafle. Son frère s'est pris une balle dans la tête. Sa mère et sa sœur ont été déportées au Fort. Il ne les a jamais revues. Tous les résistants ont vécu des traumatismes similaires. Ils haïssent le Guide. Alors, son fils… Tu leur as offert l'occasion rêvée.

Noah trouva la force d'esquisser un rictus. Si parler n'avait pas été si douloureux, il se serait payé le luxe de faire de l'ironie. Mais d'autres urgences s'imposaient.

— Les vaccins…, murmura-t-il.

Une quinte de toux l'empêcha de poursuivre. Il cracha un caillot de sang.

Jack le considéra d'un air inquiet.

— Tais-toi. J'ai compris. Je sais ce que je dois faire.

Noah parut rassuré.

— L'hôpital ouvre, reprit Jack.

Il l'aida à se lever. Noah parvint tant bien que mal à rester debout. Puis il se mit en marche, en claudiquant.

*

— Tu es sûr que c'est lui ? Regarde, il n'est pas pucé.

Le soldat enfonça son doigt à l'emplacement de l'incision, mal cicatrisée, provoquant immédiatement un soubresaut.

— Certain ! répliqua son acolyte. Ils l'ont bien amoché, mais c'est le fils du Guide. Ce salopard m'a suspendu deux fois pour insubordination. Je ne suis pas près d'oublier sa belle gueule.

— Fais attention à ce que tu dis.

— Bah, je ne risque rien. Regarde dans quel état il est. Aide-moi plutôt à le porter.

*

Noah se réveilla dans un espace propre et clair, bien que la pièce ne disposât d'aucune fenêtre. La lumière semblait irradier des murs eux-mêmes. Il regarda autour de lui. Personne. En revanche, plusieurs machines encadraient la tête du lit. Deux d'entre elles étaient reliées à son corps par des capteurs. Ses bras étaient couverts de petites diodes. Confiant, il enfonça son crâne dans l'oreiller et ferma les paupières. L'Oméga. Il se sentait bien, étrangement. Comme si les souffrances qu'il avait endurées remontaient à des temps reculés. Était-il paralysé ? Il remua les orteils et les doigts. Tout semblait fonctionner. Il inspira à pleins poumons. Une pointe fine et aiguisée déchira sa poitrine. Il poussa un cri de douleur.

Une chose était sûre, il n'était plus en danger de mort. Il se souvenait des éclats de voix au moment où il s'était écroulé devant l'hôpital. Quelqu'un avait interpellé un brancardier. Ensuite : trou noir. Amnésie totale.

La porte de la chambre coulissa.

— Heureuse que vous ayez ouvert les yeux !

Le visage de cette femme lui était familier. Le mot « médecin » s'imposa à lui.

— Vous nous avez causé beaucoup d'inquiétude, dit-elle en se penchant sur lui avec bienveillance. Nous vous avons plongé dans un coma artificiel. J'ignorais dans quel état je vous retrouverais. Comment vous sentez-vous ?

Il voulut répondre, mais n'en trouva pas la force. Il lui renvoya un regard anxieux.

— Cela reviendra, dit-elle, saisissant son désarroi. En attendant, vous pouvez cligner des yeux. Une fois pour oui, deux fois pour non. Entendu ?

Il s'exécuta.

— Bien. Vous me comprenez. C'est bon signe. Vous avez subi un choc très grave. Nous avons dû opérer à trois reprises. Le scanner a révélé plusieurs fractures et de multiples contusions. Ceux qui vous ont fait ça ont bien failli vous tuer.

Noah cligna.

— Tout va aller de mieux en mieux. Mais il vous faut beaucoup de repos. Les visites sont interdites, sauf pour votre sœur. Elle m'a ordonné de la prévenir dès que vous seriez réveillé. Elle est en chemin. Je lui ai recommandé d'être brève.

Noah détourna le regard.

Comme il le redoutait, Léana fit irruption dans la chambre, en transe. Elle se jeta sur lui en pleurant.

— Oh, Noah ! gémit-elle en enfouissant la tête dans son cou. J'ai cru que je ne te reverrais plus jamais !

Puis elle se redressa, tremblante.

— Je jure que nous retrouverons tes agresseurs et que nous les ferons payer à la hauteur de leur crime. Attaquer le fils du Guide… Ces chiens méritent d'être torturés et exécutés !

Noah avait oublié à quel point Léana pouvait se montrer excessive. Bien que sa colère fût justifiée, elle manquait totalement de pondération dès lors qu'il était question de cruauté. Il baissa les yeux, ce qu'elle interpréta comme de l'abattement.

— Nous les retrouverons, répéta-t-elle. Père est extrêmement contrarié. Il ne s'est pas écoulé un jour sans qu'il cherche à avoir de tes nouvelles.

Par une manœuvre malhabile, elle tentait de réconcilier le père et le fils qui s'étaient quittés dans un contexte pour le moins orageux. Noah doutait que le Guide lui ait pardonné, mais Léana lui ouvrait la voie idéale pour réintégrer le cercle familial.

— Veux-tu qu'il vienne te voir ? demanda-t-elle.

Il acquiesça.

— Il va être si heureux.

Noah cligna des yeux pour signifier que le sentiment était partagé. D'un geste tendre, sa sœur remit en place une mèche de cheveux.

— J'aurais voulu rester à ton chevet, mais je dois partir en urgence pour le Fort. Père souhaite accélérer les travaux, ce qui me cause beaucoup de souci. Les prisonniers me donnent du fil à retordre.

Elle l'embrassa sur le front.

— Je voulais absolument être présente à ton réveil. Je reviendrai dès que possible.

Il hocha la tête.

— En attendant, repose-toi. Père viendra te voir ce soir.

Heureuse, elle quitta la chambre en lui envoyant un baiser.

9

Lamech fit son apparition le soir venu. Dès que Noah l'aperçut, ce fut plus fort que lui. Ses organes se contractèrent, ses extrémités refroidirent comme si tout son corps se recroquevillait dans une carapace invisible et fragile. Les appareils médicaux le trahirent. Le traceur qui captait les battements de son cœur s'emballa, provoquant l'intervention d'un infirmier. Mais, intimidé par la présence du Guide, ce dernier ne s'attarda pas. Il demanda à Noah si tout allait bien, vérifia sa tension, puis constatant qu'il n'y avait pas lieu de s'alarmer, il repartit, non sans avoir exécuté une sorte de garde-à-vous grotesque. Le Guide attendit que la porte fût complètement refermée pour approcher.

— J'ai donné des ordres afin que l'on te serve la meilleure nourriture, dit-il d'une voix monocorde.

Noah trouva le courage de cligner des yeux.

— Cesse ce petit jeu, fit Lamech avec dédain. Je ne crois pas une seconde à cette histoire de mutisme.

Noah rassembla toute son énergie.

— C'est… difficile, expira-t-il.

— À la bonne heure ! Oui. C'est douloureux. Je n'en doute pas. J'ai vu ton bilan médical. Cependant, rien de tout cela ne serait arrivé si tu ne t'étais pas sauvé. N'est-ce pas ?

Il se pencha sur lui.

— Où étais-tu ? Nous t'avons cherché partout, sans succès. Au point de craindre le pire. Ta sœur était inconsolable.

Noah nota que le Guide s'excluait de ce sentiment. Il secoua la tête.

— Quoi, maintenant ? Après la parole, tu perds la mémoire ?

— Non. Mais je ne sais par où commencer.

— Rien ne presse... J'ai annulé tous mes engagements. Nous allons dîner ensemble. Comme au bon vieux temps.

Lamech usait d'une ironie subtile, qui serait passée inaperçue aux yeux du profane, mais pas à ceux de Noah. Jamais le fait de partager un repas ne s'était apparenté à un moment agréable, pour l'un comme pour l'autre.

— Nous serons bientôt servis, conclut-il en tirant une chaise vers lui.

Vingt minutes plus tard, le personnel de la clinique avait disposé un plateau sur le lit et un second sur une petite table. Contrairement à Noah, Lamech avait bon appétit. Comme s'il se délectait autant du contenu de son assiette que du calvaire de son fils.

— Alors ? s'exclama-t-il en engouffrant une énorme bouchée. Qui t'a mis dans cet état ?

— Les résistants.

Lamech fit mine de s'offusquer.

— Je croyais pourtant que tu étais de leur côté...

— Je n'ai jamais dit cela.

— Non, c'est pire. Tu as agi comme tel.

— Je le regrette.

Le Guide haussa les épaules.

— Continue…, dit-il en enfournant une deuxième fourchette.

— J'ai été capturé.

— Après avoir quitté l'hôpital.

— Oui.

— Où tu as contraint un médecin à retirer ta puce. Tu auras remarqué, d'ailleurs, que nous en avons remis une.

Noah ferma les paupières. Le Guide conduisait un interrogatoire dont il connaissait à l'avance les réponses.

— Je voulais uniquement être libre, plaida-t-il.

— Je ne te savais pas enfermé. Ensuite ?

— On m'a battu, torturé.

— Que leur as-tu dit ?

— Rien.

— Je n'en crois pas un mot.

Noah résolut de s'en tenir à sa version des faits. La moindre digression pouvait le condamner.

— Je n'ai plus faim, fit le Guide en lâchant ses couverts.

Ses traits s'étaient durcis. Il commença à arpenter la pièce, les mains dans le dos, comme il le faisait dans sa bibliothèque, lorsqu'une situation l'irritait.

— Où sont les vaccins ? lança-t-il subitement.

Noah fut surpris par le changement de ton.

— Ceux que tu as volés, renchérit Lamech. Qu'en as-tu fait ?

— On me les a confisqués.
— Et la fille ?
— Je ne l'ai pas revue depuis mon arrestation. Je suppose qu'elle a réintégré la Résistance.
— Mensonges ! s'emporta Lamech. Elle n'a jamais appartenu à la Résistance ! J'ai rencontré le technicien à qui tu avais confié son bracelet. Il m'a montré les images.

Noah eut la sensation que des mains invisibles pétrissaient ses intestins.

— Je ne sais pas de quoi vous parlez, bredouilla-t-il. Je n'ai rien compris aux informations contenues dans cet appareil.
— Je répète ma question, persifla le Guide. Où est la fille ?
— Je l'ignore. Morte, peut-être. Les résistants nous ont séparés.

Le Guide planta ses yeux dans les siens, donnant l'impression de fouiller chaque repli de son cerveau. Noah ne cilla pas. Lamech laissa échapper un soupir méprisant.

— Tu t'es fait avoir comme un gamin…

Noah inclina le front en signe de contrition.

— J'étais persuadé qu'elle n'avait rien à se reprocher, murmura-t-il. Quant aux vaccins, il ne me semblait pas juste que nous soyons seuls à survivre.

À ces mots, le Guide entra dans une colère noire. Il se rua sur Noah pour l'étrangler.

— Comment oses-tu ?! suffoqua-t-il, les mains serrées autour de sa gorge. Ces vaccins ne t'ont jamais appartenu ! Tu les as volés ! Sais-tu combien de temps il a fallu pour les mettre au point ? À cause de toi, ils sont désormais dans la nature ! Dieu sait ce que les résistants vont en faire, s'ils ne vont pas tenter de les reproduire...

— Ils en sont incapables.

Le Guide le foudroya du regard.

— Qu'en sais-tu ?!

Alors que leurs visages étaient proches, Lamech se retira vivement, l'air plus assassin que jamais.

— Qu'allez-vous faire de moi ? demanda Noah, la voix cassée.

Lamech se remit à faire les cent pas.

— Je pensais ne jamais te revoir, tonna-t-il. J'étais sûr que les résistants s'occuperaient de ton cas. Je n'imaginais pas que tu réussirais à t'enfuir.

Il pila.

— Je devrais te faire exécuter sur-le-champ pour haute trahison. Mais l'opinion publique ne l'accepterait pas. Ta sœur, encore moins. Aux yeux de tous, tu es mon fils.

Noah déglutit. Aux yeux de tous... sauf des leurs.

— Je peux prouver ma bonne foi.

Le Guide ricana. Noah insista :

— Pendant ma captivité, j'ai observé les résistants. J'ai beaucoup appris sur leur organisation. Ils ont probablement changé de cachette depuis mon évasion, mais je suis certain que je peux les retrouver. Je peux vous conduire à eux.

Le Guide plissa les yeux.

— Tu veux dire... pour que nous les arrêtions ?

— Nous pourrions également récupérer les vaccins.

— La proposition est séduisante, concéda Lamech. D'autant que nous avons besoin de main-d'œuvre pour achever la construction du Fort. Avec ce qu'il s'est passé, nous ne pouvons plus nous permettre de perdre une seule minute. De nouvelles recrues seraient les bienvenues. Pour ne pas dire providentielles.

Il se montra cependant sceptique.

— Qui me dit que ce n'est pas un piège ?
— Rien. Je n'ai que ma parole.
— Pour ce qu'elle vaut... Quand peux-tu organiser ce raid ?
— Dès que je serai sur pied.

Pour la première fois depuis le début de leur entretien, Lamech parut se laisser amadouer. Ses lèvres esquissèrent un sourire.

— Parfait. Je vais demander aux médecins d'accélérer ta rémission avec quelques injections. De toute façon, il n'est pas question que tu diriges l'opération. Tu te contenteras d'en être l'indicateur.

Il hocha la tête, pensif, comme s'il contemplait mentalement la future offensive.

— Mais je t'avertis : mieux vaut que tout se déroule comme tu le prédis. Dans le cas contraire, je te garantis que tu n'en sortiras pas vivant.

Il gagna la porte et ajouta :

— Je ne peux pas te faire exécuter, mais un accident est si vite arrivé.

10

La pièce était propre. C'était sa seule qualité. Ses dimensions étaient réduites au point de ne contenir qu'un matelas et des sanitaires. Aucun placard, commode, ou table de nuit. Surtout pas de miroir. Rien qui puisse être sujet à distraction. Juste un plafond, posé sur quatre murs blancs. Et la porte, naturellement. Blindée et constamment fermée. Ne restait en son centre qu'un petit rectangle vitré qui laissait apercevoir une portion de couloir et constituait, si minuscule qu'elle fût, l'unique fenêtre sur le monde. Enfermée dans sa solitude, Mathilde ne trouvait d'échappatoire qu'en faisant des rêves éveillés, lesquels se déroulaient toujours dans le même décor. Tantôt elle remontait les pentes du volcan, tantôt elle se perdait dans la jungle, quand elle n'explorait pas les vergers en dégustant au gré de sa cueillette des fruits savoureux. Chaque nouveau scénario consolait son âme et stimulait sa mémoire. Elle craignait que le temps ne dilue le souvenir de ce lieu merveilleux. Jusqu'à sa mort, elle désirait se le rappeler. Revivre ces heures où, bien que prisonnière, elle avait pleinement ressenti l'importance d'être en vie.

Une fois par jour, la porte de sa cellule s'ouvrait et une femme déposait au pied du lit un plateau contenant l'équivalent de trois repas et des vêtements de rechange. En dehors de cette présence, qui se gardait bien de prononcer le moindre son, elle ne voyait personne. Elle était à bout de forces. Depuis la clinique de l'Oméga jusqu'à cette chambre immaculée, elle avait vécu des mois de captivité. Peu à peu, elle perdait espoir.

Elle savait que l'attente était une forme de torture. Qu'il n'était pas nécessaire de frapper un individu pour triompher de ses défenses. Il suffisait de patienter qu'elles se dissipent seules, une à une, dans un long tête-à-tête avec lui-même. Le premier visage qui entrerait en scène, la première interaction humaine, récolterait sans effort le résultat de cette mise à l'isolement. De fait, plus que boire, dormir ou manger, Mathilde avait désespérément besoin de parler.

Aussi, quand un soir une femme qu'elle n'avait jamais vue et qui portait l'uniforme militaire se présenta à elle en lui demandant de la suivre, elle faillit, ironie du sort, sauter de joie. Son accompagnatrice la conduisit jusqu'à un ascenseur qui descendit de plusieurs niveaux. Elles débarquèrent dans un couloir sur lequel donnaient plusieurs portes fermées. La femme passa son ondophone devant le scanner, activant l'ouverture de l'une d'elles. Elles pénétrèrent à l'intérieur. La pièce était vaste et tapissée de panneaux métalliques. Une longue table trônait au milieu, encadrée par deux rangées de chaises. Trois d'entre elles étaient occupées par des militaires. Deux hommes d'âge mûr et une jeune femme appartenant à sa génération qu'elle avait souvent croisée dans les dortoirs du Centre. Au regard qu'elles échangèrent, Mathilde sut que l'autre la reconnaissait aussi.

— Asseyez-vous, ordonna le plus âgé des militaires, un sexagénaire aux joues scarifiées dont Mathilde déduisit, grâce aux insignes épinglés sur sa poitrine, qu'il était major.

Elle prit place face à eux. Une lumière crue venue du plafond lui tombait sur les yeux. Une myriade d'ondophones pointaient dans sa direction. Avec des gestes soigneux, le major déploya le document destiné à conduire l'entretien. Il le parcourut rapidement, modifia du bout des doigts quelques sections, puis releva le menton.

— Déclinez votre identité, lança-t-il d'une voix austère.

— Mathilde Simon, fille de Chloé Simon et Basile Johansen.

— Où êtes-vous née ?

Elle se retint de sourire. Ses interlocuteurs savaient pertinemment qui elle était, d'où elle venait et ce qu'elle avait fait durant ses premières années. Comme chaque membre de la Communauté, sa vie entière était tracée. Elle répondit néanmoins poliment.

— Je suis née au Centre, première génération.

— Pour quelles raisons vos parents ont-ils décidé d'intégrer leur embryon au programme ?

— L'ennemi menaçait, la plupart des femmes ne pouvaient plus porter d'enfants. La gestation en milieu artificiel semblait être une solution sûre et appropriée.

— Après votre naissance, comment se sont déroulées vos premières années de formation ?

— Très bien.

— Quelles relations entreteniez-vous avec la hiérarchie ?

Elle plissa les paupières. Ces questions rhétoriques ne poursuivaient qu'un but : la confondre. Chacune de ses réponses serait passée au crible, sa gestuelle disséquée, jusqu'au ton de sa voix que l'on décrypterait longtemps après cette épreuve. Elle progressait au-dessus du vide. Un faux pas et c'était la chute assurée.

Les questions s'enchaînèrent. Quelles études avait-elle suivies ? Avec qui avait-elle entretenu des relations professionnelles, amicales et amoureuses ? Que pensait-elle de ses professeurs, des techniciens, du Doyen ?

Elle mit, sur ce point, quelques minutes à répondre. Ses juges ne pouvaient ignorer l'altercation qui l'avait opposée à Christopher Blake et poussée à fuir le Centre. Mais connaissaient-ils les raisons de sa rébellion ? L'existence de la salle clandestine ? Elle décida d'abandonner un instant tout principe de prudence afin de dévoiler le scandale qu'elle avait souhaité communiquer au grand public et que le professeur Blake avait réussi à étouffer. L'armée était plus puissante que le Centre. C'était l'occasion ou jamais de faire éclater la vérité.

On lui prêta une oreille distraite. Les visages de ses interlocuteurs n'exprimaient ni révolte ni contrariété, mais de l'ennui. Au point que, pour gagner leur attention, elle s'emporta sans s'en rendre compte.

Jusqu'à qualifier le Doyen de « traître ». La jeune femme avec qui elle avait partagé ses classes lança au major un regard outré que ce dernier intercepta.

— Assez, dit-il en levant la main pour faire taire Mathilde. L'opinion que vous avez du Doyen en dit long sur les raisons qui vous ont poussée à renier une institution qui vous a pourtant tout donné. Ce qui m'intéresse, c'est votre fuite hors du territoire. En d'autres termes, votre passage à l'ennemi...

Elle eut l'impression qu'on lui tirait une balle dans le dos. Non seulement l'armée se moquait des spécimens, c'est-à-dire de l'avenir, mais elle l'accusait en plus d'un crime passible de la peine capitale.

Elle comprit que rien de ce qu'elle pourrait dire ne suffirait à la disculper. Elle avait espéré qu'on l'écouterait, et elle se retrouvait piégée. Elle se souvint de l'avertissement de Marc, avant qu'il ne la dépose dans le parking du Centre de vie. Il craignait que les militaires ne la gardent captive, quel que fût son désir de coopérer. Avec Matthew, qui n'avait plus rien à perdre non plus, ils avaient mis au point cette stratégie. S'attribuant l'un et l'autre un rôle précis. Le sien consistait à se rendre aux autorités pour négocier la liberté de ses parents et convaincre la Communauté de venir en aide aux résistants. Échec cuisant. Ce qu'on lui reprochait constituait finalement sa seule chance. L'armée ignorait tout de son adversaire.

— Je n'ai pas trahi, dit-elle d'un ton solennel. Et je serais honorée de servir ma Communauté. Si mon expérience peut contribuer à mieux nous prémunir contre l'ennemi...

Les pupilles des militaires se dilatèrent. La jeune femme joignit les mains, se félicitant de conclure si facilement une affaire qui avait semé le trouble jusque dans les hautes sphères de l'armée. Mathilde lui rendit son sourire et poursuivit.

— En revanche, je ne livrerai aucune information sans contrepartie.

L'air réjoui de la militaire disparut aussitôt.

— Croyez-vous être en position d'émettre une quelconque revendication ? répliqua son supérieur d'un ton irrité. Nous vous avons reçue avec les égards dus à une concitoyenne, mais si vous persistez dans la duplicité et la perfidie, vous serez traitée en conséquence.

Les épaules de Mathilde se contractèrent sous la menace.

— Torturez-moi autant que vous voudrez, rétorqua-t-elle, déterminée à ne pas se laisser impressionner. J'ai été entraînée. Et je n'ai plus rien à perdre.

Le major lui lança un regard courroucé et recula sa chaise, s'apprêtant à se lever. Finalement, il se ravisa et fixa les ondophones qui filmaient l'entretien. Mathilde devinait que, derrière les murs, plusieurs personnes assistaient à leurs échanges.

— Quelles sont vos conditions ? demanda-t-il d'un air mauvais sans détacher les yeux des caméras.

— La libération immédiate de mes parents. Ils n'ont aucune responsabilité dans mon évasion. Ils n'ont fait que m'aider à dénoncer les agissements de Christopher Blake.

— Dites plutôt à monter un complot dont le but était de renverser le Centre, intervint la jeune femme.

La militaire défendait sa pouponnière, comme Mathilde l'aurait fait auparavant, lorsqu'elle croyait encore aux discours du Doyen.

— Cela n'a jamais été mon intention, répliqua-t-elle. Je voulais simplement que l'on considère les spécimens autrement.

Elle lui adressa un regard bienveillant que la jeune femme ignora.

— C'est tout ? lança le major.

— Je veux également retrouver ma liberté. Je ne suis une menace pour personne et mon seul souhait est d'aider la Communauté.

Le deuxième militaire étouffa un rire. Son supérieur le tança d'un regard noir. Au même moment, la porte s'ouvrit sur un homme dont les galons indiquaient qu'il occupait un poste élevé. Il adressa au major un signe de tête.

— Nous n'avons aucune preuve de ce que vous avancez, ajouta celui-ci peu après. Vous pourriez travailler pour le compte de nos ennemis.

— J'ai fui par nécessité. Je suis votre alliée.

Elle désigna sa nuque.

— J'ai fait retirer la puce grâce à laquelle les soldats de l'Oméga pouvaient me localiser.

— Ce pourrait être une ruse. Il n'existe aucun moyen de prouver votre intégrité.

— Vous vous trompez d'adversaire. Le Guide est dangereux, et ses soldats déterminés.

L'homme qui se tenait à la porte fit un pas vers elle.

— Vous avez approché le Guide ? fit-il d'un ton subitement intéressé.

Mathilde se redressa.

— Je l'ai même rencontré, mentit-elle.

Les militaires échangèrent un regard stupéfait, puis lui demandèrent de quitter la pièce. L'instant d'après, elle marchait dans le couloir, en compagnie de la femme qui l'avait escortée. Nul ne pouvait dire ce qu'il ressortirait de ce bras de fer, mais elle nourrissait l'espoir d'avoir, peut-être, une infime chance de le gagner.

11

Personne n'était au courant de la disgrâce de Noah. Lorsqu'ils étaient en société, le Guide ne laissait rien paraître de son ressentiment. Seule affleurait, aux yeux de sa cour, sa joie d'avoir retrouvé son fils sain et sauf. Noah jouait le jeu, ce qui lui permettait de conserver une petite influence au sein de l'Oméga. Les consignes du Guide étaient limpides : arrêter les résistants et organiser leur déportation. Si toutes ces étapes se déroulaient sans encombre, il réinvestirait le rôle qu'on lui avait assigné depuis sa plus tendre enfance : celui d'un mâle reproducteur, promis à Léana, gouvernant le cercle d'élus autorisés à vivre sur l'île et que Lamech, dans la plus stricte intimité, appelait les « veilleurs ».

Noah n'avait presque pas revu sa sœur depuis sa sortie de la clinique. Léana était en permanence au Fort. Lorsqu'elle le contactait, c'était pour se plaindre de la fainéantise des prisonniers qui rechignaient au travail, quand ils ne mouraient pas simplement d'épuisement. « Père demande l'impossible, maugréait-elle. Jamais ils n'auront fini la construction du port et de toutes les fermes sous-marines dans un mois. Ils sont en trop mauvais état. » Noah la rassurait en rappelant que, bientôt, un nouveau convoi de bagnards arriverait. Alors, à son tour, Léana le priait de se dépêcher.

Il déployait beaucoup d'énergie. Du matin au soir, entouré de ses équipiers, il organisait l'assaut qui permettrait de procéder à la plus grande arrestation de résistants de toute sa carrière. Il était très nerveux. Un oubli, une approximation de sa part, et tout pouvait échouer. Il fallait prévoir chaque détail, anticiper chaque éventualité. Les réunions s'éternisaient. Lorsqu'il regagnait ses appartements, il était fourbu. Las, le sommeil le fuyait. De vieux démons revenaient le hanter. Enfant, il s'était souvent demandé à quoi ressemblaient ses parents et pourquoi ces derniers l'avaient abandonné. Par quel truchement de l'existence son destin s'était retrouvé lié à celui du Guide. Lui, le gosse perdu, dont personne n'avait voulu. À ce jour, il n'en connaissait guère plus sur ses origines, mais l'incertitude le persécutait. Comment savoir où aller quand on ignore d'où on vient ? Lamech avait été très succinct dans ses explications. Il avait simplement avoué que son père était son bras droit. Mais de leur relation, son nom, sa personnalité, son rôle au sein du Parti, il n'avait rien dit.

Un jour, il pénétra aux aurores dans les bureaux du département technologique. Wendall était à son poste.

— Noah ! s'exclama-t-il, la mine fatiguée. Alors, c'est vrai ce que l'on raconte ? Tu t'en es sorti ?

— Je me suis enfui.

— Pour être honnête, je n'aurais jamais parié que l'on se reverrait un jour.

— Moi non plus.

— Quand ton père est venu…
Au regard que Noah lui lança, il s'interrompit.
— Quelque chose ne va pas ?
— C'est la raison de ma présence. Qui est au courant de l'existence du bracelet ?
— Hormis le Guide, personne.
— Il était seul ?
— Oui.
— Qu'a-t-il dit en découvrant les enregistrements ?
Wendall parut ennuyé.
— Rassure-toi, dit Noah. Cette conversation restera privée.
— Eh bien, en vérité, il a eu davantage l'air inquiet qu'étonné.
— C'est-à-dire ?
— Je me trompe peut-être, fit Wendall, hésitant. Mais pendant qu'il regardait les images, j'ai eu l'impression que ce n'était pas la première fois qu'il les voyait. N'importe qui aurait réagi de la même manière que nous. Tu te souviens ? Nous étions ahuris. Mais pas ton père. Il était plutôt nerveux. Il m'a demandé qui avait accès à ces informations. Quand je lui ai répondu « personne », il a paru rassuré. Il m'a ensuite ordonné de détruire toutes les séquences.
— Tu l'as fait ?
— Naturellement. Personne ne désobéit au Guide.
— Et après ?
— Rien. Il est parti.
Noah réfléchit.
— J'ai commis une erreur ? interrogea Wendall, soucieux.

— Non. C'est mieux que ces enregistrements aient disparu.

— C'est aussi mon avis. C'est tout ce que tu voulais savoir ?

— Pas tout à fait. J'ai besoin de renseignements sur quelqu'un.

— Je suis là pour ça, répondit Wendall, heureux que leur entrevue adopte une tournure plus convenue.

— Il s'agit d'un ex-collaborateur du Guide. Ils auraient fondé le Parti ensemble. Sa femme et lui se seraient suicidés.

D'un air appliqué, Wendall fouilla la mémoire de l'ordinateur du bout des doigts. Il en dégagea bientôt un document qui s'ouvrit devant eux. La silhouette d'un homme en trois dimensions.

— C'est lui que tu cherches ?

Noah scruta le personnage inerte. Le cliché datait de l'année de ses cinquante-neuf ans, quelques jours avant son décès. Malgré la présence d'une mèche blanche retombant en vague sur le front, le reste de la chevelure était couleur corbeau. Les pommettes saillantes formaient un triangle avec le menton, légèrement prognathe. Les yeux étaient d'un bleu perçant, magnétique. L'homme mesurait presque deux mètres. De son vivant, il devait être impressionnant.

— Tu le connais ? demanda le technicien, incrédule.

— Pas vraiment. Que dit sa fiche ?

— Isaac Lehman. Il a fait ses études avec ton père. Il a soutenu les collapsologues avant de fonder le Parti. Fervent militant de la Décroissance. Il a écrit plusieurs manifestes à ce sujet. Tu veux les lire ? J'ai aussi tout un tas de conférences, de reportages, de meetings...

— Beaucoup ?

— Pfffou... oui.

— Envoie-les-moi. Je les regarderai plus tard.

— Très bien.

— Et c'est tout ? Il n'y a rien d'autre ? Sur sa femme ? Son fils ?

Wendall fouilla.

— Si... Marié à Nour Lovell. Morte le même jour, il y a trente et un ans. D'un suicide par empoisonnement.

Noah écarquilla les yeux. Un empoisonnement, ce n'était pas courant.

— Par contre, ils n'ont pas eu d'enfant, corrigea Wendall.

— Tu es sûr ?

— Ce n'est mentionné nulle part.

Noah se troubla.

— Peux-tu approfondir tes recherches et m'envoyer ce que tu auras découvert ?

— Ce sera fait avant ce soir.

— Merci.

Il avait trouvé de quoi occuper ses prochaines insomnies.

12

Sa discussion avec Wendall poursuivit Noah tout au long de la journée. Incapable de se concentrer, il retourna chez lui à la nuit tombée et ne put attendre plus longtemps avant de consulter la quantité d'informations que Wendall avait compilées. Il se servit un fond d'alcool et s'enfonça dans un fauteuil. Il demanda à l'ordinateur de diffuser les documents par ordre chronologique.

Un homme apparut au centre de la pièce. Le même qu'il avait aperçu dans le bureau du technicien. Mais jeune, cette fois, à peine sorti de l'adolescence. Il se tenait debout sur une estrade, au milieu du campus de l'ancienne université des sciences, du temps où elle était encore en activité. Derrière lui, une quinzaine de supporters sagement assis sous une banderole où l'on pouvait lire « Voici venir le jour de trop ». Noah sourit. Déjà, à l'époque... Ses lèvres minces collées au micro, Isaac Lehman parlait d'avenir à un parterre d'étudiants allongés dans l'herbe. Il était question de climat, de politique, de la situation économique catastrophique. Le ton était exalté, le poing serré. Il croyait en ses idées. L'auditoire moins, plus occupé à profiter du soleil qu'à écouter les propos du jeune prédicateur. Mais le manque d'attention dont il faisait l'objet ne semblait pas perturber Isaac. Il continuait de rugir, les yeux levés au ciel, comme s'il s'adressait à une entité divine. Noah peinait à réaliser que cette séquence eût véritablement existé. Comme à établir un lien entre ce jeune homme et lui. Cet étudiant dont il guettait les expressions pour y retrouver les siennes. Il ne décelait rien. Ni dans l'apparence, ni dans la façon de se comporter, ni dans la voix. On aurait dit une fiction montée de toutes pièces. Le Guide n'étant pas à un mensonge près, il se demanda s'il n'avait pas inventé cette histoire de filiation. Dans quel but, cependant ? Confus, il poursuivit l'exploration. Après l'université, un film témoignait de la participation d'Isaac à un colloque sur la collapsologie, animé par des scientifiques. Il apparaissait furtivement quand la caméra balayait le public. Noah remarqua qu'il était toujours assis au premier rang. Ensuite, une succession de brèves vidéos, extraites de réunions, de manifestations, où Isaac ne faisait que des apparitions. Jusqu'au moment de son intronisation. L'année où il avait formé son propre mouvement politique. Il devait avoir vingt-cinq ans. Parmi ses partisans, Noah fut surpris de reconnaître Lamech dans sa prime jeunesse. Le Guide n'avait pas beaucoup changé. Déjà, le visage était émacié, la constitution frêle et noueuse. Les cheveux avaient poussé. Et ce regard… Torve, jamais franc. Comme s'il observait tout par en dessous, à la dérobée. À partir de cet instant, le Guide ne quitta jamais l'espace visuel. Mais il demeurait toujours dans l'ombre d'Isaac. La prestance de son confrère accaparait toute la lumière. Rapidement, les deux hommes animèrent des réunions à deux voix. Autour d'eux, de plus en plus de monde. L'actualité de l'époque s'immisçait dans le récit. Les journalistes suivaient Lamech et Isaac dans leurs déplacements auprès des populations pauvres et sinistrées. Des scènes de désolation au cœur de villes inondées, privées d'électricité, des cultures ravagées par les intempéries ou les insectes. Des campagnes dévastées par les incendies ou les tempêtes, des usines que l'on fermait les unes après les autres… Chaque fois, le duo se rendait sur place, serrait des mains, présentait ses condoléances. Noah fit l'impasse sur bon nombre de films qui traitaient du même sujet. Isaac répétait à la foule que la civilisation s'effondrait, que l'humanité allait s'éteindre au profit du renouveau de la nature, discours qu'il avait entendu des dizaines de fois dans la bouche du Guide. Une question le tracassait : comment un garçon aussi fier, aussi sûr de lui et goûtant manifestement aux honneurs pouvait-il s'être suicidé à l'aube de ses soixante ans ? Avait-il souffert de démence ? Ou bien subi un drame, un traumatisme ? Soudain, une femme apparut dans le champ de la caméra. D'abord occasionnelle, sa présence devint de plus en plus récurrente. Sa façon de regarder Isaac traduisait une admiration totale, proche de la dévotion. Isaac avait cinquante-cinq ans à ce moment-là. Elle, beaucoup moins. Trente, peut-être. Et une beauté à couper le souffle. Brune, la peau mate, les cheveux longs et bouclés, les yeux d'un noir profond. Noah mit le film sur pause. Subjugué, il tendit la main vers la jeune femme. Ses doigts traversèrent le vide en bousculant quelques photons.

Son cœur se serra. Il se reconnaissait dans ce regard comme au travers d'un miroir. Il en avait hérité. Sa mère. Insaisissable pour l'éternité.

Les émotions le submergèrent.

Au terme de longues minutes, il trouva le courage de remettre le film en marche. Quelque chose le surprit. Une seule fois, il aperçut ses parents, main dans la main, à un moment où Isaac ignorait qu'il était filmé. Lorsqu'il remarqua la caméra, les doigts se délacèrent instantanément. Noah se demanda pourquoi. Isaac avait-il honte ? Quelqu'un d'autre partageait-il sa vie ? Connaissaient-ils des mésententes ? Cette impression se renforça quand, du jour au lendemain, Nour disparut. Elle qui ne manquait aucun des meetings de son amant en fut tout d'un coup la grande absente. Ne restaient plus que le Guide et Isaac, sous la lumière des projecteurs. En coulisse, plus personne. Noah pensa qu'ils avaient rompu quand, sans prévenir, aussi subitement qu'elle s'était volatilisée, elle resurgit. Et ce, jusqu'à la fin. Le dernier film était un reportage du Parti tourné le jour des décès.

Le ton du commentaire était dramatique. La scène se déroulait dans le premier quartier général du Parti, avant la construction de l'Oméga. Noah se souvenait vaguement des lieux. Il s'agissait d'un ancien bâtiment culturel dont on avait retiré l'enseigne, mais dont les lettres en métal, monumentales, avaient imprimé le mot « musée » sur la façade. Devant l'entrée de l'édifice, la foule se pressait. La rumeur était dominée par les cris. Quand la caméra, montée sur un drone, prit de l'altitude, elle révéla une rue bondée, ainsi que toutes les artères alentour. Agglutinés les uns aux autres, la plupart des gens étaient en pleurs. Des larmes torrentielles assorties de gémissements lancinants, dignes des plus grands mélodrames. Tant et si bien que Noah aurait juré qu'ils étaient joués. « Isaac Lehman est mort », clamaient les haut-parleurs. « Notre Guide, notre leader », répétait le public hystérique. Noah était sidéré. Jamais il n'avait vu ces images. La foule imaginait-elle que, bientôt, on lui donnerait un autre guide à vénérer ? L'ironie de l'histoire lui flanqua la nausée. Il se sentit fautif, soudain, comme s'il avait participé à une conjuration. Il se fit attentif lorsque les caméras revinrent sur la scène du drame. Elles pénétrèrent dans le hall du bâtiment où les drapeaux étaient en berne. Le cercueil d'Isaac trônait au centre, en majesté, sous une photo de lui grandeur nature. Derrière, au second plan, une deuxième bière, plus modeste, dont Noah déduisit qu'il s'agissait de celle de sa mère, car nul portrait n'était exposé. Le commentaire du reportage confirma sa supposition. On avait retrouvé le couple dans son appartement, au matin. Empoisonné. Isaac Lehman avait laissé un document testamentaire. Face à l'état de la société, à son déclin annoncé, il montrait la voie de la Décroissance. L'achèvement du règne humain. Le jour de trop. Un exemple à suivre, disait le commentaire. « Un modèle d'intégrité. » Écœuré, Noah faillit mettre fin à la diffusion. Ses parents se suicidaient en le laissant seul au monde. Il se chercha dans cette foule d'anonymes. Les fidèles du Parti étaient debout, en rang, autour du cercueil. Le Guide au premier plan. La mine grave pour saluer la dépouille de son frère d'armes. Noah s'apprêtait à renoncer lorsqu'il aperçut, près d'un pilier, un tout jeune enfant qu'un militaire portait dans ses bras. Dont l'existence, à l'insu de tous, venait de basculer. Trop jeune pour tout comprendre. Et pourtant... Pourtant, en prêtant attention, on pouvait lire sur son visage la marque précoce et indélébile d'un pessimisme et d'une incrédulité qui, depuis, l'avaient rarement quitté.

13

L'assaut se déroulerait la nuit afin de surprendre les résistants dans leur sommeil. Une stratégie approuvée par les généraux et validée par le Guide. Rien ne devait entraver le projet de Noah. C'était ce qu'il pensait fièrement tandis que l'eau ruisselait sur sa poitrine, brûlant les cicatrices récemment refermées. Jusqu'à ce qu'un appel le contraigne à sortir de la douche. Un homme avait été interpellé aux abords de l'hôpital. Il prétendait détenir des informations capitales sur la Résistance et réclamait sa présence. Noah soupira. Le ton alarmiste du militaire qui le contactait l'irritait. Sans doute avait-on affaire à un mercenaire qui inventait n'importe quel prétexte pour rencontrer le fils du Guide en espérant ainsi sauver sa peau. Cela s'était déjà vu. Mais dans le doute… L'imminence de l'assaut le convainquit de se déplacer. Il s'habilla et quitta l'Oméga pour le centre-ville. Le militaire qui dirigeait le poste d'intervention l'accueillit avec les égards dus à son rang. Ce fut tout juste s'il ne fit pas la révérence lorsque Noah franchit le seuil de l'édifice.

— Nous l'avons mis à l'isolement, indiqua-t-il en le précédant dans un couloir dont les murs étaient si sales qu'ils semblaient recouverts de cire. Je suis désolé de vous avoir dérangé personnellement, mais compte tenu des derniers événements… S'il avait été identifié, j'aurais employé la procédure habituelle, mais il ne porte pas de puce.

— Il l'aura fait retirer, répondit Noah d'un ton blasé.

— Nous n'avons pas trouvé de cicatrice, et son profil n'est recensé nulle part.

Noah s'immobilisa.

— Vous avez bien fait.

Rassuré, le militaire s'empressa d'ouvrir la porte de la dernière cellule.

— Merci, dit Noah. Laissez-nous.

— À vos ordres. Vous n'aurez qu'à appeler lorsque vous voudrez sortir.

Sur ces mots, il referma la porte, abandonnant Noah en compagnie du prévenu.

Le réduit baignait dans une moiteur suffocante. La seule aération provenait d'un soupirail obstrué par un grillage et les toiles d'araignées. Le rai de lumière qui parvenait à percer offrait une faible clarté. Noah devina l'ombre assise par terre. Statique et mutique.

— Montrez-vous ! lança-t-il, nerveux.

L'inconnu obéit et vint se poster au-dessous de la fenêtre. Noah fronça les sourcils. Jamais il n'avait rencontré cet individu. Ce dernier était à première vue plus grand que lui, peut-être plus jeune, et en piteux état. Il semblait exténué, mais le dévisageait crûment, sans paraître le moins du monde intimidé.

Ce qui n'arrivait jamais avec les mercenaires ou les résistants.

— Alors, c'est vous ? lança-t-il avec insolence. Je vous imaginais plus beau.

Noah faillit riposter avant de se raviser. Encore un fou. Un de plus. Il leva les yeux au ciel, ce qui eut l'air d'amuser son interlocuteur.

— Vous n'avez pas la moindre idée de mon identité, n'est-ce pas ? se rengorgea-t-il. Moi, en revanche, je sais très bien qui vous êtes…

— Tout le monde sait qui je suis, répondit Noah d'un ton las.

Il gagna la porte.

— Non. Je veux parler de vos pensées les plus secrètes.

— Vraiment ? répliqua Noah dans un sourire, tout en toquant pour que l'on vienne lui ouvrir.

— Oui. Mathilde m'a tout raconté.

Noah se retourna. L'autre le regardait d'un air triomphant.

— Maintenant que j'ai votre attention, dit-il avec désinvolture, nous pouvons discuter.

Il se prénommait Matthew et prétendait être le meilleur ami de Mathilde. Noah peinait à y croire. Cependant, ses dires corroboraient le peu qu'il avait appris de la jeune femme en quelques mois. Matthew venait lui aussi du territoire voisin, et connaissait extrêmement bien Mathilde. Beaucoup mieux que lui-même. Au point qu'il ne put s'empêcher d'en éprouver un soupçon de jalousie. Sentiment inédit qu'il s'empressa de chasser pour se concentrer sur l'essentiel. Matthew rapportait de mauvaises nouvelles. Selon lui, Mathilde s'était rendue aux autorités dans l'espoir de négocier la liberté de ses parents, mais également de venir en aide au peuple de Noah. Les événements ne s'étaient pas déroulés comme elle l'avait espéré. Depuis son arrestation, les militaires la gardaient prisonnière et personne ne savait où elle se trouvait. Matthew était très inquiet. Seul, il ne pouvait rien. Leurs deux autres amis étaient étroitement surveillés. Personne ne pouvait secourir Mathilde, sauf Noah. Avant d'aller trouver les militaires, elle avait eu cette idée insensée. Puisque Matthew était réputé passé à l'ennemi, autant le faire vraiment. Elle lui avait expliqué la manière dont elle avait franchi la frontière, lui avait indiqué l'emplacement du tunnel. Elle lui avait confié que Noah serait le seul susceptible de l'aider et que, pour avoir une chance de le trouver, il devrait se faire arrêter. La probabilité d'y arriver était ténue, mais pas désespérée. Maintenant qu'il y était parvenu, il fallait agir. De toute urgence.

Une demi-heure plus tard, le soldat refermait la porte de la cellule. La contrariété de Noah était visible.

— Avez-vous obtenu ce que vous désiriez ? s'enquit le soldat tout en le raccompagnant vers la sortie.

Plongé dans ses réflexions, Noah ne répondit pas. Dans le vestibule du poste de contrôle, il demanda à signer le registre. Le militaire s'exécuta et afficha le profil de Matthew.

— Que fait-on de lui ? reprit-il.

Noah semblait perdu dans ses pensées. Il regarda le portrait du jeune homme.

— Déportation, jugea-t-il, impassible.

Le garde enregistra la consigne, fit le salut militaire, et Noah quitta les lieux.

14

Mathilde glissait dans la mélancolie. Pour une raison inconnue, on lui avait fait quitter sa cellule au profit d'une chambre meublée, grande et confortable, mais qui se trouvait au sein d'une caserne dont elle n'avait pas le droit de sortir sans permission ni escorte. Les barreaux de sa cage s'étaient desserrés, mais elle n'en demeurait pas moins séquestrée. Le pire était l'attente. Les incertitudes qu'elle générait. Ses distractions se résumaient à arpenter le dédale de couloirs souterrains, à s'attarder dans le réfectoire, ou à s'adonner à un peu d'exercice physique dans une cour cernée par quatre miradors. Sauf lorsque des militaires venaient s'entraîner, ne lui laissant d'autre choix que de leur céder la place. Pour tromper l'ennui, elle se réfugiait dans ses quartiers et s'abrutissait devant les programmes de l'Information Générale. C'était la première fois qu'elle avait le temps de vraiment s'intéresser au contenu proposé. L'homogénéité de la programmation la stupéfiait. En fait de divertissement, il était surtout question d'incitation à la consommation. Des émissions entières consacrées à l'habillement, à la décoration ou à l'aménagement de l'habitat. Les seules exceptions concernaient la sécurité et la santé des citoyens. Comment mieux se prémunir contre l'ennemi et les conditions climatiques, comment entretenir son corps, retarder son vieillissement, pallier ses inaptitudes… Les fictions intégraient dans leur scénario ce genre d'idées, au point d'en faire des publicités à peine déguisées. L'imagination y occupait une place insignifiante. Si bien qu'au bout de quelques minutes elle éprouvait le sentiment de tourner en rond. Même si son aventure avait exigé de nombreux sacrifices et provoqué de grands malheurs, même si elle payait cher son audace, elle avait pris goût à l'inconnu, à l'improvisation, à une liberté dont elle n'envisageait plus de devoir se passer. Quand elle considérait sa cellule, qui n'avait de chambre que le nom, quand elle croisait les figures officielles de l'armée dans les couloirs, des pensées suicidaires la traversaient.

Jusqu'au jour où un officier se présenta à sa porte pour la conduire dans une salle d'audience. Elle y retrouva le major qui avait dirigé le dernier interrogatoire ainsi que son supérieur hiérarchique qui était intervenu au cours des échanges. Leur attitude n'était plus la même. Ils affichaient un air affable, presque accueillant.

— Prenez place, je vous prie, dit le militaire d'un ton courtois. Comment trouvez-vous votre nouveau logement ?

— Bien, répondit Mathilde en s'asseyant.

— Tant mieux. On nous a rapporté que vous aviez repris l'exercice. C'est une excellente chose.

Elle garda le silence.

— Ne soyez pas sur la défensive. Nous avons décidé de vous accorder notre confiance. Raison pour laquelle vous bénéficiez d'un régime de faveur.

— Merci.

Le major hocha la tête, songeant que des remerciements étaient effectivement de circonstance.

— À présent, il est de votre devoir de collaborer, reprit-il. Vous prétendiez détenir des informations capitales. Quelles sont-elles ?

— Je parlerai lorsque mes parents seront libérés.

Un tic nerveux agita la paupière du deuxième homme.

— Ne soyez pas déraisonnable. Nous ne pouvons les libérer sans gage de votre part.

Mathilde admit que sa requête avait peu de chances d'être entendue. Pour obtenir gain de cause, il fallait changer de tactique.

— Très bien. Que désirez-vous savoir ?

— Commençons par le début. Racontez-nous comment vous avez réussi à passer la frontière.

Elle ne prit pas le temps de réfléchir. Elle répétait son discours depuis des jours. Elle expliqua son séjour dans la décharge et la manière dont elle avait rencontré Jack. Comment il l'avait agressée. Les militaires se montrèrent très intéressés.

— Que faisait-il dans la décharge ? demandèrent-ils.

— Il cherchait à rejoindre son territoire. Il prétendait n'avoir jamais voulu tuer qui que ce soit et avoir agi sous la contrainte.

— Comment ? Mais… de qui ?

— Vous, accusa-t-elle sans détour. Il a affirmé que l'armée l'avait forcé à commettre l'attentat contre la promesse de lui rendre sa liberté.

— Et vous l'avez cru ?

Sous couvert de candeur, Mathilde guettait la moindre de leurs réactions. Autant certainement qu'eux les siennes.

— Naturellement pas, répondit-elle d'une voix sûre.

Leur empressement à la questionner et l'inquiétude qui émanait de leur regard les trahissaient. Si bien qu'elle sut, sans doute possible, que Jack avait dit la vérité.

Lorsqu'ils demandèrent ce qu'il était advenu par la suite, elle raconta comment Matthew les avait aidés, elle et Jack, à gravir le rempart et à le traverser. Tandis qu'elle s'exprimait, les militaires se référaient à un document reportant les événements tels que les soldats en poste à la frontière les avaient vécus ce jour-là. Leurs mines satisfaites tendaient à démontrer que leur version des faits corroborait la sienne. Quand ils voulurent en apprendre davantage, elle déclara qu'elle ne dirait plus rien tant qu'elle n'aurait pas obtenu la libération de ses parents. Les militaires soupirèrent.

— Nous réfléchirons à la question, fit le plus gradé des deux. En attendant, dites-nous ce que vous savez.

À s'obstiner ainsi, Mathilde savait qu'elle courait un grand risque. Elle s'était engagée dans une discussion en apparence civilisée, mais qui en réalité était une lutte où toutes les basses manœuvres étaient permises. Si elle renonçait maintenant, ses interlocuteurs feraient leur possible pour la manipuler et elle n'obtiendrait jamais gain de cause. Elle imagina ses parents prisonniers, séparés l'un de l'autre, et cette vision lui redonna du courage.

— Je parlerai lorsque Basile et Chloé seront rentrés chez eux, dit-elle la tête haute.

Le major la fusilla du regard.

« Pas encore… », pensa Mathilde. Pas encore.

15

Deux jours après, une équipe de quatre militaires vint la chercher. Parmi eux, elle reconnut un officier qui accompagnait le major lors de leur dernière entrevue. Il l'informa qu'à défaut d'accéder à sa requête l'état-major lui concédait une faveur qui, espérait-on, la déciderait à poursuivre leur collaboration. À titre exceptionnel, on l'autorisait à quitter la caserne afin de rendre visite à sa mère. Mathilde bondit de joie. Sa stratégie portait ses fruits. Elle se dépêcha de se préparer et suivit son escorte.

Deux heures plus tard, ils atteignirent les abords d'un bâtiment austère, à la périphérie de la ville. L'aire de stationnement comportait de nombreux emplacements réservés aux visiteurs, tous vacants. Ils gagnèrent l'entrée de l'institut de raison où, après avoir vérifié leur identité, un hôte d'accueil les orienta vers la salle d'audience. Ils durent à nouveau passer plusieurs contrôles avant de pouvoir rencontrer un être de chair et d'os, qui portait l'uniforme blanc des médecins. Il posa sur Mathilde un regard insistant qui la mit mal à l'aise. Comme s'il avait flairé en elle une menace. Il la conduisit dans une petite pièce au fond de laquelle se trouvait une porte.

— La patiente va arriver, dit-il d'un ton dénué d'empathie.

Quand la porte se referma, Mathilde prit peur. Et si c'était un piège ? Mais bientôt, un cliquetis se fit entendre et un membre du personnel entra, suivi d'une silhouette fantomatique. Mathilde secoua la tête dans un geste réflexe. Perplexe, elle chuchota :

— Chloé ?

Sa mère tourna vers elle un visage inexpressif.

— Chloé, c'est moi. Mathilde. Tu me reconnais ?

Le front de sa mère se rida, donnant l'impression qu'elle fournissait un effort surhumain pour comprendre. Mathilde eut la sensation affreuse de se trouver en présence d'Élisabeth Bessire, lorsqu'elle s'était rendue chez elle par surprise. Sauf que Chloé n'avait jamais été comme la veuve. En temps normal, elle était animée d'un tempérament volcanique. Elle possédait un esprit rebelle et fertile. Mathilde interpella l'infirmier.

— Que lui avez-vous fait ? demanda-t-elle, effarée.

— La patiente suit actuellement un programme d'adaptation, répondit-il, méthodique, récitant sa leçon.

— Vous la droguez ?

— Nous lui administrons les médicaments nécessaires.

Mathilde prit les mains de Chloé dans les siennes.

— Pardonne-moi, dit-elle d'une voix étranglée. Tout est ma faute. Si j'avais su…

Sa mère ne parut pas entendre sa supplique.

— Je vais te sortir de là. Je ferai tout ce que je peux pour que tu rentres chez toi.

Sa mère esquissa un sourire dont Mathilde n'aurait su dire s'il était volontaire ou engendré par les psychotropes. Elle choisit de le prendre pour elle. Elle avait terriblement besoin de consolation.

La visite dura quinze minutes. Mathilde aurait voulu la prolonger, mais l'officier lui fit comprendre que la permission touchait à sa fin. Elle quitta les lieux le cœur blessé.

Ce qu'elle s'était figuré comme un rêve, des retrouvailles émues avec sa mère, s'avérait un cauchemar éveillé. Chloé n'était que l'ombre d'elle-même. Un prénom sur une marionnette. Mathilde était déchirée entre la colère et la frustration, résolue d'en découdre avec ceux qui lui refusaient la libération de ses parents. Chloé avait besoin du soutien et de l'amour de ses proches. Sevrée des drogues, épaulée par Basile, elle redeviendrait elle-même. C'était certain. Elle avait besoin de son mari. Où, diable, se trouvait-il ?

Les militaires faisaient la cour, chacun leur tour, devant sa chambre. Se montrant tantôt agressifs, tantôt persuasifs. Mathilde ne cédait pas. Elle ne collaborerait qu'à la condition d'obtenir de leur part une réponse favorable. Si l'armée voulait des renseignements, il faudrait d'abord libérer ses parents. Sa visite à Chloé avait renforcé sa volonté et rien ne la motivait plus que l'espoir de les savoir tous deux en sécurité. Le reste importait peu. Pas même sa vie, compte tenu du tournant qu'elle avait pris. Le manège dura plusieurs jours, sans issue.

Un soir, alors qu'elle était étendue sur son lit (qu'elle refusait désormais de quitter autrement que par absolue nécessité), on frappa à sa porte. Elle poussa un soupir exaspéré. D'ordinaire, à cette heure, on ne l'importunait plus. Du plus simple troupier jusqu'au haut commandement, pas un soldat ne manquait le dîner. Le brouhaha qui s'élevait du réfectoire résonnait dans toute la caserne. Elle se leva pour ouvrir, fâchée de devoir interrompre le journal de l'Information Générale. Son expression passa de l'agacement à l'ébahissement.

— Marie ! s'exclama-t-elle avec une joie démesurée.

Elle se jeta dans les bras de son amie et la tint longtemps enlacée. Le nez enfoui dans ses boucles dorées, elle humait un parfum familier.

— Tu vas finir par m'étouffer…
— Pardon, fit Mathilde en se dégageant.

Elles se dévisagèrent. Marie avait laissé pousser ses cheveux, qui lui arrivaient désormais aux épaules. Elle avait le teint pâle et ses taches de rousseur étaient moins marquées que d'habitude, mais c'était bien elle. L'œil doux et le sourire timide, qui semblait s'excuser d'être là. Mathilde l'entraîna à l'intérieur.

— Que fais-tu ici ? Ne me dis pas que tu habites dans cette caserne ?

— Si tu m'offres un café, je vais tout t'expliquer.

Mathilde était si excitée que, par deux fois, la tasse lui échappa des mains.

— De l'eau suffira, dit Marie dans un sourire.

Mathilde s'assit à ses côtés.

— Raconte-moi. Je veux tout savoir.

Marie lui confia qu'elle vivait désormais dans un poste avancé, le long de la frontière, avec Owen. Ce dernier étant souvent en mission, partager un logement constituait la seule assurance de se voir. Marie décrivait sa relation avec mesure, différemment de la manière dont elle appréhendait généralement ses coups de cœur. Lesquels, par le passé, avaient été innombrables. Cette fois, elle était conquise. Mathilde la félicita. Elle lui rappela comment, des mois auparavant, lors d'un dîner chez Marc, elle s'était effondrée en évoquant son célibat. Depuis, son existence s'était radicalement transformée.

— Toi aussi, tu as changé, répondit son amie.

Dans sa bouche, ce n'était pas un compliment.

— C'était... difficile, murmura Mathilde.

Marie lui prit la main.

— C'est pour cette raison que tu dois parler, dit-elle, anxieuse. C'est la seule façon d'envisager l'avenir.

— Quel avenir ? Quoi que je fasse, je suis condamnée à rester six pieds sous terre.

— Je sais. Ce doit être très dur pour toi.

Mathilde hocha la tête.

— Je n'ai plus de perspective, dit-elle. Mais je m'en moque. Je suis résignée. Tout ce que je veux, c'est sauver Basile et Chloé. Je n'avouerai rien tant qu'ils ne seront pas en sécurité. Je n'ai même pas encore revu mon père, tu te rends compte ?

Marie baissa les yeux.

— Il faut que je te dise quelque chose...

Elle chercha ses mots et n'osa plus la regarder. Un mauvais pressentiment étreignit Mathilde.

— Parle ! lança-t-elle avec une agressivité qui la surprit elle-même.

— Basile est mort.

Mathilde reçut l'équivalent d'une décharge électrique dans le ventre. Son souffle se coupa. Le temps s'étira. Puis elle se leva et saisit la tasse abandonnée sur la table. Elle la jeta contre la vitre d'une caméra qui explosa.

— C'est pour ça qu'ils t'envoient ? s'écria-t-elle en grimaçant. Ils ont pensé qu'avec toi j'accepterais mieux ?

Elle ramassa la tasse et la lança sur une deuxième caméra. Elle manqua sa cible.

— Montrez-vous, espèces de lâches !

Elle continua de s'acharner sur les appareils de surveillance, en pleurant de rage. Bientôt, les débris de verre jonchèrent le sol. Elle s'interrompit, hagarde.

— Brutes..., fit-elle en essuyant ses joues du revers de la manche.

Marie l'observait d'un air misérable. C'était vrai. Les militaires l'avaient missionnée en imaginant que sa formation de psychologue comme l'amitié qui les liait l'aideraient à apaiser son amie.

— Je suis désolée, dit-elle, les yeux noyés de larmes.

Mathilde lui adressa un regard mauvais, puis enfouit le visage dans ses mains.

— Que s'est-il passé ? demanda-t-elle peu après d'une petite voix. Ils l'ont torturé ?

Marie jeta un œil inquiet aux caméras.

— Ce n'est pas ce que l'on m'a dit, répondit-elle, soucieuse de rester sincère sans les compromettre. Ton père était déjà en mauvaise santé. Sa détention n'a rien arrangé.

— Je parie qu'on ne lui a pas offert une suite comme celle-ci.

— Je ne sais pas.

Mathilde sentit que Marie avait peur. Au nom de leur amitié, présente ou peut-être passée, elle tenta de se dominer.

— De quoi est-il mort ?

— Il a fait un arrêt cardiaque, peu après son interpellation.

Mathilde ferma les yeux. Elle n'arrivait pas à y croire. Elle s'imagina son père abandonné au fond d'une cellule, souffrant. Elle se concentra sur lui. Sur la façon dont il aurait souhaité qu'elle réagisse. Basile était un être modéré. D'aussi loin qu'elle se souvînt, il l'avait toujours été.

— Je voudrais le voir…, dit-elle, la lèvre frémissante, tâchant de toutes ses forces de contenir sa haine.

— Tu sais bien que c'est impossible. Il a été incinéré.

— Alors que l'on me donne ses cendres.

Comme Marie ne répondait pas, elle se tourna vers le plafond en criant :

— Vous entendez ?! Je veux ses cendres !

Mais les caméras comme les haut-parleurs demeurèrent muets. Marie lui prit la main.

— Personne ne s'attendait à ça, dit-elle avec douceur. Son décès a surpris tout le monde.

Mathilde la regarda d'un air mauvais.

— S'il était resté chez lui, il serait toujours en vie.

Marie la dévisagea, décontenancée, comme si Mathilde constituait un nouveau sujet à étudier. Au bout de quelques secondes, elle rendit son verdict.

— L'armée n'est pas notre ennemie, dit-elle d'un ton calme, mais ferme, semblable à celui dont usaient autrefois leurs professeurs. Les soldats se sacrifient pour nous défendre.

Mathilde fut stupéfaite de constater que Marie ne s'exprimait plus par peur d'éventuelles représailles, ou sous la pression des caméras, mais par conviction. Elle se demanda si son aveuglement était dû au fait qu'elle sortait désormais avec un militaire, puis se souvint que, encore peu de temps auparavant, elle-même faisait l'apologie des forces armées. Malgré toute l'affection qu'elle portait à son amie, un ravin les séparait.

— Tu dois leur parler, ajouta Marie, confortant son sentiment. Je comprends ton chagrin, et je le partage, mais si tu possèdes des informations susceptibles d'influer sur notre sécurité, il est de ton devoir de les livrer. L'intérêt de la Communauté passe avant tout.

Mathilde comprit qu'elle n'était pas de taille à lutter. Elle ne pouvait se fier qu'à son intuition, et quoi que dissimule l'armée, quoi qu'il y ait à cacher, seule, elle ne pourrait jamais forcer la vérité. Encore moins renverser une culture ancrée dans les esprits par des années d'endoctrinement. Elle se sentit soudain aussi minuscule qu'une fourmi sur le point de se faire écraser.

— Très bien, dit-elle, la gorge nouée. Dans ce cas, je veux qu'on libère Chloé. Ils me doivent bien ça.

Marie hocha la tête, comme si, tout d'un coup, la réaction de Mathilde trouvait une résonance dans ce qu'elle avait appris en cours de psychologie. Cependant, elle parut embarrassée.

— Je pense qu'ils accepteraient de la libérer, mais…

— Mais ?

— Allons, Mathilde. Tu l'as vue. Son état s'est beaucoup dégradé. Elle est incapable de vivre seule. Qui veillera sur elle, à présent ?

Mathilde réalisa à cet instant que son sort était scellé. Quoi qu'on ait pu lui faire miroiter, quoi qu'elle puisse livrer comme aveu, l'armée les tiendrait prisonnières, elle et sa mère, jusqu'à leur dernier souffle.

16

L'aube était loin, mais il faisait déjà chaud. Noah était en sueur. Son uniforme d'intervention lui collait à la peau. Les soldats allongés à ses côtés, fusils pointés vers l'immeuble d'en face, ne bougeaient pas d'un cil. Même la brise s'était tue, comme si l'air lui-même savait, figé dans l'attente du grand chambardement. Noah rampa sur quelques centimètres et avisa le trottoir en contrebas. Une trentaine de blindés y étaient stationnés avec à leur bord des centaines de soldats. Sans compter ceux qui, comme lui, surveillaient les alentours afin d'éviter que les résistants ne prennent la fuite. Le Guide avait mobilisé d'importants moyens. La moitié des contingents de l'Oméga étaient assignés à cette intervention. Mettre fin à la Résistance, en une seule fois. Quel coup d'éclat ! Une campagne médiatique était déjà programmée. Des caméras embarquées sur les casques des soldats transmettaient leur captation en direct à l'Oméga où une escouade de techniciens se chargerait du montage en un temps record. Pour que le soir même, dans chaque salle de projection publique, dans chaque hall d'immeuble, soit diffusé un film à la gloire du Parti et du Guide. Lamech devait se frotter les mains. Noah se le figurait très bien. Trépignant d'impatience, comme quelqu'un qui s'apprêterait à ouvrir un cadeau. Lui aussi avait hâte que cela finisse. C'était la première fois qu'on l'évinçait du pouvoir, qu'on le désengageait, bien malgré lui, de la moindre responsabilité. Vengeance assumée de Lamech, qui, entouré de ses chers livres, supervisait l'opération de loin, ne communiquant ses ordres qu'à une poignée de généraux.

Soudain, il songea que Lamech avait peut-être donné la consigne de l'abattre pendant l'intervention. Il reprit sa position, le doigt sur la détente. Capable de tirer à trois cent soixante degrés, s'il le fallait. Mais il était seul. Et ils étaient si nombreux. Il ne sortirait pas vivant de ce guet-apens. Il avait cru se moquer de tout mais, en vérité, il n'était pas prêt. Il songea à Mathilde. Aux moments qu'ils avaient partagés. Ce vol en hélicoptère, quand il était allé la chercher. Il aurait fallu ne jamais atterrir. Il imagina se relever et se précipiter dans le vide. Mais même cela, il ne s'en sentait pas le courage. « Lâche », fit une voix sous son crâne. Il ferma les yeux.

Au même instant, sur un signe de leur chef, les militaires postés dans la rue se mirent à courir, en deux vagues successives, vers l'immeuble convoité. Ils l'atteignirent en quelques secondes. Le soldat qui dirigeait la section de Noah leur ordonna de se tenir prêts. Ses doigts se crispèrent. Un goût métallique coula sur sa langue. Un filet de sang, à force de serrer les dents.

En bas, les militaires s'étaient introduits dans le bâtiment. Ils descendaient les étages prudemment, leurs armes en avant. Il y eut un premier cri.

Auquel succéda un vacarme insoutenable. Les résistants avaient été surpris dans leur sommeil. À la surface, toujours nul mouvement, mais sous terre, c'était la guerre. Dans les oreillettes et sur les postes radio accrochés à la ceinture des généraux, les ordres résonnaient comme des aboiements. On percevait des coups de feu. Des hurlements s'élevèrent des parkings jusqu'au ciel.

Jusqu'à lui, le fils du Guide, chef du renseignement, qui avait méthodiquement prévu, planifié, organisé cette rafle, et qui, à cet instant, aurait voulu se percer les tympans pour ne plus entendre le moindre bruit.

Il focalisa son attention sur la ligne d'horizon qui blêmissait à mesure que le temps s'égrenait et que l'horreur se produisait trente étages sous ses pieds. Il fut surpris lorsque le commandant de division battit le rappel.

— C'est fini, fit celui-ci sobrement, comme si l'opération n'avait été qu'une simple formalité.

Il fit un geste pour amorcer la descente et les soldats se levèrent de concert. Avant de leur emboîter le pas, Noah osa un regard en contrebas. Les résistants que l'on avait arrêtés formaient une masse grise au milieu de la chaussée. Quelques minutes plus tôt, la voie était déserte. À présent, on l'aurait crue envahie de fourmis. Combien étaient-ils ? Un millier d'individus, au bas mot. C'était ahurissant. Lorsqu'il était entre leurs mains, jamais il n'aurait soupçonné qu'ils puissent être autant dans un seul repaire. La plus belle prise de sa carrière. Il entrevit son retour en grâce qui, peut-être, en résulterait.

Parvenu au pied de l'immeuble, il se plaça en première ligne afin de mieux observer ceux qui sortaient de terre. Ils avaient la mine sombre, et les yeux de ceux qui ont renoncé depuis longtemps. Il se demanda combien s'étaient débattus, combien de corps gisaient dans leur sang. Il aurait parié que les pertes étaient ridicules tant les résistants ressemblaient à des vaincus.

Il fut tiré de ses pensées par un individu qui le dévisageait d'un air rancunier. Noah reconnut le petit tatouage en forme d'étoile, en haut de la pommette. Il n'eut pas le temps d'esquisser un geste que l'homme franchit le cordon de sécurité et fonça sur lui. Il le renversa sur la chaussée et referma les mains sur sa gorge. Ils roulèrent sur le bitume. Noah mit quelques secondes à riposter. Son uniforme le gênait. Son adversaire pesait sur lui de tout son poids. « Je vais te tuer ! » grinçait-il entre ses dents gâtées. Et Noah crut qu'il allait y arriver. Il chercha du regard quelqu'un pour l'aider. Un des soldats qui était à côté fit un mouvement vers lui, mais il fut stoppé par un général. Lamech n'avait peut-être pas donné l'ordre de l'exécuter, mais il n'avait pas non plus formulé celui de le sauver en cas de nécessité. La colère le submergea. Il n'offrirait à personne le plaisir de se faire tuer par un résistant. À personne, le spectacle de sa mort. Il détendit les jambes et repoussa son assaillant qui tomba sur le dos. Mais celui-ci se releva et brandit une lame. Au moment où il se jetait de nouveau sur lui, Noah bascula son fusil et tira. La détonation fut étouffée par leurs corps. La force de l'impact propulsa le résistant au sol. Noah se remit aussitôt d'aplomb. Effort inutile. Son adversaire baignait dans une flaque de sang, le bras droit à moitié arraché. Son visage n'était que douleur. Autour, plus personne ne bougeait. Le général qui avait interdit qu'on se porte au secours de Noah appela le service ambulancier afin de prendre en charge le blessé. Puis il désigna deux unités à qui il ordonna d'inspecter le parking. Noah demeura seul sur le trottoir, sonné par la violence de l'attentat auquel il venait d'échapper.

17

Sitôt franchi le seuil de ses appartements, Noah se délesta de son uniforme et courut sous la douche. Il avait toujours accordé une importance capitale à l'hygiène, au point de subir les railleries de Léana lorsqu'ils étaient adolescents, laquelle confiait à qui voulait bien lui prêter attention que son frère passait plus de temps qu'elle dans la salle de bains. Contrairement à ce que les généraux supposaient, il ne s'agissait en aucun cas de coquetterie. Il se moquait éperdument de son apparence. Se laver était un rituel. Certains jours, il aurait pu s'arracher la peau. Depuis qu'il s'était couché sur le toit de cet immeuble, le ventre cloué au béton froid, il avait rêvé d'être sous l'eau. Après le duel qui l'avait opposé au résistant, son corps avait exhalé une odeur horriblement âcre, dont il avait craint que les autres soldats ne la remarquent aussi. Raison pour laquelle il frottait désormais avec frénésie sa poitrine et son dos. Pour tenter de faire disparaître la honte, le dégoût et la peur qui suintaient par tous les pores de sa peau.

Quand il eut fini, il passa un pantalon et une chemise de lin, remplit une carafe d'eau, et prit place au creux d'un fauteuil rond qu'il orienta face à la baie vitrée. Un soleil de plomb tombait sur les panneaux photovoltaïques qui tapissaient le quartier général du Guide. Noah attendit l'après-midi que vienne le signal.

À dix-neuf heures, il reçut un message et se leva.

Lamech était seul quand il entra. Noah avait deviné qu'il s'agirait d'un échange confidentiel qui devait se passer de témoin.

Le Guide l'accueillit sans sympathie, mais avec courtoisie.

— Je n'ai pas commandé de repas, indiqua-t-il en désignant la table dépourvue de nappe et de couverts. Nous verrons plus tard si nous retrouvons l'appétit.

Il gagna le coin salon de la bibliothèque.

— Assieds-toi.

Noah opta pour une banquette sur laquelle il s'était déjà maintes fois allongé, mais qui à l'instant lui parut inhospitalière. Il y prit place, la colonne vertébrale plus droite qu'un poteau. Le Guide était plus à son aise. Ce qu'il s'apprêtait à faire n'avait rien de spontané. Il savait les jalons à poser, les indices à semer, les écueils à éviter. Noah tâtonnait.

— L'opération s'est bien passée, fit Lamech d'un ton neutre. D'aucuns diraient qu'il s'agit même d'une intervention exemplaire. Manœuvre réglée au millimètre près, aucune bavure. Tout s'est déroulé comme tu l'avais annoncé. Je te félicite.

— Merci.

— Je dois avouer que j'étais méfiant. Je me demandais quelle surprise tu nous réserverais. J'avais pris mes dispositions. Je ne me souviens pas d'avoir mobilisé autant d'hommes pour une seule opération. On n'est jamais trop prudent.

Il fit la moue.

— Je regrette l'agression dont tu as été victime. Tu t'es bien battu. Entre nous, j'aurais préféré que ce chien meure, mais le fait qu'il n'ait été que blessé est une aubaine. Il va pouvoir travailler au Fort, comme les autres. Il n'en souffrira que davantage. Vengeance parfaite, à la réflexion. Quand on y pense, la mort est trop souvent une délivrance.

Il posa les lèvres sur un cigare et l'alluma.

— Je commence à croire ton repentir sincère, dit-il en rivant son regard au petit nuage de fumée qu'il venait de recracher.

— Il l'est.

Lamech opina.

— Hum… tant mieux. Mais prouver ta loyauté ne suffit pas.

Il se redressa.

— Comprends-moi. Voilà des années que je construis pour toi le plus beau, le plus grandiose des cadeaux. Cette vision m'anime depuis le jour où je t'ai adopté. J'y ai consacré ma vie, mon savoir, ma fortune personnelle. Je ne voudrais pas avoir fait tant de sacrifices pour un ingrat. Ta sœur l'a saisi très tôt. Il faut dire que nous avons un caractère similaire. C'est différent pour toi. Tu as toujours été indépendant, en rébellion contre l'autorité, contre le monde. Je t'accorde des circonstances atténuantes. Ta vie a commencé de manière... imprévue. Mais tu n'es plus un enfant. Il t'appartient désormais de façonner ton existence et d'assumer tes choix.

— Je sais.

Lamech parut étonné.

— Je me suis emporté trop vite, reprit Noah. J'ai agi sans réfléchir. Sur le moment, je me suis senti trahi.

— Si je ne t'ai pas mis au courant de nos projets plus tôt, dit le Guide, ce n'était pas dans le but de t'évincer, mais de te préserver. Je comptais t'en parler. Tu m'as simplement devancé.

Noah baissa le front en signe de soumission.

— Je comprends.

Lamech réfléchissait. Il prit une autre bouffée. Puis une seconde. Et une troisième. Noah avait le sentiment que le Guide pouvait s'inviter dans sa pensée. De nouveau, il fut sujet à un pic d'adrénaline et se mit à transpirer. Lamech reprit la parole.

— Je vais te montrer quelque chose. J'aurais dû commencer par là depuis longtemps. Laisse-moi t'expliquer l'origine de ce projet, et pourquoi tu y es associé.

Il se dirigea vers les rayonnages de sa bibliothèque et en sortit un énorme volume. Il le posa sur un pupitre.

— Viens contempler cette merveille, dit-il en caressant la couverture.

Noah approcha d'un pas prudent.

— N'aie pas peur.

Il saisit la main de Noah qu'il appliqua sur le dos relié.

— Tu sens l'épaisseur du cuir ? Cette enveloppe si particulière qui a traversé les siècles ? Elle renferme l'héritage de nos ancêtres. Aujourd'hui, ils ne sont plus là, mais ces livres sont leur voix. Elle mérite d'être respectée et écoutée.

Ému, il ouvrit le volume.

— Lorsque Léana et toi étiez jeunes, je vous interdisais d'y toucher par crainte que vous ne les abîmiez. Mais ce sont eux, le véritable trésor. Quand le temps sera venu, je les transférerai au Fort et à ma mort ils seront à vous.

Il feuilleta quelques pages. Sur certaines, l'écriture était effacée. Des gravures s'intercalaient entre les lignes.

— Regarde, c'est ici, fit le Guide en désignant une page dont les bords étaient rognés. Vois-tu le dessin ? Ce qu'il représente ?

— On dirait de l'eau.

— Tout juste. Beaucoup d'eau. Une inondation si terrible qu'elle a tout enseveli. Elle s'est produite il y a des milliers d'années. Sur le même sol que nous foulons aujourd'hui.

Noah fronça les sourcils. Lamech poursuivit d'un ton docte :

— Les hommes existaient déjà à cette époque, mais ils faisaient preuve d'un tel irrespect envers la nature, envers ce fabuleux cadeau qui leur avait été offert, que Dieu a décidé de se venger.

— Dieu ?

— Un personnage inventé par les hommes sur lequel ils ont posé un visage à leur image afin de désigner les phénomènes naturels et toutes les choses auxquelles ils ne comprenaient rien. Selon les récits, avant d'exécuter sa vengeance, Dieu a choisi un homme au cœur pur dont la mission serait de sauver l'humanité. Il lui a demandé de construire un navire, une arche, et d'y embarquer sa femme, ses enfants et un couple de chaque espèce animale. Quand ce fut fait, il a déclenché un véritable déluge. Toute forme de vie qui restait sur Terre a été noyée. Puis, au bout de quarante jours, les pluies ont cessé et la décrue s'est amorcée. L'arche a accosté sur un rivage vierge, et Noé a pu tout recommencer.

Il jeta un regard entendu à son fils adoptif.

— Tu comprends maintenant pourquoi j'ai choisi de te nommer ainsi.

Noah était troublé. Il mesurait l'importance des livres et la fascination qu'ils exerçaient sur le Guide, mais où se situait la frontière entre l'imaginaire et le réel ? Ses yeux fixaient l'image de l'énorme bateau sur les flots, sous un ciel diluvien. Il songea à l'homme de la légende. Ce sauveur dont parlait Lamech.

— Je croyais que Noah était le prénom donné par mes parents à ma naissance ?

Le Guide eut l'air affligé.

— J'aurais voulu t'expliquer cela sans te peiner. Mais je t'ai suffisamment épargné.

Il fit mine de se concentrer.

— La vérité, dit-il, c'est que ton père n'a jamais cru en l'humanité. Vivre constituait à ses yeux un fardeau. C'en est un. À cet égard, tu lui ressembles beaucoup. Mais il avait trouvé sa raison d'être dans son rôle de leader, de guide pour ses semblables. Lorsque les jeunes générations ont commencé à ne plus vouloir d'enfants, par crainte d'un avenir trop sombre, ton père a été le premier à les soutenir dans leur démarche. Il en a fait son fer de lance. La Décroissance, dans son sens le plus extrême. Aussi, quand ta mère est tombée enceinte, il a considéré cette grossesse comme un désaveu. Il ne l'a jamais assumée. Ta naissance s'est déroulée dans le plus grand secret et, durant tes premières années, tes parents n'ont eu de cesse de te cacher. C'est la raison pour laquelle ton père n'a jamais voulu te donner de prénom. Pour lui, tu n'aurais jamais dû exister.

Noah s'appuya sur le pupitre. Les images contenues dans le livre, celles qu'il avait vues dans le film sur Isaac et Nour, le passé, le présent, l'avenir… Tout se brouillait. Les propos de Lamech rouvraient une blessure ancienne. Lui qui avait toujours peiné à trouver un sens à l'existence. Ses propres parents l'en avaient privé dès la naissance.

Lamech le regardait d'un air sincèrement désolé.

— Ton père était un extrémiste, ajouta-t-il. Sur la fin, je dirais même qu'il avait perdu toute mesure. Il agissait comme un déséquilibré. C'est sans doute ce qui l'a poussé à se suicider.

Il attendit quelques minutes que Noah reprenne ses esprits. Quand il parut plus calme, le Guide lui fit signe de regagner sa place, sur la banquette.

— Je vais demander que l'on t'apporte quelque chose à manger. Tu es très pâle.

Il s'absenta une minute puis revint s'asseoir en face de lui.

— Voilà pourquoi, reprit-il, lorsque je t'ai recueilli, je t'ai donné ce prénom. En hommage à cet homme qui a sauvé tous les autres. Qui a su restaurer l'alliance entre la nature et les humains. Nos ancêtres croyaient en l'existence d'un paradis après la mort. C'est ridicule, le paradis est ici. Et nous l'avons détruit. Il n'y aura pas de Dieu pour reconstruire. C'est à la science de le faire. Mais pas à n'importe quel prix ni avec n'importe qui. Le Fort est un joyau qui ne doit jamais tomber entre les mains d'enfants gâtés. Au risque de le voir disparaître, lui aussi. Tout espoir de rédemption serait alors perdu.

Il fit une pause et lui lança un regard grave.

— Comprends-tu, Noah ? Toi et Léana êtes les élus.

18

Noah n'avait pas pris la peine de se coucher. Rien ne parviendrait à le calmer. Il avait trop de choses en tête, trop à décider. Au matin, son destin serait scellé. « Le cargo part à l'aube, avait précisé le Guide. Si tu choisis d'y embarquer, cela signifie que tu t'engages à remplir la fonction que je t'ai réservée. » Il entendait par là prendre la direction du Fort aux côtés de Léana et faire tout ce qui serait en leur pouvoir pour le protéger des menaces et des convoitises.

Ces paroles poursuivaient Noah depuis qu'il avait quitté la bibliothèque. Les muscles de son dos n'étaient pas loin de se tétaniser. Il avait le monde à porter. Était-il vraiment l'élu ? Avait-il le choix ? Il avait cru le Guide fou à lier, mais Lamech n'était-il pas simplement mieux documenté que ses contemporains ? Un livre pouvait-il mentir ?

Il colla son front à la baie vitrée. Seul Lamech était en mesure de déchiffrer les écritures anciennes. Seul aussi à pouvoir les interpréter. Il maudissait son ignorance. Il ne pouvait que croire ce qu'on lui donnait à penser. Et penser ce qu'on lui donnait à croire.

Une brume chargée d'embruns occultait le soleil. La chemise de Noah était trempée. Il grelottait. Lorsque cinq heures avaient sonné, il était parti. Sans prendre le temps d'amasser ses affaires, de peur de changer d'avis. Il avait suivi son instinct. Désormais, il se tenait sur le pont supérieur d'un cargo, cramponné au bastingage, se mesurant au vent et à la houle.

Il songea aux déportés qui voyageaient sous ses pieds, à fond de cale. Au moment où la passerelle s'était abaissée pour les embarquer, il avait prétexté devoir contacter l'Oméga et avait confié la mission de gérer le convoi à quelques militaires, trop contents de le servir. Il gardait à l'esprit son agression et craignait que l'expérience ne se renouvelle, tout autant qu'il redoutait de croiser le regard de Jack et de Matthew. Il s'était caché derrière un conteneur et les avait observés de loin. Nuques cassées pour la plupart, corpulences malingres ou au contraire charpentées. Pas une femme au milieu de cette triste marée. Les prisonniers s'étaient engouffrés dans le ventre du bateau qui les avait avalés. Ils n'étaient plus des hommes, pas encore des bêtes. Seulement des créatures sans nom dont il avait la charge, investi par la mission écrasante de les conduire vers un destin incertain.

19

Le cargo accosta deux jours plus tard, en pleine nuit. Dans les cales, les résistants s'étaient assoupis. On les réveilla à coups de mitraillette dans les côtes. Noah fut le premier à descendre sur le quai. Dès lors qu'il y posa le pied, son état d'esprit changea. Un sentiment glorieux naissait en lui. Quelque chose de relatif au pouvoir, qu'il saisissait enfin. Le parcours n'avait pas été exempt d'obstacles. Mais il y était. Les mains libres, intronisé par le Guide. Il inspira à pleins poumons l'air saturé d'iode et d'essences florales. Il pivota au cri des soldats qui déchargeaient le cargo. Poussés par les résistants, les énormes conteneurs glissaient sur les rails dans un ordre aléatoire. Au sol, les militaires responsables de la logistique se mirent à insulter ceux qui s'activaient sur le pont. En quelques minutes, Noah rétablit la situation et donna les consignes nécessaires pour que la marchandise soit correctement acheminée sur le quai. Il demanda au contremaître de lui indiquer la fonction des entrepôts qui se trouvaient à proximité. Stockage de minerai, nourriture, produits manufacturés. Il retint chaque appellation. Le jour se levait lorsque le déchargement s'acheva. Autour du port, une ville apparut. Des maisons basses aux murs peints à la chaux créaient un halo au milieu de la végétation luxuriante. Certaines bâtisses étaient terminées, mais beaucoup étaient encore en chantier, bardées d'échafaudages. Noah convoqua deux adjudants.

— Conduisez les prisonniers au Fort, ordonna-t-il. Je pars en reconnaissance.

Puis il se dirigea vers la ville tandis que les militaires invectivaient les résistants.

Dans le port, le cargo désormais vide oscillait au rythme du reflux marin. Les dockers rangeaient les marchandises. Noah s'engagea dans les ruelles. La propreté des lieux lui sauta aux yeux. Pas un détritus, pas une trace de moisissure, aucun rat, seulement quelques feuilles portées par le vent qui virevoltaient sous la bise. Il appuya la main sur le crépi d'une façade, s'attendit à la voir s'écrouler comme un décor de fiction, mais le mur tint bon. Hormis la présence des oiseaux qui nichaient dans la jungle alentour, l'endroit semblait aussi abandonné que les banlieues du continent. Cette absence de vie le dérangea. Il tourna encore quelques instants parmi les habitations fantômes et abrégea sa mission de repérage. Il emprunta la route de la colline, mais s'arrêta avant d'en avoir atteint le sommet. Une colonne d'individus se dirigeait vers lui en sens inverse et il crut que c'étaient les résistants qui rebroussaient chemin. Il s'apprêtait à demander des explications lorsqu'il se ravisa. Au fur et à mesure de leur approche, les silhouettes se faisaient plus nettes. Ce n'étaient pas les résistants. C'étaient d'autres prisonniers, au corps beaucoup plus décharné. Hommes et femmes progressaient péniblement le long de la route, en guenilles, le crâne à peine couvert d'un morceau de tissu. Ils étaient escortés par des militaires qui saluèrent Noah. Les forçats ne relevèrent pas la tête. Ils continuèrent de marcher, le regard rivé au sol poussiéreux. Noah les suivit des yeux jusqu'à ce qu'ils atteignent la ville et les différents chantiers sur lesquels ils travaillaient.

Il arriva par les hauteurs. La vue sur le Fort était imprenable. Les résistants se trouvaient dans la grande cour où les militaires étaient en train de les inspecter. Au premier plan : le poste de guet, puis la mer en contrebas et, enfin, dominant l'ensemble, la tour carrée dont l'ombre portait jusque sur la colline. Noah aperçut la terrasse aux colonnades sur laquelle il avait dîné avec Léana quelque temps auparavant. Il cligna des yeux. Une forme familière se découpait dans la lumière. Sa sœur, à contre-jour, qui l'attendait.

Il gravit les marches qui menaient à ses appartements et se précipita sur la terrasse. Pieds nus, vêtue d'une nuisette en soie blanche qui moulait ses formes sculpturales, Léana se tenait dans le soleil du matin. Il la saisit par la taille et l'embrassa. Puis il la conduisit dans la chambre et la renversa sur le lit. Sans un mot, comme si elle avait compris, elle fit glisser l'étoffe le long de ses cuisses. Il passa une main sous ses reins et entra en elle dans un cri.

Léana avait ordonné que l'on dresse une table somptueuse. Les serviteurs avaient apporté des fruits et légumes à la chair tendre, des crabes tout juste pêchés et des pains chauds sortis des fourneaux. Repas de fête pour célébrer le retour du bonheur. Elle prit place autour du festin en songeant à Noah qui, comme à son habitude, s'éternisait sous la douche. Son amant au corps brûlant, qui lui avait fait l'amour passionnément, sans retenue. Elle avait pleuré de le croire perdu, mais ce temps était révolu. Noah lui était revenu. Tout redevenait possible. Elle rêvait en égrenant une grappe de raisin quand il parut sur la terrasse, torse nu.

— Ça va mieux ? demanda-t-elle pour le taquiner.

Il attrapa une moitié de mangue dans laquelle il mordit à pleines dents.

— Je revis, répondit-il dans un sourire.

— Je suis si heureuse que tu sois là. J'ai l'impression de retrouver l'homme que j'ai toujours connu.

Noah lui prit la main.

— Je suis désolé si je t'ai fait de la peine, dit-il. Il faut me comprendre. J'avais toutes les raisons de me perdre. Maintenant que j'ai atteint le bout de ma quête, que j'ai discuté avec Père, je sais où aller.

— Donc tu restes ?

— Si tu veux bien de moi.

Ils demeurèrent deux heures attablés, et passèrent le plus clair de leur temps à s'embrasser. Léana était insatiable. Ils refirent l'amour contre la balustrade, à l'aplomb de la mer. Noah avait envie de tout. Il se sentait l'énergie du feu. L'appétit d'un loup.

Quand midi sonna, le devoir le rappela à la raison. Il pria sa sœur de lui dresser un état des lieux de l'île. Léana soupira.

— Ton aide ne sera pas superflue, dit-elle. Jamais je n'ai autant travaillé. Père veut à tout prix que les travaux accélèrent. Je ne sais pas quelle mouche l'a piqué. Il veut en finir le plus vite possible. Comme si, tout d'un coup, il y avait urgence.

— Que reste-t-il à faire ?

— Les fermes sous-marines ne sont pas toutes terminées. Le parc automobile est insuffisant. Sans oublier la construction.

— Tu veux parler des bâtiments, en ville ?

— Oui. Longtemps nous avons laissé ce chantier de côté, car il n'était pas prioritaire. Mais maintenant, il faut l'achever. Sans cela, nous ne pourrons accueillir personne. Malheureusement, malgré tous mes efforts, nous sommes loin d'atteindre le rythme nécessaire.

— Pour quelles raisons ?

— Beaucoup de prisonniers sont tombés malades ou sont morts d'épuisement. J'en ai perdu une centaine en deux mois. C'est énorme. Je ne sais plus comment faire.

Elle-même avait l'air exténuée. C'était la première fois que Noah la voyait succomber au poids des responsabilités. D'ordinaire, elle gérait sa vie professionnelle avec poigne, sans jamais se laisser dépasser.

— C'est là que j'interviens, dit-il en lui caressant les cheveux. Je ne suis pas venu seul.

Elle se blottit contre lui.

— Je sais. Je les ai aperçus tout à l'heure. J'espère qu'ils auront plus d'énergie que les précédents.

Elle releva la tête.

— As-tu remarqué qu'il n'y avait pas une femme ?
— Je n'ai pas fait attention.
— Uniquement des hommes. C'est étrange, non ?
— Quelle importance ?
— Plus que tu ne le crois. Nous avons besoin d'hommes sur les chantiers de construction, mais les femmes sont très utiles dans les champs. J'en manque. Avec la chaleur, elles meurent les unes après les autres.
— Peut-être que si tu les traitais différemment…

Léana se dégagea de son étreinte.

— Qu'insinues-tu ?

Il désigna la table somptueusement dressée. Les restes de nourriture éparpillés.

— Tu as des ressources, Léa. Mais pour les faire durer, il faut les ménager. Chaque détenu doit recevoir une portion raisonnable d'eau et de nourriture. Il ne faut pas les tuer à la tâche.
— Et les considérer comme des privilégiés ? Crois-tu que Père me le permette ? Toute la semaine, il me parle d'accélérer le rythme, d'atteindre des objectifs…

Noah leva les yeux au ciel.

— Comme tu voudras. Mais si tu continues ainsi, l'île ne sera jamais terminée. Nous avons réussi à décapiter la Résistance, mais cela ne se produira pas deux fois.

Léana fit la moue. Elle détestait que son frère ait raison.

20

Un mois passa. En comptant les détenus, les militaires, le personnel du Fort, les ingénieurs et les scientifiques missionnés pour la construction des infrastructures, ils étaient un peu plus de cinq mille à occuper l'île. Dont près des deux tiers étaient des forçats. Noah passait son temps à aller d'une rive à l'autre, du port aux vergers, de la ville au Fort, afin de mesurer les avancées de tous les chantiers et en référer au Guide. Il s'intéressait de près à chaque aspect de ce projet monumental qu'il trouvait de jour en jour plus passionnant. L'île était un joyau, l'alliance parfaite entre la nature et la technologie, et, de ce point de vue, il ne pouvait que reconnaître et admirer le génie de Lamech. Tout de suite après son arrivée, imitant l'exemple de sa sœur, il avait pris deux prisonniers à son service qu'il traitait comme ses esclaves personnels. Les deux hommes, l'un jeune et l'autre d'une cinquantaine d'années, marchaient continuellement dans son ombre, le suivant dans tous ses déplacements, portant ses affaires, s'occupant de lui procurer rafraîchissements et nourriture, répondant instantanément à ses moindres demandes.

Le soir, après une longue journée de labeur, Noah rentrait au Fort pour retrouver Léana. Ensemble, ils regardaient le coucher de soleil, dînaient de mets délicats et faisaient l'amour avant de s'endormir. Loin du continent, de l'Oméga et du Guide, ils goûtaient une liberté inédite qui aurait pu s'apparenter à de l'insouciance s'ils n'avaient pas eu à assumer la direction de l'île. Partager cette responsabilité renforçait leur entente. Chacun était le confident de l'autre, même si Léana ressentait davantage le besoin de s'épancher. Le Guide la contactait quotidiennement, contrairement à Noah avec qui il s'entretenait de manière plus sporadique. Léana était sa principale interlocutrice, son alliée privilégiée, et subissait à ce titre toutes ses sautes d'humeur. La dernière en date concernait les vaccins qui, malgré des fouilles approfondies dans l'immeuble où les résistants avaient été surpris, demeuraient introuvables. Lamech en devenait fou. Noah se sentait coupable vis-à-vis de Léana. Un soir qu'elle se confiait à lui, il tâcha de la réconforter.

— Je ne comprends pas, dit-il. Quelle importance peut avoir une vingtaine d'échantillons ? Ne peut-on pas en fabriquer à volonté ?

Il s'aventurait sur un terrain glissant. Depuis son retour sur l'île, jamais il n'avait abordé la question de sa trahison. Seul le Guide s'était chargé de l'informer qu'il avait dorénavant l'interdiction absolue d'approcher le laboratoire ou les scientifiques qui y travaillaient, domaine réservé exclusivement à Léana. Noah ignorait comment sa sœur réagirait à sa remarque.

Après une seconde d'hésitation, elle l'étonna en acquiesçant.

— C'est ce que je ne cesse de lui répéter, répondit-elle. Il craint que les vaccins ne tombent entre de mauvaises mains.

— Absurde.
— Peut-être.

Elle le regardait d'une manière étrange. Noah devinait qu'elle avait pardonné, mais pas oublié. Il savait aussi qu'elle désirait lui faire confiance. Devant sa réticence, il dévia la conversation en demandant comment se déroulaient les interrogatoires qu'elle conduisait auprès des résistants. Depuis quelque temps, sous la pression du Guide, elle passait le plus clair de ses journées à torturer les prisonniers afin de déterminer ce qu'il était advenu des vaccins volés. Elle se plaignait beaucoup de ces séances. Les résistants paraissaient ignorer de quoi elle parlait. La méthode traditionnelle n'aboutissait à rien, sinon à abîmer une main-d'œuvre précieuse. Noah ne savait plus comment la réconforter. Devant son désarroi, il remplit son verre. Au deuxième, elle poussa un profond soupir. Au troisième, elle recommença à sourire.

Cinq jours après, il partit en repérage sur le littoral afin d'inspecter le réseau d'eau potable. Il avait été appelé au matin par les ingénieurs qui redoutaient qu'une prochaine grande marée ne menace la nappe phréatique de l'île. À tout prix, il fallait éviter que le sel ne contamine les sous-sols. Noah réfléchissait au moyen d'endiguer le phénomène en compagnie des ingénieurs lorsque Léana fit irruption dans le local.

— Il faut que je te parle, lança-t-elle, haletante, à son intention.

Ils quittèrent la pièce. Elle semblait bouleversée.

— Que se passe-t-il ? demanda-t-il.

— C'est Père... Il a perdu la raison. Il m'a confié des choses...

Tout en s'exprimant, elle faisait non de la tête, comme si parler la contraignait. Jamais Noah ne l'avait vue dans cet état.

— Je n'ai pas le droit de te le dire, gémit-elle.

— Pourquoi, dans ce cas, venir me chercher ?

— Parce que j'ai peur.

Elle se jeta dans ses bras.

— Si tu veux que je t'aide, dit-il, il faut que tu me fasses confiance.

Elle le scruta, les yeux noyés de larmes.

— Si Père l'apprend...

— Il n'en saura rien.

Elle prit une grande inspiration.

— Viens, dit-elle. Rentrons au Fort.

Ils empruntèrent la route principale. Le plus âgé des serviteurs de Noah conduisait à vive allure. Cramponnée à la ceinture de sécurité, Léana était tournée vers le paysage. Quand la voiture s'immobilisa dans la cour, elle se précipita dans ses appartements. Noah ordonna aux soldats qui étaient présents de raccompagner les prisonniers à leur cellule, et suivit. Il la retrouva sur le lit, le visage défait.

— J'ai renvoyé les servantes, annonça-t-elle.

Il s'assit à ses côtés et lui prit la main.

— Cela fait plusieurs jours que quelque chose ne va pas, reprit-elle. Plus le temps passe, plus la situation s'aggrave.

— De quoi parles-tu ?

— Ça a commencé après ton arrivée. Le fait que les vaccins n'aient pas été retrouvés constitue pour Père une grande source d'angoisse. C'est devenu une obsession. Tu es témoin des interrogatoires qu'il me fait mener, de ses appels incessants. Il me harcèle. Et à présent…

Elle hésita.

— À présent, il prétend que les civils sont au courant de l'existence du vaccin. Que la rumeur se répand dans la population. Selon lui, un mouvement de rébellion est en train de naître. Il y aurait déjà eu plusieurs arrestations. Je n'ai rien vu de tel aux informations, mais tu sais comme moi qu'elles sont trafiquées.

— Des arrestations ?

— Oui. Certains civils affirment que des femmes enceintes sont venues les trouver pour témoigner. Père pense que c'est l'œuvre de la Résistance.

Elle lui jeta un regard en biais.

— Te rappelles-tu quand je t'ai fait remarquer qu'il n'y avait pas une seule femme parmi les déportés que tu as arrêtés ?

— Oui.

— Je t'ai demandé si tu ne trouvais pas cela étrange.

— Qu'insinues-tu, Léa ?

Elle planta ses yeux dans les siens.

— Si tu mens, je le saurai. As-tu donné les vaccins aux résistantes pour qu'elles alertent la population ?

— Non.

Ils demeurèrent silencieux. Le sang de Noah bouillait dans ses veines.

— Non, répéta-t-il. J'ai été capturé par ces gens. Torturé. J'ai failli perdre la vie.

— Et tu as organisé leur arrestation.

— Exactement.

Ils se toisaient toujours. Jusqu'à ce que Léana baisse les yeux.

— Excuse-moi. Je ne devrais pas douter de toi. Mais Père est si méfiant.

— Il en devient fou.

— Tu as raison. Je lui ai parlé ce matin. J'ai peur qu'il ne commette l'irréparable. Il est persuadé que l'on complote contre lui, qu'un coup d'État se prépare. C'est pourquoi il a décidé d'accélérer son départ. Il arrive demain et compte se réfugier définitivement ici.

— Mais... nous n'avons pas terminé.

— Peu importe. Les scientifiques dont il a besoin, les ingénieurs sont déjà sur place.

— Et le reste de la population ? Les « veilleurs » censés occuper l'île avec nous ? Qu'en fait-il ?

— Il y renonce, par manque de temps.

— Mais c'est dément ! Il est prêt à abandonner l'Oméga ?

— Pire que cela. Il veut anéantir le continent.

21

Noah était abasourdi.

— Il veut anéantir le continent ? balbutia-t-il, espérant avoir mal entendu. De quoi parles-tu ?

Léana était très confuse.

— Je ne sais pas, dit-elle en enfouissant le visage dans ses mains.

— Comment, tu ne sais pas ?! explosa-t-il. Tu viens me chercher au prétexte d'un grand danger, et tu me laisses sans réponse ?

— Je ne sais plus ! cria sa sœur, à bout de nerfs. Il ne me dit pas tout ! Je dispose de certains indices, mais c'est flou.

Elle avait les yeux noyés de larmes.

— Je me souviens qu'un jour, lorsque j'étais enfant, il m'a emmenée ici. Je ne comprenais pas pourquoi tu n'étais pas avec nous. Il m'a expliqué qu'il voulait me montrer l'avenir. C'était la première fois que je mettais les pieds sur l'île.

— Quel âge avais-tu ?

— Six, sept ans, peut-être. Certaines constructions étaient commencées, mais le port n'existait pas. Les usines non plus. Enfin, je crois. Je garde surtout en mémoire le paysage qui m'avait subjuguée. Ça et... l'arsenal.

Elle fronça les sourcils.

— Cela remonte à si longtemps. Pourtant, je suis presque sûre de ne pas l'avoir rêvé. À un moment du parcours, nous avons bifurqué vers un chemin qui traversait la jungle et au bout duquel un tunnel s'est ouvert.

— Un tunnel ?

— Oui, creusé dans le volcan. Nous l'avons emprunté et sommes arrivés dans une sorte de gigantesque abri fortifié. Du moins, c'est ainsi que je l'interprète. Je me rappelle la lumière éblouissante. Le matériel flambant neuf. Avec le recul, je suppose que les travaux venaient d'être achevés et que Père était là pour les inspecter. Je me souviens de grands objets qui ressemblaient à des ogives et qui étaient maintenus par des structures en acier. J'avais interdiction de les approcher. L'un des généraux disait que c'était très dangereux. Sur le chemin du retour, Père a pris le temps de m'expliquer sa vision. Il m'a aussi avertie qu'elle attirerait les convoitises. Mais que, si tel était le cas un jour, nous aurions les moyens de nous défendre.

Elle se tut. Noah s'était figé.

— Depuis le début, nous sommes assis sur une bombe, murmura-t-il, effaré.

Léana frissonna.

— Une bombe...

Le crépuscule tombait sur le volcan. Sous la terrasse, les vagues se brisaient sur la falaise avec fracas.

Un vent venu du nord faisait ployer la cime des palmiers. Noah guettait l'horizon, d'où surgirait vers midi l'hélicoptère du Guide. Lamech avait précisé à sa fille qu'il partirait avant l'aube. Noah se le représentait, occupé par des préparatifs de dernière minute, convoquant les uns, révoquant les autres, tournant comme un fauve en cage dans sa bibliothèque. Bientôt, il serait là. Apportant la tempête, la guerre, la folie, l'effroi... la mort.

Son sang se glaça. Il éprouvait la peur inédite d'avoir quelque chose à perdre. Les circonstances le pressaient et il ne se sentait pas prêt. Mais il n'avait pas le choix. Il retourna dans l'appartement et s'assit sur le lit où Léana était prostrée. Au regard qu'ils échangèrent, elle saisit sa détermination.

— Que vas-tu faire ? demanda-t-elle d'une petite voix.

— Ne te soucie pas de cela.

— Noah, dis-moi ce que tu comptes faire...

— As-tu confiance en moi ?

— Oui.

— Dans ce cas, je veux que tu restes enfermée dans cette chambre jusqu'à ce que je revienne te chercher. Ne sors sous aucun prétexte.

— Tu me fais peur.

— Suis mes recommandations, et je te promets que tout se passera bien.

Il se releva et quitta la pièce.

— Et Père ?

Comme il ne répondait pas, elle poussa un cri désespéré.

Noah dévala les escaliers qui menaient à la cour et se présenta devant l'entrée du pénitencier, où il demanda qu'on lui indique l'emplacement de la cellule où étaient incarcérés ses serviteurs. Un soldat, soucieux de sa sécurité, se proposa de l'accompagner. Noah déclina. Il emprunta seul les couloirs insalubres jusqu'à la porte de la cellule qu'il ouvrit brutalement. Surpris dans leur sommeil, les deux hommes se dressèrent d'un bond. Malgré la pénombre, Noah distinguait leur cheville entravée par une chaîne reliée au mur.

— Il est temps, fit-il d'un ton solennel.

Sans un mot, Jack et Matthew allongèrent la jambe. Extrayant de sa poche un trousseau de clefs, Noah les libéra.

Ce jour, ils l'avaient tant attendu qu'à la fin ils n'y croyaient plus. Pour Jack, la perspective d'une délivrance était une chimère qu'il n'évoquait plus que pour motiver ses frères de misère lorsque certains, et cela se produisait fréquemment, devenaient ivres de désespoir. La flamme qui l'avait poussé à s'engager dans la Résistance, cette fougue qui s'était emparée de lui le jour où des militaires avaient mis le feu à son université, était éteinte depuis longtemps. Quand Noah avait imaginé ce stratagème, il n'y avait pas cru. Mais n'ayant plus rien à perdre, pourquoi ne pas tenter l'impossible ? Il avait réussi à convaincre les résistants d'organiser leur déportation. De se laisser surprendre par les autorités, maltraiter par ces soldats qu'ils haïssaient. Noah s'inquiétait que le Guide se méfie de lui. Aussi avait-il soigneusement planifié l'agression dont il avait été victime lors de l'assaut. Le dénommé Piotr s'en sortait avec un bras mutilé et lui paré d'une nouvelle dignité.

Pour Matthew, il s'agissait d'un défi très différent. Tout juste arrivé dans un territoire qu'il découvrait encore, subjugué par cette île, il cherchait un but à son existence qui avait perdu toute substance. Il avait franchi la frontière sur les conseils de Mathilde et s'était laissé porter par le destin. Il se retrouvait finalement à la tête d'une mission dont il ne saisissait pas les enjeux, mais qui l'exaltait et lui offrait un rôle à jouer.

Jack et lui se tenaient à présent accroupis dans une cellule de huit mètres carrés, qui sentait la pourriture et l'urine, attentifs aux dessins que Noah traçait sur la terre battue, pressentant qu'ils étaient sur le point de vivre une aventure extraordinaire.

Ils écoutaient les instructions. Quand Noah eut terminé, il les regarda intensément, saisi d'émotion. À eux trois, ils formaient une étonnante coalition. Quelques semaines auparavant, ils étaient ennemis jurés et n'auraient pas hésité à s'égorger mutuellement s'ils en avaient eu l'occasion. Désormais, ils s'alliaient. Unis par un même esprit rebelle, mus par l'énergie de ceux à qui on a tout enlevé et qui n'ont plus peur de rien perdre, pas même la vie.

22

Accroupi sur le toit de la tour carrée, le poing serré sur la crosse de son pistolet, Noah assistait silencieusement à l'avènement du jour nouveau. Il avança près du vide. Cinquante mètres plus bas, la porte du pénitencier s'ouvrit sur les prisonniers qui, comme chaque matin, se mirent en rang dans la cour, les hommes à droite, les femmes à gauche. Deux équipes de soldats les encadraient. L'une fermait la marche, l'autre la conduisait. Le leader fit signe à ses confrères du poste de contrôle d'enclencher l'ouverture du Fort. Le portail coulissa dans un grincement lugubre. Une goutte de sueur perla au front de Noah. Il apercevait, en première ligne, la nuque de Jack, inclinée vers le sol. Il aurait payé cher pour connaître ses pensées. Le portail s'immobilisa dans un claquement. Le vent était tombé. Les insectes bourdonnaient. Les soldats ordonnèrent d'avancer. Le cortège ne bougea pas. Les gardes se répétèrent. À cet instant, Jack releva la tête et, jetant un coup d'œil par-dessus son épaule, il croisa le regard de Noah. L'échange dura une fraction de seconde. Puis, visant le ciel, il poussa un cri de fureur qui se répercuta dans toute la cour. Aussitôt, les résistants, déliés de leurs chaînes, se jetèrent sur les militaires et les rouèrent de coups. Les armes furent arrachées. Un groupe de prisonniers força l'entrée du poste de contrôle avant que les soldats situés à l'intérieur n'aient le temps de réagir. Ils s'y engouffrèrent en poussant des rugissements de bêtes sauvages. Les militaires furent bousculés et écrasés. Les guetteurs des miradors ouvrirent le feu sur les rebelles. Certains s'écroulèrent dans la poussière. D'autres prirent position avec les armes qu'ils venaient de voler. Noah épaula. Les troupes qui dormaient encore au sous-sol du troisième bâtiment débarqueraient bientôt au pas de course. Ce n'était qu'une question de secondes. Son bras tremblait. Il appuya sur la détente. Le coup partit, atteignant l'un des tireurs qui s'écroula sur ses coéquipiers. Ils évacuèrent son corps en le basculant dans le vide. Noah en profita pour viser à nouveau. Il toucha un deuxième soldat. Les sentinelles étaient prises en tenailles, s'agitant vainement pour éviter les salves mortelles. Noah en tua six sur douze. Les résistants se chargèrent du reste. Un soldat chuta côté cour depuis l'un des créneaux. Son corps s'écrasa contre la pierre dans un choc sourd, répandant une mare de sang. Pendant ce temps, Jack et Matthew avaient pris la tête d'un groupe d'une centaine de prisonniers, et pénétré dans le troisième bâtiment, en direction des dortoirs. Noah reprit position, le canon orienté sur la sortie. On entendit un remue-ménage terrible, des hurlements, le tumulte d'une lutte souterraine dont seul l'écho parvenait à s'échapper. Puis, progressivement, le feu cessa. Les prisonniers demeurés dans la cour échangèrent des regards inquiets.

Au terme de longues minutes, une silhouette sortit de l'ombre. L'arme en bandoulière, Matthew conduisait une cohorte de militaires, la plupart encore vêtus de leurs pyjamas, certains torse nu, et qui portaient la marque des coups qu'ils avaient reçus. Des résistants venus en renfort les rassemblèrent dans un coin de la cour. Noah dénombra une centaine de captifs. Il en déduisit qu'il devait y avoir un nombre important de victimes qu'il faudrait songer à évacuer rapidement. Au pied de la tour, les femmes s'affairaient auprès des blessés. Jack et Matthew se tenaient au centre, en compagnie de Piotr, le résistant qui avait défiguré Noah, et de deux autres cadres de la Résistance.

Noah quitta son poste pour les rejoindre. Il reprit la direction des opérations. Si les conditions de vol étaient optimales, six heures plus tard, le Guide débarquerait avec sa flotte. D'ici là, ils devraient avoir pris le contrôle du port, de la ville et de l'héliport. Bien qu'ils fussent supérieurs en nombre, il demeurait encore beaucoup de soldats répartis sur les différents chantiers de l'île. Noah voulait rester confiant. Il divisa les rebelles en plusieurs unités.

Le deuxième bastion à tomber entre leurs mains fut le port. Noah y accordait une importance cruciale. Nul ne devait s'échapper ou arriver par la mer sans leur contrôle. Après avoir neutralisé les militaires, les résistants postèrent des vigies sur le quai et s'emparèrent des entrepôts. Dans le même temps, on vida la ville de ses quelques habitants, scientifiques et ingénieurs qui s'apprêtaient à commencer leur journée de travail et à qui l'on expliqua que, désormais, l'île était sous l'influence de la Résistance. Le directeur de l'usine de désalinisation s'insurgea. Refusant de rejoindre le hangar dans lequel les rebelles lui demandaient d'attendre en compagnie de ses semblables, il tenta de s'enfuir. Avec sa corpulence massive, il bouscula le garde qui le tenait en joue et courut en direction du Fort. Jack ordonna qu'on se lance à sa poursuite. Mais l'un de ses subalternes, échauffé par des semaines de captivité, ignora les consignes et tira. Le directeur de l'usine reçut deux balles dans le dos et s'effondra face contre terre avant même d'avoir atteint le sentier principal. Un murmure effaré s'éleva du groupe de civils que l'on s'apprêtait à mener au port. Furieux, Jack empoigna le résistant qui avait fait feu et lui retira son arme d'un geste sec.

— Si l'un de vous contredit de nouveau mes ordres, cria-t-il à ses comparses qui le regardaient d'un air interdit, il sera traduit devant une cour de justice ! Nous sommes ici pour renverser les tyrans, pas pour instaurer l'anarchie !

Ils ne répliquèrent pas, mais Jack lut dans leurs yeux qu'on le respectait. Il en ressentit de la fierté, mais aussi une légitimité à laquelle il n'osait prétendre jusque-là. Fort de son autorité, il poursuivit la mission qu'on lui avait assignée.

Cinq heures après, l'île était sous le commandement de la Résistance. Les armes et les véhicules avaient été confisqués, puis redistribués. Les militaires comme les civils avaient été si surpris par cette rébellion qu'on ne déplora aucun autre incident.

À la fin de la matinée, la Résistance tenait une partie des militaires au port, tandis que le reste des effectifs demeurait au Fort, reclus dans les cellules que leurs geôliers venaient tout juste de quitter.

Noah n'osait y croire. Il avait suffi d'une nuit, une seule nuit, où, avec l'aide de Jack et de Matthew, il avait rompu les chaînes physiques et psychiques de centaines de prisonniers, les rendant libres de leurs mouvements et de leur destinée. Il songea que le régime du Guide était encore plus aux abois qu'il ne le soupçonnait. Pourtant, loin d'exulter, il s'inquiétait.

Quand, plus tard, les guetteurs le hélèrent, signalant que les hélicoptères du Guide étaient en vue, sa mâchoire se crispa. Il s'assura que son arme était bien attachée à sa poitrine et commanda aux résistants d'encercler l'aire d'atterrissage. Pour maintenir l'illusion, ces derniers avaient revêtu l'uniforme du Parti.

Bientôt, une dizaine d'hélicoptères survolèrent le volcan, dont Noah supposa qu'ils transportaient, en plus du Guide, ses plus fidèles généraux, peut-être accompagnés de leurs épouses. Lamech et sa suite, qui prenaient la fuite.

Les appareils se posèrent pratiquement en même temps. Les pales s'immobilisèrent et les portières s'ouvrirent. Noah avança jusqu'à la cabine du Guide et tendit son bras pour l'aider à descendre.

Lamech sourit en l'apercevant. Noah jeta un œil à la flotte, puis, constatant que tous les moteurs s'étaient tus, il fit signe aux résistants de se mettre en position de tir. Les fusils se dressèrent telle une haie d'honneur.

— Vous êtes en état d'arrestation, dit-il à Lamech qui lui renvoya un regard hébété.

23

On introduisit les cadres du Parti au premier niveau de la tour, dans la salle dévolue aux interrogatoires. Noah et Jack séparèrent les hommes de leurs épouses, qui furent conduites en prison. L'un des généraux, que sa femme agrippait d'un geste désespéré, tenta de s'interposer. Il reçut un coup de crosse au visage qui fit éclater la veine de son arcade sourcilière. Le sang jaillit comme un geyser, augmentant l'hystérie de l'épouse récalcitrante. L'intervention de trois résistants fut nécessaire pour réussir à l'écarter de son mari. Ses cris de furie résonnèrent dans les murs jusqu'à ce que la prison finisse par les étouffer.

Hormis les gardes présents pour garantir la sûreté des échanges, Noah et Jack étaient seuls face au gouvernement déchu. Quinze généraux qui jusque-là supervisaient l'activité du pays. Armée, sécurité, industrie, économie, gestion des ressources... Noah les connaissait tous. À la tête de ce consortium, le Guide le toisait avec un dédain très supérieur à la haine. Noah le fit asseoir au centre de la pièce, devant ses généraux. Impressionné malgré lui, il se détourna le temps de se composer une expression de circonstance. Quand il pivota, ses traits s'étaient durcis. Même le Guide, du haut de sa morgue, le remarqua, car il se raidit. Noah commença sa démonstration.

Point par point, il dénonça la vision de Lamech ainsi que les nombreux mensonges et maltraitances dont il s'était rendu coupable auprès de la société civile. Il l'accusa d'avoir prédit la fin de l'humanité, au lieu de produire le vaccin en masse et de la sauver. Il condamna sa volonté d'achever prématurément la population en bombardant le continent, dès lors qu'il avait compris que son projet était menacé. Noah répéta plusieurs fois les mots « criminel », « menteur » et « assassin ». Chaque syllabe exprimant sa tentative de rabaisser celui qui avait toujours considéré le monde avec intransigeance, mépris et égoïsme. Il portait un coup de massue symbolique à toutes les statues réparties sur le territoire. Le Guide semblait inébranlable. Il écoutait, impassible, comme si les attaques le frôlaient sans l'atteindre. Noah se rapprocha.

— N'ai-je pas raison ? lui glissa-t-il à l'oreille. Contestez-vous ces accusations ?

Le Guide fixait le mur.

— Vous ne serez peut-être pas toujours en présence d'un jury aussi indulgent, insista Noah. Les résistants pourraient se montrer beaucoup moins compréhensifs. Je vous offre l'occasion unique de vous expliquer.

— Je ne te ferai pas ce plaisir, rétorqua le Guide d'un ton acerbe. Je ne te ferai pas le cadeau de te livrer les informations qui pourraient servir ta trahison. Ce que je sais demeurera mon secret. Dussé-je y laisser la vie.

Noah ne fut pas surpris par sa réaction. Au fond, son exposé s'était davantage adressé aux généraux qu'à leur mentor. Eux, au moins, avaient la capacité de réfléchir. Et beaucoup à perdre.

Il apostropha Lamech.

— Je veux savoir comment on accède à l'arsenal situé dans les contreforts du volcan, dit-il posément.

— Tu ne sauras rien ! Sois certain qu'à la première occasion je ferai tout exploser.

— Vous ne semez que le malheur et la destruction.

— C'est mon projet ! s'emporta le Guide, rouge écarlate. Il se fera avec moi, ou jamais !

Malgré tous ses efforts pour rester neutre, Noah ressentait une haine dévorante envers son père adoptif. Le silence de Lamech était une insulte à ses victimes, à la dignité humaine. Agacé, il répéta son ordre.

— Une dernière fois…

Le Guide le toisa d'un air supérieur. Pour Noah, ce fut la provocation de trop. Il lui décocha un violent coup de poing. Lamech s'affaissa sur sa chaise. Noah s'élança pour le frapper à nouveau, mais Jack s'interposa. Il posa une main ferme sur son épaule et aida le blessé à se relever. Il offrit un mouchoir pour faire pression sur son nez ensanglanté.

Lamech était à ce point déconnecté de la réalité qu'aucune menace ne pouvait le faire évoluer. Tout glissait sur lui. Y compris la perspective de sa propre fin. Noah aurait pu dépenser toute son énergie que cela n'aurait servi à rien. Sinon à se rabaisser lui-même.

Il interpella les gardes postés de chaque côté de la porte.

— Emmenez-le, dit-il froidement.

Ils s'exécutèrent sous le regard médusé des généraux.

Après leur départ, Jack offrit à Noah une cigarette qu'ils partagèrent en silence. Quand elle fut consumée, Noah reprit la séance. Le Guide parti, il se sentait mieux. Il s'assit sur la chaise que ce dernier occupait l'instant d'avant et observa les généraux, groupés dans le fond de la pièce.

— Nous voulons connaître le moyen d'accéder à l'arsenal caché dans le volcan, reprit-il d'une voix ferme. Nous désirons également connaître les secrets du Parti. Ceux qui nous aideront bénéficieront de notre clémence.

Un général laissa échapper un rire ironique.

— Ne doutez pas que votre règne est terminé, poursuivit Noah. Vous avez fui par crainte que la population se soulève. Vous avez eu raison. À l'heure où nous parlons, des résistantes ont guéri du virus et peuvent donner naissance. Voilà plusieurs semaines qu'elles organisent des réunions clandestines pour répandre la nouvelle que, contrairement à ce que le Guide a voulu nous faire croire, l'humanité n'est pas condamnée.

— Que gagne-t-on ? lança un autre général.

— Le droit à la vie.

— Pour finir nos jours en prison ? Je n'ai pas servi le Parti pendant quarante ans pour croupir dans ses geôles. On m'avait promis une retraite dorée, on nous a promis le paradis !

Noah fronça les sourcils.

— Si vous collaborez, vous serez jugés dignement. Dans le cas contraire, votre existence sera rayée des registres. Vous serez livrés à la Résistance et subirez le sort que l'on réserve aux traîtres.

Des exclamations indignées fusèrent.

— Vous, et vos familles.

Un silence pétrifié s'installa. Les généraux plongèrent dans un abîme de sidération.

Alors que Noah s'apprêtait à se retirer, l'un d'eux sortit du rang. Il se nommait Kurten et s'occupait de l'économie du pays. C'était lui qui avait mis au point les grandes campagnes de restrictions, notamment alimentaires, qui régissaient le quotidien des civils.

— Moi, je parlerai, lança-t-il d'un ton décidé.

Le temps que Noah regagne sa place, deux autres l'imitaient.

À la fin de la journée, c'était la totalité.

24

Noah avait beau l'avoir anticipé, il craignait de ne pas avoir le temps d'atteindre ses objectifs. Sitôt que le premier général s'était décidé à parler, il l'avait abandonné aux mains de Jack et de ses équipiers et avait demandé que les interrogatoires se déroulent individuellement, chaque information se devant d'être soigneusement recoupée. La priorité concernait l'arsenal qu'il fallait à tout prix démanteler. Ensuite, il faudrait mettre au point la gérance de l'île et regagner le continent au plus vite. Le gouvernement était tombé, la population devait identifier la nouvelle autorité. Faute de quoi, ce qui subsistait de la civilisation sombrerait dans le chaos. Enfin, seulement, on réorganiserait l'administration, les industries, on rétablirait les droits, on instruirait des procès, et ensuite… ensuite…

Tout en piétinant le sable de la cour, sous un soleil désormais au zénith, il eut le tournis. La tâche l'effrayait autant qu'elle l'inspirait. Il se rendit au poste de contrôle.

— Je veux m'entretenir avec le directeur du laboratoire, indiqua-t-il aux résistants qui géraient les allées et venues. Il doit se trouver au port, avec les autres. Qu'on l'amène ici immédiatement.

Les résistants acquiescèrent et deux d'entre eux partirent aussitôt.

Ils revinrent une heure plus tard, en compagnie d'un homme de soixante-dix ans. Noah avait donné la consigne qu'on le conduise au sous-sol, à l'entrée du laboratoire. Quand le directeur l'aperçut, il poussa un soupir de soulagement. Il releva un pan de sa chemise, découvrant un ventre énorme, et épongea son front dégoulinant de sueur.

— Que me vaut l'honneur ? lança-t-il avec un sourire factice.

Il faisait son possible pour paraître à son aise, mais son teint cramoisi le trahissait. Il répondait au nom de Vogl. Noah le connaissait grâce au témoignage de Léana qui le décrivait comme un être intelligent, charmeur et rusé, qui choisissait ses relations en fonction des bénéfices qu'il pouvait en tirer. Vogl travaillait auprès du Guide depuis des décennies et s'était toujours montré très sympathique envers elle.

— J'ai quelques questions à vous poser, répondit Noah d'un ton calme.

— Avec plaisir, fit le chercheur. Je vous ouvre ?

Noah songea que l'opportunisme de Vogl faciliterait leurs échanges. Le chercheur passa ses larges doigts sur le scanner. Une minute plus tard, il l'invitait à pénétrer dans son bureau.

— Voulez-vous boire quelque chose ? demanda-t-il à Noah qui inspectait les lieux.

Hormis la table de travail sur laquelle reposait un ordinateur sophistiqué, celui-ci remarqua la présence de deux caissons hermétiques.

— Je ne suis pas là pour faire connaissance, dit-il froidement.

— Bien sûr. En quoi puis-je vous être utile ?

— C'est très simple. Je veux que vous m'expliquiez l'activité de ce laboratoire.

Le chercheur parut ennuyé.

— D'ordinaire, je reçois mes ordres du Guide, dit-il, le regard fuyant.

— Le Guide a été arrêté ce matin. Il sera livré au peuple. Donc, à moins que vous souhaitiez connaître le même sort…

— Non, coupa l'autre. D'ailleurs, je m'attendais à votre retour.

— Que voulez-vous dire ?

— Simplement que lorsque vous avez subtilisé les vaccins, je me doutais que vous n'en resteriez pas là.

— Vous êtes perspicace.

— C'est l'une de mes qualités, répondit Vogl avec complaisance. Raison pour laquelle je ne tenterai pas de vous berner. Vos histoires de famille ne me concernent pas. Tant que vous garantissez ma sécurité. On m'a promis une retraite dorée.

— Je pourrais vous faire exécuter sur-le-champ, répliqua Noah d'un ton glacial.

Vogl sourit d'un air innocent.

— Mais vous n'auriez aucune réponse, dit-il. Sans compter que vous aurez besoin de moi pour reproduire le vaccin.

Noah serra les dents.

— Vous avez ma parole.
— Je n'en attendais pas moins.

Vogl fit une pause, l'air pensif.

— Ce laboratoire a été inauguré bien avant que cette île ne devienne ce qu'elle est, reprit-il. On peut dire, en quelque sorte, qu'il en est la pierre angulaire.

— Qui en a ordonné la construction ?
— Le Guide, bien entendu. Et votre père.

Noah ne cacha pas sa surprise.

— Vous connaissiez mon père ?

Vogl eut un sourire amusé.

— Je peux même affirmer que vous lui ressemblez. Isaac Lehman avait une autorité naturelle dont vous avez hérité.

Noah s'en voulut d'être ainsi troublé.

— Continuez, dit-il d'un ton ferme, soucieux de ne pas se laisser déstabiliser. Pourquoi ont-ils créé ce laboratoire ?

— Connaissez-vous l'Histoire ? demanda Vogl en passant la main dans ses cheveux huileux.

— Comme tout le monde.

— Alors, vous ne la connaissez pas.

— Quel rapport avec ce laboratoire ? répliqua Noah, vexé.

— Tout. Cet endroit est né de la Décroissance.

Noah fronça les sourcils. Il savait tout du dogme. Le Parti le répétait suffisamment. L'humanité étant devenue trop importante, elle avait tari les ressources qu'offrait la nature, jusqu'à atteindre un point de non-retour. D'où l'impérieuse nécessité de cesser de se reproduire. Il avait encore en tête les discours exaltés de son père à ce sujet. Le virus était apparu au moment opportun, accélérant la politique en place. Des années plus tard, le résultat était là : la civilisation se mourait.

Il eut soudain un soubresaut. Il regarda le chercheur, qui semblait suivre son raisonnement à distance.

— Ne me dites pas..., balbutia-t-il, n'osant formuler sa pensée.

En guise d'aveu, Vogl baissa les yeux. Noah manqua d'air. Il quitta le bureau. Le laboratoire, entièrement vitré, était encerclé par la roche. On pouvait apercevoir les différentes pièces qui se succédaient à travers un fascinant jeu de miroirs. Il fut pris de l'envie de tout casser. Faire éclater les vitres, détruire les échantillons et les centrifugeuses. Renverser les chaises, les tables, desceller les éviers et couper l'alimentation des caissons. Tuer le directeur et toutes les personnes qui travaillaient ici. Il donna un coup de poing dans une cloison qui, naturellement, lui résista. Il poussa un cri de douleur. À travers le verre, Vogl l'observait d'un air préoccupé. Noah revint sur ses pas.

— Pourquoi ? s'écria-t-il, hors de lui.

— Calmez-vous. Pour les raisons que vous connaissez. L'idée de la Décroissance avait beau faire des émules et remporter l'adhésion de la majorité, tant que les femmes pouvaient procréer, l'humanité continuerait.

— Et le vaccin ?

— C'est là que les choses se compliquent. Je me suis retrouvé, bien malgré moi, au milieu d'une guerre fratricide. Contrairement à Lehman, le Guide croyait en une possibilité de survivance. Dès le début, il nous a secrètement missionnés pour mettre au point le traitement qui vaincrait le virus tout en empêchant de nouvelles contaminations. Pour lui, l'un n'allait pas sans l'autre. J'ignore à quand remonte la découverte de cette île, mais je devine qu'il avait déjà imaginé son projet. C'est un visionnaire. Il faut lui reconnaître cette qualité.

Noah poussa un soupir de mépris.

— Quoi qu'il en soit, poursuivit Vogl, lorsque Isaac a appris que nous détenions l'antidote, il est entré dans une colère noire. Il a demandé à Lamech de détruire tous les échantillons et d'en bannir la formule. Mais le Guide a refusé. En ont découlé des scènes très violentes. Ils étaient comme des frères. J'ai bien cru qu'ils allaient s'entre-tuer. Je ne savais plus de qui je devais recevoir mes ordres. Pour Lehman, la création du vaccin allait à l'encontre même du principe de Décroissance. Il était prêt à mourir pour la cause, afin de montrer l'exemple. C'est en fin de compte ce qu'il a fait.

Chaque mot que le chercheur prononçait était pour Noah une agression invisible, mais sournoise.

— Sortez, dit-il à bout de nerfs.

— Mais… nous n'avons pas fini.

— Pour aujourd'hui, c'est assez. Vous serez interrogé ultérieurement.

— Je n'ai fait que répondre à vos questions. Parfois, il vaut mieux ignorer certaines vérités.

— Qui est au courant ? demanda Noah tandis que le chercheur s'apprêtait à le suivre.

— Hormis le Guide et moi, personne.

— Personne ?

— Non. Il n'y avait que votre père et mon supérieur de l'époque, mais tous deux sont décédés.

Noah lui indiqua la sortie. Une fois la porte du laboratoire refermée, il le conduisit à la surface et le confia aux résistants.

— Qu'allez-vous faire de moi ? demanda Vogl.

La question était plus intéressée qu'apeurée. Le chercheur était certain de sa sécurité. Il détenait le secret du vaccin. Il était inattaquable. Noah éprouvait pour lui le plus grand dégoût.

— Seriez-vous prêt à avouer la vérité au peuple et à témoigner contre le Guide ?

Vogl eut l'air indécis.

— Si je refuse ?

— Vous croupirez dans une pièce sans lumière pour le restant de vos jours.

— N'oubliez pas que vous avez besoin de moi.

Noah haussa les épaules.

— Les échantillons que j'ai volés sont entre de bonnes mains. Reproduire leur formule prendra peut-être du temps, mais je suis certain qu'à terme nous y arriverons.

Il s'adressa aux résistants.

— Conduisez-le en prison.

Comprenant que la situation lui échappait, Vogl se jeta à ses pieds.

— Attendez..., s'écria-t-il. Je vous aiderai ! Je témoignerai !

— Sage décision, commenta Noah, tandis que les résistants empoignaient le chercheur.

Ils le traînèrent jusqu'à l'entrée du pénitencier. Vogl hurlait.

— Ne m'enfermez pas ! Je ne mérite pas cela. Je n'ai fait qu'obéir aux ordres... Je n'ai fait qu'obéir !

Noah regarda le vil personnage disparaître dans les profondeurs de la terre. Ce sinistre individu avec qui Lehman et Lamech s'étaient alliés pour créer un virus et faire triompher leurs ambitions politiques. Trois hommes, devenus les bourreaux d'une humanité agonisante. Trois cerveaux, à l'origine du pire des fléaux.

25

Les confidences de Vogl dépassaient tout ce que Noah avait pu imaginer. Comment une telle abomination avait-elle pu se dérouler en toute impunité, durant des années ? Lorsqu'il avait visionné le film qui retraçait le parcours de son père, il l'avait pris pour un extrémiste, mais il lui reconnaissait son caractère entier, son honnêteté dans la manière de promulguer ses idées. Jusqu'à, effectivement, se suicider. Mais Lehman était en réalité un criminel. Comme Lamech. Un personnage machiavélique qui s'était joué de l'opinion publique. Il tendit son avant-bras. Le sang d'Isaac coulait dans ses veines. Son salut, à condition qu'il fût possible, résidait dans la réparation du mal qui avait été fait.

Il leva les yeux vers les appartements de sa sœur. Le Guide disait tout à Léana. Absolument tout. Il se précipita vers la tour. Sur le palier, il rencontra les résistants à qui il avait demandé, avant l'assaut, de monter la garde. Ils s'écartèrent en précisant que, depuis le matin, ils n'avaient pas remarqué un seul mouvement.

Noah les remercia et entra. Il se dirigea vers la chambre. À peine eut-il franchi le seuil que sa sœur tomba dans ses bras.

— Noah ! s'écria-t-elle. J'ai eu si peur ! Que se passe-t-il ? J'ai entendu des coups de feu, des hurlements...

Il la serra contre lui.

— Ne t'inquiète pas. Tant que tu es avec moi, tu ne risques rien.

Elle resta un long moment sur sa poitrine.

— Vas-tu me dire ce qu'il se trame ?

Il la prit par les épaules.

— Après. D'abord, je dois connaître la vérité. Léa, savais-tu que le Guide et mon père avaient créé le virus ?

— Que dis-tu ?

Malgré ses talents de comédienne, elle semblait si ahurie qu'il ne douta pas de sa sincérité.

— Tu l'ignorais ?

— Mais... De quoi parles-tu ?

Elle recula, l'air perdu.

— Le virus n'a jamais été une « vengeance » de la part de la nature, expliqua Noah. Il a été mis au point par Vogl, Lamech et Lehman, il y a longtemps, dans le plus grand secret.

— Cela n'a pas de sens. Pourquoi auraient-ils fait cela ?

— Pour accélérer la Décroissance. En finir avec la race humaine que ton père abhorre. Sauf quand il s'agit de lui-même, bien sûr, et de ses enfants. Depuis le début, son projet était de mettre fin à la civilisation pour faire renaître un monde à son idée, peuplé d'élus choisis par lui et pour lesquels il a conçu le vaccin.

Léana secouait la tête, comme pour rejeter ce qu'elle entendait.

— Tu dois me croire, insista-t-il.

— C'est impossible, murmura-t-elle. Impossible. Mon père est un sauveur. Il a trouvé l'antidote. Il a travaillé toute sa vie pour ça.

— C'est un tueur. Vogl te le confirmera.

Elle lui jeta un regard haineux.

— Menteur !

Elle le frappa. Noah tenta de la maîtriser, mais elle le repoussa férocement.

— Laisse-moi ! Tu n'es qu'un traître ! Tu mens depuis le début ! Je veux voir mon père. Où est-il ?

Son désarroi touchait Noah. Même si leurs points de vue divergeaient, il détestait la blesser. Mais il refusait de lui mentir.

— Il a été arrêté, Léa.

Sa respiration se fit haletante. Il craignit qu'elle ne fasse un malaise.

— Sur ton ordre ?

— Oui. Lamech est un criminel. Il doit être jugé. Depuis son accession au pouvoir, il n'a cessé de persécuter son peuple. Il nous a fait croire que la fin de l'humanité était le fruit du hasard, alors qu'en réalité c'est lui qui l'a orchestrée.

— C'est faux... Tu mens !

— C'est lui qui ment. Il t'a menti aussi.

Mais elle n'écoutait plus.

— Père m'avait prévenue, lança-t-elle d'un ton assassin. Il m'avait recommandé de me méfier de toi. Lui qui t'a recueilli, qui t'a tout donné. Il a senti que tu allais le trahir... Il a compris que tu avais changé.

Je ne pouvais pas le croire. Toi, mon frère... Toi, qui m'étais destiné ! L'avenir nous appartenait.

— Tu ne sais pas ce que tu dis.

— Tous ces jours passés ici, ces nuits... En réalité, tu ne faisais que préparer ta mutinerie. Je t'ai protégé et tu m'as rendue complice de ton crime. Tu as tout gâché ! Tout !

— C'était le seul moyen.

Soudain, elle le regarda d'une façon étrange, presque vaporeuse.

— J'avais confiance en toi. Je pensais que tu m'aimais...

Elle sortit sur la terrasse.

— Où vas-tu, Léa ?

— Nous aurions dû nous marier, poursuivit-elle, se parlant à elle-même. Vivre ici, avec nos enfants, jusqu'à la fin de nos jours. Nous avions le monde à nos pieds. Comment as-tu pu ?

— Tu te trompes. La vie que tu décris est une utopie. Celle du Guide. Pas la nôtre. C'est sa voix qui parle à travers toi.

Elle s'arrêta, hésitante.

— Tu es tombée amoureuse de moi, faute de choix, renchérit-il. Je suis celui que ton père t'a imposé dès la naissance. Il t'a manipulée. Il t'a indiqué la voie à suivre sans te laisser la possibilité d'en sortir.

Mais Léana s'enfonça dans le déni. Le sang se retira de son visage. Sa peau devint aussi blanche que la pierre sur laquelle elle marchait.

— Alors, je ne suis plus rien..., dit-elle d'une voix éteinte. Je n'ai même plus de libre arbitre...

Tout en parlant, elle marchait lentement à reculons. Son dos heurta la balustrade. Noah prit peur. Il fit un geste dans sa direction, mais elle l'en dissuada d'un mouvement de la main. Son regard était flou.

— Bien sûr que si, rétorqua-t-il. Tu as le choix, maintenant. Tu peux faire ce que bon te semble, aller où tu veux, décider de tes relations. Tu es libre !

— Je ne veux pas être libre sans mon père.

— Il est fou, Léa.

— Peut-être, mais c'est le seul qui m'aime vraiment.

Elle releva sa robe et monta sur la balustrade.

— Léa, non !

— N'approche pas.

Il parla tout doucement.

— Je sais que c'est terrifiant, dit-il, mais je suis là pour toi. Je ne t'abandonnerai pas. Tu dois être courageuse.

Elle lui adressa un regard rempli de tristesse et de renoncement.

— Tu ne sais rien du courage…

Puis elle bascula dans les airs. Les pans de sa robe se soulevèrent comme les ailes d'un grand oiseau blanc.

26

Noah était en état de choc. Ses muscles étaient tétanisés, ses cordes vocales étranglées. Léana avait sauté. Sa sœur de cœur. Créature énigmatique dont il s'était senti le jumeau comme l'étranger. Son corps gisait quarante mètres plus bas. Il n'avait pas la force de regarder. Malgré tous les cadavres qu'il avait pu enjamber, ramasser, autopsier au cours de sa carrière. Cette fois, l'assassin était tout trouvé. Car si Lamech était seul en cause du malheur de sa fille, il était responsable de sa mort. Terrassé de douleur et de culpabilité, il enfouit le visage dans ses mains.

— Léa, Léa…, répéta-t-il en se balançant d'avant en arrière. Pourquoi as-tu fait ça ? J'aurais pu te sauver.

Elle s'était toujours montrée vaillante et sûre d'elle. Bien qu'il connût son tempérament d'enfant gâtée, et la cruauté dont elle faisait preuve dans son métier, elle demeurerait à jamais son âme protectrice. La seule présence féminine de sa vie. Celle qui lui ouvrait son lit les nuits d'orages en lui susurrant qu'au matin le monde serait à nouveau calme et serein.

Désormais, une autre image s'imposait à lui. Celle d'une Léana victime. Jamais il n'oublierait son regard avant de sauter. Le masque tombé, elle n'était qu'une petite fille terrifiée. Que l'on privait de tous ses repères. Il aurait dû la ménager. Lui qui se targuait de conduire une révolution, de mener toute une civilisation sur la voie de la rédemption, n'avait même pas été capable de protéger sa propre sœur.

— Pardon, Léa, gémit-il, des sanglots dans la voix.

Ses dernières paroles lui martelaient l'esprit. Elle avait raison. C'était elle, la courageuse. Jusqu'au bout, elle avait affronté le revers du destin.

Il songea qu'il lui devait des funérailles dignes. Si les résistants apprenaient son décès, ils se rueraient sur sa dépouille pour la souiller. Bouleversé, il se précipita à l'entrée des appartements.

— Allez chercher Jack, lança-t-il aux gardes. Quand il sera là, je veux qu'on nous laisse seuls.

— Vous n'avez plus besoin de nous ?

Ils n'obtinrent aucune réponse. Noah était déjà reparti.

Il compta chaque seconde jusqu'à l'arrivée de Jack. Le résistant pénétra dans l'appartement en tournant sur lui-même, saisi par le luxe des tentures et du mobilier.

— Tout est beau dans cette île, fit-il à voix basse.

Il aperçut Noah sur la terrasse et le rejoignit. Il remarqua qu'il n'était pas dans son état normal. Sa chemise était trempée de sueur, ses mains tremblaient et ses pupilles étaient dilatées.

— Que se passe-t-il ? lança-t-il, inquiet. On dirait que tu as vu le diable !

Noah tendit le doigt en direction de la mer. Jack avança avec prudence. Il fixa son attention sur la ligne d'horizon. Puis ses yeux descendirent le long de la falaise. Noah épiait ses faits et gestes. Jusqu'à ce que les épaules de Jack se contractent subitement et que son regard reparte aussitôt à la verticale. Il attendit quelques secondes avant de se retourner. Noah lui épargna l'hypocrisie des condoléances.

— Je n'ai rien pu faire, fit-il d'une voix atone.

Jack hocha la tête d'un air résigné.

— Je ne veux pas que son corps soit livré aux résistants, poursuivit Noah.

Devoir réfléchir à la fin de sa sœur avec une telle urgence, et si peu de moyens, était pour lui d'une violence inouïe.

— Je souhaite que tu trouves des hommes de confiance. Deux ou trois, pas plus. Qu'ils aillent récupérer son cadavre avec le plus grand soin, en toute discrétion.

Jack fronça les sourcils. Débusquer des résistants non désireux de massacrer la fille du Guide, même s'il s'agissait de ses restes, il en connaissait peu, pour ne pas dire aucun. Cette femme avait incarné leur pire cauchemar. Lui-même, s'il n'avait pas été directement confronté à la détresse de Noah, aurait laissé éclater sa joie.

— Même si je trouve des volontaires, dit-il, il faut faire vite. Le secret ne sera pas tenu longtemps. Les résistants vont se demander où se cache la fille du Guide.

— Nous annoncerons son décès après la sépulture.

— À quoi songes-tu ?

— Je ne sais pas, avoua Noah, complètement dépassé.

Jack le regarda d'un air pensif. Si on lui avait prédit, quelques semaines plus tôt, qu'il organiserait les funérailles de la fille du Guide, il aurait ri de bon cœur.

— Nous pourrions immerger son corps au large, souffla-t-il. Les hommes pourraient l'exfiltrer par voie maritime. Personne ne le remarquerait.

— Et qu'elle serve de nourriture aux poissons ? répliqua Noah en grimaçant. Hors de question. Elle mérite mieux que ça.

Jack n'eut pas le cœur de le contredire.

— Si nous la transportons jusqu'au crématorium, dit-il, nous risquons d'être repérés. Sans compter qu'il faut du personnel pour le faire fonctionner.

Noah secoua la tête.

— Je ne peux pas rejeter son corps à la mer, murmura-t-il. Je ne peux pas la voir disparaître dans les profondeurs.

Jack se laissa tomber dos au mur. Le soleil se réverbérait sur la pierre blanche de la terrasse et les éblouissait. Ils demeurèrent côte à côte un long moment, plongés dans leurs réflexions. N'était son extrême violence, c'était un jour glorieux.

Conformément aux instructions de Jack, Noah se rendit à minuit sur la plage, dans le nord de l'île, à l'opposé de la ville. La voie était sans issue. Le clair de lune se reflétait sur les franges blanches de l'écume. Les vagues caressaient les bancs de sable dans un bruissement. Dans la jungle, on entendait des hululements. Noah retira ses chaussures et marcha pieds nus jusqu'à l'endroit où Jack et quatre hommes l'attendaient. À son approche, ils s'écartèrent, découvrant une construction haute d'un mètre. Un enchevêtrement de feuillages et de bois sec sur lequel était étendu le corps de Léana. Noah soupira. La pénombre lui cachait des détails qui lui auraient été insoutenables. Assoupie dans la nuit, vêtue de sa robe blanche, Léana était belle et sa disparition irréelle. Jack s'approcha de lui.

— Il ne faut pas tarder, dit-il. Veux-tu que je le fasse ?

Noah déclina son aide. À lui, le rôle du passeur. Il s'empara de la torche que Jack lui tendait et l'accola à la base du bûcher. Les feuilles s'embrasèrent dans un crépitement. Jack et les résistants s'en allèrent. Noah observa le feu gagner lentement les couches supérieures du bûcher puis il s'assit dans le sable, face à la mer. Les flammes formaient désormais un cercle autour de la défunte. La chaleur qu'elles dégageaient déformait l'air. Il songea que sa sœur, qui avait vu le jour dans les ténèbres, le quittait dans la lumière.

Jack revint le chercher à l'aube. Noah n'avait pas bougé. Il avait vu Léana disparaître et le soleil se lever. La marée refluer. Le bûcher n'était plus qu'un monceau de cendres. De minuscules particules mêlées au sable, bientôt lavées par l'océan. Jack fut soulagé de lui trouver un air exténué, mais plus serein que la veille. Il ouvrit sa veste et en sortit deux comprimés qu'il déposa dans le creux de sa main.

— Tu n'as pas dormi depuis quarante-huit heures, fit-il. Tu as besoin d'un stimulant. Sois tranquille, ça ne te tuera pas.

À bout de forces, Noah avala la drogue sans broncher.

— Le général chargé de la sécurité s'est décidé à parler, ajouta Jack. Nous sommes prêts à entrer dans le volcan.

Noah eut l'air surpris.

— Une longue matinée nous attend, conclut Jack en se relevant.

27

Le convoi se composait de trois véhicules. Noah circulait dans celui de tête en compagnie de Jack et du général qui avait avoué. Derrière eux, le deuxième transportait Matthew, Lamech et un autre résistant. Le dernier blindé accueillait six hommes fidèles, disciplinés et aguerris, en qui Jack avait entière confiance. Il avait été établi qu'ils ne seraient pas autorisés à pénétrer dans la base, mais resteraient postés à l'entrée au cas où des curieux s'approcheraient de trop près. À l'endroit où la route contournait le volcan, sur les indications de leur guide, les blindés suivirent un sentier non balisé qui s'enfonçait dans la jungle et que personne n'empruntait jamais car, pensait-on, il ne menait nulle part, sinon à un cul-de-sac perdu dans la végétation. Noah n'avait jamais remarqué l'intersection. Après avoir dompté quantité de nids-de-poule et manqué de s'embourber dans le lit d'un ruisseau, ils parvinrent au pied des pentes volcaniques, devant un mur de lianes. De près, on ne pouvait douter que la nature avait été aménagée par la main de l'homme mais, de loin, le subterfuge était insoupçonnable. Ayant sauté du premier véhicule, le général écarta les plantes. Apparut alors une paroi en béton recouverte de mousse et, sur le côté, un scanner, semblable à ceux que l'on trouvait dans l'Oméga. Noah lança un regard victorieux à Lamech, resté en retrait. Le Guide demeura de marbre. Le dédain qu'il exposait, alors même qu'il subissait une défaite cuisante, stupéfiait Noah. Suivant l'exemple du général et de Jack, il approcha du scanner.

— Il s'agit d'un processus d'identification à plusieurs clefs, expliqua le militaire. En premier lieu, on procède à la numérisation du visage et des empreintes digitales, puis à une vérification vocale. L'ouverture des portes nécessite l'aval de deux personnes.

— Que voulez-vous dire ?

— Chaque haut cadre du Parti a connaissance de la procédure et est enregistré dans le scanner. En revanche, l'accès à la base ne saurait être validé sans l'intervention d'une deuxième voix. En l'occurrence celle du Guide ou de sa fille.

Jack et Noah échangèrent un regard inquiet.

— Sa fille ?

— C'est cela. Même si elle n'en a peut-être pas idée. Le Guide a mis au point le protocole il y a longtemps, quand elle était enfant.

— Si je comprends bien, dit Jack, si nous voulons pénétrer à l'intérieur, nous avons besoin de la coopération du Guide ou de sa fille ?

— Sans l'appui de l'un ou de l'autre, je ne peux rien.

Noah s'aperçut que le Guide ricanait. Il entraîna Jack à l'écart.

— Le présenter de force devant le scanner ne fera aucune difficulté, murmura-t-il.

— À condition qu'il ouvre les yeux, objecta Jack.

— Je veux bien me charger de l'énucléer.

— En revanche, comment le contraindre à parler ? Regarde-le. Il se délecte de notre désarroi.

Le Guide les observait avec un petit sourire malicieux.

— À moins que…, fit Jack, pensif. Laisse-moi faire. Je m'en occupe. Pendant ce temps, demande au général d'initier l'ouverture de la porte.

Noah obéit, incrédule. Le militaire présenta son visage et ses mains au laser qui valida son identité. Puis l'ordinateur passa à la phase de vérification orale.

— Nom de code ? demanda la voix synthétique.

— « La nouvelle arche », répondit le général.

Il se tourna vers Noah.

— Le Guide doit maintenant clore le processus.

Jack était justement en train de les rejoindre en traînant Lamech par le bras. L'expression suffisante du Guide avait disparu, faisant place à un grand effroi.

— Que lui as-tu dit ? demanda Noah à Jack en aparté.

Le résistant hésita.

— J'ai menacé de torturer sa fille, dit-il, embarrassé.

Glacé par la cruauté de la situation, Noah recula tandis que Lamech se présentait devant le scanner. L'appareil suivit le même protocole qu'avec le général. Sauf que, à la suite du nom de code, il demanda au Guide un sésame final. Blême, Lamech maugréa :

— « Entre dans l'arche, toi et toute ta maison, car je t'ai vu juste devant moi en cette génération. »

Le scanner émit une lumière verte et un bruit se fit entendre. Le panneau de béton glissait, découvrant l'entrée du tunnel.

Noah et ses complices regagnèrent les deux premiers véhicules en indiquant à leur escorte de les attendre et de les avertir du moindre incident ou fait inhabituel. Recommandation faite, ils s'engagèrent sous le volcan. Le boyau n'autorisait qu'un sens de circulation à la fois. Ils roulèrent pendant cinq minutes avant de parvenir à une nouvelle porte qui bascula à leur approche. Elle débouchait sur une rotonde de plusieurs centaines de mètres carrés, aux volumes colossaux. Le plafond était un dôme de béton reposant en cloche sur un sol de même nature. Ils garèrent les véhicules près du portail et demandèrent au général de les orienter. Matthew fut chargé de rester auprès du Guide et de filmer la scène. Le général mena Jack et Noah au centre du plateau. Ce dernier était divisé en quartiers, signalés par des marquages au sol de couleurs différentes. Chacun donnait sur un grand volet incrusté dans la paroi.

— Initiation du protocole 1, lança le général d'une voix forte.

L'un des volets s'ouvrit sur un espace très éclairé, dans lequel étaient entreposés deux énormes missiles et ce que Noah reconnut comme étant des ogives nucléaires.

— Qu'est-ce que…, chuchota Jack, à ses côtés.

— Ces missiles balistiques intercontinentaux ont une portée de deux mille kilomètres, expliqua le général. La marge d'erreur au point d'impact est estimée à quelques dizaines de centimètres. Initiation du protocole 2…

Le volet du deuxième quartier s'ouvrit sur une salle plus grande que la précédente, contenant cette fois-ci une dizaine de missiles et autant d'ogives.

— Ceux-ci ont un rayon d'action de trois mille kilomètres. Initiation du protocole 3…

Le troisième volet s'enclencha sous le regard médusé de Jack et Noah.

— Le matériel longue portée, précisa le général. Ceux-là peuvent couvrir un très large périmètre. Plus de cinq mille kilomètres.

La pièce était plus vaste que les deux précédentes et abritait une impressionnante collection de missiles et de bombes.

— Et enfin, protocole 4.

Le volet s'ouvrit sur un espace réduit qui ne contenait qu'un seul engin.

Jamais Jack et Noah n'auraient soupçonné que le volcan dissimulât ce type d'installation, encore moins que le Parti disposât d'un tel arsenal alors même que les crédits accordés à l'armée ne cessaient de diminuer à mesure que les ressources du territoire se tarissaient.

— À quoi sont destinées toutes ces bombes ? demanda Noah, perplexe.

— Dissuasion, essentiellement, répondit le général avec mépris, furieux de devoir rendre des comptes à ceux qu'il considérait comme des usurpateurs.

— Cessez votre petit jeu, répliqua Noah d'un ton ferme. Ces missiles ont forcément une cible.

Le général poussa un soupir irrité.

— En cas de nécessité, reprit-il, la section 1 est vouée à détruire l'Oméga. La deuxième est programmée pour les principales villes du territoire. Et enfin, la quatrième, à détruire l'île elle-même, en cas d'invasion. Ou de coup d'État.

Noah lui adressa un regard plein d'amertume. Lamech avait tout prévu. Y compris la solution finale.

Il regarda avec attention chacune des salles.

— Et les missiles de la troisième section ? demanda-t-il. Vous n'avez rien dit de leur destination.

— Parce que je l'ignore, grimaça le général.

— Je ne vous crois pas.

— C'est pourtant vrai. À ce sujet, seul le Guide est en mesure de vous renseigner.

Noah se tourna vers Lamech. Le Guide affichait un air plein de défi.

28

— Nous devons agir rapidement, annonça Jack d'un air préoccupé.

Ils étaient réunis dans la salle des gardes, au premier sous-sol de la prison. La veste d'un uniforme était encore suspendue à une patère. Une corbeille de fruits était posée au milieu de la table. Noah avait demandé qu'on leur procure également de la volaille et plusieurs litres d'eau. Ils se restauraient tout en discutant.

— Maintenant que l'île est sous contrôle, nous devons retourner sur le continent, poursuivit Jack. Cela va faire trois jours que le Guide n'est pas apparu dans les médias. La population s'interroge sûrement. Qui sait ce qu'il se trame à l'Oméga ? Il faut que nous en prenions possession.

— Comment ? demanda Matthew.

Noah faisait de son mieux pour réfléchir, mais la fatigue ralentissait son raisonnement. Il n'avait pas dormi depuis plus de quarante-huit heures. Sans les drogues de Jack, il serait déjà tombé d'épuisement.

— Essayons de récapituler, dit-il en se frottant les yeux.

Jack le considérait avec indulgence. Le résistant était bien plus expérimenté que lui, sur bien des sujets, et, en toute logique, c'est lui qui aurait dû conduire la révolte. Mais eu égard à son rang, Noah se retrouvait malgré lui le successeur du Guide. S'il fallait une voix pour s'adresser à la majorité, il ne pouvait s'agir que de la sienne.

— Je suis d'accord avec Jack, dit-il en fournissant un effort surhumain pour se concentrer. Nous devons nous emparer du pouvoir sans attendre. Pour cela, nous aurons besoin d'aide.

— Nous pouvons diviser les contingents du Fort, proposa Matthew. Maintenant que les soldats sont prisonniers, il n'est pas nécessaire que nous soyons aussi nombreux à maintenir l'ordre. Ce ne sont pas les ingénieurs qui se rebelleront. Ils ont trop peur de nous.

— C'est vrai, mais le temps d'affréter un cargo pour le continent, il sera trop tard.

— Nous prendrons l'avion.

— L'île ne possède aucune piste de décollage.

Matthew ne cacha pas sa surprise.

— Tout a été fait pour garder le secret, expliqua Noah. Personne, hormis les convois de prisonniers et quelques élus désignés par le Guide, n'est supposé venir ici. Nous disposons seulement d'un héliport et d'une dizaine d'appareils.

— Autrement dit, presque rien.

— Il faudra s'en contenter.

Matthew leva les yeux au ciel.

— En embarquant l'armement nécessaire, poursuivit Noah, on doit pouvoir transporter deux cents individus.

— Sans compter l'aide présente sur place, dit Jack. Tous les résistants n'ont pas été capturés. N'oublions pas qu'il en reste quelques milliers qui ne demandent qu'à quitter leur repaire.

— Ils ne sont pas armés.

— Ils peuvent tout de même apporter leur soutien. Notamment pour renforcer la sécurité en ville. Quand la population apprendra que le régime est tombé, les mercenaires vont s'en donner à cœur joie.

Ils échangèrent un regard inquiet. Un seul faux pas, un seul oubli, et ce serait la chienlit. Ou pire, la guerre civile. Matthew cessa de se balancer sur sa chaise pour retrouver un air plus concentré.

— Nous pouvons y arriver, dit Jack, comme s'il cherchait à les rassurer. Il n'est pas tant nécessaire d'affronter les soldats de l'Oméga que de les persuader. Ils sont déjà fragilisés. La majorité n'a pas besoin de beaucoup pour basculer. Il faut simplement avancer nos arguments.

— Comme la trahison du Guide et de ses généraux, renchérit Noah pour montrer qu'il adhérait à cette idée.

— Et la mort de Léana.

Noah frissonna.

— Si nous avons pu tenir ses funérailles secrètes, ajouta Jack, on ne peut pas cacher plus longtemps la nouvelle de sa disparition. Elle s'est rendue coupable d'actes abominables. Pour beaucoup, son décès sera une grande victoire, et un signe d'espoir. De plus, il s'agit peut-être du seul événement capable de faire plier le Guide.

— Nous n'avons donc aucune morale ? s'insurgea Noah. Nous allons utiliser ses cendres pour servir la propagande ?

Mal à l'aise, Matthew regarda sur le côté. Mais Jack lui tint tête.

— La guerre n'est jamais belle, argua-t-il.

Meurtri, Noah se réfugia dans le silence.

— Nous avons aussi la preuve des vaccins, enchaîna Matthew avec diplomatie. La possibilité de les reproduire et de les distribuer.

Jack hocha la tête.

— Et l'arsenal militaire. La base, à elle seule, constitue notre plus grande force de dissuasion. En revanche, je suis convaincu qu'il ne faut pas divulguer l'existence de l'île elle-même. Ce serait un choc trop important pour les civils qui subissent depuis de nombreuses années des pénuries et des famines. S'ils apprenaient que l'eldorado existe, beaucoup essaieraient de le rallier. Certains seraient capables de tenter l'aventure à la nage ou à bord de radeaux de fortune. Les morts se compteraient par milliers. L'île doit rester secrète et nous montrer la voie à suivre…

— Et comment pensez-vous cacher son existence ? Tous les résistants présents ici sont au courant. Sans compter les soldats que nous tenons prisonniers, les ingénieurs, les scientifiques…

— Si le Guide a réussi à garder le secret durant tant d'années, assura Jack, je suis sûr que nous pouvons en faire autant. Il suffit de sélectionner les résistants appelés à revenir sur le continent. Nous leur ferons signer un accord de confidentialité. En cas de violation, ils seront arrêtés…

Noah écoutait, concentré. Jack et Matthew se penchèrent vers lui, attendant qu'il les départage. Quand il réalisa qu'ils étaient suspendus à son verdict, il prit le temps de réfléchir encore un instant. Il aurait voulu ne pas se hâter, comme il aurait souhaité ne jamais déshonorer la mémoire de sa sœur, même si Jack disait vrai à son sujet. Mais ses états d'âme pesaient peu au regard du bien collectif. Il n'avait pas le droit de tergiverser. Il se tourna vers Jack d'un air résolu.

— Choisis tes hommes et apprêtez les hélicoptères ! s'exclama-t-il en repoussant sa chaise.

29

Pendant que Jack et Matthew géraient les préparatifs du départ, Noah se reposait dans le lit qu'il avait partagé avec Léana. Au moment de le quitter, il déchira le drap encore imprégné de l'odeur de sa sœur et enfouit le morceau d'étoffe dans sa poche. Cinq heures après, il se trouvait à bord d'un hélicoptère en compagnie d'une vingtaine de résistants à qui l'on avait confié une arme et ordonné de revêtir l'uniforme du Parti. Effondré sur son siège, Jack profitait à son tour d'un sommeil bien mérité.

Noah savourait cette accalmie. Cette nuit, sa vie emprunterait un virage radical. Quelque temps auparavant, renonçant à lui trouver un sens, il ne goûtait à aucune expérience de l'existence, qu'elle fût bonne ou mauvaise. Mais la révélation de l'île, des projets du Guide, et sa rencontre avec Mathilde avaient bouleversé ce principe. Jadis, chaque action était vouée à l'échec. Dorénavant, tout était possible. Mathilde... Il avait si peu eu le temps de penser à elle. Pourtant, elle était toujours là, en filigrane. Il ferma les yeux et se remémora les rares fois où il l'avait vue sourire. Il n'oubliait pas. Dès que la Résistance se serait emparée de l'Oméga, il irait la secourir. Il rouvrit les paupières au moment où le soleil s'enfonçait dans la mer. Paré de tons bleus et pourpres, le ciel était d'une splendeur à couper le souffle. Pour la première fois, il crut que la nature était belle. Jack et Matthew avaient raison. L'île devait rester inviolée. Il comprenait aussi que leur mission dépassait la seule nécessité de rétablir un régime égalitaire. Encore fallait-il, à l'image de ce que Lamech avait réalisé, restaurer la terre.

Lorsque, vers minuit, ils survolèrent la cité, la flotte se sépara en deux. L'hélicoptère qui transportait le Guide, et que Matthew commandait, se désolidarisa du cortège et emprunta la direction de la banlieue. Les neuf autres appareils mirent le cap sur l'Oméga. Ils y parvinrent trente minutes plus tard.

Quand ils eurent atteint leur cible, les résistants, travestis en soldats, sautèrent sur le tarmac. Quatre militaires, détachés de la tour de contrôle, accueillirent Jack et Noah.

— Bienvenue à l'Oméga, lancèrent-ils en exécutant le garde-à-vous, non sans jeter un regard étonné aux forces armées qui se déployaient à toute vitesse sur l'aire d'atterrissage.

Ils furent aussitôt mis en joue par les acolytes de Jack.

— Vous êtes en état d'arrestation, expliqua Noah devant leurs mines incrédules. Nos hommes prennent dès à présent le contrôle de l'héliport.

Trop surpris pour riposter, les soldats laissèrent les résistants les délester de leurs armes. Noah fit signe à Jack et à une cinquantaine d'hommes de le suivre et, ensemble, ils pénétrèrent dans les bâtiments de l'Oméga.

Bien que certains militaires soient de garde, la grande majorité dormait. Noah, Jack et leur escorte ne croisèrent que deux patrouilles dans les couloirs, qui les saluèrent sans se douter de rien. Noah se rendit au département de la communication. Tous les bureaux étaient plongés dans l'obscurité, sauf un : celui qui s'occupait de transmettre vingt-quatre heures sur vingt-quatre les mêmes programmes en continu. Essentiellement des marches et entraînements militaires, des captations du Guide, et les dernières recommandations sanitaires. Noah pensa que les spectateurs allaient être surpris. Il entra dans la pièce où un soldat ronflait, avachi sur la table de contrôle.

— Debout ! s'exclama-t-il, provoquant chez l'intéressé un sursaut comique.

— Que... que puis-je pour vous ? bafouilla l'homme en esquissant un salut militaire maladroit.

— Je viens enregistrer un communiqué que nous diffuserons dès l'aube, et tout au long de la journée.

— À vos ordres.

— Où se trouve le studio ?

— Juste ici, derrière la cloison, répondit le soldat avec zèle, impressionné de recevoir la visite du fils du Guide. J'actionne le micro. Vous n'avez qu'à parler devant la caméra. Vous la voyez ?

Noah acquiesça.

— Souhaitez-vous un décor en particulier ? Nous pouvons mettre le fond que vous désirez. La ville, une caserne militaire, un incendie, un attentat… Toutes les situations sont possibles.

— Vous avez un ciel clair ? Un ciel bleu, sans nuages ?

Le technicien fit une drôle de tête.

— Ce n'est pas le plus commun, mais je dois pouvoir trouver ça.

Noah le remercia et pénétra avec Jack dans le local adjacent.

Pendant quelques minutes, il chercha la posture à adopter pour ce qui constituait sa première prise de parole officielle. Jack le regarda d'un air amusé, tout en lui assurant qu'il avait la carrure d'un chef. Il devait simplement s'en convaincre lui-même. Noah se lança. Capable ou pas, il connaissait son texte.

Il sortit du local une heure plus tard. Avec l'aide du technicien, ils firent un montage de la vidéo de sorte à supprimer ses hésitations. À la fin, l'allocution durait trente minutes, pendant lesquelles Noah apprenait au peuple que le Parti avait été renversé, le Guide et ses généraux arrêtés, et sa fille décédée. Il expliquait en détail le crime dont Lamech et Isaac Lehman s'étaient rendus coupables. Jack inséra dans la vidéo des images du Guide et des généraux menottés ainsi que celle du corps de Léana, juste avant qu'il ne soit incinéré. Le communiqué s'achevait sur une note d'espoir avec la révélation de l'existence du vaccin.

Ils quittèrent les lieux non sans avoir laissé deux gardes auprès du technicien pour s'assurer que ce dernier exécuterait les ordres. Puis ils postèrent des hommes devant les appartements des dernières grandes figures du régime de sorte que l'état-major au complet soit neutralisé avant de pouvoir réagir. Ils regagnèrent le tarmac, où il ne restait plus qu'une poignée de rebelles en place, les autres s'étant répartis dans tout l'Oméga, conformément aux instructions. Noah monta à bord d'un hélicoptère et fit signe au pilote de démarrer. Il se tourna vers Jack.

— Peut-être devrais-tu partir et moi rester, dit-il, soucieux.

— Ne t'inquiète pas, le rassura Jack. Depuis le temps que je l'étudie, l'Oméga n'a plus de secrets pour moi.

— Ça n'enlève rien au danger.

— Justement. C'est toi qui dois être en sécurité. Tu es le fils du Guide. Les gens ont confiance en toi. Si tu te fais tuer, d'autres prendront le contrôle et nous aurons fait tout cela pour rien.

— J'espère te revoir dans quelques heures, dit Noah, inquiet.

Ils se serrèrent la main et Jack tourna les talons.

Vingt minutes plus tard, un commando armé réceptionnait l'hélicoptère de Noah sur le toit d'une tour désaffectée. Sitôt débarqué, il fut mené à l'étage inférieur, devant la porte d'entrée de ce qui était autrefois un logement, mais que plus personne n'habitait depuis des années. Matthew patientait dans le vestibule.

— Où est-il ? lança Noah à son intention.

— Dans la pièce d'à côté. Solidement ligoté.

— Parfait. Vous avez réussi à faire marcher l'installation ?

— Ce n'est pas moi qui m'en suis chargé. Je ne comprends rien à vos outils. Mais tes amis y sont arrivés. Nous devrions pouvoir assister à la retransmission.

— Bien.

— Que fait-on maintenant ? demanda Matthew.

Noah le regarda d'un air sombre.

— On attend.

Les résistants avaient trouvé une chaise qu'ils avaient placée face à l'écran. Le Guide était assis dessus. Le reste de l'assemblée s'entassait dans le fond de la pièce. Noah se cacha. Lorsque le programme commença à six heures, il quitta les lieux. Il culpabilisait d'avoir fui l'Oméga et abandonné Jack. Que diraient les militaires à la découverte du communiqué ? Comment le peuple réagirait-il ?

Il monta sur le toit et, observant l'aube grise, il respira lentement. Puis, croyant percevoir un son, il regarda autour de lui. Il ne remarqua rien d'anormal. Il se pencha au-dessus du vide et du quartier désert. Le bruit enflait. Cela ne provenait pas du toit ni de l'étage inférieur. Ni des tours voisines, toutes abandonnées comme la sienne. La rumeur augmentait. C'était désormais un grondement venu de loin. Il tourna sur lui-même et riva son regard à l'horizon, à l'endroit où se profilaient les immeubles du centre-ville. Alors il comprit. Le vent soufflait dans sa direction, transportant avec lui des cris de surprise et de réjouissance. Un sourire se dessina sur son visage.

Au même moment, un résistant débarqua sur le toit, hors d'haleine.

— Le Guide fait un malaise ! lança-t-il, paniqué.

Noah se précipita.

— Que s'est-il passé ?

— On vient d'apprendre le décès de votre sœur. Quand il a vu les images de son corps, il a poussé un gémissement et porté la main à son cœur.

Noah porta la main au sien. Il ressentait la même douleur. Léana n'était plus là.

Mais le peuple avait parlé.

Et il hurlait sa joie.

30

Quand Noah revint à l'Oméga en milieu de matinée, il n'avançait pas encore en vainqueur, mais il n'avait plus peur. Il était convenu que les résistants resteraient à bord de l'hélicoptère avec le Guide, prêts à redécoller au cas où les événements dégénéreraient. Lamech n'était plus que l'ombre de lui-même. À l'annonce du décès de sa fille, il avait été victime d'un arrêt cardiaque. On avait réussi à le réanimer, du moins médicalement. Noah ne l'avait jamais vu dans cet état. Lamech était anéanti. Comme si la folie qui l'avait nourri jusqu'ici, qui l'avait poussé à commettre des actes ignobles, mais aussi merveilleux, s'était retirée de lui, ne laissant qu'une enveloppe de chair dépourvue de tension. Au point que les résistants, craignant qu'il ne faiblisse à nouveau, n'avaient pas pris la peine de le ligoter. Lamech avait triste allure. Sa toison blanche, dont il prenait habituellement grand soin, se divisait en mèches grossières le long de ses joues mal rasées. Ses épaules, jusqu'ici redressées, semblaient désormais souscrire, comme le reste, aux lois de la pesanteur. Si bien que le Guide ressemblait enfin au vieillard qu'il était. Noah n'eut cependant aucun regard pour lui lorsqu'il pénétra dans le centre de l'Oméga.

Jack l'avait prévenu que les cadres du Parti qui n'avaient pas eu le loisir de fuir avaient été arrêtés, mais qu'une poignée d'entre eux refusaient de se rendre. Jack les avait regroupés dans une salle capitonnée. Quand Noah entra, un murmure indigné l'accueillit. Ces personnes appartenaient à une caste réputée supérieure dont le Guide avait fait sa garde rapprochée. Mais Noah n'était pas inquiet. Tous craignaient davantage la suppression de leurs privilèges que la fin du Parti lui-même. Ils ignoraient par ailleurs qu'ils avaient été trahis par l'un des leurs. L'un des généraux détenus au Fort avait livré la liste des éminences à qui Lamech avait promis une place sur l'île contre l'assurance d'une allégeance à toute épreuve. Il était temps de mettre fin à ces manigances. La suffisance qu'ils affichaient exaspérait Noah. Pour commencer, il assuma sa participation active au coup d'État et décréta l'avènement d'une ère nouvelle dont il prenait la direction, secondé par des décideurs issus de plusieurs horizons. Il présenta Jack comme son premier adjoint et lui conféra tout pouvoir au sein de l'Oméga. Jack lui adressa un regard reconnaissant. Noah annonça ensuite que chaque cadre du Parti était destitué sur-le-champ, perdant ainsi l'exercice immédiat de ses fonctions. Les otages s'insurgèrent. L'un d'eux sortit du groupe et s'élança vers Noah en l'insultant. Il fut intercepté par les résistants qui l'exfiltrèrent de la salle en le rouant de coups. Son audace eut pour conséquence de tenir ses pairs au respect. Mais s'ils craignaient de subir le même sort, leurs yeux disaient aussi leur soif de vengeance.

— Nous acceptons de facto votre démission, déclara Noah d'une voix autoritaire. Si vous facilitez votre succession, vous bénéficierez d'un régime de faveur.

— Nous n'avons que faire de vos promesses ! cria quelqu'un dans l'assistance. Le peuple est avec nous !

Noah resta impassible.

— Depuis ce matin, la cité est en liesse, répliqua-t-il. Les gens sortent dans la rue pour crier leur joie. Et les milices les laissent faire.

Son interlocuteur le regarda d'un air effaré.

— Vous le remarquerez lorsque vous quitterez cette pièce, poursuivit Noah. Comment croyez-vous que le peuple réagira lorsque nous lui dévoilerons que vous étiez prêts à fuir en le laissant à l'agonie ?

Le silence se fit. Noah adressa à Jack un sourire discret.

— J'étais sûr que nous nous entendrions, dit-il. J'attends de vous une servitude totale. Vous aurez désormais deux référents attitrés à qui vous confierez chaque détail de votre mission. Ils devront bénéficier d'un accès illimité aux archives et autres documents de travail. Toute information sera soigneusement consignée et reportée aux autorités compétentes.

— Et les soldats ? lança une femme. Comment allez-vous leur expliquer que les décideurs ont changé ?

— Ils l'ont déjà compris. Mais au cas où il se trouverait quelques récalcitrants, je vous charge d'ordonner aux troupes d'obéir sans condition. Quiconque contreviendra à ces consignes sera traduit devant un jury populaire.

Il balaya l'assistance du regard. Le mur de haine auquel il s'était heurté en entrant s'était écroulé sous le coup de la surprise. Noah devinait à leurs mines interloquées que jamais aucun d'eux n'avait envisagé que le pouvoir puisse leur échapper aussi rapidement. Lui-même en doutait encore quelques heures auparavant. Soucieux de tenir sa ligne de conduite, il salua les ex-élites avec respect et quitta la pièce. De retour sur le tarmac, il demanda que Lamech soit placé en détention dans ses appartements. Comme on l'observait avec étonnement, il justifia sa décision.

— Il est vieux et malade, expliqua-t-il. Si nous voulons qu'il réponde de ses actes devant le peuple, nous devons le ménager.

Il s'adressa directement à Matthew.

— Enferme-le dans sa bibliothèque, au milieu de ses livres. Veille à retirer toutes les armes que tu trouveras, les objets contondants, tout ce qui pourrait lui permettre d'attenter à sa vie ou à celle des autres.

— C'est noté. Autre chose ?

— Qu'on lui apporte ce qu'il désirera boire et manger. Je ne veux pas qu'on nous accuse de nous être vengés.

Il jeta un coup d'œil à Lamech qui persistait à regarder le vide, alors même que l'on statuait sur son sort. Il avait l'air misérable.

— Poste une dizaine de sentinelles devant sa porte, ajouta Noah. Hormis les sœurs qui ont l'habitude de le servir, aucun droit de visite n'est accordé.

Je ne crains plus rien de lui, mais je me méfie de ses partisans. Certains seraient assez fous pour essayer de le faire évader. À la moindre tentative d'intrusion, tirez.

31

Comme Jack et Noah l'avaient pressenti, la très grande majorité des soldats changea facilement de camp, manifestant même, pour la plupart, du soulagement. À l'instar de la population civile, ils avaient depuis longtemps perdu confiance dans le Guide et ne se soumettaient aux ordres de l'Oméga que par crainte de représailles. Mais si une ère nouvelle s'ouvrait à eux, ils s'y engageaient sans hésiter, n'ayant rien de mieux à espérer. Noah en avait le tournis. En quelques jours, avec Jack, Matthew et l'aide de centaines de rebelles, ils avaient conquis un territoire et endossé la responsabilité de milliers de vies humaines. Il le réalisa pleinement le soir même, quand le calme fut revenu et que chacun eut regagné ses quartiers sous l'œil vigilant des résistants. Il n'avait pas remis les pieds dans ses appartements depuis des semaines, lesquelles lui semblaient des années. Il eut l'impression d'y entrer en étranger. Il n'avait pas choisi le mobilier ni son agencement. Tout avait été pris en charge par les services du Guide, ce qui ne l'avait jamais heurté. Mais, à présent, l'évidence s'imposait : il n'était pas chez lui.

Il se dépêcha de commander trois repas et dressa la table accolée à la baie vitrée. Ses invités arrivèrent peu après. Si Matthew était habitué à un certain confort, Jack se montra plus timoré. Lui qui avait passé les trente dernières années dans des caves insalubres osait à peine fouler le parquet. Derrière la vitre apparaissait la pyramide de l'Oméga, dont Lamech était désormais prisonnier. Noah pria Jack et Matthew de se mettre à table. La gêne du premier l'incommodait. Il détestait qu'une différence existât entre eux. Dans une autre société, ils auraient dû se trouver sur un pied d'égalité. Ou Jack, de loin le plus méritant, au-dessus de lui. Il leur servit du vin et leva son verre d'un air grave.

— Je bois à la fraternité, proclama-t-il d'un ton solennel. À la restauration d'un État de droit. À la résilience et au respect de la nature. Voici l'alliance à laquelle je crois. Puissions-nous défendre cet objectif sans jamais oublier sa vulnérabilité.

Lorsqu'ils eurent terminé de manger, Noah aborda le sujet qui le préoccupait. Les jours à venir seraient déterminants. Beaucoup de décisions restaient à prendre, beaucoup de priorités à établir. Il ne se sentait pas suffisamment qualifié pour diriger un gouvernement. Un groupe de citoyens lui semblait plus adapté.

— J'estime cependant important de désigner un leader, affirma-t-il. Une figure d'autorité à laquelle le peuple pourrait se raccrocher, une personnalité rassurante, raisonnable, et néanmoins charismatique. Quelqu'un qui aurait de l'expérience et n'aurait pas peur de mettre en place les réformes nécessaires. Quelqu'un dont le courage et la détermination ne seraient plus à démontrer...

Il regarda Jack.

— Tu n'y songes pas sérieusement, fit celui-ci en le coupant.

— Pourquoi pas ? J'étais le mieux placé pour faire tomber Lamech, car qui mieux que son fils pouvait dénoncer sa trahison, mais pour ce qui est de gouverner, la population pensera que j'ai agi par intérêt, pour m'emparer du pouvoir. Tandis que toi... Tu as vécu dans l'ombre, tu t'es toujours révolté contre le Parti, tu as partagé le sort des opprimés, tu n'as jamais renoncé. Qui remettrait en cause ton intégrité ? Sans compter que tu as eu une éducation, tu as été à l'université...

— En des temps immémoriaux.

— Tu possèdes les fondamentaux. Contrairement à moi qui ai si peu de savoir.

— Il n'est pas trop tard. Tu n'es pas idiot.

— Je sais. J'ai bien l'intention de combler mes lacunes. Lorsque tu rouvriras les universités, je serai le premier à y aller.

Il adressa à Jack un sourire serein.

— Pour l'instant, nous maîtrisons le Fort, l'Oméga et la situation en ville. Mais la balance est fragile. Les civils ont besoin qu'on leur indique une direction à suivre. Les militaires aussi.

Jack poussa un long soupir.

— La priorité est de créer un gouvernement provisoire, dit-il en pensant à voix haute.

Noah opina, l'encourageant à poursuivre.

— Je crains également qu'il ne faille maintenir un certain temps l'état d'urgence. On ne passe pas brusquement d'une dictature à la démocratie. Le peuple serait perdu. Il nous faut introduire les changements petit à petit. D'abord assurer la sécurité, l'approvisionnement en nourriture et en énergie. Appliquer le modèle de l'île à notre agriculture. Ensuite, rétablir le système éducatif. Rééduquer les cerveaux. En particulier la jeune génération que le régime élève dans les réserves.

— Je suis d'accord.

— Dans un second temps, poursuivit Jack, nous établirons une justice impartiale. À l'abri des passe-droits et de la corruption.

Ils échangèrent un regard lourd de sens. Sous le règne de Lamech, les tribunaux avaient été le décor de vastes mascarades où les prévenus étaient toujours condamnés de manière arbitraire.

Malgré la gravité du sujet, Matthew les écoutait parler d'un air heureux. Quelques semaines auparavant, il ne connaissait pas ces deux hommes que la Communauté lui avait désignés comme étant ses ennemis. Depuis, à sa plus grande surprise, il avait rencontré des amis. Des êtres humains qui traversaient l'existence en éprouvant les mêmes errances que lui. Il aimait leurs doutes, bien plus que les principes d'excellence dictés par le Centre et la Communauté. Cette traque perpétuelle de l'échec qui fabriquait pour soi et la société un idéal mensonger impossible à atteindre. Jack et Noah vivaient dans le monde réel. Certes plus morose que celui que l'Information Générale vendait à longueur de journée, voué au déclin à en croire certains, mais qui proposait à chacun d'évoluer. Il réalisa que, auprès d'eux, il avait retrouvé le goût d'exister.

— Je pourrais vous aider, intervint-il, plein de bonne volonté.

— J'ai d'autres projets pour toi, répondit Noah d'un air énigmatique.

Matthew sut à quoi il faisait allusion. L'expression de Jack s'assombrit.

— Tu comptes vraiment aller la chercher ? lança-t-il avec hostilité, signifiant par là qu'il était contre cette idée.

— J'ai fait une promesse.

— J'ai besoin de toi pour m'aider à diriger.

Noah le fixa.

— Je reviendrai, dit-il. J'ai confiance dans le fait que tu prendras les bonnes décisions. Tu peux t'appuyer sur tes hommes en cas de nécessité. La plus grande partie de l'Oméga est déjà prête à te suivre. Jusqu'ici, nous n'avons pensé qu'en termes de politique intérieure. Mais nous ne sommes pas seuls. Le danger guette à la frontière. Quels liens Lamech entretenait-il avec la Communauté de Mathilde ? Vous souvenez-vous des missiles de la section 3 ? D'après mes calculs, leur portée correspond à peu près à la distance qui relie l'île à cette partie du territoire.

Il se tourna vers Matthew.

— Ton territoire, rectifia-t-il.

À court d'arguments, Jack pressa ses tempes.

— Cela fait tellement de choses à gérer, grinça-t-il. Comment faire pour tout mener de front ?

— Laisse-moi m'occuper de celui-ci, répliqua Noah. Considère-moi comme un ambassadeur.

Il faisait de son mieux pour le dérider, sans succès. Jack avait la tête entre les bras, sur la table. Il se releva bientôt, prêt à protester une nouvelle fois, quand son regard se perdit derrière la baie vitrée.

— Qu'est-ce que…, marmonna-t-il, les sourcils froncés.

Noah se retourna.

À cent mètres d'eux, le toit de la pyramide était en feu.

32

Les résistants avaient enfoncé les portes de la bibliothèque. Munis d'extincteurs, ils s'acharnaient à éteindre les flammes qui atteignaient les deux mètres. Noah, Jack et Matthew se figèrent face à la scène cauchemardesque. Puis ils reprirent leurs esprits et, tandis que Jack et Matthew se précipitaient pour prêter main-forte à leurs comparses, Noah s'élança parmi les braises incandescentes.

— Où est le Guide ? s'époumona-t-il. Lamech ? Lamech !

Un homme l'arrêta.

— Évacué, toussa-t-il.

Comme Noah n'entendait rien, il se répéta en hurlant.

— Où ?

— Clinique !

Noah se rua dans l'escalier. Il atteignit le rez-de-chaussée au moment où les pompiers de l'Oméga arrivaient.

— Dépêchez-vous !

Puis il courut vers la clinique.

Sur place, c'était le branle-bas de combat. L'intégralité du personnel était à pied d'œuvre au chevet du Guide. Les résistants contrôlaient chaque allée et venue, craignant qu'il ne s'agisse d'une manœuvre pour le faire évader. Noah arrêta le médecin en chef qui passait près de lui d'un pas vif.

— Comment va-t-il ?
— Il est inconscient.
— Il va se réveiller, n'est-ce pas ?
— Nous faisons tout pour que ce soit le cas.
— Il doit se réveiller !

Le médecin secoua la tête d'un air réprobateur avant de retourner à sa mission. Impuissant, Noah donna un grand coup de pied dans le mur. Il était furieux. Contre lui-même, contre les résistants qui avaient manqué de vigilance et, naturellement, contre Lamech. Le Guide devait être jugé. Il ne pouvait s'échapper par la mort. Le peuple attendait qu'il réponde de ses crimes, ce que lui, Noah, avait promis. Si Lamech mourait, sa stratégie entière en serait fragilisée. Stressé, il intercepta un infirmier et lui demanda dans quel délai on pouvait espérer des nouvelles du Guide. Au soupir qu'il poussa, Noah comprit qu'il était inutile d'insister. À bout de patience, il ordonna qu'on l'informe de l'évolution de la situation et quitta la clinique vingt minutes après y être entré. Il retourna à la bibliothèque, où le feu était désormais éteint.

Sous l'effet de la chaleur, le versant nord de la verrière avait cédé. Les panneaux solaires gisaient au sol, carbonisés. Quant à la bibliothèque... Les étagères en bois massif avaient fourni le meilleur des combustibles. La plupart des livres étaient partis en fumée.

Du millier d'ouvrages précieusement collectés par Lamech, il ne restait que deux colonnes, de part et d'autre de l'entrée, que les résistants avaient sauvées de l'autodafé. Jack rejoignit Noah.

— Le Guide aurait utilisé ses alcools et un briquet pour mettre le feu, expliqua-t-il. Nous avons interrogé les sœurs à son service. Il a profité de leur faiblesse. Elles ne se sont pas méfiées lorsqu'il a réclamé son cigare habituel.

Noah ne répondit pas. Accroupi dans la cendre, il tenait un bout de papier sur lequel on pouvait encore apercevoir des lignes d'écriture.

— Quel gâchis, déplora-t-il. Tous ces ouvrages volatilisés. Ce savoir disparu à jamais.

Jack s'agenouilla à ses côtés.

— C'est une perte immense, admit-il. Mais il y en a d'autres.

— Comment ça ?

— Des livres. Tu n'imagines pas que Lamech détenait tous les exemplaires existants ?

Jack ne put s'empêcher de moquer sa naïveté.

— Il en reste beaucoup d'autres, renchérit-il. Des milliers d'autres.

— Où ?

— Cachés chez les particuliers. Dans les caves, les appartements. Ceux qui en ont hérité les ont jalousement conservés. Les livres constituent la seule trace de notre ascendance.

Noah était perplexe.

— Il y a quelque temps, dit-il, Lamech m'a montré un volume qui traitait d'un déluge très ancien, d'une arche, d'un homme prénommé Noé. C'est en référence à lui que je m'appelle ainsi. Je pensais le retrouver et faire des recherches à ce sujet.

— Je connais ce mythe, fit Jack d'un air docte. Mes professeurs de civilisation en parlaient autrefois. Comme de beaucoup d'autres. Les mythes racontent des histoires. Pas la réalité.

Il remarqua que Noah était bouleversé.

— Le Guide est un fanatique, dit-il avec compassion. Il a pris ce que disaient les livres pour argent comptant au point de leur vouer un culte. Mais il faut savoir s'en méfier. Pour un seul fait, il existe toujours de multiples interprétations, et autant de vérités.

— Je ne comprends pas son geste, fit Noah, désemparé. Il semblait les adorer.

— Espérons qu'il vive assez pour te l'expliquer.

Son souhait fut exaucé. Le matin qui suivit l'incendie, on contacta Noah pour l'informer que le Guide était conscient. Il gagna immédiatement la clinique. Il fut accueilli par le même médecin rencontré plus tôt dans la nuit.

— Il y a quelques heures, je n'aurais pas parié sur l'avenir, fit ce dernier en l'apercevant. Mais il est bel et bien réveillé.

— Comment va-t-il ?

— Bien, compte tenu des événements. Vos hommes l'ont extrait à temps. Il a été intoxiqué par les fumées, mais pas au point de devoir être intubé, et il ne souffre d'aucune brûlure.

— Les gardes m'ont rapporté qu'ils avaient enfoncé la porte sitôt que l'alarme s'était mise à sonner.

— Tant mieux.

— Je peux lui parler ?
— Oui. Mais autant vous prévenir, le malaise que l'on a attribué à une intoxication au monoxyde de carbone s'apparenterait plutôt à un coma éthylique. Ce qui n'a rien d'étonnant dans une tentative de suicide.

Noah ne fit aucun commentaire et le médecin lui indiqua le numéro de la chambre. Deux gardes étaient postés devant la porte.

Lamech était assis sur le matelas quand il entra. Sa peau était encore recouverte de traces de suie et ses cheveux étaient hirsutes. Dès qu'il aperçut Noah, il se leva dans un geste réflexe et s'élança vers lui, prêt à l'étrangler. Son poignet gauche, menotté au lit, le retint en arrière.

— Toi ! hurla-t-il, plein de hargne, en tirant de toutes ses forces dans l'espoir de faire céder le lien.

Noah recula. Lamech avait les yeux exorbités.

— Traître, meurtrier ! vociférait-il. Tu m'as privé de ma seule raison d'exister, tu m'as volé ma fille, mon projet... Tu ne pouvais pas me laisser mourir en paix ?

Il retomba sur le lit, à bout de souffle. Craignant qu'il ne fasse une nouvelle attaque, Noah se tint prêt à appeler les médecins. Mais aussi subitement qu'il s'était énervé, Lamech sombra dans la léthargie. Tout d'un coup, ses traits se détendirent, son front se dérida, son regard se fit vague. Noah observa la perfusion qu'il portait au bras. L'effet des drogues, peut-être...

— Je voudrais ne plus être là, chuchota Lamech, que sa crise avait épuisé. Ou plutôt, je voudrais que tu ne sois plus là. J'aurais dû te tuer, il y a des années. J'ai été faible.

— C'est le problème de la culpabilité, répliqua Noah.

Le Guide leva un sourcil. Noah approcha.

— Vous avez eu pitié du petit garçon que j'étais. Cet orphelin dont vous aviez assassiné les parents. Au point de m'adopter. Une façon de vous racheter.

Le Guide ouvrit la bouche de surprise.

— Ce n'était pas difficile à déduire, dit Noah. Un empoisonnement ? Pour quelle raison ? Isaac était au faîte de sa gloire, il détenait le pouvoir. Vous étiez en désaccord, à ce moment-là. Il avait découvert le secret du Fort et du vaccin. C'était contraire à ses principes, au manifeste du Parti. Il n'a pas supporté votre trahison. Vous étiez comme deux frères, n'est-ce pas ? Du moins, le croyait-il. Je suppose qu'il a menacé de vous dénoncer. C'était lui ou vous. Je me demande combien de temps vous avez hésité…

Le Guide était blême. Il ferma les paupières. Sa bouche articula quelques mots dans le vide. Noah se pencha sur lui.

— Que dites-vous ? Je n'entends pas.

— Tue-moi.

— Pardon ?

— Tue-moi ! répéta le Guide en rouvrant les yeux.

Noah fronça les sourcils.

— Hors de question. Ce serait trop facile.

— J'ai assassiné tes parents, et tu veux me laisser en vie ?

Noah haussa les épaules.

— Je ne vous rendrai pas ce service. Vous resterez ici jusqu'au procès. Sous étroite surveillance et sans plus aucun traitement de faveur. Le peuple mérite la vérité.

Lamech était sidéré. Comprenant qu'il n'obtiendrait pas gain de cause, sa colère refit surface.

— Tu vas me laisser dans cette chambre, seul, comme un animal ?

— Où iriez-vous de toute façon ? Tout a brûlé. Même vos précieux livres.

— Je n'ai aucun regret, marmonna Lamech. Je t'avais prévenu que les livres pouvaient être dangereux. Regarde où le savoir et le progrès ont conduit notre civilisation. Sans ta maudite intervention, l'humanité aurait pu renaître. Aussi pure et ignorante qu'à ses débuts. Comme dans le mythe du bon sauvage.

Noah ne comprenait pas à quoi Lamech faisait allusion, mais il se souvenait de ce que Jack avait dit à propos des mythes. Il observa le Guide avec pitié, songeant que, jusqu'au bout, il demeurerait une énigme.

Dans le couloir qui menait à ses appartements, il se félicita d'avoir gardé son sang-froid et obtenu ce qu'il était venu chercher. Il ne s'était pas attendu à des excuses de la part de Lamech, le sachant incapable d'un tel acte. Seulement des aveux. Désormais, il connaissait la vérité. Il n'en voulait pas à Lamech d'avoir tué Isaac, criminel de la pire espèce dont il répugnait à défendre la mémoire et l'honneur. Dont la mort, au contraire, atténuait la honte de partager sa généalogie. Son seul regret concernait sa mère. Il aurait désiré la connaître. Avait-elle adhéré aux idées perverses de son mari ? Avait-elle aimé l'enfant qu'elle avait porté ? Elle avait choisi de le garder, au risque de mettre son couple en danger. Il ne pouvait s'empêcher de l'imaginer en victime. Elle était la figure féminine dont il avait toujours manqué. Que Léana avait remplacée, incidemment et mal, sans s'en douter. Restait Mathilde. La seule femme, contrairement aux deux autres qui avaient traversé sa vie, dont les intentions étaient nobles et honnêtes. Elle comblait un vide, quelque part, au fond de lui. Paradoxalement, son absence augmentait sa présence. Et tout son être la réclamait.

33

Dans les heures suivant le coup d'État, Noah avait contacté Wendall pour lui demander de faire des recherches sur les relations qu'entretenait le Parti avec le territoire de Mathilde. Le soir même, le technicien envoyait les documents requis. Noah comptait les consulter dans la nuit avec Jack et Matthew, mais l'incendie avait perturbé ses prévisions.

Il convoqua une nouvelle fois ses complices dans la salle dite « de stratégie », seule pièce de l'Oméga à ne comporter aucun micro ni aucune caméra. Le Guide l'investissait dès qu'il était question de traiter les affaires les plus sensibles. Noah fit également mander le général jusqu'ici responsable des relations étrangères, un dénommé Klein, qui arrivait en fin de carrière et qu'il connaissait peu, car il était souvent en déplacement à la frontière. Il le laissa patienter à l'extérieur.

— Quel est l'ordre du soir ? demanda Matthew en bâillant, exténué par les derniers événements.

Aucun d'eux n'avait bénéficié d'une nuit complète depuis leur séjour au Fort. Tout au plus avaient-ils grappillé quelques heures de sommeil entre deux interventions. Noah ressentait de plus en plus les effets de la fatigue. Ses gestes étaient imprécis, et il cherchait ses mots. Mais il persistait, certain qu'il y avait urgence à organiser le sauvetage de Mathilde. Jack était beaucoup moins convaincu. Si la décision lui avait appartenu, il aurait reporté leur réunion.

— Plus tôt on ouvrira ces archives, plus tôt nous pourrons nous reposer, concéda-t-il cependant.

Noah déploya sous leurs yeux une myriade de données.

— Une vie n'y suffirait pas, fit Jack, effaré par la quantité d'informations que l'intelligence artificielle avait répertoriées.

— Contentons-nous des dossiers classés top secret.

Ils furent surpris de constater qu'il n'y en avait que deux, respectivement intitulés « Commerce » et « Surveillance continue ».

— Commerce ? interrogea Matthew, tandis que Noah ouvrait le document.

Il était divisé en plusieurs sections, attribuées à des catégories de produits différentes. Ils ne tardèrent pas à comprendre que le régime de Lamech était non seulement parfaitement au courant de l'existence de la Communauté de Mathilde, mais se livrait avec elle à de nombreuses transactions. Dont la principale concernait le thorium. Le dossier stipulait que, au cours des quarante dernières années, d'importantes quantités de ce matériau avaient été vendues au Parti en échange de biens divers. Au début, essentiellement de la nourriture, rapidement remplacée par des articles manufacturés, mais aussi des équipements à usage militaire. De l'armement et des véhicules.

— Qu'est-ce que le thorium ? demanda Jack.

— Un métal que ma Communauté extrait depuis des années, expliqua Matthew. Il s'agit d'un élément chimique aux propriétés énergétiques prodigieuses. C'est un excellent combustible nucléaire. Nous l'utilisons pour alimenter l'ensemble de nos infrastructures.

— Et les nôtres, compléta Noah avec amertume.

Il s'adressa à Jack.

— Nous nous demandions comment le Guide faisait pour approvisionner le territoire en énergie et construire le Fort. Il achète du thorium à la Communauté de Matthew. C'est également par ce biais qu'il a pu constituer son arsenal, sous le volcan.

— Impossible, intervint Matthew. Je n'arrive pas à imaginer que ma Communauté vende du thorium à ceux qui la persécutent. Cela n'a aucun sens.

— Quelles persécutions ? rétorqua Noah. Moi-même, j'ignorais l'existence de votre Communauté.

Jack fronça les sourcils.

— Je crois qu'il est l'heure d'appeler notre ami, arbitra-t-il d'un ton grave.

Ils firent entrer le militaire que l'on venait tout juste de rapatrier de la zone frontalière et qui découvrait un temps après ses confrères que l'Oméga était passé aux mains de la Résistance. Il pénétra dans la pièce d'un air inquiet.

— Asseyez-vous, Général, fit Noah avec une autorité courtoise.

Klein s'exécuta.

— C'est bien vous, n'est-ce pas, qui êtes responsable des relations extérieures, et plus particulièrement de la surveillance des frontières ?

— C'est exact.

— Depuis quand ?

— Presque une trentaine d'années.

— Depuis tout ce temps, combien d'offensives avez-vous menées au sud ? Contre la Communauté établie derrière le mur ?

Le général eut l'air perplexe.

— D'offensives ? Aucune !

Noah jeta à Matthew un regard entendu.

— Les seules incursions que nous avons tentées ont été exécutées par des drones, poursuivit Klein. Lors de missions de reconnaissance. Mais depuis un certain temps déjà, ils sont systématiquement interceptés. Nous ne gaspillons plus notre matériel.

— Dans ce cas, en quoi constitue votre travail ?

— Surveillance, essentiellement. Et dissuasion. Le Guide redoutait qu'une invasion ne se produise un jour. Une grosse partie de nos contingents restent en poste, prêts à intervenir au cas où un conflit se déclarerait.

— Vous assurez qu'il n'y a donc eu aucune attaque armée, de notre part, envers le territoire adverse ?

— On m'a rapporté que ça avait été le cas lors de la construction du mur, et même un peu après. Il y avait à cette époque encore quelques opérations dirigées contre l'ennemi. Mais depuis que j'ai pris mes fonctions : rien. Je le certifie. On ne déplore que des incidents. Il s'agit surtout de tirs d'intimidation.

— Je vous remercie, Général. Nos hommes vont vous raccompagner.

Le général se mit au garde-à-vous et quitta les lieux. Noah et Jack considérèrent Matthew d'un air sévère.

— Il ment, dit-il. J'ai été le témoin de crimes atroces.

— Que vous orchestrez vous-mêmes, coupa Jack.

Matthew se rembrunit. Jack poursuivit :

— Lorsque j'ai passé la frontière, j'ai été capturé par ton armée. Des militaires m'ont forcé, contre la promesse de me rendre ma liberté, à prendre les commandes d'un engin piloté à distance qui, en réalité, n'a pas tardé à bombarder la ville. Par miracle, j'ai pu m'éjecter de l'habitacle et m'enfuir.

L'expression de Matthew vira à l'incrédulité la plus totale. Il revivait la scène de l'attentat, mais d'un point de vue opposé. Mathilde avait tenté de l'avertir, et plusieurs indices accréditaient cette théorie, mais il s'était toujours refusé à y croire. Maintenant qu'il savait que Jack n'était pas le redoutable criminel que l'Information Générale avait décrit le jour de l'attaque, la vérité lui sautait aux yeux. Et elle était intolérable.

Il se renversa sur sa chaise.

— Je n'y comprends rien...

— Remontons le cours du temps, proposa Jack. Lorsque nous n'étions pas nés, notre peuple et le tien ne formaient qu'une seule nation. Puis les collapsologues ont pris le pouvoir et la Décroissance a commencé. Le monde connaissait une crise économique, sanitaire et climatique sans précédent. Les collapsologues décourageaient les nouvelles naissances afin de faire régresser la population. Une guerre civile a éclaté entre leurs partisans et leurs détracteurs. Largement minoritaires, ces derniers ont été traqués, et massacrés. Quelques-uns ont fui dans le désert où ils ont rejoint une communauté de marginaux qui vivaient au ban de la société. Les frontières ont été fermées et un mur a été érigé pour séparer les deux territoires. Le Parti a été fondé vingt ans après par Lehman et Lamech…

À travers le récit de Jack, Matthew et Noah découvraient leur propre histoire.

— Ils ont créé le virus pour accélérer la Décroissance, enchaîna Noah. Tout en faisant croire à la population qu'il s'agissait d'un phénomène naturel voulu par le hasard. Les gens y ont vu la preuve que leur fin était inéluctable et les rares qui restaient encore sceptiques se sont tus. Ils ignoraient que Lamech avait fait mettre au point un vaccin et ne se doutaient pas que, des années plus tard, lorsqu'il accéderait au pouvoir, il restaurerait une île dans le but de sauver les élites.

— Mais pour mener à bien son projet, il avait besoin d'énergie ! s'exclama Jack. Qu'il est allé chercher auprès de la Communauté de Matthew. Pourquoi ne pas s'en être tout simplement emparé ?

— Parce que sa priorité absolue demeurait le Fort. Rien ne devait le menacer. En achetant du thorium à la Communauté de Matthew, il a acquis la paix et du temps. Sachant que lorsque l'île serait achevée, il aurait les moyens de tout anéantir.

Ils se regardèrent, stupéfaits d'avoir débrouillé l'énigme qui déterminait le passé comme l'avenir. Jusqu'à ce que Matthew mette à mal leur logique.

— Ma Communauté est prospère, argua-t-il. Peut-être était-elle dans le besoin au moment de sa fondation, avant la découverte des mines de thorium, mais aujourd'hui ce n'est plus le cas. Si nous détenons l'énergie et les richesses, et si nous n'avons aucune offensive à redouter de votre part, si nous combattons à la frontière un ennemi imaginaire, pourquoi reste-t-on prisonniers du désert ? Notre plus grande faiblesse est due à notre position. Nous sommes enclavés entre les dunes et une décharge. Pourquoi n'avons-nous pas tenté de partir ? D'envahir votre territoire ? Pourquoi maintenir les civils dans le mensonge ?

Jack et Noah échangèrent un regard soucieux.

— Nous sommes sur le déclin, fit Noah en réfléchissant. C'est certain. Mais nous sommes encore supérieurs en nombre. Peut-être ta Communauté attend-elle de grossir ses rangs avant d'attaquer ? Afin d'être sûre de son avantage ?

Jack abonda dans son sens.

— Ainsi, quand vous serez prêts, l'armée n'aura même pas besoin de convaincre la population du bien-fondé d'une guerre. Puisque cela fait des années que nous sommes présentés comme des tortionnaires.

Matthew resta sans voix. Il songea aux entraînements auxquels la Communauté entière s'astreignait, chaque jour. Et si, sous couvert de défense, on inculquait en réalité le moyen d'attaquer ?

Le Centre s'imposa à son esprit. La pouponnière. La Communauté élevait des êtres humains en batterie au prétexte qu'ils étaient la cible de l'ennemi. Une génération tous les cinq ans. Et cette salle clandestine qu'il avait découverte avec Mathilde et qui abritait des spécimens génétiquement modifiés. Améliorés.

En proie à une attaque de panique, il faillit tomber de sa chaise.

34

Le poing étouffé sous l'oreiller, Sullivan tentait d'ignorer son ondophone. Cela faisait dix minutes qu'une speakerine virtuelle lui martelait que le temps était venu de s'entraîner. L'application en était à son troisième rappel. Au cinquième, un signalement serait fait à son commandement. Retirant sa main, il s'assit sur son lit en bougonnant. Tout était la faute des soldats qui, après la première manche, avaient insisté pour qu'il restât jouer aux cartes jusqu'à une heure tardive, songeant qu'avec un peu d'alcool et de persévérance ils triompheraient de ses défenses. Peine perdue : il avait gagné la partie suivante, et toutes celles d'après. Il esquissa un sourire. Les conscrits seraient peut-être sur pied plus rapidement que lui, mais il conservait sa fierté. Il se leva et commença à exécuter une série de cinquante pompes. Reposé ou pas, il n'avait plus la condition physique pour effectuer correctement ce type d'exercices. Sa colonne vertébrale lui faisait mal et l'articulation de son coude gonflait désormais à la moindre flexion. Il était vieux. La retraite était imminente. Enfin, il pourrait vivre auprès de Violet, en ville, comme un simple civil. Ensemble, ils iraient se promener dans le Centre de vie, regarderaient des films, assisteraient à des concerts, se rendraient au restaurant de temps en temps... Ils profiteraient de l'existence. Sans ce maudit réveil qui l'obligeait à se lever à cinq heures depuis plus de cinquante ans. Quarante-trois, quarante-quatre, quarante-cinq...

— Encore un effort, Général, lança l'ondophone d'une voix dynamique.

Sullivan ne songeait qu'à sa retraite. Plus que deux semaines avant de quitter la caserne. Jusque-là, il devait achever sa mission, organiser son départ, et rester à l'écart des intrigues. Surtout ne pas faire de vagues. Il serait dommage de se voir retirer le bonus qu'il s'était donné tant de mal à décrocher. Il l'utiliserait pour faire un cadeau à Violet. Elle s'était montrée si patiente avec lui. Il lui achèterait une nouvelle voiture, ou paierait peut-être une opération de laser esthétique. Depuis le temps qu'elle en rêvait. On toqua à la porte.

— Entrez !

La tête d'un soldat apparut dans l'encadrement.

— Pardon de vous déranger pendant votre entraînement, Général, mais il y a une urgence.

Sullivan se releva en grimaçant.

— Que se passe-t-il ?

— Il semblerait qu'il y ait du mouvement près de la frontière. L'état-major vous réclame. Si vous voulez bien...

— J'arrive tout de suite.

Le soldat disparut et Sullivan se dépêcha de revêtir son uniforme. À quinze jours de la retraite... Il fallait que ça tombe maintenant.

Noah et Matthew se tenaient debout dans la lumière du petit matin, à un kilomètre de la ligne frontalière. Derrière eux se trouvait un millier de véhicules blindés, rapatriés des quatre coins du territoire. Il avait fallu pas moins d'une semaine pour les réquisitionner. Les derniers venaient tout juste d'arriver. Après des heures de discussion, Jack avait fini par donner son accord pour qu'un tiers des contingents de l'armée gagne la frontière. Les motivations des trois hommes n'étaient pas identiques. Pour Jack, il s'agissait avant tout de mettre un terme à la menace que constituait la Communauté de Mathilde. Mais pour Noah et Matthew, il importait de sauver Mathilde elle-même. Au point que Noah, dans sa fougue, avait d'abord voulu organiser une mission commando. Mais Matthew l'en avait dissuadé. Mathilde était enfermée dans une base, sous étroite surveillance. Mieux valait ouvrir des négociations. Raison pour laquelle ils avaient demandé à engager des pourparlers. Ayant fait savoir que, pour cela, ils enverraient une délégation.

— Une délégation ? répéta Sullivan, ahuri. Mais une délégation de quoi ?

Le major était embarrassé.

— Je l'ignore, Général. Nous n'avons pas affaire à nos interlocuteurs habituels. Les échanges ont été interrompus sans que nous parvenions à rétablir la communication. C'est le premier signe que nous recevons depuis deux semaines.

— Cela ne présage rien de bon, fit Sullivan, inquiet.

— Ce n'est pas tout, mon Général.
— Je vous écoute.
— De nombreux blindés sont arrivés sur le site. On n'avait pas assisté à de telles opérations depuis…
— Jamais, coupa Sullivan, excédé. La réponse est jamais ! Cela fait des décennies que je commande ce poste. Hormis le transit de marchandises, il ne s'y passe jamais rien. À peine quelques échanges de tirs, de rares incursions que nous avons toujours réussi à repousser, et c'est tout.
— Nos ennemis veulent entamer des pourparlers. Souhaitez-vous les recevoir ?
— Naturellement ! tonna Sullivan. Croyez-vous que je vais me laisser intimider sans réagir ? Qu'ils viennent, ils ne me font pas peur ! Et faites passer le mot aux autres commandements ! Que l'armée entière se tienne prête à riposter. Nous sommes peut-être à la veille d'un conflit historique.

Le major se mit au garde-à-vous et quitta la pièce en courant.

— C'est nous, la délégation ?
— Tais-toi, siffla Noah entre ses dents.

Matthew, sous ses airs hâbleurs, était en réalité terrifié. C'était la première fois qu'il retournait dans sa Communauté depuis le jour de son évasion. Et pas n'importe où. Il pénétrait dans le principal poste de commandement de toute la frontière. L'endroit même où on l'avait séquestré. À peine eut-il passé le grand portail enclavé dans le rempart que son visage fut repéré par les ondophones. Dès lors, son identité fut connue. Craintif, il jeta un regard à la vingtaine de résistants qui les accompagnaient dans le but de garantir leur sécurité. Triste leurre face aux centaines de soldats qui les encerclaient.

Ils traversèrent un corridor en plein air, fermé par des murs de parpaings et coiffé de barbelés. Matthew avait le sentiment de marcher vers l'échafaud. Les soldats qui les précédaient les invitèrent à entrer dans un blockhaus en les informant qu'aucun membre de leur escorte n'était autorisé à les accompagner. Noah obtempéra non sans donner à ses hommes l'ordre d'intervenir au moindre événement suspect. Puis il pénétra avec Matthew dans l'abri fortifié.

Sullivan transpirait à grosses gouttes. À défaut de pouvoir la retirer, il écarta les pans de sa veste sur lesquels étaient épinglées les récompenses d'une vie au service de la Communauté. À cet instant, la porte s'ouvrit sur deux hommes qui n'avaient pas la quarantaine, et dont le cadet était connu de ses services. Il s'agissait du renégat qui avait aidé une jeune femme à fuir en territoire ennemi avant de s'échapper lui-même par un mystérieux stratagème. Sullivan n'était pas près d'oublier son visage tant l'Information Générale l'avait diffusé, à longueur de journée, et le diffusait encore sporadiquement, bien que l'individu soit réputé mort. Or, non seulement le dénommé Matthew Brown, anciennement matricule 3682, était bien vivant, mais il n'hésitait pas à venir le narguer jusque dans son propre camp. Stoïque, il invita ses visiteurs à prendre place autour de la table où siégeaient quatre de ses officiers.

— Merci de nous recevoir, lança Noah d'une voix solennelle. C'est la première fois que nous nous rencontrons. Le mieux, sans doute, est de commencer par les présentations.

Sullivan opina.

— Vous connaissez mon bras droit, poursuivit Noah en désignant Matthew. Quant à moi, je suis Noah Lehman.

— Lehman..., répéta Sullivan. Ce nom me dit quelque chose.

— Je suis le fils adoptif du Guide. Mon géniteur était son associé.

Sullivan fit une moue indiquant qu'il saisissait.

— Qu'est-il arrivé aux généraux avec qui nous avons l'habitude de traiter ? demanda-t-il. Mes services m'ont rapporté qu'ils ne répondaient plus à nos appels.

— Je suis venu vous informer que le Parti a été renversé. Je représente le nouveau pouvoir en place.

Sullivan ignora les regards inquiets que lui adressaient ses officiers.

— Je vous écoute, dit-il en faisant de son mieux pour ne rien laisser paraître de son anxiété.

Noah rassembla ses idées. Certes, il avait déjà débattu avec des civils, des mercenaires et des résistants. Il avait été le spectateur de la politique menée par Lamech. Mais ce qui serait décidé à l'issue de cette réunion déterminerait l'avenir de toute une population. Le destin de milliers de citoyens reposait sur ses épaules. Il fut heureux d'avoir Matthew à ses côtés. Il prit une grande inspiration et se lança dans un monologue au cours duquel il exposa leurs revendications.

Il demanda la reddition des forces militaires de la Communauté et le désarmement des troupes. Il exigea la libération immédiate de Mathilde et de ses parents, ainsi que leur réhabilitation. Enfin, l'arrêt, séance tenante, des activités du Centre. Sullivan le considéra d'un air abasourdi, puis moqueur. Quand Noah eut fini, il partit d'un grand éclat de rire. Ses officiers l'imitèrent.

— Merveilleux ! s'exclama-t-il. Rien que ça ! Je voulais terminer ma carrière en beauté, mais je dois avouer que je n'en espérais pas tant.

Noah et Matthew n'avaient pas le cœur à rire. Ils l'observaient avec beaucoup de sérieux.

— Vous plaisantez, n'est-ce pas ? reprit Sullivan en les dévisageant. Vous n'envisagez pas sincèrement que vos requêtes soient entendues ? Que la Communauté se rende sans condition ?

— Nous considérerions votre refus comme une déclaration de guerre. Que vous perdrez.

Le sourire de Sullivan disparut. Il tapa du poing sur la table.

— Avez-vous seulement les moyens d'exécuter vos menaces ? aboya-t-il. Si vous avez pu nous manipuler par le passé, les temps ont changé ! Nous savons aujourd'hui dans quel état de décrépitude se trouve votre pays. Le Guide était assis sur un trône de papier. Son peuple est à l'agonie. Vous n'avez plus d'énergie. Bientôt, vous ne serez même plus en mesure de fabriquer les produits les plus élémentaires.

— C'est vrai, répliqua Noah sans se laisser impressionner.

Il sortit de sa poche un petit projecteur.

— Vous permettez ?

Il alluma l'appareil. Les images de la base militaire, garnie de missiles, apparurent devant eux.

— Il est vrai que nous devons trouver de nouvelles sources d'énergie, concéda-t-il. En attendant, contrairement à vous, nous maîtrisons une certaine technologie et, grâce au thorium que vous nous avez fourni, nous avons les moyens de vous anéantir.

Sullivan se figea, la bouche entrouverte. Sa réaction rassura Noah et Matthew. Ils avaient craint que la Communauté ne disposât du matériel nécessaire pour riposter. Tout tendait à démontrer que ce n'était pas le cas. Du moins, pas encore.

— Nous souhaitons vous proposer un accord, reprit Noah d'un ton plus nuancé. Nous ne cherchons pas à soumettre votre Communauté. Nous désirons instaurer un climat de paix. Celui qui existait avant le schisme. Lorsque nos deux territoires n'en formaient qu'un seul.

— Vous voulez réunifier les deux populations ?

— Et allier nos forces pour restaurer notre environnement. Nos savoirs conjugués permettront d'y arriver.

— Et vous pensez que notre Communauté adhérera à ce projet sans rechigner ? Pactiser avec l'ennemi ? La plupart de nos concitoyens préféreraient mourir !

Noah allait répliquer quand Matthew le devança :

— Vous nous avez fait croire que nous étions la cible de nos voisins pour mieux préparer les esprits à une offensive future. Depuis des années, vous organisez des campagnes de désinformation avec la complicité de l'Information Générale. Il suffit de tenir le discours inverse.

Le général se renfrogna. La prospérité à laquelle il aspirait, les honneurs dont il avait rêvé semblaient s'éloigner de lui à une vitesse vertigineuse. Il se demanda comment lui et les autres membres de l'état-major avaient pu vivre dans l'ignorance de ce qui était en train de se produire. Il atteignait la fin de sa carrière, supposément son sommet, et il se retrouvait coincé, assailli par les difficultés et, face à l'ennemi, aussi perdu qu'une jeune recrue.

— Nous comprenons que la population sera d'abord rétive à cette idée, poursuivit Noah. C'est pourquoi nous pensons qu'il serait judicieux de prétendre que les attaques étaient le fruit de la politique tyrannique du Guide. Sa dictature ayant pris fin, le nouveau gouvernement proclame un ordre différent. Garant des droits et libertés individuels. Je suis certain que nos deux peuples ne mettront pas longtemps à faire preuve de solidarité et à se trouver des points communs. À commencer par les souffrances qu'ils ont endurées. Sans compter que nous ne venons pas les mains vides. Nous apportons un cadeau que personne ne refusera.

Sullivan était parvenu à un tel niveau de sidération qu'il n'envisageait même plus de maquiller sa surprise.

— Un cadeau ? répéta-t-il, interloqué.

— Oui. Nous sommes en mesure d'éradiquer le virus. Nos chercheurs ont mis au point un vaccin pouvant aussi traiter les malades, testé avec succès. En d'autres termes...

— L'humanité n'est plus condamnée, murmura le général.

Noah hocha la tête. À court d'arguments, Sullivan se raccrocha à la dernière extrémité.

— Et si nous refusons ? demanda-t-il, fébrile.

— Dans ce cas, nous vous bombarderons.

— En somme, c'est un ultimatum…

Noah et Matthew se regardèrent, surpris de constater que tous les sacrifices consentis jusqu'ici, la lutte acharnée qu'ils avaient menée pour arriver à ce moment, ne se révélaient pas inutiles.

— Vous vous trompez, Général, répliqua Matthew avec un sourire insolent. C'est un traité de paix.

35

On frappa à la porte en milieu de matinée. Mathilde somnolait. Dormir faisait passer le temps. Elle se leva, l'humeur maussade, se préparant mentalement au fait qu'on allait de nouveau la harceler et qu'elle devrait une fois de plus tenir bon. Mais la femme qui la dérangeait, une gradée au faciès disgracieux et aux manières brusques, la pria de s'apprêter un peu. Mathilde lui demanda ce qu'elle entendait par là.

— Va te laver, précisa la militaire. Coiffe-toi. Fais le nécessaire pour paraître en bonne santé. Nous t'avons bien traitée. Il ne faut pas qu'ils pensent le contraire.

— Qui, « ils » ?

Mais sa visiteuse n'en dit pas davantage. Elle s'assit sur le lit et commença à regarder une émission de mode tandis que Mathilde se dirigeait vers la cabine de douche. Quand elle en ressortit, la militaire n'avait pas bougé d'un centimètre. Ses yeux, hypnotisés, suivaient un défilé de mannequins masculins qui déambulaient à travers la pièce avant de s'évanouir dans les airs au bout de quelques secondes. L'un d'eux traversa Mathilde.

— Tu es prête ? fit son interlocutrice en la scrutant de la tête aux pieds. Très bien. Allons-y.

Elles empruntèrent le même itinéraire que les fois précédentes, conduisant toujours à la même salle d'interrogatoire où patientaient généralement quatre ou cinq militaires. Comme d'habitude, Mathilde y entra la tête basse. Comme d'habitude, elle se dirigea d'un pas mécanique vers la chaise qui lui était dédiée. Elle se posta à côté, attendant qu'on lui donne la permission de s'asseoir. L'ordre tardant à venir, elle releva le menton. Face à elle, à la place qu'occupaient normalement les militaires, se tenaient Matthew et Noah. Croyant rêver, elle plissa les yeux. Mais la vision persista. Était-ce une apparition ? Les deux hommes paraissaient si réels. Ils la regardaient en silence, d'un air ému. Elle posa une main sur sa poitrine.

— N'aie pas peur, dit Matthew. Tu es sauvée.

Entendre cette voix. Qu'elle aurait reconnue parmi des milliers. C'était l'assurance qu'elle n'était pas victime d'une hallucination. Débordée par ses sentiments, en proie à une joie proche de la panique, elle se précipita sur lui et sauta dans ses bras. Matthew la souleva du sol. Elle pleura à gros sanglots dans son cou, les ongles enfoncés dans sa chair. Il ne put retenir ses propres larmes. Mathilde était vivante. Ils étaient tous les deux vivants. Ils avaient tant craint l'un pour l'autre.

Au terme de quelques minutes, il se souvint de Noah et relâcha son étreinte. Mathilde tentait de sécher ses larmes, mais elles n'arrêtaient pas de couler. Son regard dériva lentement vers Noah. Lui aussi ressentait l'envie irrépressible de la prendre dans ses bras mais, au moment où il fit un pas vers elle, elle recula. Le geste, instinctif, nullement prémédité, produisit sur lui le même effet que si elle l'eût giflé.

— C'est grâce à lui que nous sommes là, dit Matthew à qui son dépit n'avait pas échappé. Sans Noah, nous n'aurions jamais pu te sauver.

— Je suis... libre ? répéta Mathilde, médusée.

— Bel et bien libre, affirma Matthew. Noah a pris tous les risques. Il a déplacé des montagnes pour venir te chercher.

Mathilde rougit.

— Je ne sais pas comment vous remercier...

— La dernière fois, on se disait « tu ».

— C'est vrai. Merci de m'avoir sauvée.

Soudain ils furent dans les yeux de l'autre, comme à la minute où ils s'étaient quittés. Matthew les observait d'un air intrigué. Il remarqua qu'il n'était pas jaloux. Il ne l'était plus. Et cela le rendait heureux. Quelque chose existait entre Noah et Mathilde qui n'avait jamais surgi entre elle et lui, pas plus qu'avec Marc. Mathilde et Noah étaient animés de la même énergie.

Après le déjeuner, ils passèrent une partie de l'après-midi dans la cour privée de l'état-major. En temps normal, le site était réservé aux officiers, mais des ordres avaient été donnés afin qu'on les laissât tranquilles. Noah et Matthew rapportèrent à Mathilde les derniers événements auxquels elle n'avait pas assisté. Ils évitèrent de parler du Fort et de la manière dont le Guide avait perdu le pouvoir, ne souhaitant pas que leurs confidences puissent être enregistrées par les ondophones présents dans la caserne. Ils se concentrèrent sur le plus important : l'issue du conflit. Les instances dirigeantes de la Communauté, autrement dit l'armée, ratifiaient sans rechigner les clauses du traité que Jack et Noah proposaient. La surprise de Mathilde était considérable. Elle n'arrivait pas encore à se réjouir, mais son soulagement allait croissant. Plus les heures passaient, plus ses épaules se redressaient, plus son visage s'éclairait. Une chose la révoltait : elle ne comprenait pas que Matthew et Noah aient réclamé la soumission de l'armée et non pas sa démission. Noah expliqua que, en l'état actuel des choses, l'armée ne pouvait être destituée. La Communauté avait trop confiance en ses dignitaires. Si on les révoquait du jour au lendemain, personne ne croirait en leur culpabilité. On crierait plutôt au complot. Contrairement au territoire de Noah où la population craignait le Guide depuis longtemps, dans la Communauté de Mathilde, l'armée était vénérée. Les généraux étaient des héros. Il fallait user d'eux comme de marionnettes. Changer le discours en conservant les têtes. Mathilde comprit qu'ils s'engageaient sur la bonne voie. Sans toutefois pouvoir s'empêcher d'espérer sa revanche.

36

Quelques jours avaient été nécessaires pour régler les termes définitifs, mais le traité était désormais signé. Mathilde quittait sa prison le cœur à la fois lourd et léger. Certes, elle était sans entraves, mais un projet titanesque l'attendait. Dont la première étape était prévue le matin même. Elle trépignait d'impatience. Toute la nuit, elle avait imaginé les contours de sa vengeance. Ce qu'il dirait, le regard haineux qu'il ne manquerait pas de lui adresser et qu'elle soutiendrait coûte que coûte. Elle se l'était juré.

Noah avait dû repartir pour l'Oméga afin d'entériner l'accord de paix. Il laissait Mathilde sous la protection de Matthew. Ce dernier vint la chercher à huit heures et la conduisit dans le parking de la caserne, où attendaient une cohorte de véhicules et une centaine de soldats.

— Tu es prête ? lança-t-il quand ils furent montés à bord d'un blindé.

— Si tu savais comme j'ai attendu ce moment.

Matthew répondit par un sourire, claqua la portière, et le cortège se mit en branle. Lorsqu'ils quittèrent le tunnel et accédèrent à l'air libre, Mathilde demanda au conducteur d'ouvrir le toit. Le militaire soupira à cette excentricité mais, comme on lui avait donné l'ordre d'obéir aux deux personnalités qu'il transportait, il obtempéra. Il actionna le vantail zénithal en travers duquel Mathilde se hissa. Elle resta dans cette position un temps très long, profitant du vent qui lui fouettait le visage, se glissait dans sa chevelure et entre chacun de ses doigts. Quand elle aperçut les remparts se dessiner à l'horizon, son ventre se serra, et elle rentra dans l'habitacle.

Comme chaque matin, Christopher Blake était assis à son bureau en train de superviser l'entraînement des élèves de la deuxième génération. Des athlètes dont le corps atteignait la pleine maturité. Hormis quelques échecs, vite oubliés, ils incarnaient sa plus belle réussite. La preuve que l'être humain se développait de mieux en mieux en milieu artificiel. Ravi, il s'enfonça dans son fauteuil au moment où l'hôte d'accueil l'informait qu'Irène Davies se présentait à sa porte.

— Qu'elle entre, fit le Doyen d'un air bonhomme.

Fidèle à sa manie, l'assistante pénétra dans le bureau en trottinant. Elle avait toujours eu tendance à s'affoler rapidement, le moindre problème prenait avec elle des proportions colossales, mais cette fois-ci, elle semblait au bord de l'évanouissement.

— Allons, Irène, fit Blake en soupirant. Que se passe-t-il, encore ?

— C'est l'armée, monsieur le Doyen.

— Que lui arrive-t-il ?

— Des soldats ont investi le Centre. Les ordres viennent de l'état-major. Des personnes demandent à vous voir.

Christopher Blake leva les yeux au ciel.

— Qu'est-ce que c'est que cette histoire ? dit-il en abandonnant son fauteuil. Où sont-ils ?

Irène Davies pointa un index tremblant vers l'entrée des bureaux de l'administration. Le Doyen passa devant elle en la bousculant. Atteignant le seuil du bâtiment, il marqua un temps d'arrêt. Les portes du Centre étaient grandes ouvertes et des blindés étaient stationnés sur le terre-plein.

— Bonjour, monsieur le Doyen, fit une voix derrière lui.

Il se glaça. Était-ce possible ?

Mathilde Simon et Matthew Brown se tenaient à trois mètres de lui. Selon ses dernières informations, l'une se trouvait en prison et l'autre était mort.

— Vous êtes en état d'arrestation, ajouta Mathilde d'un ton sentencieux.

Abasourdi, il ne réagit pas.

— Ne soyez pas surpris de me voir, poursuivit-elle. J'ai expressément demandé à être la première à vous l'annoncer.

Il promena ses yeux hagards dans la pièce à la recherche d'un indice qui révélerait que tout cela n'était qu'une farce, un mauvais tour qu'on lui jouait.

— Cela n'a pas de sens, affirma-t-il, en proie au déni. Que me reproche-t-on ?

— Vous le savez. Où est ma sœur ?

Il ne répondit pas.

— Où la cachez-vous ? Et les autres spécimens dont vous avez modifié le génome. Qu'en avez-vous fait ?

Le Doyen retrouva ses esprits.

— Qui vous permet de me parler ainsi ? répliqua-t-il avec véhémence. Qui vous a donné l'ordre de m'arrêter ? L'armée ? C'est elle qui m'a demandé de procéder à ces expériences !

Mathilde le considérait avec le plus grand mépris. Comme il fallait s'y attendre, il se dérobait face au danger. Aussi glissant qu'un serpent. Sentant qu'elle était capable de l'étrangler, Matthew prit le relais.

— À quelles fins ? demanda-t-il.

— Je n'ai aucun compte à vous rendre, grinça le Doyen. Je veux m'entretenir avec le major Lee, de qui je reçois habituellement mes instructions.

— Le major Lee répond désormais à nos instructions, rétorqua Matthew. Vous nous feriez gagner du temps…

Christopher Blake se mura dans le silence.

— Tant pis, soupira Matthew. J'imagine que vous espériez améliorer la condition humaine, si j'en crois votre discours. Ou peut-être était-ce dans le but de fournir à la Communauté de futurs soldats, aux capacités augmentées ?

Blake le fusilla du regard.

— Ne vous fâchez pas. Nous le saurons tôt ou tard. En attendant, vous êtes révoqué. Des soldats vont vous accompagner.

Il fit signe aux hommes qui patientaient devant l'entrée.

— Mais… pour aller où ?

Mathilde ne bouda pas son plaisir.

— En prison, répondit-elle tandis que les soldats empoignaient le Doyen afin de le conduire à l'extérieur.

Son dernier regard fut pour son assistante qui l'observait d'un air catastrophé à travers la vitre du bureau d'accueil.

*

— Bonjour, Henri.
Le vieil homme sursauta.
— Pardon, dit Mathilde d'une voix douce, craignant qu'il ne fasse un malaise. Nous ne voulions pas vous effrayer.
Henri Whiter était plus blanc que le spot qui les éclairait. Il les considéra l'un après l'autre avec effarement. Il n'avait jamais cru aux spectres mais, à cette seconde, il douta. Mathilde voulait le rassurer, mais il restait des sujets à éclaircir. Comme découvrir la raison pour laquelle il n'avait pas été dénoncé par le Doyen lorsque celui-ci avait appris qu'il était leur complice. En toute logique, il aurait dû être écarté du Centre.
— Ce n'est que nous, insista Matthew. Vous ne nous reconnaissez pas ?
— Comment… ? murmura le technicien.
— Je vous avais dit que je reviendrais, répliqua Mathilde dans un sourire. On ne se débarrasse pas de moi aussi facilement.
Il mit quelques minutes à reprendre contenance. Gêné, il essuya le coin de ses yeux. Il était bouleversé de les voir. Il les avait crus morts. Combien de fois depuis le départ de Mathilde, alors qu'il s'était toujours flatté de n'avoir foi en rien, avait-il prié pour qu'elle demeure saine et sauve ? Il lui avait offert la

boussole en espérant qu'elle la guiderait, jusqu'à son retour. Objectif rempli. Elle était là. Le cœur débordant de joie, il se précipita hors du local et l'enlaça. Mathilde se laissa faire. Tout comme Matthew, qu'il étreignit la seconde d'après.

— Suivez-moi ! s'exclama-t-il. Je vais faire du café. J'ai besoin d'un remontant !

Une demi-heure plus tard, quand la tension fut un peu retombée et qu'ils eurent résumé leur aventure, Mathilde jugea qu'il était temps d'aborder des sujets plus épineux. Elle demanda à Henri par quel miracle il travaillait toujours au Centre alors que Sam Whitam avait pris la fuite, que sa mère était internée et que Basile était décédé.

— J'étais certain que tu me poserais la question, dit Henri d'un air penaud. Lorsque tes parents et Whitam ont voulu faire éclater le scandale, ils ont aussitôt été arrêtés. Deux options s'offraient à moi : soit je cautionnais leurs propos et je les rejoignais, soit je restais au Centre afin de continuer à veiller sur les spécimens.

— Vous aviez peur d'être poursuivi, corrigea Mathilde d'un ton accusateur.

— Je reconnais avoir manqué de courage.

Elle se souvint de leurs précédentes conversations, bien avant qu'elle ne parte pour la frontière. Il avait tout fait pour l'en dissuader.

— Quand le Doyen m'a dit qu'il savait que je vous avais montré les spécimens clandestins, j'ai eu très peur. Mais puisque je suis responsable de l'entretien de la salle, le seul technicien dans la confidence, il pouvait difficilement se passer de mes services. Lorsqu'il a offert de ne pas me dénoncer afin que je continue à travailler pour lui, j'ai accepté. Par lâcheté, c'est vrai, mais aussi en songeant que je garderais un œil sur ses activités. En restant au Centre, j'ai pu suivre l'évolution de ta sœur et des autres spécimens. Je ne suis pas fier de mon choix, mais je ne le regrette pas.

Mathilde écoutait d'un air songeur. Henri Whiter se montrait prudent quand elle était courageuse, réfléchi quand elle ne connaissait que l'impulsivité. Ses hésitations l'avaient agacée à maintes reprises. La vie lui apprenait à être moins intransigeante. Henri l'avait aidée du mieux qu'il le pouvait. S'il n'était pas resté pour garantir leur sécurité, qui sait ce qu'il serait advenu des spécimens. Elle lui renvoya un regard clément.

— Comment va-t-elle ? demanda-t-elle.

Henri poussa un soupir de soulagement.

— Bien, répondit-il. Elle poursuit sa croissance normalement.

— Et les autres ?

— Ben Whitam et Adam Bessire aussi. Ben Whitam est plus nerveux que ses camarades, mais sa mère s'en occupe beaucoup et cela l'aide à progresser. Depuis que son mari est porté disparu, elle vient chaque jour en visite. Le Doyen lui a donné une sorte de passe-droit contre la promesse de ne plus faire d'esclandre. Même chose pour Élisabeth Bessire.

Mathilde se souvint de la créature frêle et éthérée.

— Elle va mieux, renchérit Henri en percevant son sentiment.

Jamais Mathilde n'avait oublié les spécimens dont elle s'était occupée. La question de leur devenir était restée tapie dans un coin de son esprit, comme une maladie impossible à guérir, mais avec laquelle on apprenait à vivre. Les savoir en bonne santé, évoluant au sein du groupe, constituait pour elle la meilleure des récompenses, et une libération. Hormis sa sœur, sur laquelle elle était résolue à veiller, elle estimait sa mission achevée. Enfin, elle pouvait abandonner le Centre ainsi que les inquiétudes, les colères et les frustrations qui lui étaient liées.

Elle informa Henri que le Doyen avait été arrêté. Il la regarda d'un air ébahi. Elle précisa :

— Et c'est vous que les autorités ont désigné pour lui succéder. Jusqu'à nouvel ordre.

Ce fut le coup de grâce. Henri, qui jusqu'ici avait réussi à tenir bon, chancela et perdit connaissance.

37

La première étape fut de raccorder la maison de Basile et Chloé au réseau énergétique et informatique de la Communauté. Les militaires accédèrent à la demande de Mathilde du bout des lèvres. Nul n'ignorait qu'ils étaient responsables du sac de la maison, mais jamais ils ne l'admettraient. Bien que le traité fût signé et que le chef de l'état-major eût pris la parole lors d'un communiqué très solennel qui avait duré plus de deux heures, au cours duquel il avait annoncé la chute de la dictature en territoire adverse, et donc la fin d'un conflit séculaire, bien qu'il eût présenté Matthew et Mathilde non plus comme des traîtres, mais comme des ambassadeurs de paix, aux yeux de l'armée, elle resterait à jamais celle par qui la débâcle était arrivée. L'unique autre concession qu'on lui accorda fut de récupérer les cendres de son père. Les services de l'état-major lui firent parvenir l'urne funéraire par l'intermédiaire d'un coursier, sans l'accompagner d'un mot d'excuses ou de condoléances. La colère de Mathilde à leur encontre était immense. Mais à quoi bon attendre de leur part la moindre marque de bienveillance ? Blessés dans leur orgueil, privés de leur soif de conquête, les militaires étaient des machines sans âme.

Résultat : pour réparer l'ouragan qu'ils avaient déclenché dans la maison de ses parents, elle ne pouvait compter que sur sa volonté et ses deux bras. Et ceux de son entourage. Faute de disposer d'un logement, refusant catégoriquement de retourner dans une caserne, Matthew s'était invité chez elle. Il s'était attribué sa chambre d'étudiante, qu'il avait remise en état en un temps record. Se permettant, au passage, de donner au Centre son ancien matériel de travail. Mathilde ne s'y était pas opposée. Tout ce qui lui rappelait son lieu de naissance lui flanquait la nausée. La concernant, elle ne quittait plus l'atelier clandestin, seule pièce à avoir été épargnée et à porter intacte l'empreinte de ses parents. Elle y avait installé un vieux matelas sur lequel elle dormait mieux que n'importe où ailleurs. Marc vint également apporter son soutien. Bien qu'Ann, sa tutrice, eût été relevée de sa mission, il n'était pas résolu à la chasser de chez lui. Au début, cela scandalisa Matthew, avant que Mathilde ne suggère que Marc s'était peut-être attaché, malgré lui, à la jeune femme. Ce dernier ne prétendait pas le contraire et leur sut gré de ne pas le harceler de questions au sujet d'une situation qu'il avait déjà du mal à démêler. Marie et Owen vinrent à chaque permission. Mathilde apprit à connaître Owen et pardonna à Marie de ne pas s'être davantage rebellée contre le pouvoir en place. Henri rejoignit lui aussi leur petit groupe. Ses nouvelles responsabilités l'avaient contraint à quitter le grand canyon pour loger au Centre mais, dès qu'il avait une soirée de libre, il se rendait en ville afin de

« superviser » le chantier. Son aide était providentielle. La demeure de Basile et Chloé était en mauvais état, et ce, avant d'avoir été vandalisée. Sa rénovation nécessitait des travaux importants. Mathilde rêvait les choses en grand et Henri répondait présent. Après tout, il avait construit sa maison de ses propres mains. Celle de Basile et Chloé se transforma en refuge où, au prétexte de la réparer, ils se réunissaient fréquemment. Mathilde éprouvait le sentiment apaisant d'avoir renoué avec sa famille. Il ne manquait plus que Chloé, sa sœur et Noah pour la compléter. Ce dernier n'était revenu qu'une seule fois depuis qu'il l'avait libérée, mais il la contactait chaque soir pour prendre de ses nouvelles. C'était devenu un rituel. Dès que l'ondophone signalait son appel, elle s'enfermait dans l'atelier et discutait avec lui pendant des heures. Lui-même était accaparé par ses projets et, s'il faisait tout pour ne pas avoir à diriger son territoire, il ne pouvait se dégager complètement du pouvoir. Jack avait besoin de lui. Les civils aussi. Il promettait à Mathilde qu'il viendrait lui rendre visite dès que possible. Elle s'endormait après avoir raccroché, bercée par cette perspective. Au matin, elle se réveillait, motivée par ses propres impératifs : rendre la maison habitable afin que Chloé puisse de nouveau l'investir.

Petit à petit, la vieille demeure biscornue reprit l'apparence qu'on lui avait toujours connue. Un soir, alors qu'ils étaient tous présents et qu'ils achevaient de fixer les nouveaux placards de la cuisine, ils trinquèrent à la fin des travaux. Il restait quelques menus bricolages à effectuer, mais il était temps de rendre la maison à ses propriétaires. Mathilde invita ses amis à la rejoindre dans la cour. Quand ils furent réunis, elle alla chercher l'urne de son père et répandit ses cendres sous un tertre. Puis elle sema des graines que Basile avait lui-même récoltées. Il s'agissait d'anémones, les fleurs préférées de Chloé. Elle arrosa.

Quelques jours plus tard, l'hôte domestique signala qu'un inconnu se présentait devant le portail. Occupée à repeindre le plafond du salon, touche finale de la pièce, Mathilde jeta un coup d'œil à la vue de la rue que l'ondophone projetait dans le vestibule. Elle laissa tomber son pinceau et se précipita dans la salle de bains. Au-dessus, la sonnette continuait de retentir. Elle eut à peine le temps de troquer son ancien uniforme de chercheuse, désormais constellé de taches de peinture, contre une tunique de couleur claire. Elle se regarda une dernière fois dans la glace avant de remonter à la surface. L'hôte domestique lui signala qu'il n'était pas poli de faire attendre ses visiteurs trop longtemps. Mathilde faillit lui répondre qu'il ne s'agissait pas de n'importe quel visiteur. C'était Noah.

Elle le trouva beau au premier regard. Avait-il toujours eu les yeux aussi noirs ? Cette façon de la regarder qui la transperçait ? Tout, dans son attitude, l'intimidait. Alors qu'ils avaient pris l'habitude de se parler à distance avec spontanéité, elle déplora de se sentir maladroite en sa présence. Qu'il s'avisât de l'observer de trop près, et elle se détournait d'un air gêné. Noah le remarqua, et son embarras le toucha. Il était si heureux de la revoir. Durant le trajet qui l'avait conduit jusqu'à elle, il n'avait pu s'empêcher de se demander si son sentiment était partagé. Désormais, il savait. Matthew facilita leurs retrouvailles. Sitôt qu'il entendit la voix de Noah, il remonta du sous-sol et lui donna une tape amicale sur l'épaule.

— Bienvenue chez nous ! s'exclama-t-il avec un franc sourire. Il ne manquait que toi !

Jamais Noah ne s'était senti aussi bien accueilli. Ils passèrent l'après-midi à discuter de l'évolution de la situation, à confronter leurs projets et leurs ambitions. Ce fut à cet instant qu'il leur demanda de lui venir en aide afin d'apaiser les tensions qui existaient toujours entre les deux populations et persisteraient sans doute pendant un certain temps. Le mur n'était pas encore tombé, mais c'était imminent, et lorsque ce serait le cas, il aurait besoin de toutes les bonnes volontés pour maintenir la paix. Mathilde accepta la proposition, mais Matthew sollicita de travailler plutôt à la reconstruction du territoire. L'armée et les relations diplomatiques ne revêtaient plus aucun intérêt pour lui, voire lui inspiraient de la répulsion. Depuis qu'il avait vu ce que l'île pouvait générer de merveilles, il ne désirait rien tant que de les reproduire à grande échelle. Noah accepta. Comme il l'avait dit, il en appelait à toutes les bonnes volontés.

D'avoir passé quelques heures tous les trois effaça chez Mathilde la timidité qu'elle avait éprouvée au moment où Noah était arrivé. Maintenant, il lui semblait qu'ils s'étaient toujours connus, et jamais quittés. Quand Matthew s'éclipsa en fin de journée au prétexte d'avoir promis à Marc de dîner avec lui, elle n'en ressentit aucune appréhension. La présence de Noah était une évidence. Ils reprirent la conversation débutée la veille, lorsqu'une frontière les séparait encore. Mais toute distance disparue, ce fut naturellement que, la nuit venue, ils allèrent se coucher ensemble dans l'atelier clandestin. Au petit matin, ils étaient un.

*

Mathilde tenait délicatement le bras à la peau fine et fripée, craignant que les os ne se cassent au moindre choc.

— Appuie-toi sur moi, dit-elle en aidant sa mère à sortir du véhicule.

Noah fit ouvrir le portail.

— Encore quelques pas… Tu vois, tu es chez toi. Tu reconnais ?

Chloé leva vers la façade un regard transparent.

— Peut-être qu'en la conduisant à l'intérieur…, suggéra Matthew, mal à l'aise.

Il la prit par l'épaule et la soutint jusqu'au perron.

— Entre, dit Mathilde. N'aie pas peur.

Elle fut soulagée de constater que Chloé tenait droit quand Matthew la lâcha. Sa mère observait les lieux d'un air égaré. Mathilde était anxieuse. Depuis qu'elle était allée la chercher, Chloé n'avait pas prononcé un mot. Les médecins de l'institut de raison prétendaient que son cerveau était encore sous l'emprise des médicaments. Que leurs effets se dissiperaient lorsqu'elle serait sevrée. Mais si son tempérament ne resurgissait pas ? Si elle ne redevenait jamais elle-même ? Serait-elle capable de l'assister au quotidien ?

Noah la rassura. Depuis qu'il était revenu, il enchaînait les allers-retours entre l'Oméga et la maison aux murs bleus, constituant un soutien indispensable et précieux. Il se montrait beaucoup plus philosophe et optimiste qu'elle. Si Chloé devait rester dans cet état, ils apprendraient à vivre ainsi. Lui que l'on avait privé de modèle, qui n'avait jamais eu de véritable famille, se sentait prêt à composer la leur, quelle que fût son originalité. De tous les projets dont il avait la responsabilité, c'était celui qui l'inspirait le plus. Mathilde et lui, deux déracinés, qui se donnaient un mal fou à construire sur des ruines, à restaurer des liens que l'on avait brisés, et inventer ceux qui n'avaient jamais existé. Ils commettraient des erreurs, ressentiraient l'envie de renoncer, mais avec le temps ils trouveraient leur propre façon de fonctionner. Un jour, la sœur jumelle de Mathilde naîtrait. Si elle le désirait, elle intégrerait, elle aussi, cet étrange foyer. Et pourquoi pas Henri, lorsqu'il quitterait le Centre ? Puisqu'il avait déjà fait savoir que, en vertu de son âge avancé, il ne resterait que le temps de former un successeur. N'avait-il pas dit que la solitude lui pesait ? Pour toute autre que Mathilde, le puzzle que composait Noah aurait pu sembler hasardeux, mais elle le trouvait en fin de compte logique et bienfaisant.

Elle regarda sa mère déambuler dans le salon. Par moments, Chloé s'arrêtait pour toucher un objet. Elle caressait le dos du canapé. Espérait-elle apercevoir Basile à l'envers d'un mur, caché derrière un bibelot ?

Noah la serra dans ses bras. Basile manquerait toujours à cet endroit. Il fallait l'accepter. Laissant sa mère tourner dans la maison comme une boussole privée de son aimant, elle se dirigea vers la baie vitrée et sourit en observant l'extérieur. Sur le tertre, le soleil avait fait germer une première fleur.

Épilogue

Elle partit alors que Noah dormait encore. Sur le moment, elle faillit le réveiller, mais se ravisa. Elle le regarda une dernière fois, si beau, si paisible dans son sommeil, puis referma la porte de l'atelier.

Elle loua les services d'un véhicule privé, ne pouvant se rendre désormais nulle part sans devenir la cible de réactions imprédictibles. Gratitude, idolâtrie, ou au contraire colère et peur. Trois jours plus tôt, une femme s'était jetée à ses pieds dans l'allée d'un magasin, la remerciant pour son « œuvre de paix », qui sauverait l'humanité.

Elle avait eu le plus grand mal à s'en débarrasser. Cette subite notoriété l'effrayait. Tout d'un coup, d'illustres inconnus la priaient d'accomplir des prouesses et de défendre une cause qui les concernait autant qu'elle. Leur attentisme avait tendance à la rendre pessimiste. Elle avait foi en l'individu, mais encore plus en l'effort commun. Elle suivait son instinct, qui se brouillait souvent. Particulièrement aujourd'hui.

Le véhicule la déposa sur le chemin qu'elle avait parcouru tant de fois lorsqu'elle se rendait au Centre à pied. Elle s'arrêta une heure plus tard, au sommet d'une colline.

Noah n'était pas comme elle. Il n'avait peur de rien. Sauf de la perdre. Il prenait son rôle de meneur très à cœur, conscient que sa parole était écoutée sinon bue par une population de désœuvrés qui le considéraient comme un sauveur ou, pire, comme le successeur du Guide. Noah savait leur parler. Il savait leur rendre espoir et clairvoyance. Il savait les apaiser. Exactement comme il le faisait avec elle. Malgré les traumatismes qu'il avait endurés, il était devenu un incorrigible optimiste. Elle ignorait comment était apparu ce trait de caractère qui, à l'entendre, n'était pas inné. Il prétendait que cela venait d'elle, de l'amour qu'elle lui portait, mais aussi de cette famille recomposée qui l'avait adopté. Noah se sentait en sécurité auprès d'eux. De là découlaient sa confiance en l'avenir et sa capacité à l'insuffler à ceux qui en manquaient.

Confiance en l'avenir…

Les yeux fixés sur l'aube qui s'annonçait, elle se répétait cette phrase. À plusieurs kilomètres de là, on avait entrepris le démantèlement de la frontière. Des bulldozers étaient venus abattre le mur, achevant la réunification de deux populations que tout opposait sauf leurs origines. Jack avait eu l'idée de proposer un test génétique aux volontaires désireux de retrouver des parents éloignés. L'expérience connaissait déjà quelques succès, relayés par l'Information Générale et l'Oméga.

Pour l'instant, l'île demeurait sous la responsabilité des résistants. Elle agissait comme un laboratoire à ciel ouvert où l'homme vivait en harmonie avec la nature. Matthew apprenait de son mode de fonctionnement.

Lorsque la frontière était tombée, il avait fait ses valises et quitté la Communauté pour s'investir pleinement dans le territoire d'à côté. Il passait son temps à visiter les espaces sinistrés, réfléchissait à la manière de les restaurer, travaillait à des protocoles pour les préserver. Sous son influence, on avait commencé à planter des végétaux en lisière du désert dans le but de stopper son invasion. Les effectifs de l'armée avaient été divisés : une partie assurait la sécurité des civils, l'autre se consacrait à la reconstruction. Jack s'occupait de rétablir le système éducatif, Noah de la justice et des relations avec la Communauté. Tout le monde travaillait d'arrache-pied.

L'opinion publique était mitigée. À la fois soulagée de ne plus être menacée, heureuse de pouvoir circuler à son gré, mais terrifiée à l'idée de découvrir un territoire inconnu, anciennement ennemi, et partager les ressources dans une dynamique commune. Certains y voyaient une opportunité, d'autres une provocation. Les nouveaux dirigeants apprenaient de leurs erreurs. À vouloir changer les choses trop rapidement, ils risquaient de voir leur projet échouer. Lorsqu'il avait été annoncé que Christopher Blake avait été destitué, que Mathilde, Matthew et Sam Whitam étaient réhabilités, et que le Centre fermerait ses portes après la naissance de la dernière génération en cours, un vent de révolte avait soufflé sur la Communauté. Auquel bon nombre de militaires s'étaient empressés de prêter main-forte. À peine instaurée, la paix était déjà menacée. Noah avait dû convoquer une réunion en urgence avec l'état-major et réitérer son avertissement de bombarder le territoire si on n'empêchait pas les rebelles de nuire. L'armée avait une nouvelle fois capitulé et Mathilde, aidée par Marie, avait dû orchestrer dans la foulée une campagne de communication destinée à tranquilliser le public. Bientôt, les vaccins seraient produits en masse. Les femmes pourraient à nouveau procréer de manière naturelle. Bientôt, la survie de l'humanité serait de nouveau assurée.

« Et sa prospérité ? » fit une voix surgie du fond de ses entrailles.

L'ampleur de leur mission lui donnait la nausée. Elle craignait que chaque progrès ne se fasse au prix d'une lutte acharnée. L'avenir n'offrait pas de garanties. Ils n'avaient que leur rage pour continuer. Leur envie pour avancer. Leur foi pour espérer.

Tandis que le soleil poursuivait son ascension, inondant la vallée de ses rayons, elle détendit le poing et regarda le vaccin imprimé dans sa paume, tant elle l'avait tenu comprimé.

De l'autre main, elle caressa son ventre. Elle sentait les tiraillements au-dessous du nombril. Des mois qu'elle n'était pas retournée dans une agence de santé. Elle était débordée, et elle allait bien. Mieux que jamais. Au point d'avoir retardé l'intervention destinée à lui remettre un implant médical. Comment y aurait-elle songé ? Elle qui n'avait connu que les utérus artificiels. Comment imaginer que la nature la rattraperait ?

Elle n'en avait pas parlé à Noah. Sachant déjà quel serait son choix. Elle regarda la seringue. Le soleil qui se levait sur le monde de demain.

Quel serait-il ?

Sans attendre, la vie lui demandait de choisir. Elle ne s'embarrassait pas de questions inutiles. Elle n'en posait qu'une. La plus difficile.

Croyait-elle, ou non, en l'avenir ?

FIN

REMERCIEMENTS

En 2004, je me réveillais avec un scénario en tête, et l'intime conviction que je devais l'écrire. *La Nouvelle Arche* était née.

On ne traverse pas les années de travail, les doutes, l'attente, et les remises en question sans l'aide d'une poignée. Merci.

À Dominique Raynal, pour ses conseils, ses relectures, et son soutien indéfectible.

À Alexandrine Duhin, pour son professionnalisme, sa fidélité, et son humanisme.

À Audrey Petit, pour sa confiance et son écoute.

À Zoé Niewdanski, et toute l'équipe du Livre de Poche, pour leur travail, leur implication, et leur patience.

À Elsa Lafon, Bénédicte Lombardo et Guillaume Talavera, d'avoir apporté une autre dimension à ce roman.

À mes proches, parents et amis, d'avoir cru à cette aventure avec moi, de m'avoir écoutée, lue et donné votre avis. Maintes fois.

*

Dans un article daté du 27 juin 2020, le quotidien britannique *The Guardian* présente le premier utérus artificiel mis au point par un laboratoire, à Philadelphie.

On y voit un agneau en cours de gestation.

Les chercheurs déclarent être conduits par le désir de « sauver les êtres humains les plus vulnérables sur Terre ».

CONTACT

Pour contacter l'auteure :
Facebook
Instagram
delestrangejulie@gmail.com

Pour toute demande de traduction et d'adaptation :
lanouvellearche@yahoo.com

Librairie
Lourmarin

30/2219/8

Le Livre de Poche s'engage pour l'environnement en réduisant l'empreinte carbone de ses livres.
Celle de cet exemplaire est de :
850 g éq. CO_2
Rendez-vous sur
www.livredepoche-durable.fr

PAPIER À BASE DE FIBRES CERTIFIÉES

Composition réalisée par PCA

Achevé d'imprimer en janvier 2022 en Espagne par
LIBERDUPLEX
Dépôt légal 1re publication : février 2022
LIBRAIRIE GÉNÉRALE FRANÇAISE
21, rue du Montparnasse – 75298 Paris Cedex 06